ELOG...

"Jeanette Windle ha cap... ...de la ciudad, de los pueblos y ... ...érica y de América del Sur, así como el curioso y sinérgico mundo de los extranjeros: misioneros, miembros de organizaciones no gubernamentales, agentes de la DEA, 'espías' de la CIA, agregados militares, hombres de negocios de todo tipo y los siempre denostados y poco apreciados burócratas de la eterna aunque necesaria —último recurso lejos-de-casa— *embajada* [la embajada americana]. Windle entreteje su historia como sólo puede hacerlo una persona que, como ella, ha vivido y trabajado en esta emocionante y también contradictoria subcultura del imperio americano."

WILLIAM K. SMITH
Agente Especial (Jubilado), U.S. Drug Enforcement Administration

"El estilo de escribir de Jeanette lo transporta a los lugares sobre los que está escribiendo. Puede ver tanto el fuego interminable del basurero municipal de la ciudad de Guatemala como la belleza del bosque nuboso guatemalteco. Puede escuchar los sonidos de la vida salvaje. Y se puede preguntar acerca del joven oficial del Departamento de Estado y del encargado de mantenimiento que apoya en el Centro de Rescate de la Flora y Fauna. ¿Quiénes son estos hombres y qué papel juegan en el asesinato de Holly, la hermana de Vicki Andrews? Una vez más, Jeanette ha capturado su atención y lo ha hecho formar parte de su aventura."

CW 3 LARRY TOMLINSON, SR.
(EE. UU., Jubilado), Miami, FL

"Jeannette Windle posee un talento excepcional para escribir novelas que deja demostrado una vez más en *Paz Ardiendo*. Su narrativa histórica muestra una gama completa de emociones humanas que van desde la rutinaria tarea investigativa de una antropóloga hasta dejar al descubierto la aparente paz de un país que sigue sumergido en la línea de fuego y que vive la presente guerra contra el terror. Con la espectacular narrativa que la caracteriza, Jeannette captura detalles íntimos de la vida de los personajes que se desenvuelven en una serie de intrigas luchando para sobrevivir en medio del engaño, el odio y la venganza. *Paz Ardiendo* es una novela que entretiene, instruye y satisface al lector más exigente."

MERCADOCRISTIANO.COM

"El maravilloso arte de Windle para relatar historias sólo es igualado por su conocimiento de las complejidades latinoamericanas. *Paz Ardiendo* es un viaje fascinante al suspenso y al temor iluminados por la esperanza."

PATRICIA SPRINKLE
autora de los éxitos de librería *Thoroughly Southern* y la serie de intriga Family Tree

"Precisamente bajo la superficie de la vibrante belleza de los recursos naturales guatemaltecos yace un cultivo de agitación política. Usted puede experimentarlo todo en *Paz Ardiendo*. Jeanette Windle no es sólo una gran escritora; ella también conoce Latinoamérica. Recomiendo esta novela de acción a cualquier persona que quiera mejorar su entendimiento del mundo latino o simplemente disfrutar leyendo un misterio intrigante con algo de romance. ¡Es una obra fascinante!"

DR. RON BLUE
Coordinador, Doctorado de Ministerio en Español, Dallas Theological Seminary

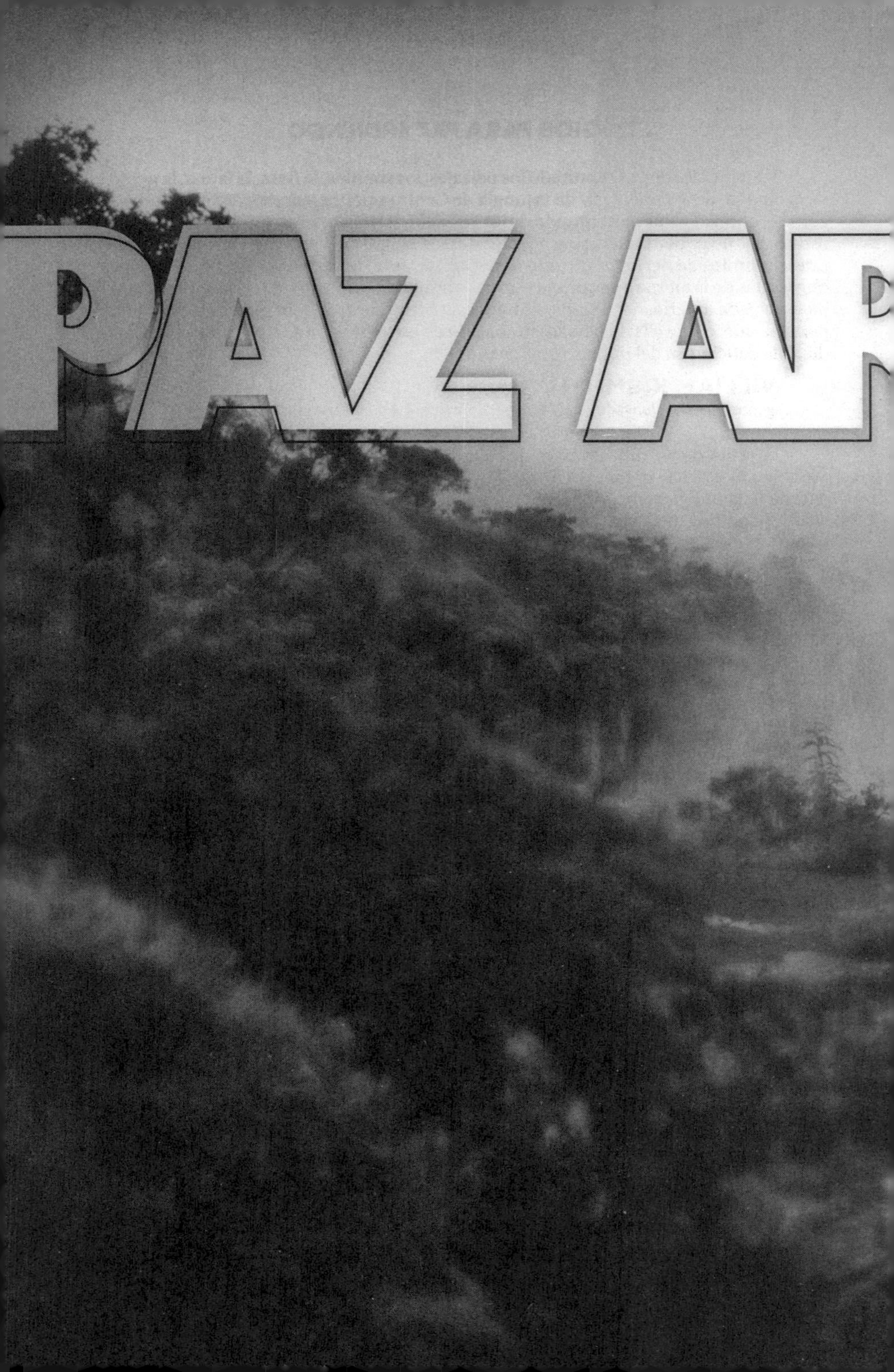
PAZ A

DIE ENDO

J.M. WINDLE

TYNDALE HOUSE PUBLISHERS, INC.

CAROL STREAM, ILLINOIS

Visite la apasionante página de Tyndale Español en Internet: www.tyndaleespanol.com

TYNDALE y la pluma del logotipo son marcas registradas de Tyndale House Publishers, Inc.

Paz Ardiendo

© 2008 por Jeanette Windle. Todos los derechos reservados.

Fotografía de la portada del senderista en el acantilado © por Theo Allofs/Getty Images. Todos los derechos reservados.

Fotografía de la portada del helicóptero © por Brand X Pictures/Punchstock. Todos los derechos reservados.

Fotografía de la portada de la mujer cayendo © por Matthias Clamer/Getty Images. Todos los derechos reservados.

Diseño: Mark Lane

Edición del inglés: Lorie Popp

Traducción al español: Mireya E. Ponce de Clarke

Edición del español: Mafalda E. Novella

Versículos bíblicos han sido tomados de la *Santa Biblia,* versión Reina Valera 1960®. © por las Sociedades Bíblicas Unidas. Usado con permiso. Todos los derechos reservados.

Publicado en inglés en 2008 como *Betrayed* por Tyndale House Publishers, Inc. ISBN-10: 1-4143-1474-4; ISBN-13: 978-1-4143-1474-7.

Library of Congress Cataloging-in-Publication Data

Windle, Jeanette.
    [Betrayed. Spanish]
    Paz ardiendo / J. M. Windle.
        p. cm.
    ISBN-13: 978-1-4143-1490-7 (sc : alk. paper)
    ISBN-10: 1-4143-1490-6 (sc : alk. paper) 1. Women anthropologists—Fiction.
2. Guatemala—Fiction. I. Title.
    PS3573.I5172B4818 2008
    813'.54—dc22   2007047793

Impreso en los Estados Unidos de América

14 13 12 11 10 09 08
 7 6 5 4 3 2 1

A las "Tía Evelina" reales de mi niñez, quienes podían montar a burro en los Andes, enfrentar una huelga violenta con valor y asegurar a un niño de la calle de que su Padre celestial lo amaba; su compromiso, fuerte como el hierro, enseñó a esta pequeña hija de misioneros norteamericanos lo que realmente son el valor, el amor y el sacrificio.

Sierra de las Minas, Guatemala

"El mundo entero es del Padre . . ."

El canturreo repicaba con el chirrido de los guacamayos y el chillido de los monos en las copas del bosque nuboso. Aun así, en su escondite verde hecho justo a la medida por anchas frondas, rizados helechos y por lo que había sido un grueso lecho de musgo, la cantarina se contuvo a sí misma y, manteniendo un dedo en alto, también hizo callar a sus compañeros. Nunca antes habían llegado tan lejos ni por tanto tiempo sin haber sido arreados de vuelta, y esta vez no estaba lista a ser arrancada de este nuevo y placentero juego.

Eran tres en total, dos niñas y un niño. La apariencia física de las niñas no dejaba deducir el hecho de que eran hermanas. La cantarina era pequeña; tenía cabello café oscuro con facciones finas y bronceadas. Su hermana menor, un poco más de dos años de edad, era suma-mente rubia y con una piel tan blanca que dejaba ver sus venas azules. Esta singularidad le fascinaba al niño, cuyo cabello negro y facciones gruesas y oscuras lo marcaban como un nativo de estas sierras centro-americanas.

Al momento había poca diferencia entre los tres pequeños, ya que estaban extremadamente sucios. Con palitos afilados habían revuelto la firme elasticidad del lecho de musgo hasta convertirlo en un lodazal arcilloso. Este mismo lodo cubría por completo sus medias de lana, sus suéteres tejidos a mano y sus cabezas, clara y oscuras, que ahora lucían iguales —de un color café rojizo.

Esta demolición tenía un objetivo: estaban construyendo una casa. Con sus manitos enterraban arduamente las cañas de bambú en el lodo, colocando capas de frondas de banana y de grandes hojas de palmera a través de la parte superior. Con mucha paciencia repetían esta labor cada vez que su casita se venía abajo.

Los tres eran sumamente felices, tanto como los niños pueden serlo cuando tienen suficiente alimento, cariño y la seguridad del cuidado de adultos y cuando, además, cuentan con la naturaleza entera como su juguete. En algún momento el ruido de los truenos había anunciado una tormenta, pero cuando salieron de su escondite y confirmaron que, entre las gruesas ramas de las copas de los árboles, el cielo aún estaba azul, habían vuelto a sus labores.

Ignoraban felizmente la presencia de una víbora, tan verde como el helecho en el que se había enroscado, justo sobre sus cabezas. Tampoco sabían del jaguar que, ubicado bajo los helechos, los observó con curiosidad por un momento antes de levantarse silenciosamente y desaparecer.

Con la misma inocencia ignoraban la diferencia entre el ruido producido por un arma de fuego rápido y por los truenos.

La ilusión de tranquilidad era tan absoluta que la niña más pequeña se aventuró a producir un satisfecho y lento tarareo mientras aplastaba y recogía el lodo. Estaba tarareando la misma melodía que su hermana había estado cantando.

Olvidándose de sus precauciones, la niña mayor comenzó a cantar otra vez.

"El mundo entero es del Padre . . ." Al olvidarse lo que seguía, ella también siguió tarareando.

El niño maya había oído esta canción tantas veces que ahora él también añadía su silbido desentonado a la vez que, por encima de ellos, los guacamayos contribuían con sus chirridos.

Sí, este era el mundo de su padre. Ahora él las había traído a este paraíso remoto y secreto; el más maravilloso que había conocido en toda su corta y diversa vida.

Sin embargo, hasta la libertad cansa en cierto momento.

Después de haber lamido hasta la última migaja que quedaba en las envolturas de hoja de banana de los tamales de maíz que habían traído como provisión para su aventura —y después de que la más pequeña dejó de tararear y comenzó a lloriquear— la niña mayor se preguntó por qué no habrían venido a llevarlos de regreso a casa. Al salir gateando de su refugio, se quedó sorprendida al ver, a través de las copas del bosque, que el cielo estaba teñido de un rosa anaranjado.

De vuelta dentro de su escondite, puso su cabeza cerca de la del niño maya, quien era su compañero de juegos y también el guía. Aunque no hablaban el mismo idioma, los pequeños se entendían lo suficientemente bien. Tomando la mano de su hermanita, la niña mayor la convenció de seguir al niño maya.

Una vez que emprendieron el camino de regreso, la humedad que goteaba de cada hoja y fronda les penetraba a través de sus suéteres de lana enlodados. Por primera vez la niña mayor se preguntó si debieron haberse alejado tanto y por tanto tiempo. Papá y Mamá eran el pilar de amor de su pequeño universo, pero el enojo de ellos podía también ser tan devastador como el ruido de esos truenos que había oído más temprano.

No obstante, su mente de niña no era capaz de albergar culpa o preocupaciones durante mucho tiempo. Aunque el camino de regreso parecía ser más largo que el que habían tomado cuando salieron de la casa, todavía les quedaban muchas cosas en que distraerse y de las cuales disfrutar. Volutas blancas de la neblina de la montaña se enroscaban alrededor de los árboles, posando dedos fríos sobre sus mejillas rojizas. Por encima de sus cabezas, un rayo rojo era la cola emplumada de un quetzal. Orquídeas cayendo en rizos sobre el camino se asemejaban tanto a diminutas caritas que la niña más pequeña empezó a dar risitas. Con un manojo de bananas que habían hurgado en el camino para satisfacer sus estómagos hambrientos, los niños dejaron que sus cansadas piernas los llevaran a rastras mientras que el cielo empalidecía hasta hacerse verde y las primeras estrellas comenzaban a aparecer.

Cuando olieron el humo que venía de más adelante y escucharon las voces fuertes, la niña mayor empezó a halar impacientemente a su hermanita. El humo significaba que estaban cocinando, y si la comida de la noche tenía que ser interrumpida para emprender la búsqueda de los pequeños, entonces estos recibirían mucho más que un regaño.

Tan pronto como salieron al claro, la niña mayor se dio cuenta de que el humo no provenía del fuego para cocinar. Las llamas se extendían hasta lo alto, en un trasfondo que ya no era la apacible aldea de la cual los niños habían salido. No entendía esta invasión de hombres desconocidos y sus vehículos. ¿Qué estaban haciendo aquí? ¿Por qué los cuerpos de las personas estaban amontonados, el uno sobre el otro, como costales de papas?

¿Y por qué el hogar de su familia ahora ardía en llamas? ¿Por qué estaban sus preciadas posesiones amontonadas desordenadamente sobre el polvoriento suelo para que estos invasores las saquearan?

Sobre todo, ¿por qué las personas más importantes de su vida no estaban aquí para hacer que todo este terror y desconcierto que la embargaba desaparecieran?

"¡Papá! ¡Mamá!"

Unas figuras altas se dirigían a grandes pasos hacia los niños. Las sombras y el fuego intermitente no podían disimular el hecho de que se trataba de hombres desconocidos. Detrás de estos hombres, las llamas ardientes se hacían aún más altas y su horrible brillo rojo se derramaba sobre el montón creciente de cuerpos.

La niña pudo ver, entre la oscuridad de aquel montón, unos bultos más claros. Rasgos pálidos y familiares yacían inmóviles como dormidos. Se habían convertido en sucias figuras tiradas, con manchas que no eran de lodo.

"¡Papá! ¡Mamá!"

Casi ni escuchó los gritos angustiados de su compañerito de juego, quien cruzó el claro a toda velocidad. Su hermanita, a quien todavía llevaba muy apretada, también estaba gritando. Sin embargo, la niña mayor permanecía inmóvil y en silencio. Tal vez si cerraba los ojos, todo esto desaparecería, al igual que lo hacían sus pesadillas al sentir los brazos fuertes de su papá o los besos de su mamá. *El mundo entero es del Padre...*

¡Papá! ¡Mamá!

Al principio, la niña no se dio cuenta de que las voces furiosas hablaban un idioma que ella conocía.

—Que no queden testigos; esas son las órdenes.

—¿Estás loco? ¡Son niños . . . son bebés! ¿Acaso tus matones no han masacrado lo suficiente como para un día?

—¿Crees que nosotros tenemos la culpa de esta masacre?

—No, sólo que nosotros hicimos posible que se llevara a cabo.

Unas toscas manos hicieron a un lado los rizos enlodados de la niña mayor, limpiando también el lodo de su rostro.

—¡Oye! Ven a ver esto. Estas niñas no son de aquí.

—¿Quieres decir que son las hijas de . . .? Bueno, si esto no es . . . ¡Oye! ¡Dejen esas cámaras! Que no quede evidencia. ¿Tengo que repetírselos una y otra vez? ¿Qué hacen? ¡Muévanse!

Unas pisadas pesadas se alejaban y ya no se oían los gritos groseros. Entonces alguien la estaba cargando y la estaba llevando hacia uno de esos vehículos desconocidos. El cuerpecito tembloroso de su hermanita terminó también en sus brazos.

"No lloren, queridas," susurró una voz grave. "Todo va a estar bien. Ahora ya están a salvo."

Aunque era pequeña, la niña sabía que eso era una mentira.

Nunca más se sentiría a salvo.

Veinte Años Después

Así que los rumores eran verdad.

La quietud alertó a la patrulla aun antes de que su Jeep del ejército se detuviera bruscamente en medio de un espacio abierto y polvoriento, que era todo lo que esta aldea en medio de las montañas consideraba como su plaza.

No había pollos ni cerdos cruzando a través de los caminos sin pavimentar. No había mujeres moliendo maíz o agachadas sobre los hoyos para cocinar. No se oían los chillidos de los niños jugando. El líder de la patrulla se detuvo para hurgar con su bota una mancha siniestramente oscura. Mientras tanto, su unidad avanzaba en formación a través del pueblo, usando las culatas de sus rifles automáticos para derribar las puertas de bambú de construcción rudimentaria.

"¡Capitán! Venga acá."

Una estructura de bloques de calcina con un techo de latón galvanizado, ubicado al otro lado de la aldea, era la única construcción sólida del lugar. El líder de la patrulla se dirigió a grandes pasos hacia donde estaban dos de sus hombres, quienes ya habían derribado la puerta. Un solo pizarrón y las bancas de madera tiradas sobre el piso de concreto indicaban que este sitio había sido a la vez la escuela, la municipalidad, el refugio en caso de tormentas . . . y ahora la morgue.

El líder de la patrulla chasqueó los dedos.

"Dile al gringo que ya los encontramos."

Su ayudante entendió de inmediato la orden. Los miembros de este contingente militar eran jóvenes de piel oscura, con el típico y crónico crecimiento truncado y extrema delgadez de los mal alimentados. Conscriptos campesinos, demasiado pobres como para pagar el soborno que les dejaría exentos del servicio militar.

La única excepción estaba de pie bajo el techo de paja de un albergue para cocinar. La estatura de este sobresalía tanto como el color claro de su cabello y de sus ojos. El recluta entendió la expresión pensativa del extranjero mientras este removía con un palito los frijoles en una olla colocada sobre un fuego extinguido. Ningún habitante de la aldea abandonaría voluntariamente un buen plato de comida.

"Señor, el capitán pide que vaya a verlo."

Los largos pasos del gringo dejaron atrás al recluta. Al acercarse a la puerta derribada, el líder de la patrulla extendió uno de sus brazos.

"No es necesario que entre. Ya no hay nada que se pueda hacer."

Pero el extranjero ya se encontraba adentro. Detrás de él, amontonándose en la entrada, el líder de la patrulla y sus reclutas observaron como el gringo se detuvo súbitamente, tan pronto como sus botas tocaron el charco pegajoso que se extendía a través de todo el piso de concreto.

Los habían matado a todos. Los hombres de la aldea no daban muestras de haber opuesto resistencia. Tal vez ni siquiera se dieron cuenta de lo que estaba a punto de suceder. Las mujeres, por otro lado, no habían muerto tan rápido. Tiradas, recostadas contra la pared opuesta, o esparcidas como muñecas arrojadas sobre el piso de concreto, reposaban en una rara formación en línea donde las rápidas ráfagas de las ametralladoras las habían aniquilado.

Y los niños . . .

Encorvándose, el extranjero pasó suavemente su mano para cerrar los ojos vacíos de un niño de edad preescolar. Cuando se dio vuelta para mirar a los soldados, la frialdad de su implacable expresión fue superada sólo por la gelidez de su mirada fija.

"Así que . . . esto comienza de nuevo."

CAPÍTULO UNO

"Señoras y señores, el vuelo 621 de AeroMéxico está comenzando ahora su descenso final hacia el Aeropuerto Aurora, el aeropuerto internacional de la ciudad de Guatemala." El anuncio del altoparlante se dio en el mismo instante en el que se encendió la luz intermitente del aviso —*Abróchese el Cinturón de Seguridad.*

En la mitad de la abarrotada cabina del 727, Vicki Andrews obedientemente se abrochó su cinturón de seguridad, levantó la persiana de su ventanilla y miró hacia abajo. El paisaje era muy similar al de cualquiera de las otras doce naciones en vías de desarrollo a las que había tenido que ir en los últimos años. Había que admitir que este paisaje era espectacular, pero su esplendor también estaba marcado —inevitablemente— por el impacto de la humanidad. En este caso, Vicki no estaba segura si los picos blancos de las montañas y los cráteres volcánicos que rodeaban la cuenca en la cual estaba asentada la ciudad de Guatemala eran nieve o neblina.

El avión se alineó para entrar al aeropuerto. Más allá de las torres de control y de los terminales aéreos, Vicki podía ver la famosa Zona 10 de la ciudad de Guatemala. Las brillantes torres de vidrio de los hoteles de lujo y de las instituciones bancarias. La bella y enarbolada Avenida de la Reforma con sus clubes nocturnos, sus restaurantes típicos estadounidenses, sus caras boutiques y sus embajadas internacionales. Alineadas en terrazas sobre las pendientes se veían las mansiones, colmadas de todo tipo de seguridad, en las que la élite de la sociedad de Guatemala escapaba del tercer mundo. Era una escena atractiva y la única que muchos de los visitantes extranjeros verían de esta ciudad capital. Vicki no sería uno de ellos.

Mientras continuaba su descenso, el avión inclinaba sus alas dejando así ver, más allá de la despampanante Zona 10, un excelente panorama de la otra cara de esta ciudad capital en la que vivía y laboraba la abrumadora mayoría de sus habitantes. Se trataba de un laberinto de calles estrechas, de fachadas desgastadas de adobe desfiguradas por el grafito político. Vio un mar de tejas rojas con algunos techos de latón y de duralita esparcidos. Amontonadas en cada espacio disponible y trepando por los lados de la montaña estaban las casuchas de los pobres, hechas con restos de leños, con pedazos de latón y aun con trozos de cartón.

Lejos, a la derecha de Vicki, uno de los sitios más ocultos de la ciudad de Guatemala cruzaba a través de los asentamientos de estas casuchas: un profundo y ancho barranco. Este, que originalmente había sido el conducto de uno de los mayores ríos tributarios, ahora era un receptáculo completamente diferente. Su desigual y descolorida superficie se extendía hasta las proximidades de, lo que ella sabía bien, eran miles de toneladas de deshechos. Se trataba del basurero municipal, el destino final de Vicki.

A pesar de que todo esto le era tristemente muy familiar, no le traía ninguna clase de recuerdos. ¿Por qué, entonces, había dudado tanto en venir a este lugar?

Dejando de lado el paisaje, Vicki retomó la información impresa que había estado leyendo acerca de este país.

Guatemala, el corazón del imperio maya, fue conquistada por los españoles en el siglo XV. Siglos de gobierno colonial dieron como resultado una sociedad sumamente estratificada. Así, la mayoría indígena maya quedó relegada a una posición de peonaje en un sistema de estilo feudal; se produjo una creciente clase ladina urbana, o clase española/maya; y se dio paso a una clase elitista gobernante, en su mayoría europea. . . . En la década de los cincuenta Estados Unidos era dueño de United Fruit Company, el terrateniente más poderoso de Guatemala, lo que dio origen al término banana republic. Debido a que las plantaciones cafetaleras y bananeras dependían de la mano de obra de los mayas, la elección del candidato de la reforma Coronel Jacobo Arbenz causó gran preocupación tanto en el medio aristocrático como en el ámbito de los negocios internacionales. Un golpe de estado apoyado por la CIA dio paso a medio siglo de regímenes militares, marcados por las protestas populares y por las represalias del ejército. . . .

Para cuando los Acuerdos de Paz de 1996 marcaron un cese al fuego de la guerra civil, más de doscientos mil civiles habían desaparecido o habían sido víctimas de diversas masacres. Aunque una Comisión de la Verdad de las Naciones Unidas determinó que el ejército guatemalteco era responsable de más de 90 por ciento de todas las atrocidades, Estados Unidos ha mantenido fuertes vínculos económicos y políticos con Guatemala —haciendo de este país uno de sus aliados más fuertes en la guerra contra el socialismo. . . .

Frondosas vegetaciones, hermosas playas y una colorida mezcla de las culturas maya y española hacen de Guatemala un paraíso tropical. Sin embargo, debido a las desigualdades sociales que aún prevalecen y al creciente porcentaje de crímenes, la embajada de Estados Unidos recomienda que sus ciudadanos mantengan un alto nivel de precaución. . . .

¡*Paraíso tropical!* Tan pronto como el avión aterrizó y comenzó a dirigirse hacia el terminal, Vicki empezó a reunir sus pertenencias.

Vicki esperó hasta que el pasillo quedara libre de pasajeros para deslizarse de su asiento, tomando su cartera y su bolso de lona —todo su equipaje. A través de sus experiencias había aprendido a llevar consigo sólo lo que pudiera cargar al hombro a fin de alejarse rápidamente de un avión, de un autobús o de un motín.

Las filas de inmigración aún eran largas cuando Vicki encontró la que decía *Extranjeros.* Tan pronto le estamparon su pasaporte se dirigió a las aduanas, una fila de mesas de madera detrás del lugar en el que se retira el equipaje. Guardias serios, con rifles automáticos, caminaban cerca de Vicki mientras vaciaban su bolso de lona y tanteaban las costuras del mismo con la punta de un cuchillo de mano. El mismo cuchillo perforó su desodorante, dejando trocitos blancos, como de caspa, por toda su ropa.

Una vez más todo le era tristemente familiar.

Mientras guardaba sus cosas y cerraba otra vez su bolso de lona, ella se repetía a sí misma —con cierta severidad— que esto también era parte de su trabajo. Entonces, ¿por qué se sentía tan molesta?

Sólo estoy cansada. Los preparativos de la última misión habían sobrepasado sus cálculos por unas dos semanas, por lo que apenas había tenido tiempo para escribir y enviar por fax el reporte final antes de abordar el avión hacia la ciudad de Guatemala.

Llevando al hombro sus maltratadas pertenencias, se dirigió hacia la pared de plexiglás que separaba el área de equipaje y aduanas de una multitud apiñada que esperaba afuera la llegada de sus conocidos.

Un juego de la iluminación le permitió ver su reflejo, así que Vicki pudo ver brevemente la imagen que iba a ofrecer a su comitiva de recepción: pantalones vaqueros arrugados y una camiseta, cabello café oscuro hasta los hombros sujetado firmemente detrás de su cabeza, una leve capa de sudor y polvo —su único maquillaje— y sus ojos de color ámbar brillando detrás de sus pestañas. No llevaba ninguna clase de joyas porque en los sitios en los que pasaba sus días, usarlas sería una invitación a que la asaltaran.

Ciertamente, no iba a dar una primera impresión muy atractiva.

El reflejo de su imagen se desvaneció y Vicki lo descartó encogiéndose de hombros. Sus viajes de un basurero municipal a otro no requerían que proyectara una imagen glamurosa.

Vicki mostró su pasaporte y su sello de aprobación de aduanas —ganado a duras penas— a un último guardia y salió del área de control.

Afuera, una barrera de metal mantenía a la multitud separada de la pared de plexiglás. Cada vez que salía un pasajero, la muchedumbre se apiñaba sobre la barrera y emitía una serie de nombres; mucha de esta gente llevaba también pancartas y letreros.

Vicki instintivamente comenzó a buscar un rostro conocido entre la multitud. Luego se dedicó a leer las pancartas. Ninguno de sus conocidos podía estar esperándola en medio de ese gentío de bienvenida.

Había observado cuidadosamente, de un lado a otro, a casi todas las personas que conformaban semejante mar de manos y cuerpos hasta que por fin encontró el rótulo que buscaba. Un pedazo cuadrado de cartón llevaba escrito a mano el nombre *Casa de Esperanza*.

Al igual que Vicki, la persona que lo llevaba también era una extranjera. Se trataba de una mujer mayor, un poco más baja que Vicki pero encorvada por los años y tan delgada que parecía casi del tamaño de un niño. Le resultó tan familiar que Vicki se detuvo un tanto, hasta que se dio cuenta de que la mujer era la viva imagen de cualquiera de las misioneras estadounidenses que había visto en un sinnúmero de fotografías históricas en blanco y negro que había encontrado al hacer sus investigaciones. El moño de la misionera todavía lucía, en medio de los cabellos blancos, un poco de su color castaño rojizo original. Su vestido flojo de algodón llegaba modestamente hasta los topes de sus medias oscuras, que le llegaban hasta las rodillas. También llevaba puesto un par de fuertes zapatos para caminar.

Vicki suprimió una carcajada. ¿Había venido a desperdiciar su tiempo?

En ese momento vio la mirada brillante y audaz de la mujer, con su sonrisa llena de compasión, cariño y jovialidad, por lo que Vicki decidió no juzgarla por su apariencia. Vicki se aproximó, puso su bolso de lona en el suelo y extendió la mano.

—Buenos días. Usted debe ser Evelina McKie, la fundadora de Casa de Esperanza. Yo soy . . .

En ese momento la misionera pareció reconocerla con gran sobresalto.

—Tú eres . . . ¿Victoria?

—No, sólo me llamo Vicki . . . según lo que mi dice mi partida de nacimiento. Soy Vicki Andrews, de la Fundación Niños en Peligro. Espero que mi oficina le haya informado que yo seré su contacto.

—Sí, desde luego que me informaron, y ese fue el nombre que me dieron. —La confusión de Evelina McKie se tornó en una sonrisa de bienvenida—. Es que te pareces tanto a una antigua amiga mía que me trajiste recuerdos de hace dos décadas. Eres muy joven para ser esa Victoria, pero eres tan hermosa como ella. Bueno, en fin . . .

Evelina, en lugar de darle la mano, le dio un breve abrazo y añadió: —Bienvenida a Guatemala y gracias por tomarte el tiempo para venir a visitarnos. No te imaginas qué bendición tan grande es esto.

—Es un gusto, señorita McKie.

—Por favor, llámame Evelina. "Señorita McKie" me hacer sentir como una anciana.

Según los datos que había recibido, Vicki sabía que la fundadora de Casa de Esperanza era una ciudadana estadounidense, pero el tono firme de Evelina aún llevaba un acento de origen escocés.

"Bien, querida, debes estar muy cansada después de tu viaje. ¿Por qué no dejas que Alberto lleve tu bolso?" Evelina hizo una señal a un joven delgado y de piel oscura. Hasta ese momento

Vicki no se había dado cuenta de que él estaba acompañando a la misionera.

Alberto, a pesar de ser unas cinco décadas más joven que Evelina, carecía de la mayor parte de sus dientes frontales superiores, pero le sonrió ampliamente a Vicki mientras tomaba su bolso.

"Alberto es uno de nuestros trabajadores más valiosos en Casa de Esperanza; también me ayuda como mi chofer. Ahora debes permanecer con nosotros, el Jeep está muy cerca de aquí."

Siguiéndolos a través del terminal hasta llegar afuera, Vicki se dio cuenta inmediatamente de por qué su anfitriona había hecho tal sugerencia. El pasillo de arribo había estado abarrotado, pero en la calle se encontró con una mayor aglomeración de gente y vehículos. El humo y los vapores de escape habían tornado nocivo el aire que, además, estaba cargado de una cacofonía de bocinas y de voces estrepitosas.

Semejante mar de gente parecía abrirse sin problema conforme Evelina simplemente caminaba en medio de todos; Alberto la seguía detrás.

A Vicki se le hacía más difícil abrirse paso. Un mendigo le echó lo que le quedaba de su brazo atrofiado bajo la nariz. Un niño pequeño con una charola de madera colgada al cuello vendía goma de mascar a un precio exorbitante, mientras otro aún más pequeño trataba de quitarle la cartera que llevaba al hombro. Vicki no sabía si pretendía ser botones o carterista, pero de todas formas lo miró, le frunció el ceño y le sacudió la cabeza.

—Vicki, por fin te encuentro. Pensé que ya te habías ido. ¡Espérame!

—¡Holly! —exclamó Vicki al darse la vuelta ante semejante demanda impaciente.

La joven que venía abriéndose paso entre la multitud era mucho más alta y más robusta —pesaría unos catorce kilos más que Vicki. Tenía pecas y llevaba su cabello rubio rojizo recogido hacia atrás. Sus ojos celestes brillaban de la irritación que le causaba el hacer a un lado a los vendedores y mendigos mientras trataba de llegar hasta Vicki.

—¡Qué sorpresa tan maravillosa! —Vicki le dio un abrazo y luego echó una mirada a sus dos acompañantes, quienes se habían detenido unos pocos metros más adelante—. No esperaba verte; creí que me habías dicho que no podías venir a recibirme.

—Bueno, sucede que acabo de despedir a uno de nuestros voluntarios, cuyo vuelo acaba de partir. De hecho, me quedaré en el aeropuerto toda la tarde. Tenemos que recibir a un equipo de trabajo que viene de Londres y luego tenemos que despedir a otros dos voluntarios que se van. Tenemos una fiesta de despedida para ellos aquí en el restaurante del aeropuerto. Me gustaría que vinieras. No te he visto en mucho tiempo.

—Bueno, nos vimos en Cancún hace apenas tres meses, cuando te dirigías a Guatemala —le recordó Vicki lacónicamente—. Además hemos hablado un sinnúmero de veces, según la cuenta de llamadas internacionales de mi celular.

—Realmente necesito hablarte ahora mismo. Si tienes tu equipaje . . .

—No puedo ir contigo —protestó Vicki. Este era el típico comportamiento de Holly—. Me dijiste que no podías venir a recibirme, así que pedí a otra persona que viniera por mí. Además, no estoy vestida como para asistir a una fiesta.

—Yo tampoco.

¡Cómo no! El traje safari de Holly era de la mejor calidad, y el brillo del collar de oro que llevaba alrededor del cuello hubiera provocado que la asaltaran en cualquiera de los barrios marginales de Centroamérica.

—Holly, me gustaría presentarte a mi anfitriona, Evelina McKie, la fundadora de Casa de Esperanza, donde estaré hospedándome durante las próximas semanas —le dijo Vicki dándose la vuelta—. Te presento también a Alberto, quien estará encargado de transportarme.

Vicki vio la mirada desinteresada que Holly les dirigió a la misionera de edad y a su conductor.

—Estoy segura que no tendrán inconveniente en que vengas conmigo por unas cuantas horas, ¿verdad, señorita McKie? —añadió Holly sonriéndoles—. No he visto a Vicki en *muchísimo* tiempo. Les prometo que Vicki llegará a tiempo a su sitio de hospedaje para . . . para lo que sea que tenga que hacer.

—Holly, no puedo pedirle a la señorita McKie que cambie el horario de su . . .

Sin embargo, tratar de hacer que Holly desistiera era como tratar de detener a un tornado. Vicki no se sorprendió cuando su anfitriona le tocó el hombro y le dijo: "Si quieres ir, por favor, anda y no te preocupes por nosotros. Alberto puede llevar tu bolso y nos veremos allá. Además del horario que te mandamos también debes tener nuestra dirección, aunque cualquier taxista sabe donde está ubicada Casa de Esperanza. Por si acaso, llévate una de nuestras tarjetas."

Vicki la guardó en su cartera.

—Esta tarde tenemos una reunión de nuestro equipo de trabajo, y usualmente tratamos de terminar antes del oscurecer. Así que pásala bien hasta entonces.

—¿Está segura . . . ?

Holly ya estaba llevando, casi a rastras, a Vicki.

Dándose por vencida, Vicki se despidió de Evelina ondeando la mano, casi como si le estuviera pidiendo disculpas. —Holly, yo también estoy contentísima de volver a verte, pero ¿cuál es la prisa?

—No nos queda mucho tiempo. Los demás nos están esperando para pedir la comida —respondió Holly y, tan pronto como vio que el pequeño ratero que antes había tratado de quitarle la cartera a Vicki aún las seguía, sujetó el collar que llevaba—. Además, aquí todo está sucio, hace demasiado calor y no confío en estos chiquillos callejeros. Apresúrate.

Al reingresar al aeropuerto se encontraron libres del sol, del ruido y del polvo. Tan pronto como Holly bajó su mano, Vicki observó con atención el collar: un jaguar, perfectamente diseñado en oro, con ojos de esmeralda. —Muy bonito. ¿Es nuevo?

—Acabo de comprarlo esta mañana cuando vine a la ciudad. Es para celebrar mis tres meses de estadía aquí en Guatemala, por lo menos esa es la excusa. Al paso que van los esfuerzos conservacionistas en este país, pronto será el único jaguar que quede. Si tan sólo hubiéramos obtenido ese donativo de las Naciones Unidas. Tenemos la esperanza de que los miembros de este equipo de trabajo que viene desde Hamburgo, Alemania, se entusiasmen mucho por esta causa, a fin de que cuando se vayan de regreso a su país nos recauden algunos fondos. Allá se preocupan mucho por la conservación del medio ambiente, así que estamos manteniendo los dedos cruzados.

Todas esas llamadas que habían resultado en una cuenta bastante alta de su celular ayudaron a Vicki a entender este monólogo. Holly, quien estaba casi por terminar sus estudios de medicina veterinaria, había pasado los últimos tres meses en Guatemala como miembro residente del Centro de Rescate de la Flora y Fauna, o CRFF, el cual era un programa de rehabilitación de especies en peligro de extinción, localizado en las montañas de una reserva natural.

Por lo menos Holly contaba con una habitación, alimentación y una pequeña remuneración por el privilegio de esta experiencia en el extranjero y la oportunidad de practicar la medicina veterinaria. En cambio, los equipos de voluntarios de trabajo a los cuales ella se refería, tanto estadounidenses como europeos, tenían que pagar por el privilegio de pasar uno o dos meses alimentando a los animales y limpiando las jaulas en el ambiente de un rústico bosque nuboso.

—Y ahora están hablando de más recortes de presupuesto y de personal. La partida de Roger y Kathy nos pone en una posición bastante difícil. Además, con esta otra situación . . . bueno, me alegra que estés aquí.

Mientras Holly la guiaba hacia arriba en una escalera eléctrica y a través de un piso de azulejos, Vicki la estudiaba con cuidado. Holly seguía hablando, pero lucía preocupada y miraba a su alrededor como si estuviera buscando algo o a alguien. Sus rápidos parpadeos completaban su apariencia de búho alborotado con ojos azules.

Un búho preocupado.

—¡Oye! Las cosas no pueden estar así de mal —replicó Vicki, tocándole el brazo con la intención de animarla mientras Holly abría una puerta tallada de caoba—. Olvidémonos del trabajo y disfrutemos de tu fiesta.

La puerta se cerró detrás de las dos, haciendo desaparecer por completo el ruido y el alboroto del aeropuerto. El restaurante, con sus caros paneles de madera, sus brillantes lámparas y sus meseros vestidos de blanco, era un mundo diferente al de la sucia y congestionada calle. Vicki se sintió un tanto avergonzada por su apariencia desaliñada.

De mala gana, Vicki siguió a Holly entre las mesas llenas de gente. Muy pocos de los aquí presentes parecían ser oriundos de este país. Eso no era para sorprenderse, ya que el plato más barato del menú costaría más que el salario semanal promedio de un guatemalteco. Una mesa con hombres ataviados con trajes y corbatas sobresalía entre las demás como si se tratara de unos cuervos demasiado elegantes en medio de una fiesta de guacamayos. Vicki se imaginó que serían miembros de la embajada, o quizás hombres de negocios. Uno de los hombres acababa de retirar una silla de la mesa en el instante en que Vicki y Holly se aproximaban. Era un hombre más joven que los demás, tal vez de unos treinta años de edad, con una buena complexión y de excelente estatura. Su cabello castaño era un poco más claro que el de Vicki y su bronceado mostraba que no pasaba mucho tiempo detrás de un escritorio.

Vicki ya le había quitado la mirada cuando Holly se detuvo.

"Es él. Ya me parecía haberlo visto cruzando el vestíbulo cuando fui a buscarte."

Estas palabras fueron casi un murmullo. No obstante, el individuo en mención debía tener el oído de una de las especies amenazadas a las que Holly estudiaba, puesto que con toda calma se volvió mientras aún tenía una mano sobre la silla.

—Hola, Holly.

Holly, aun bajo sus pecas, estaba lo suficientemente pálida como para que Vicki se diera cuenta de su rubor repentino.

—Ho-hola, Michael. Qué sorpresa verte aquí. N-no sabía que estabas de regreso en la ciudad.

Holly estaba realmente tartamudeando. No era difícil darse cuenta por qué tendría que estar tan impresionada. El hombre era atractivo —tanto más cuando no parecía hacer alarde de semejante cualidad.

Tenía que ser de la embajada o un hombre de negocios. Seguramente había participado en el servicio militar —quizás recientemente. El hombre miró a Vicki y ella bajó la mirada.

—Me las arreglé para tomar un vuelo hasta acá —respondió Michael, con un tono serio y dirigiéndose a Holly—. Como puedes ver, tengo que despedir a unos invitados —continuó, señalando con la cabeza en dirección de la atestada mesa antes de volver a mirar a Vicki—. ¿No me vas a presentar?

—¡Ay! Claro que sí —dijo Holly, sonrojándose aún más—. Michael, te presento a Vicki. Vicki, te presento a Michael Camden de la OAD.

Así que Vicki había estado en lo cierto. Michael, al ser miembro de la Oficina del Agregado de Defensa, era parte del contingente militar de la embajada.

Durante la pausa que se dio a continuación, Holly no añadió nada más. En cambio, luego se desató en una conversación apresurada.

—Michael, estaba planeando llamarte, pero pensé que todavía andabas fuera en alguna operación. Sería bueno si tal vez pudiéramos reunirnos para hablar . . .

—Claro que sí. Llama a la embajada y pide a mi secretaria que te dé una cita. Mi horario es bastante apretado, pero tú definitivamente mereces prioridad. Ahora, me gustaría seguir conversando contigo pero, con tu permiso, tengo que atender a mis invitados. —Michael las despidió y se sentó en su silla.

Holly permaneció parada en el mismo sitio durante tanto tiempo que Vicki se sintió incómoda, por lo que la instó para alejarse de esa mesa.

¿Sería este tal Michael Camden el motivo de preocupación de Holly? Por lo menos no la había rechazado, aunque tampoco respondió con mucho entusiasmo al interés de Holly. Con cierta exasperación, pero también con afecto, Vicki pensaba que Holly era tan jovial y amigable —e igual de sensible— como un cachorro San Bernardo.

Como si fuera asunto mío. Holly ya es mayor de edad.

"¡Oye, Holly! Aquí estamos."

"¿Adónde te fuiste? Ya estábamos por ir a buscarte."

Estos saludos provenían de dos mesas, puestas juntas, en una de las esquinas posteriores del lugar.

El rostro de Holly pareció iluminarse, y conforme iban acercándose al grupo su expresión de preocupación también iba evaporándose.

"Perdón por la demora, pero somos dignas de que nos esperen, ¿verdad, Vicki? Siéntate aquí en medio de estos dos amigos."

Mientras se sentaba en una silla frente a Holly, Vicki pudo ver a las otras seis personas alrededor de la mesa.

"Vicki, te presento a Lynn Waters, del Grupo para la Protección del Amazonas; Dieter, de Greenpeace," dijo Holly presentando a Vicki. "Ya te he hablado de Kathy y Roger, mis colegas del centro. Mejor dicho, ex colegas."

Con su ondeante cabello rojo con unas canas y su brillante vestido hawaiano de flores, Lynn lucía como una hippie envejecida. Dieter era un alemán robusto, cuya amplia cintura era prueba de que su propio consumo de los recursos del planeta iba más allá de los principios establecidos por el movimiento ecologista y pacifista Greenpeace. Roger y Kathy eran jóvenes y rubios.

—Roger y Kathy regresan a Inglaterra esta noche. Acaban de terminar su proyecto posdoctoral —explicó Holly con entusiasmo—. Tala y agricultura sostenible en el hábitat de un bosque nuboso. Un gran proyecto que encaja muy bien con los objetivos del Centro de Rescate de la Flora y Fauna.

—Por eso estamos celebrando —dijo Roger, levantando un vaso de vino—. Mañana estaremos en Londres; quizás pronto obtengamos una posición en Cambridge y tal vez hasta hagamos un documental con la BBC.

—Además, esperamos recibir una o más donaciones y fondos para solventar nuestros proyectos de conservación. Me alegro mucho por ustedes, pero realmente no sé qué voy a hacer cuando no estén aquí —Holly dejó escapar un suspiro exagerado; luego su rostro se iluminó—. Por lo menos todavía tenemos a Bill en el proyecto.

Holly señaló al miembro de más edad de todo el grupo. Aunque el cuerpo delgado y curtido y su corte de pelo al rape hacían un tanto difícil el adivinar la edad del hombre, el brillo de sus ojos indicaba cualquier cosa excepto senilidad.

—Bill es el patrocinador más generoso del CRFF —continuó Holly—. Tiene una propiedad justo a las afueras de la reserva, cerca del centro. Ha estado guiándonos a través del sistema burocrático local y del sistema de seguridad de este país. Tú debes ser uno de los estadounidenses que ha vivido aquí durante más tiempo, ¿no es así, Bill?

—Parece que sí —dijo el hombre seriamente.

—Señores, ¿están listos para hacer su pedido?

—¡Ah! Sí, se me había olvidado —respondió Holly, tomando el menú que uno de los meseros le estaba pasando discretamente y rápidamente añadió—: Les presento a Vicki. Ella es una amante de la humanidad. —Lo dijo como si el término les explicaría todo acerca de Vicki.

La razón por la cual un extranjero estaba en un país como Guatemala explicaba extensiva y rápidamente de quién se trataba. Así, los trabajadores de las numerosas organizaciones humanitarias eran conocidos como *amantes de la humanidad*, mientras que los grupos representados en esta mesa eran conocidos como *amantes de los árboles*.

También existían *las multinacionales* —representantes de corporacio-
nes internacionales— y los varios miembros del personal diplomático
y consular, junto con los representantes de los grupos de las fuerzas
militares y de otras organizaciones gubernamentales estadounidenses,
a quienes simplemente se los conocía como *la embajada*.

Con todo esto, ¿en qué categoría quedaba el último miembro de
este grupo? ¿Se habría dado cuenta Holly de que no había terminado de
presentar a todos? Vicki tomó un menú y estudió disimuladamente a su
vecino. No era fácil ubicarlo en ninguna de las categorías mencionadas.
*Si se le diera un hacha y un casco con cuernos y se le hiciera parar sobre la
proa de una gran embarcación, quedaría muy bien de vikingo*. De hecho,
gracias a su oscuro bronceado, su cabello largo, aclarado por el sol, sus
prominentes músculos y camisa hawaiana, Vicki lo hubiera clasificado
como uno de esos amantes de los deportes al aire libre, que consideran
a Centroamérica como un paraíso barato en el que pueden practicar sus
actividades favoritas.

¡Qué manera de estereotipar a la gente! Si uno lucía atlético y venía a
cenar vistiendo traje y corbata, entonces era militar. En cambio, si vestía
una camisa hawaiana, pantalones cortos y calzaba sandalias, entonces
era un vagabundo de las playas.

—Joe —dijo él. Por lo menos el acento del vikingo era puramente
estadounidense.

Sorprendida, Vicki dejó caer el menú y lo miró —los ojos verdes del
hombre la estaban mirando atentamente. —¿Perdón? —replicó Vicki.

La mirada atenta del hombre se tornó divertida al ver enrojecer a
Vicki. —Mi nombre es Joe —añadió él simplemente y, echándose hacia
atrás en su silla, estiró y cruzó las piernas a la altura de los tobillos—.
¿No es eso lo que querías saber?

—Joe —repitió Vicki lacónicamente. Tal incongruencia le hizo gracia, por lo que decidió esconder su sonrisa tras el menú.

—¿Me perdí algún chiste? —Joe frunció el ceño mientras pasaba su
mano sobre su larga cabellera, dejándola aún más despeinada.

Un vikingo con el ceño fruncido era algo intimidante. *Aquí puedo
perder la cabeza*. Esta vez Vicki dejó escapar una risita. —Perdón.
—Enderezándose, Vicki trató en vano de ponerse seria—. Es que me
causó gracia el oír nombres como "Bill" o "Joe." Es que . . .

—¿Nuestros nombres te hicieron pensar que somos algo semejante a Moe, Larry y Curly de los *Tres Chiflados,* verdad?

—No exactamente —continuó Vicki con una sonrisa—. Más bien me pareció que eran semejantes a esos típicos "machos" de las películas del Oeste, que se acercan al bar y dicen: "Hola, mi nombre es Joe," o "Bill." —Vicki bajó el tono de voz, imitando exageradamente el acento de él, y continuó—: Y nunca se dan a conocer por otro sobrenombre aparte de tal monosílabo.

Quizás ella se había imaginado que Joe había entrecerrado sus ojos, produciendo una mirada felina, porque su boca sardónica estaba curvándose. —Tienes razón, señorita —replicó Joe, señalando a Bill mientras sus rasgos fuertes se relajaban—. Por lo menos permíteme que te haga una aclaración. Me han dicho que Bill, o William Taylor, ha estado paseándose por Guatemala casi desde la época de Simón Bolívar. Por otro lado, ¿no te parece que mi nombre, Joseph Ericsson, deletreado con una *c* y doble *s*, tiene suficientes sílabas como para ser un nombre de primera categoría?

—Tal vez. —Vicki arqueó las cejas mientras reflexionaba sobre el nombre—. Ericsson es un nombre escandinavo que significa "hijo de Eric," ¿verdad? ¿No existió también un gobernante vikingo con el mismo nombre?

—Mejor dicho un vagabundo común —respondió él con una carcajada—. ¿Por qué? ¿Acaso me estabas imaginando con un hacha de guerra y un casco con cuernos en una embarcación vikinga?

Gracias a que el mesero se interpuso entre los dos para tomar sus pedidos, Vicki no tuvo que responderle. Joe pidió un filete grande; ella se decidió por una ensalada especial. Mientras el mesero retiraba los menús, Vicki preguntó neutralmente: —¿Qué te trajo a Guatemala?

—Las playas grandes, el clima abrigado, el bajo costo de vida y la gente amable. Si lo que quieres saber es qué estoy haciendo en esta mesa en compañía de todos estos amantes de los árboles, la respuesta no es tan misteriosa como todo lo que puedo ver que estás imaginándote. Es cierto que heredé esos genes de vagabundo. El problema es que hacer surf es muy divertido, pero no se gana mucho que se diga. Así que cuando tus amigos estaban buscando a alguien hábil para que se encargara de las reparaciones y del mantenimiento del CRFF, Bill tuvo la amabilidad de recomendarme.

—¡Oye, Joe! No te pases de modesto —interrumpió Holly —. Vicki, no le creas. Joe es una de las personas más hábiles y talentosas que he conocido. Puede pilotear cualquier cosa, desde un bote hasta un avión pequeño. Lo que es más, los comerciantes locales le hacen caso a él muchísimo más que a mí. Diles tú mismo, Bill, ¿quién tuvo realmente la amabilidad de mandarnos a Joe?

—No te engañes —dijo Bill—. Cuando me conozcas mejor, Vicki, verás que nunca soy amable. Joe simplemente fue un medio de auto-conservación. Él es bilingüe y ha estado por esta región el tiempo sufi-ciente como para saber manipular la burocracia y a los políticos locales. Lo cual es algo que tú, Holly, no puedes hacer y más vale que lo admitas. Así que no sacudas la cabeza.

Holly arrugó la nariz.

—Además, según él mismo lo admite, es capaz de trabajar y diver-tirse con igual intensidad, cuando así lo desea. Por lo tanto, era lógico que yo lo recomendara.

—Bueno, todo lo que puedo decir es que estamos muy contentos de tener a Joe con nosotros —añadió Holly con entusiasmo—. ¿Cuán-tos idiomas hablas, Joe? Aunque no haya venido acá con una misión no gubernamental, Joe es mucho más que un surfista. Él entiende de asuntos del medio ambiente, de política y . . .

—Holly, ya es suficiente —Joe interrumpió, abandonando su posi-ción relajada y levantando las manos, con las palmas hacia arriba, en señal de protesta burlona—. No creo que Vicki esté interesada en una biografía completa. Una juventud desperdiciada vagando alrededor del planeta puede haber sido ideal para aprender otros idiomas y otras cosas prácticas, pero tampoco soy alguien excepcional. Simplemente me alegro de estar aquí, de poder ayudar un poco y de ganar algo de dinero para la próxima temporada.

Con este llamado de atención por parte de Joe, Holly enrojeció y se mordió el labio.

Vicki frunció el ceño. ¿Sería posible que Holly estuviera interesada en este tipo nómada? Vicki esperó de que no fuera así. ¿Acaso se había imaginado el interés de Holly por ese agregado de la embajada?

Vicki echó una mirada al otro lado del restaurante y sorprendió a Michael Camden volteado en dirección a ellas, por lo que retiró rápidamente su mirada. *Holly, ¿en qué clase de embrollo sentimental te estás metiendo esta vez?*

CAPÍTULO TRES

—Vicki, Holly nos dice que eres amante de la humanidad — dijo Lynn, inclinándose hacia adelante—. ¿Cuál es el motivo de tu viaje a Guatemala?

—Vine porque estoy trabajando con un proyecto de ayuda para los niños —contestó Vicki—. Se llama Casa de Esperanza y trabajan principalmente con la población del basurero.

—¿Te refieres a toda esa gente que vive en el vertedero? —preguntó Lynn, arqueando sus delgadas cejas—. Claro que conozco Casa de Esperanza. ¿Quién no la conoce? Entonces tú debes ser una misionera.

—¡Misionera! —exclamó Holly, que evidentemente había recuperado su vivacidad de costumbre—. ¿Vicki una misionera? Aunque si hubieras visto la abuela con quien andaba cuando la encontré . . . —Holly dejó de hablar al ver la mirada de advertencia de Vicki y luego añadió—: Vicki es antropóloga. Tiene un doctorado de la Universidad de Duke. Además fue becaria de Fulbright —aclaró Holly con orgullo—. Aunque ahora trabaja más bien como una investigadora privada. Vicki investiga y decide quién recibe todos esos millones que su fundación distribuye.

—¡En serio! —replicó Lynn, cuyas cejas se arquearon aún más—. ¿Cómo fue que de antropóloga te convertiste en investigadora privada?

—No es tan glamuroso como cree Holly —dijo Vicki, dándole a Holly una mirada exasperada y notando que esta última pregunta había hecho que toda otra conversación cesara. Además pudo ver la sonrisa sardónica de Joe antes de volverse a mirar a Lynn—. Trabajo como investigadora de proyectos para la Fundación Niños en Peligro, una organización internacional que distribuye fondos a proyectos de asistencia para los niños alrededor del mundo. Mi labor, básicamente, requiere que pase unos pocos días o hasta unos cuantos meses trabajando directamente con un proyecto en particular, a fin de determinar cuáles aspectos del mismo son efectivos y cuáles no lo son. Luego considero y recomiendo que dicho proyecto sea apoyado o no, al menos por nuestra fundación, y determino el monto de dicho apoyo monetario. También puedo recomendar cuáles deben ser los pasos a tomarse para hacer que un proyecto salga adelante y se recupere, si el valor de este así lo amerita.

—Ciertamente parece un trabajo bastante interesante —replicó Lynn—. Si me permites preguntarte, ¿por qué te eligieron a ti? No dudo de tu capacidad, pero tengo que admitir que luces casi tan joven como los niños con quienes trabajas.

—Sí, y ¿cómo podemos obtener algo de esos fondos? —añadió Dieter en voz alta, con una jarra de sangría colocada cerca de su codo—. Con gusto aceptaría un millón; quizás dos.

—Tengo veinticinco años de edad —continuó Vicki forzadamente, y, mirando al activista alemán—: Lo siento mucho, pero no apoyamos a proyectos para la conservación del medio ambiente. El nombre de la organización es Fundación *Niños* en Peligro. En cuanto a por qué me eligieron a mí —dijo Vicki, volviéndose a Lynn—, creo que poco a poco fui adentrándome en esta tarea. Mi tesis de doctorado fue acerca de los campamentos de refugiados en Colombia. Mi objetivo era estudiar el desarrollo de la niñez en dichos refugios, pero terminé recopilando datos y preparando un análisis incisivo y minucioso vinculando los fondos internacionales y la corrupción en la administración del campamento. Con eso obtuve mi doctorado y el reconocimiento de USAID. Así fue como me crucé en el camino con la Fundación Niños en Peligro, que había donado una considerable cantidad de dinero para ese proyecto. Después de leer mi informe final, me invitaron a trabajar con ellos investigando algunos proyectos que también levantaban sospechas.

Vicki dudó un momento, pero al ver que sus oyentes alrededor de la mesa estaban genuinamente interesados, continuó: —Mi último trabajo, en la ciudad de México, es un buen ejemplo. La Fundación Niños en Peligro había estado donando altas sumas de dinero a un proyecto de colaboración con el Departamento de Familias de ese país, a fin de proveer alojamiento y cuidado médico a los niños que viven en el basurero municipal local. Sin embargo, los encargados del proyecto nunca tenían fondos para alimentos o medicamentos.

A Vicki ni siquiera le gustaba recordar las horribles condiciones que había encontrado en aquel supuesto hogar de niños. —Unas semanas más tarde descubrí que la administración había comprado y pagado en efectivo una mansión flamante en el mejor barrio de la ciudad.

—Eso es terrible. —Kathy lucía horrorizada—. ¿Quieres decir que habían estado malgastando los fondos de los niños? ¿Quieres decir que Casa de Esperanza . . . ? Pero ese es uno de los mejores y más conocidos proyectos de asistencia para los niños en la ciudad. No puedo creer que . . .

—Ah, no, no, de ninguna manera —interrumpió Vicki—. Al contrario, hemos recibido muy buenos informes acerca de Casa de Esperanza. Tan buenos que estamos investigando las ventajas de colaborar con algunas de estas organizaciones no gubernamentales en lugar de trabajar con las autoridades locales.

—Personalmente, creo que ya se ha dado demasiado dinero a estos grupos —interrumpió Dieter otra vez—. Después de todo, es el medio ambiente de Guatemala el que está en riesgo, no el incremento de la población juvenil.

Vicki no supo qué la enardeció más, si fue la actitud de Dieter o el murmullo de aprobación alrededor de la mesa. Decidió guardarse una fuerte respuesta.

—¿Han visto las noticias? —preguntó Lynn cambiando el tema—. ¿Vieron lo que el ejército encontró ayer?

—Ay, no hablemos de eso —suplicó Holly.

Su súplica logró un silencio lo suficientemente largo como para que los meseros volvieran a llenar con agua los vasos de todos.

Enseguida Dieter, recuperando su aplomo con otro vaso de sangría, agregó: —Así que ¿quiénes creen ellos que son los responsables, los de la derecha o los de la izquierda?

—Si acaso lo saben, no lo han dicho —contestó Roger—. Desde luego que el ejército niega haber estado involucrado.

—¿Y la embajada? —preguntó Lynn, bajando la voz y echando una mirada hacia la mesa de los ataviados con trajes y corbatas—. ¿Crees que esta vez tuvieron algún aviso previo?

—¿Cómo puedes decir eso? —Los ojos de Holly se agrandaron—. ¿Realmente crees que alguien en nuestro gobierno pasaría por alto algo así?

Una avalancha de miradas burlonas cruzó de un lado a otro de la mesa, pero nadie se aventuró a desafiar su ingenuidad. El número de miembros de la embajada que habían sabido lo que el ejército del régimen militar de Guatemala estaba haciendo con el armamento, entrenamiento y apoyo provistos por los Estados Unidos durante las últimas décadas de guerra civil quedaba abierto a la conjetura. Gracias a recientes informes extraoficiales de la CIA, pocos eran lo suficientemente ingenuos como para seguir creyendo que el personal de la embajada de Estados Unidos ignoraba por completo las atrocidades y los abusos desenfrenados cometidos contra los derechos humanos en este país.

—Hablando de tu embajada . . . —dijo Dieter, añadiendo burla a su mímica de Lynn y salpicando sangría sobre el mantel al usar su vaso para hacer sus gestos—. ¿Ya viste quién está en la ciudad? ¿Piensas que tiene algo que ver?

—¿De quién estamos hablando? —preguntó Holly, volviendo la cabeza—. Ah, ¿te refieres al tipo grande, con el traje gris y barba, que está sentado junto al embajador? Me parece conocido. ¿Dónde lo he visto?

—Probablemente en CNN —le aclaró Lynn lacónicamente—. Ese el nuevo jefe de antinarcóticos de la administración. Vino acá por ciertos ejercicios antidrogas que los nuestros estaban llevando a cabo con el personal guatemalteco. Lograron capturar una media docena de plantaciones de amapola y laboratorios de opio en las montañas. Así que nuestro jefe ha estado felicitando a los guatemaltecos y repartiendo medallas a manos llenas.

—¿Cómo lo sabes, Lynn? —preguntó Roger, sacudiendo la cabeza—.

Se supone que, aunque esa información no sea clasificada, tampoco la han anunciado a través de la prensa.

—Mi novio trabaja en la sección de comunicaciones y no lo vi en toda la semana mientras ellos estaban allá en la montaña practicando sus "jueguitos" —replicó Lynn con una amplia sonrisa.

—Ah, sí, bueno, pueden felicitarse los unos a los otros todo cuanto les plazca, pero por cada laboratorio que capturan quedan otras docenas, y los cultivadores sólo se van a otra parte de la selva —contestó Dieter abruptamente—. No sé si perdemos más selva tropical debido a los carteles de narcotraficantes o a causa de los campesinos que se apoderan de las tierras.

—Volviendo al tema, ¿vieron dónde se dio la masacre? —agregó Lynn—. Justo en tu territorio, Holly, pasando el centro hacia Sierra de las Minas.

—¿En la biosfera? —Holly se sentó derecha.

Una vez más, fue gracias a todas esas llamadas internacionales que Vicki pudo entender de lo que estaban hablando. La Reserva de la Biosfera de Sierra de las Minas era la reserva natural de la sierra, ubicada detrás del Centro de Rescate de la Flora y Fauna, que había sido abierta para la conservación de 60.700 hectáreas de lo que quedaba del hábitat del bosque nuboso de Guatemala.

—Creí que el Ministerio del Medio Ambiente había limpiado esa área. —Holly se dio la vuelta en su silla—. Bill, tú conoces esa zona allá arriba. No pueden aún quedar aldeas por allí, dentro de la biosfera, ¿verdad? Me refiero a que cuando negociamos, recaudamos millones de dólares para que la reserva pague por la tierra y para que también recompense a quienes ya vivían en el perímetro.

—Según las coordenadas que estaban dando, parece que bien pudo haber sido dentro del perímetro —dijo Bill encogiéndose de hombros—. El asunto es que aunque tus grupos de conservación ambiental adquieran las tierras del gobierno, mientras exista gente hambrienta, los campesinos seguirán encontrando tierras para cultivar maíz. Además, lo único que esta gente tiene que hacer es permanecer alejada de las zonas vigiladas. Así que se requiere de un sistema de seguridad muchísimo mejor del que tienes para vigilar un territorio tan extenso.

—Entonces, como se dice, no hay mal que por bien no venga

—replicó Dieter, lanzándole a Vicki una mirada maliciosa—. Después de lo sucedido ayer, el próximo grupo de indios que quiera apoderarse de tierras dentro de la reserva va a pensarlo mejor antes de invadirlas.

—¿No es eso un tanto cruel? —insistió Lynn—. Después de todo, ellos sólo están tratando de alimentar a sus familias.

—¡Ah, por favor! —dijo Dieter—. No seamos hipócritas. ¿No se supone que estos campesinos mayas deben venerar a la Madre Tierra? Bueno, entonces que aprendan a respetarla antes de que desaparezcan los bosques nubosos, y todas las selvas tropicales, y no quede nada para la siguiente generación. Ciertamente no estoy aprobando esta masacre. Desde luego que es una tragedia terrible, pero nada de esto hubiera sucedido si esta gente no hubiera ido hasta allá y quebrantado la ley.

—¿Qué quieres decir? —inquirió Lynn con fingida dulzura—. ¿Acaso insinúas que los culpables no son los rebeldes izquierdistas, ni los del ejército fuera de control, sino tal vez algunos fanáticos terroristas decididos a salvar la selva tropical a toda costa? ¿Te refieres a alguien en particular?

Todos comenzaron a hablar al unísono, pero la voz de Roger predominó sobre todas las demás. —Está bien, escuchen todos, no nos salgamos del tema. Lo sucedido ayer reveló una gran falla sistemática en nuestros esfuerzos conservacionistas. De nada va a servir que dediquemos tantos fondos y esfuerzos a este proyecto si los lugareños van a seguir entrando a espaldas nuestras y van a continuar destruyendo todo lo que hemos hecho. ¿Qué se puede hacer para proteger nuestros perímetros de semejantes invasiones? ¿Quién puede ayudarnos?

Ahora, el mesero ya había comenzado a distribuir la comida. Dieter inspeccionó su hamburguesa doble con queso y tocino antes de dar su aporte a la conversación. —Para comenzar podemos obtener más patrullas armadas en el área.

Vicki comió con desgana su ensalada especial mientras las propuestas y los argumentos iban y venían de un lado a otro de la mesa. A pesar de lo mucho que Holly había insistido en que Vicki viniera para que las dos pudieran hablar, ella estaba tan absorta como los demás en la discusión. Lo peor era que en todas las discusiones acerca de las especies en peligro de extinción, biodiversidad, bancos de genes tropicales y prístinos hábitats no parecía caber consideración alguna para el eslabón humano en la cadena trófica.

Vicki miró su reloj. Si no salía pronto, le iba a ser muy difícil llegar a tiempo para la reunión de equipo en Casa de Esperanza.

—Es decir que los mayas no están en peligro de extinción, pero los bosques nubosos sí lo están.

El tono irónico sorprendió a Vicki. Al igual que ella, Joe había permanecido en silencio durante todo el debate, aunque con su expresión había demostrado estar muy interesado. ¿Era este un tópico más en el que este nómada había llegado a ser un experto? ¿Y cómo se las arreglaba él para leerle la mente?

—Se me había olvidado que no eres un amante de los árboles —le dijo Vicki con una sonrisa triste—. Son buenas personas, pero con mentalidades un tanto limitadas. A mí me parece que *alguien* debería tratar de encuestar la opinión de los habitantes humanos en cuanto a lo que se tiene planeado para ellos.

—¿Por qué no se los dices?

—Ah no . . .

—Oye, Greenpeace, guarda silencio y dale a Vicki la oportunidad de hablar —dijo Joe interrumpiendo a Dieter, quien al momento había estado dominando la discusión—. Después de todo, ella es la única entre nosotros que trabaja directamente con esta gente.

Sorprendentemente, el silencio reinó de inmediato. Todos volvieron la mirada hacia Vicki, y Joe le dio la señal para que tomara la palabra.

—¿Cuál piensas *tú* que puede ser la solución? ¿Cómo balancearías la conservación del medio ambiente y las quejas de los lugareños?

Este era el eterno debate entre los amantes de la humanidad y los amantes de los árboles. —Pienso que mientras tratamos de salvar a la selva tropical —prosiguió Vicki cautelosamente—, debemos también buscar la manera de alimentar a la gente. Lo menos que podemos hacer es dar ejemplo. —Echó una mirada a las migajas que quedaban de la gigante hamburguesa que Dieter se había comido—. Después de todo, los gringos tampoco pueden quejarse de estar en peligro de extinción.

Con su sonrisa hizo que este último comentario suyo fuera tomado como un chiste. —Por el momento, ha sido un gusto conocerlos a todos, pero ya tengo que irme. Holly, me comunico contigo luego —añadió Vicki poniéndose de pie.

—Oye, no te vayas. Creí que habías venido para que pudiéramos hablar —dijo Holly, poniéndose de pie rápidamente mientras que Vicki dejaba un billete sobre la mesa para cubrir el costo de su almuerzo—. Es por eso que te invité, ¿lo recuerdas?

¿Por qué no pensaste en eso más temprano? Vicki se puso su cartera al hombro. —Sí, por eso vine.

—Mira, mis amigos no quisieron . . .

—Ya lo sé. Ese no es el problema en absoluto —le aseguró Vicki mientras caminaba hacia la salida—. De verdad lo lamento. Te aseguro que la pasé bien, pero tengo que llegar a Casa de Esperanza. ¿Por qué no vienes esta noche? Así podremos hablar todo el tiempo que desees.

—No puedo. En cuanto lleguen los del equipo alemán tengo que ayudarlos a instalarse en su hostal y luego tengo que llevarlos en un bus hasta el centro. Por lo menos déjame que te acompañe hasta afuera. Podemos hablar en el camino. —Holly, en su apuro, iba pisándole los talones a Vicki y llevaba otra vez la mirada de un búho preocupado.

—Bien, habla entonces —dijo Vicki, dando otro suspiro y caminando más lentamente.

—Bueno . . . es que, quiero que mañana vengas conmigo al centro para que hagas lo que haces en tus proyectos . . . para que lleves a cabo una investigación.

—¿Qué? —Antes de dirigirse a toda prisa hacia las escaleras eléctricas, Vicki le clavó una mirada incrédula—. ¿Estás loca? ¿Acaso has olvidado que vine a hacer un trabajo? Para el cual ya estoy atrasada.

—No les molestará si les dices que necesitas cambiar tu horario —insistió Holly—. Me refiero a que no estás trabajando en algo urgente, ¿verdad? Solamente te estoy pidiendo una o dos semanas de tu tiempo. Después de todo debes tener un poco de vacaciones.

Al bajar de las escaleras, Holly tomó a Vicki del brazo y, levantando su tono de voz debido al ruido en el pasillo de llegada, añadió: —He estado pensando en esto desde que supe que vendrías a Guatemala y ahora con lo sucedido esta semana pasada . . . Bueno, el intérprete que iba a trabajar con el equipo alemán renunció. Todos hablan inglés, así que supuse que tú podrías reemplazarlo. Serviría para encubrirte, ¿entiendes?

—¿Y cómo podría ser eso un tiempo de vacaciones? —replicó Vicki—. Además, tú sabes que a mí no me gustan las montañas.

—Eso es una locura. Nunca entendí qué tienes en contra de las montañas.

—Son frías, húmedas y deprimentes. Dame a elegir una playa soleada y entonces sí me voy de vacaciones. —Vicki no pudo disimular su tono de irritación. Qué típico de Holly tornar un asunto como este en algo personal. Además, era característico de Holly esperar que Vicki abandonara su trabajo y sus planes en cualquier momento en que ella lo necesitara, o mejor dicho lo *quisiera*—. Holly, si esta es una de tus cruzadas, ahora no cuento con el tiempo disponible. Sé que necesito unas vacaciones, pero unas vacaciones de verdad.

—¿Qué quieres decir con eso de "tus cruzadas"? ¿Cuándo te he pedido antes que me ayudes?

—¿Recuerdas el asunto del búho moteado? Estabas segura de haber visto uno y de que los taladores estaban encubriendo algo al respecto. Excepto que resultó que *ese* búho en particular, de hecho, era de una especie muy común. No obstante, ya habías usado mi nombre en una campaña para escribir cartas, que provocó que la Agencia de Protección Ambiental investigara a la industria maderera local.

—¡Eso sucedió cuando aún estábamos en la escuela secundaria!

—¿Y los elefantes del circo? Descubriste que los estaban usando para labores pesadas y llamaste a las Personas por la Ética en el Trato de los Animales. De hecho, resultó ser que esos elefantes eran criados en la India como animales de trabajo.

—No me parece bien que se explote a los animales que actúan en el circo. Además, esto es diferente. Este es mi trabajo.

—Está bien, ¿cuál es el problema con tu paraíso ambiental que requiere de tu propia investigadora privada? —preguntó Vicki al darse cuenta que Holly estaba realmente desesperada—. Dame sólo el resumen —añadió, mirando su reloj.

—Bueno, por un lado, se trata de los animales. —Holly bajó el tono de su voz, como si de pronto se hubiera dado cuenta que alguien en este mar de gente pudiera entender inglés—. Creo que los trabajadores los están robando.

—¿Qué te hizo llegar a esa conclusión?

—Me he estado dando cuenta que cada vez que regreso de la ciudad de Guatemala, faltan animales. Siempre faltan los más valiosos en el mercado de animales exóticos. Cuando indago, de pronto nadie entiende mi español o me dan una serie de respuestas absurdas. Los equipos que vienen por cortos períodos de tiempo no conocen tan bien a los animales como para darse cuenta cuáles faltan, y Roger y Kathy no trabajan en las jaulas. Pero yo soy la veterinaria. Yo soy la que sabe qué tan mal heridos están o si es que están listos para ser liberados. Han desaparecido demasiados como para aceptar una explicación simple.

—¿Y qué más? —insistió Vicki. Hasta el momento no había escuchado nada que la hiciera querer desistir de subirse a uno de esos taxis cuyos conductores esperaban ansiosos junto a la acera al siguiente cliente.

—Bueno, hace un par de semanas nos llegó nuestra primera yaguarundi. Hembra. Tenía mala una pata trasera, así que era imposible rehabilitarla, pero estaba en la edad ideal para tener crías. Supervisé su transferencia hasta el zoológico de aquí para nuestro programa de apareamiento. Esta mañana cuando llegué a la ciudad, fui a visitarla, pero había desaparecido. Nadie sabe nada. He hablado con todos, desde el administrador del zoológico hasta el mismo Ministro del Medio Ambiente. Me imaginé que iban a alarmarse, pero no me hicieron caso. Ya sé que solamente soy una practicante extranjera, pero el CRFF está pagando las cuentas. ¿No debería esta gente tener siquiera algo de responsabilidad ante nosotros?

—¿No se te ha ocurrido que no te hacen caso porque tal vez no son solamente los trabajadores lugareños los que están implicados en los robos? —respondió Vicki aguantándose el impulso de soltar una carcajada ante la indignación de Holly. *Bienvenida a Guatemala, Holly.*

—¿Estás insinuando que uno de nuestros propios conservacionistas guatemaltecos sería capaz de algo semejante? —dijo Holly con enojo—. Esa es una calumnia. ¿Piensas que ellos no están interesados en el bienestar de su propio país aún más de lo que lo estamos nosotros mismos? En ese caso, ¿por qué no mejor acusar a uno de los voluntarios estadounidenses: A Roger, Joe o inclusive a mí misma? ¿O es que acaso estás insinuando que, de algún modo, somos moralmente superiores?

—Bien sabes que no estoy insinuando eso. Pero tienes que considerar todas las posibilidades. ¿Quién tiene las conexiones necesarias para hacer algo así? Ciertamente no tus voluntarios a corto plazo, ya sean estadounidenses o de cualquier otra nacionalidad. Además, no seamos ingenuas, has estado aquí el tiempo suficiente como para saber que este tipo de ganancias son prácticamente parte del paquete de prestaciones. ¿Acaso estás diciéndome que tu administrador del zoológico y el Ministro del Medio Ambiente no tienen casas en la Zona 10? Pues, si las tienen, no las están pagando sólo con el dinero de sus empleos gubernamentales.

—Tienes razón . . . —Holly lucía aterrorizada—. Nunca pensé en eso, ¿pero . . . los mismos trabajadores para la conservación del medio ambiente? Es inconcebible. Es algo inaudito. ¿Qué piensas que debo hacer? ¿Debo confrontarlos? Tal vez si yo pudiera hacerles ver cuán importantes son estos animales para su futuro, para el futuro de su propio país . . .

—¿Confrontarlos? —Vicki no supo si debía echarse a reír o a llorar—. ¿En serio crees que vas a poder decirle a esta gente que tú sabes que se están llenando los bolsillos con dinero mal habido? Ahora eres tú quien está siendo condescendiente. ¿Piensas que debido a que este país es tercermundista, ellos no entienden las implicancias de sus acciones? ¿Crees que porque tú les vas a rogar que hagan lo bueno, van a rendirse y van a prometerte no volverlo a hacer nunca más?

—¿Debo llamar a la policía?

—Aunque la policía no esté implicada en esto, ¿crees que van a atreverse a importunar a la aristocracia sólo por tus sospechas? —Vicki dio otra mirada a su reloj—. Ahora, si no te importa, realmente tengo que irme.

En ese momento una mano la jaló del brazo.

Vicki instintivamente sujetó su cartera y se dio la vuelta.

Tal como lo había imaginado: se trataba de otro mendigo. Esta era una mujer cuyo huipil, blusa de campesina con bordados brillantes tejida a mano, y su falda indígena envuelta —atuendos típicos de los mayas— estaban sucias y andrajosas, incluyendo el tejido casero con el que traía sujeta a su espalda a una niña pequeña. Señalando a la bebita, la mujer extendió su mano hacia Vicki y Holly.

Vicki estuvo a punto de ignorar a la mujer cuando sintió el calor de los dedos afiebrados que le sujetaban el brazo y vio los ojos hundidos y oyó el quejido tembloroso de la niñita. Una mirada cuidadosa reveló que la mujer maya no era más que una jovencita, apenas entrada a la adolescencia y casi una niña ella misma. Vicki rebuscó en su cartera.

—¿Qué estás haciendo? —Ahora era Holly quien la sujetaba del brazo—. Aléjate de ella, ¿no sabes qué clases de enfermedades puede traer esta gente?

—Sí, lo sé mejor que tú —respondió Vicki lacónicamente—. Espera un minuto. ¿Acaso no te das cuenta que las dos están enfermas?

Mientras buscaba en su cartera, tratando de encontrar la tarjeta que Evelina le había dado, Vicki se dirigió a la mendiga maya y con su español imperfecto, pero lo suficientemente claro como para darse a entender, le dijo: "Tú y tu bebé necesitan asistencia médica. No te voy a dar dinero, pero las voy a llevar a este lugar en la tarjeta, Casa de Esperanza. Allí las ayudarán." Vicki esperaba que así fuera. En ese instante se dio cuenta que esos ojos afiebrados brillaron al reconocer el nombre; la joven maya asintió vagamente.

—¡Estás bromeando! —Holly sujetó del brazo a Vicki otra vez—. ¿Ves de lo que te estoy hablando? Te pido que me ayudes y no me haces caso. Alguien más se atraviesa en el camino y corres a auxiliarlos. Te estoy hablando del futuro de nuestro planeta y tú te preocupas por una mendiga con la mano extendida. ¿Cuáles son tus prioridades?

—En este momento mis prioridades son un par de niñas enfermas que necesitan medicina, alimento y una cama —dijo Vicki con amabilidad, guardándose unas cuantas respuestas fuertes, al ver que Holly estaba realmente perturbada—. Espérame aquí —añadió Vicki, hablándole en español a la joven maya.

Acercándose hasta el taxista más cercano y señalando a la mujer maya y a la niñita que la estaban esperando, Vicki le preguntó: —¿Cuánto me cobra por llevarnos a Casa de Esperanza en la Zona 4?

—Cien quetzales —contestó el taxista, resoplando y ensanchando sus cavidades nasales en señal de disgusto.

Eso era más del doble de la tarifa normal, pero Vicki no estaba de ánimo para regatear.

Al abrir con dificultad la puerta trasera del taxi, Vicki guió —casi a empujones— a sus dos pasajeras hacia el interior del vehículo. Deslizándose hacia el interior y sentándose junto a ellas, cerró la puerta y mirando a Holly le dijo: —De verdad lo siento mucho. No quiero abandonarte así, pero tengo que irme. Espero que puedas entenderme. Te prometo que te llamaré tan pronto como me sea posible, ¿te parece bien?

—¿Así que esa es tu respuesta? —dijo Holly, recargándose sobre la puerta—. ¿Rehúsas ayudarme sin siquiera hablar del asunto? ¿Estás tratando de decirme que me dé por vencida y que los deje salirse con la suya?

—No estoy tratando de decirte nada por el estilo —respondió Vicki serenamente—. Me preguntaste qué haría yo. Bueno, eso es fácil de contestar. Haría exactamente lo que estoy haciendo en este momento: me alejaría del asunto. Considera que uno que otro animal perdido es el precio por hacer negocios con Guatemala y concéntrate en todas las otras cosas buenas que estás haciendo. Si realmente estás preocupada, habla con tus jefes en Estados Unidos y diles que en el futuro exijan cuentas muy claras de sus fondos.

El chofer ya había encendido el motor. Dándole su aprobación, Vicki se dirigió otra vez a Holly y añadió:

—Holly, te prometo que esta noche hablaremos más al respecto. No importa cuán tarde te desocupes, dame una llamada. Mientras tanto, no hagas nada imprudente.

—Ah, no esperes mi llamada —replicó Holly, retrocediendo—. Si ese es el mejor consejo que puedes darme, yo misma me encargaré de lo demás.

—¿De lo demás? Holly, ¿de qué estás hablando?

—Ah, créeme, los animales son lo menos importante del asunto. Pero no quiero quitarte más tiempo, al fin y al cabo tú tienes tus prioridades.

—Holly . . .

Holly se había dado la vuelta sobre sus talones y el taxi ya estaba alejándose de la acera.

Echándose hacia atrás y dando un suspiro, Vicki no se tomó la molestia de mirar a Holly que volvía a entrar, furiosa, a través de las puertas de vidrio.

Durante todos los años que había estado en este trabajo, había visto

ir y venir a un sinnúmero de voluntarios como Holly. No solamente estadounidenses, sino también europeos, australianos . . . todos eran iguales: jóvenes e idealistas. Decididos a salvar al mundo, o por lo menos a
su porción adoptada.

Llegaban con sus mochilas al hombro, con sus cámaras al cuello y
con sus misiones. Cada uno de ellos estaba seguro de que su misión era
la de mayor importancia para el futuro del planeta.

Con la misma firmeza creían que lo único que tenían que hacer era
usar lo suficiente de su tecnología occidental y de su dinero para resolver los problemas del planeta. Estaban seguros de que la corrupción y
los males con los que se enfrentaban no eran causados por la voluntad
humana, sino por alguna circunstancia inevitable.

Sin embargo, la mayoría de ellos desertaría pronto de todos modos,
desanimada por la dura realidad de este lugar y por la magnitud del
caos con el que tenía que enfrentarse. Quizás se irían porque ya habrían
recopilado la cantidad suficiente de fotografías y datos pintorescos
como para obtener reconocimiento personal a través de una disserta-
ción experta, la misma que les serviría para establecer su futuro en el
mundo académico.

Tal vez se dieron por vencidos debido a que la suciedad, la pobreza,
las primitivas condiciones de vida, la ineptitud de la burocracia local y
la constante inseguridad ya no resultaban tan novedosas; quizás debido
a que ni siquiera el refugiarse en el lujo y el aire acondicionado de la
Zona 10 alcanzaba ya a ofrecerles la ilusión de estar en casa.

Era mejor no involucrarse. Era mejor dejarles ir y venir con sus sue-
ños, convicciones y misiones temporales. Era mejor guardar la energía
emocional para las batallas que Vicki sí podía ganar: un puñado de recolectores de basura, una niñita maya, una madre.

Era mejor alejarse.

Salvo que esta vez no era así de fácil, puesto que esta ingenua y jovial
voluntaria en particular que había regresado al aeropuerto a trancos,
consumida por la ira y por honradez propia, era la hermana menor —la
única hermana— de Vicki.

CAPÍTULO CUATRO

Solamente porque es mi hermana aguanto esto.

Vicki presionó la tecla de rellamada automática en su celular. Ya eran las once de la noche y Holly no la había llamado, y tampoco había contestado ninguna de las numerosas llamadas que Vicki le había hecho.

"Hola, habla Holly. Es un mundo maravilloso. Ayúdame a salvarlo."

Irritada, Vicki colgó, interrumpiendo este saludo grabado sin dejar otro mensaje.

Caminando hasta el otro lado sobre el concreto liso del piso de la enfermería, bajó la mirada hasta ver la cuna portátil sobre cuyo borde, escrito a mano y pegado con cinta adhesiva, se leía el nombre *Maritza*. La bebita dormida estaba limpia y con un pañal recién cambiado. Su grueso cabello negro estaba erizado debido al sudor causado por la fiebre persistente. No obstante, los delicados rasgos de color de bronce lucían apacibles, y su boca, como un capullo de rosa, se movía con satisfechos gestos de succión.

Durmiendo junto a Maritza sobre un angosto camastro estaba su madre. Su polvorienta vestimenta había sido reemplazada por una descolorida pero práctica camisa de dormir. A pesar de estar dormida, seguía sujetando con sus delgados dedos los barrotes de la cuna de su hijita. El doctor voluntario de Casa de Esperanza le había diagnosticado malnutrición y una infección de posparto que le había durado varios meses.

Al fin y al cabo, Vicki había llegado atrasada a su reunión en Casa de Esperanza. Este hogar de niños había resultado ser una dilapidada mansión de la era colonial, ubicada en una de las áreas más antiguas de la ciudad, lo suficientemente cerca del barranco que había visto desde el aire como para poder percibir el olor agrio de los vapores emanados por la basura ardiente. Otro olor familiar. *Bien podría estar en la ciudad de México o hasta en la India.*

Una pequeña puerta ubicada en la parte derecha de un portal conducía hacia un patio que había sido limpiado escrupulosamente, y sus árboles cítricos y arbustos ornamentales lucían hasta festivo. La casa había sido construida de dos pisos de alto alrededor de tres de los cuatro lados del patio. Todas las habitaciones, las de arriba y las de abajo, daban hacia una amplia terraza.

Las terrazas estaban alegremente decoradas con plantas en macetas y, aunque Vicki inmediatamente se dio cuenta que el techo original de teja roja estaba parchado con trozos grises de duralita, vio también que todas las paredes interiores habían sido recién revestidas de blanco, completando así la apariencia de un apacible oasis blanco y verde. En el patio no reinaba la quietud ni el silencio, debido a las mujeres y niños, e inclusive algunos hombres, quienes esperaban su turno junto a una puerta identificada con una cruz roja y con un rótulo escrito a mano que decía *Clínica Esperanza.*

Aun así, el mayor ruido provenía del otro lado de una pared en el lado derecho, donde un edificio de concreto de cinco pisos se erguía por encima de la mansión colonial. Vicki había reconocido las voces y ruidos producidos por niños jugando —ellos debían ser, presumiblemente, el motivo de su investigación.

Ahora Vicki sonreía irónicamente al recordar la reunión. Los misioneros de corto y largo plazo eran muy diferentes de lo que Vicki había esperado. Había más de una docena de ellos; algunos eran guatemaltecos y otros extranjeros. A diferencia de Evelina, todos usaban pantalones vaqueros y camisetas amarillas con el logotipo —una casa dibujada por un niño— y el nombre *Casa de Esperanza.*

Cada miembro del equipo le explicó a Vicki el detalle de sus responsabilidades en particular, incluyendo la clínica, el hogar adjunto de niños y los varios programas externos educativos y de nutrición. Todos estos reportes iban acompañados de sus respectivos estados de cuenta.

Vicki investigaría toda esta información más adelante. Era muy fácil escribir un reporte impresionante. Debido a su inherente cinismo, a Vicki le pareció que todo esto era casi demasiado bueno para ser verdad.

Una vez que los miembros del equipo salieron, Evelina le enseñó a Vicki las instalaciones. Habían comenzado con la clínica y con las oficinas ubicadas en la mansión original, luego la había llevado al edificio de concreto adyacente.

Este edificio estaba tan abarrotado como el orfanato de México, pero aquí los niños lucían bien alimentados, sus cabellos negros brillaban saludablemente y su parloteo era tan jovial como las camisetas amarillas que también llevaban puestas como uniformes.

A pesar de que Vicki no vio juguetes ni ninguna otra pertenencia personal, vio que había la suficiente cantidad de equipo deportivo. El terreno que quedaba entre el edificio y la pared divisoria de la propiedad había sido pavimentado para servir de canchas. Había aros de baloncesto y los arcos portátiles de fútbol estaban colocados en los cuatro lados. Todos los arcos estaban siendo usados mientras Vicki y Evelina pasaban por allí.

Evelina llevó a Vicki hasta uno de los pabellones en el piso superior. Las niñas que dormían en esa habitación habían logrado juntar las dos filas de camas literas a fin de formar dos plataformas opuestas, cubriendo los lados y bordes de las literas con cobijas para formar las "paredes."

—Nosotras somos Cristóbal Colón en la Santa María —anunció con orgullo la líder, una niña con trencillas, desde uno de los grupos de camas literas—. Y ellas son las piratas inglesas que vienen a robarnos nuestro oro. Los niños dicen que las niñas no somos capaces de pelear para defender nuestros barcos. Pero sí podemos hacerlo, ¿verdad?

—Claro que sí pueden —le aseguró Evelina a la niña mientras ella y Vicki caminaban entre las "embarcaciones."

—Recuerdo que yo también jugaba el mismo juego —comentó

Vicki, parpadeando para retener unas lágrimas repentinas que le produjo el presenciar tal escena.

—Sí, en realidad los niños son iguales alrededor de todo el mundo —respondió Evelina plácidamente—. Sería maravilloso poder darles las condiciones de vida y espacio normales para el nivel de vida estadounidense. Pero así ¿cuántos más se quedarían sin nada? Tal como están las cosas, por cada niño que aceptamos y logramos acomodar, tenemos que rechazar a docenas. Además, este país es el lugar en el que tienen que vivir y es uno de pobreza. Mucha gente allá afuera está amontonada, como diez por cada habitación o choza.

—¿Has intentando conseguirles hogares adoptivos temporales? —le preguntó Vicki.

—Aquí en Guatemala, eso sólo significaría que estos pequeños se convertirían en sirvientes sin remuneración —respondió Evelina, sacudiendo la cabeza—. De vez en cuando, un extranjero adopta uno (usualmente prefieren a los bebés) aunque las leyes locales hacen muy difícil el proceso de adopción. Por otro lado, tampoco forzamos a nuestros niños a salir de aquí cuando son mayores, tal como lo hacen muchos de los hogares de niños administrados por el gobierno. Nuestros niños se quedan aquí hasta que terminan la escuela y consiguen un empleo estable. ¿Por qué tendrían que salir antes de eso? Este lugar no es una estación temporal. Es su hogar. Con el correr de los años, los otros niños y el personal de aquí se convierten en su propia familia; una familia muy grande, pero una familia a fin de cuentas.

Familia.

La palabra resonó en la mente de Vicki mientras pasaba delicadamente sus dedos por la suave y oscura cabeza de la bebita Maritza. ¿Era eso lo que distinguía a este lugar de los demás que, hasta ahora, había investigado?

No te precipites. Aún queda mucho por investigar. ¿Cuántas otras primeras impresiones buenas habían resultado ser grandes engaños?

Satisfecha al ver que sus dos pacientes estaban bien, Vicki le dio una sonrisa a la enfermera del turno nocturno y salió. Buscó la llave de su habitación en su bolsillo y se dirigió hacia el edificio más alto, donde varias habitaciones pequeñas servían para hospedar al personal de enfermería y a los miembros de los equipos visitantes.

Vicki dejó caer sobre una mesita de noche el grupo de reportes que había reunido y dejó que su cartera se deslizara de su hombro. Alguien ya había traído su bolso de lona y lo había puesto sobre una de las dos camas individuales. El cuarto era tan austero como el resto del edificio. Las altas paredes y el techo estaban pintados de un verde pálido. Los mosquiteros colgaban sobre las camas, una sola bombilla eléctrica colgaba de un cable y una puerta conducía al único "lujo" de la habitación: un baño privado.

A pesar de estar bastante cansada, Vicki estaba también muy alerta y demasiado llena de emociones como para irse a dormir. Atravesó la habitación, abrió las pesadas contraventanas de madera, cruzó los brazos alrededor de sí misma y se inclinó hacia fuera de la ventana. Su habitación estaba ubicada a una altura suficiente como para ofrecerle una excelente vista de la ciudad. Pudo ver el brillo rojo y ardiente de los fuegos que ardían perpetuamente bajo la superficie del basurero municipal de la ciudad de Guatemala.

Muy parecidos a los fuegos que todavía deben estar ardiendo bajo la superficie de Guatemala misma, pensó Vicki, reflexionando acerca de la teórica paz reinante. Fuegos de ira, de avaricia y de venganza.

Al menos ese no era el caso aquí; no en este lugar.

Apoyando sus brazos sobre el borde de la ventana, Vicki escuchó los sonidos provenientes de abajo de otras contraventanas abiertas. Oyó a un niño llorando en la oscuridad y las cariñosas palabras de un adulto. Risitas y murmullos de niñas provenían de uno de los pabellones de la planta baja.

Familia.

Si este edificio ruidoso, lleno de vida y movimiento, podía ser calificado como tal, entonces Evelina McKie era la matriarca. Una matriarca muy querida. Vicki había permanecido junto a la misionera durante la cena —que había consistido en un guiso de lentejas— y durante la locura de supervisar a cada grupo mientras realizaban sus rutinas de ir al baño, leer historias y de apagar las luces.

Por todas partes habían sido recibidas con gritos emocionados de "¡Tía Evelina!" Pequeños cuerpecitos se abalanzaban contra la figura derecha y frágil de la misionera en busca de un abrazo. Los adolescentes respondían tímidamente a las preguntas que les hacía acerca de sus tareas escolares o demás planes. Evelina había llamado a cada niño y niña por su nombre. ¿Cómo podía recordarlos todos?

Familia.

Tenía que ser el humo emanado desde la quebrada el que hacía que los ojos de Vicki ardieran. Parpadeando impacientemente para deshacerse de las lágrimas, volvió a tomar su teléfono y presionó el botón de rellamada automática. Colgó enseguida, interrumpiendo el saludo grabado de Holly. *Holly, qué pasa, contesta ya. Ya sé que estás enojada, pero esto es el colmo. . . .*

"Vicki, querida, ¿estás despierta, aun después de haber tenido un día tan largo? Discúlpame por molestarte tan tarde, pero pensé dejarte estas camisetas en tu puerta." Evelina le entregó dos camisetas amarillas. "Será mejor que las uses cuando salgas a los alrededores del proyecto, por razones de seguridad e identificación. Hasta las maras —las pandillas callejeras— usualmente dejan tranquilo al personal de Casa de Esperanza."

Evelina bajó la mirada hacia el celular en la mano de Vicki y añadió con entendimiento: —Todavía no has logrado comunicarte con tu amiga, ¿verdad? ¿Ella también trabaja con tu misma organización de asistencia infantil? Creo que nunca la he visto en la comunidad extranjera.

—Ah no, definitivamente no. No, Holly es una verdadera amante de los árboles —explicó Vicki brevemente al ver el amable interés en la mirada brillante de la misionera.

—Yo siempre he trabajado con niños —dijo Evelina asintiendo—. Algunos creen que por ese motivo estamos en bandos opuestos. No obstante, y con toda honestidad, te digo que siempre sentí una cierta afinidad con los amantes de los árboles. No tienes ni idea de cómo era este país cuando llegué hace cincuenta años. Verde, silvestre, hermoso y sin basura. En ese entonces nunca nos hubiéramos imaginado que algo como esto pudiera suceder. —La misionera señaló en dirección al horrible brillo del basurero que se veía a través de la ventana.

"Desde luego que las necesidades de los niños tienen prioridad," continuó Evelina, "pero realmente sería una lástima que ellos tuvieran que crecer sin que les quede algo de la belleza que Dios puso en su país. Por eso respeto a la gente como tu amiga. Siempre me recuerda de un viejo himno que ya casi nadie canta." La voz de Evelina sonó sorprendentemente fuerte y templada cuando comenzó a cantar: "El mundo entero es del Padre celestial; Su alabanza en la creación escucho resonar. ¡De Dios el mundo es! ¡Qué grato es recordar que en el autor de tanto bien podemos descansar!"

"¡No cantes eso!" Esta cortante demanda por parte de Vicki interrumpió la canción.

Cuando Evelina dejó de cantar y se quedó mirándola, Vicki recobró la compostura.

"Lo siento mucho. Me tomaste desprevenida. Yo . . . yo siempre detesté esa canción."

Esa no era exactamente una buena disculpa por haber sido tan descortés.

—Cuando era niña —añadió Vicki enseguida—, siempre pensé que la canción se refería a mi padre biológico. Debido a que él nunca estuvo presente en mi vida, la canción siempre me hacía enfadar.

—¿Y cómo te hace sentir ahora? —La amable pregunta y la mirada penetrante de los ojos astutos de Evelina de algún modo la hizo sentirse algo incómoda.

—¿Te refieres a que el Padre es Dios, el Creador, el Padre del mundo y todo eso? —respondió Vicki, encogiéndose de hombros—. Claro que al crecer me di cuenta de mi error. Ciertamente no soy atea, si eso es lo que estás pensando. Asistí a la escuela dominical. Creo en la Biblia. Es sólo que . . .

Bajo la mirada fija y alentadora de Evelina, las palabras continuaron emanando de los labios de Vicki mientras se volvió rápidamente hacia la ventana.

—Sólo mira todo esto. Los niños muriéndose de hambre, la suciedad, las guerras, el dolor . . . *el mundo del Padre* . . . más bien parece una broma cruel. ¿Qué clase de padre crea un mundo como este y lo califica de hermoso?

—¿Realmente crees que es justo culpar a Dios? —le preguntó Evelina, sacudiendo la cabeza lentamente—. Después de todo, somos nosotros los humanos quienes hemos destruido su creación.

—Ah, claro que sí —continuó Vicki impacientemente—. Nosotros los humanos causamos toda la destrucción, y es probable que merezca-

mos lo que está sucediendo. No obstante, si Dios es tan grande como se dice, ¿por qué no se toma la molestia de hacer algo para remediarlo? De ese modo, la gente como tú no tendría que dedicar su vida entera a . . .
—Se calló, sorprendiéndose a sí misma con lo que acababa de decir. ¿Qué rayos hacía la independiente y calculadora Vicki Andrews, desahogándose con una perfecta extraña? Esta misionera tenía algo especial.

—Discúlpame —añadió Vicki con una sonrisa de remordimiento—. Todo esto comenzó al querer disculparme por haberte interrumpido. Debes creer que soy una insensata. Es sólo que . . . bueno, no he escuchado esa vieja canción durante muchos años. No la he escuchado desde que logré hacer que mi hermana dejara de cantarla.

—Desde luego que no me pareces insensata —contestó Evelina firmemente—, y no necesitas disculparte. Mencionaste a tu hermana. ¿Acaso te refieres a Holly?

—Sí, ¿cómo lo sabes? —preguntó Vicki, arqueando súbitamente las cejas—. Pocas personas lo adivinan; somos tan diferentes.

—Una de las razones es que ustedes, obviamente, se comportan como hermanas —dijo Evelina, sonriendo con delicadeza.

—Sí, creo que tienes razón. Holly es menor que yo por dos años y medio. Me volvía loca cuando acostumbraba a cantar esa canción. En ocasiones quería estrangular a la persona que se la había enseñado.

—La verdad es que . . . —Evelina tosió antes de continuar, como si estuviera disculpándose—. Fui yo quien se la enseñó.

CAPÍTULO CINCO

Vicki estaba en semejante estado de conmoción que no pudo más que quedarse mirando fijamente a la misionera.

—¿Ustedes *sí* son Vicki y Holly Craig, verdad? Mejor dicho *eran*, ya que veo que ahora llevan el apellido *Andrews*. ¿Fueron Jeff y Victoria Craig tus padres? —Evelina miró a Vicki con sus ojos brillantes—. Creí que me había equivocado cuando me dijiste tu apellido. Sin embargo, cuando me presentaste a tu amiga, o mejor dicho a tu hermana, supe que estaba en lo correcto. *Vicki y Holly* no es necesariamente una combinación de nombres muy común. Además, físicamente te pareces mucho a tu madre. Pero, lo que finalmente me confirmó todo fue ese himno favorito que dos niñas pequeñas que una vez conocí disfrutaban cantando una y otra vez.

La mente de Vicki estaba tan perturbada que casi no podía respirar, por lo que tuvo que apoyarse sobre el borde de la ventana.

—¿Quieres decir que conociste a nuestros padres y que nos conociste a Holly y a mí cuando éramos niñas? Entonces es por eso que tú y este lugar me parecían tan conocidos. Pensé que sólo era mi imaginación. Pero todavía no logro entender cómo pudiste conocernos. ¿Quiénes fueron mis padres? ¿En qué lugar los conociste a ellos y a nosotras?

—Obviamente fue aquí mismo. Cuando naciste, tus padres vivían en las habitaciones de huéspedes. —Evelina se acercó para estudiar el rostro de Vicki—. ¿Tú en realidad no sabes de qué estoy hablando, verdad?

—Ni siquiera supe que había nacido en Guatemala —replicó Vicki, sacudiendo la cabeza— hasta que vi por primera vez mi partida de nacimiento cuando fui a la universidad. No era la partida original, puesto que Holly y yo éramos adoptadas. No obstante, decía que mi lugar de nacimiento era Guatemala. ¿Estás segura de que se trata de nosotras? ¿No crees que todo esto es sólo una extraña coincidencia?

—Bueno, eso es fácil de averiguar. Ven conmigo. —Evelina tomó a Vicki del brazo.

Vicki estaba demasiado sorprendida como para hablar mientras salía de la habitación en compañía de Evelina. Se dirigieron al ascensor de carga, pasaron por el portón que conducía al patio de Casa de Esperanza y subieron las gradas de una terraza hasta llegar a un apartamento en la planta alta.

El lugar era pequeño y tenía una cocina abierta. Había pocos muebles, y los que había estaban muy desgastados. En una de las paredes había varios anaqueles que iban desde el suelo hasta el techo, llenos de toda clase de libros: unos nuevos y brillantes y otros antiguos y mohosos. Al igual que todo lo demás que Vicki había visto, este lugar lucía impecable y su simplicidad lo hacía en cierto modo atractivo.

—Este sitio es mi refugio cuando todo alrededor resulta demasiado ruidoso —dijo Evelina con cierto humor mientras invitaba a Vicki a pasar y comenzaba a buscar en uno de los anaqueles—. Cuando naciste, estas eran las habitaciones de los huéspedes. Ah, tú fuiste una bebita muy dulce. Cuando conocí a Holly, ella ya tenía unos dos años de edad. ¡Siéntate! ¡Siéntate!

Luego de que Vicki obedientemente tomara asiento, Evelina regresó con un álbum de fotografías, tan viejo que su encuadernación estaba rompiéndose. Cuidadosamente, lo puso sobre la mesita central.

"Aquí tienes la familia entera. Esa fue la última vez que estuvieron aquí, poco antes de . . ."

Vicki se quedó mirando absorta y fijamente la fotografía. Era fácil darse cuenta que el trasfondo era el patio de abajo; las anchas gradas detrás del grupo eran las mismas por las que acababa de subir.

Veía a un grupo de cuatro personas. Claro que sí, la pequeña rubia en brazos de alguien era definitivamente Holly. La niña morena que estaba más adelante se parecía mucho a Vicki —mejor dicho a las imágenes de sus primeras fotografías escolares, aunque en ninguna de esas se la veía sonriendo. Vicki estudiaba con mucha atención las imágenes de los dos adultos. ¿En realidad podían ser sus padres? La mujer que tenía a Holly en sus brazos se parecía muchísimo a la imagen que Vicki veía cuando se miraba en un espejo. Su cabello era largo y dividido en la mitad. El hombre era alto y rubio; tenía una mano puesta en un sentido protector sobre el hombro de Vicki.

—Sí somos nosotras —dijo Vicki distraídamente—. ¿Pero cómo fue que tú . . . ? —Entonces vio la fotografía de la página siguiente. Esta era idéntica a la anterior, excepto que en lugar del hombre se veía a una Evelina más joven.

—Yo tomé esta fotografía —afirmó Evelina, señalando la primera imagen—. La única que tengo de tu padre ya que, obviamente, era él quien siempre tomaba las fotografías. —La misionera notó la mirada confusa de Vicki—. Jeff era un periodista gráfico; ¿tampoco sabías eso? Viajaba de aventón a través de toda Centroamérica. Recién se había graduado de la escuela de periodismo y estaba decidido a encontrar una historia que le ameritara el premio Pulitzer. Estaba fascinado con los basureros, que en ese entonces constituían un nuevo fenómeno debido a que los campesinos desplazados por la guerra civil recién llegaban a raudales a la ciudad de Guatemala. Yo había acabado de recaudar los fondos necesarios para comprar esta propiedad y establecer el hogar de niños. Tu madre era una de las voluntarias. Tu padre llegó y se enamoró de los niños, del país . . . y de tu madre. Regresó a los Estados Unidos, llevando consigo historias noticiosas que lo ayudaron a despertar el interés y a recaudar los fondos suficientes que nos permitieron equipar este lugar para nuestros primeros cincuenta niños.

Evelina tenía dibujada una sonrisa nostálgica.

"Cuando regresó le propuso matrimonio a tu madre. Se casaron y se hospedaron aquí. Tu madre trabajaba como una de nuestras enfermeras. Tu padre tomaba fotografías y escribía. Viajaban juntos hasta que tú naciste. Aunque ningún lugar era seguro debido a todas las guerras que se estaban desarrollando, tu padre nunca se preocupó. Poseía una temeridad casi imprudente, como que nada podía hacerle daño. Estaba enfurecido por la injusticia, especialmente por la guerra civil. Quería que el mundo entero supiera lo que estaba sucediendo aquí."

Evelina está describiendo a Holly, pensó Vicki.

"Estaba ganando fama. La Prensa Asociada y Reuters estaban comenzando a publicar sus fotografías y sus reportes noticiosos." Mientras hablaba, Evelina continuaba pasando las páginas del álbum.

Había fotografías de grupos con Evelina y Victoria con niños guatemaltecos. Fotografías en primer plano que permitían ver caras angustiadas y ojos tristes. Fotografías de los basureros y de Casa de Esperanza, obviamente antes de su remodelación.

Vicki se quedó mirando fijamente una fotografía de Victoria con un bebé en sus brazos. Luego se agachó para leer la pequeña inscripción en la esquina inferior derecha. Junto a la fecha se leía: *Jeff Craig Productions.*

"Sí, como ves, Jeff siempre marcaba sus fotografías con la fecha y su nombre," Evelina dijo asintiendo. "Lo hacía para proteger sus derechos de autor. Esta bebita eres tú cuando tenías . . . tres meses de edad. Sí, estoy en lo correcto, ya que en ese tiempo le ofrecieron a tu padre una beca de posgrado en la Universidad de Columbia en Estados Unidos. No vi a Jeff ni a Victoria por unos cuantos años después que se fueron, pero siempre se mantuvieron en contacto. Sabía que a Jeff le iba muy bien puesto que veía su nombre en las gráficas de información de Sri Lanka, o en las de una revista acerca de Kenya. Jeff no podía quedarse por mucho tiempo en un solo lugar."

Tal como sus hijas. Vicki se agachó otra vez para ver una composición en una revista de *National Geographic* de un campamento africano de refugiados —este podía ser uno de los campamentos que ella misma había investigado. Por primera vez comenzó a sentir que estos desconocidos en estas fotografías realmente podían tener algún parentesco con ella y con Holly. Sus padres.

Entonces, ¿por qué todo le resultaba tan vago, como si estuviera escuchando la historia de personas completamente ajenas? Hizo un gran esfuerzo tratando de recordar algo —*cualquier cosa*— pero el esfuerzo le causó un nervioso muy familiar en el estómago.

—¿Por qué regresaron a Casa de Esperanza? —preguntó Vicki de pronto—. Según estas fotografías se ve que regresaron, mejor dicho, regresamos.

—Jeff había recibido una beca para publicar un libro acerca de los mayas de los tiempos modernos. Él creía que la belleza de este país debía ser capturada en la película antes de que desapareciera para siempre. Quería incluir a los basureros en el libro, ya que ellos también son mayas. Lo invité para que trajera a toda la familia. Así que vino. Victoria comenzó otra vez, sin ningún problema, a trabajar con los niños. Jeff viajaba alrededor de todo el país, tomando fotografías, haciendo entrevistas. A ti y a Holly les encantaba estar aquí. Jugaban con los niños. Tomaban té conmigo, aquí en este apartamento. Cantábamos.

Evelina le mostró el antiguo órgano de tubos en una esquina; en su atril estaba un gastado himnario.

—Ahí fue donde aprendieron el himno "El Mundo Entero es del Padre Celestial." Ese es el himnario que usábamos. Se los canté una vez porque me pareció que iba muy bien con la misión que tu padre estaba llevando a cabo. Tú y Holly quedaron fascinadas y me suplicaban que se los cantara una y otra vez, aunque nunca lograron aprender más que la primera frase. Interesante pensar que aún lo recuerdan, a pesar de haber olvidado todo lo demás.

—No puedo creerlo. —Vicki sacudió la cabeza—. Siempre asumí que habíamos aprendido esa canción en la escuela dominical. No puedo ni imaginarme que yo hubiera *querido* cantarla voluntariamente.

—Bueno, te encantaba cantarla una y otra vez. —Antes de proseguir, Evelina hizo una expresión parecida a una sonrisa—. Hubiera estado encantada de que se quedaran a vivir aquí para siempre, pero Jeff convenció a los líderes de una aldea maya para que le permitieran vivir con ellos y para que le dejaran tomar fotografías de sus actividades cotidianas. Los convenció de que esta sería una gran oportunidad para dar a conocer al mundo entero su situación desesperada. Era la peor época de la guerra civil y los mayas eran quienes estaban recibiendo la peor parte de todo. Jeff estaba seguro de que esto era material digno del premio Pulitzer. La única desventaja era tener que alejarse de su familia por tanto tiempo.

»Victoria insistió que todos ustedes debían ir. Pensó que estarían seguros ya que contaban con el permiso de los líderes mayas. Además, el área estaba fuertemente resguardada por el ejército en contra de cualquier actividad guerrillera. Por otro lado, Victoria, siendo enfermera, podría hacerse cargo de las emergencias médicas y podría ayudar en la aldea mientras Jeff estaba trabajando. Nunca olvidaré cuando tú y Holly se subieron al Jeep antes de partir. Todavía estaban cantando "El Mundo Entero es del Padre Celestial," tan alto como sus dulces vocecitas les permitían cantar. Esa fue la última vez que los vi.

—¿Debido a que Jeff y Victoria murieron? —Vicki se conmovió al ver lágrimas en los ojos de Evelina. Parecía extraño que estas personas hubieran sido amigas, casi familia, de esta mujer, mientras que para Vicki, su propia hija, ellos resultaban ser desconocidos.

—Sí. En ese tiempo no había manera fácil de comunicarse; especialmente en las montañas. Así que no era de sorprenderse que pasara un mes entero sin tener noticias de Jeff y Victoria. De hecho, la primera vez que supe que algo malo había sucedido fue cuando la embajada anunció que dos estadounidenses habían muerto en las montañas mayas al este de aquí. Los cadáveres habían sido recuperados y habían sido entregados a las autoridades militares locales, quienes los habían traído hasta la ciudad de Guatemala . . . —Evelina guardó silencio—. Lo siento, Vicki, se me olvida que esto debe ser muy difícil para ti. ¿Te molesta que te hable de todo esto?

—De ninguna manera —replicó Vicki con toda honestidad—. Después de todo nunca los conocí. Pero si esto es demasiado triste para ti . . .

—Ya han pasado veinte años —dijo Evelina amablemente—. Es hora de que sean recordados, especialmente por sus hijas.

—Entonces me gustaría escuchar el resto —contestó Vicki—. ¿Cómo murieron? ¿Fue un accidente automovilístico?

—Ah, no. No fue un accidente. Eso se dijo en el reportaje de las noticias, aunque no dieron a conocer más detalles. Creo que se asumió que se trataba de otro asalto o que trataron de robarles el vehículo. Cuando los identificaron, mi primera preocupación fue por ti y por Holly, así que fui a la embajada. Todo lo que me dijeron fue que ustedes dos ya habían sido evacuadas a Estados Unidos. Me entristeció muchísimo no poder despedirme de ustedes y que tampoco pudiéramos mantenernos en contacto. Ustedes significaban tanto para mí.

Evelina hizo una pausa para estudiar a Vicki. —Tú realmente no recuerdas nada de esto, ¿verdad? Ya tenías cinco años. Estoy segura de que debes recordar algo.

—No recuerdo nada de esa época. —Vicki se encogió de hombros—. Mis recuerdos más remotos son del orfanato donde Holly y yo solíamos vivir.

—Yo . . . yo no sabía que . . . —Evelina le dio a Vicki una mirada de consternación—. Me imaginé que las habían mandado a la casa de algunos familiares. Por lo menos . . . bueno, sabía que Victoria había crecido en un hogar adoptivo, razón por la cual pudo haberse interesado tanto en mi trabajo. Pero pensé que Jeff tenía familiares. Lo siento muchísimo. —Al cerrar el álbum, la mano le tembló de tristeza.

—En serio, todo está bien. —Vicki tocó suavemente el brazo de Evelina—. No siempre estuvimos en un orfanato. Estuvimos en varios hogares adoptivos temporales, hasta que finalmente nos establecimos con Papá y Mamá Andrews.

Vicki siempre había sabido que era por culpa suya. Muchas familias estaban ansiosas por adoptar a una adorable pequeñita rubia, pero una niña testaruda de seis años que rehusaba hablar era difícil de aceptar.

—Andrews. ¿Las personas que las adoptaron?

—Sí, eran maestros jubilados. Nunca tuvieron hijos propios y cuando dejaron de enseñar, extrañaban tanto a los niños que comenzaron a trabajar de voluntarios, ofreciendo un hogar adoptivo. Nosotras fuimos su primera y su última misión. Después de un par de años decidieron adoptarnos.

—¿Fueron felices en ese hogar? —preguntó Evelina—. ¿Fueron amables con ustedes?

—Sí, fueron muy amables con nosotras. Quizás mucho más de lo que yo merecía, de eso estoy segura. Holly no recuerda nada de lo sucedido anteriormente. Para ella, sólo ellos eran Papá y Mamá. A ella le fascinaban la granja y los animales. Siempre creí que de allí sacó esa canción. Holly nunca dejaba de cantarla. Para ella, la canción hablaba acerca de Dios creando un mundo hermoso. En cambio, para mí hablaba acerca de un padre que nunca estuvo presente. Claro que me gustaba la granja y quería mucho a Mamá y a Papá, pero también podía recordar los otros hogares adoptivos y el orfanato. Me parece que siempre fui pesimista y estaba esperando que sucediera lo peor y que otra vez termináramos quedándonos solas.

Con una sonrisa nerviosa, Vicki añadió: —Me imagino que un psicólogo diría que por eso me dediqué a trabajar con niños abandonados, mientras que Holly terminó trabajando en proyectos para la conservación del medio ambiente. Ella siempre fue más idealista y pensó que iba a poder salvar al mundo, pero yo nunca pensé de esa forma. De hecho, Jeff se parece mucho a ella.

—¿Cuando crecieron nunca trataron de investigar quienes fueron sus verdaderos padres? ¿Tus padres adoptivos nunca les hablaron de ellos?

Vicki se encogió de hombros. ¿Cómo podía explicar el dolor que la embargaba cada vez que trataba de recordar los sucesos de sus primeros años de vida? —Ellos nos explicaron lo que el sistema de hogares adoptivos tenía en sus archivos. Sólo nos dijeron que nuestros padres biológicos no nos habían abandonado, lo cual era lo más importante. No obstante, los registros familiares quedan sellados con la adopción, así que lo único que ellos sabían era que nuestros verdaderos padres habían muerto cuando éramos muy pequeñas. Guatemala no parecía tener ninguna importancia, especialmente debido a que la partida de nacimiento de Holly decía que ella había nacido en Estados Unidos. Tampoco éramos inmigrantes provenientes de Guatemala; ambas constábamos como ciudadanas estadounidenses de nacimiento. Así que Mamá y Papá Andrews se imaginaron que nuestros padres biológicos debieron haber estado viajando por estos lugares cuando yo nací. No sé por qué nunca se lo dije a Holly. Excepto debido a que . . . bueno, ella era feliz y se había acostumbrado a la granja. El pasado era el pasado.

Otra vez la embargó ese sentimiento de pesar.

—Además, Mamá y Papá Andrews no eran tan jóvenes que se diga. Murieron, con pocos meses de diferencia, cuando Holly estaba cursando su primer año en la universidad. Así que si ellos sabían algo más acerca de nuestro pasado, se lo llevaron consigo a la tumba. Holly y yo ya estábamos sufriendo mucho debido a la pérdida de los únicos padres que habíamos tenido. ¿De qué hubiera servido añadir aún más dolor del pasado? Después de todo, si hubiéramos tenido algunos familiares, no hubiéramos ido a dar en el sistema de hogares adoptivos. ¿Así que de qué iba a servir mencionarlo? Nunca me imaginé que alguna de las dos terminaría viniendo a Guatemala, mucho menos que me encontraría contigo. ¿Quién iba a creer en semejante coincidencia?

—No creo en coincidencias —dijo Evelina seriamente—. Las coincidencias no existen en el plan de Dios. —Mirando a Vicki fijamente, le preguntó otra vez—: ¿Qué crees ahora?

—¿Ahora? —Vicki pasó su cansada mano sobre el rostro—. Parece que nunca sabremos cómo murieron nuestros verdaderos padres, pero definitivamente tengo que hablarle a Holly acerca de ellos . . . si es que logro hacer que conteste su teléfono.

A Vicki se le escapó un suspiro mientras trataba de presionar el botón para volver a marcar automáticamente su celular. Dándose cuenta de que Evelina la estaba mirando inquisitivamente, añadió: —Holly está un tanto enojada conmigo. Me temo que no tomé su última cruzada tan en serio como debí haberlo hecho.

—Te llamará cuando se le haya pasado el enojo —dijo Evelina quedamente—. Eso es lo que hacen las hermanas. En cuanto a cómo murieron tus padres . . . —Evelina dudó por un momento—. Hay por lo menos una persona que sabe lo que sucedió ese día. No importa cuán olvidadas o reprimidas estén dichas memorias.

—¿En serio? —Vicki se enderezó—. ¿Quién es esa persona?

—Tú.

CAPÍTULO SEIS

Antes de terminar de escribir la última palabra en su pizarra portátil, Vicki echó un vistazo a las cabezas oscuras agachadas sobre sus cuadernos abiertos. Quitándose con la manga el polvo y el sudor que le cubrían el rostro, le hizo una señal a Consuelo, su asistente, y salió agachándose del albergue con techo de paja, cruzó el patio de tierra y fue atrás a la choza de la cocinera.

El albergue, sus angostas bancas de madera, con sus inquietos ocupantes, y el patio abierto con su pared baja de adobe constituían otro de los proyectos de asistencia a la comunidad que Casa de Esperanza había establecido. Este proyecto ofrecía educación básica a los niños cuyos padres basureros estaban dispuestos a prescindir del trabajo de estos durante unas pocas horas al día. Vicki no se hacía ilusiones pensando que su paciente tutelaje en las matemáticas y la lectura era la razón por la que los niños venían. Sabía bien que ellos asistían debido a la oportunidad de recibir una nutritiva comida al mediodía; la misma que ya estaba bastante cerca, según indicaba el pálido brillo del sol a través de la cortina de humo, casi directamente encima de ellos.

Vicki llenó una taza esmaltada de una enorme vasija que contenía agua hervida. La bebió a grandes sorbos y salpicó las gotas restantes sobre su cara ardiente antes de murmurar su gratitud a una mujer robusta con cabello negro trenzado y con un vestido indígena, que estaba amasando tortillas frente a la choza de la cocinera.

Este era el tercer día que Vicki asumía las responsabilidades de enseñanza aquí, reemplazando a una voluntaria que de momento estaba recuperándose de un ataque de fiebre del dengue. Había llegado a Casa de Esperanza hacía justo una semana. En ese período había logrado visitar a todos y cada uno de sus proyectos barriales, había revisado los reportes económicos, había compartido bastante tiempo con los voluntarios y había aprovechado cada oportunidad que se le había presentado para pasar un rato junto a los niños. Un emocionado grito de *"Tía Viikii"* era el saludo con el que la recibían cada vez que cruzaba el portón que daba al hogar de los niños.

Lejos de modificar sus percepciones originales, Vicki continuaba hasta el momento cautelosamente impresionada. El trabajo no era fácil, según ella misma podía constatar ahora. Sin embargo, los voluntarios parecían estar sinceramente comprometidos con su causa y, lo que era aún más importante, comprometidos con los niños. Ciertamente no se estaban enriqueciendo personalmente. En cuanto a mal uso de fondos, Vicki más bien estaba sorprendida al ver lo mucho que esta gente había logrado con el poco dinero con el que contaban.

Tal vez no todas las organizaciones no gubernamentales eran tan ejemplares como esta, pero —a menos que en el transcurso de los próximos días se suscitara algo preocupante— Vicki no tenía razón alguna para postergar el otorgamiento de su sello de aprobación para una sociedad cooperativa entre la Fundación Niños en Peligro y Casa de Esperanza. Además, ya que durante el desayuno Evelina le había informado que ya había encontrado otra voluntaria para reemplazarla en sus actividades de enseñanza, nada le impedía que comprara sus pasajes para disfrutar de sus bien merecidas vacaciones.

Pero no lo iba a hacer sin antes haber visto a Holly.

Bastante molesta, Vicki cruzó el patio a zancadas. Había pasado una semana entera y Holly ni siquiera le había dejado un mensaje en su celular. Durante el segundo día de esta situación, Vicki hasta había llamado a la oficina principal del Centro de Rescate de la Flora y Fauna ubicada en la ciudad de Guatemala. Aunque las líneas telefónicas no llegaban hasta la biosfera en las montañas, la oficina local sí mantenía una red de comunicación por radio. Sí, Holly había regresado al centro, le había informado una mujer australiana con voz aguda. También le había dicho que no sabía cuándo Holly iría otra vez a la ciudad y que le daría el mensaje para que llamara a Vicki.

Vicki había dejado el asunto así. Si no conociera bien a su hermana, se hubiera preocupado, pero sabía que Holly iba a tratar de demostrarle que ella misma era capaz de hacer lo que quiera que le había estado pidiendo a Vicki que hiciera. Lo más probable era que no volviera a saber nada de Holly hasta que esta tuviera éxito en lo que se había propuesto —o hasta que terminara dándose por vencida.

Algo que Vicki sí había hecho había sido tomarse el tiempo para ir a la embajada estadounidense en la Zona 10. Una investigación en Internet no le había proporcionado ninguna información acerca de la muerte de Jeff y Victoria Craig —lo cual no era como para sorprenderse, ya que los archivos noticiosos de veinte años atrás podrían no estar incluidos en Internet.

Así que la tarde anterior, luego de terminar con los niños, Vicki había ido en taxi hasta la fortaleza que había visto desde el avión.

El personal de la oficina consular era en su totalidad, incluyendo a los guardias de seguridad, guatemalteco en lugar de estadounidense. Luego de hacer el pago indicado, un empleado guatemalteco había buscado inmediatamente el archivo Defunciones en el Extranjero y le había dado una copia a Vicki. Lamentablemente, no había encontrado en dichos reportes información adicional a la que Evelina ya le había proporcionado, excepto que los cuerpos tenían múltiples heridas de bala. Esto confirmaba, entonces, que no había sido un accidente. Atacantes: desconocidos. Posible motivo: robo. Una adenda contenía la única referencia hecha en cuanto a Vicki y a Holly: una nota que explicaba que debido a que ningún familiar se había hecho presente, el Fondo de Ayuda para Ciudadanos en Aflicción en el Extranjero había cubierto los gastos de la cremación de los cuerpos y del regreso de dos menores sobrevivientes a su lugar de origen.

Esa noche, Vicki le había mostrado el reporte a Evelina.

—Me he estado preguntando . . . supongo que esto significa que Jeff, mejor dicho, mi padre biológico, nunca terminó su libro acerca de los mayas. ¿Qué pasó con todas esas fotografías que ya había tomado antes de morir?

—No tengo idea. Yo solamente tengo las de Casa de Esperanza que él me dio; siempre revelaba sus propias fotografías —dijo Evelina, sacudiendo la cabeza—. Se preocupaba muchísimo acerca de sus derechos de autor y de la posibilidad de perder sus fotografías. No quería que nadie las viera antes de que el libro estuviera terminado. No podía simplemente enviarlas a su editor por computadora, tal como se puede hacer ahora, y tampoco hubiera cometido la insensatez de enviarlas por el sistema de correos de Guatemala. El sistema ha mejorado, pero en ese entonces si tú querías enviar algo a Estados Unidos, tenías que encontrar a alguien que estuviera viajando para allá y enviarlo con esa persona. Si Jeff así lo hizo, no sé a quién pudo habérselas dado ni en dónde. Lo que sí sé es que no dejó nada aquí.

Todo esto había resultado ser otro callejón sin salida.

Lo único nuevo había sido que Vicki había visto a los dos hombres en quienes —ella suponía— Holly parecía estar interesada. El primero había sido el agregado de la embajada a quien Holly le había presentado como Michael Camden.

Mientras el empleado de la embajada había estado fotocopiando los archivos para Vicki, Michael había pasado caminando y luego había retrocedido hasta donde ella estaba.

—Tú eres Vicki, la amiga de Holly que estuvo en el aeropuerto el otro día, ¿no es así?

—Sí, y tú eres . . . ¿Michael? El agregado militar de la OAD.

—Soy Michael Camden. Mi jefe es el agregado militar. Yo sólo soy un simple agregado quien ha sido agregado a la oficina del agregado militar; perdón por la redundancia.

Para ser un simple agregado, ciertamente proyectaba una personalidad de autoridad. Michael le echó una mirada a Vicki y luego al empleado detrás del mostrador.

—¿Puedo ayudarte en algo?

—No. Solamente estoy haciendo un poco de investigación. —Vicki no estaba dispuesta a difundir información acerca de sus verdaderos padres sin antes habérsela dado a su propia hermana—. Gracias por ofrecerme tu ayuda —añadió con una expresión tardía de gratitud.

—Holly iba a pedirle a mi secretaria que le diera una cita conmigo, para que pudiéramos hablar, pero aún no me ha llamado. ¿Sabes cómo puedo ponerme en contacto con ella? —dijo Michael, frunciendo el ceño.

—A mí también me gustaría ponerme en contacto con ella —contestó Vicki—, pero, de todas maneras, no se encuentra en la ciudad. Según entiendo, está en su lugar de trabajo en el CRFF.

—Si hablas con ella, por favor dile que todavía me gustaría que conversáramos. —Con una venia cortés, él se alejó.

La segunda persona a quien Vicki había visto, mientras había estado tomando un taxi para ir de regreso a Casa de Esperanza, había sido Joe —el experto piloto a quien también había conocido en el aeropuerto. Él había estado caminando rápidamente hacia el bien resguardado portón de la embajada. Al principio no lo había reconocido; vestía camisa y pantalones muy presentables, con su melena rubia bien peinada hacia atrás. Parecía más un hombre de negocios que el surfista vagabundo que ella había conocido.

A Vicki le hubiera gustado preguntarle si sabía algo de Holly, pero ya se había subido al taxi cuando lo reconoció. Él le había dado una mirada justo en el momento en que el taxi se alejaba; había levantado una mano a manera de saludo —con esa sonrisa irónica suya— y había entrado a grandes pasos a la embajada.

Esto la hizo recordar con enojo a su hermana. *¡Holly, te quiero mucho, pero esto ya es demasiado!* Si Holly iba a seguir comportándose de esta manera, entonces se merecía que Vicki comprara su pasaje y se fuera sin verla.

Llamaré a la oficina y les pediré que le envíen un mensaje por radio diciéndole que me iré pronto. De ese modo, será decisión de ella si quiere verme antes de que me vaya.

Vicki miró su reloj. Quedaba sólo el tiempo suficiente antes del almuerzo para la parte matutina favorita de sus estudiantes: la lección bíblica, parte integral de cualquier proyecto de Casa de Esperanza. En el momento estaban estudiando la historia de la Creación. Mientras colocaba las imágenes coloridas de animales, plantas y flores sobre el tablero forrado con fieltro, Vicki se había preguntado si estos niños siquiera comprendían la idea de que tal mundo existía más allá del panorama surrealista que les rodeaba cada mañana al despertar.

"El mundo entero es del Padre celestial."

La boca de Vicki se torció con tristeza. Por lo menos esa no era la realidad de estos niños. No obstante, ¿habría la posibilidad de llevarlos a dar algunos paseos? ¿Quizás hasta de llevarlos a acampar? Esto sería un tema a tratar con Evelina antes de irse.

Fueron los buitres los que hicieron que Vicki se desviara antes de llegar al salón de clase. Se detuvo y vio que sus estudiantes aún estaban trabajando en su tarea y luego cruzó rápidamente el patio de tierra.

El recinto de este proyecto había sido construido justo al borde del basurero, ofreciendo así una vista ilimitada del panorama que rodeaba a los estudiantes de Vicki cada día: un vasto basurero, tan grande como los ojos alcanzaban a divisar.

Ignorando las marcas que los ladrillos de tierra dejaban en su camiseta, Vicki se inclinó sobre la pared baja de adobe. La súbita corriente de aire que subió le entró por la nariz y le produjo lágrimas al hacer que sus ojos ardieran.

Esa pestilencia era la combinación de la podredumbre de la basura y del humo de las llamas —algunas producidas a propósito, a fin de disminuir las montañas de basura, y otras producidas por la combustión espontánea del gas metano generado por la descomposición de toneladas de dicha mezcla de desperdicios. En algún momento Vicki había considerado imposible el hecho de que seres humanos pasaran días enteros trabajando en ese infierno pestilente y mucho menos que pudieran vivir allí.

Vicki podía ver casuchas hechas de pedazos de cartón y de trozos de madera a lo largo de todo el empinado barranco. Sendas permanentes iban a través de las montañas de basura y de los montones de carrocería oxidada, hasta llegar a los caminos de tierra donde los camiones amarillos oxidados tiraban mil quinientas toneladas de basura cada día. Esta basura era "riqueza" que esta gente tenía que disputar con los buitres y con los famélicos perros callejeros —y entre ellos mismos. Rastrillos hechos de metal rebuscado apartaban los recientes montones tan rápidamente como podían ser excavados. Diestros dedos quitaban los restos de vegetales impregnados en vidrio, plástico, cartón, latas, prendas de vestir desechadas y de cualquier cosa que pudiera ser vendida a los comerciantes de reciclaje —quienes se mantenían a una distancia prudente más allá del barranco.

Aquí también había niños, aquellos lo suficientemente desafortunados como para no estar en las bancas escolares a espaldas de Vicki. Los bebés iban atados a las espaldas encorvadas de sus madres o, para mayor seguridad, en una vieja llanta o caja. Los niños mayores escarbaban los hallazgos de sus padres. Bajo la cuesta, cerca de donde Vicki se encontraba, dos niños se esforzaban por hacer rodar una vieja llanta cuesta arriba en un camino enlodado. Más abajo una pequeña daba gritos porque un perro callejero le había arrebatado los restos de melón que ella había desenterrado.

Sucios, con sus destrozados harapos, con sus pies y manos vendados con trapos debido al constante peligro de cortes y arañazos, con sus cabellos enmarañados y semejantes a la paja a consecuencia de la malnutrición, estos niños desamparados se distinguían de los desperdicios entre los que rebuscaban solamente por sus movimientos.

Sin embargo, fueron los buitres los que atrajeron la intensa mirada de Vicki. Siempre estaban allí, por miles, sobrevolando indolentemente sobre las montañas de basura o posándose encorvados sobre los humeantes montones de desperdicios.

Pero estos eran diferentes. Volaban en círculos cada vez más cerrados sobre un distante montículo en particular. Espantados por un súbito movimiento, se dispersaban hacia arriba y pronto reanudaban su lento vuelo en círculos.

Vicki ya había visto antes este juego de espera: habían encontrado carne fresca y aún estaba con vida.

Haciendo a un lado un mechón que el viento había desatado de su coleta, Vicki se agachó aún más, a pesar de su inestable posición, y parpadeó para aliviar el ardor que sentía en los ojos. ¿Acaso ese bulto negro borroso sobre el cual las aves de carroña volaban en círculos se había movido?

Entonces, en una de esas breves miradas en las que las mismas lágrimas hacen las veces de lentes de aumento, pudo ver el bulto más claramente. Se trataba de una bolsa negra de tipo industrial para basura, de las que los guatemaltecos más adinerados usaban para tirar sus desechos.

Sí, definitivamente un movimiento había acabado de hacer que los buitres se espantaran y emprendieran el vuelo alto otra vez. ¿Acaso uno de los tantos perros callejeros que abundaban en este lugar se había metido y se había quedado atorado en la bolsa? ¿Se trataba tal vez de un niño?

Vicki caminó deprisa hasta una abertura en la pared de adobe, donde dos niños estaban arrimados sobre la pared de ladrillos de tierra. Anteriormente, ella había tratado de convencerlos de que asistieran al programa escolar, pero sus esfuerzos habían sido en vano.

"Hola, Pepe, Luchito." Siguiendo la costumbre local, Vicki había señalado el lugar al que se refería con la quijada en lugar de usar la mano. "Creo que allá hay alguien o algo que está herido. ¿Podrían ir a ver de qué se trata? Les pagaré." El billete de cinco quetzales colgando tentadoramente de sus dedos debería haber sido suficiente para hacer que estos dos jovencitos se pusieran de pie a toda prisa.

Las miradas apáticas tuvieron una explicación cuando volvieron a agachar sus sucios rostros para inhalar el olor penetrante que emanaba de una mezcla dorada que tenían en unas tazas desechables de plástico. Ya se habían ganado los pocos centavos que necesitaban para comprar su ración de pegamento industrial, así que el resto del día lo iban a pasar perdidos en la ilusión de tener cariño, comida y un hogar. Tal adicción era la mejor compañera del niño de la calle.

Exasperada, Vicki se dirigió desde la abertura hasta un callejón lleno de surcos que se extendía hasta la senda que iba hasta el barranco. Subiendo en fila india por esa misma senda emergieron unos basureros por sobre el borde del barranco. Iban con las espaldas encorvadas bajo el peso de la preciosa carga de sus hallazgos.

—¡Señores! —exclamó Vicki. Pocos se hubieran dirigido a estos trabajadores usando dicho adjetivo. Esta vez, olvidándose de su entrenamiento acerca de las costumbres locales, usó el dedo para señalar el lugar al que se refería—. Allá hay algo moviéndose. Creo que está herido. Si me pudieran ayudar . . .

Voltearon las cabezas para seguir el rudo gesto de la extranjera y otra vez se volvieron para mirarla. Detrás del impasible vacío de estos rostros oscuros, Vicki reconoció las miradas llenas de asombro.

—Quizás un perro —dijo un hombre bajo su carga—. O ratas.

—Pero pudiera ser una persona. Tal vez un niño —insistió Vicki, mostrándoles el billete de cinco quetzales—. Miren, les pagaré si sólo van para cerciorarse.

La fila ni siquiera disminuyó su paso mesurado cuando pasaron junto a Vicki. *Loca gringa rica,* pudo leer en el brillo de esos ojos negros.

—Nadie llega tan lejos, señorita —dijo el obrero que había respondido antes, el único que se detuvo para sacudir la cabeza—. Es demasiado peligroso y allá ya no queda nada de valor. Ustedes gringos se preocupan demasiado. —Al igual que la mayoría de los trabajadores del lugar, el hombre era un maya cuya estatura, truncada por la vida y por su dieta, no pasaba de un metro cincuenta. Este también añadió—: Si es una persona, ya está muerta. Los pobres dejan allí a sus muertos. Los cementerios cuestan dinero. No se preocupe. Los buitres se harán cargo de eso.

Como si lo considerara el pago por su consejo, el hombre le arrebató a Vicki el billete y volvió a integrarse a la procesión.

"¡Oiga!" exclamó Vicki y luego se calmó. *Considéralo como una contribución a la economía local.* El hombre tal vez tenía razón. El movimiento que ella había visto se había producido lejos, en ese terreno baldío lleno de fuegos ardientes y desechos putrefactos. Mucho más allá de donde los volquetes y los mismos basureros se atrevían a llegar.

Acercándose hasta el borde del barranco, Vicki entrecerró los ojos para protegerse de los gases y del humo. Sí, allí estaba: una bolsa negra de basura. Si el movimiento había sido producido por un pequeño animal atrapado, ya no se movía; los buitres habían comenzado a descender. El estómago de Vicki se revolvió al ver como esos picos destrozaban el plástico. Además, ya era hora de irse a comer, si acaso iba a poder comer con semejante pestilencia impregnada en sus fosas nasales.

En el preciso momento en que estaba parpadeando para deshacerse de las lágrimas de sus ojos, Vicki vio salir de la bolsa negra una mano humana elevándose hacia arriba como implorando ayuda. Esta vez no se lo había imaginado; realmente se había movido.

"¡Esperen! ¡Es una persona! ¡Y aún está viva!"

Los basureros ni siquiera se volvieron para mirarla.

La ira hizo impulsó a Vicki a correr a través de ese basurero. No por los recolectores de basura quienes subían del barranco. Tampoco por los adolescentes tendidos allí, ahogando en una alucinación química un día más de miseria. Su ira era por este mundo en el que un ser humano tirado en un montón de basura para servir de alimento a los buitres era algo tan común que no causaba ni la más mínima preocupación.

La senda que iba hacia abajo, por estar cubierta con todo esos desperdicios podridos de comida, era tan resbalosa como el mismo lodo. Los zapatos y la ropa de Vicki estaban saturados de mugre y sus pulmones ardían cuando llegó al basurero y se atrevió a caminar sobre su inestable superficie. Un bulldozer seguía empujando basura cada vez más adentro en semejante desfiladero, sin ninguna consideración por los trabajadores que aún estaban escarbando entre tanto desecho. Siguiendo el ejemplo del operador de la máquina, Vicki sacudió la suciedad del pañuelo que mantenía su cabello sujeto hacia atrás y lo ató de modo que le cubriera la boca. ¿Cómo podían los basureros respirar esto todo el día?

Luego de que Vicki hubo recorrido unos cincuenta metros, entendió por fin las advertencias de los mayas. Este vertedero de basura era peligroso; trozos afilados de metal y vidrio —demasiado pequeños como para que valiera la pena recogerlos— estaban cortándole las suelas de caucho. Los desperdicios en descomposición y los fuegos ardiendo continuamente por debajo creaban hundimientos que podían tragar a cualquier descuidado sin dejar rastro alguno. Después de que casi le sucediera esto, Vicki avanzó con menos rapidez; no importaba cuál sendero elegía, el calor por debajo le quemaba aun a través de las suelas, hasta causarle dolor.

Vicki estaba lo suficientemente cerca como darse cuenta que había estado en lo cierto. Lo que aún quedaba de la bolsa negra cubría a una figura humana, y donde el plástico había sido desgarrado podía ver algo de tela. Lo más horrible era que podía ver carne humana ensangrentada, la mano extendida hacia arriba desgarrada por los afilados picos. Vicki tomó rápidamente un tubo de escape que la quemó antes de que lo tirara, con el que logró espantar a algunas de las aves carroñeras y hacerlas que emprendieran vuelo.

Los últimos metros fueron un camino muy difícil a través de una selva de metal de carrocerías desmanteladas, con bordes peligrosamente afilados. Antes de llegar hasta el bulto que era su objetivo, Vicki tenía por lo menos una media docena de cortes sangrantes.

Esto la hizo recordar la insistencia del basurero. Las inmensas bolsas de basura que los guatemaltecos ricos usaban para sus desechos servían de vivienda y cobija para los niños de la calle. También servían de mortaja para enterrar a los más pobres entre los pobres. Sin embargo, ninguno de estos últimos tenía motivo para estar aquí tan lejos.

Lo más extraño era que, tirada como un costal de papas sobre este monte de desechos, esta bolsa de basura estaba mayormente intacta a excepción de las partes que los buitres habían desgarrado. No había sido tocada por los rastrillos de los basureros ni por los bulldózeres. Además estaba limpia y el plástico negro aún brillaba. Podía haber sido tirada desde lo alto, debido a lo extremadamente difícil que era el llegar a este sitio.

No había tiempo que perder haciéndose preguntas. El bulto estaba siniestramente quieto. ¿Acaso Vicki se había imaginado que este se había movido? Tomando la puerta rota de una vieja carrocería para protegerse de los furiosos picos, espantó a los buitres que aún quedaban y se dejó caer de rodillas para poder ver más de cerca.

El plástico había sido roto, ya sea por los pájaros o por los esfuerzos de la misma víctima, mayormente en la parte superior, dejando expuesta la cabeza, un hombro y un brazo. El estómago de Vicki se revolvió cuando vio cómo los picos afilados habían destrozado la mitad del rostro que había estado expuesto.

Rasgando el plástico, Vicki hizo a un lado el cabello enmarañado para poder ver mejor. El corazón le latió rápidamente. La víctima era una mujer. No era una basurera ni una pobre mendiga que había sido colocada en su lugar de entierro.

Tampoco era una guatemalteca. Las partes que no habían sido ennegrecidas por la sangre seca dejaban ver cabellos rubios y las partes de piel que recién quedaban al descubierto eran pálidas y con pecas. Dos características demasiado familiares.

¡No, por favor! Nauseabunda y con sus dedos temblorosos, Vicki tomó el pulso en el cuello de la joven. Increíblemente, todavía estaba viva. Vicki siguió rasgando el plástico y se detuvo. Sus conocimientos médicos se limitaban a los primeros auxilios más básicos, pero pudo ver lo suficiente como para darse cuenta de lo que había sucedido. Después de ponerla a la fuerza dentro de la bolsa de basura, le habían disparado a quemarropa en el pecho. Las quemaduras de la pólvora y el agujero del proyectil todavía eran visibles en el plástico.

Esa era la única razón por la que la víctima aún estaba viva: la bala debía haber pasado sin tocar ninguno de los órganos principales y el plástico mismo había servido como vendaje a presión, con el flujo de sangre —que había atraído a los buitres— coagulado por debajo y sirviendo para sellar la herida de bala. ¿Por cuánto tiempo había estado así?

Echándose hacia atrás sobre sus talones, Vicki miró con desesperación a su alrededor; la mente le daba vueltas sin saber qué hacer. Aunque lograra atraer la atención de los basureros, tomaría demasiado tiempo localizar a un equipo médico y traerlo hasta aquí, a través de toda esa superficie tan peligrosa.

¡Se va a morir! ¿Qué hago? ¡Rápido, rápido! Un latido rápido le estaba pegando en la sien. La respiración se le aceleró tanto que pensó que estaba comenzando a desmayarse. Apretando los puños se clavó las uñas en las palmas, sin importarle el dolor que le causó. *Inhala profundamente. Espera. Exhala. Inhala profundamente. Espera. Exhala.*

Mientras se le iba aclarando la mente, sus dedos rozaron el teléfono celular en su bolsillo. Lo sacó y lo abrió de un golpe. Aquí no había el servicio de emergencia de 9-1-1 como en Estados Unidos, pero 1-2-5 era el código de emergencia de la Cruz Roja Internacional. *¡Por favor, haz que tengan un helicóptero disponible en la ciudad!*

El teléfono estaba sumamente caliente y cuando Vicki comenzó a teclear los números se dio cuenta que estaba fuera de servicio —tal vez debido al calor o quizás por la interferencia causada por los metales retorcidos y por las montañas de escombros a todo su alrededor.

Lo que hizo a continuación ni siquiera fue un acto consciente: poniéndose de pie de un salto, comenzó a gritar y a agitar los brazos para atraer la atención de alguien. Pudieron haber pasado horas, minutos o tal vez segundos antes de que Vicki lograra llamar la atención de una fila india de basureros, quienes comenzaban a bajar por la quebrada. Quizás eran los mismos a quienes antes les había rogado que la ayudaran.

Vicki dejó caer sus brazos debido a la fatiga y porque sintió un leve roce en su tobillo. Bajando la mirada, inhaló profundamente. El brazo que estaba fuera de la bolsa estaba moviéndose y con la mano estaba haciendo movimientos suplicantes. Cuando Vicki se dejó caer de rodillas, escuchó un quejido que le hizo darse cuenta que, lamentablemente, la joven dentro de la bolsa estaba consciente otra vez. Cuando Vicki trató de tomar los dedos sangrantes, la boca mutilada también se movió. Los sonidos producidos eran tan distorsionados que Vicki tuvo que esforzarse para entender lo que estaba tratando de decir.

"Lo siento . . . mucho. . . . Tenías razón. . . . No, yo tenía razón. . . ." La última palabra salió con un silbido producido al exhalar. La cabeza de la joven cayó hacia atrás y los dedos aferrados a Vicki se tornaron fláccidos.

Vicki trató desesperadamente de encontrar el pulso de la joven y trató de darle respiración de boca a boca. *¡Oh, por favor!* Lo que comenzó como una exclamación se tornó en un grito de desesperación. *¡Oh, por favor, no!*

Dándose por vencida por fin, agachó la cabeza. Lágrimas que no eran causadas por el humo ni por los gases le rodaron por las mejillas y cayeron en la camiseta ensangrentada de la joven y, en el fláccido cuello, pudo ver una cadena de oro, la misma que debido a los primeros auxilios que Vicki había administrado se había zafado. El color original del material de la camiseta ya casi no era visible y sólo una mirada aguda hubiera podido distinguir la única palabra de su logotipo que ahora estaba expuesto. Sin embargo, Vicki no necesitaba desgarrar más el plástico para poder ver el eslogan completo de *Salvemos a los Bosques* escondido por debajo, ni para identificar la perfecta figura del jaguar de oro con sus brillantes ojos de esmeralda que colgaba al final de la cadena.

"¡Holly! ¡Oh, Holly, no!" Sólo cuando Vicki estuvo luchando por recobrar la compostura se dio cuenta de que otras palabras también habían salido mezcladas con ese grito de desesperación: "¡Mamá! ¡Papá!"

La ira y la incredulidad hicieron que Vicki pudiera resistir el paso de las horas siguientes.

Las lágrimas habían tenido tiempo de secarse, y para cuando los basureros lograron subir hasta donde ella estaba sentía como si su rostro fuera de piedra. Escuchó palabras en el dialecto maya de asombro y compasión.

—No, no la toquen. Tenemos que esperar a la policía —les dijo Vicki y les indicó que retrocedieran.

—Ellos no vendrán hasta acá —se atrevió a decir el mismo obrero maya que le había arrebatado el billete de cinco quetzales; su español era trabajoso y paciente pero firme—. Además es peligroso quedarnos aquí por más tiempo. Mire.

Vicki recibió el impacto de la explosión de un escape de gas metano producida a unos pocos metros de distancia. Apenas sintió el dolor del calor quemándole a través de las rodillas de sus pantalones vaqueros. No protestó más y dejó que los basureros desataran sus caseras telas mayas, las mismas que usaban para sujetar sus cargas a sus espaldas, y que las tendieran por debajo de la bolsa negra de plástico para así poder cargarla. Impulsada por toda una vida de haber visto películas policíacas, trató de explicarles el concepto de las huellas digitales, pero carecía de la autoridad y del suficiente conocimiento del idioma para contradecir la rápida discusión de los mayas mientras levantaban a Holly, colocando a tres hombres a cada lado. Aquellos que no la estaban cargando iban dispersos por delante, dando aviso de cualquier obstáculo que hubiera en el camino.

Por los grandes esfuerzos que los basureros habían hecho por trepar y salir de la quebrada con el bulto a cuestas, Vicki tuvo que resignarse a que iba a ser prácticamente imposible distinguir las huellas que estos habían dejado con toda su buenas intención de las que ya habían estado previamente en la bolsa.

Al llegar al local de la escuela no halló alivio para su pesadilla. Los estudiantes de Vicki ya habían recibido su comida del mediodía y cuando vieron la extraña procesión los platos barnizados fueron a dar al suelo. Un grito unánime de emoción le perforó las sienes mientras los niños se amontonaban alrededor de los hombres que cargaban el bulto.

Entonces vino la tarea de encontrar un sitio que no fuera el suelo de tierra para colocar la bolsa. La única mesa estaba repleta con montones de cosas para preparar la comida y las inestables bancas eran bastante angostas. Los basureros permanecieron de pie, esperando pacientemente mientras Vicki correteaba de un lado a otro del plantel. Finalmente, en un acto desesperado, arrancó la pizarra portátil de su marco y la colocó sobre tres de las bancas.

En medio de todo esto, el calor y el ruido no habían disminuido. Consuelo, la asistente de Vicki, había hecho que la mayoría de los estudiantes se retirara, pero en lugar de estos había venido un gran número de residentes del basurero. Curiosos de todas partes habían invadido el espacio de ladrillos de tierra; se habían aglomerado en el patio e inclusive se habían trepado sobre las paredes, parecidos a los buitres.

No es justo, gemía la mente de Vicki. Esta figura inerte sobre una improvisada mesa de madera, cubierta sólo por la tela casera de los basureros y rodeada por ruidosos y descontrolados extraños pertenecientes a otra nación y a otra lengua, era su hermana menor. De seguro, Vicki tenía todo el derecho de desencadenar su dolor, de desatarse en histeria y de permitir que alguna autoridad de algún lado viniera a hacerse cargo.

No obstante, lo absurdo de su situación no la dejaba llorar y la mantenía insensible mientras se enfrentaba a cada obstáculo. Agradeció a los basureros, sacando unos cuantos quetzales más y depositándolos en la mano de su líder. Haciendo uso de la voz furiosa y gritona de Consuelo cuando sus propias protestas resultaron vanas, logró hacer que los ingenuos curiosos retrocedieran hasta quedarse afuera, detrás de las paredes. El teléfono de Vicki aún no estaba funcionando y en la escuela no había uno. Alcanzando a un estudiante que todavía merodeaba cerca y poniendo otro billete de cinco quetzales en su mano, Vicki le mandó a que fuera a toda prisa a Casa de Esperanza.

"¿Qué está pasando aquí?" Los cuatro policías con uniformes caquis quienes marcharon a través de la abertura entre los ladrillos de tierra habían llegado demasiado pronto para haber venido en respuesta al mensajero que ella había acabado de mandar. Estos eran policías del barrio, con sus rostros y sus ojos endurecidos.

La llegada de los uniformados locales hizo que la muchedumbre se desbandara y que se oyera el cerrar de puertas y ventanas a lo largo de toda la calle. Los basureros que habían ayudado a Vicki y los estudiantes que aún habían estado caminando por detrás de las paredes se desvanecieron en el vertedero de basura.

Con evidente incredulidad, los policías escucharon el relato. Brevemente levantaron la tela tejida para echar un vistazo a la víctima, pero ni siquiera se molestaron en echar una breve mirada hacia el lugar del hallazgo en el basurero. Levantaron las cejas en señal de asombro ante la incapacidad de Vicki de presentar testigos que verificaran su relato. Ojos poco amistosos se fijaron en las manchas secas de sangre y mugre que cubrían la ropa de Vicki.

"¿Quién disparó?"

"¿Hubo una pelea?"

"¿Dónde está la pistola?"

"¿Hubo una pelea doméstica? ¿Está involucrado algún novio?"

Las preguntas impactaban a Vicki con la misma fuerza martilladora de la sangre que le golpeaba contra las sienes.

El testimonio de Consuelo fue pasado por alto, como si este fuera sólo algo que era de esperarse por parte de una empleada a favor de su supervisora.

—¿No es obvio que no fue asesinada aquí? —gritó Vicki llena de frustración—. Aquí ni siquiera hay sangre. —¿Dónde estaba la ayuda que había mandado a traer? ¿Acaso el mensajero que había mandado había escapado con esos cinco quetzales?

—Entonces díganos quiénes son sus cómplices; los que la ayudaron a traer el cuerpo hasta aquí.

Mientras todo esto sucedía, los gendarmes permanecían de pie, manteniendo por lo tanto también a Vicki de pie, con sus manos cerradas sobre sus costados y con su cuerpo tenso por la ira contenida. *No estoy en Estados Unidos,* se recordó a sí misma. *No puedo demandar ningún derecho.*

—¡Vicki!

—¡Evelina! —Vicki se dio la vuelta, su sollozo de alivio brotando en cuanto divisó la figura delgada y derecha entrando al plantel—. Entonces Jaimito sí fue a buscarte.

—Sí, estaba en Casa de Esperanza cuando Jaime llegó. Pero tuve que venir caminando porque Alberto tiene el Jeep. Lo siento mucho. Esta es una terrible tragedia. —Evelina lucía aún más pequeña y frágil en comparación a los cuatro policías uniformados; su moño cano apenas llegaba a la altura de las solapas de estos. Sin embargo, no había nada de frágil en la serena mirada que, desde detrás de sus gruesos anteojos, analizaba a los uniformados, al patio vacío, a la figura inerte sobre las bancas y a la ropa sucia de Vicki.

—Deja que me haga cargo de esto. —Evelina le dio a Vicki una palmada en el hombro antes de dirigirse hacia uno de los gendarmes en particular—. Robertito, cuán alto estás. No te había visto desde que saliste de Casa de Esperanza, ¿verdad? Me alegra que te hayas integrado a la policía. Este país necesita buenos y honrados oficiales de policía. Tu abuelita debe estar muy orgullosa de ti.

Este oficial era el líder del grupo y había sido el más severo con sus tácticas de interrogación. En cambio, ahora estaba arrastrando los pies.

—Ahora soy sargento Roberto Torres. —Con orgullo mostró su insignia—. Me ascendieron justo el mes pasado. No está mal para un niño sin padres, ni más hogar que las calles.

—Y Casa de Esperanza.

Bajo la mirada severa de Evelina, el sargento tuvo la delicadeza de lucir avergonzado.

—¿Conoce a esta mujer, doña Evelina? —preguntó el policía, dándole una mirada a Vicki—. ¿Puede testificar en su favor?

—Sí, claro que sí puedo testificar a favor de ella. Y bien sabes que ella es una de mis voluntarias. —Un gesto firme señaló la sucia camiseta amarilla de Casa de Esperanza que Vicki llevaba puesta—. Ahora bien, ¿qué modales son esos que te han hecho que mantengas de pie a esta pobre joven durante todo este tiempo?

Debido a la hosca expresión del policía, Vicki supo que este no le iba a pedir disculpas, pero por lo menos permitió que Evelina la hiciera sentarse en una banca. Sacando de repente su teléfono celular, Evelina continuó sin titubeos.

"Robertito, me doy cuenta de que has llegado a ser un oficial muy competente, pero esto se trata del asesinato de una mujer extranjera. La embajada estadounidense tendrá que intervenir. Ya sabes que tu policía barrial no cuenta con los recursos ni con la experiencia necesaria para esta clase de investigación. Ahora mismo voy a llamar al jefe de policía para que envíe una unidad especial de investigación y a los estadounidenses. La profesora necesitará que su embajada la represente."

Gracias a la calmada autoridad de la voz de la misionera, Vicki sintió que la tensión de sus hombros comenzaba a disiparse. Arrastrando la banca hasta uno de los pilares de madera sobre los cuales descansaba el techo de paja, dejó que su cuerpo se desplomara contra la dura viga y cerró los ojos.

Vicki no se sorprendió cuando media hora más tarde vio que una furgoneta de la policía y una ambulancia llegaron de súbito y se detuvieron fuera del plantel.

Entonces también llegó un Land Rover verde oscuro, con sus ahumadas ventanas de doble vidrio —lo que quería decir que eran a prueba de balas.

La embajada. Vicki estaba demasiado insensible como para sorprenderse al ver a Michael Camden, el conocido de Holly del Departamento de Estado.

El agregado de la embajada se dirigía hacia el salón con el techo de paja, pero se detuvo cuando vio a Vicki. Miró cuán sucia y desalineada estaba y apretando los labios, preguntó:

"¿Es cierto lo que dicen en cuanto a Holly?"

Vicki sólo pudo responder haciendo un gesto desesperanzado.

Volviéndose sobre sus talones, Michael se dirigió a zancadas hacia la mesa improvisada, miró hacia abajo y luego regresó a toda prisa.

—Vamos a notificar al pariente más cercano. ¿Sabes dónde podemos encontrar a su familia?

—Esa sería yo misma —dijo Vicki, tragando con dificultad.

—¡Tú! —Los músculos de la quijada del hombre se tornaron protuberantes.

—Sí, esta es Vicki Andrews, hermana de Holly. —Evelina puso su mano en el doblez del codo de Vicki y con su calmada voz preguntó—: ¿Y usted quién es?

—Michael Camden, de la OAD de la embajada de Estados Unidos —respondió, escudriñando con severidad a la misionera.

—¿De la Oficina de la Agregaduría de Defensa? —La pregunta de Evelina dejó notar su sorpresa—. Lo máximo que hubiera esperado es que la embajada mandara a uno de sus empleados de planta. ¿A qué debemos este honor? No sabía que nuestra embajada había comenzado a ofrecer este nivel de servicios. —Los comentarios de Evelina contenían una ironía aguda.

—Sí, bueno, he estado dictando unos cursos de entrenamiento para los oficiales de la policía local. El comandante de la unidad especial de homicidios es uno de ellos. —Michael señaló a uno de los tenientes que estaba organizando a los recién llegados—. Él me llamó tan pronto como supo que una estadounidense estaba involucrada.

—Entonces quizás usted puede hacer algo útil explicándole a sus . . . colegas locales que Vicki es una víctima y una parienta muy desesperada, más no su principal sospechosa —replicó Evelina sin haberse dejado impresionar por las credenciales del hombre.

—La embajada no está autorizada para interferir con el sistema local judicial. Sólo podemos monitorear los procedimientos legales y asegurarnos que se adhieran a los tratados internacionales. —La mirada de Michael pasó de Evelina a Vicki y su expresión severa se relajó un tanto—. Pero como un ciudadano común y corriente, haré todo lo que me sea posible para ayudarla. Con permiso.

Michael se acercó al teniente de la unidad especial. Vicki aún tenía la esperanza de que todos los uniformados pronto se dedicaran a buscar huellas digitales por todas partes, que exploraran el perímetro de la quebrada y hasta que se adentraran en el vertedero de basura hasta llegar al montón que Vicki les había indicado.

Vicki tuvo que repetir otra vez su relato, pero por lo menos esta vez le hacían las preguntas con cortesía. Michael se quedó en los alrededores, apoyándose contra uno de los pilares más cercanos. No hablaba ni interfería de ningún modo, pero su presencia observadora era imposible de ignorar.

Durante los interrogatorios, Alberto llegó procedente de Casa de Esperanza. Trajo el Jeep de Evelina y ropa limpia para Vicki. Muy agradecida, se cambió en la choza de la cocina en la parte posterior del plantel y cuando salió se encontró con un técnico del laboratorio forense, quien la estaba esperando para poner en una bolsa la ropa que ella acababa de quitarse.

Más tarde Vicki tomó prestado el teléfono celular de Evelina para llamar a la oficina local del CRFF.

—¡Vicki! Te he estado buscando toda la mañana. ¿Dónde está Holly? —Vicki reconoció la exasperada voz de Alison, la voluntaria australiana con quien había hablado antes—. Pensé que ella por lo menos te iba a llamar. ¿Está contigo?

—Por eso . . . —Vicki tuvo que aclararse la garganta antes de poder contestar—. Por eso estoy llamándote. Holly . . . está muerta.

El silencio producido por la impactante noticia le permitió a Vicki explicarse rápidamente. Entonces prosiguió con sus propias preguntas.

—¿Cuándo fue la última vez que viste a Holly? La policía necesita saberlo. —*Y yo también*—. Ni siquiera sabía que ella estaba de regreso en la ciudad.

—Holly voló hasta acá con Bill y Joe. La segunda mitad de nuestros voluntarios alemanes llegó en el vuelo de la tarde. Holly vino para llevarlos en el autobús hasta el Centro de Rescate de la Flora y Fauna.

—Sí, vi a Joe en la embajada —dijo Vicki automáticamente cuando Alison hizo una pausa—. ¿Entonces Holly estuvo con ellos?

—Oh no, tenían que traer la Cessna de regreso al centro antes del oscurecer. Joe y Bill volaron de vuelta aun antes de que Holly tuviera a los miembros del equipo instalados en el hostal. Esa fue la última vez que hablé con Holly. Dijo que tenía que hacer una visita y que nos vería en el autobús en la mañana. Le di tu mensaje. ¿Quieres decir que nunca la viste? ¿Entonces adónde se fue? ¿Dónde pasó la noche?

—No lo sé. Eso es lo que estoy tratando de averiguar.

—¿Qué vas a hacer? ¿Tienes a alguien que te ayude?

—Estaré bien. ¿Puedes averiguar si alguien sabe dónde y con quién se fue Holly y por qué? —Vicki notó que los técnicos forenses habían regresado del vertedero de basura—. Por favor discúlpame. Tengo que irme —dijo Vicki y colgó.

No dijeron qué clase de evidencia habían encontrado, pero después de un intercambio con los hombres de la unidad especial, anunciaron que ya habían terminado.

Un nuevo desacuerdo se suscitó cuando el personal de la ambulancia comenzó a levantar a Holly de la mesa improvisada. Vicki insistió en acompañar el cuerpo de su hermana. El teniente a cargo de la unidad aseveró que ningún civil podía ir en un vehículo policial. Vicki le hubiera pedido a Michael que la ayudara a interceder, pero este había desaparecido al subirse a su propio vehículo. Ella pudo ver que él estaba hablando por un transmisor de radio.

El desacuerdo terminó cuando Evelina le dio su teléfono celular al teniente; el supervisor de este estaba en la línea. Bajo otras circunstancias, Vicki hubiera sonreído. ¿Había alguien a quien la misionera no conociera?

Un guardia de la policía subió detrás de Vicki, sintiendo inexplicablemente la necesidad de colocar su rifle automático sobre su regazo, una vez que se hubo acomodado enfrente de ella.

Ignorándolo, Vicki tomó la mano de Holly, que se había resbalado desde debajo de la sábana que ahora reemplazaba a la tela maya casera de los basureros. Los dedos de la mano estaban fríos: la fuerza vital que había sido Holly de ninguna manera estaba relacionada con este toque fláccido. Cruzando sus manos sobre su regazo, Vicki miró fijamente al costado blanco de la ambulancia, evitando encontrarse con la mirada curiosa del guardia y con las luces titilantes de la ciudad que provenían de afuera. *No pienses. No sientas.*

La ambulancia llegó hasta los portones de unas extensas instalaciones, que con sus almenadas murallas, arcos y estatuas parecía más bien un castillo medieval o un palacio, y no la principal estación de policía. Vicki sintió alivio al ver el viejo Jeep de Evelina estacionado detrás de la ambulancia. Esta vez la firme persuasión de la misionera no bastó para hacer que dejaran entrar a Vicki.

"Se le informará cuando el médico forense haya terminado," le dijo el teniente a Vicki. Hasta entonces, ella no podía salir de la capital; aunque el hombre no llegó a pedirle su pasaporte.

Los portones se cerraron súbitamente detrás de la unidad de policía y de la camilla. La ambulancia se alejó a toda velocidad, dejando a Vicki de pie sobre la grava, por primera vez sin saber con claridad qué paso tomar.

"Vamos, querida, no puedes hacer nada más aquí."

Vicki se dejó llevar por Evelina hacia el Jeep.

Antes de que pudieran subirse, el Land Rover de la embajada se detuvo junto a ellas, levantando un montón de grava. Al bajarse, Michael le dio a Vicki una de sus tarjetas de negocios y escudriñó su cara antes de dirigirle la palabra de la manera más amable en que hasta ahora se había expresado. "Nunca te dije cuánto siento lo sucedido con tu hermana. Hubiera deseado quedarme para ayudarte, pero ya he pospuesto por mucho tiempo la partida de una operación que ha estado prevista desde hace rato. De hecho, por eso estaba tratando de ver a Holly. Quería verla antes de irme. Saldré por unos cuantos días, pero si necesitas algo durante ese tiempo, por favor no dudes en ponerte en contacto con mi asistente. El número está en la tarjeta. Te aseguro que me comunicaré contigo tan pronto como regrese."

Él se fue y Evelina hizo que Vicki subiera al Jeep. El suave murmullo de su conversación fluyó sobre Vicki mientras Alberto las conducía de regreso a Casa de Esperanza. No obstante, Vicki no escuchó nada de lo que la misionera había dicho. Mirando por la ventana, Vicki vio el pálido cielo y las luces titilantes a lo largo de las estrechas calles. ¿Qué se le había olvidado? ¿Qué tenía que hacer a continuación?

Vicki se despertó cuando cruzaron a sacudones los inmensos portales del hogar de niños y se estacionaron en el patio empedrado.

"Mejor comienzo a hacer la lista de las personas a las que tengo que llamar," le dijo a Evelina mientras cruzaban el portón del hogar de niños y subían por en el ascensor de carga. "Tengo que hacer llamadas tanto dentro como fuera del país. Tengo que llamar a las oficinas del CRFF, a sus amigos. Ah, a Roger y a Kathy, cuyos números ni siquiera tengo." Hizo una pausa fuera de su habitación para frotarse la cara con una mano.

Evelina levantó la llave de su mano, y empujando la puerta para abrirla, acompañó a Vicki hasta adentro.

El apartamento estaba tan vacío y ordenado como lo había estado cuando Vicki había llegado hacía una semana. Sus pocas pertenencias habían sido guardadas debajo de la cama, por lo que habían quedado fuera de vista. Las sábanas y los mosquiteros estaban nítidamente doblados. No obstante, una mesa portátil y un par de sillas plegables habían sido añadidas para que Vicki pudiera trabajar con su computadora y sus montones de papeles.

—Siéntate, querida. —Evelina acercó una de las sillas.

—No puedo. Tengo mucho que hacer. —Vicki puso resistencia a la mano colocada sobre su hombro—. Tengo que organizar el funeral. Ni siquiera estoy segura a quién tengo que llamar. ¿Cómo voy a organizar el funeral si la policía aún tiene el . . . el . . . ¡Ay! Si tan sólo pudiera pensar racionalmente.

—Siéntate.

Ante tal orden con autoridad, Vicki se hundió lentamente en la silla. Estaba temblorosa y repentinamente exhausta, como si hubiera sido física y no mentalmente golpeada.

Sentándose en la otra silla, Evelina se inclinó hacia delante para tomar los puños fríos de Vicki en sus cálidas y pequeñas manos.

"Así, querida, cálmate. Todo el día has sido muy fuerte y eficaz, pero ya no tienes que serlo más. Sólo olvídate de todo."

Vicki la observó con una mirada vacía. La perspicaz amabilidad detrás de los anteojos de marco grueso disolvió algo tenso y ardiente en su pecho. Parpadeó lentamente. *Holly está muerta. Mi hermana está muerta. Mi familia está muerta. Ha sucedido otra vez. No es un sueño. No voy a despertarme de todo esto.*

Entonces como un diluvio ardiente, que era a la vez doloroso y de algún modo también el comienzo de su recuperación, las lágrimas brotaron y no dejaron de correr por un largo rato.

"Señor, por favor venga por aquí."

Los finos rayos grises y blancos de las linternas fluorescentes eran suficientes para iluminar las redes camufladas y los refugios inflables dispersos bajo las mismas, pero no para iluminar más allá de unos pocos metros a través del espeso follaje y de los arbustos de esta selva tropical. Dejando el vehículo todoterreno bajo unos helechos y hojas gigantes de palmera, el hombre siguió al centinela hasta el refugio más cercano.

El personaje supervisando las actividades frente a él desde la comodidad de su silla de lona lo miró impacientemente.

—Así que . . . han encontrado a la gringa.

—Sí.

—¿Muerta?

—¡Claro que sí! Ese era el objetivo, ¿verdad?

—¿Por qué te tomó tanto tiempo? Esperaba que te comunicaras conmigo hace varias horas.

—Un imprevisto. —Su español era idiomáticamente guatemalteco pero con acento—. Los lugareños no son tan curiosos como me lo esperaba. Estás seguro . . . estamos seguros.

—Por esta vez.

—¿Qué quieres decir? —Entrecerró los ojos ante tal directa aseveración.

—Tú no eres el primero en traerme noticias. —El ocupante de la silla de lona meneó una mano en dirección de un juego de radio sobre una caja de embalaje junto a él—. Me dicen que hay otra gringa, tal vez más, que ahora están complicando las cosas. Si siguen haciendo más preguntas, ellas también tendrán que desaparecer.

—Te dije que ese radio tenía que ser usado sólo en caso de emergencias. —Sus dientes rechinaban debido a sus esfuerzos por mantener un tono de voz calmado—. En cuanto a las otras mujeres, por supuesto que están haciendo preguntas. ¿Acaso pensaste que las amigas de la otra no iban a hacer preguntas? Dales las respuestas adecuadas y pronto nos dejarán en paz. Esto se acabó, ¿me oíste? ¡Se acabó!

—Sólo asegúrate de que así sea. De lo contrario nosotros comenzaremos a tomar nuestras propias decisiones . . . y a elegir a nuestros aliados.

El visitante decidió salir antes de que el hombre en la silla se lo ordenara. Agachándose bajo una cuerda de soporte, se apresuró a salir de los débiles rayos de la linterna fluorescente. Buscó a tientas un afloramiento de roca que él sabía estaba allí. Trepando a gatas la corta subida, se protegió de la repentina ráfaga fría, dejando que los vientos de la noche lo envolvieran con su rica y húmeda fragancia de selva tropical y el cotorreo de graznidos y gorjeos de su incansable vida animal.

Sin la contaminación del brillo de las luces urbanas y sin ningún tipo de ocupación humana, al momento sólo había una profunda oscuridad. El horizonte mismo a través del vacío era la extensa sombra de otra cadena montañosa, de tal modo que sólo titilaban las frías y afiladas chispas de las constelaciones directamente sobre su cabeza.

Su reino, él ocasionalmente se permitía reflexionar antes de que su frío pragmatismo lo forzara a mantener bajo control dicha peligrosa contemplación.

En realidad es una lástima lo que tuvo que suceder con la joven. Hizo una pausa para sentir el remordimiento que cualquier ser humano decente sentiría por la pérdida de una vida. Él había sentido lo mismo por los majestuosos tapires que sus hombres tenían que sacrificar de vez en cuando para suplir sus raciones alimenticias.

Alejándose de la saliente, caminó de regreso al círculo de rayos fluorescentes. Los trabajadores estaban descargando las provisiones que él les había traído. Mientras revisaba patentes y daba rápidas órdenes, su mente no estaba abrumada por pensamientos de arrepentimiento, ni de culpa, ni de preocupación. Ni siquiera de satisfacción.

El sentimiento predominante que experimentaba era de justificación.

Así que su suposición había sido correcta.

No, este había sido un cálculo cuidadoso. Después de todos estos años, ese equipo de radio todavía estaba por allí —y todavía estaba en uso.

Era un gran descuido el asumir que otros no podían estar escuchando. ¿Pero cómo podían hacerlo? Esta frecuencia y tecnología de codificación habían sido desechadas hace una década.

Por lo menos, eso era lo que los expedientes indicaban.

Cuando el ruido de las voces no se volvió a escuchar, él extendió la mano y apagó su propio sistema de comunicaciones. De acuerdo a esa transmisión, no parecía posible que se volvieran a escuchar esta noche y, además, el kerosene para el generador era demasiado escaso en este lugar como para desperdiciarlo.

Saliendo a una terraza, se arrimó sobre uno de los pilares de concreto que sostenían el techo de teja. La noche carecía de los sonidos de las voces y de la música; hacía ya largo rato que los lugareños habían apagado las velas y las linternas para irse a sus hamacas. La única iluminación procedía de una sola bombilla, encendida por un generador, que colgaba de una viga a través de la puerta abierta detrás de él y del pálido brillo de las estrellas que se extendían sobre la dentada sombra negra de las montañas.

Entrecerró los ojos debido a la oscuridad. Esa transmisión se había originado desde algún lugar allá, en el bosque, a la distancia. Su primera impresión parecería ser correcta en todo aspecto. Esta no era una nueva amenaza. Ellos habían vuelto y los años transcurridos no habían refrenado ni cambiado sus tácticas.

No obstante, el paso de los años había traído otros cambios. Tal vez esta vez sí iba a ser posible ponerle fin a todo esto. Con un equipo con el que no contaba al momento, tal vez sería posible triangular esos dos transmisores. Por otro lado, aun con recursos limitados, siempre había otras opciones.

No experimentó ira, solamente una fría y enfocada concentración.

CAPÍTULO OCHO

"No necesito ayuda para enviar los restos de mi hermana a mi país."

Todos en el vestíbulo de las oficinas principales de la policía de la ciudad de Guatemala se volvieron a mirarla. Detrás del escritorio de recepción, un guardia sosteniendo una M16 dio un paso hacia delante.

Vicki bajó la voz, pero no su grado de frustración. "Como ya se lo dije, no vine acá por el Certificado de Defunción en el Extranjero. Estoy aquí porque quiero saber el estado de la investigación del asesinato de mi hermana. Ya han pasado cuatro días."

Cuatro interminables días desde el horroroso momento en que encontró a Holly sobre ese montón de basura en medio del basurero municipal de la ciudad de Guatemala. Cuatro días de un sinnúmero de preguntas sin respuesta. Cuatro días de estar golpeando con sus puños las murallas de concreto de esta burocracia. "En todo este tiempo no he recibido un informe policial, ni nada por el estilo, que me informe del estado de la investigación. Ahora, de pronto, me dicen que puedo salir de este país y que puedo llevarme el cadáver de mi hermana. Pues bien, *no quiero* salir de este país. Lo que *sí* quiero es saber qué se está haciendo para dar con el asesino de mi hermana."

—En cuanto a esto —Vicki puso de un golpe una fotocopia sobre el escritorio—, ¿cómo puede ser este el informe final de la investigación?

"Holly fue víctima de un asalto, perpetrado por persona o personas desconocidas, con el probable motivo de robo." Esto no explica nada. ¿Qué entrevistas se hicieron? ¿Dónde están los informes de las evidencias? ¿Dónde están los sospechosos? ¿Han tratado siquiera de encontrar al culpable?

—Lo siento. Esto es todo lo que tengo autorización de entregarle —dijo el oficinista de la policía, manteniendo su fría expresión y sin siquiera pestañear a la vez que empujaba el informe nuevamente hacia Vicki—. Tal vez las cosas se hacen de manera diferente en su país, pero no estamos en Estados Unidos.

—Bueno, entonces si usted no puede darme más información, me gustaría hablar con alguien que sí pueda hacerlo —Vicki replicó con calma, tragándose otro tipo de respuesta—. ¿Quién es el oficial que está a cargo de la investigación del caso de mi hermana?

—El teniente está ocupado con otro homicidio. Él no hace citas con civiles. —El oficinista se echó hacia atrás en su silla.

—Entonces quiero hablar con el jefe de la policía. —Vicki se esforzó para abrir sus puños.

—El comandante no hace citas con civiles.

Unas uñas rojas como la sangre tiraron de la manga de Vicki. Era Marion Whitfield, una mujer joven en traje de negocios y con altos tacones —la asistente del consulado asignada para ayudar a Vicki en lo que fuera necesario.

"Señorita Andrews, creo que no se ha dado cuenta de lo mucho que han cooperado estos oficiales para hacer que en tan sólo cuatro días los restos de su hermana le sean entregados y para que usted misma quede libre de sospechas. Por lo menos ahora usted está libre para salir del país y para organizar el funeral de su hermana. Mientras tanto, dejemos que las autoridades hagan su trabajo."

Según las expresiones vacías al otro lado del escritorio, era obvio que ni el empleado de la policía ni el guardia entendían inglés.

—Señorita Andrews —Marion bajó la voz hasta murmurar, con cierta complicidad—, si es cuestión económica, la embajada tiene un fondo disponible para ayudar a sus ciudadanos en aflicción en el extranjero. Por lo menos podemos pagarle su pasaje de regreso.

—No necesito ayuda económica. ¿No me ha escuchado? ¡Lo que

necesito son respuestas! —Vicki se dio cuenta que otra vez estaba levantando la voz y decidió hablar en inglés para desahogar su frustración—. Marion, entiendo que esté tratando de ayudarme, pero básicamente me está diciendo que debo estar agradecida por no haber sido arrestada por un crimen que no cometí y que debo olvidarme de todo esto y de quién mató a mi hermana. Dice que debemos dejarles hacer su trabajo. Bueno, pues no veo que estén haciendo su trabajo. No entiendo cómo una investigación de asesinato puede cesar en sólo cuatro días. Este debería ser el comienzo de la investigación, no el fin.

—Estoy segura que la policía está haciendo lo mejor que puede, pero con sus recursos limitados, no podemos esperar mayores resultados. Lamentablemente, ellos tienen toda la autoridad. Podemos pedirles que cooperen, pero no podemos demandar que lo hagan.

¡Cómo no! Como si Vicki no se hubiera dado cuenta cuánta influencia política Estados Unidos ejercía aquí.

—Holly era una ciudadana estadounidense. ¿Acaso la embajada no debería estar interesada en encontrar al asesino de uno de sus ciudadanos?

—Claro que velamos por el bienestar de todos nuestros ciudadanos. —Marion apretó los labios hasta que sólo parecían una línea rígida—. Sin embargo, tiene que entender que los procedimientos judiciales de los que usted goza como ciudadana en nuestro país en su mayor parte no existen aquí. La principal responsabilidad de la embajada es la de asegurarse que sus ciudadanos cuenten con una representación adecuada bajo la ley local. Razón por la cual nuestra preocupación primaria ha sido la de asegurarnos que usted no sea considerada una sospechosa en este caso y que no se le prohíba salir de este país, si así lo desea.

—Les agradezco por eso . . . —Vicki comenzó a decir.

—Si usted ha pasado siquiera algún tiempo en Guatemala, se habrá dado cuenta de la situación. Casi no hay día en que la embajada no reciba la llamada de emergencia de algún turista estadounidense que ha sido víctima de un asalto a mano armada, de un secuestro o de algo aún peor.

—Lo siento, pero no puedo aceptar esa excusa. —Vicki miró al oficinista de la policía mientras comenzaba a hablar en español—. No quiero causar dificultades, pero no voy a salir de este país, ni de estas oficinas, hasta que haya hablado con alguien que sepa lo que está sucediendo. Si no hablo con el jefe de policía, entonces por lo menos hablaré con el oficial a cargo de la unidad especial de homicidios.

—No sé si eso es posible.

—Bien, entonces me quedaré, día y noche, afuera en las gradas de la entrada hasta que eso sea posible —dijo Vicki, mirando al oficinista y luego a Marion.

Cualquier respuesta que hubiera seguido a continuación fue interrumpida por el sonido de pisadas detrás de Vicki, cruzando el piso de baldosa.

"¡Michael!" exclamó Marion sonriendo.

El oficinista, quien desde la llegada de las dos mujeres no se había movido de su posición casual sobre su silla, se puso de pie de un salto.

Vicki se dio la vuelta. Así que el agregado de la OAD estaba de regreso en la ciudad. No había sabido nada de él durante los últimos cuatro días. Vicki tampoco se había tomado la molestia de llamar a su secretaria.

—Hola, Marion. —Michael se les acercó y con un movimiento de su mano le indicó al oficinista que volviera a su silla—. No me di cuenta que tenías una cita aquí.

—Sólo estoy haciéndome cargo del caso de la muerte más reciente de una de nuestras ciudadanas: Holly Andrews. Michael, estoy tan contenta de que estés aquí. No sé si conoces al familiar más cercano de la víctima, la señorita Vicki Andrews. Estamos teniendo un poco de dificultad para entendernos; tal vez tú puedas ayudarnos.

La mirada aduladora que Marion le dirigió a Michael comunicaba alivio así como también adoración. Tanta aprobación genuina e incondicional no podía ser buena para un hombre, concluyó Vicki con irritación al recordar la reacción agitada de la misma Holly.

—De hecho, ya nos conocemos —Vicki tuvo cuidado de mantener su voz neutral mientras caminaba hacia delante—, y tengo algunas preguntas que espero usted pueda contestarme, señor Camden.

—Claro, con mucho gusto. Siento mucho no haberla . . . por favor, llámame Michael.

Vicki disimuló una sonrisa irónica al ver que la mirada de él de inmediato se tornó más cálida. Ella podía haber tomado el hecho de que él no la reconociera como un insulto o como un cumplido implícito. Así que mejor decidió creer lo segundo. Una breve mirada a su propio reflejo en un espejo con borde dorado en la pared detrás del oficinista fue explicación suficiente. La usual eficacia de la coleta de su cabello había sido reemplazada por una cabellera suelta y brillante que le llegaba hasta los hombros. Un traje de negocios había reemplazado su uniforme de trabajo, consistente de su camiseta y sus pantalones vaqueros. Además, su maquillaje resaltaba las vetas verdes de sus ojos de color ámbar y hacía que sus pestañas largas se vieran aún más largas. Sandalias de tacón y un brillo dorado en sus orejas y alrededor de su cuello completaban una imagen que le resultaba desconocida aun a ella misma. Sin embargo, Vicki no había elegido su atuendo de hoy para obtener la reacción de aprobación sorprendida en la mirada de Michael. En este lugar, en el que los trajes de negocios y los tacones altos determinaban el nivel social, Vicki se había vestido así para ganar esta batalla.

—Gracias, Michael. Mencionaste que trabajas con esa unidad de homicidios, la misma que supuestamente está a cargo del caso de mi hermana.

—Dicto unas cuantas clases en su programa de entrenamiento —aclaró Michael.

—Según recuerdo, ahora mismo vas hacia allá —Marion interrumpió jovialmente—, así que no te quitamos más tu tiempo. Pero sería bueno si tuvieras un momento para explicar a la señorita Andrews que la embajada no tiene autoridad alguna sobre las investigaciones individuales de la policía. He estado tratando de explicarle que lo mejor que puede hacer es aprovechar el hecho de estar libre para viajar y dejar que la investigación siga su curso.

—Todo lo que pido —Vicki levantó la quijada— es que se me dé una explicación razonable en cuanto a qué se está haciendo con relación a la investigación del asesinato de mi hermana. Esto se está tornando tan ridículo como todas las respuestas sin sentido que me han estado dando durante los últimos cuatro días.

Vicki le entregó a Michael el informe policial y luego miró a Marion.

—Nuevamente le reitero mi agradecimiento por toda la ayuda que me ha dado, pero yo tampoco encuentro otra salida. Si tengo que hacerlo, estoy dispuesta a sentarme aquí hasta que pueda hablar con alguien, quienquiera que sea, que pueda darme respuestas correctas.

—Y yo ya le he dicho —Marion interrumpió firmemente— que eso no es posible. Este es un país independiente.

La expresión de Michael mientras estudiaba el informe policial era difícil de discernir. Luego sonrió, una sonrisa especialmente atractiva que hizo que las expresiones duras de su rostro se relajaran. De repente, Vicki sintió que podía ser capaz de entender bien la adoración de Marion por él.

—Vicki tiene razón. —Michael sacudió el informe—. Esto no explica absolutamente nada. Si el hablar con alguien con más autoridad la ayuda de algún modo a sentir alivio y a regresar a nuestro país con una mente y un corazón tranquilos, entonces asegurémonos de que así sea. —Michael habló con el recepcionista en voz baja en un fluido español.

Radiante, el oficinista levantó el auricular, habló brevemente y se lo entregó a Michael.

"Sí, ¿cómo le va, Gualberto? ¿Cómo están sus hijos? ¿Y su esposa? . . . Aquí tengo a una amiga mía que desea hablar con usted. Es la señorita Vicki Andrews. . . . Sí, la misma señorita que ha estado preguntando sobre su hermana. . . . Vamos enseguida." Luego de poner de vuelta el auricular se dirigió a Vicki. —Todo arreglado. Vicki, tan pronto como puedas llegar a su oficina, tienes una cita con el jefe de policía. Marion, de aquí en adelante yo me haré cargo.

—¿Y tu clase?

—Aún me queda tiempo suficiente, pero si tienen que esperarme —Michael se encogió de hombros—, entonces que me esperen. Vicki, ven conmigo. —Él ya estaba cruzando deprisa el vestíbulo; la mirada que le dio a ella cuando se volvió denotó más bien una orden impaciente.

Ignorando la expresión consternada de Marion, Vicki murmuró un breve agradecimiento y dio grandes pasos para alcanzar a Michael. La inestabilidad de sus tacones le recordaba por qué normalmente usaba pantalones vaqueros y zapatos de lona.

—¡Gracias! —dijo fervientemente y con una sonrisa al llegar al lado de Michael—. No te imaginas lo que esto significa para mí.

—De nada. —Michael la guió fuera del vestíbulo y a través de un corredor ancho. El vasto patio al que conducía dicho corredor carecía de cualquier tipo de vegetación y su empedrado original había sido cubierto con concreto. Una fuente decorativa en el centro estaba seca, su cuenca resquebrajada. Entre las hermosas columnas se aglomeraban los uniformados, quienes estoicamente esperaban en filas. Por otro lado, los salones en los que alguna vez la aristocracia de Guatemala había comido y bailado estaban llenos sólo de gabinetes, archivos, escritorios e interminables filas de mesas, sobre las que los empleados mecanografiaban usando las computadoras más anticuadas que Vicki jamás había visto.

Todo estaba pintado de un deprimente caqui militar. Una curiosa cenefa decorativa que en parte cubría las paredes de cerca resultó ser la colección de un sinfín de huellas digitales y de raspones.

Y el olor. ¿Acaso todas las estaciones de policía olían a amoníaco y a archivos polvorientos y al penetrante y agrio almizcle de la desesperación y el temor humanos?

Una vez que Michael llevó a Vicki hasta el segundo piso y a través de un corredor, las multitudes de gentes y olores se evaporaron repentinamente. Un guardia abrió de inmediato una puerta que daba a otro corredor. Este estaba vacío, a excepción de unos pocos uniformados caminando de un lado a otro.

Sólo entonces Michael comenzó a caminar despacio y se volvió para mirar a Vicki, la boca firme de este tornándose en una sonrisa. —Aún estoy tratando de hacerme a la idea de que eres la hermana de Holly. Realmente eres muy diferente a ella. Nunca hubiera adivinado que eran hermanas. De hecho, ni siquiera me había dado cuenta que Holly tenía familiares en este país. No lo mencionó cuando nos presentó.

—No, no lo hizo. —Vicki no se había dado cuenta de eso hasta este momento y le molestó un tanto. Algunas veces en la escuela secundaria, especialmente después de que cierto interés romántico se había fijado en Vicki, Holly la había mantenido alejada de sus amigos varones a propósito. Pero seguramente las hermanas ya habían superado esa etapa—. Holly estaba un tanto preocupada y yo no he estado viviendo aquí. Acababa de llegar una semana antes de . . . —La garganta se le cerró, así que no pudo continuar.

—Así que viniste a visitarla y sucedió todo esto. —Michael le dio una mirada de compasión y añadió—: No, no viniste a visitarla. Cuando esto sucedió tú estabas en ese proyecto para niños. Así que ¿viniste de vacaciones o por razones de trabajo?

—Esperaba hacer las dos cosas. —Vicki sintió que las lágrimas le llegaban a los ojos y levantó una mano para retirarlas antes de que arruinaran su laborioso maquillaje. *Ay, Holly, ni siquiera tuve tiempo de hablarte de nuestros verdaderos padres.*

Vicki sintió alivio cuando llegaron hasta una puerta labrada de madera al final del corredor, la cual marcó también el fin de su conversación. Dos guardias, ambos con rifles automáticos, estaban resguardando la entrada. Cuando Michael dijo suavemente "Con el comandante," uno de ellos retrocedió para abrir la puerta y el otro se hizo a un lado.

A pesar de su urgencia, una vez que entraron Vicki se detuvo. Mientras que el resto de las oficinas habían sido estrictamente prácticas, esta, en cambio, representaba un retroceso a la época de los palacios. La alfombra era tejida a mano; los muebles eran de madera barnizada y cuero. Una pared con estanterías con vidrio contenía tomos altos, encuadernados en cuero, que parecían nunca haber sido abiertos. Detrás de un inmenso escritorio de caoba colgaba el gigante retrato de un comandante militar con un uniforme de estilo napoleónico —incluyendo la espada. Sólo cuando la mirada fascinada de Vicki se encontró con la silla detrás del escritorio se dio cuenta que el hombre sentado sobre esta era el mismo del retrato —aunque ahora lucía mucho mayor y más robusto que cuando su imagen había sido pintada.

El hombre del retrato se puso de pie de un salto cuando Vicki y Michael entraron al salón.

—Michael. —El hombre caminó alrededor del escritorio para prodigarle un fuerte abrazo y palmadas en la espalda, el típico saludo latinoamericano.

—Gualberto, gracias por recibirnos sin tener una cita previa —contestó Michael mientras se soltaba de los brazos del hombre—. Sé cuán ocupado está.

—No te preocupes. Es un gusto. —Haciendo un gesto para indicar que la gratitud de Michael estaba por demás, el jefe de policía se dirigió a Vicki—. Y esta es la amiga de quien me hablaste.

—Sí, esta es la señorita Vicki Andrews. Vicki, este el comandante Gualberto Álvarez, jefe de la Policía Nacional Civil.

—Muchísimo gusto. —Álvarez se inclinó para depositar un ruidoso beso en cada mejilla de Vicki. Luego, con un gesto, indicó a sus invitados que podían sentarse en un par de sillas con brazos—. ¡Siéntense! ¡Siéntense! —El comandante regresó a su silla detrás del escritorio—. Así que, Michael, ¿qué piensas de mis oficiales? ¿Han mejorado mucho, verdad?

—Bueno, realmente han mejorado considerablemente.

Mientras los dos hombres hablaban, Vicki se acomodó en su silla y miró a su alrededor. Entre las altas ventanas de estilo francés estaban varias fotografías enmarcadas: un retrato de estudio de una mujer muy bien arreglada, cuyo ancestro europeo indicaba que pertenecía a una de las clases sociales altas de Guatemala, dos jovencitas adolescentes con vestidos de fiesta y un joven con un uniforme militar de cadete. ¿Serían ellos la esposa y los hijos del comandante a quienes Michael se había referido?

Bajo estos retratos había uno de una docena de hombres en uniformes de camuflaje, posando delante de vehículos del ejército —camiones de transporte, Jeeps, un tanque y, a un lado, el escuadrón de un helicóptero gris verdoso de la era de Vietnam. Vicki se inclinó para estudiar de cerca la fotografía. Sí, el tercero desde la izquierda era la versión más delgada y más joven del hombre que ahora estaba detrás del escritorio.

"Como puede ver, cuando yo estaba con los militares," Álvarez se aproximó para decir con orgullo, "fui uno de los elegidos para recibir entrenamiento de los estadounidenses."

Ahora que Vicki revisaba la fotografía con más cuidado, podía ver que los hombres a cada extremo del grupo llevaban en la solapa de sus uniformes de camuflaje unas pequeñas insignias con la bandera de Estados Unidos. Un sello visible en un hombro decía claramente *SOUTHCOM*. El tercer estadounidense, vestido de civil con pantalones caquis y camisa, estaba parado un tanto detrás del grupo. Vicki asumió que este era estadounidense debido a su cabello claro y piel pálida, aunque la cabeza vuelta de lado y el sombrero de ala ancha que llevaba hacían imposible ver sus facciones claramente.

"Y ahora los estadounidenses me están ayudando a entrenar a mis oficiales de policía," añadió el radiante Álvarez. "Tal vez Michael ya le ha dicho que él mismo ha estado ayudándome a adiestrar a nuestra unidad especial de homicidios. De hecho, el caso de su hermana es nuestra primera investigación."

Álvarez abrió el archivo enfrente de él y cruzó las manos sobre este mientras miraba a Vicki. Sus rojizas facciones radiaban solicitud.

"En primer lugar, permítame que le exprese mis condolencias por la muerte de su hermana. Realmente es una desgracia y una vergüenza que haya muerto de manera semejante, cuando ella sólo vino a este hermoso país para ayudar a nuestra gente. Tengo que pedirle perdón en nombre de todos mis compatriotas. Me imagino que ya habrá visto como están las cosas hoy en día. El crimen sigue incrementándose cada vez más desde los tratados de paz y ahora aún más ya que la guerrilla hace uso del robo y la violencia, en lugar de la paz que prometieron. Y estas maras, las pandillas callejeras, han crecido. Estas pandillas son realmente crueles y no respetan a la policía como lo hacían con los militares. Las mujeres ya no están seguras al andar solas por nuestras calles, especialmente las extranjeras como su hermana."

Vicki se esforzó para no hacer una mueca. Este era el tema repetitivo de las autoridades de Guatemala y la excusa para cualquier abuso de los derechos humanos. Guatemala tenía uno de los índices más altos de crimen en el mundo y seguía incrementándose rápidamente. Esto se debía en parte a la falta de trabajo y de oportunidades para obtener educación, todo lo cual también había sido prometido en los tratados de paz. Por otro lado, dos generaciones de conflictos armados habían dado paso —en ambos lados— a una tremenda falta de respeto por las leyes, que los hacía capaces de tomar una pistola o un machete, pero incapaces para tratar de encontrar otra clase de solución.

Los miles de integrantes de las *maras* —pandilleros juveniles, tatuados y fanfarrones, sin esperanza de un futuro mejor y sin ningún tipo de restricción social— eran en realidad tan crueles como el jefe de la policía lo aseveraba, sin importar cuánto se compadeciera uno por sus circunstancias. Así que no era de sorprenderse que una gran parte de los ciudadanos honrados de Guatemala, secretamente, aprobaran cualquier clase de fuertes tácticas armadas que las autoridades emplearan.

—Disciplina, respeto y orden, eso es lo que este país necesita para cambiar. ¿No es verdad, Michael? Pero discúlpeme, usted no vino para hablar de filosofía. —La expresión compasiva de Álvarez se tornó en una sonrisa—. ¿En qué puedo ayudarla? Será un gusto poder ayudar a una señorita tan hermosa.

Ahora que Vicki había logrado su objetivo, dudó un tanto y se sintió algo insegura.

—En primer lugar, ¿cómo es posible que la investigación se haya cerrado en tan sólo cuatro días, sin haber encontrado algo en cuanto al asesino de mi hermana? ¿Qué hay respecto a las huellas digitales? ¿Qué resultados obtuvieron de las entrevistas que la policía condujo? ¿Qué dice el informe de la autopsia? Yo sé que la unidad especial hizo todo eso. Por lo menos me gustaría saber lo que dice el informe de las evidencias.

—Sí, desde luego que la unidad especial de homicidios empleó todas las técnicas que Michael les ha enseñado —Álvarez sacudió la cabeza—, pero no encontraron evidencia alguna que indique cuál de esos maleantes es el responsable de la muerte de su hermana. Después de todo, la ciudad de Guatemala está plagada de tales criminales. Somos un país pobre y no tenemos los recursos con los que su país cuenta. Estoy profundamente conmovido por la pérdida de su hermana, pero ¿en realidad es tan importante para usted saber cuál de esos maleantes tiró del gatillo? No cambiará lo que ya está hecho. Pronto recibirán el castigo que merecen: por una pistola, o un cuchillo, o enfermedades, o por las drogas. El promedio de vida en estas calles es bastante corto. Usted sólo obtendrá más sufrimientos si continúa afanándose por resolver este caso. Si lo piensa, se dará cuenta que lo mejor que puede hacer es regresar a su propio país, enterrar a su hermana, olvidarse de esta terrible tragedia y seguir adelante con su vida.

Esto sería más fácil si el jefe de la policía no estuviera enumerando razones tan válidas. Tenazmente, Vicki insistió: —Le agradezco por todo su trabajo y el de sus oficiales, pero no puedo sólo aceptar . . . lo que quiero decir es que no creo que mi hermana fue asesinada por un mara, ni por algún otro desconocido. Ciertamente esa posibilidad debería, por lo menos, ser investigada.

—Dice que no puede aceptar nuestros resultados. —La sonrisa de Álvarez se evaporó de inmediato—. ¿Está insinuando que no confía en nuestra investigación? ¿Está diciendo que mis oficiales son incompetentes?

—No, claro que no. Es sólo que . . . bueno, aún quedan muchas preguntas sin respuesta.

—Preguntas sin respuesta. ¿Cómo cuáles, por ejemplo?

—¿Por qué mi hermana estaba donde la encontré? No pudieron haberla cargado hasta allá. La bolsa de plástico estaba muy limpia. ¿Y por qué los maras se tomarían la molestia de ir tan lejos? A mí me pareció que debieron haberla tirado desde el aire.

—Aquí no veo nada de eso. —Álvarez pasó una página en el archivo—. Dice aquí que el plástico estaba desgarrado y sucio.

—Eso sucedió *después* de que la sacamos en andas. Se lo dije a la policía. Debería estar ahí en mi declaración. Además, Holly aún llevaba su collar de oro puro. Cualquier mara lo hubiera robado.

—¿Cuál collar? —Cualquier indicio de amabilidad se había esfumado—. Cuando mis oficiales la examinaron, la víctima no llevaba puesta ninguna joya.

—Pero tienen que haberlo visto. Estaba allí cuando la encontré, una cadena con un pendiente de oro: un jaguar con incrustaciones de esmeraldas. La policía se llevó todo. Tiene que estar en el inventario.

—¿Está acusando de ladrones a mis hombres? Tal vez uno de sus clientes basureros se lo llevó. Quizás se lo imaginó debido a lo extenuante de la situación.

—No, no me lo imaginé. —Vicki estaba tratando de mantener la compostura—. Lo que es más, últimamente Holly estaba muy perturbada. Estaba segura de que algo andaba mal en su lugar de trabajo. Además, ¿cómo fue a dar en esa parte de la ciudad?

—Eso es simple de explicar — replicó Álvarez con frialdad—. Ella estaba allí porque fue a buscarla a usted.

"Pero—" Vicki comenzó a decir.

"Gracias, comandante." Michael se puso de pie. "Ha sido muy amable al dedicarnos un poco de su tiempo. Debemos irnos, porque la señorita Andrews y yo no podemos llegar atrasados a nuestra siguiente cita . . ."

Él estaba sujetando firmemente del hombro a Vicki, hasta que la hizo ponerse de pie y la forzó a dirigirse hacia la puerta. Ella atinó a decir algo que se asemejó a un agradecimiento antes de encontrarse fuera de la oficina.

—¿Por qué hiciste eso? —Vicki se soltó de la mano de Michael mientras los dos guardias cerraban de inmediato la puerta detrás de ellos—. Yo estaba apenas empezando a . . .

—En un país como este, no le puedes decir al jefe de la policía que es un incompetente. A menos que estés de camino al aeropuerto con tu pasaje de salida.

—No le estaba diciendo . . .

—No hablemos aquí —la interrumpió.

Michael estaba llevándola hacia abajo, a toda prisa y en silencio.

—¿Qué vas a hacer en cuanto a tu clase? —Vicki alcanzó a decir mientras cruzaba el patio, casi trotando.

—Ha sido cancelada. —Antes de salir, Michael se detuvo en el vestíbulo para intercambiar unas pocas frases cortas con el oficinista de la policía.

Cuando ella volvió a abrir la boca, Michael sacudió la cabeza en señal de advertencia y la hizo cruzar la congestionada calle. Un café al aire libre en la esquina tenía como clientela a los que esperaban ser atendidos en las oficinas de la policía. La música tronando a todo volumen por encima del estruendoso tráfico era una atroz mezcla de tecno-pop latino.

Michael llevó a Vicki hasta una pequeña mesa redonda, echó un vistazo a su alrededor y con una seria satisfacción dijo:

"Aquí sí podemos hablar."

Con cierta inseguridad, Vicki se sentó en la silla que él había retirado para ella. Tan pronto como él se sentó en una silla frente a ella, Vicki se inclinó hacia delante.

"¿Por qué me sacaste así? Ni siquiera había comenzado a obtener las respuestas que estaba buscando."

Michael tampoco le dio una respuesta inmediata. Chasqueó los dedos para llamar a uno de los meseros.

"Dos cafés con leche y dos empanadas," le dijo a una adolescente maya que se les acercó a toda prisa. Le dio una mirada a Vicki. "¿Estaría eso bien para ti también? Aquí no ofrecen té."

Cuando Vicki asintió, él hizo un ademán indicando a la mesera que se fuera.

—De la manera en que le estabas hablando —añadió Michael con sequedad—, no ibas a obtener ninguna respuesta. Y ya que yo tengo que trabajar con el tipo, tuve que interrumpirte para que no echaras a perder todo el esfuerzo que me ha costado establecer esa amistad.

—¿Entonces qué se suponía que tenía que hacer? —insistió Vicki—. Como bien lo sabes, ya he tratado de obtener respuestas en otros lados. ¿Cuál fue el propósito de hablar con el jefe de la policía si no iba a obtener respuestas de él tampoco? ¿Para qué te tomaste la molestia de llevarme a su oficina?

—Me tomé esa molestia porque pensé que aceptarías sus explicaciones muy razonables y te irías de regreso a Estados Unidos, con tu mente y tu conciencia en paz. —Poniendo los codos sobre la mesa,

Michael se inclinó hacia delante y bajó la voz—. Entiendo por lo que estás pasando; créemelo. Es perfectamente natural querer saber quién hizo algo tan terrible y exigir que se haga justicia. Sin embargo, Álvarez tiene razón. Muy pocos crímenes son juzgados en este país y no sólo porque los oficiales de policía sean incompetentes o corruptos, aunque hay muchos de esos. Es porque simplemente no cuentan con los recursos necesarios. Entiendes que para que una investigación continúe, alguien, usualmente la familia, tiene que pagar los costos. Tal vez tú puedas pagarlos, pero la mayoría de las víctimas acepta su pérdida y sigue adelante con su vida.

La mesera les trajo los cafés con leche, un tazón de azúcar y las empanadas.

Vicki estaba a punto de tomar el azúcar cuando de pronto estalló el ruido de unas voces fuertes e iracundas, ahogando los ruidos usuales del trasfondo.

Michael se puso de pie con un solo movimiento ágil. La tensión que Vicki experimentaba se hizo eco en la reacción que vio en las otras personas a su alrededor, quienes súbitamente también levantaron las cabezas y mantuvieron las manos congeladas en sus utensilios. Pero, a pesar de que una muchedumbre se hizo visible al doblar la esquina, Vicki vio que Michael se relajó y volvió a sentarse en su silla, aunque no quitó la mirada de la calle.

Vicki miró el desfile con curiosidad. La mayor parte era mujeres que llevaban las faldas mayas con las blusas bordadas, y sus rostros oscuros lucían serios y determinados. Vicki vio pancartas que decían *GAM* y *Justicia* y una pancarta que en letras grandes y brillantes decía *Solidaridad*. Entonces vio las fotografías. Algunas de estas estaban pegadas en trozos de cartón e iban colgando de los cuellos de las personas. Otras habían sido ampliadas y pegadas a pancartas que eran llevadas en alto, por sobre la multitud. La fotografía de una jovencita con su uniforme escolar llevaba la leyenda: *¿Dónde está Ana?*

—¿Quiénes son estas personas? —preguntó Vicki—. ¿Qué están haciendo? —No preguntó hacia dónde se dirigían, puesto que era obvio que iban hacia las oficinas de la policía. Mientras llenaban la plaza, sus gritos se hacían más fuertes y se distinguían unos de otros.

"¡Justicia!"

"¡Solidaridad!"

"¡Nunca más!"

—GAM. Grupo de Apoyo Mutuo. —Michael miró a Vicki mientras le contestaba—. Ellas son las viudas y madres y otros familiares de los desaparecidos de la guerra civil. Periódicamente todavía marchan. Insisten que el gobierno tiene en algún lado los registros de lo que sucedió con sus familiares.

—¿Y tiene el gobierno dichos registros?

—¿Quién sabe? —Michael se volvió para mirar a los integrantes de la marcha—. Tal vez aquellos casos que impliquen a alguna autoridad local sí tengan algunos registros pudriéndose en alguna parte. Los militares eran casi patológicos en su manera de mantener documentación de casi todo.

—Puedo ver lo que estás pensando —añadió Michael al ver la mueca de Vicki—, pero recuerda que esta situación fue una guerra civil con pérdidas de vida para ambos bandos. El ejército capturó izquierdistas subversivos y a aquellos que se suponía estaban apoyándolos. Los guerrilleros capturaron a aquellos que consideraban traidores por estar ayudando al ejército.

—Pero pensé que la Comisión de la Verdad de las Naciones Unidas concluyó que la mayoría de las atrocidades fue cometida por el ejército guatemalteco y sus líderes. ¿Qué hay en cuanto a los informes de aldeas enteras que habían sido masacradas y todo lo demás?

—Eso es lo que se dice. No estoy cuestionando la veracidad de dichos informes, pero es difícil saber con certeza quién estuvo diciendo la verdad y quién exageró la magnitud de las atrocidades para su propio beneficio político. No cabe duda que se dieron muertes de civiles, especialmente en el campo de batalla. Pero en cuanto a los desaparecidos, la mayoría fue clasificada por las autoridades guatemaltecas como combatientes enemigos y socialistas subversivos. Ciertamente no es la manera en la que nosotros trataríamos a los enemigos subversivos. Pero como dije, esta fue una guerra, la Guerra Fría, y tal como en la presente guerra contra el terrorismo, lamentablemente, siempre hay daños colaterales.

El tono sincero de Michael hizo pensar a Vicki que quizás él estaba hablando por experiencia propia. Vicki se preguntó si en algún momento

Michael habría estado en Irak o en Afganistán y por ende, al igual que el jefe de policía, tenía también sus razones válidas.

Sin embargo, mientras Vicki miraba como la fotografía de esa niña en su uniforme escolar iba avanzando hacia las oficinas de la policía, se preguntó qué clase de enemiga subversiva creyeron las autoridades que podía haber sido esta niña menor de edad.

Vicki se dio la vuelta y encontró a Michael mirándola pensativamente, con los ojos entrecerrados y con labios apretados en una línea seria.

—Por favor, créeme que no quiero ser indelicado —dijo Michael abruptamente cuando las miradas de los dos se encontraron—. Pero, por lo menos, tú tuviste la fortuna de encontrar a tu hermana en el momento en el que lo hiciste. Si pasaba un día más en ese sitio, quizás nunca hubieras sabido lo que le sucedió. Holly hubiera sido otra desaparecida en este país. Por lo menos tú tienes los restos de tu ser querido, algo que estas mujeres no tienen.

—¡Afortunada de tener el cadáver de mi hermana! —exclamó Vicki—. ¿A esto llamas fortuna?

—Está bien, quizás esa no es la manera correcta de decirlo. Lo que estoy tratando de decir es que Álvarez tiene razón. He visto a muchos estadounidenses dedicar años enteros de sus vidas y toda su energía aquí en este país en sus vanos esfuerzos por obtener venganza y poner punto final a sus tragedias. Al final, ni siquiera logran avanzar más allá de donde tú te encuentras en este momento. No quiero que eso te suceda a ti. Ya no sé cómo insistir para que regreses lo más pronto posible a Estados Unidos. Olvídate de Guatemala y de esta pesadilla. Sigue adelante con tu vida, antes de que esto te consuma por completo. —Una vez más, la sinceridad era visible en sus ojos, en su sombría expresión.

—¿No crees que ya sé todo eso? —respondió Vicki luego de haberse mordido el labio—. Tampoco soy una turista. Si Holly hubiera sido asesinada por un mara, me iría en el siguiente vuelo. ¿Crees que me dedicaría a perseguir a algún adolescente drogado, desesperado y hambriento? De hecho, desearía poder creer que fueron las maras, porque eso sería mucho más fácil.

—Está bien, te escucho. —Michael se pasó una mano sobre el rostro, levantó su taza de café y se encogió de hombros—. Explícame por qué estás tan segura de que no fueron las maras.

Otra vez, Vicki se mordió el labio mientras organizaba sus pensamientos. Si sólo lograra que este bien conectado agregado de la embajada estuviera de su lado.

—Bueno, ya mencioné el plástico limpio de la bolsa y el collar, el cual no me imaginé. En cuanto a que Holly había venido a buscarme, eso no es cierto, aunque eso sea lo que la policía quiera creer. Holly nunca hubiera venido a verme a esas horas. Y si así lo hubiera hecho, ella hubiera ido a Casa de Esperanza. Ella ni siquiera sabía que yo estaba ayudando en ese proyecto del basurero, puesto que yo no había hablado con ella desde que llegué.

—Es verdad, me lo dijiste cuando te encontré en la embajada. Pero ella pudo haber llamado a alguien y preguntar.

—Tal vez, pero en ese caso, ¿por qué no me llamó a mi celular? Además, lo que me dijo antes de . . . antes de morir . . . *yo sé* que tiene que ver con el asunto que tanto la preocupaba. Si yo no la hubiera . . . ¡si yo la hubiera tomado en serio! —Vicki tuvo que apretar los labios para evitar que le temblaran.

—¿Estás diciendo que estaba viva cuando la encontraste? —La taza de café de Michael regresó de manera tan delicada al plato como el tono con el que había hecho su pregunta. Pero en cuanto Vicki notó la atención de su mirada y la rigidez de su quijada, con un brinco del corazón se dio cuenta que ahora Michael la estaba escuchando con mucha atención.

—Sí, yo . . . yo creo que me olvidé de mencionar eso. Sucedió tan rápido y luego . . . —*¡Y luego la pesadilla*—! Fue después de que sucedió todo que me di cuenta de que Holly había estado tratando de decirme algo.

—Cuéntame todo lo que sucedió desde el minuto en que llegaste a este país.

Le tomó algún tiempo y de vez en cuando Vicki tuvo que escudriñar sus pensamientos para tratar de recordar. No habló de Casa de Esperanza ni de Evelina, y él tampoco se mostró interesado en eso. En cambio, la apresuró impacientemente para que divulgara detalles de su conversación con Holly, sus intentos por contactarla y, aún con más detalles, la última y fatídica hora en el basurero. Antes de que pudiera terminárselos, el café y la empanada de Vicki estaban tan fríos como cubos de hielo y cuando la mesera se acercó se los entregó con desagrado.

—¿Entonces, qué piensas? —preguntó Vicki cuando la mesera se había ido, llevándose consigo los platos—. Holly dijo que yo tenía razón. Sólo puede haber estado refiriéndose a lo que dije en cuanto a que alguien en su propio proyecto, a que alguno de los lugareños, podía ser quien estaba estafando al centro. Además, ella estaba tratando de decirme el nombre de quien la había atacado. Así que como puedes ver, no puedo dejar las cosas así como están. Por lo menos tengo que ver el informe completo de la investigación. Tengo que saber quién fue la última persona con quien ella habló y cómo fueron sus últimos días y horas. Tengo que saber qué es exactamente lo que dice el informe de la autopsia. Tengo que saber qué tipo de arma se usó. Seguramente hicieron todo eso.

Michael no contestó durante un rato. Cuando por fin lo hizo, la mueca de su boca se tornó en una media sonrisa irónica.

—Estuve equivocado. Tú en realidad eres la hermana de Holly, ¿verdad? Tienes la misma tenacidad cuando quieres averiguar algo.

—Hablando de eso —replicó Vicki, sintiendo que le ardía la cara—, ¿de qué quería Holly hablar contigo? A menos que . . . a menos que haya sido algo personal. Pensé que a lo mejor tendría que ver algo con todo esto.

—No, de ninguna manera. —La línea de su boca se tornó en una sonrisa completa—. Conocí a tu hermana sólo de manera casual. Nos encontramos en unas cuantas actividades de la comunidad estadounidense.

—¿Entonces por qué quería hablar contigo con tanta urgencia?

—Eso nunca lo sabremos —dijo Michael seriamente—. Me encontré con ella brevemente en una operación de campo en la Reserva de la Biosfera de Sierra de las Minas, apenas unos días antes de que nos encontráramos ese día en el aeropuerto. Esa fue la primera vez que mencionó su deseo de hablar conmigo. Le dije que me llamara cuando viniera a la ciudad. En cuanto a sus razones, ya que no la conocía personalmente, asumí que tendría algo que ver con mi posición oficial en la embajada. Tampoco soy tan engreído como para pensar que una mujer inventaría pretextos para tratar de hablar conmigo.

Sí, cómo no. ¿Acaso este tipo realmente no sabía cuán atractiva era su sonrisa?

—¿Cuál sería exactamente esa posición oficial tuya? Sigues mencionando operaciones de campo. ¿Por qué una unidad de homicidios estaría realizando operaciones de campo en la biosfera? Por esa misma razón, ¿no es cierto que la OAD está conectada con el ejército y no con la policía?

—No, no se trata de la unidad de homicidios. —Michael sacudió la cabeza—. Mi misión principal es más bien similar a la tuya, mejor dicho a la de tu hermana. He estado ayudando en el desarrollo de la rama más nueva de la PNC, Policía Nacional Civil, la cual es la UPN, o Unidad de Protección de la Naturaleza. La base militar desde la cual esta unidad ha estado conduciendo sus últimas misiones de entrenamiento está justamente en el perímetro de la biosfera y muy cerca de las instalaciones del CRFF. Así fue como me encontré con tu hermana.

»En cuanto a por qué la OAD, naturalmente la embajada también tiene sus asesores civiles para la policía en todo esto. Por otro lado, en este país la división entre el ejército y la policía no es tan obvia como en Estados Unidos. De hecho, hasta hace poco, la fuerza policial aquí estaba bajo el ejército. UPN será responsable de resguardar todas las reservas nacionales, así como también de hacer cumplir las leyes de protección del medio ambiente. Esa misión abarca muchos elementos que son de aspecto militar más que policial, tales como el control de las fronteras, erradicación del contrabando, patrullaje y vigilancia de extensos territorios.

—¿Entonces esta unidad es más militar que policial? —Vicki recordó la fotografía en la pared de la oficina del jefe de la policía—. ¿Entonces de qué sirve llamarla por un nombre diferente si, de todas maneras, se trata del mismo personal?

—Hay muchos ex-miembros del ejército —admitió Michael—. Y eso no es del todo negativo. Los acuerdos de paz hicieron que el ejército se redujera en una tercera parte. Si queremos que siga así, hay que recordar que esas personas van a necesitar empleos civiles. Desde luego que esa también es una parte de la misión: enseñarles a aplicar parámetros civiles de leyes y derechos humanos a sus procedimientos.

»Por otro lado, estos soldados adiestrados ya poseen muchas de las habilidades necesarias para la misión de la UPN. Eso sin mencionar la erradicación de los narcóticos. Mi unidad ya ha logrado la destrucción de un buen número de cultivos ilegales y operativos de drogas en áreas protegidas. De hecho, recientemente fuimos condecorados por tales trabajos.

—Ese día tú estabas en el aeropuerto con el jefe de antinarcóticos de Estados Unidos. —Vicki entendió mejor todos los acontecimientos—. Lynn, una de las amigas de Holly, mencionó esa ceremonia de premiaciones. Dieter te va a querer mucho.

»Otro amante de los árboles, amigo de Holly —le explicó Vicki al ver la ceja arqueada de Michael—. De Greenpeace. Él se estaba quejando acerca de la necesidad de tener refuerzos más serios para hacer que se respeten las leyes de protección del medio ambiente en la biosfera. —Vicki lo escudriñó—. ¿Sabía Holly en qué clase de operaciones de campo estabas involucrado?

—Posiblemente. Las noticias vuelan y, como dije, el hecho de que Holly hubiera querido hablar conmigo quizás se debió a mi posición oficial.

—¿En toda esta discusión e investigación, nunca se te ocurrió mencionar esto hasta ahora? —exigió Vicki, algo enojada.

—Fue un contacto sumamente breve. —Michael extendió las manos, palmas hacia arriba, pero sin dar indicio alguno de querer disculparse—. No tenía importancia ni relevancia en este caso de asalto a una extranjera aquí en la capital. Hice todo lo posible por ponerme en contacto con ella, pero reportes de robos en la biosfera y de la corrupción local ya no causan ninguna sorpresa. Los asaltos tampoco están considerados bajo la jurisdicción de la embajada. Así que, si te consigo los informes acerca de la investigación acerca de Holly, ¿puedo estar seguro de que te irás en el vuelo de esta noche y que dejarás que los profesionales se hagan cargo de lo demás?

—Profesionales —dijo Vicki burlonamente—. ¿Tus amigos de la policía?

—No, yo. Yo mismo me encargaré de seguir con la investigación. Si tu teoría tiene algo de valor, lo descubriré. Y puedes estar segura de que te comunicaré cualquier novedad que se dé. ¿Trato hecho?

—Bueno, no puedo tomar el vuelo de esta noche. Mañana es la

ceremonia en memoria de Holly, o mejor dicho funeral, ahora que ya tengo . . . —Vicki no pudo ni mencionarlo. No era de sorprenderse que la gente usara eufemismos para referirse a la muerte—. Ahora que el papeleo ya está terminado, lo cual es lo único bueno que todo esto ha traído, ya puedo hacer que el funeral se lleve a cabo.

—¿Funeral?

—Sí, en la Iglesia Unión. La embajada envió una invitación a toda la comunidad estadounidense.

—Acabo de regresar de esa operación apenas esta tarde, ¿recuerdas? —dijo Michael—. Así que la vas a enterrar aquí. Asumí que te irías a Estados Unidos; que regresarías para estar con tu familia.

—Nosotras realmente no tenemos familia en Estados Unidos —replicó Vicki simplemente—. Además, Holly es . . . era una gran partidaria de la cremación. Ese era el único plan que ella tenía para su funeral.

Vicki podía recordar muy bien esa conversación, tanto porque era algo típico de Holly como por la ocasión que la había propiciado. Las dos habían tenido que sufrir el segundo funeral en un año —Mamá Andrews. Habían estado en el cementerio de la ciudad, en el cual generaciones de los Andrews estaban enterrados. "El polvo vuelve al polvo," le había informado a Vicki una desafiante Holly de dieciocho años de edad. "Así que, ¿por qué desperdiciamos tantos recursos de este planeta y su tierra tratando de detener tal proceso, en lugar de contribuir al círculo de vida para el que fuimos creados? Cuando llegue el día en que ya no necesite de este cuerpo, quiero que sea cremado y que mis cenizas sean esparcidas como fertilizante para el lugar más hermoso que yo pueda encontrar en este planeta. Recuerda esto, Vicki, en caso que yo me vaya antes que tú, lo cual espero que no suceda por mucho tiempo."

Los pensamientos de Vicki fueron interrumpidos cuando Michael dijo suavemente: —Bueno, pero en cuanto todo termine, ¿te irás en el siguiente vuelo?

—¿Por qué? Si realmente crees que no estoy loca y que no fue algún miembro de las maras quien mató a Holly, ¿por qué rayos quieres que tome mis cosas y me vaya ahora mismo?

—No estoy diciendo que tengas razón. —El tono de Michael era sombrío—. De hecho, como tú misma dijiste antes, en realidad espero que Holly haya sido la víctima de algún asalto al azar, perpetrado por las maras.

Mientras Vicki lo miraba fijamente, la voz de Michael se tornaba cada vez más severa. —¿No lo entiendes? Si no fue un mara, si de verdad fue alguien a quien Holly conocía, entonces estás hablando de alguien con mucho más poder y más peligroso que un simple maleante callejero. Por eso es que quiero verte en ese avión. Porque, personalmente, no quiero que corras la misma suerte que tu hermana.

CAPÍTULO DIEZ

"¡De Dios el mundo es! El fruto de su acción se muestra con esplendidez en toda la expansión. . . ."

Vicki fijó sus ojos, grandes y sin parpadear, en la ventana de vidrio de colores en el frente del santuario, mientras los armoniosos acordes, producidos por los voluntarios de la Iglesia Unión de la ciudad de Guatemala, se elevaban hasta el techo abovedado. El pequeño mosaico redondo de vidrio representaba a Jesús orando de rodillas en el jardín de Getsemaní. Algo en aquel sufrimiento pasivo que el artista de algún modo había logrado cautivar en esa imagen bidimensional contradecía el gozo de la canción y sacudió el control de Vicki, cuyo enfoque se tornó borroso.

No pienses. No sientas. Yo puedo aguantar esto.

"El mundo entero es del Padre celestial; Y nada habrá de detener su triunfo sobre el mal. ¡De Dios el mundo es! Confiada mi alma está, pues Dios en Cristo, nuestro Rey, por siempre reinará."

Cuando el último acorde triunfante se desvaneció, Vicki se acomodó con palmas sudorosas la falda sobre sus rodillas. Llevaba puesto el vestido negro que había metido en su maleta para esas ocasiones inevitables cuando era necesario socializar con dignatarios nacionales. No había planeado usarlo en esta ocasión.

Vicki se acercó hasta un púlpito en el frente de la iglesia. Junto a este había un caballete, rodeado de arreglos florales, sobre el cual se encontraba una fotografía ampliada de Holly llevando en sus brazos un cachorro yaguarundi. Vicki no se volvió para mirarla. Este sólo era el punto de enfoque para las miradas fijas de esta audiencia de desconocidos.

Había muchísimas más personas de las que ella había esperado, considerando que este funeral se había dado de manera tan intempestiva, y a que ni Holly ni ella misma conocían a mucha gente en este país. Casi todos los asientos en el templo estaban ocupados.

Vicki reconoció los rostros que había visto en esa fiesta del aeropuerto: Lynn, Dieter, Bill y Joe. Evelina había venido, así como también un sorpresivo número de voluntarios de Casa de Esperanza, tomando en cuenta que ninguno de ellos había conocido a Holly. Marion Whitfield estaba aquí —había cambiado su imponente traje de negocios por uno gris— y con ella estaba una media docena de representantes de la embajada. Michael Camden no estaba entre ellos.

Vicki no tenía idea quiénes eran los demás; estadounidenses, en su mayor parte. Tal vez miembros de esta iglesia de habla inglesa. Vicki sabía que Holly había asistido a esta iglesia de vez en cuando, cuando había estado en la capital. A pesar de que los diversos grupos de ayuda humanitaria, conservación ambiental y organizaciones multinacionales podían tener intereses en conflicto, en momentos como este, los negocios y la política quedaban tácitamente de lado, dejando simplemente a un grupo de compatriotas juntos en un país extranjero. Uno de los suyos había muerto. Estaban aquí para brindar su apoyo. Eso era lo único que importaba.

La mirada de Vicki se posó sobre una fila de oficiales de la policía local y de dignatarios militares con uniformes caqui en la parte posterior del santuario. ¿Era esta la manera de honrar la memoria de alguien importante en su país, o la forma de ofrecer sus disculpas por su incompetencia? Entre ellos Vicki reconoció al jefe de la policía. Llevaba su uniforme completo, con medallas y cintas. Bajo la mirada fija, oscura y firme de este, Vicki sintió un escalofrío.

No puedo hacer esto. Vicki hizo un gran esfuerzo para concentrarse en sus notas mecanografiadas. Al ver que Evelina estaba asintiendo, dándole ánimo, inhaló profundamente; sus dedos estaban tornándose blancos en las partes que sujetaban el púlpito.

"Soy Vicki Andrews, hermana de Holly. Si ustedes conocieron a Holly, entonces sabrán porque pedí que el coro cantara este himno en particular."

Las palabras delante de Vicki comenzaron a aclararse y logró aflojar sus dedos.

"No es una melodía que yo hubiera elegido. Aunque Holly y yo éramos hermanas, también éramos muy distintas como los amantes de los árboles lo son de los amantes de la humanidad. Honestamente, nunca entendí por qué Holly tenía una mayor fascinación con las plantas y los animales que con la gente. Cuando éramos niñas, pasamos varios años en una granja y fue allí donde nació el interés de Holly por los asuntos del medio ambiente y donde inició su trayectoria que, eventualmente, la traería hasta el Centro de Rescate de la Flora y Fauna. También fue allí, en esa granja, donde Holly solía enloquecerme cantando ese himno que el coro acaba de cantar. La letra de este era su tema favorito cuando se recibió de veterinaria y cuando se involucró en asuntos ambientales.

"Pero la verdad es que, a pesar de todo cuanto decía acerca de salvar al planeta, esa no era en realidad su misión, por una sencilla razón: Holly creía en esa canción. Ella creía con todo su corazón que este mundo era de su Padre celestial. Un mundo creado por un Dios todopoderoso quien realmente se preocupa por su creación. Ella siempre era optimista; pensaba que a pesar de todo el mal que existe, el mundo en sí ya estaba seguro en las manos del Padre quien lo creó y quien aún lo gobierna.

"Yo nunca fui tan optimista como ella, pero me agradaba que ella sí lo fuera, aunque a veces su entusiasmo acerca de los árboles y los animales me molestaba mucho. Aunque Holly nunca creyó que nosotros los humanos somos lo suficientemente poderosos como para destruir un mundo creado por Dios, en cambio, sí creía con firmeza que era nuestra responsabilidad cuidar al mundo y mantenerlo hermoso. Por eso ella vino a este país. Holly pensaba que este era uno de los lugares más hermosos del planeta y quiso hacer algo bueno al impedir que la gente lo destruyera. Al final, su batalla sólo duró tres meses antes de que ella misma fuera destruida."

Otra vez, la página comenzó a ondear frente a los ojos de Vicki y ella sujetó el púlpito con fuerza.

"Yo no soy una amante de los árboles, pero la vida de Holly tuvo mucho sentido para mí. ¡En cambio, su muerte no tiene ningún sentido!"

Vicki levantó los ojos. La mayoría de los rostros lucía sombría; casi no expresaban emoción alguna, por lo que era difícil saber cómo estaban recibiendo las palabras de Vicki. No así cuando miró hacia la fila de atrás y se chocó con miradas fijas y duras. La voz le falló, pero luego se tornó recia.

"Pero voy a encontrar la razón por su muerte. Voy a averiguar quién mató a mi hermana y por qué. No me iré de este país hasta que lo haya hecho. Así que, si alguno de ustedes tiene alguna información acerca de lo que Holly estaba haciendo durante el último día, o semana, de su vida, por favor llámeme. Gracias." Tomando sus notas abruptamente, Vicki regresó a su asiento.

Detrás de ella el coro, en medio de una leve confusión, comenzó a cantar otra vez:

"El mundo entero es del Padre celestial . . . "

Vicki estaba dejándose caer en la silla junto a Evelina cuando vio la conmoción en la fila de atrás. El jefe de la policía y por lo menos la mitad de quienes llevaban uniformes caquis estaban saliendo por la puerta posterior.

Otros venían hacia delante para honrar la memoria de Holly, incluyendo una joven rubia, cuyo acento australiano Vicki reconoció como el de Alison, la mujer con quien había hablado por teléfono.

Un oficial del gobierno, del Ministerio del Medio Ambiente, pidió a Vicki que viniera adelante para que recibiera una medalla concedida a la norteamericana quien había dado su vida para proteger al medio ambiente de Guatemala. En el momento en que el hombre levantó la brillante presea, Vicki recibió el impacto del flash de las cámaras. *Maravilloso, así que el funeral de mi hermana se tornó en un evento de relaciones públicas para el gobierno.*

No pienses, Vicki se recordó firmemente a sí misma. *No sientas. No llores.*

La ceremonia terminó pronto. Debido a la discreta indicación del pastor de la Iglesia Unión, Vicki se paró junto a la fotografía de Holly, recibiendo casi sin sentir las condolencias de más desconocidos. En algún momento, el oficial del gobierno le apretó la mano, susurrándole algo solícito, y Vicki otra vez recibió el impacto del flash de una cámara antes de que el hombre se dirigiera rápidamente y con gallardía por el pasillo hacia la salida del santuario; las cámaras de los noticieros iban pisándole los talones.

Cuando la multitud se hubo dispersado, Lynn, la ecóloga del Grupo para la Protección del Amazonas, se acercó a Vicki. Dieter estaba detrás de ella. Este sólo le ofreció a una venia breve. Así que no la había perdonado por su diferencia de opiniones.

"Describiste muy bien a Holly." Lynn apretó las dos manos de Vicki. "Ella hacía que yo también tarareara ese himno. Siempre era tan entusiasta, en parte, eso era lo que la hacía tan dulce." Soltó las manos de Vicki para darle una palmada en el hombro. "Por favor, ten la seguridad de que tu hermana no se ha ido para siempre. Nunca estuve segura de creer en la reencarnación o en la existencia en otra dimensión, pero estoy segura de que Holly está feliz dondequiera que esté."

Vicki murmuró una respuesta amable. La cabeza le estaba comenzando a doler con una fuerza inmisericorde, por lo que sintió alivio al ver que alguien muy alto y con manos muy grandes tomaba la suya; el fornido cuerpo de este se interpuso entre ella y los asistentes que aún quedaban y le dio así un poco de espacio para respirar.

Su gratitud sólo le duró un breve instante, hasta que una voz severa con acento sureño sonó por sobre su cabeza:

—Fue un desafío muy serio el que lanzaste desde el púlpito, señorita Andrews. ¿Estás segura de que hiciste lo correcto?

La mirada de Vicki iba ascendiendo conforme iba viendo una corbata con tonos morados, hasta que tuvo que echar la cabeza hacia atrás tanto como pudo. Vicki había olvidado cuán alto era Joe. Su estatura y su poderosa complexión de hombros anchos, al momento, parecían estar a punto de reventar las costuras de ese sorpresivamente conservador traje gris oscuro. Tal vez era la constante energía de los ademanes de su cuerpo, con sus largos dedos tirando del nudo de la corbata y despeinando sus cabellos nítidamente echados hacia atrás, que hacían que el espacio alrededor de los dos pareciera insuficiente.

—¿Por qué no iba a ser lo correcto? —respondió Vicki fríamente y retirando su mano—. ¿Es malo querer averiguar qué le sucedió a mi hermana?

—Los jefes uniformados de la fila de atrás ciertamente no se veían felices con tus aseveraciones.

—No los estaba desafiando. Yo estaba . . .

—Oye, yo estoy de tu lado —la interrumpió Joe, levantando una mano—. En ningún país estoy completamente a favor de las autoridades locales. Sólo estoy diciendo que anunciar a través del noticiero de televisión que tú vas a hacer el trabajo que ellos no pudieron hacer no es la mejor manera de obtener su cooperación.

El tono de Joe se suavizó. —No fue mi intención parecer tan severo. No soy muy bueno para expresarme en estas situaciones, pero de verdad siento mucho lo que le pasó a Holly. De lo poco que llegué a saber de ella, supe que era una persona muy especial. No se merecía morir así.

Joe echó una mirada a los arreglos florales con la fotografía de Holly y Vicki pudo sentir la ira ardiendo en esa masa de músculos bajo el sobrio traje. La ira hizo que Vicki sintiera afinidad con él.

—Joe, ¿sabes . . . ? —Vicki había comenzado a decir.

"Vicki, querida."

Vicki se volvió al sentir un suave toque en su brazo.

—No sé cuáles son tus planes —Evelina le dio un rápido abrazo—, pero Alberto necesita llevar de regreso a nuestros voluntarios. Si quieres que me quede contigo, él puede regresar más tarde para llevarnos a las dos.

—No, por favor —dijo Vicki de inmediato—, vete con Alberto. No sé cuánto tiempo más voy a estar aquí. Todavía tengo que hacer los arreglos con la funeraria.

—Bueno, si estás segura . . . es que sólo hay una pequeña emergencia que se ha suscitado en casa, pero puedo ir y luego regresar. O, por lo menos, puedo mandar a Alberto de regreso con el Jeep.

—No, por favor, no podría pedirte que hagas eso. Lo mejor es que yo tome un taxi y que te vea en Casa de Esperanza.

—No me agrada dejar que manejes todo esto tú sola.

—No estará sola —dijo Joe—. Señora, si está dispuesta a confiarnos el cuidado de Vicki, nosotros nos aseguraremos de llevarla hasta su casa.

—¿Y quiénes son "nosotros"? —insistió Evelina, inclinando su cabeza como un pajarillo mientras descansaba su pequeña y hábil mano en el gran apretón que Joe le ofreció.

—Joe Ericsson y mi jefe, William Taylor. —Joe hizo un ademán en dirección al hombre alto y canoso, que estaba hablando con la delegación del CRFF a sólo unos cuantos metros de distancia—. Somos colegas de Holly del Centro de Rescate de la Flora y Fauna. Tenemos con nosotros uno de los vehículos del proyecto y nos daría mucho gusto llevar a Vicki a su casa cuando ella esté lista.

—Gracias, joven —asintió Evelina, dando así su aprobación—. Eso sería de gran ayuda. —Le dio a Vicki un abrazo final—. Entonces, te veré más tarde.

—Una señora muy impresionante —comentó Joe mientras Evelina se alejaba. Mirando a Vicki, añadió—: Creo que primero debí haberte preguntado a ti si estaría bien que nosotros te llevemos de regreso.

—Te agradezco el aventón —contestó Vicki—. De hecho, me alegra que me lo hayas ofrecido. Quiero hablarte acerca de Holly. No, no se trata del "desafío" —añadió precipitadamente. ¿Acaso no podía ella conversar con este hombre sin tener que discutir—? Aunque sí me gustaría, en algún momento, entrevistar a cada persona que trabajó con Holly. Ahora más bien quiero hablarte de . . . bueno, Holly quería que sus restos fueran incinerados.

Esto había estado escrito en el programa que había sido entregado en la entrada de la iglesia. Por esta razón no había habido un entierro después del funeral, lo cual ciertamente no era una sorpresa para los colegas de Holly del CRFF.

—Una vez Holly me dijo que . . . me dijo que si algo le sucedía, quería que esparciéramos sus cenizas en el lugar más hermoso que yo pudiera encontrar; así ella podría ser parte de las flores, del césped y de todos los seres vivientes. Sólo hay un lugar que me viene a la mente. Durante meses ella me había estado diciendo que la Biosfera de Sierra de las Minas es el lugar más hermoso que jamás había visto, pero yo siempre postergué mi visita a ese lugar. Ahora, estaba pensando . . .

—¿Si yo pudiera llevarte en la avioneta hacia allá? —la interrumpió Joe.

—Sí, desde luego, si es que no tienes ningún inconveniente. —Al ver que él fruncía el ceño, Vicki añadió rápidamente—: Puedo pagar por alquilar la avioneta.

—Creo que podríamos llegar a un acuerdo equitativo —contestó Joe, llamando a Bill con un ademán de su mano—. Ese no es el problema.

"Holly fue una persona muy especial para todos nosotros," dijo Bill, expresando sus condolencias quedamente en cuanto se le acercó. "Te agradecemos que nos hayas avisado del funeral a tiempo para cambiar nuestro vuelo."

—Como estaba diciendo —interrumpió Joe—, vinimos a la ciudad para intercambiar nuestra avioneta con una nueva. Quiero decir, "nueva" para el centro. Es una Havilland DHC-2 de 1966. El asunto es que no regresaremos al centro hasta que tengamos el título de propiedad y hayamos terminado todo el papeleo para poder poner la avioneta en circulación. Nos tomará unos cuantos días, tal vez una semana, pero será un gusto llevarte con nosotros. ¿Verdad, Bill?

—Claro que sí. —Considerando que él era el jefe, Bill parecía sorprendentemente tolerante de esta usurpación de autoridad por parte de Joe—. Nos dará mucho gusto ayudarte.

—Eso es, si aún planeas estar en la ciudad. Me imagino que el desafío que hiciste desde el púlpito no es tan literal como pareció. Tienes que regresar a tu trabajo en Estados Unidos, ¿verdad?

Vicki se puso tensa ante el tono cortante de Joe, pero rehusó dejarse influenciar para iniciar otro debate.

—Puedo esperar unos pocos días. De todas maneras aún tengo que tratar algunos asuntos aquí en la ciudad. ¿Podrían avisarme cuándo se irán de regreso? —Vicki dirigió su pregunta a Bill y no a Joe.

—Seguro, sólo dame tu número de teléfono celular. Ya que estamos hablando del tema, quisiera decirte que . . .

"Con permiso, señorita," interrumpió el director de la funeraria, mirando a Joe y luego a Bill, como si creyera que los dos eran acompañantes de Vicki. "Por favor, señores, si pudieran dejarnos tratar este asunto en privado. Así es menos doloroso para los familiares. Señorita Andrews, la llamaremos cuando todo esté listo."

Aunque el director había podido acelerar los arreglos para el funeral, los de la cremación iban a tomar unos pocos días más, lo cual venía muy bien con el horario de Bill y Joe.

Vicki ahogó un suspiro mientras el director del funeral los guiaba por el pasillo, sus empleados detrás de ellos. El santuario ya estaba casi vacío con los últimos asistentes dirigiéndose hacia la puerta.

Probablemente ella había hecho todo esto de la manera equivocada. Ciertamente los funerales de sus padres adoptivos habían sido muy diferentes, pero había hecho lo mejor posible. Por lo menos en este país extraño en el que se encontraba, el cual, curiosamente, también era su lugar de nacimiento, la memoria de Holly había sido honrada.

El pastor de la Iglesia Unión los esperaba en la puerta. Él había sido de muchísima ayuda para Vicki en medio de la abrumadora confusión de los últimos días.

"Ya sabes que si necesitas ayuda, sólo tienes que darme una llamada," el pastor le aseguró mientras ella le expresaba su profunda gratitud.

Enseguida estuvieron afuera, pero aún no estaban en la calle ya que la Iglesia Unión, al igual que muchos edificios de su tamaño en Guatemala, tenía amplios patios y veredas. Mientras cruzaban por el césped de uno de los patios, Vicki hizo contacto visual con Bill y le recordó acerca de la conversación que antes había sido interrumpida.

—¿Dijiste que había algo de lo que querías hablarme?

—No sé si alguien del CRFF te llamó. —Bill lucía algo incómodo—. Tal vez este no es el lugar adecuado, pero quería decirte que trajimos desde el centro las pertenencias de Holly. Las tenemos en el auto. Si vamos a llevarte a tu casa, quizás podemos entregártelas de una vez.

Bill no era tan antagonista como su joven empleado. Vicki le sonrió con gratitud.

—Gracias, en realidad les agradezco mucho.

—Hablando de las pertenencias de Holly, hay algo más al respecto. —Cuando Vicki, con desgana, se volvió para mirarlo, Joe frunció el ceño—. Claro que no trajimos todas las pertenencias de Holly, sino más bien sólo lo que ella tenía en el centro. Cuando la traje la semana pasada en la avioneta, ella tenía una mochila y su computadora. También tenía su teléfono celular y otras cosas personales. ¿Sabes cuántas de esas cosas han sido recuperadas?

—Las pertenencias de Holly estaban en el hostal del CRFF, donde se suponía que ella iba a pasar la noche. La policía investigó ese lugar;

confiscaron todas las cosas. Me las entregaron cuando me entregaron los restos de Holly. Aún no . . . aún no he podido revisarlas.

Eso se debía a que las cosas le habían sido entregadas envueltas dentro de la ubicua bolsa negra de plástico guatemalteca que la hacía recordar tanto la muerte de Holly, de tal modo que sólo había sido capaz de meter el bulto debajo de su cama.

—Si en realidad estás tan decidida a emprender tu propia investigación —añadió Joe casualmente—, sería una buena idea comenzar revisando esas cosas. Holly usaba mucho su computadora. Tal vez ahí hay algo que pueda darte una idea de lo que la preocupaba. Además tenía un asistente personal digital. Estoy seguro de haberla visto usándolo.

Así que Joe ahora sí quiere ser de ayuda. —Sí, yo misma le di a Holly un APD como regalo de Navidad hace un par de años. Ella guardaba todo lo que tenía importancia en ese APD. Esa es una gran idea. Gracias.

—Bueno, sí —dijo Joe—. Probablemente no debería estar animándote para que sigas con lo que te propones, pero en cuanto a esa computadora . . .

Los dos hombres se miraron el uno al otro.

—Tienes razón, Joe —interrumpió Bill—. De hecho, Vicki, si te ayuda de alguna manera, Joe y yo ciertamente podemos dedicar unos minutos para revisarla nosotros mismos. ¿Tal vez cuando te llevemos a tu casa? Por lo menos, podríamos ayudarte a clasificar los archivos que tienen que ver con los asuntos del centro. Podríamos hacer lo mismo con el APD.

"Computadora. APD. ¿No estarán hablando acerca de Holly Andrews?"

—Michael —dijo Vicki al darse la vuelta cuando reconoció la voz.

—Vicki, perdóname por no haber podido llegar a tiempo para el funeral —dijo Michael, acercándosele rápidamente al cruzar desde el otro lado del césped—. Vine tan pronto como terminé mi trabajo. —Él no esperó a que Vicki lo presentara, sino que le extendió una mano a Bill—. Soy Michael Camden, de la Oficina de la Agregaduría de Defensa. Y tú debes ser William Taylor, si no me equivoco.

—Sí, ya nos conocemos. Nos encontramos por primera vez en la fiesta del 4 de julio de la embajada.

—Claro que sí. Tú tienes esa plantación de café en Sierra de las

Minas, cerca de la biosfera. Hermosa área. ¿Acaso no te vi también en el aeropuerto con el grupo del CRFF? Me han dicho que donaste el terreno para las instalaciones del Centro de Rescate de la Flora y Fauna, en el que trabajaba Holly Andrews.

—Para mí ha sido un privilegio ser parte de esa misión —respondió Bill—. Así que tú también conoces esa área.

—He estado allí unas cuantas veces, aunque aún no he llegado hasta tus instalaciones. Sierra de las Minas será una misión estratégica para la misión con la que estoy trabajando.

—¿En serio? —Bill no parecía estar tan impresionado que se diga—. Así que tú eres parte de ese grupo que últimamente ha estado merodeando por los alrededores de la biosfera, asustando a la fauna silvestre. Bueno, eres bienvenido a visitar el centro. Por lo menos podemos darle a tu gente unos buenos consejos acerca del cuidado y de su impacto en el medio ambiente y en la fauna. Hablando del CRFF, permíteme que te presente a . . .

—Joe —el acompañante de Bill dijo lacónicamente, acercándose con la mano extendida—, encargado de las reparaciones en el centro.

Y piloto, añadió Vicki mentalmente y luego se contuvo. Ella no iba a seguir el ejemplo de Holly al salir en defensa de un hombre capaz y maduro.

—Una elección interesante en cuanto a profesión. —Michael lucía alto junto a Vicki, pero en comparación a Joe era más bajo, excepto por su musculatura que se notó al darle a Joe un fuerte apretón de manos y luego soltarlo—. Es una ocupación inusual para un estadounidense en el extranjero, ¿verdad? Pensé que ese tipo de trabajo se lo daban a los propios guatemaltecos.

—Es algo que me ayuda para ganarme la vida. —El tono de Joe era tan impersonal y cortés como el de Michael, pero cuando Vicki miró de un hombre al otro notó que los dos tenían una expresión similar indescifrable dibujada en sus distintas facciones. Ambos sostenían miradas de mutuo escudriñamiento.

—Bueno, a cada uno lo suyo —indicó Michael con indiferencia, volviéndose a mirar a Vicki—. Cuando me estaba acercando, tú estabas hablando acerca de una computadora y de un APD. Si se trata de las pertenencias de Holly, estaríamos agradecidos si pudiéramos revisar cualquier cosa que tengas.

—¿Nosotros? —preguntó Joe, sin esforzarse por permanecer indiferente—. ¿Es ese un "nosotros" engrandecido, o uno que implica un desdoblamiento de personalidad, Camden? ¿O estás hablando de la autoridad de algún departamento del gobierno de Estados Unidos en particular? Si ese es el caso, ¿podrías explicarnos a quién te refieres cuando dices "nosotros"? —Su expresión sólo demostraba un interés imparcial; su tono era neutral.

—Joe, está bien —Vicki intervino rápidamente—. Con gusto cooperaré con Michael o con quienquiera de la embajada. Ciertamente ellos pueden recibir cualquier información que yo tenga.

Dirigiéndose a Michael, añadió: —La computadora y el APD de Holly deben estar en Casa de Esperanza, asumiendo que estaban entre las cosas que la policía me entregó ayer. Ahora mismo estábamos dirigiéndonos hacia allá. De hecho, Joe y Bill trajeron el resto de las cosas de Holly.

—Qué bien. Te llevaré allá y revisaremos todas las cosas.

—Perdón, pero la señorita Andrews ya tiene transporte —Joe insistió casualmente—. Nosotros la vamos a llevar.

Michael parecía tranquilo y su expresión era neutral, pero Vicki había llegado a conocer su lenguaje corporal lo suficiente como para darse cuenta de que él estaba molesto. Michael se dio la vuelta para mirar a Joe.

—Estoy seguro de que Vicki se los agradecería, pero ahora ya no necesita que ustedes la lleven. Como dije, tengo algunos asuntos que tratar con ella. Asuntos de la embajada.

—Tal vez deberíamos dejar que la señorita Andrews decida. ¿Vicki?

Nuevamente, el intercambio de palabras sólo denotaba cortesía. Pero Vicki, mirando al uno y al otro, tuvo la curiosa sensación de estar observando a dos criaturas de la selva disputando un hueso. *El caso es que yo soy ese hueso*. Vicki se esforzó por contener el fuerte impulso de soltar una carcajada.

—Joe, Bill, los veré allá —decidió ella con rapidez—. Discúlpenme que los haya hecho esperar en vano, pero Michael en realidad tiene que darme información que he estado esperando.

—Como quieras. —Joe se dio vuelta sobre los talones y se fue cruzando al otro lado del césped. Bill lo siguió. Mientras Michael llevaba a Vicki hasta su Land Rover, insistió—: ¿Qué tienen que ver esos dos con la investigación del caso de tu hermana?

—Son amigos de Holly, sus colegas del centro. Pensaron que sería una buena idea revisar los archivos guardados en la computadora de ella. Tal vez así tendríamos una mejor idea acerca de lo que preocupaba a Holly últimamente.

—Bueno, en eso tienen razón. —Michael arqueó una ceja—. Aunque no me parece que sea una buena idea hacer que dos civiles ajenos se involucren en este asunto.

—Sólo están tratando de ayudarme. Después de todo, ¿quién podría explicarme mejor cualquier cosa que tenga que ver con el centro?

—Puede ser. Bueno, entonces veamos qué hay en la computadora y entonces decidiremos cuál será el próximo paso a tomar. Ahora bien, si puedes leer esto. —Antes de encender el motor, Michael le entregó a Vicki una carpeta—. Estos son los reportes policiales.

—¡Oh, los obtuviste muy rápido! Gracias. Ah . . . ¿sabes dónde esta ubicada Casa de Esperanza?

—¿Acaso no lo saben todos? —Mientras echaba el vehículo a andar, Michael le sonrió a Vicki de una manera encantadora.

Vicki hizo lo mismo y de pronto estuvo feliz de que fuera Michael quien la estaba llevando a casa, y eso no se debía sólo a la información que le había traído. Por lo menos una persona estaba de su lado, y además era muy eficaz y estaba dispuesto a ayudarla.

El archivo era mucho más completo que cualquier documento que Vicki había visto hasta el momento. No obstante, este tenía menos de tres centímetros de grosor. Mientras ella leía silenciosamente, Michael conducía hábilmente en medio del pesado tráfico. El contenido del archivo era desagradable, así que sólo pretendiendo que se trataba de una investigación acerca de alguien a quien no conocía logró leerlo.

Cuando Vicki levantó la mirada, ya estaban entrando a las calles estrechas de la parte vieja de la ciudad.

—Así que el arma usada fue un revólver de servicio, calibre .38. ¿No es esa la clase de revólver que usa la policía?

—Correcto. Y también el tipo de revólver que usa cualquier maleante que ha robado o comprado uno ilegalmente —dijo Michael.

—Aparte de nuestras declaraciones en el lugar de los hechos —Vicki pasó con rapidez algunas páginas—, la única persona a quien entrevistaron fue a Alison, del hostal del CRFF.

—Eso se debe a que Alison les dijo que Holly había ido a visitarte. Así que, debido a que Holly había acabado de llegar a la ciudad, se asumió que ella había sido atacada cuando estaba yendo a visitarte. Por lo tanto, la unidad de homicidios pensó que no era necesario desperdiciar más recursos y tiempo entrevistando a otras personas —dijo Michael, esquivando hábilmente a una carreta arreada por un burro y echándole un vistazo a Vicki—. Bueno, aunque no estés de acuerdo con el informe, piensa que sus deficiencias se deben a la falta de eficacia del personal, no a una conspiración.

El artículo más valioso que Vicki encontró en la carpeta fue la nómina de las pertenencias de Holly que la policía había confiscado, las mismas que supuestamente debían estar en la bolsa negra que estaba debajo de su cama. El pendiente de oro en forma de jaguar, con ojos de esmeraldas, no constaba en la lista. *El salario de algún oficial de policía será incrementado este mes,* pensó Vicki con amargura.

—La computadora está aquí en la lista, más no así el APD. Tampoco consta el celular de Holly.

—Lo cual podría significar simplemente que ellos no reconocieron que el APD es un aparato completamente aparte de la computadora. O también existe la posibilidad de que quienes atacaron a Holly tomaron su cartera con el celular y el APD sin darse cuenta del collar.

—¿Cómo es posible? —Por lo menos él no estaba insinuando que el collar era sólo producto de la imaginación de Vicki—. ¿Son los mejores asaltantes del mundo y no buscaron joyas? Está bien, podemos estar en desacuerdo, ya que ninguno de los dos sabe lo que en realidad sucedió. Holly pudo haber sido lo suficientemente imprudente como para haber estado usando joyas cuando iba por las calles. Yo misma la vi, pero eso se puede reemplazar. Holly tenía cierta paranoia en cuanto a su APD, ya que en la universidad le robaron una. No es posible que la haya estado llevando mientras iba caminando, durante la noche, por las calles. No lo haría al igual que tampoco llevaría su pasaporte consigo. Probablemente el APD está con la computadora.

Vicki cerró de un golpe la carpeta. Mirando a Michael y estudiando su atractivo y bronceado perfil, añadió: —¿Te molestaría si te hago una pregunta más?

—No, de ninguna manera. —Michael le echó un vistazo—. Hasta ahora me has hecho todas las preguntas que has querido.

—¿Habías conocido antes a Joe y a Bill, los dos hombres que estaban en la iglesia conmigo?

—A Bill Taylor, sí —Michael contestó casualmente, habiendo doblado antes en una esquina que daba al edificio cuadrado de concreto que era el hogar de niños—. Por lo menos, había oído hablar acerca de él. Es el mayor terrateniente, nacional o extranjero, allá en los alrededores de la biosfera. Al otro tipo, Joe, el encargado del mantenimiento del centro —Michael sacudió la cabeza—, sólo lo había visto con ese grupo de amantes de los árboles que estaba con Holly. Es imposible no fijarse en él. ¿Por qué me lo preguntas?

—No lo sé. —Vicki tuvo vergüenza de tener que dar más explicaciones—. Sólo me pareció que hubo cierta clase de . . .

—¿Antagonismo? —Michael interrumpió con rapidez—. ¿Así que tú también te diste cuenta de eso? —Él sonrió ampliamente—. Claro que pudo haber sido sólo una disputa para ver quién terminaba dándole un aventón a la mujer más bonita de toda la ciudad. —Antes de que Vicki enrojeciera, Michael volvió a prestar atención a las calles—. No obstante, Joe no es la clase de hombre que está satisfecho quedándose encerrado allá tan lejos. Tal vez obtendríamos algún resultado si lo investigáramos también a él.

Tal comentario hizo que Vicki quisiera añadir el suyo; no vio por qué no debía hacerlo. —Todo lo que sé es que él es un surfista y que está tratando de ganar algo de dinero para poder regresar a la playa. Además de saber hacer reparaciones también es piloto.

—Bueno, entonces por esa razón deben haberlo contratado a él, en lugar de contratar a un guatemalteco del área. Por acá no hay muchos pilotos que anden buscando trabajo. Lo más probable es que se vaya en cuanto encuentre algo mejor. Es lo que hacen esa clase de extranjeros.

Ya habían llegado a Casa de Esperanza. El portón estaba abierto y un Mitsubishi Montero verde silvestre, con el símbolo de un jaguar, estaba en el patio. Joe y Bill habían llegado antes que ellos. Un portero cerró el portón después de que entró el Land Rover. La usual multitud esperando ser atendida en la clínica se dispersó en cuanto Michael se estacionó detrás del Montero. Vicki divisó a Evelina en la terraza, conversando muy animadamente con los dos hombres del CRFF. Joe llevaba al hombro un gran bolso de lona.

—Aquí lo tienes —dijo Joe entregándole el bolso en cuanto Vicki se le acercó.

—Gracias. —Vicki hizo un ademán indicándoles que debían dirigirse hacia el hogar de niños, el edificio contiguo—. La computadora está en mi habitación. Probablemente ese será el lugar más adecuado para revisarla.

—¿Puedo, antes, ofrecerles a todos un té? —Evelina escudriñó a Vicki—. Todos lucen cansados.

—No, gracias. —Vicki casi se estremeció. De ninguna manera quería que esto se tornara en un evento social con estos casi desconocidos que parecían no llevarse bien—. Me . . .me gustaría terminar con esto de una vez por todas.

"Permíteme ayudarte." Joe volvió a tomar el bolso en el preciso instante en que Michael también lo iba a hacer.

Evelina se alejó en cuanto un voluntario de la clínica con una bata blanca se le acercó.

Vicki los guió a través de la senda que conectaba los dos edificios y los llevó en el ascensor de carga. Se sentía claustrofóbica o, de algún modo, algo ridícula al estar rodeada de tres hombres altos mirándola. Aún antes de llegar a la puerta de su habitación, ella pudo ver que esta estaba un tanto abierta.

Al entrar dejó escapar un grito de consternación. Todo el contenido de la habitación había sido registrado. Alguien había sacado el bolso de lona de Vicki de debajo de su cama; su ropa estaba hecha pedazos. El champú había sido derramado; el dentífrico estaba abierto. El mosquitero estaba suelto, las sábanas habían sido destrozadas. También la bolsa negra de plástico que Vicki había escondido debajo de su cama estaba desgarrada, tanto así que pudo ver partes de la mochila habana de lona que Holly solía llevar cuando viajaba.

Lo peor era que, por todo el piso, estaban regados trozos y componentes de la computadora. Hasta los archivos que habían estado junto a la computadora de Vicki, sobre la mesa que ahora estaba volcada, también habían sido metódicamente reducidos a miles de pedazos, haciendo imposible la tarea de reparar semejante daño.

Directamente enfrente de la puerta, entre las dos ventanas hechas trizas, habían sido pintadas con pintura roja de aerosol unas palabras. El significado de estas en inglés era inconfundible, aun con semejantes errores de ortografía:

Yanqui go jom

CAPÍTULO ONCE

La malicia de tal vandalismo enfureció a Vicki más que la pérdida de sus pertenencias.

—No traten de convencerme de que esto es un simple robo —Vicki gritó mientras sus acompañantes le ayudaban a buscar entre los restos de tanto destrozo—. Les dije que alguien no quiere que yo investigue la muerte de Holly. Les dije que no se trataba sólo de un asalto.

—Tal vez —dijo Joe, sacudiendo fragmentos de la unidad central de la pieza más grande que quedaba de la computadora portátil de Vicki—. O quizás fueron sólo ciertos policías del área, probablemente los que salieron del funeral esta tarde antes de que terminara. Quizás se sintieron ofendidos por los comentarios que hiciste desde el púlpito acerca de su incompetencia y decidieron darte una lección. Tu amigo Michael quizás sepa más que yo al respecto, pero de lo que he visto aquí en cuanto a los defensores de la ley, no sería de sorprenderse que ellos mismos fueran los responsables de esto.

—Él tiene razón. —Michael parecía bastante sorprendido por su propia respuesta—. Vicki, te advertí que aquí, desafiar a las autoridades no es la mejor manera de ganarse amigos. ¿Puedo sugerirte otra vez que continúes con tus averiguaciones desde la seguridad de tu hogar en Estados Unidos? Espero que me creas cuando te digo que la embajada continuará con esta investigación con todos los recursos que tenemos a nuestra disposición.

—No vas a tratar de convencerme de que si regreso a Estados Unidos, la embajada realmente va a descubrir lo que le sucedió a mi hermana.

—No, no quise decir eso. No puedo garantizarte tal cosa, pero lo que sí puedo garantizarte es que aquí la embajada puede llevar a cabo una tarea más eficiente que la que tú pudieras realizar, y ciertamente con mayor discreción.

—Él tiene razón, Vicki. —Esta vez era Bill, su tono quedo y la mirada penetrante de sus ojos azules tornándose en preocupación mientras caminaba hacia ella—. He estado aquí durante mucho tiempo y puedo asegurarte que quedarte y tratar de luchar contra la muralla que es la burocracia nacional es una manera segura de conseguir que te dé una crisis nerviosa de la cual no podrás recuperarte. Conocí a Holly tan bien como para saber que ella no hubiera querido que te obsesionaras con su muerte a tal punto que no puedas seguir adelante con tu vida.

—¿Por qué siguen todos diciendo lo mismo? —preguntó Vicki—. ¿Por qué tienen todos tanta prisa por ponerme en ese avión y mandarme de regreso a Estados Unidos?

—Tal vez porque todos estamos preocupados por tu bienestar —dijo Joe—. Y porque conocemos este país mejor que tú.

Todos estaban siendo muy razonables. Pero Vicki no tuvo que responder porque para entonces alguien más había visto la destrucción a través de la puerta abierta, y la habitación estaba siendo inundada por personas llevando camisetas amarillas como el sol y haciendo todo tipo de exclamaciones.

Fue necesario recurrir a toda la autoridad de Michael para impedir que la escena de los hechos fuera totalmente pisoteada. Mientras tanto, Joe y Bill continuaban recogiendo los pedazos de la computadora y demás cosas que habían sido destruidas. Inmediatamente fue evidente que sería imposible recuperar cualquier información tanto de la computadora de Vicki como de la de Holly.

"Por favor, sólo se trata de una máquina," le aseguró Vicki a la horrorizada Evelina cuando apareció. Buscando en su cartera, Vicki sacó una unidad portátil de memoria. En su opinión esta era la invención más grande de la era de las computadoras, especialmente para alguien que viajaba con tanta frecuencia como lo hacía ella.

—Aquí tengo copias de todos los archivos y ya envié por correo electrónico todos los informes a las oficinas centrales.

—Lamentablemente, no podemos decir lo mismo en cuanto a la computadora de Holly —dijo Bill, sacudiendo la cabeza al ver los fragmentos destrozados—. Si tan sólo pudiéramos encontrar ese APD.

Ni siquiera había fragmentos que indicaran que el APD de Holly había estado entre las cosas que habían sido destrozadas.

Mientras Vicki se cambiaba de ropa, poniéndose una camiseta de Casa de Esperanza y el único pantalón vaquero que aún le quedaba intacto, Michael acompañó a Evelina para hacer averiguaciones acerca de lo que habría visto el personal. Vicki sabía que tal cosa era inútil. Con tantos miembros del personal hospedándose en el mismo piso y con docenas de voluntarios guatemaltecos trabajando según sus turnos, ella dudaba que alguien pudiera indicar al desconocido, o desconocidos, que pudieron haberse escabullido hasta llegar a su habitación.

"Creo que necesitamos revisar nuestro protocolo de seguridad," dijo Evelina tristemente cuando ella y Michael regresaron a la habitación de Vicki. "Siempre hay mucha gente entrando y saliendo. De hecho, ya mantenemos las medicinas, provisiones y los salones del personal bajo llave. Pero, Vicki, tú dijiste que la puerta de tu habitación también estaba bajo llave."

Una cuidadosa observación reveló que la cerradura de la puerta había sido forzada por manos expertas.

Vicki miró a las dos grandes bolsas para basura que ahora estaban llenas de todos los pedazos y fragmentos que habían sido cuidadosamente recogidos. Un voluntario emprendedor había logrado restregar la pared hasta hacer que el grafito quedara reducido sólo a una mancha rosada, y un miembro del personal de enfermería estaba haciendo buen uso de una escoba.

—Eso pudo haber sido usado como evidencia —dijo Michael con suavidad luego de apretar los labios—. ¿Vicki, quieres llamar a la policía?

—¿Cuál sería el propósito de llamarlos? —replicó Vicki fatigosamente.

—Ninguno en realidad —admitió Michael—. Pero si tienes alguna póliza de seguro, vas a necesitar un parte policial para poder hacer tu reclamo.

—Debo estar envejeciendo, porque se me olvidó por completo que debimos haber tomado fotografías de todo esto antes de haberlo limpiado —dijo Bill mientras examinaba la mancha rosada que había quedado en la pared entre las ventanas.

—Yo lo hice. —Joe sacó un teléfono celular de su bolsillo—. Te las mandaré electrónicamente si las necesitas para tu reclamo al seguro, Vicki.

—No, no tengo seguro. —Vicki sacudió la cabeza, luego se arrepintió de haberlo hecho. El dolor de cabeza que la aquejaba desde el momento del funeral le había vuelto con mayor fuerza.

—Si eso está arreglado, entonces yo diría que debemos llamar a Alison a la oficina. —Bill había tomado el celular de la mano de Joe y estaba mirando las fotografías que este había acabado de tomar—. Si Vicki está en lo correcto y Holly no tenía consigo su APD cuando andaba por las calles, Alison podría tener alguna idea en cuanto a dónde pudo Holly haberlo guardado.

—Es una buena idea —dijo Michael—. En nombre de la embajada, me gustaría estar presente si lo encuentran. ¿Vicki, tienes idea en qué lugar seguro pudo Holly haberlo guardado?

—¡Ya es suficiente! —Vicki no se dio cuenta cuán alta había sido su voz hasta que los tres hombres se volvieron para mirarla. Con su mano, que de repente había comenzado a temblar, hizo un ademán hacia la puerta—. Todos ustedes han sido muy amables, pero ¿podríamos tratar este asunto mañana? Yo . . . yo solamente quiero estar a solas. Por favor, todos ustedes, váyanse.

"Sí, ¿acaso no se dan cuenta que la pobre chica está agotada? Eso no es para sorprenderse, dado que ella ha tenido un día extenuante. ¡Vamos, salgan de aquí todos ya!"

Si Vicki no hubiera tenido un dolor de cabeza tan tremendo, se hubiera echado a reír al ver a Evelina haciendo que los tres fornidos hombres salieran de su habitación como si estuviera espantando a unos pollitos.

Cuando la habitación quedó vacía y la puerta se cerró, Vicki se sentó en su cama, donde ahora faltaban el mosquitero y ropa de cama. Unos segundos más tarde, se puso de pie y se dirigió hacia la ventana más cercana. Las contraventanas estaban abiertas y a través de los barrotes de protección, el cielo de la noche estaba oscuro pero aún permitía vislumbrar el brillo incandescente proveniente del basurero. En la distancia, una sucesión de breves ruidos explosivos pudo haber sido producida por fuegos pirotécnicos o por los disparos de la pistola de algún mara: un recordatorio de la violencia que oprimía a esta ciudad.

Una conmoción proveniente desde el patio al otro lado de la pared divisoria le llamó la atención. El brillo amarillo de su alumbrado exterior permitía ver a un carruaje tirado por un caballo, que venía estrepitosamente por la calle empedrada. Vicki vio a un hombre con el poncho de lana típico de un campesino maya caminando hacia la parte posterior del carruaje para levantar a un niño que estaba tendido allí. Una enfermera salió de la clínica y los dos cargaron al niño y entraron por ese rectángulo amarillo que era la puerta abierta de la clínica. Esta noche, en ese drama que estaba llevándose a cabo en ese escenario poco iluminado, el niño viviría o moriría. De todos modos, se trataba sólo de un niño; miles más nunca llegarían a este lugar. También había millones de otros niños en este continente y en el mundo entero. Si un niño menos moría esta noche, ¿sería eso en realidad de gran ayuda?

"El mundo entero es del Padre celestial."

¿Es realmente tu mundo, Dios? ¿Tenía razón Holly?

Vicki posó su frente sobre las barras de hierro. La ira, la incredulidad y luego la mera obstinación la habían hecho llegar a este punto haciendo posible que conservara la dignidad y no llorara en la presencia de todos esos desconocidos. Pero ahora, con una fatiga extrema, se sentía más débil que nunca, como si estuviera golpeando en vano con sus puños una gran muralla cósmica; no lograba nada excepto lastimarse la piel. Los destrozos de su habitación le habían colmado la paciencia, aunque no a causa de la pérdida de sus pertenencias. Viajaba siempre consciente de la posibilidad de sufrir tales pérdidas. De hecho, mañana iría a las boutiques de aparatos electrónicos de la Zona 10 y compraría con su tarjeta de crédito nuevos artefactos electrónicos para reemplazar los que había perdido. Después de todo, no tenía mucho en qué gastar su sueldo.

No, todo esto era más bien un recordatorio de cuán vulnerable era ella en este país; cuán fácil había sido que un enemigo invadiera su privacidad. A pesar del desafío que había dado desde el púlpito durante el funeral, ella no tenía ni la más mínima idea qué debería hacer ni a dónde debería ir después de todo esto.

Lo peor de todo era que todos estos individuos con buenas intenciones que tenían tanta prisa en que ella se fuera de regreso a Estados Unidos tenían razón. Lo más lógico y sensato era seguir sus consejos. Vicki había sido siempre una persona prudente. Holly había sido la intrépida, atreviéndose a aventurarse hasta donde los mismos ángeles temían ir. Era tan intrépida tal como su padre biológico parecía haberlo sido.

Por lo tanto, parecía que lo más adecuado era tomar ese vuelo conmemorativo con Joe y luego regresar a Estados Unidos. Allá podría retomar la cuidadosa vida frenética que durante tanto tiempo había mantenido a Vicki tan ocupada que ni siquiera tenía tiempo para sentir o pensar. Después de todo, ¿realmente cambiaría algo si el culpable de la muerte de su hermana era un mara o algún colega corrupto u oficial gubernamental? Todo esto era parte integral de este país —y de muchos otros países, alrededor del mundo, a los que ella había ido. Era una selva, donde los predadores humanos eran mucho más peligrosos que los jaguares que aún quedaban en las selvas guatemaltecas.

Al igual que en todas las otras zonas de combate a las que Vicki había ido tan intrépidamente, aquí también tenía que ser muy cuidadosa, tomando todas las precauciones posibles para sobrevivir. Además, tenía que estar preparada para tener de vez en cuando que hacer un recuento de las pérdidas sufridas y luego retirarse.

Aunque pareciera extraño, si esto se tratara sólo de Holly le sería más fácil aceptar que había llegado el momento de partir. Sin embargo, aunque no podía recordar nada al respecto y aunque era sólo una historia que le había sido relatada por una desconocida, Vicki no podía olvidar que esto ya había sucedido antes. Su familia había muerto en Guatemala y ella había hecho caso omiso de tal tragedia y se había ido. Claro que esa no había sido su decisión, pero la verdad era que nadie había defendido a sus padres, ni había hecho todo lo posible por descubrir lo que realmente había sucedido. Ni siquiera la embajada, ni siquiera algún familiar. Como resultado, sus padres habían sido olvidados; su memoria había quedado enterrada tan profundamente que ni siquiera sus propias hijas los recordaban, dejando a los Craig como desaparecidos, al igual que las miles de personas a quienes ellos habían defendido.

Por otro lado, ¿cuál podía ser su alternativa?

Vicki recordó las imágenes de las mujeres de la marcha de ayer. Recordó esas dolorosas fotografías ampliadas y esos rostros oscuros, decididos y sombríos. Esa gente había estado tratando durante años de descubrir la verdad acerca de lo que les había sucedido a sus seres queridos. ¿Estaba siendo ingenua —o hasta arrogante— al pensar que ella sería la excepción? *Aquí viene la gringa. Sólo porque es estadounidense, piensa que debe obtener todas las respuestas que hasta ahora nadie ha conseguido.*

Sin embargo, esas mujeres aún seguían marchando.

Con o sin esperanza, ciertamente arriesgando sus propias vidas desafiando a los brutales poderes responsables por la pérdida de sus seres queridos. Por los menos ellas estaban haciendo algo al respecto.

"Vicki."

Vicki no oyó que alguien había abierto la puerta. Sorprendida, se dio la vuelta.

Balanceando una bandeja llena, Evelina entró a la habitación. Detrás de ella, una de las voluntarias traía sábanas y ropa de cama limpias y algunas toallas. Después de ponerlas sobre la cama, la trabajadora salió y cerró la puerta.

"Te traje algo de comer." Evelina puso la bandeja sobre la mesita. "Ya sé que estás muy cansada, pero te sentirás mejor si te alimentas un poco."

Sobre la bandeja había una pequeña tetera con agua caliente y el aroma proveniente del plato cubierto le recordó que hacía buen tiempo que no había comido. No obstante, Vicki permaneció inmóvil por un rato.

—¿Qué sucede? —preguntó Evelina quedamente al verter agua caliente en una taza y añadirle una bolsita de té—. ¿Qué es lo que tanto te preocupa?

—Es que . . . —Con su mano, Vicki, hizo un ademán de desesperación—. No sé qué hacer. No importa qué haga, todo me podría salir mal.

Retrocediendo un poco desde la ventana, Vicki escudriñó a Evelina mientras esta colocaba la taza, el plato tapado y los cubiertos de una manera nítida y experta.

—¿Evelina, qué harías si estuvieras en mi lugar? —preguntó Vicki súbitamente—. Tú estuviste aquí durante todo eso: las dictaduras, las masacres, las desapariciones. ¿Qué hiciste? ¿Cómo decidías cuando era mejor guardar silencio, ceder o luchar por algo? ¿Cómo pudiste estar segura de que no estabas tomando la decisión equivocada?

—Continué haciendo exactamente lo que vine a hacer a este país —respondió Evelina después de que Vicki se hubo sentado—. Alimenté y enseñé a los niños a leer. Enseñé a sus padres a ganarse la vida decentemente. Y les compartí la Palabra de Dios y su amor.

—Pero eso también era peligroso, ¿verdad? ¿Cuántos maestros y trabajadores sociales que trataron de ayudar a los campesinos "desaparecieron" durante esos años? ¿Nunca tuviste miedo? ¿Nunca te preguntaste, en estado de agonía como estoy yo ahora, cuál era la manera adecuada de proceder?

—Desde luego que tuve miedo. —Evelina se sentó en la otra silla de plástico frente a Vicki, suspiró y estiró las piernas—. También me preocupaba acerca de cuál sería la manera más apropiada de proceder. Entonces aprendí a recordarme a mí misma que yo soy hija de Sara; entonces las cosas se me hacían más fáciles. Por lo menos me era más fácil tomar las decisiones, aunque no siempre era así de fácil llevarlas a cabo.

—¿Hija de Sara? —Vicki repitió algo confundida—. ¿Te refieres a Sara de la Biblia?

—Correcto. Sara, la esposa de Abraham, madre de Isaac y, por él, madre de la nación de Israel. En Génesis leemos la historia de Sara y Abraham. Pero lo más interesante es que la biografía más reveladora de Sara no está en el Antiguo Testamento sino más bien en el Nuevo Testamento. —Evelina metió la mano en un bolsillo de su amplia falda y sacó una Biblia. Buscando entre las páginas ya bastante desgastadas por el uso, se la dio a Vicki:

"Léeme lo que dice aquí en 1 Pedro, capítulo tres; comienza en el versículo tres."

Esta Biblia era el volumen completo más pequeño que Vicki jamás había visto; las letras eran tan pequeñas que ella no podía creer que esta vieja misionera aún podía descifrarlas. *Evelina posiblemente ya ha memorizado la Biblia entera.*

Con algo de inseguridad, Vicki leyó en voz alta y con cierta dificultad estas palabras que le eran desconocidas:

"Vuestro atavío no sea el externo de peinados ostentosos, de adornos de oro o de vestidos lujosos, sino el interno, el del corazón, en el incorruptible ornato de un espíritu afable y apacible, que es de grande estima delante de Dios. Porque así también se ataviaban en otro tiempo aquellas santas mujeres que esperaban en Dios, estando sujetas a sus maridos; como Sara obedecía a Abraham, llamándole señor . . . "

—No lo entiendo —dijo Vicki al dejar de leer, sintiéndose incómoda y confusa—. ¿No es este el pasaje que los predicadores leen para decirles a las mujeres que no se perforen las orejas o usen maquillaje? Es decir: Manténganse feas para que no llamen la atención de los hombres. Ustedes irán al infierno si usan pantalones y cosas por el estilo. En el siglo veintiuno ya estamos mucho más avanzados que eso . . . —De pronto, Vicki notó el vestido anticuado de Evelina y su cara limpia, sin rastro de maquillaje, y sus últimas palabras se tornaron en una tos avergonzada.

—No entiendes lo que estoy tratando de decirte. —Detrás de los anteojos de Evelina había un brillo—. Tampoco entiendes lo que Pedro estaba diciendo. Él no estaba diciéndoles a las mujeres que descuidaran su apariencia física, aunque algunos sí han usado erróneamente este pasaje para ese propósito. Después de todo, si conoces la historia, sabrás que la Biblia nos dice que Sara fue la mujer más hermosa de su tiempo. Fue tan hermosa que dos veces fue llevada al harén de un rey. ¿Y dónde estaba su esposo cuando eso pasó? No estaba planeando como atacar el harén. No, él sólo se quedó de espectador, permitiendo que eso suceda. No, tampoco se quedó de mero espectador, sino que más bien él mismo lo planeó así para salvar su propio pellejo y sacar el máximo de provecho de semejante situación.

»Abraham realmente no merecía a Sara como esposa, al igual que muchos de los esposos, según he observado. —Evelina tomó una segunda taza de la charola y vertió en ella agua caliente y añadió una bolsita de té—. Termina de leer el pasaje.

Vicki obedeció y terminó de leer: "De la cual habéis venido a ser hijas— si hacéis el bien, sin temer ninguna amenaza." Vicki miró a Eve-lina y repitió lentamente: —¿Hija de Sara?

—Así es. Permíteme que tome la Biblia para que puedas comer tu cena antes de que se enfríe. —Tomando la Biblia de manos de Vicki, Evelina retiró la bolsita de té de la taza de Vicki y destapó el plato; en este había un bistec asado, arroz y plátanos maduros fritos. Evelina bajó la cabeza.

"Por esta abundancia que nos has dado, Padre nuestro, te estamos agradecidas." Era una oración muy simple y trillada, pero en el acento escocés de Evelina se notaba una convicción absoluta.

—Tú eres una joven hermosa —dijo Evelina plácidamente mientras Vicki tomó su tenedor—, como lo fue Sara. Pero lo que Pedro estaba diciendo es que la belleza de Sara no radicaba en la clase de ropas o joyas que llevaba, sino que era una belleza interna. Veo eso también en ti: un espíritu de compasión y una fuerza que algún joven afortu-nado apreciará mucho más que tu hermoso rostro. Al igual que Sara, te encuentras en un dilema serio y no debido a tus propias decisiones, sino por la maldad y las acciones de otras personas. Tal vez personas muy poderosas, tan poderosas como ese rey rico y el propio esposo de Sara. Me preguntaste que haría yo y cómo puedes saber lo que tú debes hacer. Es realmente simple . . . tan simple que la gente lo pasa por alto completamente. Y tú misma ya me has dado la respuesta.

La pausa de Evelina requería de una respuesta y Vicki la propor-cionó con un tono sorprendido: —"De la cual habéis venido a ser hijas, si hacéis el bien, sin temer ninguna amenaza." —Entonces, dijo lenta-mente a continuación—: Hacer el bien. No temer ninguna amenaza.

—Es cierto. Sólo esos dos simples pasos. No olvidemos que cuando Sara estaba en el harén, ella no tenía ninguna manera de saber cómo iba a terminar su situación. Sin embargo, mira la biografía que Pedro nos da de ella: un espíritu afable y apacible, una belleza interna, es decir, era una mujer cuya esperanza estaba en Dios. Lo cual fue bueno, puesto que al final lo que la sacó de allí no fue algo que Sara hubiera planeado ni, ciertamente, su cariñoso esposo el que la rescató. Dios tenía su propio plan.

»Como ves, nosotros pensamos que si sólo nos la ingeniamos para manipular la situación, si sólo pudiéramos adivinar el futuro y tomar las decisiones correctas, entonces podremos hacer que las cosas resulten como queremos. El problema es que no sabemos todo y tampoco podemos adivinar el futuro. Tampoco nos es dada la facultad para poder hacerlo. Todo lo que se nos pide a ti y a mí es ser hijas de Sara. Que hagamos el bien y que no tengamos temor alguno. Si tú haces eso, créeme, nuestro Padre celestial, de quien tu hermana tanto gustaba cantar, se encargará de los resultados, tal como lo hizo en el caso de Sara. Tal vez no sea el resultado que habíamos planeado, pero será el correcto.

»Después de haber estado cincuenta años en este país, puedo dar fiel testimonio de eso en cientos de ocasiones. Es cuando nos olvidamos de esto, o cuando creemos que el fin justifica los medios para conseguir lo que queremos, que realmente hacemos que las cosas empeoren. Sara también es un buen ejemplo de esto: sólo una vez se cansó de hacer lo correcto y se dejó llevar por el miedo. Y ahora, miles de años después, aún estamos pagando las consecuencias de su acción.

—¿En serio? —Vicki estaba dándose cuenta que, a pesar de haber asistido a la escuela dominical durante todos esos años, sabía muy poco acerca de esa desgastada Biblia que Evelina citaba con tanta familiaridad—. ¿Qué pasó?

—Regresa a Génesis y léelo tú misma. —Evelina puso esta vez la Biblia sobre la mesita—. Mientras tanto, come y arreglemos tu cama. Un estómago satisfecho y un buen descanso son de tanta ayuda para tomar buenas decisiones como lo es el saber qué bien se debe hacer.

CAPÍTULO DOCE

"Hacer el bien, sin temer ninguna amenaza."

Vicki miraba fijamente a la ondeante sombra del mosquitero sobre su cama. A pesar de su fatiga, después de que Evelina se había llevado la bandeja y la había dejado a solas no había podido conciliar el sueño.

Finalmente, Vicki había encedido la luz otra vez y tomado la Biblia que Evelina le había dejado. Qué gran historia había resultado la que le hizo leer. Vicki recordó un poco de lo que había aprendido en la escuela dominical: Abraham había recibido el llamado de Dios para dejar su ciudad y a su gente y había ido en pos de una tierra desconocida donde Dios haría de sus descendientes su nación elegida. Y Sara, su esposa y media hermana, había ido con él. ¿Cómo habría sido para Sara tener que dejar su seguridad y sus riquezas en Ur, a cambio de una existencia nómada en una tierra seca y polvorienta, donde el agua era el tesoro más grande? ¿Cómo había logrado seguir obedientemente a su esposo, sin saber nunca hacia dónde iba? Vicki había vivido en tiendas de campaña en más de un campamento de refugiados y, por ende, sabía el alivio que se sentía al regresar a una casa limpia con agua caliente.

Cuán hermosa debió haber sido Sara para que los rumores acerca de ella hubieran llegado a oídos del rey de la región. No obstante, su famoso esposo —el hombre que hablaba con Dios, quien había confiado en él lo suficiente como para llevar todas sus pertenencias y aventurarse en lo desconocido de su llamado— le había suplicado también a Sara que dijera que ella era su hermana, para que así no lo mataran a él y para que otro pudiera poseer a su bella esposa. ¿Cuán asustada, sola y traicionada debía haberse sentido Sara en ese harén, mientras su esposo aceptaba el pago —ganado valioso— por una novia?

"Hacer el bien, sin temer ninguna amenaza."

Vicki había vuelto a leer la biografía de Sara. Había quedado fascinada al leer cómo había intervenido Dios, no una vez sino dos, para asegurar que Sara saliera libre del harén. En las dos ocasiones, Abraham había obtenido más riquezas. ¿Había Sara podido confiar en su esposo otra vez, con la misma fe obediente que la había hecho seguirlo hacia lo desconocido? Tal vez por eso se había olvidado, sólo una vez, del credo que había sido el monumento conmemorativo a su fe.

Vicki sí sabía esa parte de la historia. Sabía cómo Sara se había desesperado ante la tardanza del cumplimiento por parte de Dios de su promesa de crear una nación de sus descendientes, por lo que había convencido a Abraham que tomara a Agar, su sirvienta. De esa unión había nacido Ismael. Cuando por fin Sara tuvo el hijo que Dios le había prometido, Isaac, este ya tenía un rival cuyos descendientes —los árabes— odiarían a sus descendientes —los judíos— hasta el día presente.

Aun así, la biografía final de Sara no la describía como una mujer manipuladora y sin fe, que había complicado la política internacional por los próximos miles de años. Esa experiencia en el segundo harén se había dado mucho tiempo después del nacimiento de Ismael y poco antes del nacimiento de Isaac. Al igual que Abraham, el amigo de Dios, ella también debía haber aprendido su lección porque la descripción final de Sara en la Biblia fue la que Evelina le había hecho leer: un espíritu afable y apacible. Una mujer de esperanza y fe. Una belleza interior mucho más grande que su exquisita belleza exterior que había cautivado los corazones de reyes.

"De la cual vosotras habéis venido a ser hijas, si hacéis el bien, sin temer ninguna amenaza."

Hija de Sara.

Los ojos aún abiertos de Vicki se llenaron súbitamente de lágrimas.

Holly había sido una hija de Sara. Ella había ido rápidamente y sin temor alguno —aunque quizás con cierta imprudencia, según la sobria opinión de Vicki— en pos de lo que había creído era lo correcto. En cambio, Vicki había sido la hermana prudente, a pesar de lo que Michael, Joe y los otros parecían creer. Vicki siempre había pensado en las consecuencias y en el futuro.

Era una ironía que Holly le hubiera hecho a Vicki la misma pregunta que ahora ella también le había hecho a Evelina. *¿Qué debo hacer? ¿Qué harías tú si estuvieras en mi lugar?* ¿Y cuál había sido la respuesta de Vicki? Ella se había alejado y le había aconsejado no involucrarse y ser muy cuidadosa, pues de lo contrario podría salir lastimada.

¿Y ahora?

Las lágrimas se volvieron más ardientes, cayendo por las esquinas de sus ojos mientras miraba hacia el fantasmal y ondeante mosquitero. Nunca había derramado tantas lágrimas desde que . . . ¿Había llorado antes? ¿Había llorado por sus padres verdaderos durante esos días olvidados detrás de la cortina oscura de su pasado? ¡Si sólo pudiera recordar! Ciertamente no había llorado en el orfanato, ni en los hogares adoptivos temporales, ni siquiera cuando Mamá y Papá Andrews habían muerto. Vicki había sido la niña silenciosa, tal como la mostraban todas las fotografías de su niñez —tan diferente de la pequeña niña alegre de las fotografías en el álbum de Evelina— sin permitir que nadie ni nada la afectara a ella o a Holly. La cual era otra razón por la que todos esos otros padres adoptivos no la habían llegado a querer. Vicki solía proteger a su hermana menor tan ferozmente como una gallina protege al único polluelo que le queda.

Pero Holly ya no estaba. Al final, Vicki no había podido protegerla ni mantenerla segura. Así como tampoco había podido salvar a sus padres.

¿Por qué estaba ahora pensando en eso? Aunque Vicki estaba recostada, de pronto sintió un súbito vértigo; una nausea familiar le oprimió el estómago. *Esto es ridículo. Cualquier cosa que haya pasado en ese entonces, yo era sólo una niña.*

Pero ahora ya no lo era. ¿Sería acaso fútil el esfuerzo por encontrar al asesino de su hermana? ¿No sería más bien que estaba tratando de sosegar su sentimiento de culpa? Si hubiera seguido a Holly, si hubiera abandonado su propio trabajo para ir a buscarla, por más irresponsable que eso le hubiera parecido en el momento . . . ¡No! Aunque quizás llevaría esa tristeza por el resto de su vida, Vicki esperaba ser lo suficientemente sensata como para no estar tomando decisiones basadas en su supuesta culpabilidad.

No. Vicki consideró los hechos: las palabras de Holly antes de morir, lo extraño del lugar de su muerte, el pendiente en forma de jaguar, los destrozos en su propia habitación.

No puedo abandonar la investigación porque sé que hay más que aún se puede hacer y, al parecer, yo soy la única que está interesada en hacerlo.

Aún quedaba Michael, pero ¿continuaría él realmente con la investigación? Además, él no conocía el modo de pensar de Holly y, por ende, no sabría qué buscar.

Vicki podría hablar con ese administrador del zoológico y con el Ministro del Medio Ambiente a quien Holly había mencionado y tratar así de descubrir si alguien la había visto esa noche. *Aunque su teléfono celular ha desaparecido, nuestra cuenta debe mostrar el registro de sus últimas llamadas. La policía ni siquiera pidió dicho registro.*

Además, Vicki podría interrogar a los guatemaltecos con quienes Holly trabajaba en el centro —a pesar de lo desagradable que pudiera ser un bosque nuboso montañoso, frío y lluvioso.

Aunque Vicki no lograra obtener mejores resultados que esa incompetente —o indiferente— unidad de homicidios, por lo menos le quedaría el consuelo de haber hecho el intento. Los pasos a seguir parecían muy claros. Entonces, ¿por qué estaba tiritando, a pesar de tener encima a una abrigada y pesada colcha indígena tejida a mano que había reemplazado la ropa de cama que fue destrozada?

"Tengo miedo."

Por fin lo había dicho en voz alta. A pesar del fuerte desafío y reto público que Joe había desaprobado, Vicki no había pasado por alto las duras miradas de esos uniformados en la última fila del santuario. Tampoco era partidaria del entusiasmo o ingenuidad que Holly poseía, al creer que unas pocas firmas en un tratado de paz harían cambiar la impunidad con la cual el poder y la maldad operaban en este país. La advertencia del vandalismo perpetrado hoy era algo muy real.

Vicki pensó con añoranza en su tranquilo y seguro apartamento en un elegante suburbio de la capital estadounidense, el cual era su albergue y refugio cuando no estaba viajando. Nadie la culparía si seguía el consejo de todos: comprar su pasaje y alejarse de todo el miedo y horror en el que este país se había convertido para ella.

Sin embargo, ¿cuándo no había sentido miedo? Aunque otros podían demostrar cierto escepticismo acerca de su profesión, a Vicki le parecía que ella siempre había estado tomando precauciones, siempre manteniendo alta la guardia y juzgando cuidadosamente las circunstancias. Aun en la seguridad de la granja de la familia Andrews, aun cuando estaba disfrutando de un lugar o de la compañía de una persona, ella siempre había sentido ese nudo de miedo en la boca del estómago. Era el miedo a que todo lo bueno que tenía llegara a su fin, que le sobrevinieran calamidades y que otra vez fuera presa de otra tragedia.

He tenido tanto miedo de lo que la vida pudiera depararme, admitió Vicki con un súbito y sobrio despertar, *que no me he permitido a mí misma vivir y disfrutar*.

Tal vez esa era la razón por la cual nunca había permitido que las posibles relaciones que algunos hombres habían tratado de entablar con ella fueran más allá de algo superficial. No se debía, como ella siempre decía, a que su carrera la mantenía demasiado ocupada. En cambio, Holly —a pesar de toda esa impulsividad que con frecuencia enloquecía a Vicki— había vivido con intensidad, sin pensar qué podría sucederle a ella, sino más bien en lo que era necesario hacer.

Si hubiera sido yo la que terminó tirada sobre ese montón de basura, Holly hubiera proseguido con la investigación, sin siquiera dudar por un instante. Al parecer, Jeff, nuestro padre, hubiera hecho lo mismo.

¿Y qué les sucedió a nuestros padres? Murieron.

Sin embargo, había un sinnúmero de cosas que eran peores que la muerte, por los menos si se tiene la fe que Holly tenía en cuanto a que esta vida es sólo el preludio de algo mucho mejor.

Vicki hizo a un lado la cobija indígena y puso los pies sobre el piso, lo que la hizo tiritar de verdad ya que el piso de concreto estaba helado. Haciendo caso omiso del frío, se dirigió hacia la ventana, caminando sobre un patrón que la pálida luz de la luna y las sombras de las barras de hierro proyectaban en el piso. La luna llena hacía que esa luz pálida fuera más intensa, pero cuando Vicki miró hacia fuera no podía verla y tampoco podía ver las estrellas. Los niños basureros ni siquiera sabían que tal esplendor existía detrás de la cortina de humo del basurero. Para ellos, dicha cortina hacía que la noche estuviera permanentemente nublada.

Mirando fijamente hacia el cielo, Vicki trató en vano de encontrar algún rastro del brillo del globo plateado responsable de ese radiante brillo gris sobre el cual estaba parada. Igual de invisible detrás de esas nubes estaba el Dios en quien Holly tanto había confiado.

Y en quien Sara había confiado cuando estuvo en ese harén.

"El mundo entero es del Padre..."

Padre Dios, ¿realmente se trata de ti? ¿Eres tú?

No hubo respuesta alguna ni un vistazo de esa luna llena. Tal como se lo había dicho a Evelina, Vicki no dudaba ni por un instante que hubiera un Creador del universo. Eso era evidente en la misma complejidad del mundo. Al igual que Holly, ella tampoco había dudado que dicho Creador tenía un plan para el universo y el poder de llevar a cabo tal plan.

Pero si los miles de millones de pequeños seres afectados en el proceso de llevar a cabo ese plan realmente eran importantes, entonces ¿por qué ese padre maya a quien ella había visto más temprano estaría cargando a su hijito enfermo sobre esa carreta tirada por un caballo, para ir en su frenética búsqueda de alguien que lo ayude? ¿Por qué una adolescente maya estaría cargando a su bebé, deshidratada y mal alimentada, en esa esquina? ¿Por qué preciosos niños pequeños estarían arrastrándose entre los basureros del planeta en búsqueda de su sustento diario?

Padre Dios, si eso es realmente lo que tú eres, no entiendo qué estás haciendo, ni porqué lo estás haciendo.

"Hacer el bien, sin temer ninguna amenaza."

¿En realidad era esa la respuesta?

De pronto, Vicki se sintió paralizada bajo el peso de su decisión. Sin lugar a dudas, ella sabía que este momento era el más crucial de su vida. Podía irse y vivir el resto de su vida dominada por el miedo. O podía seguir el camino, cuyo fin no era más claro que ese patrón gris y negro del piso, y podía dejar el resultado —como Evelina le había dicho— en manos de ese distante e invisible Dios, que estaba en alguna parte más allá de esa cortina de humo y nubes.

"El mundo entero es del Padre . . ."

"Hacer el bien, sin temer ninguna amenaza."

Vicki pensó en Holly. Pensó en Jeff, su verdadero padre, quien al igual que su hija menor había ido en pos de la justicia, arriesgando su propia vida. Pensó en Victoria, que de una manera impresionante se le parecía tanto en esa fotografía, pero que había tenido el valor de ir con su esposo más allá de los confines seguros de la civilización. Pensó en esas mujeres del GAM marchando, las que después de todos estos años aún tenían fe de recuperar algo de sus seres queridos. ¿Sería la última sobreviviente de la familia Andrews —mejor dicho, de la familia Craig— la única que no estaría dispuesta a arriesgarse a aceptar este desafío?

"Lo haré. Al menos, mientras aún quede un paso más que dar."

En el preciso momento en que sus palabras hicieron eco contra las paredes de bloque, una nube, o tal vez una columna de humo del basurero, súbitamente deshizo el patrón bajo los pies de Vicki.

Suprimiendo un repentino escalofrío, Vicki regresó deprisa a la cama.

El primer resplandor de la madrugada a través del vidrio le permitió al hombre ver con más claridad el borde. Forzando el compartimiento hasta abrirlo, buscó a tientas en su interior. Sí, enterrado bajo otras cosas, sus dedos encontraron un rectángulo liso, cuyo material sintético permanecía frío al tacto. En el instante en que habían confirmado que no se sabía dónde estaba el aparato, él había sabido dónde encontrarlo. Tirando del aparato hasta que logró sacarlo, lo encendió. Aún quedaba algo de pila. Ahora tenía que examinar la actividad reciente.

Una fotografía apareció en la pantalla, luego el texto. Después de que lo hubo leído, le dio escalofríos al darse cuenta de lo increíble de este contenido. Sacó el texto del siguiente archivo y luego otro.

Puso el pequeño aparato en su bolsillo. ¿Había adivinado su propietaria cuán contundente y explosiva era esta información? No era para sorprenderse que la hubieran matado.

—Así que . . . la hermana aún está aquí. Y tal como lo predije, parece que ella nos causará aún más problemas que la otra. Tal vez ahora será necesario . . .

—¡No, no le hagas daño! —El ruido de las hélices era tan exasperante como la estática del anticuado equipo de comunicaciones—. ¿No lo entiendes? Los estadounidenses no son como tus campesinos. Golpearles con un palo no hace que se alejen. Simplemente hará que se tornen más testarudos y que hagan lo contrario de lo que les pides. Lo que tu gente hizo hoy fue una estupidez. Hasta este momento no había importado qué preguntas hacía ella. El reporte oficial dice que la víctima fue sólo otra turista imprudente. La embajada está tan ansiosa como tú de que este asunto quede olvidado. Pero si también le haces algo a ella, no te imaginas cuánta atención atraerás hasta acá, ni cuántas preguntas provocarás. No, deja que la hermana haga sus preguntas. Ella no encontrará nada; de todos modos no estará aquí por mucho tiempo.

—Entonces tú eres responsable de lo que ella haga. Vigílala con mucho cuidado.

—Lo haré con placer. —Se oyó una carcajada queda.

El radio dejó de transmitir. La breve risa se le había borrado del rostro. Apagando el aparato manual de comunicación, levantó el adorno brillante que colgaba de una perilla. Mientras colgaba de sus dedos, la luz verde brilló en los ojos del pequeño pendiente de oro en forma de jaguar. Había sido muy fácil recuperarlo y, aunque era una lástima tener que desperdiciar tanto su valor como su belleza, él no estaba dispuesto a cometer la misma estupidez ni a dejarse llevar por la codicia, puesto que esto ya le había causado muchos inconvenientes.

Por debajo de la aeronave, inmóvil en el aire, se extendía el vasto vertedero de basura con sus dispersas columnas de humo. A esta altitud se divisaban diminutas figuras arrastrándose a lo largo y ancho del barranco, siendo imposible diferenciar si eran seres humanos o aves de rapiña.

Abriendo una pequeña ventanilla, sacó la mano y sintió cómo el viento le arrebataba el collar que había tenido colgando entre sus dedos.

Unos cuantos buitres negros se asustaron y emprendieron el vuelo, lo cual sirvió para indicarle el lugar en el que el objeto había caído.

Asintió satisfecho. La aeronave se elevó y se alejó. Ese ardiente horno subterráneo borraría discretamente la evidencia que sus cómplices tan torpemente habían dejado.

CAPÍTULO TRECE

Es más fácil tomar una decisión firme a la luz del día.

En la mañana, Vicki emprendió la tarea que había resuelto iniciar con la misma fría y analítica lógica con la que emprendía cada proyecto de investigación. A propósito puso los recuerdos de Holly de lado, como que su hermana estaba lejos de ella debido a los viajes de trabajo que con tanta frecuencia —y sólo temporalmente— las separaban.

Y eso es todo lo que esto es, gritó Vicki en silencio y con súbita pasión. *Sí, lo creo; lo creo. Sólo que esta vez estaremos separadas por un período un tanto más largo que antes.*

Lo primero que Vicki hizo fue llamar a Alison en las oficinas del Centro de Rescate de la Flora y Fauna en la ciudad de Guatemala.

—¿Todavía necesitas un traductor en el centro?

—¡Claro que sí! Necesitamos casi toda clase de ayuda hasta que los reemplazos de Roger y Kathy lleguen el mes próximo. ¿Por qué? ¿Tienes algún candidato que puedas recomendarnos?

—Yo misma —dijo Vicki—. Tengo unas cuantas semanas de vacaciones acumuladas y me gustaría pasar parte de ese tiempo allá, viendo porqué Holly estaba tan enamorada de esa área y del centro.

Todo lo que hasta ahora había dicho era verdad. Vicki iría en la

avioneta con Joe y Bill, como ya lo había planeado, y se quedaría allá.
¿Qué pensarían los dos hombres de su decisión? Vicki prefería no espe-
cular.

Cuando fue a Casa de Esperanza, encontró a Evelina en su pequeño
apartamento.

—Tengo que ser honesta contigo —le dijo Vicki—. Básicamente ya
he terminado mi trabajo aquí. Lo único que falta es que la fundación me
dé sus conclusiones respecto a las recomendaciones que hice. Pero si tú
todavía puedes dejarme usar la habitación . . .

—Pero claro que puedes quedarte todo el tiempo que necesites
—Evelina interrumpió.

Una respuesta que era de esperarse, considerando los fondos lucra-
tivos que esta gente esperaba recibir a través de Vicki. No obstante, el
cariño implícito en la respuesta de Evelina no demostraba en absoluto
un interés propio, sólo una bienvenida genuina y ferviente.

Vicki pasó el resto de la mañana comprando lo necesario para reemplazar sus pertenencias arruinadas, incluyendo una computadora portátil coreana, buena y relativamente barata, y comenzó la tediosa tarea
de transferir los archivos guardados en su memoria portátil. Esta no era
la primera vez que tenía que hacerlo. Vicki había aprendido a guardar
copias de los archivos operacionales y también de los de trabajo. No obstante, ya era tarde en la noche cuando por fin tuvo instalada la conexión
de Internet y pudo revisar la lista de sus más recientes llamadas de teléfono celular. Al día siguiente Vicki comenzó a hacer llamadas tan pronto
como las oficinas locales abrieron sus puertas. Su meta inmediata era
hablar personalmente con el administrador del zoológico y con el Ministro del Medio Ambiente, a quienes Holly había tenido intenciones de ir
a ver. Le dijeron que el administrador del zoológico estaba fuera de la
ciudad; había llevado a sus hijos de vacaciones a Disney World. *¿Así que
cuál es su salario local?* Pero pudo hacer una cita con el ministro para
el día siguiente.

Luego, Vicki comenzó a llamar a los números listados en la sección
de Holly de la cuenta del teléfono celular, ignorando cualquier número
internacional o de más de dos semanas. La lista no era larga; el teléfono
de Holly no había sido usado desde la noche anterior a su muerte —otra
evidencia que descartaba la teoría de que los culpables eran maleantes

callejeros, ya que estos típicamente hacían todas las llamadas posibles y vendían los minutos a quienquiera que los quisiera hasta que el servicio era desconectado.

Vicki comenzó desde la última llamada y continuó en forma regresiva. Un número marcado con frecuencia era el ahora conocido de la oficina local del CRFF. Otro era el del hostal del CRFF, donde Holly debía hospedarse. El último número que Holly había marcado era el de un servicio de radio de taxis.

—¿Ustedes mantienen un registro de las personas a las que van a recoger? —le preguntó Vicki a la operadora—. Estoy buscando quién tomó el pedido de ir a recoger a una gringa del hostal del CRFF en la Zona 4. Esa llamada fue hecha hace seis noches a las 7:58 p.m.

—Sí, con frecuencia servimos a gente de ese lugar —contestó la operadora con indiferencia—, pero no mantenemos un registro detallado.

Eso era lo que Vicki esperaba, ya que el mantener registros meticulosos era una invitación a que el gobierno los examinara y les cobrara más impuestos, imponiéndoles otras tarifas inconvenientes para los taxistas que trabajaban mayormente sin acatar muchas de las leyes de la economía oficial.

—Por favor, pregunte a sus conductores si alguno de ellos recuerda haber atendido esa llamada —Vicki insistió, aplicando una táctica con más posibilidades de éxito—. Habrá una recompensa para su oficina y para el conductor por cualquier información al respecto.

Con tristeza, Vicki se dio cuenta de que no había ni siquiera una llamada a su propio celular. Las únicas llamadas hechas durante esa última tarde habían sido dirigidas al aeropuerto —según la hora, supuestamente eran llamadas para confirmar la llegada de su equipo de voluntarios. Otro número había sido marcado dos veces, más temprano. Era un número desconocido, así que Vicki lo marcó con una esperanza cautelosa.

"Michael Camden," dijo una voz barítono seca.

Vicki estaba demasiado estupefacta como para responder.

—¿Quién habla? —La voz del agregado de la OAD se tornó impaciente—. ¿Habla español?

—Michael, discúlpame, no sabía que estaba llamando a tu número. —Vicki rebuscó en su cartera mientras hablaba; finalmente sacó la tarjeta que Michael le había dado el día de la muerte de Holly. Sí, el número impreso era el mismo que había acabado de marcar.

—¿Eres Vicki Andrews? —De inmediato, su voz se tornó afable—. No te disculpes. Es un placer hablar contigo. ¿Qué novedades hay?

—Es sólo que . . . De hecho, no lo entiendo. Yo estaba marcando los números en la lista de llamadas del celular de Holly para ver si descubría algo. Holly llamó a este número varias veces y fue el último al que ella llamó, excepto el del servicio de taxi, la tarde en que murió. Yo . . . yo pensé que nunca habías logrado hablar con ella, o ¿acaso no entendí lo que me dijiste?

—¿La lista de llamadas del celular de Holly? —La voz calmada de Michael no dejaba vislumbrar nada de la sorpresa o incomodidad que la de Vicki denotaba—. Muy bien. Esos son datos a los que yo no puedo tener fácil acceso desde aquí. Si pudieras imprimirme una copia y traerla a la embajada, me ahorraría algún tiempo en mi investigación. En cuanto a las llamadas de Holly . . . no, no me entendiste mal. Holly sí me dejó varios mensajes aquí en la oficina después de que le pedí que se comunicara conmigo. Pero cada vez que llamaba, yo estaba fuera, así que ella sólo obtuvo mi buzón electrónico. Hubo un mensaje suyo ese último día que te vi en la embajada. Pero esa noche tuve que salir para llevar a cabo una operación de entrenamiento y me temo que no revisé mis mensajes hasta poco antes de que la policía me llamara. Era igual que las otras llamadas; quería hacer una cita para venir a consultarme algo.

La voz de él se tornó grave. —Si no te lo mencioné, es sólo porque no pensé que ese mensaje tuviera relevancia alguna. La verdad es que pensé que si yo . . . No puedo dejar de pensar en que si tal vez yo hubiera recibido a tiempo su mensaje, si yo hubiera llegado a hablar con ella quizás . . . Quizás si yo hubiera revisado mis mensajes temprano a la mañana siguiente . . .

—No puedes pensar de esa manera. Lo hecho, hecho está. Aunque hubieras revisado más temprano tus mensajes, no hubiera servido de nada ya que para entonces Holly ya estaba . . . —La garganta de Vicki se cerró y tuvo que esforzarse para rechazar las terribles imágenes que venían a su mente y para mantener la fría disciplina de su investigación—. ¿Te importaría si yo misma escucho ese mensaje? Sólo para que yo pueda tener una mejor idea de su tono, de cómo se sentía. Yo conocía bien a Holly. Tal vez yo podría descubrir algo que otros pasarían por alto.

—Eso no es posible —respondió Michael lamentándose—. Recibo tantas llamadas que no las guardo a menos que haya datos que necesito archivar. Ciertamente la hubiera guardado, si para entonces yo hubiera sabido que . . . Pero de todos modos, no recuerdo nada urgente en lo que ella dijo.

Mientras Vicki refrenaba su desilusión, Michael añadió: —De hecho, me alegra que me hayas llamado. He podido dar con los maleantes responsables por los destrozos perpetrados en tu habitación el otro día.

—¡En serio! —La desilusión de Vicki desapareció de inmediato—. ¿Quién lo hizo?

—Bueno, con la condición de no presentar cargos y de que nada quede por escrito, pude obtener una confesión de que fueron ciertos policías del área, los mismos que habían estado cerca de Casa de Esperanza y que no estaban muy contentos que se diga al ver las noticias de la televisión. Me temo que pensaron que tu comentario en el funeral los hizo quedar mal y, tal como tu amigo el encargado del mantenimiento del centro sugirió —el tono de Michael se tornó lacónico—, decidieron hacer algo para defender su honor.

—¿Pero cómo pudieron entrar y salir sin siquiera ser vistos?

—Al parecer uno de los policías del barrio conoce muy bien el proyecto; tanto como para haber hecho las veces de guía de las instalaciones.

—Roberto Torres, el sargento que asistió al proyecto escolar de Casa de Esperanza. ¡Qué malvado!

—No hay manera de que puedas probarlo —le advirtió Michael—. Pero me pareció que te gustaría saber que lo sucedido no tiene nada que ver con la muerte de tu hermana. Al menos, no directamente.

Otra calle sin salida. Por lo menos demostraba que Michael estaba cumpliendo su palabra de no dejar que la investigación se estancara.

—Gracias por decírmelo —dijo Vicki afablemente, y procedió a contarle a Michael sus planes de viaje.

—Bueno, posiblemente allá estarás más segura que en la ciudad de Guatemala —respondió él lentamente—. Entonces, asumo que no conseguiré persuadirte de que no lo hagas.

—No, no lo conseguirás. No sé por cuánto tiempo me quedaré allá. No hay conexión a través del teléfono celular, pero en caso de emergencia, puedes contactarme a través del teléfono radial del centro. Te agradecería que me avises en cuanto se sepa algo más relacionado con la muerte de Holly.

—Puedes contar con eso. La UPN todavía está realizando sus operativos desde la base militar de allá, así que posiblemente te veré. Si en caso los humanos ajenos todavía son bienvenidos en ese centro.

Vicki pudo escuchar la sonrisa en su voz y pudo imaginarse la curvatura de su boca y el relajamiento de sus atractivas facciones. Sintió que su rostro se acaloraba y con firmeza se recordó a sí misma: *Él sólo está pensando en la investigación y está tratando de ser amable conmigo.*

—Bueno, no puedo hablar en nombre del centro, pero por mi parte, tú ciertamente eres bienvenido en cualquier momento. Y de igual manera, también te mantendré informado si descubro algo por mi lado.

Vicki se dijo a sí misma que tal acuerdo resultaba atractivo sólo porque era conveniente para la investigación.

Vicki decidió no contarle a Evelina acerca de las malas acciones del sargento Roberto. El ataque había estado dirigido a Vicki, no a Evelina, y como Michael había dicho, ahora nada se podía probar. A Evelina sólo la entristecería saber que uno de sus antiguos estudiantes había descendido tan bajo como para ser capaz de cometer semejante acto de rencor juvenil.

El resto de llamadas a los números de la lista fue en vano. La mayoría de los números tenían que ver con el trabajo de Holly, incluyendo distribuidores y una clínica veterinaria bajo la cual Holly estaba oficialmente haciendo su práctica.

También había unas cuantas llamadas de tipo personal, todas dentro del círculo conocido de amantes de los árboles. El número de Lynn estaba entre ellos, pero no el de Dieter. Nadie en este grupo tenía algo que aportar y Holly no había discutido con ninguno de ellos el motivo de su preocupación.

Eso fue porque ella estaba esperando para contármelo a mí. Estoy desperdiciando mi tiempo.

Como era de esperarse, otro de los números había sido el del celular de Joe.

Él no se mostró sorprendido al recibir la llamada de Vicki.

—Acabamos de confirmar la entrega de la avioneta —le informó—. Mañana recibiremos el título de propiedad y saldremos temprano en la mañana del día siguiente. ¿Podrás estar lista para entonces?

La gente de la funeraria no la había vuelto a llamar, pero con su cambio de planes y según el acuerdo que tenía con Joe y Bill, ella estaba decidida a tomar esa avioneta sin importar cómo se diera todo lo demás.

—Dime la hora y allí estaré.

Sólo un número despertó un poco de interés: "Archivo General de Centroamérica," contestó una voz femenina.

Vicki no podía imaginarse ni una sola razón relacionada con su trabajo por la cual Holly hubiera tenido que llamar a la oficina de archivos nacionales. Decidió que iría a ese lugar al día siguiente, después de su reunión con el Ministro del Medio Ambiente.

Había muy poco que Vicki pudiera hacer el resto de ese día, excepto presionar a los de la funeraria.

"No, la próxima semana no es conveniente," insistió Vicki, haciendo caso omiso de las sutiles excusas del trabajador de la funeraria. "Usted me dijo que tomaría cuarenta y ocho horas." Le recordó al hombre que ella le había pagado con su tarjeta de crédito y que aún podía anular dicho pago.

El trabajador de la funeraria se esmeró por ser más cooperativo y le prometió que un mensajero le llevaría lo acordado hasta el lugar donde ella estaba antes del final de las horas de oficina el día siguiente.

A la mañana siguiente una secretaria guió a Vicki hasta la oficina del Ministro del Medio Ambiente y murmuró que el Honorable Doctor Francisco Soliz regresaría enseguida. "Sólo puede atenderla por quince minutos," le había advertido la mujer antes de regresar al área de recepción.

La oficina le hizo preguntarse a Vicki si todos los ministros y miembros de gobierno vivían y trabajaban en la suntuosidad de la aristocracia española colonial. Se sentó en la silla roja de cuero y miró a su alrededor. No estaba segura si esta oficina era tan grande como la del jefe de policía, pero ciertamente tenía los mismos muebles de madera fina y de cuero, alfombras gruesas y estanterías con vidrio, llenas de libros. También tenía la misma clase de fotografías.

No las mismas fotografías exactamente. El grupo de fotografías enmarcadas en la pared, entre las dos ventanas, mostraba a una mujer diferente y a tres niños más pequeños en varias poses. Pero la fotografía más grande . . .

Vicki se puso de pie y se acercó para verla mejor. Sí, era una fotografía del mismo grupo de hombres uniformados que ella había visto en la oficina del jefe de policía —los hombres a cada lado llevaban sobre sus solapas las mismas insignias con los colores de la bandera estadounidense y el mismo tercer estadounidense, quien tenía la cabeza hacia un lado, también llevaba el mismo sombrero cubriéndole casi todo el rostro. Al igual que la fotografía de su colega, esta también era en blanco y negro. Vicki pensó que debía haber sido una fotografía tomada con el fin de ser publicada en los periódicos, ya que aun en ese entonces las fotografías a colores eran las más populares.

—¿Le parece interesante?

Vicki se dio la vuelta y se dio cuenta de que Soliz era el mismo hombre que, durante el funeral, le había otorgado la medalla póstuma a Holly. Un hombre rechoncho y bajo de estatura, se balanceaba hacía adelante sobre sus pies con la intención de parecer más alto, pero sólo conseguía parecer engreído. Si él era uno de los hombres en esa fotografía, era obvio que había abandonado hace mucho tiempo cualquier disciplina militar.

—Sí, muy interesante. ¿No se trata de aquel programa estadounidense de entrenamiento que se realizó aquí? El comandante de policía tiene la misma fotografía en su oficina —dijo Vicki cautelosamente y regresó rápidamente a su asiento.

—¿Conoce a Gualberto? —El Ministro del Medio Ambiente lucía complacido—. Sí, en ese entonces éramos una hermandad, seleccionados especialmente de entre los mejores oficiales de nuestro ejército para recibir el entrenamiento estadounidense. Ah, esos eran los buenos tiempos con los estadounidenses. Este año celebramos el vigésimo primer aniversario de nuestra hermandad. Mire . . . este soy yo. —Señaló a un joven muy delgado que Vicki jamás hubiera reconocido. Tomando asiento detrás de su escritorio, añadió: —Además, fue un buen entrenamiento. Su país es experto en tales cosas. Nos fue de mucha utilidad para hacerle frente a la cruel guerra que la guerrilla había desatado en nuestro país en ese tiempo.

—Pero usted no continuó en el ejército. El ministerio del medio ambiente es una carrera muy diferente. —Era más bien una pregunta.

—No. —El rostro del ministro se ensombreció—. Los tratados de paz le quitaron a nuestro ejército su poder y el apoyo internacional. Así que uno busca otras oportunidades.

Y otros fondos internacionales. El desagrado de Vicki debió haber sido evidente puesto que Soliz añadió con una sonrisa afable: —Desde luego que la conservación de nuestra hermosa tierra es también una guerra vital, por lo cual le reitero mi profundo aprecio por los servicios que su hermana prestó a nuestro país.

Vicki aprovechó la oportunidad para cambiar de tema y hablar del asunto que la había traído hasta aquí.

—Sí, precisamente deseo hablar acerca de mi hermana. Como sabe, estoy haciendo más investigaciones en cuanto a su muerte. Entiendo que hace un par de semanas ella vino para hablarle de algunos asuntos que la preocupaban.

—Sí, ella vino. —La afabilidad del ministro se esfumó instantáneamente—. Tiene que darse cuenta que su hermana era joven e inexperta. Ella no entendía cómo funcionan las cosas en este país.

¿Se refiere a los sobornos y a la corrupción? Vicki dejó de pensar en eso y añadió con calma: —Ella estaba preocupada porque los animales de especies amenazadas que estaban siendo rehabilitados en el centro estaban desapareciendo. Sé que tenía algunas preocupaciones acerca del zoológico. Holly habló con el administrador de ese lugar al mismo tiempo que habló con usted. Lamentablemente, parece que por ahora él está fuera del país. ¿Cree que sea posible que él sepa algo de lo que tanto le preocupaba a mi hermana acerca de esos animales desaparecidos?

—Le aseguré a su hermana que estaba equivocada. —Soliz lucía aún más sombrío—. He conocido a Samuel Justiniano, el administrador del zoológico, durante muchos años. Él es descendiente de una de las mejores familias de la sociedad guatemalteca. Al igual que mi familia, la suya también ha servido a este país por generaciones, haciendo que se mantenga el orden y la disciplina. De hecho, yo mismo lo recomendé para ese puesto.

Nada de lo que el ministro acababa de decir tenía que ver con lo que Vicki había mencionado.

"No, si ha habido alguna dificultad, es posible que no haya habido suficiente disciplina por parte de ciertos empleados. La gente ya no respeta las leyes como lo hacía antes. Le garanticé a su hermana que trataríamos el asunto y le puedo asegurar que ya lo hemos hecho. No somos niños, para necesitar que los extranjeros nos digan cómo conservar nuestro patrimonio. Bueno, con su permiso . . ." El hombre se puso de pie.

Su secretaria apareció junto a Vicki para llevarla hacia afuera. A pesar de toda su cautela, Vicki, no había tenido más éxito de lo que ella misma le había advertido a Holly. En cuanto al ausente administrador del zoológico, era obvio que la clase social y el tipo de familia de la que uno descendía eran más importantes que la misma verdad. Pero a diferencia de Holly, Vicki no había venido en pos de la verdad. Especialmente debido a que su interés en cuanto a que si este hombre y su asociado habían estado usando sus posiciones en el gobierno para crear nuevas oportunidades de enriquecimiento para aquellos que se habían visto afectados por la pérdida de poder del ejército en este país era sólo de carácter académico.

No, Vicki estaba aquí sólo debido a Holly. Y aunque dudara en cuanto al compromiso sincero de este ministro en particular con su noble causa y pensara que más bien el compromiso de este era el de participar de los generosos fondos de las organizaciones no gubernamentales, Vicki no podía imaginárselo matando a una estadounidense para acallar sus quejas. No cuando lo único que tenía que hacer era ignorarla o culpar a uno de sus subordinados. Y ya que, según decía su secretaria —la misma que no tenía motivo alguno para alterar las fechas— el administrador del zoológico había estado fuera del país desde antes de la muerte de Holly, entonces él también sería inocente de su muerte, si no de fraude.

Esta no había resultado ser otra calle sin salida en la investigación; sólo una eliminación de sospechosos.

CAPÍTULO CATORCE

El edificio de los archivos nacionales lucía viejo y destartalado, su atmósfera tan llena de polvo como la contaminación y el humo que abundaban afuera en las calles.

Vicki le mostró a la empleada que la atendió una fotografía de Holly.

—Lo siento, pero puedo haberla visto o no —dijo la joven ladina, sacudiendo la cabeza luego de darle una mirada al retrato–. Hay muchos investigadores extranjeros que vienen y, con su perdón, todos se parecen mucho entre sí.

—Me temo que muchos gringos dicen lo mismo acerca de los guatemaltecos —Vicki contestó afablemente y sonriendo por primera vez en toda la semana ante la expresión con aire de disculpas de la joven—. Sólo tenía la esperanza de que tuviera un registro de lo que ella vino a buscar.

—No, si van a sacar materiales, entonces tienen que firmar presentando la identificación adecuada. Pero si sólo los van a mirar, eso no es necesario.

—Bueno, permítame que le deje mi número de teléfono si en caso recuerda algo. —Vicki estaba escribiéndolo en su tarjeta de negocios cuando se le ocurrió algo más—. ¿Sería posible ver cualquiera de los periódicos principales que tenga de hace veinte años? Especialmente alguno que contenga noticias acerca de un programa estadounidense de intercambio militar que estaba adiestrando oficiales del ejército guatemalteco. Estoy buscando una fotografía de algunos de esos oficiales guatemaltecos y sus entrenadores estadounidenses.

—¡Ah, sí! Ahora la recuerdo. Eso es exactamente lo que ella también estaba buscando. —Las hermosas facciones oscuras de la joven empleada brillaron—. Venga por acá.

Los archivos no eran sino bultos atados de cada periódico o revista que había existido y dejado de existir en Guatemala. A pesar de que había un fichero catalogado de los archivos —cuyo contenido estaba tan ajado como lleno de polvo— Vicki no veía cómo se podría realizar una investigación seria aquí. Afortunadamente varios de los periódicos y revistas más importantes y de mayor circulación habían sido transferidos a microfichas. En pocos minutos, la joven empleada sacó un artículo fechado veinte años atrás que ocupaba toda la primera plana. Ahí estaba una versión mucho más pequeña de la fotografía, y sobre las dos columnas que la acompañaban se leía el título: *Estados Unidos y Guatemala: Aliados Contra el Comunismo.*

El artículo era detallado. La docena de oficiales guatemaltecos conformaban una unidad de D-2, la rama élite del ejército de Guatemala, cuidadosamente seleccionada para participar en un curso contrainsurgencia patrocinado por un equipo de entrenamiento del Programa de Asistencia Militar estadounidense, procedente de una base militar estadounidense en Panamá. Programas de entrenamiento, tales como antinarcóticos y cursos de policía militar —como el que Michael estaba enseñando— y de adiestramiento en armamento y tácticas de guerra eran bastante comunes a través de toda Latinoamérica.

Lo que más le interesaba a Vicki era lo que decía al pie de la fotografía; se trataba de la lista de nombres de los oficiales que se habían graduado del programa. Reconoció al Coronel Gualberto Álvarez y al Coronel Francisco Soliz. Pero cuando el nombre Samuel Justiniano le pareció familiar, comenzó a buscar en su cartera las notas que había tomado durante su última cita. Entonces el administrador del zoológico también era parte de la misma hermandad que Soliz había mencionado.

Vicki frunció el ceño. Aun ella, una recién llegada a Guatemala, había leído acerca de la mala fama de la D-2, la misma que había sido responsable de muchas maneras de miles de los desaparecidos y asesinatos políticos de las décadas de 1980 y 1990. Bajo presión internacional, la D-2 había sido disuelta después de los acuerdos de paz de 1996. Sin embargo, en lugar de pagar por sus crímenes, parecía que los miembros —por lo menos los de esta unidad— simplemente habían sido transferidos a otras posiciones lucrativas y de poder. *Y después de todos estos años, es obvio que aún se apoyan y se encubren mutuamente*, pensó Vicki amargamente. *Entonces no es de sorprenderse que su muralla de silencio sea tan poderosa.*

Los nombres de los entrenadores estadounidenses no constaban. ¿Sería una simple omisión o algo hecho a propósito por parte de la embajada o el Pentágono?

—¿Sabe qué más estaba buscando esa joven?

—Ella estuvo aquí mucho tiempo —dijo la empleada, sacudiendo la cabeza—, pero sólo le puedo asegurar que vio este archivo porque yo misma la ayudé a encontrarlo.

—¿Sería posible imprimir esta fotografía?

La fotocopia de la fotografía resultó ser del tamaño de una página entera. Vicki sintió que la piel se le erizaba cuando en la esquina inferior izquierda leyó las palabras: *Jeff Craig Productions*.

Su padre biológico. ¿Qué coincidencia tan extraña era esta? ¿Era esto lo que Holly había venido a buscar?

Cuando Vicki estudió la fotografía, la lógica le restauró el equilibrio. Evelina le había dicho que Jeff Craig había estado comenzando a sobresalir como un fotoperiodista en el tiempo en que esta fotografía había sido tomada. La fotografía estaba relacionada con un evento patrocinado por la embajada de Estados Unidos aquí en la ciudad de Guatemala. El hecho de que su padre haya provisto esta fotografía al periódico local guatemalteco no era una coincidencia.

Además, Holly no habría reconocido el nombre del fotógrafo.

Vicki entendió exactamente lo que Holly había estado haciendo. Ella debía haber visto esas fotografías y debía haber pensado que se trataba de una conspiración —o por lo menos una colaboración— entre los hombres, así que ella debía haber estado tratando de encontrar todo lo que fuera posible en cuanto a sus pasados.

Sin duda alguna Holly debía haber pensado que eso sería suficiente para forzarlos a hacer algo. Excepto que ella no se había dado cuenta que el país entero —o por lo menos la clase gobernante— era una gran red. La hermandad es la que determinaba cómo se hacían las cosas aquí.

Aún así, Vicki dobló cuidadosamente la fotocopia. Esta era una pequeña conexión que ella tenía con su verdadero padre.

El celular de Vicki timbró mientras ella bajaba las gradas cuarteadas de mármol.

"¿Señora, usted está ofreciendo una recompensa por cierta información?" preguntó un hombre.

Vicki lo interrogó, pero él rehusó hablar por teléfono. *Tiene miedo de que no le pague una vez que me haya dado los datos.* Así que ella le dijo donde se encontraba en ese momento.

En menos de diez minutos, un taxi amarillo llegó hasta las gradas de la entrada del edificio de los archivos nacionales.

Al subirse, Vicki contó los cien quetzales de modo que el conductor pudiera verlos y le pidió que la llevara a Casa de Esperanza.

Vicki le mostró la fotografía de Holly, pero con un ademán él sólo la hizo a un lado.

—Nunca vi a la mujer. Pero el pedido recibido por la operadora decía que había que ir a llevarla del hostal. A esa joven de la fotografía sí la he llevado en otras ocasiones. No puedo asegurarle que haya sido ella, pero si el pedido fue hecho a la hora que usted dice, entonces debió haber sido ella. No tuvimos más pedidos provenientes de ese lugar.

—¿Pero adónde la llevó? —preguntó Vicki impacientemente.

—¡Eso es lo que estoy tratando de decirle, señorita! Cuando llegué, ella no estaba allí. Toqué la bocina, esperé y luego toqué la puerta. El portero me dijo que ella ya había salido. Asumí que la joven se había impacientado y que había tomado otro taxi que había estado pasando. Algo muy peligroso para una joven señorita —añadió él con severidad—, porque uno nunca sabe quién pueda ser el conductor.

Una realidad de la cual Holly había estado muy consciente.

Vicki entregó los cien quetzales al conductor y le pidió que la llevara al hostal de CRFF y no a Casa de Esperanza.

Esta era la hora de la siesta, durante la cual pocas personas venían de visita, así que el portero estaba durmiendo dentro de su caseta de vigilancia, la misma que también era su vivienda, dentro del complejo de paredes del lugar. El portero le fue de tanta ayuda como lo había sido el taxista. Sí, él había dejado salir a Holly esa noche, tal como se lo había dicho a la policía. No, él no tenía idea a dónde había ido ella. No, él no había visto quién la había llevado. Su responsabilidad era vigilar el interior de las instalaciones, no lo que sucedía en las calles.

—¡Vicki!

—Lynn, me da mucho gusto verte —dijo Vicki al darse la vuelta y recibir un entusiasmado abrazo—. ¿Estás hospedándote aquí?

—Sólo por uno o dos días. Mi apartamento está siendo fumigado. —La trabajadora del Grupo de Protección del Amazonas hizo una mueca—. Cucarachas.

Entonces ella no había estado aquí durante la estadía de Holly. Un pensamiento súbito le hizo a Vicki sacar la fotografía que había fotocopiado.

—Lynn, tú has estado aquí por un buen tiempo. ¿Reconoces a alguno de estos hombres? Trata de recordarlos; esta fotografía fue tomada veinte años atrás.

—Oh, sí. —Lynn dio una mirada a la fotocopia—. Desde luego, ahí está Soliz, nuestro estimado Ministro del Medio Ambiente. ¡Quién hubiera creído que él tenía tanto cabello! Y ese es Justiniano, el del zoológico. No me había dado cuenta que habían sido militares. Los otros . . . —Ella estudió la fotocopia otra vez—. No, no reconozco a ninguno de ellos. Posiblemente la embajada podría identificar a los estadounidenses, aunque dudo que ellos te proporcionen ese tipo de información. Especialmente en cuanto al señor de la CIA, ahí.

—¿CIA? —Vicki observó al hombre mirando a un lado, con el sombrero de ala ancha, a quien Lynn estaba señalando con el tamborileo de su uña—. ¿Por qué dices eso?

—¿Un estadounidense civil en medio de nuestros consejeros militares? ¿No te das cuenta? ¿Tratando de esconder su rostro de la cámara? Si ese tipo no es de la CIA, entonces pierdo mis vacaciones en Cancún.

—¿De verdad lo crees? Pero ¿qué estaría haciendo aquí en Guatemala?

—Ay, querida, ¿dónde has estado? —Lynn dijo con un tono compasivo—. ¿Estás en Guatemala y nunca te has molestado en aprender la historia de la United Fruit Company y su bien planeado golpe de estado, apoyado por la CIA? ¿No sabes nada acerca del Presidente Arbenz y los famosos "diez años de primavera" de Guatemala?

—Bueno, leí algo . . .

—En los años cincuenta —Lynn interrumpió a Vicki y prosiguió inexorablemente—, la compañía estadounidense United Fruit Company era el terrateniente más grande del Caribe. Era tan grande que los nacionales la llamaban *el Pulpo*. Era dueña de plantaciones de banano y café, vías férreas, carreteras, del sistema postal, etc. . . . En eso llegó un candidato de la reforma, Jacobo Arbenz. Él tenía ideas radicales tales como establecer una ley de salario mínimo, libertad de expresión, educación, servicios médicos, redistribución de las tierras sin uso a las comunidades mayas, que originalmente fueron expropiadas ilegalmente. Lo peor de todo fue que quería implementar impuestos para redistribuir las riquezas del país y quitárselos al 1 por ciento que los disfrutaba para redistribuirlos entre el otro 99 por ciento de la población. Es decir, Arbenz quería establecer todos los derechos por los cuales los obreros estadounidenses habían luchado y que habían logrado obtener.

»La aristocracia guatemalteca estaba enfurecida. También la United Fruit Company. Afortunadamente para ellos, Eisenhower estaba en la Casa Blanca y dos de los mayores accionistas de dicha compañía eran Allen Dulles, el director de la CIA en la presidencia de Eisenhower, y su hermano, John Dulles, Secretario de Estado. Cuando estos alegaron que se trataba de una conspiración comunista, Eisenhower dio la autorización para enviar a la CIA a Guatemala. Arbenz fue reemplazado con un régimen militar apoyado por Estados Unidos. Dicho gobierno militar de inmediato vetó todas las controversiales reformas a la ley de impuestos que Arbenz había establecido. Ese fue el fin de la experiencia guatemalteca con la democracia y el principio de una larga y estrecha relación entre el ejército de Guatemala y la CIA.

—Pero todo eso es historia que data de muchísimos años atrás —respondió Vicki, sintiendo que había sido atrapada, sin aviso, en una avalancha súbita de información—. ¡Eso sucedió hace más de cincuenta años!

—Bueno, sí, pero los guatemaltecos no lo ven así.

CAPÍTULO QUINCE

Aunque tal vez no obtuvo información pertinente, ciertamente había recibido una buena lección de historia y cívica. Vicki pasó la hora siguiente yendo de un lado a otro de la calle, mostrando la fotografía de Holly a los empleados de las tiendas, tirando monedas en los jarros de los mendigos y golpeando puertas, hasta que se dio por vencida y regresó al taxi, cuyo conductor —por cincuenta quetzales más— felizmente había acordado a esperarla y se había acomodado para tomar su propia siesta. *No es de sorprenderse que la policía local haya cerrado la investigación,* pensó Vicki muy desanimada cuando el taxi la dejó en el hogar de niños. *Nadie ve nada, oye nada o sabe nada.*

Un mensajero de la funeraria la estaba esperando en Casa de Esperanza. Vicki ni se molestó en abrir la caja tan cuidadosamente envuelta antes de firmar el recibo. Si su contenido había sido recogido de alguna chimenea, de todas maneras ella nunca lo sabría.

Mientras la llevaba hacia arriba a su habitación y la ponía cuidadosamente con las demás pertenencias que estaba alistando para llevar consigo en su viaje de la mañana siguiente con Joe y Bill Vicki trató de no pensar en lo liviana que era la caja. ¿Cómo era posible que esta pequeña caja de cartón contuviera todo lo que queda de lo que fue un ser humano con vida?

Esforzándose por concentrarse en la tarea que la ocupaba, Vicki marcó el número local para su conexión a Internet. Mientras recibía su correo electrónico, exploró unas cuantas cosas en Google. Verificar información era algo que Vicki hacía casi automáticamente y Lynn le había dado mucho que pensar. *¡No puede ser verdad! ¡Estados Unidos es un país bueno!*

No obstante, Lynn había estado en lo correcto. Todo lo relacionado con la United Fruit Company, Arbenz, la CIA y su golpe de estado de 1954 era de conocimiento público, al igual que lo eran las décadas de la brutal represión militar que habían venido a continuación. Tan brutal había sido tal represión que todo lo que Vicki leía se refería a esos diez breves años, esos "diez años de primavera," como si es fuera la única nota positiva en la historia de Guatemala. *¿Qué estaba haciendo Estados Unidos al proveer de armamento y adiestramiento a estos tipos?*

Eso no había sucedido sólo en Guatemala. Vicki se quedó anonadada al leer que los mismos hermanos Dulles habían organizado un golpe de estado similar en Irán sólo un año antes, cuando el presidente electo de dicha nación había amenazado con redirigir las ganancias producidas por su petróleo para modernizar las condiciones medievales de su propio país. Las compañías petroleras recuperaron su monopolio y los iraníes quedaron gobernados por el Sah Pahlavi. Después también había sucedido lo de El Salvador, Filipinas, Chile, Argentina, Irak; naciones en las cuales el mismo patrón era deprimentemente similar. Desde luego que en Irán, la intervención estadounidense había provocado una terrible reacción inversa: el régimen opresivo del sah y su policía secreta SAVAK, adiestrada por Estados Unidos, habían causado el surgimiento de la revolución islámica del Ayatollah Khomeini y su legado de odio, cuyas consecuencias aún estaban sufriendo Estados Unidos y todo el mundo occidental.

Estábamos luchando contra el comunismo y esos regímenes eran nuestros aliados. Tal vez estos no siempre fueron los mejores aliados, pero al participar en la lucha, pudimos crear la sociedad más libre y rica del planeta.

Al menos para nosotros mismos.

Vicki puso a la vista la fotografía que había obtenido de los archivos nacionales. ¿Habría conocido su padre a los consejeros estadounidenses en esta fotografía? ¿O había estado sólo ganándose un dinero extra por prestar sus servicios a algún medio noticioso? Vicki estudió a la figura vestida de civil que llevaba el sombrero de ala ancha. ¿Había él en realidad estado tratando deliberadamente de esconder su rostro de la cámara? *¿Eres realmente de la CIA?*

Las únicas buenas noticias la estaban esperando en su correo electrónico. Inmediatamente Vicki fue a buscar a Evelina.

La anciana misionera estaba en la tienda de segunda mano de Casa de Esperanza; un antiguo salón organizado de manera similar a uno de los establecimientos caritativos de Estados Unidos, donde había ropa y otros artículos donados por la comunidad de extranjeros. Con ella se encontraba Adriana, la voluntaria del barrio que había reemplazado a Vicki en la escuela del basurero. Adriana estaba clasificando la ropa de niños en las perchas, mientras Evelina estaba seleccionando ropa y cosas de bebé en compañía de una joven maya quien estaba cargando a una criatura.

—¿Entonces ya has recibido la respuesta? —dijo Evelina cuando vio la cara de Vicki al levantar su mirada y enderezarse cuando esta se le acercaba.

—Mi propuesta fue aprobada —respondió Vicki, poniendo fin de inmediato al suspenso—. Te otorgarán el apoyo económico. —Vicki puso su brazo alrededor de los hombros de Evelina. Se sorprendió y se conmovió al ver que esta había comenzado a llorar—. ¿Cuál es el problema? ¿No estás feliz por la noticia?

—Ah no, no. No hay ningún problema. Al contrario, ¡todo está *muy* bien! —Evelina le dio a Vicki un abrazo muy fuerte—. Tu padre y mi querida Victoria me ayudaron aquí y ahora, como un milagro, su hija, mi pequeña y dulce Vicki, toda una adulta, está haciendo posible que esto continúe sin importar lo que me suceda a mí. Gracias, Padre que estás en los cielos. Gracias por traerme de vuelta a mi pequeña Vicki para que me sea de tanta bendición.

—No tienes que agradecerle a ningún Padre celestial . . . ni a mí —dijo Vicki ligeramente y soltándose al sentirse incómoda por tantos cumplidos—. Agradécele a la fundación. Ellos son los que tienen el dinero.

Al darse cuenta del dolor en los ojos de Evelina, Vicki se arrepintió de haber hecho un comentario tan frívolo y trató de corregirlo.

—Es que . . . tú sola has tratado de salvar a todos estos niños y ya es hora de que tengas un descanso. Me alegra poder hacer algo para ayudarte.

—Oh, Vicki —suspiró Evelina.

Como si quisiera añadir su propia protesta, la bebita a quien Evelina le había estado probando ropa cuando Vicki había entrado repentinamente también empezó a sollozar de manera ruidosa. La madre adolescente aflojó la cobija con la que la cargaba a su espalda para poder abrazarla y hacerla calmar. La niñita era adorable; tenía un sedoso cabello oscuro y unos cachetes rechonchos y sacudía con vigor sus robustas extremidades de color café.

—¿Recuerdas a Carmen y a la pequeña Maritza? —le preguntó Evelina enseguida.

—Por supuesto —replicó Vicki—, pero no las hubiera reconocido.

Maritza y su madre habían sido dadas de alta cuarenta y ocho horas después de que Vicki las había traído. Vicki sabía que Evelina se había encargado de hacer los arreglos para su convalecencia, pero no las había visto en las últimas dos semanas y media.

—Una de las organizaciones misioneras tiene un hogar para jóvenes de la calle y sus bebés. Muchas de ellas no se quedan por mucho tiempo, especialmente debido a que no les permiten usar drogas. Pero Carmen se ha adaptado muy bien y está trabajando como voluntaria en la guardería.

—Hola, Carmen —dijo Vicki con una sonrisa, hablando en español—. Me alegra verte otra vez. Maritza luce muy bonita.

—Que Dios la bendiga —contestó Carmen fervientemente, acercándosele lo suficiente para tomarle la mano. Ahora ya se veían sus ojos negros que antes habían estado tan apagados por la desesperación, pero que ahora brillaban de gratitud. Luego comenzó a hablar rápidamente en su dialecto nativo.

—Te está agradeciendo por haberle salvado la vida a ella y a su hijita —tradujo Evelina, y luego añadió con tierna implacabilidad—: No trates tan a la ligera la forma en que nuestro Padre celestial usa a sus propias criaturas humanas para hacer su trabajo en su mundo, Vicki. Después de todo, tú también eres parte de la belleza de la creación de Dios. Te preguntabas cómo un Creador tan amoroso puede ver lo que está sucediendo en su mundo sin hacer nada al respecto. Pero si le preguntas a Carmen lo que piensa acerca de eso, ella te diría que él sí hizo algo. Te diría que él te envió para ayudarlas a ella y a su hijita. Como ves, él nunca te pidió a ti ni a mí que nos encargáramos del mundo entero, sólo nos pidió que . . .

—Ya lo sé. Ahora ya lo entiendo —la interrumpió Vicki—. Nos pidió que hagamos el bien y que no temiéramos amenaza alguna.

—No te burles, porque cuando suficiente gente común haga lo correcto, entonces verás un cambio en este mundo, y no antes. Cuando la mayoría de gente no lo obedece, entonces es cuando tenemos al mundo en la condición en la que lo vemos. Estoy satisfecha al hacer lo que Dios me ha pedido que haga, dejando lo demás en sus manos.

La amabilidad reflejada en la mirada color avellana de Evelina alivianaba tal reproche y Vicki impulsivamente la abrazó otra vez.

—Y tú, Evelina, sólo continúa salvando al mundo. Yo estoy contenta de poder ayudarte, aunque sólo sea con un poco . . . —Vicki dejó de hablar cuando el destello de una luz le llamó la atención. Lentamente bajó los brazos y se enderezó.

Cuando Adriana trató de alcanzar una percha con ropa de niñas, Vicki alcanzó a divisar alrededor de su cuello una delicada cadena de oro con un hermoso pendiente de oro en forma de jaguar; los ojos de este emitían un brillo verde debido a las incrustaciones de esmeralda. Con fuertes latidos del corazón, uno tras otro, Vicki casi no podía respirar. Entonces cruzó la habitación con dos pasos agigantados. "¿Dónde encontraste eso?"

Ante la pregunta hecha tan duramente en español, la voluntaria dio un paso atrás. Vicki se recordó a sí misma que Adriana ni siquiera había estado en el local de la escuela cuando el cuerpo destrozado de Holly había sido llevado hasta allá. Aun así, el pendiente tenía que ser de Holly; su diseño manual era demasiado único como para tratarse de una coincidencia.

—Perdóname. Mi hermana, Holly, llevaba puesto ese collar cuando murió. Al menos luce igual al que ella llevaba. ¿Podrías decirme cómo lo obtuviste?

—¡Ay! En ese caso, por favor, usted tiene que tomarlo. —Adriana, al igual que todos los otros voluntarios, sabía acerca de la muerte de

Holly. Desató la cadena y se la quitó del cuello—. Compré esta cadena hoy día de uno de los niños basureros. Estoy segura de que sólo pagué una fracción de su verdadero valor, aunque no puede ser oro real. No si, como él dice, la encontró en la basura.

—Gracias. Si no te ofendes, la tomaré porque para mí es un precioso recuerdo de mi hermana. Pero tienes que dejarme que te reembolse por lo que le pagaste al niño.

Después de que Adriana admitiera, con renuencia, lo que había pagado, Vicki le pidió algo más urgente:

—¿Podrías llevarme a ver al niño que te lo vendió? Me gustaría preguntarle dónde lo encontró.

—Usted debe conocerlo. Se trata de Pepito, quien vive cerca de la escuela. Su mamá no le permite venir a clases, ¿lo recuerda?

Pepito no lucía feliz de ver a Adriana y Vicki cuando estas bajaron por la senda de lodo hasta llegar a su casucha, hecha con trozos de madera, colgada a un lado del barranco. Antes de que él dijera algo en cuanto al pendiente, ellas tuvieron que asegurarle a su mamá —y a él mismo— que no se encontraba metido en ninguna clase de problema.

—Lo encontré allá. —Pepito señaló hacia un punto bastante alejado de donde Holly había sido hallada.

—Eso no es posible —insistió Vicki, amable pero firmemente—. Mi hermana lo llevaba puesto cuando la llevamos cargando hasta la escuela.

—Allí lo encontré. —Pepito no claudicaba—. No estoy mintiendo. Fue un milagro de Dios.

—¿A que te refieres? —Vicki se arrodilló hasta poder hacer contacto visual con el niño—. ¿Qué cosa fue un milagro?

—Usted no me lo va a creer —contestó Pepito.

—Ponme a prueba. —Vicki sacó un billete de veinte quetzales.

El rostro de Pepito brilló. Arrebatándole el dinero, le dijo entusiasmadamente: —Cuando oré, cayó del cielo. Se lo juro, no estaba allí y de pronto apareció. Como si hubiera venido de la mano del mismo Dios.

¡Del cielo!

Vicki recordó el cuerpo herido y quebrado de Holly sobre ese montón de basura. La brillante bolsa de plástico dentro de la cual ella había estado estaba tan limpia y nítida, que Vicki había pensado una y otra vez en la posibilidad de que hubiera sido arrojada desde el aire.

—¡Ya ve! Usted no me cree. —La mirada hosca había vuelto al rostro de Pepito.

—Oh no, sí te creo. Te creo completamente —respondió Vicki con un tono de absoluta convicción, poniéndose de pie y dándole una palmadita en la cabeza.

"Llegas retrasada."

Vicki se deslizó al detenerse abruptamente sobre la pista mientras alguien alto se alejaba del fuselaje de la avioneta de un solo motor.

Joe había retomado su apariencia de surfista. Llevaba bermudas, a pesar del frío matutino de la montaña, y una camisa hawaiana de un color tan brillante que casi causaba mareo. Su cabello estaba suelto y le caía hasta los hombros. Su actitud no tenía ni rastro de la compasión que había hecho que Vicki lo viera más amigable en el funeral. Sus ojos recorrieron rápidamente el rostro de Vicki. "¿Qué es eso que oigo acerca de que no tomarás el vuelo de regreso?"

Así que esa era la razón por la que ya no se mostraba tan compasivo. Joe odiaba que su consejo fuera ignorado, aunque él no tuviera nada que ver en el asunto.

Vicki apretó los dientes. Lo que había comenzado como una buena mañana ya estaba tornándose en un desastre. Temprano se había despedido del personal de Casa de Esperanza y el afecto de todos esos abrazos había hecho que se olvidara un poco del horror de la muerte de Holly. Un correo electrónico de la oficina en Estados Unidos de la Fundación Niños en Peligro ofreciéndole condolencias y felicitaciones también le había comunicado que le habían extendido sus días libres por dos semanas más. El anuncio de Adriana en cuanto a que la mamá de Pepito iba a dejar que el niño asistiera a clases había sido otra buena noticia.

Sin embargo, el retraso del taxi encargado de recogerla hizo que tuvieran que trasladarse durante la hora más pesada de tráfico. Un embotellamiento debido a una carreta tirada por un burro y a un camión de recolección de basura se había confabulado con una larga fila en el chequeo de seguridad del aeropuerto. Su bolso de lona pesaba más de lo usual, debido a la caja extra que ahora traía, la misma que ahora estaba reforzada con cinta adhesiva industrial y envuelta entre la ropa. Así que cuando Vicki encontró el hangar que Joe le había descrito, ella ya estaba sin aliento y mojada de traspiración; una desventaja definitiva cuando echó su cabeza hacia atrás para mirarlo con enojo.

—Tengo unos días de vacaciones y el centro necesita una traductora —Vicki contestó fríamente—. ¿Tienes alguna objeción?

—Bueno, es asunto tuyo si quieres seguir cargando con el muerto. —El encargado de mantenimiento del CRFF fue lo suficientemente considerado como para disculparse—. ¡Discúlpame! No debí expresarme así. Tienes que hacer lo que creas que sea correcto. Si en la oficina te dijeron que eres bienvenida, entonces no es asunto mío.

—Precisamente. En cuanto al horario, discúlpame por llegar retrasada. Hubo un embotellamiento y una carreta tirada por un burro . . . —Vicki dejó de hablar. ¿Por qué estaba ella defendiéndose ante este hombre? Al dar un vistazo a su alrededor, comenzó a hablar con el mismo sarcasmo de él—. No me había dado cuenta que un vuelo contratado, con una sola pasajera, tuviera un horario tan estricto. Quiero decir, ¿cuál es la sanción? ¿Dejar a la pasajera o despedir al piloto por haber despegado con diez minutos de retraso?

—Más bien es una multa. —Joe tomó el bolso de Vicki de su mano, agachó la cabeza por debajo del puntal y, sin ningún esfuerzo, aventó el equipaje a través de una puerta lateral abierta.

En la distancia, la avioneta había parecido pequeña; su fuselaje lucía como una caja con las puntas de las alas cuadradas —similar a un abejorro en comparación con los aerodinámicos 727 que estaban recogiendo pasajeros en el terminal. Pero en esta área de hangares con otras naves privadas, se podía apreciar que sus alas quedaban como a un metro por encima de la cabeza de Joe. A través de la puerta abierta,

Vicki pudo ver una banca para dos personas justo detrás de los asientos del piloto y del copiloto. El resto de la cabina había sido despejada para llevar carga, la que al momento constaba de varias cajas apiladas y de una jaula vacía.

"Puede ser que nosotros mismos no estemos bajo un horario tan estricto, pero el control de tráfico aéreo aún tiene que coordinar nuestro despegue con los otros vuelos."

En ese mismo momento, el despegue de un jet Fairchild bimotor de pasajeros amainó la reprimenda de Joe. Vicki abrió la boca para ofrecerle una sincera disculpa, pero Joe dijo: —No obstante, ya que siempre soy cauteloso, tuve en cuenta la tendencia de una mujer para llegar retrasada. Así que, de hecho, aún tienes quince minutos si necesitas usar el baño. Si me permites recordarte, no hay uno a bordo de un DHC-2.

—Ya he volado antes en avionetas pequeñas. —El abrupto cierre de las mandíbulas de Vicki anuló la posibilidad de cualquier tipo de palabras de reconciliación—. Y para que lo sepas, yo soy más puntual que muchos de los hombres con los que he trabajado. No fue mi culpa que . . .

Ante su silenciosa carcajada, Vicki se dio media vuelta. Aunque hubiera querido hacer caso omiso de la sugerencia que él le había hecho, Vicki tenía mucha experiencia con las avionetas pequeñas como para no ir a usar el baño antes de encontrarse confinada en una pequeña cabina a unos cuantos miles de metros de altura.

Y aunque el fastidiar a Joe sería un placer para ella, se dio prisa en regresar antes de que se le acabaran los quince minutos. No sería bueno retribuir la amabilidad de Bill Taylor poniendo en peligro su oportunidad para despegar. *Es sólo cuestión de unas pocas horas. Durante el vuelo podré conversar con el señor Taylor e ignorar a este surfista.*

Cuando ella regresó a la DHC-2, la puerta de carga estaba cerrada y Joe estaba mirando intensamente su reloj. Su jefe aún no había llegado.

—¿Dónde está el señor Taylor? Al parecer no soy la única que llegó retrasada.

Joe levantó las cejas. —¿Bill? Pensé que lo sabías. Se fue a casa por carretera el día después del funeral. No tenía sentido para los dos sentarnos en esta contaminación a esperar el avión.

Por el destello en los ojos de Joe, Vicki supo que él había entendido su preocupación. Así y todo, él fue cortés y la ayudó a ubicarse en el asiento del copiloto. Luego de entregarle un paquete de goma de mascar de menta y una bolsa de plástico, Joe comenzó a poner el motor en marcha.

"Las avionetas de este tamaño no tienen cabinas a presión," le informó a Vicki mientras ella trataba de encontrar su cinturón de seguridad. "La goma de mascar ayudará a balancear la presión en tus oídos. Estoy seguro de que ya sabes para qué es la bolsa de plástico. En esta nave no volamos sobre las condiciones climáticas, sino que más bien lo hacemos a través de ellas. También tengo pastillas para el mareo si quieres."

Vicki decidió no recordarle que esta no era la primera vez que volaba en una avioneta pequeña. Aceptando lo que le ofrecía, se tragó la pastilla y luego se puso la goma de mascar en la boca.

La distancia tan corta entre él y ella fue un problema. El asiento del piloto era demasiado pequeño para su cuerpo tan fornido, así que las extremidades de Joe rozaban las de ella cada vez que maniobraba los controles; un leve pero claro olor masculino le subía por la nariz a Vicki. Ella quería gritar ante la claustrofóbica proximidad de los dos en esta cabina. Trató de encontrar el libro que había traído en su bolso de mano para el vuelo. *¿Por qué no pude haber estado tan apretada con Michael?*

—Sabes que estás perfectamente segura, ¿verdad? —Un irónico acento sureño murmuró por sobre sus oídos. Cuando Vicki miró hacia arriba, Joe dio una palmada en la porción más cercana del panel de controles—. Puede ser que esta avioneta sea vieja, pero esta nave Beaver es la mejor que jamás se haya inventado para áreas remotas. Esta pequeña nave ha sobrevolado mucho terreno inhóspito y lo seguirá haciendo por un buen tiempo más.

—No estoy preocupada por la avioneta . . . —comenzó a decir Vicki.

Joe tomó el micrófono manual y en un español descifrable leyó a la torre de control su información de vuelo. Entonces la media vuelta del rotor se invirtió y la avioneta avanzó por la pista.

A pesar de todo el alarde que Vicki hacía en cuanto a su experiencia, esta vez aguantó la respiración cuando las llantas despegaron de la pista. Mientras sus oídos se destapaban masticó fuerte y rápidamente la goma de mascar; su estómago pareció precipitarse en dirección contraria a la de la avioneta.

Una vez que hubo terminado de dar su información de vuelo, Joe había quedado silencioso, concentrándose en su tarea de pilotear, la cual —para el novato juicio de Vicki— estaba realizando bastante hábilmente. Así que ella pudo ignorar cuán cerca estaba él y concentrar su atención en el horizonte que iba quedando por debajo.

Este era el mismo panorama pintoresco que la había recibido hacía sólo dos semanas y media, pero cuando el único motor de la DHC-2 hizo que la nave ascendiera para sobrevolar un terraplén sobre la cadena montañosa, la desilusión hizo desvanecer el gusto que Vicki estaba experimentando al ver este hermoso paisaje.

Ella ya sabía lo que había allí. Estaba en sus informes. Había estado allí cuando ella llegó, aunque no le había resultado tan visible debido a la altura.

Cuando la pequeña avioneta descendió lo suficiente, Vicki pudo ver las casuchas individuales y las calles empedradas de los grupos de poblaciones en el valle. Cuando las llantas de la avioneta pasaron tan cerca de los terraplenes de las cadenas montañosas que parecía que se iban a estrellar, Vicki vio lo que a primera vista no había captado.

Vio desprendimientos de tierra que habían hecho desaparecer lados enteros de las montañas, en los que la deforestación había dejado la tierra sin soporte. Los ríos estaban visiblemente contaminados debido a los deshechos arrojados a sus lechos por las operaciones mineras y los ingenios de azúcar. Vio crestas verdes que resultaron ser escasos parches de lo que quedaba de vegetación, con plantaciones de café y maíz intercaladas a lo largo y ancho de su superficie. Vio claros donde el suelo estéril había sucumbido ante la mala hierba.

Era como un cáncer devastador devorando todo lo que, a la distancia, parecía un sin fin de olas verdes, formadas por la cadena montañosa cubierta de vegetación.

—Estaremos en el aire alrededor de tres horas. —Fue la primera vez que Joe miró a Vicki desde que habían despegado—. Eso no es lo usual. Pero Bill quiere que sobrevuele la biosfera para verificar unos informes que hemos recibido acerca de unos claros ilegales. ¿Estarás bien volando durante todo ese tiempo?

—Si no me ofreces agua. —Vicki produjo una sonrisa mientras con su mano indicó la ventana—. No me había dado cuenta que la situación era tan grave. Creo que ahora entiendo un poco mejor a Holly y aun a los fanáticos como Dieter. Me refiero a que la gente necesita comer, pero ni siquiera en India vi tanta devastación.

—Lamentablemente, así es. Las predicciones más optimistas dicen que el último bosque nuboso desaparecerá dentro de una década, a menos que se haga algo al respecto. Eso incluye a las reservas naturales, si es que no se erradican por completo las invasiones ilegales, el robo y el tráfico ilegal de la fauna. Lo triste es que este tipo de destrucción afecta también a los campesinos, pues debido a que la deforestación y los desprendimientos están destruyendo la capa fértil del suelo, ellos tienen que seguir avanzando y talando más terreno.

Joe elevó la avioneta para dirigirla entre dos picos. —Claro que no se trata sólo de los campesinos. La actividad minera y maderera destruye tanta vegetación como la tala y quema indiscriminada. También hay eso . . .

Vicki alcanzó a divisar un destello rojo incrustado en un valle entre dos picos.

—¿Qué es eso?

—Amapolas. Heroína. La "cocaína" de Guatemala.

Después de haber trabajado en un proyecto en Myanmar, antigua Burma, —centro del afamado triángulo asiático del opio— Vicki había llegado a saber mucho más de lo que le hubiera gustado acerca del comercio de la heroína. Demasiados niños en ese proyecto de asistencia eran ya adictos a una versión barata de goma de opio. Ella estiró el cuello para poder ver mejor. —La nueva Unidad de Protección de la Naturaleza de Michael ha estado trabajando en eso.

—¿En serio? —Joe arqueó súbitamente las cejas—. He visto a esa unidad en acción en los alrededores del centro. Es difícil ignorarlos. No me había dado cuenta que ese era un espectáculo de Camden.

Vicki creyó haber notado algo de desdén en ese comentario neutral. —No lo es —replicó ella con algo de enfado—. Las fuerzas guatemaltecas son independientes de cualquier interferencia foránea. Michael sólo ha estado ayudando con algunos ejercicios de adiestramiento y como . . . como consejero.

—Estoy seguro que eso fue lo que el mismo Camden te dijo —Joe levantó una mano en señal de darse por vencido—. Oye, no tengo nada en contra de Camden. Estoy de acuerdo con lo que está haciendo. Este país necesita un modo serio de hacer que se cumplan las leyes de protección ambiental, mientras no se atropelle a la gente y sus vidas. Especialmente debido a que las plantaciones de amapola y el apoderamiento ilegal de tierras no son los peores problemas por aquí.

Joe señaló hacia un valle, abajo donde habían divisado la plantación de amapola. Una corriente que atravesaba por el lugar era lo suficientemente clara, pero la vegetación a lo largo de esta era amarillenta y escasa.

—El procesamiento de heroína y cocaína es el que está literalmente matando a estas montañas. Los químicos arrojados en estas corrientes son cien veces peores que la contaminación industrial.

—Después de todo, hablas como un amante de los árboles —comentó Vicki conciliadoramente y mirando a Joe con curiosidad mientras el valle quedaba detrás de la cresta.

—Ah, uno no puede estar con ellos, o con esto, por mucho tiempo, sin aprender de los hechos y las estadísticas —Joe respondió, encogiéndose de hombros y haciendo que una de sus mangas floreadas rozara el brazo de Vicki—. Además, detesto los deshechos. Aquí se está arruinando una gran parte de un hermoso territorio. ¿Recuerdas lo que me gusta? Hacer surf, la arena y la vida al aire libre. Uno no puede disfrutar de la naturaleza en unas cuantas playas o montañas contaminadas.

—¿Y tú? —Joe le dio una mirada a Vicki—. ¿Holly nunca logró convencerte de su misión? No, ahora lo recuerdo. Tú definitivamente perteneces al lado de los amantes de la humanidad. Así que cuéntame, ¿cómo fue que ustedes dos terminaron siendo tan diferentes? Nunca hubiera adivinado que crecieron juntas.

—¿Holly nunca te contó acerca de nosotras?

—Claro que sí. Como sabes, Holly era bastante extrovertida. Me dijo que ustedes dos eran adoptadas, que crecieron en una granja. Pero me interesa oír tu punto de vista. —Joe parecía estar relajado, su mano puesta sobre el timón de manera tan leve, que parecía que la avioneta estaba volando sola. Sus astutos ojos hicieron contacto con los de Vicki en el momento en el que ella lo estaba escudriñando.

Para ser tan crítico y obstinado, Joe estaba comportándose de un modo inusualmente afable. Por otro lado, quizás él también pensaba que tres horas era un tiempo demasiado largo como para pasarlo en silencio.

Vicki le contó una versión seca de la historia que le había contado a Evelina. Por un breve instante pensó en contarle lo que la misionera le había dicho en cuanto a sus verdaderos padres, pero la muerte de Holly ya había sido suficiente para haberla convertido en objeto de demasiado interés compasivo. No quería añadir a eso la curiosidad y las indagaciones que se suscitarían si divulgaba su pasada conexión con Guatemala.

Así que dejó el hilo de su historia, para concentrar su atención otra vez en el paisaje debajo de ellos. Ahora ya estaban bastante adentrados en esos espacios verdes que ella había visto desde la ciudad de Guatemala; se veían las chozas de las aldeas y los campos más separados entre sí, las pocas vías sin pavimentar bajaban sinuosamente por las montañas.

La DHC-2 voló ahora de lado, dando una larga y lenta vuelta, antes de que Joe rompiera nuevamente el silencio. —Parece que ustedes dos tuvieron una vida difícil durante su niñez. Pero al menos terminaron bien.

—Sí, creo que sí lo hicimos —dijo Vicki lentamente, mirándolo con sorpresa—. Realmente nunca pensé de esa manera. Tal vez nunca lo aprecié como debí haberlo hecho. Los Andrews fueron muy buenos con nosotras.

Cambió súbitamente de tema al sentirse incómoda con la conversación. —Cuéntame acerca de ti. ¿Dónde aprendiste a pilotear? Ciertamente en mi escuela secundaria no nos enseñaron a hacerlo cuando nos enseñaron a conducir.

—Mi padre fue piloto. Mi abuelo fue piloto. Yo posiblemente eché mis primeros dientes mientras masticaba los controles de una avioneta como esta.

—¿Fueron pilotos comerciales o del Cuerpo de Paz?

Joe no contestó de inmediato y, por el vacío de su expresión, Vicki tuvo la impresión que él hubiera deseado no habérselo dicho. Pero era justo que también hablaran de la vida de él.

—¿Bueno? —insistió Vicki—. Dijiste que habías crecido en el extranjero. Al menos, asumí que te referías a eso cuando hablaste de una juventud desperdiciada. A menos que verdaderamente hayas sido un surfista muy precoz, tuviste que haber sido un amante de los árboles, un amante de la humanidad, parte de la embajada o de una compañía multinacional. ¿En qué estuviste involucrado?

—Nada de eso. —Con un leve toque en los controles, hizo que las alas se inclinaran y cuando la aeronave se estabilizó, le contestó—: Mi padre fue militar.

Vicki nunca lo hubiera adivinado. —Así que por eso estuviste en todos esos países, ¿debido a que tenías que mudarte a una nueva base?

—Sí, cada año. Mi padre no podía permanecer en un solo lugar. —Joe sonrió ampliamente—. Antes de que lo digas: al igual que su hijo, supongo. Oye, no estoy quejándome. Visité muchos países y descubrí que tenía una aptitud para aprender idiomas . . . y para los deportes extremos o peligrosos . . .

—¿Nunca quisiste ser militar como tu padre? —preguntó Vicki con cautela.

—Digamos que desde temprana edad aprendí que una vida de reglamentos no era para mí. —Joe la miró con una mirada indescifrable.

—Así que mejor te convertiste en surfista —Vicki trató de disimular la desilusión de su tono—. ¿A tu padre no le importó?

—Posiblemente sí, pero nunca se lo pregunté.

—Cuéntame algo de tu madre. ¿Tienes hermanos?

—No tengo hermanos. Y no he visto a mi madre desde que era pequeño. Supongo que eso es algo que tú y yo tenemos en común. Ella nos dejó a mí y a mi padre cuando yo tenía ocho o nueve años de edad. Más seguro nueve, porque en ese entonces estábamos yendo a Alemania. Por un tiempo estuve seguro que ella iba a regresar. Pero . . . nunca lo hizo.

—¿Y nunca volviste a ver a tu madre? Eso es terrible. Eso . . . eso es peor que si ella estuviera muerta. —Por un instante, el fuerte y autosuficiente gigante junto a ella se transformó en la visión de un pequeño niño rubio, esperando a su madre junto a la ventana—. Lo siento mucho.

—No, no te sientas mal por eso. Lo acepté hace muchos años. En ese entonces estaba seguro de que si yo hubiera sido un niño bueno y me hubiera portado bien, como apuesto que lo fuiste tú —se volvió para mirar a Vicki—, en lugar de haber sido un niño excepcionalmente travieso, tal vez ella no se hubiera ido. Pero llegué a entender que ella tenía sus propios problemas. Además, mi papá fue un padre muy bueno. No pienses que mi falta de cortesía y buenos modales son culpa suya. No tuve una niñez mala. Ya que a mi padre le pareció más fácil contratar a una niñera en cada país tercermundista antes que tener que encontrar a algún pariente que se hiciera cargo de un pequeño alborotador indisciplinado, tuve la oportunidad única de conocer muchos lugares del mundo. No tengo nada de qué arrepentirme.

—¿Es así como aprendiste español? ¿Estuviste en Panamá antes de que el ejército estadounidense saliera de ahí?

Otra vez él hizo una pausa larga. ¿Por qué era tan renuente a hablar de sí mismo, especialmente después de la manera en que la había presionado para que hablara acerca de ella misma?

—Claro que sí —asintió Joe—. Cuando fui niño, fuimos asignados a ese país para un par de misiones.

—Es interesante —dijo Vicki suspirando—, como tú naciste en Estados Unidos, pero creciste en diferentes países alrededor del mundo. Mientras que yo nací en Guatemala y todo lo que en realidad recuerdo es la granja de los Andrews.

—¿Naciste en Guatemala?

—Sí. —Vicki deseó haberse callado—. Al menos eso es lo que dicen mis documentos de adopción. No me preguntes más porque eso es lo único que me dijeron toda mi vida. Mamá y Papá Andrews se imaginaron que nuestros verdaderos padres debieron haber venido como turistas o algo así, ya que Holly nació en Estados Unidos y ambas éramos ciudadanas estadounidenses.

Todo lo que le había dicho era completamente verdadero y, menos mal, Joe no le preguntó nada más. Ahora era Vicki quien estaba nerviosa, tratando de evitar más preguntas, así que se concentró en el nuevo terreno pasando rápidamente por debajo de la sombra rectangular de las anchas alas de la DHC-2.

Mientras hablaban, la avioneta había estado ascendiendo gradualmente y ya no se veía indicio alguno de la devastación humana, ni de ningún poblado. Sólo se veía cresta tras cresta de la cadena montañosa, las cuales constituían la región serrana más remota de Guatemala. También se podían ver las empinadas pendientes cubiertas de un bosque nuboso virgen y natural. Era el paisaje más silvestre que Vicki jamás había visto. *Y el más hermoso,* pensó.

La frondosa y vibrante vegetación poseía todo tono de verde imaginable; desde el verde amarillento más pálido de las frondas de las palmas en los valles, hasta el verde esmeralda de los bosques madereros —tan codiciados por los taladores ilegales— y el verde de los pinos retorcidos en sus copas por lo alto en medio del viento. Esos tonos infinitos, junto al constante movimiento, daba la impresión de ser un mar inquieto. Las cadenas montañosas y los valles formaban las crestas y las concavidades de las colosales olas verdes. Los colores durazno, lila y anaranjado de los árboles florales añadían vetas de color brillante.

Atravesando todo esto, se veían las cintas relucientes de agua, saltando hacia el interior de la espuma blanca de las cascadas, donde las laderas montañosas caían en pronunciadas pendientes a su alrededor, o travesando como perezosas cintas cafés entre las cadenas montañosas.

Y flotando en jirones a través de esta cubierta natural, asentándose como espesas y blancas piscinas que llenaban el valle, estaban las volutas y las cortinas de neblina que daban su nombre al bosque nuboso.

"El mundo entero es del Padre."

Sí, el mundo tal como su Creador lo había diseñado originalmente. Antes de que su última y más grande creación hubiera impuesto tal devastación.

"Esa es la Biosfera de Sierra de las Minas. Hermosa, ¿verdad?" comentó Joe innecesariamente. "Dijiste que querías elegir un lugar hermoso. . . ." Miró sobre su hombro hacia la banca que estaba detrás de ellos, sobre la que estaba el bolso de lona de Vicki.

Sus palabras ocasionaron en Vicki un pánico repentino. ¿Cómo era posible que hubiera olvidado su propósito original al venir hasta acá? Ahora que había llegado la hora, no sabía qué hacer. ¿Debería haber alguna ceremonia especial? ¿Debía abrir una de estas ventanas y sólo echar las cenizas al aire?

No puedo hacerlo; no aquí y no en compañía de este hombre.

—Al menos que por ahora sólo prefieras observar y regresar después por tierra o por aire —Joe añadió quedamente—. No tengo ningún inconveniente en traerte otra vez. También hay lugares muy hermosos alrededor del centro donde Holly trabajaba.

—Sí, sí, gracias. —Vicki aceptó la sugerencia con gran alivio—. Eso será lo mejor. —Movió la mano en el parabrisas—. Luce tan puro y natural, parece el Jardín del Edén.

—Ese es el bosque nuboso más grande que aún queda en todo el planeta.

—Bueno, sí, pero no creo que dure mucho tiempo —dijo Vicki ligeramente, pero su boca hizo una mueca cuando volvió su mirada hacia la belleza afuera de la cabina—. Al igual que el Jardín del Edén, los seres humanos lo destruirán y apuesto que ni Dios ni el hombre moverán un dedo para evitarlo.

—Pareces estar enojada. Si así es como te sientes, entonces ¿por qué vienes hasta acá?

—Tú lo sabes. —Vicki lo miró a los ojos—. Ciertamente no es por la vana e ingrata tarea de salvar el medio ambiente de otro país.

—Holly no pensaba que era una tarea tan vana —dijo Joe con calma, pero Vicki estaba segura de que, en medio de sus medidas palabras, se estaba cohibiendo de decir algo más.

—Holly era una optimista —replicó Vicki con un suspiro de enojo.

—No, Holly tenía fe.

La respuesta de Joe fue tan inesperada que Vicki lo miró fijamente.

—Pareces estar sorprendida. Déjame adivinar: un vagabundo de las playas no puede tener ética sólida de trabajo, ni valores morales, ni fe.

—Lo siento, no quise ser sarcástica. —Vicki pretendió reírse—. Es que no lo puedo creer. Tú has viajado alrededor del mundo tanto como yo lo he hecho; lo suficiente como para matar toda esperanza. Creo que ni tú ni yo estamos en las nubes, ni vemos el mundo color de rosa del modo que Holly lo hacía.

—¿Así es como ves la fe? Oye, no me pongas de tu lado. Si no tuviera fe en que alguien muchísimo mejor y más grande que yo está a cargo de este universo y de su destino, si creyera que de mis patéticos esfuerzos dependía el mejoramiento de las cosas, yo nadaría océano adentro o simplemente perdería toda esperanza en la vida.

Nuevamente, su tono era neutral y sin criticismo, pero algo en su expresión caló profundamente en el ser de Vicki.

—No he perdido toda esperanza en la vida. Sólo . . . sólo creo que tenemos que ser realistas.

—¡Realistas! —Ahora era él quien parecía estar enojado—. ¿Acaso piensas que todo eso allá abajo, o una perfecta salida del sol sobre el océano, es menos real que una guerra, o la pobreza, o el sufrimiento? Ah, no, es mucho más que eso, Vicki Andrews.

La penetrante intensidad de su mirada era tan incómoda que Vicki quiso gritarle que pusiera atención a la avioneta, o al cielo, o a cualquier otra cosa, menos a su rostro enrojecido.

—No, yo escuché bien lo que dijiste en el funeral. Cierto que tú y Holly tuvieron un comienzo difícil en la vida, pero parece que las dos crecieron en un hogar con mucha fe y amor. ¿Qué sucedió para hacerte tan diferente a Holly? ¿Para amargarte la fe?

Vicki guardó silencio, dejando caer sus pestañas y cerrando los ojos para bloquear la mirada de Joe. Ella le había dado una breve sinopsis de su biografía. ¿Cómo iba a añadir el miedo y la oscuridad? ¿Cómo le iba a decir de la impotencia que sentía al ver que no podía controlar un mundo tan destrozado y sufriente, que cualquier momentáneo lugar de descanso o placer era sólo una mera ilusión? ¿Cómo le iba a explicar la agonía que sentía al comenzar el día más brillante con la certeza de que un desastre podría ocurrir en cualquier instante?

Estaban volando ahora entre dos cadenas montañosas más altas que la altura a la que iba la avioneta. A su lado se encontraba un acantilado moteado de tonos cafés, rojos y grises, tan cerca que parecía que Vicki podía abrir la ventana y tocarlo. Una catarata en el acantilado había captado los rayos solares y se había formado un arco iris. Tanto el acantilado como el arco iris se perdían en la neblina que cubría ese valle. Sobre las cataratas, un par de cóndores volaban en círculos con las alas extendidas. Tanta belleza y paz hizo que a Vicki le doliera la garganta.

—Holly no recuerda, mejor dicho no recordaba, el principio. Y siempre asumí que mi responsabilidad era protegerla. Evidentemente no lo hice muy bien. —Los dientes de Vicki apretaron su labio para evitar que temblara—. No es que yo no vea lo bueno y lo bello. De hecho, sí lo veo. Lo que sucede es que veo muchas más cosas malas, sufrimiento, dolor y matanzas. Me parece que el mal está prevaleciendo y no el bien. Lo poco con lo que yo, o cualquier persona, pueda contribuir está sólo retrasando lo inevitable, incluyendo esto. Es que . . . es que no puedo entender a un Dios que después de crear algo tan increíblemente hermoso permita que gane la maldad y luego se quede mirando como todo es destruido.

—Sin embargo, no te das por vencida. En realidad no crees que puedas cambiar nada, pero tampoco te vas a tu casa y te estableces nuevamente en la vida cómoda de ir a los centros comerciales y de ver televisión. ¿Por qué? Vi lo que estabas haciendo con esos niños. Eres una contradicción total.

—Por lo menos estoy haciendo un intento. —Otra vez, a Vicki le pareció que él la estaba censurando—. ¿No es eso mejor que hacerme la desentendida . . . o dedicarme a surfear, o refugiarme en las hermosas montañas?

—Si te estás refiriendo a mí —contestó Joe—, estás equivocada. Claro que veo lo malo y el dolor. Pero tal vez los veo de una manera diferente. Si el Creador de este mundo es quien dice ser, si él creó todo esto . . .

En este momento estaban volando sobre la catarata; el agua rociada y la espuma rebotaban tan alto que alcanzaban a salpicar las alas de la avioneta. Por un instante, el arco iris rodeó a la nave con su prisma enjoyado antes de quedar detrás de ellos.

—. . . y si él permite que los seres humanos lo destruyan todo con sus decisiones erróneas, entonces quiere decir que él valora nuestra libertad para elegir y tomar decisiones. Después de todo, con solo chasquear sus dedos, Dios podría convertirnos en robots . . . asumiendo que él tenga dedos. Entonces, ¿qué valor ve él en nosotros que valga la pena todo el dolor y crueldad a que hemos sometido su creación? Oye, yo sólo soy un tipo común . . .

¡Sí, como no!

—. . . y ciertamente no soy teólogo. Pero prefiero creer que Dios *es* el que esos capellanes de las bases militares desde pequeño me dijeron siempre que él era. De otro modo, no valdría la pena vivir en este mundo. De acuerdo, no estoy insinuando que no existe todo lo que tú mencionas, pero . . . tal vez es como una mariposa saliendo de su capullo. Tal vez hay algo valioso que aprender a través del sufrimiento. Tal vez hay algo de más valor que hacer que este mundo sea fácil y hermoso para nosotros, lo cual, si crees que Dios es real, tienes que admitir que él podría hacer con suma facilidad. Tiene que ser algo que ni siquiera podemos imaginar porque no podemos ver el futuro para entenderlo. Pero tiene que ser mucho más que imaginación para que todo esto valga la pena.

Con menos seriedad y haciendo una mueca con su boca, añadió: "Tienes mucho tiempo para pensar cuando haces surf."

No obstante, Vicki no se dejó engañar por su tono casual. Tal vez él no era un teólogo, pero ciertamente era un filósofo. Era este hombre, y no Vicki, el que estaba tornándose en un laberinto de contradicciones. *Este hombre me podría gustar.*

A pesar de todo, el instinto en el que ella había aprendido a confiar —perfeccionado por la práctica de muchos años de discernir las mentiras y los engaños— le causaba preocupación. *Cualquiera puede recitar una filosofía que parezca correcta. Yo sé que él está escondiendo algo.*

Claramente, Joe no estaba esperando una respuesta de Vicki, así que ella no respondió. Otra vez, él se había quedado en silencio, no con su reserva sarcástica de antes, sino más bien porque estaba ocupado.

La avioneta había descendido aún más entre las cadenas montañosas y, de hecho, la neblina estaba cubriendo el parabrisas. A través de esta, Vicki podía ver la cubierta del bosque nuboso a sólo unos metros por debajo de ellos. No veía los pinos que cubrían las laderas más altas, sino hojas anchas y coronas redondas, interrumpidas por árboles raros, tan rectos como lápices y con copas de una sola mata, que lucían como escobas al revés. Enlazándolo todo el conjunto estaban las lianas de los árboles, las cuales ofrecían a los monos y a los otros habitantes de esta parte superior del bosque nuboso un sistema de transporte a lo largo y ancho de la vegetación.

Vicki sabía lo que él estaba buscando: los claros ilegales que él había mencionado. Pero si había algún claro en todo ese mar verde, ella no podía verlo. Se elevaron sobre otra cadena montañosa y descendieron sobre otro valle con volutas de neblina. Joe bajó la velocidad cuando volaron sobre la abertura de una ladera, yendo lentamente en círculo. Obviamente era un viejo claro, sobre el cual ya habían vuelto a crecer árboles tiernos y las típicas hojas anchas, como orejas de elefante, de este bosque.

Sin embargo, luego de pasar por otra cadena montañosa y por otro

valle, Joe volvió a disminuir la velocidad y otra vez volaron en un lento
círculo. Esta vez, ella pudo ver los indicios de un nuevo claro. No se veían
señales de presencia humana y si algo había sido plantado, ya estaba
siendo cubierto por la mala hierba y las flores silvestres.

Joe asintió, indicándole a Vicki un lugar directamente delante de
ellos, donde un acantilado hacía que el valle terminara en un cañón sin
salida. Sobre el acantilado, la ladera de la montaña se elevaba en un pico
de gran altura.

"Ya casi llegamos al final de la biosfera. El centro queda a unos diez
minutos sobre esa montaña. La aldea que fue masacrada hace un par de
meses estaba ubicada arriba en la montaña, entre este lugar y el centro.
Yo diría que probablemente ese era uno de sus claros."

Descendiendo aún más, volaron en un círculo más ancho que les
permitió ver una media docena más de claros abandonados. La falta de
la vegetación original había permitido que los claros fueran invadidos
por una virtual alfombra de flores. Los pétalos —blancos, rosas, lilas,
rojos— se estaban cayendo, pero aún quedaban suficientes en los tallos
como para permitir imaginarse cuán hermosa debió haber sido cuando
estaba toda florecida.

"Bueno, Dieter 'Greenpeace' probablemente tenía razón en cuanto a
una cosa. Al parecer la masacre hizo que los campesinos tuvieran miedo
de cruzar la línea. Bueno, vayamos a casa." Joe tiró con fuerza del timón
y la avioneta ascendió de manera tan empinada que parecía que estaban
subiendo por la ladera que estaba frente a ellos.

Hasta este momento Vicki no había necesitado hacer uso de la bolsa
de plástico, pero tuvo que sujetar firmemente el cinturón de su hombro.
Cuando Joe hizo que la avioneta se inclinara lateralmente para descender hacia el valle y hacia el acantilado, a ella le pareció que su estómago se le subió a la garganta. El único sonido era el rugido de la hélice.
Cuando la avioneta se sacudió, Vicki creyó que habían chocado contra
una bolsa de aire o tal vez contra un pájaro. Entonces vio los rayos de luz
a través del material de las alas, justo fuera de su ventana.

—¡Joe, hay agujeros en el ala!

—Perforaciones de bala —dijo Joe apretando los dientes, luchando
ferozmente por estabilizar los controles—. ¡Nos han disparado!
¡Sujétate!

Esta vez, Vicki vio el destello de luz de los proyectiles disparados desde ese laberinto verde de la ladera. La avioneta se volteó sobre un costado de manera tan abrupta que la tiró contra el hombro de Joe.

Pasó una eternidad hasta que por fin las alas se nivelaron. La DHC-2 volaba rápidamente por el valle, hacia el acantilado —más allá del cual, Joe le había prometido, estarían a salvo. Al dejarse caer otra vez sobre su asiento, Vicki no pudo ver algún otro daño causado a la avioneta. Ya habían llegado al acantilado y estaban ascendiendo drásticamente para poder pasar sobre la montaña. Pero cuando exhaló el aire que había estado reteniendo, Vicki pudo escuchar el bramido de otro motor.

Las hélices se elevaron sobre la montaña, entonces apareció la figura larga y gris verdosa brillante del helicóptero militar. Se trataba de un Huey de la era de Vietnam, que Vicki pudo reconocer porque los había visto en miles de programas de noticias y películas. Estos helicópteros habían sido donados por Estados Unidos, como excedente militar, a sus aliados alrededor del mundo. La puerta lateral estaba abierta y no había manera de evitar ser alcanzados por los proyectiles de la ametralladora que les estaba apuntando.

CAPÍTULO DIECISIETE

Esta vez Vicki pudo escuchar el *rat-tat-tat* de los rápidos disparos de ametralladora. También pudo ver los destellos de fuego de los proyectiles disparados hacia ellos. ¿Era ella la que gritaba, o era Joe? Tal vez eran los dos.

Cuando Joe tomó el micrófono, Vicki pudo juzgar la fluidez de su español.

"¡Socorro! ¡Socorro! No disparen. Estamos desarmados. Somos civiles. Número de identificación: N62513. ¡No disparen!"

Por una pausa que pareció infinita, Vicki estuvo segura de que no lo habían oído —o que habían preferido ignorar la llamada. Volando de costado y haciendo un semicírculo, el Huey tomó posición de formación junto a la ventana de Joe. Mirando más allá de él, Vicki pudo divisar dentro del helicóptero a por lo menos una media docena de hombres con uniformes caqui, junto a esa enorme ametralladora atornillada al piso.

Vicki cerró los ojos cuando vio que la voltearon hasta que quedó apuntando directamente a la cabina de la DHC-2. Cuando, dejando de lado su miedo, se forzó a sí misma a abrir los ojos otra vez, no vio el fuego de la ametralladora, sino más bien a un uniformado de cuclillas en el espacio de la puerta abierta del Huey, haciendo ademanes con los brazos. La esencia de su transmisión sonó en español a través de la radio.

Aunque algo de la terminología le era desconocida, Vicki no tuvo ningún problema en traducir su contenido general: "Síganos y aterricen donde les digamos, o los volaremos en pedazos."

Después volaron sobre la montaña. Todo lo que ella vio fue la pista de asfalto, saliéndoles al encuentro con toda rapidez. Más allá de este campo aéreo y llegando hasta las montañas estaba el borroso bosque nuboso que marcaba el comienzo de la biosfera. A un lado de la pista había una cerca de malla, cuya parte superior constaba de alambre de púas. Esta cerca estaba interrumpida, a intervalos, por las torres de vigilancia y por un portón ancho. Varios camiones del ejército y otros vehículos estaban en fila al borde de un área abierta de tierra compacta para pasar revista.

Al final de la pista había un hangar, cuyo costado estaba abierto, y una pequeña torre de control. Fuera del hangar había un segundo Huey, estacionado junto a un avión militar DC-3 de carga.

Cuando las llantas de la DHC-2 tocaron la pista, hombres con uniformes militares de trabajo salieron a toda velocidad desde la torre de control y del hangar. A través de la cerca de malla, Vicki pudo ver a un Jeep militar y a una camioneta dirigiéndose rápidamente hacia el área abierta de pasar revista; los guardias se apresuraron a abrir el portón.

Vicki vio la imagen más extraña de la escena: un par de botas militares enormes, tan anchas como el portón y tan altas como la pared de esta base. Encima de las botas había un casco igual de enorme. Tanto las botas como el casco estaban pintados con tonos verde y olivo, colores de camuflaje. Este monumento era la propaganda más ostentosa que ella había visto hasta ahora del poder y del estado privilegiado del ejército aquí en Guatemala.

—¿Estamos aterrizando en la base militar? —preguntó Vicki con impaciencia—. ¿Dónde está el aeropuerto?

—*Este* es el aeropuerto. —La mano experta de Joe sobre el timón hizo que la avioneta redujera su velocidad hasta sólo ir rodando sobre la pista. Cuando se detuvieron junto al DC-3, el helicóptero que los había escoltado se detuvo enfrente de ellos; el viento de sus hélices hizo que la liviana DHC-2 se meciera.

Hombres con uniformes caqui salieron de todas partes del Huey, y aunque los rifles automáticos que llevaban en sus manos eran considerablemente más pequeños que la ametralladora del Huey, no eran menos intimidantes.

"El centro paga una cantidad exorbitante para guardar su avioneta aquí. No puedo ni imaginarme en qué clase de lío nos hemos metido. Sólo permanece sentada y deja que yo hable. Una simple explicación deberá aclarar todo esto." El tono de Joe era calmado y casual, pero su puño cerrado cuando se desabrochaba el cinturón de seguridad dejaba vislumbrar su enojo.

Cuando Joe escuchó un ruido fuerte causado por el golpe de una culata contra el fuselaje, abrió la puerta de la cabina y salió con las manos en alto.

Un instante más tarde, alguien abrió de un tirón la puerta de Vicki. Una mano la sujetó del antebrazo cuando ella trataba de salir. Calculó mal la corta distancia que debía saltar y cayó pesadamente sobre sus rodillas.

Cuando logró levantarse tambaleándose y limpiando sus pantalones vaqueros, vio que Joe estaba siendo guiado hacia su lado. Él no parecía intimidado en absoluto por los cañones de las armas de fuego que le apuntaban. Tal vez era porque sus captores sólo le llegaban hasta los hombros. En cambio, el hombre que vigilaba a Vicki no sólo era el doble de su peso, sino que también estaba parado tan cerca de ella que la estaba asfixiando con el olor de su sudor.

"¡Oigan, no toquen eso!" exclamó Joe con un grito furioso al ver que dos hombres con uniformes militares de trabajo, quienes habían abierto la puerta de la cabina de la avioneta, estaban ahora tratando de sacar una de las cajas de su carga. "Esos son medicamentos pertenecientes al Centro de Rescate de la Flora y Fauna. Si algo está roto, ustedes serán personalmente responsables."

Rápidamente, pero con cuidado, los dos hombres bajaron la caja y la pusieron de regreso en el lugar en el que había estado.

Joe se volvió para mirar al hombre con uniforme caqui que estaba más cerca de él. Vicki lo reconoció como el hombre que les había indicado mediante gestos que debían aterrizar. Era alto para ser guatemalteco; obviamente era de ascendencia europea. Su cabello rizado era más café que negro y su barba le hacía parecerse a una versión joven de Fidel Castro.

—¿Cuál es el motivo de este ataque innecesario? —preguntó Joe firmemente en español y señalando hacia los agujeros que los proyectiles habían hecho en el ala que estaba sobre su cabeza—. Esta es una aeronave privada; pertenece al Centro de Rescate de la Flora y Fauna y tiene autorización para aterrizar en esta pista. Les informamos por radio de nuestra llegada.

—¡Estás mintiendo! —El hombre que se parecía a Castro replicó con furia—. Yo conozco la avioneta del centro y a su piloto. ¿Dónde está Rogelio? —A Vicki le tomó un momento darse cuenta que él se estaba refiriendo a Roger, el colega británico de Holly del centro, a quien Joe había reemplazado—. En cuanto a un ataque, no creas que te vas a salir con la tuya. Nuestro radar captó tus maniobras evasivas. Vimos cómo trataste de escapar. ¿Qué estás transportando? ¿Narcóticos?

—No estuvimos tratando de escapar. Estábamos tratando de evitar que nos derribaran.

Cuando su líder les dio la señal, los dos hombres que habían levantado la caja usaron las culatas para romper la tapa de esta.

—¡Oigan! —exclamó Joe, dando un paso hacia delante, pero cuando los cañones de los rifles lo apuntaron, se calmó y extendió las manos ampliamente—. Por favor, obviamente esto es un malentendido. Sí, tiene razón; esta no es la misma avioneta que hemos guardado aquí antes. Acabamos de comprarla. Entregamos los documentos a su comandante. Roger regresó a su país. Nuevamente le digo que lo único que tiene que hacer es verificar la información con su oficina central. Yo he despegado desde aquí y he aterrizado en esta pista varias veces durante las últimas semanas.

—Yo no estaba aquí en las últimas semanas —dijo el hombre con arrogancia, como si eso anulara lo que Joe había acabado de decir.

—Coronel. —Un hombre con traje de faena sostenía en alto un frasco que había sacado de la caja—. Es verdad que esto contiene medicinas. La etiqueta dice que esto es un antibiótico.

—Pudiera ser un truco para contrabandear narcóticos —el coronel replicó con ira—. Se puede imprimir cualquier cosa en una etiqueta.

—¿Por qué iba alguien a querer traer drogas de contrabando hasta acá? —Hasta ahora Vicki había estado callada; la adrenalina producida por su aterrizaje forzoso la había dejado temblorosa y con náusea.

Aunque el sol estaba muy por encima de ellos, soplaba viento a través de la región montañosa, tan cargado de humedad que Vicki podía paladearlo. Esto le recordó de manera desagradable cuánto le disgustaban las montañas . . . y los soldados. Detestaba a los uniformados corriendo, docenas de ellos, acercándose. Le desagradaban sus gritos groseros y sus rostros oscuros y severos. Detestaba las botas negras chocando ruidosamente contra el asfalto. No soportaba el olor a quemado.

¿Por qué percibía olor a quemado cuando aquí nada estaba quemándose?

Vicki exhaló profundamente para tratar de deshacerse de su mareo. Tenía que ser la altura la que estaba causando que su corazón latiera furiosamente.

—Yo creí que la gente trataba de *sacar* ilegalmente drogas desde aquí, no que trataran de traerlas hacia acá —logró decir ella a pesar de que le castañeaban los dientes—. Lo que usted dice no tiene ningún sentido. ¡Ya déjenos ir!

Vicki alcanzó a vislumbrar cómo la mirada de advertencia de Joe se transformó en una de preocupación.

—Eso queda por verse. —La expresión del coronel brillaba por la furia—. Lo que sí tiene sentido es que ustedes dos quedan arrestados. —Chasqueó los dedos hacia un grupo de soldados quienes acababan de llegar desde el hangar—. Ustedes, aseguren la avioneta. Y ustedes, escolten a los prisioneros hasta las oficinas.

Un rugido embargó la cabeza de Vicki cuando unos dedos la sujetaron fuertemente del antebrazo. Le pareció extraño que los rostros oscuros que la acosaban parecían haber quedado distantes y borrosos; la respiración se le tornó leve y rápida. Estaba a punto de desmayarse o de vomitar sobre las lustrosas botas negras del coronel.

El fuerte sonido de una bocina hizo que los soldados se dispersaran. Mientras los dedos que sujetaban firmemente el antebrazo de Vicki la soltaban, el Jeep militar que ella había visto desde el aire se detuvo abruptamente y la camioneta que lo seguía se detuvo detrás.

Una docena de hombres uniformados estaba abarrotada dentro del Jeep: apretados en los asientos, de cuclillas en el piso y colgados de la puerta posterior. Vicki logró ver el cabello claro y el cuerpo alto del hombre que estaba sentado junto al conductor. Ella pudo haber llorado debido al alivio que sintió cuando vio que él salió de un salto del Jeep y se acercó dando grandes pasos.

—¡Michael! ¿Qué estás haciendo aquí?

—Hola, Vicki —Se le acercó y le sonrió—. Te dije que iba a cambiar mi horario de adiestramiento, pero no pensé tener el gusto de verte otra vez tan pronto—. Él se detuvo para intercambiar un breve apretón de manos con el hombre que los tenía arrestados—. Coronel Alpiro, veo que ya regresó. Y veo que también trajo con usted a dos de mis compatriotas.

—Michael se volvió para mirar a Vicki otra vez. —Permíteme que te presente a Ramón Alpiro, comandante de la nueva UPN y mi contacto local para este programa de adiestramiento.

—¿UPN . . . ? Pero . . . pensé que eran soldados. —Aunque la cabeza le daba vueltas, Vicki logró darse cuenta que, de hecho, los uniformes de los que la rodeaban eran diferentes: el uniforme militar de camuflaje de quienes habían salido corriendo del hangar era distinto al uniforme caqui de la tripulación del helicóptero. Ahora Vicki podía ver la insignia de la UPN en la parte superior de la manga y en la solapa; la gorra militar había sido reemplazada por la boina caqui. Los compañeros de Michael del Jeep llevaban este mismo uniforme.

—Sí, bueno, en parte tienes razón. El comando militar local está trabajando conjuntamente con la UPN. El combinar fuerzas y recursos es el único modo eficaz de llevar a cabo esta misión. —Michael sacó súbitamente la mano para ayudar a Vicki a recuperar el equilibrio cuando ella se tambaleó un poco—. ¿Estás bien?

—¿Bien? Claro que ella no está bien —replicó Joe, zafándose de las manos que lo sujetaban y dando un paso hacia adelante hasta quedar cara a cara con Michael—. ¿No te das cuenta que casi la matas del susto? Tus matones pudieron habernos matado. Dime algo, ¿disparar y derribar aeronaves civiles es siempre parte de tus ejercicios de adiestramiento?

—¿Disparar? —Michael le echó un vistazo al daño del ala que estaba sobre su cabeza y la sonrisa desapareció súbitamente de su rostro y de sus ojos—. ¿De qué estás hablando?

—Me refiero a que pudieron habernos matado —contestó Joe fríamente—. De hecho, es un milagro que nada vital fuera alcanzado.

Los dos hombres habían estado hablando en inglés, así que cuando Vicki decidió hablar, lo hizo en el mismo idioma.

—Joe tiene razón, Michael. Alguien nos disparó desde la selva y luego estos . . . estos policías, soldados o lo que quiera que sean . . . —La voz le tembló mientras señalaba a la tripulación del helicóptero— nos arrestaron.

—Les aseguro que no fueron *mis* "matones" quienes les dispararon. En primer lugar, estos hombres no trabajan para mí. Como estadounidenses, estamos aquí sólo en calidad de consejeros. —Al ver que la expresión de Joe no perdió ni un gramo de escepticismo, Michael añadió enseguida—: De cualquier modo, todo el personal de tierra involucrado en el ejercicio de adiestramiento regresó hace una hora, tal como la mitad de la base lo puede atestiguar. El Coronel Alpiro y la unidad del helicóptero estaban realizando el último vuelo de vigilancia sobre la biosfera cuando nos comunicaron por radio que había una aeronave sospechosa volando bajo en una zona restringida y que estaba tratando de evadir la persecución.

—¡Volando bajo! ¡Evadir la persecución! Lo que estaba haciendo era tratar de evitar que los disparos, no sólo desde abajo, nos alcanzaran y nos derribaran. Tu amigo coronel tiene el gatillo tan ligero como quienquiera que estaba en la selva.

"Y por eso en realidad tengo que pedirte disculpas, Joe."

Vicki se dio la vuelta debido a la interrupción. Sólo al ver a Bill se dio cuenta que el color de la camioneta que estaba detrás del Jeep no era verde militar, sino más bien de un tono verde claro y de que su conductor era el patrocinador del CRFF.

—¡Lo siento mucho! —dijo Bill apresurándose—. Tenía planeado estar en la pista para recibirlos, pero mi reunión con el comandante de la base demoró más de lo que pensé. Cuando nos avisaron que había un problema con una aeronave, temí que se tratara de ustedes. Entregué la documentación correspondiente, pero ya he estado aquí demasiado tiempo para asumir que la información le iba a llegar a tiempo al personal de tierra, en este caso, de la torre de control. Vicki, por favor acepta mis disculpas por esta lamentable bienvenida a nuestra pequeña comunidad. Espero que no la consideres como algo típico de lo que vas a encontrar aquí, ¿verdad?

—Por favor, no se eche la culpa, señor Taylor. —Michael se dio vuelta y le sonrió a Bill—. Sólo fue una lamentable confusión. Nadie resultó herido, así que demos el asunto por terminado.

—Eso está bien, pero ¿ya nos hemos olvidado de que alguien nos disparó? Y de que al momento ¿estamos arrestados? —les recordó Joe con voz severa. Una docena de armas de fuego todavía le estaban apuntando; los ojos oscuros sobre estas estaban tan fijos en este fornido estadounidense como lo estarían los de varios ratones mirando a un gato—. Camden, ¿por qué no les dices a tus matones que apunten sus juguetes hacia otra parte?

—Puedes estar seguro de que esta situación será investigada minuciosamente —dijo Michael con calma y entrecerrando los ojos—. Posiblemente quienes les dispararon fueron algunos cazadores ilegales, quienes se preocuparon al creer que los habías visto. —Volviéndose hacia el comandante de la UPN, comenzó a hablar en español—. Coronel, permítame que los felicite a usted y a los miembros de su unidad por haber realizado un excelente trabajo. Llevaron a cabo la operación precisamente como la habíamos practicado. Este ejercicio adicional de entrenamiento ha sido de mucho provecho para su unidad. Pero como usted puede ver, ha sido una equivocación arrestar a estas dos personas.

—Entonces se acabó. —El Coronel Alpiro miró a Michael y luego a sus prisioneros. Chasqueando los dedos, dio una orden a gritos, la misma que Vicki no pudo entender, pero que hizo que todas las armas apuntaran hacia abajo.

Así se dio por terminado el asunto. Unos instantes después, los hombres que antes habían estado apuntándoles con armas de fuego estaban ahora transfiriendo las cajas desde la DHC-2 hasta la camioneta; los demás regresaron a las labores que habían abandonado. Los tres hombres estadounidenses y el coronel, a quienes ahora se les había unido el piloto del helicóptero, estaban agrupados bajo el ala de la avioneta, inspeccionando el daño.

Al parecer, sólo Vicki estaba todavía asustada debido al incidente. ¿Acaso la violencia era parte tan integral de las vidas de estos hombres que eran capaces de olvidarla con tanta facilidad? Ella se alejó. Por lo menos así logró que se volvieran para mirarla, pero cuando Vicki señaló hacia la torre de control y dijo "Baño," ellos retomaron de inmediato su discusión.

Un guardia dentro de la torre de control la guió hasta un baño bastante sucio, pero que por lo menos aún funcionaba.

Cuando salió, dobló hacia un callejón ubicado entre el hangar y la torre de control. El callejón terminaba en una hilera angosta de vegetación, la misma que separaba la pista de la borrosa selva que se encontraba más allá.

Un centinela armado la miró cuando comenzó a caminar por este lado abierto, pero no hizo nada para detenerla.

Enfrente de ella había un laberinto de árboles, enredaderas y matorrales oscuros, extraños y fríos. El viento fresco se había tornado en una neblina, que no era muy espesa, ni tampoco era lluvia, pero que era tan húmeda como para dejar gotas sobre el rostro y los brazos descubiertos de Vicki. Se envolvió fuertemente con sus propios brazos para tratar de dejar de tiritar.

No debí haber venido. Vicki sabía que estaba comportándose mal. Sí, habían sido unos minutos de terror, pero ella ya había pasado antes por situaciones difíciles y ahora ya había terminado todo. Entonces ¿por qué seguía latiéndole rápidamente el corazón y el estómago se le revolvía por la nausea?

Vicki había tenido una reacción similar en Sri Lanka, cuando su convoy había sido detenido en un pasaje montañoso por tropas del gobierno. La altura, el frío, la humedad, el olor de la selva y los gritos de los soldados le habían provocado un pánico que la había sorprendido y avergonzado, ya que, a pesar de su severidad, las tropas gubernamentales se habían mostrado bastante corteses con los trabajadores de asistencia humanitaria.

Pero esto era peor. El choque de las botas contra el suelo era tan aterrador. El olor a humo era tan real. El laberinto de la vegetación era oscuro y frío. A Vicki le pareció que estaba tratando de salir de una pesadilla olvidada, en lugar de estar viviendo lo que realmente estaba sucediendo a su alrededor.

Tal vez sí estoy tratando de escapar de una pesadilla olvidada.

Vicki dejó que sus manos se deslizaran lentamente desde sus brazos fríos. Tal vez eso era exactamente lo que estaba experimentando.

¿Acaso Evelina no le había dicho que sus verdaderos padres las habían llevado a ella y a Holly a vivir en una aldea maya en las montañas? Probablemente fue un lugar muy parecido a este. Tal vez hasta fueron estas mismas montañas.

Sus verdaderos padres habían muerto en algún lado de esta cadena montañosa. Según el parte mortuorio, la unidad militar local había llevado los cadáveres hasta la embajada. ¿No habrían llevado también a dos niñas sobrevivientes? ¿Sería posible que la extrema aversión de Vicki hacia las montañas y la selva que tanto le molestaba a Holly, el rápido latir de su corazón cuando veía un uniforme militar y las imágenes de botas corriendo y llamas saltando —todo lo cual no concordaba con ninguna memoria consciente— fueran no sólo el producto de su imaginación, sino más bien de acontecimientos reales? ¿Acaso habían sido acontecimientos tan traumáticos que aún la impactaban a pesar de estar enterrados en la niebla de su pasado, pero no en el de Holly, quien en ese tiempo aún era demasiado pequeña?

Si tan sólo pudiera recordar. ¿Por qué no puedo recordar lo que pasó?

Bueno, Vicki no podía cambiar un pasado que ni siquiera podía recordar. Pero sí podía hacer algo en cuanto al presente.

Una desgastada senda que iba a la par del perímetro hasta adentrarse en la selva le indicó a Vicki que ella no era la primera persona que tomaba este atajo entre el hangar y la torre.

Cruzando rápidamente esa área despejada, Vicki dejó que los matorrales la rodearan. Desde aquí ya no podía ver la pista ni la base militar y más adelante la senda curvaba y desaparecía entre la vegetación, dejándola sola en medio de este mundo verde. Se quedó inmóvil y trató de sosegar el pánico que se acrecentaba en su interior. *Olvídate del pasado. Olvídate de los prejuicios. Sólo mira la situación objetivamente, tal como realmente es.*

Vicki dobló en un círculo lento. Junto a la senda se encontraba el perfecto arco de un helecho gigante; las gotas de la humedad que cubrían su plumoso entorno habían captado la luz y refractaban el espectro enjoyado de un arco iris. Una voluta de neblina se enroscaba a través de los pinos y de los árboles madereros de hojas anchas; por encima de Vicki la neblina se había tornado ahora en una ligera llovizna. *Chipi-chipi.*

Esta palabra se le ocurrió súbitamente. Era la constante llovizna que mantenía tan verde al bosque nuboso.

¿Cómo supe eso?

Justo adelante, un riachuelo burbujeaba a través de la senda y desembocaba en un canal. Las piedras que servían de apoyo para cruzar al otro lado del riachuelo lucían resbalosas debido al musgo que las cubría, así que Vicki se detuvo y prestó atención a un ruidoso regaño proveniente desde lo alto. Al echar su cabeza hacia atrás, pudo ver una cara arrugada y peluda que se encontraba en medio del laberinto de enredaderas y hojas. Otra cara igual se le unió brevemente y luego las dos desaparecieron; se trataba de un bebé mono aullador y su madre. Entre los árboles, Vicki pudo vislumbrar un destello de plumas brillantes. ¿Acaso se trataba del famoso pájaro quetzal? Aquí, fuera del alcance del humo del aeropuerto, la fragancia húmeda de la vegetación era agradable y, sorpresivamente, muy familiar.

Yo he estado aquí antes. Al menos aquí en estas montañas. Y esto no es desagradable ni oscuro. Es sumamente hermoso. Con razón Holly amaba tanto este lugar. Con razón mi padre quiso venir hasta acá.

Vicki hizo a un lado la cascada lila, crema y anaranjada aterciopelada de las orquídeas que colgaban en rizos desde la rama de un árbol. *Este realmente era el mundo de mi padre. Ahora lo recuerdo. Recuerdo haber cantado esa canción. Yo estaba jugando. Yo era . . . Yo era feliz. ¿Y entonces qué sucedió . . . ?*

La repentina ola de gozo se evaporó cuando Vicki se esforzó tratando de recordar; la belleza de su entorno iba apagándose. Otra vez, su corazón comenzó a latir rápidamente.

¿Y entonces qué sucedió?

"¿Vicki?"

Vicki se dio media vuelta, poniendo la mano sobre su garganta. Había estado tan ensimismada y perdida en otro mundo que le pareció que la voz aguda de un hombre estadounidense la estaba llamando desde el pasado.

Vicki se reorientó, volviendo al presente. Había estado caminando afuera durante más tiempo del que había planeado, y alguien la estaba buscando. Se dio cuenta que su rostro estaba mojado, aunque no recordaba haber llorado. Rápidamente se limpió la cara al oír que unos pasos se le acercaban. ¿En qué condición tan patética se encontraba? *¡Vamos, domínate!*

—Al fin te encuentro. —Bill rodeó el tronco de un árbol y salió hasta la senda—. Me preocupé porque pensé que te habías perdido. Estamos listos para partir. —La mirada de Bill se tornó penetrante al ver la cara húmeda de Vicki—. ¿Estás bien? ¿No te hirieron durante el incidente que acaba de ocurrir, verdad?

—No, estoy bien, en serio. Tal vez estoy aún un poco asustada. —Bill lucía preocupado, así que Vicki continuó hablando con rapidez, indicando lo que la rodeaba—. Es que . . . es que todo esto es tan hermoso que me impactó. Los sonidos, los olores . . . Todo esto me trajo muchos recuerdos que ni siquiera supe que tenía.

—¿Recuerdos? —preguntó Bill—. ¿Entonces ya has estado aquí antes?

—Parece que sí. —De inmediato, Vicki trató que lo que acaba de escapársele no fuera tomado tan en serio—. Aunque no necesariamente tiene que ser este mismo lugar, pero sí en alguna parte de estas montañas. Al verlo de cerca, todo esto se me hace tan familiar. Sin embargo, en ese entonces yo era tan pequeña que no estoy segura qué es realidad y qué es parte de mi imaginación.

»Nací aquí en Guatemala —continuó explicando Vicki, al ver la expresión de Bill—. Mi verdadero padre era un periodista gráfico estadounidense, que se encontraba trabajando aquí; mis padres murieron en estas montañas. O por lo menos, eso es lo que me han dicho. Pero . . . —Su mirada se desvió hacia el laberinto de árboles, helechos, enredaderas y orquídeas y a la corriente de agua cruzando a través de la senda—. Algo en todo esto ciertamente me es muy familiar.

—¿Fueron Jeff y Victoria Craig tus padres? —El rostro de Bill se tornó tan impasible como su tono, pero no antes de que Vicki pudiera ver cuán sorprendido había quedado—. ¿La pareja estadounidense que fue asesinada aquí hace veinte años?

—¿Los conociste?

—Desde luego que había oído hablar de ellos. En ese entonces, cualquier extranjero con contactos en Guatemala sabía del caso. ¿Es por eso que estás aquí? ¿Y es por eso que estás investigando con tanto ahínco la muerte de Holly? ¿Piensas que tal vez hay una conexión entre los dos casos?

—No, no, de ningún modo. —Eso nunca se le había ocurrido a Vicki—. Holly ni siquiera supo lo que les sucedió a nuestros verdaderos padres. Yo . . . yo misma acabo de enterarme, apenas cuando llegué a este país.

Explicó breve y renuentemente cómo se enteró. —Realmente se trata sólo de una coincidencia. ¡Qué extraño! ¿Verdad? ¿Crees que sea posible que yo haya estado aquí en estas mismísimas montañas?

—Cualquier cosa es posible —replicó Bill secamente—. Aunque

cada uno de estos valles se parece mucho al siguiente. Bien, ¿estás lista para irnos? Tenemos que partir lo más pronto posible.

—Perdón por hacerles esperar —dijo Vicki al notar que él echó un vistazo a su reloj.

Vicki se había quedado perdida en el pasado por mucho más tiempo del que había pensado. A excepción de unos pocos centinelas, la pista estaba desierta cuando los dos salieron al aérea despejada; la carga ya había sido trasferida cuidadosamente a la camioneta y estaba cubierta con plástico grueso. Vicki buscó a su alrededor, tratando de localizar a Joe y a Michael. Ella debería darle las gracias a Joe, quien, a pesar de toda la fría censura que parecía acompañar cada una de sus conversaciones, por lo menos las había traído hasta aquí a ella y a la avioneta sanas y salvas.

En cuanto a Michael, el hecho de que él cambiara su horario con tanta rapidez demostraba que en realidad estaba prosiguiendo seriamente con la investigación de la muerte de Holly. Vicki quería expresarle su agradecimiento y preguntarle si tenía alguna noticia más.

"Joe me dijo que te pidiera disculpas por el aterrizaje tan tosco," explicó Bill. "Alpiro se los ha llevado en el helicóptero para ver si Joe podía encontrar el área exacta en la selva desde la cual les dispararon. Me pidió que te dijera que tus cosas estaban en el asiento posterior. Camden también me pidió que lo despidiera de ti. Él planea ir a verte al centro hoy mismo, si esta investigación de los disparos no le toma mucho tiempo. De lo contrario te verá mañana."

Así que no la habían simplemente olvidado. La calidez que esto le provocó la ayudó a olvidar los últimos incidentes y momentos poco gratos y pudo retomar, con renovado interés, el último tramo de su viaje. Este se llevó a cabo por un camino de tierra, tan resquebrajado e irregular que era obvio que la mayoría de sus usuarios eran peatones y carretas, no vehículos motorizados. Al principio, la camioneta siguió por la pista de aterrizaje, donde Vicki vio a un grupo de mujeres mayas buscando restos metálicos con escobas echas a mano. Los hombres mayas cortaban los arbustos a lo largo de la pista y del perímetro de la base. Guardias armados del ejército, no de la UPN, según se podía distinguir por sus trajes de faena, vigilaban a los campesinos mientras hacían su labor.

Cuando la pista terminó, vio pequeños lotes con plantaciones de maíz y frijol y algo más grande: las matas de café. También aquí los campesinos mayas de las montañas trabajaban con azadones de madera y con machetes. La camioneta pasó cerca de una mujer que llevaba una carga de leños sobre su espalda y de un niño arreando a un burro cargado con grandes bultos.

"De hecho, este altiplano está dentro de la Biosfera de Sierra de las Minas." Bill conducía la camioneta con tanto cuidado sobre los montículos de lodo seco que Vicki hubiera podido ir mucho más rápido a pie. "Como puedes ver, ha sufrido el impacto de la devastación humana. Pero, al menos, este es el último asentamiento humano antes de llegar a lo que llamamos 'la reserva nuclear,' una de las razones por las que el CRFF decidió ubicarse aquí."

Bill señaló hacia las empinadas y verdes montañas por las cuales la DHC-2 había descendido. Más abajo, en el altiplano, el impacto de la devastación causada por los humanos era aún más visible conforme el camino iba transformándose en la vía principal de una aldea. Bajo la sombra de árboles cítricos y de palmas bananeras, las mujeres mayas molían el maíz hasta convertirlo en harina, alimentaban las fogatas y lavaban ropa en tinas de metal. Los niños más pequeños se escabullían por todos lados en los patios de tierra desgastada, mientras que los más grandes observaban con solemnes y oscuros ojos el paso de la camioneta.

Para Vicki, todas estas escenas le resultaban muy familiares. Era la vida cotidiana de cualquier aldea en un sinnúmero de culturas en vías de desarrollo alrededor del mundo.

Lo que no le era familiar era la impresión de estar en un campamento armado. Había visto a muchos soldados vigilando el trabajo de los obreros en las plantaciones de café. La camioneta ya había pasado por dos garitas de control de seguridad y aun en el centro del pueblo había visto a varios hombres patrullando y haciendo las veces de centinelas en las gradas de una pequeña catedral con un solo campanario.

"El lago que está allá abajo es el Izabal, la fuente de agua fresca más grande de Guatemala. Este pueblo se llama Verapaz." Bill frenó para no chocar contra un Jeep militar que venía a toda velocidad. "Fue construido y bautizado por el ejército, como ya te lo habrás imaginado, como parte de su programa modelo de aldeas."

—La aldea modelo —continuó explicando él—, o "aldea estratégica," como también se la ha llamado, fue parte del programa rural de pacificación del ejército durante la guerra civil. Un programa muy efectivo: construir una aldea central cerca de una base militar, para luego traer a los sobrevivientes de todas las granjas y aldeas destruidas en los alrededores y darles un nuevo hogar.

—Eso parece un buen gesto —respondió Vicki dudosamente—. Me parece que se oye mucho acerca de los abusos cometidos por el ejército y que nunca se escucha de lo bueno que este haya hecho.

—El dinero para la reconstrucción provino de organizaciones humanitarias internacionales. Desde el punto de vista del ejército, es un plan bastante ingenioso, puesto que así mudan a toda una población hostil a un lugar en el que la pueden mantener vigilada y, de paso, también obtienen una fuente conveniente de fuerza laboral. El programa se llamaba *frijoles y balas*. La idea general era que si el campesino coopera, obtenía comida y un lugar en donde vivir. Si no lo hacía, recibía las balas.

Vicki volvió a observar la catedral. Ahora podía ver una resquebrajadura que iba a lo largo del campanario y que luego, en una diagonal dentada, iba por el frente del edificio. Un escrutinio más cercano revelaba otras resquebrajaduras y parches pintados de nuevo donde faltaba parte de la fachada. El campanario carecía de campana.

"De algún modo, los cimientos de la iglesia cedieron después de que se terminó la construcción." La mirada de Bill había captado su interés. "El ejército dice que fue debido a un terremoto; los lugareños rumorean acerca del arquitecto que fue contratado, quien luego de jubilarse se fue a vivir en la Zona 10, después de participar en los esfuerzos de reconstrucción."

Una tercera garita de control de seguridad marcaba el final de la aldea. En cuanto el soldado reconoció la camioneta de Bill, levantó presuroso la barra que bloqueaba el paso.

—No parece ser un pueblo tan grande. —Vicki miró hacia atrás para ver como la barra volvía a bajar.

—Bueno, no —dijo Bill lacónicamente—. No quedaron muchos sobrevivientes.

—Sí, he querido preguntarte algo al respecto. —Esta era la oportunidad que Vicki había estado esperando para tratar del tema—. ¿Por qué todo aquí está tan militarizado? ¿No sólo en ese entonces, sino también ahora? Parece que se estuvieran preparando para una invasión, excepto que están alejados de toda civilización. Y esa nueva Unidad de Protección de la Naturaleza. Yo en realidad no veo mucha diferencia entre ellos y el ejército.

Como para ilustrar lo que ella acababa de decir, un Huey bramó sobre sus cabezas, volando bajo y dirigiéndose hacia la base militar. ¿Estarían regresando ya Joe y Michael? Esto la hizo recordar la desagradable imagen de esa mortal ametralladora apuntándoles desde la puerta abierta del Huey.

—¿Acaso todo esto no parece, más bien, un tanto exagerado sólo para patrullar una selva nacional? ¿Por qué no pueden asignar sólo guardabosques bien entrenados?

—Estás pensando como una estadounidense —replicó Bill—. En Guatemala, el propósito principal del ejército siempre ha sido el de mantener el orden y la seguridad internos; funciones que en nuestro país le corresponden a la policía. De hecho, tradicionalmente la policía ha sido los ojos, orejas y manos del ejército. En cuanto al por qué, el ejército guatemalteco siempre se ha considerado en pie de guerra dentro de sus propias fronteras, por lo menos durante los últimos cincuenta años. Estas montañas fueron la zona principal de combate de la guerrilla.

Michael ya le había dicho todo eso. —¿Es verdad entonces que Estados Unidos puso al ejército en el poder aquí y que lo proveyó de armamento y de entrenamiento durante todos esos años? —preguntó Vicki con cierto nerviosismo.

Al no recibir respuesta, Vicki volteó la cabeza.

Bill lucía intranquilo; sus manos nudosas apretaban el volante, sus ojos estaban fijos hacia delante como si estuvieran mirando hacia un lejano pasado. Una curva en el camino hizo que el lugar de control de seguridad quedara fuera del alcance de su vista y luego él dejó escapar un suspiro.

—Tienes que entender que es muy fácil hablar del pasado y señalar culpables de lo sucedido. En ese entonces, las cosas no eran tan claras, ni siquiera con Arbenz.

—¿Estuviste aquí durante la presidencia de Arbenz? —Vicki lo escudriñó con curiosidad. ¿Acaso este anciano extranjero había sido militar—? Pero eso fue hace más de cincuenta años.

—Ciertamente yo era muy joven y novato en ese entonces. El asunto es que, en ese tiempo, lo que vimos fue un hermoso país, lleno de oportunidades . . . y de tierras disponibles.

»Aún los de la United Fruit Company . . . Es típico ahora echarles la culpa de todo. Pero según su perspectiva, ellos estaban ayudando a construir una nación moderna. Obviamente, estaban llevándose ganancias astronómicas para su uso personal. Pero ellos también construyeron escuelas, clínicas y carreteras y, por lo menos, ofrecían un mejor trato y salario que los de la aristocracia nacional.

—Tal vez haya sido así, ¿pero qué hay en cuanto a los derechos humanos y a las condiciones de trabajo? ¿Y los mayas, todos esos masacrados y desaparecidos, acerca de los que tanto he oído? ¿Fue todo eso sólo una gran exageración?

—No. Eso fue . . . algo lamentable. Pero no se puede hacer que una economía prospere sin estabilidad. Y existía muchísima inestabilidad. Créeme, había una gran cantidad de gente común y decente, incluyendo extranjeros, quienes consideraban que el control por parte del ejército, por más rígido y severo que fuera, era algo aceptable a cambio de terminar con la anarquía.

»Tal vez también se ocasionó cierto grado de temor —admitió Bill después de disminuir la velocidad para pasar con cuidado sobre un bache—. Por lo menos la mitad de la población de este país es maya, muchos de los demás son ladinos y muchos de ellos están tan desamparados como los mismos mayas. Y hay una pequeña clase alta, en su mayoría de descendencia europea, que en realidad posee la mayor parte de las riquezas. Y, además, también están los extranjeros. Creo que aquí siempre ha existido el miedo a que, algún día, los mayas se rebelen y exijan lo que les corresponde, como sucedió con la insurgencia guerrillera. Lamentablemente, cuando la gente teme perder su estilo de vida, tiende a reaccionar desproporcionadamente y a actuar de manera irracional e impulsiva. El ejército tenía un dicho: "Seca el mar y morirán los peces." El mar eran los mayas. La idea era que al destruir la forma de vida de los mayas, las guerrillas no tendrían ningún apoyo que les permitiera seguir adelante.

»Créeme, aquí nosotros (me refiero a Estados Unidos) no autorizamos ninguna clase de abusos por parte de ningún bando. Sí tratamos de que se estableciera una reforma democrática. Sin embargo, los de la clase que estaba en el poder no estaban dispuestos a aceptar ese tipo de cambios. El problema fue que ellos mismos eran nuestros más fuertes aliados en la Guerra Fría, no sólo en Guatemala sino a través de toda la región. La lógica de Estados Unidos dictaba que, sin importar cuales fueran nuestros desacuerdos con las políticas gubernamentales, la prioridad era la guerra contra el socialismo. Una vez que esa guerra fuera ganada, entonces podríamos comenzar a tratar los otros asuntos. Lo cual es, obviamente, lo que estamos haciendo ahora. Los programas como el de Camden son un buen ejemplo.

—Te refieres a la Unidad de Protección de la Naturaleza.

La conversación había vuelto a su punto inicial, a la pregunta original de Vicki. El camino de tierra también había seguido una curva, llevándolos de regreso hacia las empinadas laderas de la cadena montañosa que estaba ubicada detrás del altiplano. A cada lado se extendían nítidas hileras de matas de café. Al lado izquierdo, sobre la cumbre de una pequeña colina redonda, había una casa solitaria de un solo piso y con una terraza que se extendía por todo su alrededor. Entre las tejas rojas del techo Vicki pudo divisar el brillo metálico de una gran antena satélite.

Frente a ellos, el camino seguía hasta terminar junto a los troncos altos y a las enredadas coronas verdes del bosque nuboso, que se erguía sano y natural desde el altiplano a la ladera montañosa hasta desaparecer detrás de la neblina, que ahora ya se había tornado más espesa sobre la cima de la montaña.

—Exactamente. —Bill hizo un gesto en esa misma dirección—. Una cosa que hizo la guerra fue evacuar a todas las aldeas de esas montañas, haciendo más fácil la tarea de transformar esta zona en una reserva natural. Pero eso aún deja a unos cuantos millones de campesinos hambrientos y, ya sea que la Unidad de Protección de la Naturaleza de Camden o el batallón local del ejército se encargue del problema, o que los dos grupos trabajen conjuntamente, se va a necesitar mano de hierro para mantener a esta gente fuera de lo que aún queda de la selva. A los de afuera quizás les parezca algo severo, pero no hay otro modo de tratar de conservar algo de este bosque nuboso, eso si es que en los próximos diez años aún queda algo.

Tal vez Bill tenía razón. Este asunto no era tan fácil de discernir. Al contrario era muy complejo y ciertamente Vicki no podía comprender todo. Entonces, súbitamente recordó algo.

—La masacre aquí en la montaña . . . ¿No crees que . . . ?

—¡Oye! —Bill levantó una mano del volante, indicándole ser prudente—. A pesar de lo que pienses acerca de nuestras autoridades locales, puedo asegurarte que desde hace ya muchísimo tiempo han dejado de asesinar a aldeas enteras sólo porque se hubieran establecido en territorio restringido. Hay maneras más fáciles de evacuarlos.

—¿Entonces quienes los asesinaron?

—¡Quién sabe! Podría ser cualquiera: asaltantes saqueadores, un mal negocio de tráfico de drogas, un disputa en cuanto a unas tierras, inclusive una grupo de habitantes de la misma aldea. Ese es justamente el problema. Demasiados de los combatientes en ambos lados nunca han dejado sus armas, ni su mentalidad de estar siempre a la defensiva. —Él sacudió la cabeza con tristeza—. No, me temo que va a necesitarse mucho más que unas cuantas firmas en un pedazo de papel antes de que en Guatemala la primera reacción ante un problema deje de ser levantar una arma.

—¿Así que la protección de la selva incluye el apuntar con armas de fuego a los trabajadores de las plantaciones de café? ¿O es que aquí es común que los soldados patrullen los campos?

—Con la situación de seguridad en las presentes condiciones —Bill se rió entre dientes—, hasta yo tengo unos guardias armados en mi propiedad. Pero los campos a los que te refieres pertenecen a la base militar. Fue parte del proceso de toma de posesión cuando vinieron acá para reconstruir. Usar las tierras extras para plantar café ayuda a subsidiar la base y los sueldos de los oficiales.

—Tu propiedad. Claro que sí; Holly dijo que aquí tenías una plantación de café.

Vicki acababa de darse cuenta que las plantaciones que se encontraban a cada lado del camino ya no eran campos abiertos sino que estaban más bien nítidamente cercadas con alambre de púas. Vio el portón a su izquierda, antes de que la camioneta se le acercara. Al otro lado del portón estaba la caseta del guardia de seguridad y a partir de esta un camino de grava que se extendía hasta la casa con techo de tejas rojas, ubicada sobre la cima de una pequeña colina.

Un ladino alto cuyo cabello bastante rizado mostraba su ascendencia africana y con un rifle sobre el hombro salió para abrir el portón, pero Bill bajó su ventana y sacudió la cabeza. —Voy a dejar una carga en el centro. Regresaré enseguida.

—¿Esa casa sobre la colina es tuya? —preguntó Vicki mientras Bill hacía retroceder la camioneta para regresar al camino de tierra. Más adelante, en el lado opuesto del camino, ella alcanzó a ver a otro hombre armado. A diferencia de los guardias del ejército, este guardia de seguridad llevaba su arma apuntando hacia afuera para vigilar el camino y la cerca.

—Sí, esa es mi casa y el centro está más adelante, por allí. —Bill señaló hacia la muralla de espesa vegetación a sólo unos cuantos metros enfrente de ellos—. Como ves, mi casa queda muy cerca; puedes caminar hasta ella si es que en algún momento te cansas de la naturaleza o de esos voluntarios alemanes. Podemos ofrecerte privacidad y quietud, algo que no te será fácil encontrar en el centro. Si quieres, también podemos prestarte algo para leer. Tampoco encontrarás mucho de eso en el centro.

Vicki miró otra vez la pequeña casa blanca, que se encontraba tan solitaria sobre esa colina, y volvió a hacerse preguntas acerca de su dueño.

—Tu casa luce . . . aislada. Este lugar debe haber sido muy solitario para vivir durante todos esos años, antes de que existiera el centro o las comunicaciones modernas. También debe haber sido peligroso con las guerrillas y todo eso. Ciertamente, tú eres mucho más valiente que yo.

—Puedo ver que te he causado la impresión equivocada. —Los ojos de Bill parecieron sonreír cuando se volvió para mirar a Vicki—. No vine a vivir aquí hasta después de que se firmaron los tratados de paz, cuando el ejército comenzó a vender algunas de las tierras que había adquirido durante la guerra. Las vendieron sumamente baratas; fue una buena inversión, no fue valentía.

—Entonces tú no estuviste en las montañas cuando mi . . . cuando Jeff Craig fue asesinado, ¿verdad? —Vicki no había planeado hacer semejante pregunta.

—Desde ese entonces he estado haciendo negocios dentro y fuera de Guatemala —contestó Bill—. Uno llega a encariñarse con este lugar, especialmente con estas montañas. Cuando comenzaron a vender las tierras, yo estaba recién jubilado . . . y aburrido. El camino y la pista de aterrizaje habían hecho que esta área fuera accesible para comerciar. La base militar era una garantía de seguridad. Así que aproveché la oportunidad. Me compré una Cessna, construí esa casa y contraté a los pobladores de la aldea para que limpiaran la tierra para sembrar café. De hecho, me temo que puedes echarme la culpa por gran parte de la deforestación en esta zona. Fue debido al éxito que yo tuve que a los comandantes de la base se les ocurrió la idea de usar el resto de sus tierras para cultivarlas con fines de lucro. Claro que en ese entonces, esta área no era parte de la reserva. La verdad es que había tanta vegetación silvestre que pensamos que nunca se agotaría.

Cuando Bill se volvió para mirar las nítidas hileras de matas de café, Vicki notó algo de arrepentimiento en su tono.

—Pero donaste tierras para el centro. Tú promoviste la conservación de la biosfera.

—Sí, así lo hice. Creo que pensé que era la forma de retribuir y de aliviar mi culpa.

Bill no especificó qué clase de negocios lo habían traído tan a menudo a Guatemala. ¿Tenía él familiares aquí? ¿Habría conocido personalmente a los padres de Vicki? El instinto investigador de Vicki tenía una media docena más de preguntas. Pero el camino de tierra estaba dejando atrás los campos abiertos y estaba ahora adentrándose en un túnel de vegetación verde, parte del espeso bosque nuboso que Bill había mencionado. Después de dar una curva y de pasar a través de una enredadera de hojas, Vicki divisó una construcción de madera teñida; este tenía que ser el centro.

Bill detuvo la camioneta, apagó el motor, y se volvió para mirar a Vicki. Ahora sus facciones profundamente marcadas estaban serias. "Sólo una cosa antes de que lleguemos al centro. ¿Puedo sugerirte que consideres no decir nada acerca de tu relación con Jeff Craig? Por lo menos cuando estés en el centro."

CAPÍTULO DIECINUEVE

—¿Por qué? —Vicki miró fijamente a Bill.

Ella tuvo la impresión que él se cohibió de decir algo más antes de responderle. —Los recuerdos llegan muy lejos y hay muchas heridas cicatrizadas que tú ignoras. — Rescoldos de odio y venganza ardiendo bajo la superficie de los llamados "acuerdos de paz" que necesitan de muy poco para convertirse en un devorador incendio forestal. Conozco a esta gente; sé como piensan. Asumirán que has venido para volver a abrir esas heridas y avivar esos rescoldos. Si esa no es tu intención, te garantizo que podrás lograr muchísimo más en tu presente misión si dejas que el pasado quede en el pasado.

Bill tenía razón. Vicki ya había sufrido suficientes "explosiones" debido a sus esfuerzos por descubrir la verdad acerca de la muerte de Holly. Desenterrarlo que había sucedido hace veinte años sólo complicaría su misión. —Así lo haré —asintió Vicki—. De todos modos, eso no tiene nada que ver con la misión que me trae hasta aquí.

—La misión que te trae hasta aquí . . . sí, claro —Bill se inclinó para darle vuelta a la llave de encendido—. Tú eres una persona simpática, como lo fue Holly. Y mereces algo mejor de lo que quizás hayas experimentado hasta ahora en tu vida. Si no encuentras las respuestas que estás buscando, espero que encuentres algo de paz y quietud en estas montañas . . . tal como yo lo he hecho.

Los metros restantes del camino terminaban en una rotonda de grava sin salida. Un rústico letrero de madera decía: *Centro de Rescate*.

Bill condujo la camioneta hasta la puerta de una casa de dos pisos con largas ventanas de mosquitero. Más adelante, frente a ella, se veía un albergue con techo de paja con los lados abiertos, en el que había unos voluntarios sentados alrededor de mesas de plástico, conversando, trabajando en sus computadoras y escribiendo reportes. Cuando echó un vistazo a su alrededor, Vicki sintió que la garganta se le cerraba. *Así que este lugar fue el último hogar de mi hermana.*

Vicki se alegró de que un grupo de voluntarios saliera abruptamente, riendo y charlando en alemán, ya que le sirvió de distracción. Cuando se aglomeraron alrededor de la camioneta, zafando nudos y levantando la cubierta de plástico, Vicki vio a Alison, la líder australiana del equipo.

"Estoy tan contenta de que hayas venido, Vicki," le dijo acercándose rápidamente hasta el vehículo. "Ahora ya puedo regresar a la ciudad. Permíteme que te presente."

El equipo alemán consistía de un grupo de alegres universitarios, hombres y mujeres, cuya fluidez en el inglés iba desde excelente hasta casi ininteligible.

Una pareja ladina apareció brevemente antes de desaparecer en el interior con Bill.

"Vicente y Beatriz son los administradores del centro. Los dos y César, nuestro veterinario practicante —Alison señaló a un joven delgado con facciones solemnes y oscuras—, sólo hablan español. Y, desde luego, los alemanes no lo hablan. Así que vas a tener que traducir al inglés. La buena noticia es que todos ellos estarán aquí sólo por una semana más. La mala noticia es que no tenemos otros equipos en camino, así que una vez que los alemanes se hayan ido, tendrás muchísimas más tareas que realizar, si es que decides quedarte.

"César, ¿por favor, podrías mostrarle a Vicki las instalaciones?" le dijo Alison al veterinario luego de llamarlo agitando la mano. "Más vale que registre esta carga y la lleve al dispensario, antes de que tus medicamentos se rompan o se echen a perder."

César llevaba puesta una camisa y pantalones de estilo occidental, pero parecía ser de descendencia maya en vez de ladina. Obedientemente le hizo una señal a Vicki, indicándole que lo siguiera, y la presentó al último miembro del personal, una mujer maya de mediana edad que estaba amasando tortillas dentro de un albergue más pequeño de lados abiertos, ubicado detrás del albergue comunitario.

Vicki se imaginó que este albergue más pequeño tenía el techo de latón y no de paja por razones de higiene para la comida. Paredes de un metro de altura mantenían fuera a los pollos y a un cerdo gruñón. Mientras César intercambiaba unas pocas frases en el dialecto maya, también ahuyentó a un mono araña de una de las mesas de trabajo. La mujer retiró rápidamente unas tortillas ya de color café de un plato caliente, antes de reemplazarlas con otras frescas. Luego le ofreció a Vicki una venia solemne. Detrás de ella, dos ollas gigantes de metal hervían sobre una hornilla a fuego lento.

"María es muy buena cocinera," le aseguró César a Vicki. "Ella entiende español, aunque prefiere no hablarlo."

Los edificios y la sección de los animales estaban conectados por caminos muy limpios de grava bordeados con piedras pintadas de blanco. La sección de los animales estaba dispersa a través de pequeños claros entre los árboles y conformada por jaulas construidas sobre losas de concreto. El fuerte olor de la piel y de la orina de los animales explicaba por qué habían sido ubicados lejos del edificio principal. Los letreros sobre las jaulas indicaban que sus ocupantes eran monos araña y aulladores, un coatí, ocelotes y pumas. Dos secciones cerradas por una cerca contenían animales que no treparían tratando de escaparse: un venado montañés —tan pequeño como un cervatillo de Estados Unidos— pecaríes, un tapir tierno con suturas.

Los animales estaban tan alborotados como los voluntarios; el ruido de los chillidos de los monos, guacamayos y tucanes era constante, tanto así que Vicki entendió por qué Bill le había ofrecido un lugar de silencio y quietud.

"No siempre hacen tanto ruido," le dijo César a Vicki solemnemente. ¿Sonreiría alguna vez este joven veterinario? "Están alborotados debido a la llegada de la camioneta."

Algunos de los animales habían sido traídos al centro de rescate por ciudadanos preocupados, explicó el joven veterinario, aunque algunos habían sido confiscados por las autoridades de manos de traficantes ilegales. Toda clase de vendajes y tablillas explicaba la razón por la que cada uno de ellos estaba aquí. Sin embargo, todos lucían bastante contentos; sus jaulas estaban limpias a pesar de los fuertes olores y contenían bastante agua y comida. En sí, todo esto era evidencia de la ardua labor del equipo de voluntarios y del mismo César.

Claro que esto también se debía a los esfuerzos de Holly. Este joven reservado debía haber sido el colega de trabajo más cercano de Holly. Alguien que definitivamente tenía que estar en la lista de personas que Vicki entrevistaría.

El camino de grava seguía a través de una fila de bodegas de almacenamiento y de algún lado no muy lejano una corriente de agua comenzó a ahogar el ruido de los animales. Ya que estaba siguiendo a César muy de cerca, casi lo pisó cuando este se detuvo abruptamente. Retrocediendo, Vicki recobró su respiración, inhalando profundamente con satisfacción. Los dos habían emergido sobre una saliente rocosa y por primera vez Vicki pudo ver más que un laberinto de vegetación ya que la inclinación de la ladera era sumamente pronunciada. De hecho, la ondeante alfombra bajo sus pies abarcaba las copas de los robles, pinos y abetos.

A su alrededor, el *chipi-chipi* continuaba goteando de cada hoja y fronda; las montañas aún estaban grises debido a la neblina. No obstante, enfrente de ellos, sobre la vasta superficie azul del Lago Izabal, los rayos del sol brillaban sobre olas bailarinas y emanaban un reflejo blanco sobre las velas extendidas de los veleros. Al lado izquierdo de Vicki, la corriente de agua que los dos habían estado escuchando se había tornado en un arroyo que bajaba alegremente, dando tumbos sobre la superficie de una roca para desembocar con estrépito y espuma en un charco a unos veinte metros por debajo de ellos.

"El Pozo Azul." Siguiendo la señal que César le había hecho, Vicki vio que las piedras blancas a los lados de la senda se abrían paso por el lado de una saliente de la piscina natural. "Puede bañarse aquí, si lo desea."

Vicki bajó con dificultad por la pendiente. La piscina natural tenía menos de diez metros de diámetro. Al otro extremo, el agua hacía burbujas al pasar a través de una pila de grandes rocas, para luego bajar por la ladera hasta llegar al Lago Izabal. Piedras planas habían sido incrustadas en la tierra suave donde terminaba el camino para formar una pequeña plataforma desde la cual los bañistas pudieran bajar hasta el agua. Desde ahí abajo el lago quedaba escondido otra vez detrás de la vegetación. Pero la piscina natural parecía un aguamarina en un engarce de arbustos, helechos y orquídeas. A pesar de la espuma —blanca como la leche— de la cascada, el agua era bastante clara y permitía ver las rocas en el fondo.

Al remojar sus dedos en el charco, Vicki se sorprendió al sentir la calidez del agua; la neblina que de ella emanaba no era solamente producida por la caída de la cascada, sino también debido a su vapor. La actividad volcánica que había formado esta cadena montañosa aún hervía en algún lugar profundo bajo la superficie. La altura de la roca no permitía divisar el centro de rescate, así que ella podía estar sola en este paraíso virgen.

No estaba sola y esto no era un paraíso.

Vicki se enderezó y vio que César estaba bajando por la senda. Esperó hasta que los pies de él tocaron la pequeña plataforma.

—¿Tú trabajaste con la señorita Holly Andrews, verdad? —le preguntó abruptamente.

—Sí. Trabajamos juntos. —César se volvió hacia un lado hasta que pudo mirar a Vicki, y añadió con cierta inseguridad—: Dicen que usted es hermana de ella. ¿Es verdad?

—Sí.

—Y dicen que ella murió, ¿es eso cierto también?

—Sí.

—Lo siento muchísimo. Yo tenía la esperanza de que . . . no podía creer que fuera verdad. —Vicki se sorprendió al ver que los ojos negros del joven se humedecieron—. Ella era una buena persona y una buena veterinaria, y amaba muchísimo a los animales. Aprendí más de ella que de todas mis clases en la universidad.

Así que aquí había alguien a quien la muerte de Holly había conmovido. Tal vez él sería un aliado en medio de todos estos desconocidos.

—César, ya que los dos trabajaron juntos con los animales, tú debiste haber conocido muy bien a mi hermana. ¿Alguna vez te habló de algo o de alguien que le causara mucha preocupación? ¿O quizás sabes si dejó aquí alguna de sus pertenencias? ¿Sabes si tal vez le pidió a alguien que le cuide algo así como discos de computadora o . . . o tal vez algún aparato electrónico?

Inmediatamente, Vicki pudo ver que había sido imprudente. César se puso tenso; la expresión de su rostro se tornó hostil y cautelosa.

—No sé a qué se refiere. El señor Taylor personalmente recogió las pertenencias de la señorita Holly. Si usted cree que algún miembro del personal ha tomado alguna de sus pertenencias, está equivocada. No somos ladrones.

—No quise decir . . . —comenzó Vicki rápidamente.

—¡Vicki, por fin te encuentro! —El rostro sonrojado de Alison apareció al tope del acantilado—. Veo que encontraste nuestra bañera de agua caliente. Me iré enseguida con Bill, así que necesito que vengas pronto para dejarte inscrita.

—Subo enseguida. —Vicki se dio media vuelta—. Por favor, César, no creas que estuve acusando a alguien de haber tomado alguna de las pertenencias de mi hermana. Sólo estoy . . . estoy tratando de descubrir cómo y por qué fue asesinada.

—Todos estamos tratando de hacerlo —respondió él secamente.

No, no todos están tratando de hacerlo, gritó Vicki fervientemente dentro de sí mientras trataba de subir, con algo de dificultad, hasta donde se encontraba Alison. De hecho, casi todos habían llegado ya a la conclusión que les había parecido más lógica en cuanto a la muerte de Holly. Vicki miró hacia abajo del acantilado. César no la había seguido; estaba mirando fijamente el charco. Vicki trató de discernir el significado de su expresión. ¿Expresaba dolor el rostro de César? ¿O tal vez era miedo?

De cualquier modo, César sería una de las personas con las que ella definitivamente tendría que seguir hablando. Vicki se dio prisa para ir a ver a Alison.

—¿No es maravilloso lo que hay allá abajo? —dijo Alison mientras caminaba delante de Vicki—. Tenemos nuestro propio balneario pequeño. Ya verás cuán fantástico es cuando te bañes en él después de un largo día de trabajo. Sólo por eso consideraría la posibilidad de venir a trabajar acá en el centro. Lo haría si no fuera porque aquí la vida social es tan limitada. Una cosa he aprendido, luego de pasar un año en Guatemala: a pesar de lo mucho que respeto al medio ambiente, soy capitalina. Ahora me voy de regreso a la ciudad y el mes próximo regreso a Sydney.

—Oye, Alison. —¿Sabía ella que la avioneta estaba dañada—? ¿Cómo planeas regresar a la ciudad? ¿Sabes lo que le sucedió a la avioneta?

—Ah, sí. Bill ya me lo dijo —respondió Alison sin preocupación mientras guiaba a Vicki por un atajo al cruzar por el piso de madera del albergue—. De todas maneras hubiera tenido que tomar el autobús ya que, según el horario, Joe no tiene que pilotear sino hasta la próxima semana. Pero Alpiro y su unidad no lo saben, así que ellos me van a llevar en uno de sus helicópteros. Ellos siempre están yendo a la ciudad. Esta es la única forma en la que él y sus hombres van a disculparse por lo sucedido, te lo aseguro.

Enfrente del edificio principal, la camioneta de Bill ya estaba vacía y los voluntarios se habían dispersado. Cuando Vicki y Alison llegaron, Bill dejó de hablar con un alemán alto y barbudo, y levantó la mano con sus cinco dedos extendidos.

"¡Está bien! ¡Está bien! Mejor dame diez minutos y estaré allí," dijo Alison mientras llevaba a Vicki al edificio.

Vicki encontró su bolso de lona, que había sido depositado apenas detrás de la puerta. A través de una puerta en el lado derecho, Vicki pudo ver trabajando a los dos administradores del centro.

—Ya te dijeron que cuesta cien dólares por semana, ¿verdad? —le preguntó Alison con algo de ansiedad cuando entraron—. Ya sé que parece injusto tener que pagar por el privilegio de venir a trabajar como un burro, pero así es como se mantiene el centro.

—Ya lo sé. . . . Está bien, en serio. —Contando el pago por la primera semana, Vicki le entregó el dinero a Vicente.

El hombre lo tomó sin decir ni una palabra y su esposa, sin siquiera una sonrisa, anotó el deposito en un viejo libro de contabilidad.

—No les hagas caso —dijo Alison cuando las dos estaban en el pasillo—. Vicente y Beatriz creen en esta misión, pero creo que no les gusta ver a todos estos gringos yendo y viniendo. Tal vez a ellos mismos no les gusta estar aquí. Es un tanto aislado para una pareja de licenciados, especialmente si no pueden salir con la facilidad con la que nosotros lo hacemos. A ellos les gustaría ser profesores en la universidad, pero el

Ministro del Medio Ambiente los asignó a este lugar. Además, en este campo no hay muchos trabajos que sean remunerados.

Tomando su bolso de lona, Vicki dio un vistazo a un dispensario y a una rudimentaria clínica veterinaria antes de que Alison la hiciera subir a toda prisa.

"César parece estar contento. Él no ha estado aquí por mucho tiempo; recién terminó sus clases teóricas y esta es su práctica. Él es inteligente y trabajador, pero . . ." Alison suspiró. "Ciertamente vamos a extrañar a Holly."

En el segundo piso estaban las habitaciones. En lados opuestos del pasillo estaban alineadas las literas para los hombres y mujeres voluntarios. Ni siquiera las ventanas abiertas podían disipar cierto olor corporal.

"Al parecer, algunos de nuestros amantes de la naturaleza creen que el olor natural del cuerpo hace que atraiga más a los animales," comentó Alison, arrugando la nariz. "Considera una bendición el hecho de que no tengas que hospedarte en este sitio. Ven por acá."

Vicki la siguió a través de una puerta abierta en medio de dos literas. Un piso de concreto dividía dos filas de barracas. Vicki sintió gran alivio al ver duchas e inodoros que funcionaban. Su estadía aquí no sería tan difícil como lo había pensado.

"Canalizamos agua de las cascadas termales, así que el agua para las duchas es tibia. En cuanto al lavado de la ropa, tendrás que conformarte con usar el fregadero que está afuera en la parte posterior. La electricidad está disponible tres horas cada noche, cuando el generador está funcionando. Es tiempo suficiente para que todos recarguen las pilas de sus computadoras portátiles. Lo que necesitamos son paneles solares aunque, debido a toda la lluvia que aquí hay, eso tal vez no sea algo práctico."

Alison abrió otra puerta en el otro extremo del área de los baños. Al otro lado había una pequeña habitación. La razón por la que habían entrado a través de los baños se hizo aparente de inmediato, ya que la otra puerta que había estaba ubicada en la pared que daba al exterior del edificio.

"La suite real para el personal de planta del Centro de Rescate de la Flora y Fauna," dijo Alison al abrir la puerta de un empujón, lo cual reveló unos escalones que conducían hacia abajo. "La habitación de Vicente y Beatriz está ubicada justo al otro lado de esa pared, razón por la cual no hay una puerta adecuada. Pero por lo menos tendrás privacidad. Sólo asegúrate de poner la barra detrás de la puerta cada noche."

Vicki dio una mirada a su alrededor. ¿Personal de planta? Entonces esta debe haber sido la habitación de Holly.

"Creo que eso es todo. Y ahora mejor me voy. Mis diez minutos expiraron hace muchísimo tiempo." Alison bajó las gradas de dos en dos.

Dejando su bolso de lona, Vicki la siguió —no con tanta rapidez— y agradeció a Bill. Tan pronto como él salió, ella regresó al segundo piso. Si Holly había dejado alguna pista en algún lado, su habitación sería el lugar más indicado.

La habitación era tan pequeña como un ropero, y tal vez eso es lo que originalmente había sido ya que no tenía ventanas, sino sólo una franja de mosquitero sobre la puerta que daba al exterior. Además de la litera había una repisa con una barra por debajo para colgar ropa, una silla de madera y un cajón de embalaje, pintado de blanco y revestido en su interior con papel de empapelar, que servía para guardar cosas, así como también de mesita para poner una linterna Coleman. Las paredes estaban vacías.

Al dejar las dos puertas abiertas la habitación era más clara. Vicki retiró el cajón de embalaje de la pared y se paró sobre la silla para ver que la repisa y el cajón estuvieran vacíos antes de revisar la litera. Se subió a la litera superior, sacudió las sabanas, quitó las fundas de las almohadas y luego puso el colchón de lado. No encontró nada.

Tiró la ropa de cama al piso y luego saltó ella también. La litera de abajo ya estaba limpia; las sábanas limpias, cobijas y almohada estaban apiladas nítidamente al pie de la cama para su próximo ocupante.

Vicki estaba preparándose para otra desilusión cuando vio lo que las sombras y la poca iluminación habían ocultado. La pared entre las literas no estaba vacía como las del resto de la habitación. Sobre esta había algunos papeles sujetos con tachuelas: un calendario, un horario diario y una lista de reglamentos del centro. También había fotos y otros papeles fijos con cinta adhesiva.

Retirando el colchón, Vicki lo revisó por debajo con renovada esperanza. Tal vez algo se habría caído, quizás hasta el mismo APD.

Lamentablemente, la limpieza del campamento abarcaba también este rincón y lo único que encontró debajo de la litera fue una delgada capa de polvo.

Vicki colocó de regreso el colchón y se concentró en revisar las paredes. Todas las fotografías habían sido tomadas con una cámara digital. La mayoría eran del centro mismo —quizás por esa razón no habían sido removidas. Imágenes de voluntarios lavando platos en la cocina y chapoteando en el Pozo Azul. Una de César y Holly entablillando la pata delantera de una yaguarundi. ¿Sería esta la misma que Holly había enviado al zoológico?

Más fotografías habían sido adheridas con cinta adhesiva en la parte inferior de la litera superior. Cuando Vicki se estiró para poder observarlas, su garganta se le cerró, así que tuvo que tragar algo de saliva. Justo por encima del lugar donde la cabeza de Holly debía haber reposado había una fotografía que Vicki reconoció —una fotografía de cerca de las dos hermanas, bronceadas y despeinadas por el viento; se las veía abrazándose la una a la otra. Otro turista les había tomado la fotografía en Cancún.

Vicki giró su mirada hasta llegar a una segunda fotografía adherida junto a la de las dos hermanas sonrientes. Cuando la vio Vicki se puso tensa. Era una copia de la misma fotografía que Vicki llevaba en el maletín de su nueva computadora portátil: la fotografía que ella había visto en las paredes de dos oficinas gubernamentales. Entonces, esta tenía que ser la copia que aquella empleada de los archivos nacionales había hecho para Holly. Su hermana había pensado que esta fotografía era importante, tanto así que la había colocado en un lugar donde la pudiera ver cada vez que se acostaba para dormir.

Una hoja de papel de computadora rodeada por fotografías del Lago Izabal y de la Sierra de las Minas y de tomas de cerca de los animales del centro llevaba el título: "El Mundo Entero Es del Padre Celestial."

Acercándose, Vicki leyó la letra del himno, lentamente y con curiosidad. Si alguna vez ella había visto la letra entera del himno que había jugado un papel tan importante en su vida, ciertamente no se había dado cuenta.

El mundo entero es del Padre celestial;

Su alabanza en la creación escucho resonar.
¡De Dios el mundo es! ¡Que grato es recordar
Que en el autor de tanto bien podemos descansar!

El mundo entero es del Padre celestial;
El pájaro, la luz, la flor proclaman su bondad.
¡De Dios el mundo es! El fruto de su acción
Se muestra con esplendidez en toda la
expansión.

El mundo entero es del Padre celestial;
Y nada habrá de detener su triunfo sobre el mal.
¡De Dios el mundo es! Confiada mi alma está,
Pues Dios en Cristo, nuestro Rey, por siempre reinará.

"¿Señorita Andrews?"

Vicki se sentó con tanta rapidez que se golpeó la cabeza contra la viga de madera que sorportaba la litera superior.

De pie en la puerta del baño estaba Johanna, una de las voluntarias alemanas que había conocido.

"¿Podría, por favor, hablar con Beatriz acerca de las tareas asignadas en la cocina? No puedo desplumar pollos. Soy vegetalista, así que no toco productos animales."

El resto de las horas del día, Vicki estuvo tan ocupada que no tuvo tiempo para pensar. Tan pronto como Beatriz había, de mala gana, cambiado la tarea de Johanna de pelar pollos por la de limpiar jaulas, llamaron a Vicki para que tradujera las instrucciones de César para un estudiante alemán de veterinaria que le estaba ayudando a suturar el corte causado por un alambre de púas a un mono aullador. Tuvo algo de dificultad con los términos médicos, así que Vicki se propuso dedicar unas cuantas horas a revisar el diccionario inglés/español.

Por encima de las hojas y las enredaderas de la cubierta del bosque nuboso, el cielo cambió de gris nublado a negro con la rapidez ecuatorial. Por esta razón, cuando el repicar de un cencerro anunció que la cena estaba lista y servida sobre las mesas de plástico en el albergue abierto, el generador ya estaba trabajando. Luces fluorescentes colgadas en las vigas del techo alumbraban y dejaban ver frijoles, arroz y tortillas, pero también atraían a legiones de insectos. Al espantar a otra mariposa nocturna de su plato, Vicki no estaba segura si hubiera sido mejor comer en la oscuridad.

Después de cenar, las computadoras portátiles y los juegos de barajas se hicieron presentes; las primeras estaban enchufadas a una variedad de extensiones y enchufes en línea. Los alemanes formaron un grupo muy unido riéndose y hablando ruidosamente mientras que el personal guatemalteco desapareció. Vicki tomó su turno enviando correos electrónicos a la computadora portátil del campamento para que fueran transmitidos por el teléfono radial en la mañana; luego fue a su habitación.

En su cuarto, una sola bombilla eléctrica de apenas veinticinco voltios estaba funcionando ahora. Con esta luz tenue, Vicki arregló su cama y desempacó sus pocas pertenencias. Lo último que sacó fue la caja envuelta que estaba en el fondo de su bolso y que aún estaba envuelta con la sudadera con la que la había protegido.

Cuando la desenvolvió, Vicki comenzó a temblar. *No, todavía no puedo hacerlo. Todavía no estoy lista.*

Con cierta agresividad, Vicki empujó la caja debajo de la litera tan lejos como le fue posible. Tomando la sudadera, se la puso y salió apresuradamente de la habitación bajando las gradas. Aun con la sudadera puesta, pudo sentir el frío de la montaña. Vicki caminó con rapidez, siguiendo la senda de grava; ni siquiera estaba segura a dónde iba. Solamente tuvo el impulso de alejarse de las risas sonoras de los voluntarios, de las luces fluorescentes, del rugido del generador. Los animales estaban en silencio cuando ella pasó cerca de sus jaulas; tal vez estaban dormidos. Vicki sólo pudo escuchar uno que otro leve movimiento o un sacudón de plumas.

Debí haber traído una linterna, pensó Vicki, ya que una vez que estuvo fuera del alcance de la luz del generador, su alrededor se tornó tan oscuro como una cueva. Entendió por qué las piedras a los lados de las sendas de grava estaban pintadas de blanco: su tenue brillo guiaba cautelosamente sus pies mientras avanzaba. Solamente cuando la corriente de agua se tornó en un estampido, Vicki se dio cuenta hacia dónde había estado dirigiéndose instintivamente. Parándose sobre la sólida superficie de la saliente rocosa, se detuvo, a pesar de que todavía podía ver manchas fosforescentes descendiendo por el acantilado. Se quedó de pie, contemplando el anochecer, tal como lo había hecho —¿hacía sólo tres semanas—? cuando por primera vez había contemplado un anochecer guatemalteco a través de las rejas de las ventanas de Casa de Esperanza.

No obstante, este panorama era sumamente diferente. En lugar del rancio olor pestilente que emanaba de la basura, aquí había una fresca y húmeda fragancia proveniente de las cosas que crecían y de la vida misma. Debido a la caída de la noche, la neblina había bajado de la montaña hasta quedar reposando en una piscina gris y gruesa a sus pies. Vicki no tenía indicio alguno de la piscina natural y de las copas de los árboles que ciertamente se encontraban debajo de ella. El rugido de las aguas y las salpicaduras que alcanzaban su rostro indicaban que la caída de la cascada estaba a su lado izquierdo. Muy lejos, por encima del Lago Izabal, sin neblina ni humo que las cubriera, las estrellas salpicaban patrones luminosos a través de la noche, mientras otras constelaciones titilantes marcaban las aldeas a lo largo del lago.

Sin lugar a duda, todo esto era hermoso y aunque por un momento —que más bien pareció una eternidad— un pánico ya familiar la embargó y la ahogó, haciendo que su corazón latiera rápidamente y que sus sienes le estallaran, en esta ocasión Vicki lo hizo a un lado y lo ignoró. Aspirando profundamente la dulzura de la noche, escuchó la música estrepitosa de la cascada. Una orquesta de ranas ofrecía un repertorio complementario y, desde algún sitio cercano, un pájaro aún alerta añadía un tono soprano como la melodía de una flauta.

Los aromas, los sonidos, la neblina con su paso húmedo a través de su rostro, todo encajaba tan bien que un nudo duro y apretado, que parecía haber estado ahí durante toda su vida, se aflojó en el pecho de Vicki. Dejándose resbalar hasta quedar sentada, abrazó sus rodillas.

Este era realmente el mundo de su padre.

"El mundo entero es del Padre celestial . . ."

¿A cuál de ellos se refería? ¿Tal vez se refería a los dos?

Vicki levantó su mirada hacia las estrellas, que se extendían como joyas a través del manto aterciopelado de la noche. *¿Estás realmente aquí, Dios? No, yo sé que tú estás aquí, pero ¿me estás escuchando? ¿Te*

importo lo suficiente como para que me veas en medio de todo esto? Ya sé
que no te he hablado desde hace muchísimo tiempo. Recuerdo que acos-
tumbraba a hacerlo a través de mis oraciones de la escuela dominical y
antes de irme a dormir. Aun cuando tenía miedo, oraba. Aún creía que tú
estabas aquí y que si oraba con muchas ganas me escucharías y cambia-
rías las cosas.

Sí, ella había orado. ¿Cuándo había dejado de hacerlo? No lo podía
recordar.

Creo que fue cuando crecí y me di cuenta que no importaba con cuan-
tas ganas orara, el mundo no iba a mejorar. Todo estaba tan fuera de
control y era tan feo que se me olvidó cuán hermoso había sido cuando lo
creaste. Me olvidé de todo esto, lo que alguna vez debí haber amado.

Todavía no lo entiendo. Todo esto es tu mundo. Esto eres tú: la belleza,
la paz. Pero allá abajo, donde brillan esas luces ni siquiera tan lejos hay
gente sufriendo y muriendo. Otra gente es la que causa el sufrimiento y
sin embargo queda impune. Me siento tan débil al no poder hacer nada al
respecto. No pude salvar a mi hermana ni a mis padres. No puedo salvar
al mundo. Sé que ese es tu trabajo, pero no veo que lo estés haciendo.

Esta vez no fueron el frío ni el pánico los que sacudieron a Vicki
hasta tuvo que rodear su cuerpo firmemente con sus propios brazos,
sino más bien fue un dolor que le desgarraba el corazón. Pensó que ya
no lo podía aguantar más. Este dolor no sólo se debía a sus propias pérdidas, no era sólo debido a Holly, sino por el mundo entero que parecía
estar clamando y sufriendo su mismo dolor.

"Y nada habrá de detener su triunfo sobre el mal."

"Haz el bien, sin temer ninguna amenaza."

¿Tienen Joe y Evelina la razón, Dios? ¿Realmente estás haciendo algo
de lo que no me doy cuenta? ¿Algo que hace que todo esto valga la pena?

No obtuvo una respuesta audible, pero las estrellas titilaban y la
neblina refrescaba el rostro caliente de Vicki con sus dedos confortantes.
La dulzura del aire le llegó rápidamente a los pulmones, trayendo consigo una calma que ella ni siquiera reconoció como el inicio de la paz.

Vicki no tenía ni idea cuánto tiempo había estado sentada en este
lugar cuando oyó fuertes voces y luego vio ondeantes luces que se acercaban por la senda detrás de ella. Cuando una docena de figuras riendo
a carcajadas se aproximó a la saliente rocosa, con su cuerpo algo tenso,

se puso de pie y saltó detrás del tronco de un roble. Se trataba del equipo de voluntarios, quienes venían en las noches para nadar en la piscina termal natural.

Vicki esperó, inmóvil, hasta que todos desaparecieron al bajar por el costado de la roca y quedar envueltos por la neblina. Entonces, deprisa, emprendió el regreso por la senda.

Manteniendo férreo autocontrol, el hombre reprimió el impulso de abofetear el rostro rechoncho y satisfecho que tenía enfrente.

—Tus hombres son unos idiotas indisciplinados. ¿Te das cuenta lo que pudieron haber hecho? Las órdenes eran de no disparar sin clara autorización.

—No sabíamos quién estaba a bordo —dijo el hombre uniformado paseando enfrente de la tienda de comando y poniendo de un golpe una botella de ron dorado Palo Viejo sobre el cajón de embalaje a su lado—. Sólo supimos que la avioneta era una nave sin identificación y que estaba volando bajo. Pensamos que podrían habernos visto. ¿No estuvo bien que mis hombres se defendieran?

—¿Defenderse . . . ? —Él se calló, apretando los dientes y forzándose a sí mismo a explicar pacientemente—: No pueden ser vistos desde el aire. Ese fue el propósito de nuestro entrenamiento y yo mismo lo he probado. En cuanto a la avioneta, yo mismo entregué la documentación y sus números de identificación. Si tus hombres obedecen mis instrucciones, no será necesario que haya más derramamiento de sangre. ¿Entendido?

Él se puso de pie para partir. —No puedo protegerte indefinidamente. Un mes más y esto habrá terminado.

—Sólo por esta vez. —La cara rechoncha no mostraba preocupación, ni indicios de querer disculparse. La mano otra vez tomó la botella de ron.

CAPÍTULO VEINTE

"A la mañana vendrá la alegría."

De pie sobre el afloramiento de roca, Vicki no estaba segura de dónde procedían aquellas palabras. Pero parecían ir bien con esta hermosa salida del sol sobre el Lago Izabal, las olas y el cielo grises cambiando a través de un verde pálido a rosa y luego a anaranjado. Los rayos de la madrugada tiñeron la neblina del charco, allá abajo, también de tonos rosa.

El calor de la piscina termal era tan delicioso como le había asegurado Alison. Con pasos ligeros, Vicki subió por el sendero secando su cabello con una toalla mientras el repicar de una campana indicaba que el horario diario daba comienzo.

En este lugar las necesidades de los animales tenían prioridad sobre las de los humanos. Vicki ayudó a llenar los tazones con trozos de fruta o de carne. Debido a que el sistema de conducto de agua no estaba funcionando esta mañana, se tuvo que acarrear agua en baldes desde el Pozo Azul para limpiar el piso de concreto de las jaulas. María, la cocinera del centro, no llegaba tan temprano desde la aldea, así que otros voluntarios servían la fruta, pan y café para el desayuno del equipo.

Por otro lado, César ya estaba trabajando arduamente. Al entrar a la

clínica para tomar algunos formularios, Vicki encontró al joven veterinario midiendo medicamentos y poniéndolos en tazas de plástico. Detrás
de él, una puerta abierta dejaba ver un camastro y ropa regada en un
espacio tan pequeño que hacía que la habitación de Vicki pareciera un
palacio. Aunque ella también hubiera elegido una bodeguita en lugar de
la atmósfera de las barracas.

Una vez que el desayuno de los animales y de los humanos hubo
terminado, Vicki se dio cuenta que sus servicios de traductora eran
sumamente necesarios cuando los voluntarios consultaron con Vicente
y Beatriz, los administradores del campamento, acerca de un proyecto
para mejorar las jaulas. Estaban marcando un área menos restringida
para extender la jaula de los felinos salvajes cuando llegó Bill en su
camioneta.

"Ahora tendremos agua otra vez." Vicente corrió hacia la camioneta
mientras Bill y Joe salían de esta. Los tres hombres estaban desapareciendo alrededor del edificio principal cuando Vicki se dio cuenta que
Joe no había venido al centro después de la aventura de ayer.

Cuando la sesión de planificación hubo terminado, Vicki regresó a la
torre de concreto de agua. Vicente y Joe estaban agachados examinando
unos conductos de plástico que iban desde la ladera de la montaña hacia
la corriente de agua. Bill estaba de pie mirándolos.

—¿Esa expedición del ejército demoró toda la noche? —preguntó
Vicki al acercarse a Bill—. ¿O acaso Joe no se hospeda aquí con el resto
de personal del centro? —Vicki recordó algo en ese preciso momento—.
Ahora que lo recuerdo, ayer tú dijiste "nosotros" cuando me invitaste a
tu casa.

—Correcto. Joe se hospeda en mi casa. —Bill miró a Vicki—. Y para
aclarar cierto malentendido, a Joe le gusta decir que es el encargado del
mantenimiento del centro, pero en realidad él trabaja para mí. En mi
casa tengo varios proyectos en los que él está trabajando. Sin embargo,
ya que el centro es mi proyecto principal al momento, me alegro mucho
de que él pueda prestar sus servicios aquí cuando sea necesario. Por la
misma razón he puesto también mi avioneta al servicio del centro. —Bill
indicó con la cabeza en dirección a Joe, quien estaba subiendo por una
escalera de metal a un costado de la torre de agua—. Él puede arreglar
y pilotear cualquier cosa.

—Sí, y quizás decir que trabaja para el centro se verá más profesional en su currículum vítae.

Aunque a Joe parecía no importarle lo que otros pensaran de él.

"¡Vicki! Beatriz te está buscando."

Entrando a la oficina, Vicki escribió en inglés la lista de tareas y luego se dirigió hacia las jaulas de los animales. El sol saliente había hecho que la neblina se evaporara. Un tapir levantó su hocico a través de la malla para olfatear a Vicki. Se alejó un poco más para observar a un mono araña, mientras desenredaba su cabello de las garras de un adorable bebé coatí. Camino abajo, los voluntarios estaban clavando estacas para la nueva cerca en el área de los felinos salvajes.

Podría acostumbrarme a vivir en este lugar. Ese plácido pensamiento fue interrumpido por el rugido de motores. Se dio un estallido de chillidos, aullidos y graznidos. Con chirridos de terror, el bebé coatí se escabulló a su albergue nocturno. Luego, gritos humanos se unieron al alboroto de los animales.

Corriendo camino arriba, Vicki apretó los labios con ira al ver la nube de polvo detrás de un camión de transporte del ejército y del Jeep estacionados en la rotonda frente al edifico principal. Una docena de tropas —de la Unidad de Protección de la Naturaleza, según se veía por sus uniformes y boinas cafés— salió del camión. Cuando estos corretearon a través del centro y dentro del edificio, el ruido sonoro de sus botas y sus gritos hicieron que los animales se alborotaran aún más.

—Michael, ¿qué está sucediendo? —preguntó Vicki al acercarse al Jeep—. Dijiste que vendrías esta mañana, pero no dijiste que traerías medio ejército contigo.

Él salió del Jeep de un salto. Junto a él, Vicki reconoció al hombre que la había capturado el día anterior, el Coronel Alpiro. El comandante guatemalteco le dirigió una mirada fría y analítica antes de volverle la espalda para dar órdenes a sus hombres.

—Hola, Vicki. —La sonrisa de Michael era lo bastante cálida como para compensar por la molestia—. Espero que después de lo de ayer hayas dormido bien. —Hizo una mueca ante el ruido de los animales, que se había acrecentado—. Este lugar es único. ¿Siempre hay tanto ruido?

—Sólo cuando tus soldados asustan a los animales hasta casi enloquecerlos. ¿Puedes pedirles que se detengan antes de que hagan que una de estas pobres criaturas muera de un infarto? De cualquier modo, ¿qué está pasando? ¿Para qué necesitas de semejante escolta? —repitió Vicki con exasperación.

Michael susurró algo al oído de Alpiro, el cual dio una orden en voz muy alta y se alejó.

—Lo que sucede, querida —Michael miró de frente a Vicki—, es que desde que nos vimos ayer, he estado muy ocupado. Estarás muy contenta al saber que después del lamentable incidente de ayer, las autoridades correspondientes han acordado a reabrir la investigación del caso de tu hermana y le han asignado a la misma alta prioridad.

—¿No creerás que lo de ayer tiene algo que ver con Holly? —Vicki ignoró el brillo invitador de la palabra "querida"—. Pensé que dijeron que sólo se trataba de unos cazadores ilegales.

—No estamos seguros. —Michael lucía divertido—. Ese es el objetivo de una investigación: eliminar esas posibilidades. Eso no quiere decir que el jefe de policía, Álvarez, esté admitiendo que tú tienes razón. Sólo significa que están dispuestos a explorar la posibilidad. Mejor dicho, van a dejar que la Unidad de Protección de la Naturaleza la explore, ya que las opciones son más bien básicas: o tu hermana fue víctima de un crimen callejero, o su muerte tiene algo que ver con su trabajo en el Centro de Rescate de la Flora y Fauna y con esta reserva natural. Lo cual pone a este lugar bajo la jurisdicción de la UPN.

—¿Y a qué se debe todo esto?

Cualquiera haya sido la orden que el comandante de la UPN había dado, los motores del camión y del Jeep fueron apagados y el ruido de las botas y los gritos fueron apagándose gradualmente. Conforme iba disipándose la nube de polvo, también el pánico de los animales iba desapareciendo, pero todavía había hombres por todos lados; ahora Vicki podía oír palabras enojadas en alemán procedentes de las barracas en el segundo piso.

—Bueno, una vez más se te ha concedido lo que has pedido. Después de revisar los archivos del caso, el Coronel Alpiro está de acuerdo. Si hay algo más que se pueda descubrir en cuanto a la muerte de Holly, la clave está en el APD que está perdido. Ya que la policía de la ciudad de Guatemala no lo consideró relevante, no se puso empeño en encontrarlo. Ahora Alpiro ha ordenado que lo busquen.

»¿Qué pasa? —preguntó Michael al ver la involuntaria expresión de consternación de Vicki—. Pensé que estarías muy emocionada.

—No, tienes razón. Yo misma te pedí que lo hicieras. Es sólo que —Vicki hizo una mueca— los voluntarios van a estar muy molestos con tus soldados por haberles registrado todas sus pertenencias, o tal vez conmigo si llegan a enterarse de que yo soy la responsable de esto. Tampoco entiendo por qué Alpiro lo está buscando aquí. ¿No te parece que es más lógico que Holly se haya llevado con ella su APD? En ese caso, ¿cómo podemos estar seguros de que los policías que destruyeron mi habitación no se lo robaron?

—Por esa misma razón, en este preciso momento, el hostal del centro también está siendo registrado. Créeme, esta no es la primera vez que Alpiro, o yo, hemos organizado una búsqueda. En cuanto a tus policías del barrio, a ellos también se los está interrogando. Aunque si ellos hubieran querido robar, en lugar de destruir, también se hubieran llevado la computadora. Alpiro ha dado estrictas órdenes de que todo aparato electrónico sea entregado en este lugar. Tú misma puedes revisarlos y ver si reconoces algo. Él también organizará tus entrevistas.

»¿Te olvidaste que también pediste que toda persona que hubiera conocido a Holly sea interrogada en cuanto a dónde estuvo o qué les dijo? —añadió Michael e hizo un ademán a unos soldados, mejor dicho policías, que estaban llevando a los administradores del campamento hacia el interior del albergue, donde el Coronel Alpiro ya estaba sentado ante una mesa.

—Claro que sí. He estado tratando de hacer todo eso por mí misma, pero estoy segura de que tus policías lograrán más de lo que yo hubiera podido lograr. Ah, Michael, no puedo creer que pudiste hacer todo esto. Después de todo ese silencio, no sabes cuánto te lo agradezco.

—Estamos haciendo lo debido. Por mi parte, me alegro de estar en una posición que me permita hacerlo posible. Ahora, ven conmigo. Estoy seguro de que querrás estar presente en todas estas entrevistas.

Vicki siguió a Michael hasta una de las mesas de plástico sobre la que los policías estaban colocando aparatos electrónicos, supuestamente confiscados de las barracas del segundo piso. Vicki vio un APD sobre la mesa contigua.

"Ese es mío," dijo Michael, señalándolo con una inclinación de la cabeza. "Lo tienen como muestra. Ellos tienen órdenes de no tocar nada más."

Detrás de ellos, en la cocina todavía faltaba la cocinera. Las tropas de la Unidad de Protección de la Naturaleza estaban amontonadas adentro, levantando cada cosa, vaciando recipientes de arroz y harina de maíz en ollas y poniéndolos otra vez en los recipientes. Estaban siendo muy cuidadosos; hasta estaban poniendo las cosas de vuelta sobre las repisas tal como habían estado antes.

También los voluntarios estaban siendo llevados hasta el albergue comunitario. Vicki no necesitaba saber alemán para darse cuenta de cuán enojados estaban. *Me alegro de que no sepan que yo soy la responsable de esto.* Vicki vio a Bill, hablando quedamente con uno de los líderes del equipo. La intervención de ella no sería necesaria. Joe también estaba allí, sentado relajadamente ante una mesa, tan tranquilo como si estuviera esperando que le sirvieran su comida.

En ese momento, Michael llevó a Vicki hasta la mesa en la cual el Coronel Alpiro estaba entrevistando a Vicente y Beatriz. Sus numerosas preguntas eran repetidas en una variedad de formas, pero se resumían en sólo dos: "¿Han visto el APD de Holly? ¿La difunta habló de algo que la estaba preocupando mucho?"

A pesar de que la pareja no le caía muy bien, Vicki pudo entender la ira y los nervios que los dos estaban tratando de mantener bajo control ante el escrutinio implacable de Alpiro. Sus respuestas eran consistentes. Sí, habían visto tal APD. No, no lo habían visto desde que Holly se había ido a la ciudad de Guatemala. Tampoco había estado entre las pertenencias de Holly que ellos habían empacado para que llevara el señor Taylor. Sí, Holly se había quejado acerca de que algunos animales habían sido puestos en libertad cuando no había sido apropiado hacerlo, o de que otros habían muerto mientras estaban bajo el cuidado del centro. No obstante, ellos habían podido asegurarle que, según los documentos, sus preocupaciones no tenían fundamento alguno. Cuando hizo esta última declaración, Vicente miró hacia otro lado. Si estos administradores del campamento estaban ocultando algo en cuanto a las quejas de Holly, en cambio parecían ser bastante sinceros en sus protestas en cuanto al APD.

El equipo alemán había llegado a Guatemala sólo unas cuantas horas antes de que Holly desapareciera y no la habían conocido, pero eso no impidió que el comandante de la UPN los interrogara uno por uno. Michael se encargó de traducir en un inglés calmado, atenuando el tono severo de las preguntas de Alpiro. Un miembro del equipo tradujo al alemán lo que fue necesario. Cuando la mitad de los miembros del equipo habían sido entrevistados, aun Alpiro se dio cuenta de la banalidad de sus interrogatorios, por lo que se limitó a recolectar información de contacto.

Bill y Joe fueron entrevistados a continuación. Dando sus respuestas directamente en español, Bill demostró una cortesía seca, mientras que Joe dejó notar claramente que estaba aburrido.

Si, todos aquellos que habían conocido a Holly también habían visto su APD.

No, ella no se lo daba a ninguno de ellos cuando iba de viaje y tampoco había estado entre las pertenencias que Vicente y Beatriz habían empacado para que fueran entregadas al familiar más cercano de Holly.

No, Holly no les había mencionado nada más que su frustración normal en cuanto a la deteriorada situación ecológica.

Alpiro trató a Bill con una cortesía que no tuvo para con nadie más. ¿Qué clase de influencia ejercía este estadounidense en este lugar? Michael, ya que sus servicios de traducción no eran requeridos al momento, se dedicó más bien a observar a los dos estadounidenses; lucía impasible. ¿Qué estaba pensando?

César fue el último. Vicki, ahora tan aburrida como lo había estado Joe, se enderezó cuando dos uniformados empujaron al joven veterinario practicante hasta hacerlo sentar. Esta vez su expresión era inequívoca: estaba absolutamente rígido de terror. Si, él había seguido las instrucciones de Holly. No, ¿por qué iba Holly a confiarle algo? Él sólo era un humilde practicante. Si ella hubiera tenido alguna queja, se la hubiera hecho saber a sus superiores, Vicente y Beatriz.

No, él nunca había entregado ninguno de los animales salvajes bajo su cuidado a los traficantes ilegales de animales. Esta última acusación había provocado una firme respuesta negativa. Se inclinó hacia delante; por primera vez su indignación había vencido a su miedo.

Michael dio al Coronel Alpiro una señal leve. Entonces el comandante de la Unidad de Protección de la Naturaleza hizo un ademán, indicándole a César que se retirara. Vicki se tragó su indignación ante la evidente complacencia y aprobación con la que Alpiro veía a César mientras este caminaba, un tanto tambaleante, hasta llegar a la choza donde los voluntarios y el personal estaban acorralados bajo la intimidación provocada por tres rifles automáticos.

A Alpiro le gusta que la gente le tema. No, mejor dicho, da por sentado que la gente le teme.

Cuando las entrevistas terminaron, también la búsqueda había terminado. Vicki contó siete APD de varias marcas. Ninguno de ellos era igual al de Holly, pero bajo el escrutinio de Alpiro, Vicki los encendió a todos de uno en uno. Coronel Alpiro y Michael verificaron que el idioma usado en estos era alemán.

Cuando el ceño de Alpiro se frunció aún más profundamente, Vicki escuchó el susurró urgente de uno de los líderes del escuadrón.

—Aquí hay equipo en el que se puede esconder tal APD. La clínica, la oficina, las jaulas de los animales . . . Tal vez si usted diera órdenes diferentes . . .

Vicki estuvo a punto de protestar cuando Michael intervino.

—Coronel, si la estadounidense dejó aquí su APD, lo habría hecho para que estuviera seguro y para que lo pudiera recuperar fácilmente, más no dentro de otro equipo que está siendo usado, ni tampoco debajo de alguna jaula. El Ministro del Medio Ambiente va a estar muy enojado si tiene que reparar . . .

Para el alivio de Vicki, Alpiro asintió. Ella se sintió decepcionada, y no sólo debido a las miradas furiosas de los voluntarios, quienes estaban recogiendo sus aparatos electrónicos. Los alemanes se habían percatado de la participación silenciosa de Vicki en las entrevistas. Ella no había esperado que la investigación fuera fácil. ¡No obstante, había tenido la esperanza de obtener algún resultado!

Apenas en ese momento, Vicki se dio cuenta cuán tarde era. El sol estaba sobre la cubierta del bosque nuboso —ya había pasado la hora de la comida del mediodía. El albergue de la cocina casi había recuperado su orden cotidiano, pero las hornillas de gas aún estaban apagadas sin indicio alguno de que fueran a usarse. Tampoco había rastro de María.

Sólo debido a que el alboroto de los soldados, de los furiosos voluntarios y de los animales asustados había disminuido y porque lo había oído tantas veces y en tantos lugares, Vicki pudo reconocer los sollozos de unas pequeñas. Se dio la vuelta y vio a María saliendo silenciosamente detrás de un árbol. La mujer no estaba sola, sino que junto a ella vio a dos niñas —versiones pequeñas de sus propias trenzas negras, blusas bordadas a mano y faldas rojas de envolver. Las niñas tal vez tenían unos cinco y siete años de edad.

Antes de que las facciones redondas y oscuras se transformaran en líneas estoicas, Vicki notó un destello de conmoción en la expresión de María cuando ella vio los uniformes y las armas. Deslizándose hasta el interior del albergue de la cocina, la mujer encendió las hornillas.

Las tropas de la Unidad de Protección de la Naturaleza habían comenzado a regresar a su vehículo de transporte, permitiendo que sus recientes cautivos se dispersaran. Los voluntarios se dirigieron de inmediato a sus barracas.

Al ver a la cocinera retrasada, Beatriz se dirigió hacia la cocina con el ceño fruncido. Vicki no tuvo que escuchar disimuladamente para saber que la directora estaba regañando a la mujer. La cocinera no mostró reacción alguna. ¿Acaso quinientos años de sometimiento habían desarrollado en los mayas la habilidad de refugiarse detrás de ojos humildes y de una expresión impasible?

Si ese era el caso, entonces las acompañantes de María todavía no habían aprendido a controlar sus emociones. Los chillidos de miedo de la niña más pequeña atrajeron a Vicki.

En el momento en que Vicki entró al albergue de la cocina, Beatriz salió abruptamente, deteniéndose sólo para dar decirle con brusquedad: "Dígales a los voluntarios que la comida será servida con una hora de retraso."

Vicki no fue la única que se conmovió con los sollozos de las niñas.

"¡Tío César!" Las dos niñas lo abrazaron. Aun visiblemente nervioso por su reciente odisea, él se agachó para pedir a las niñas, en una mezcla de español y dialecto maya, que guardaran silencio.

—¿Tío César? —Vicki lo miró llena de sorpresa—. ¿Entonces tú eres oriundo de la aldea local? ¿Ellas son tus sobrinas?

—No son mis sobrinas, pero sí mi familia.

Vicki sabía de la costumbre de llamar a cualquier adulto conocido "tía" o "tío," ya que los niños de Casa de Esperanza la habían llamado "Tía Vicki."

Con las niñas muy apegadas a él, César se puso de pie y se dirigió a María.

Joe debió haber arreglado el problema del agua antes de que se suscitara todo ese alboroto, ya que María estaba llenando una olla y poniendo cebollas, cabezas de ajo y tomates sobre la mesa de madera. Un cuchillo muy afilado rebanaba con ligereza los vegetales mientras la mujer contestaba las preguntas de César en su dialecto maya.

—Ella llegó retrasada porque el ejército fue a la aldea esta mañana —le dijo César a Vicki—. Los llevaron a todos a la plaza y revisaron cada casa antes de permitir que cualquiera de ellos partiera. Ella está pidiendo disculpas por la tardanza en la comida y por haber tenido que traer a las hijas de su prima a su lugar de trabajo.

—La comida no importa. Por favor, dile eso. Pero siento mucho lo sucedido esta mañana. —Vicki miró a las niñas aún colgadas de los costados de César—. ¿Por qué tienen tanto miedo? ¿Les hicieron algún daño?

—No, no. Nadie resultó herido. Esta vez los soldados tampoco robaron nada. Les dijeron que estaban buscando algo valioso que había sido robado de aquí del centro. —César escudriñó a Vicki. ¿Sabía él que ella era la responsable de todo ese alboroto—? Alicia y Gabriela sólo están muy asustadas. Ellas están . . . su familia fue asesinada a balazos hace poco tiempo. Ellas tienen miedo de que los soldados también hayan venido a destruir su aldea.

—¡Ay, no! —Al darse cuenta, Vicki sintió que el estómago se le revolvió—. ¿Te refieres a la masacre de hace dos meses? ¿Ellas estuvieron allí? Pero pensé que no había habido sobrevivientes.

—No, su papá, mi primo, las había traído acá para que se quedaran con María hasta que pudieran ir a la escuela cuando llegara una profesora a su aldea. Ellas sólo saben que sus padres y su hermano menor están muertos. Cuando ellas vieron a los soldados y al ejército, creyeron que . . .

Vicki pudo entender bien lo que estas niñas debieron haber creído. Las imágenes de lo descrito eran tan reales que a ella le parecieron las de una experiencia propia. La desesperación de las niñas estaba

desgarrando el corazón de Vicki. Jaló ligeramente de sus bordados huipiles hasta que dos pares de ojos llenos de lágrimas la miraron. Vicki
no tenía idea cuánto español entendían ellas, pero habló con toda la
autoridad que pudo.

"Ahora ya están seguras. Los soldados no las van a lastimar. Yo no
permitiré que los soldados les hagan daño."

Luego Vicki salió abruptamente del albergue. Cuando ella se le
acercó, Michael estaba hablando con el Coronel Alpiro junto al Jeep de
comando. Michael le sonrió.

—¿Sabías que tus soldados invadieron la aldea esta mañana?
—irrumpió Vicki en inglés—. Arrastraron a todos fuera de sus casas
buscando el APD de Holly. ¡Casi mataron del susto a esas dos pequeñas!
¡Pensé que la época de la brutalidad del ejército había terminado!

Bill y Joe, quienes habían estado colocando algunas herramientas
en la camioneta, se detuvieron para escuchar con obvio interés.

—Estás molesta y no sabes lo que estás diciendo. —Michael había
dejado de sonreír—. Cuando Vicki apretó los dientes ante el severo
comentario, Michael adoptó un tono de voz más calmado y razonable—.
Mira, te quejaste de que la policía de la ciudad de Guatemala no había
hecho una investigación adecuada. Bien, esta es la investigación que
pediste. Esta es la forma en que esto se lleva a cabo aquí: rápida y efi-
cientemente. ¿Has sabido de alguien que haya salido herido? ¿De algo
que ha sido robado o destruido?

Vicki sacudió la cabeza.

"Entonces no tienes idea de lo que la brutalidad del ejército es capaz
de hacer aquí." Michael enfatizó su punto.

Vicki se sintió bastante desanimada. Si Michael había querido
convencerla de que abandonara por completo su objetivo, lo estaba
haciendo muy eficazmente. ¿Cómo había ella provocado todo esto? El
hecho de que él tuviera razón no quería decir que ella tenía que hacerlo.
Cuando Vicki los miró, Bill y Joe se dieron media vuelta. Ella tragó saliva,
buscando una manera de disculparse que no hiciera que su humillación
aumentara.

En ese momento, la estática en el radio que Bill llevaba en su cinturón los interrumpió. Casi de inmediato esta fue seguida por un ruido en
la mano del Coronel Alpiro.

—Al parecer tus hombres, o mejor dicho los de Alpiro, también sintieron la necesidad de invadir mi casa —dijo Bill mirando fríamente a Michael.

—Señor Taylor —replicó Alpiro en español—, mis hombres me dicen que sus guardias no les han permitido llevar a cabo las órdenes que recibieron. Por lo tanto han tomado posiciones defensivas en el perímetro de su propiedad. —Tamborileó sus dedos sobre la radio—. Sólo nos falta registrar su residencia para terminar nuestra búsqueda. Tal vez no sea necesario hacerlo. El teniente del ejército que está con mis hombres me dice que su comandante ha dado órdenes especiales en cuanto a usted.

—¡No!

Alpiro miró a Bill tan sorprendido como Vicki.

—No, no quisiera que luego alguien preguntara por qué sólo mi casa no fue registrada. Daré instrucciones a mis guardias para que cooperen, tal como yo mismo lo hubiera hecho si hubiera sabido con anticipación de sus intenciones. Aunque sí le agradecería si pudieran esperar hasta que yo esté presente. Entonces podré asegurarle al comandante que sus hombres no causaron daños en mi propiedad.

El Coronel Alpiro asintió.

—Yo también quiero ir —dijo Vicki, dándose la vuelta y dirigiéndose a Michael, mientras Alpiro hablaba secamente a través de la radio. Si ella había causado todo esto, lo menos que podía hacer era estar presente para brindarle a Bill su apoyo.

—Entonces sube —contestó Michael, indicando con un movimiento de la cabeza el asiento delantero en el preciso momento en el que ella estaba poniéndose tensa, preparándose para una discusión.

A la velocidad a la que el Jeep iba por el camino de tierra, les tomaría sólo cinco minutos llegar a la casa de Bill. Otro Jeep estaba estacionado fuera del portón; sus ocupantes estaban de cuclillas detrás de este y tenían sus armas apuntando hacia la colina donde estaba ubicada la casa. No se veía a ningún trabajador pero, tal como el Coronel Alpiro había indicado, la presencia de los guardias era tangible; por lo menos tres rifles eran visibles sobre las macetas colocadas al borde de la terraza.

La camioneta se detuvo detrás de los vehículos del ejército. Cuando

Bill se bajó para abrir el portón, los guardias de la terraza se pusieron de pie y bajaron sus armas. Bill fue delante de los demás, por el camino de entrada. Los tres vehículos del ejército se estacionaron detrás de su camioneta. Sólo los ocupantes del vehículo de comando se bajaron. El Coronel Alpiro hizo un ademán ordenando a los ocupantes de los otros vehículos que permanecieran donde estaban.

Bill los guió hacia adentro. A pesar de lo desagradable de la visita, Vicki miró a su alrededor con interés. El interior era amplio y acogedor; las paredes eran blancas, el piso era de una baldosa rojiza. Más allá de una enorme chimenea había una cocina sorprendentemente moderna y unas puertas que daban a dos habitaciones y a un baño.

Sillones y sillas forrados con cuero de tono marrón estaban agrupados alrededor de la chimenea. Sobre las paredes había anaqueles con libros, tapices aborígenes y unos hermosos ejemplares de típica, las vestimentas, sombreros y bolsos mayas hechos a mano. Bill tenía su propio generador, ya que había lámparas de piso, un equipo de sonido, un VCR, un toca DVD y una televisión con pantalla plana. A través de la puerta de la oficina, Vicki pudo ver una computadora y un equipo de radio.

Con razón Joe prefiere hospedarse aquí.

La búsqueda fue llevada a cabo con tanto cuidado y profesionalismo como Vicki lo había esperado. Libros y platos fueron levantados de sus repisas y los muebles fueron registrados. Ella fue a la oficina para asegurarse de que la computadora y el equipo de radio fueran tratados con delicadeza. Este último fue colocado sobre una larga mesa ubicada bajo una ventana cuyas contraventanas habían sido abiertas por los guardias para permitir que se vean la terraza y los campos de café. Sobre las paredes de la derecha y de la izquierda había más repisas con libros, pero sólo las de enfrente estaban llenas. Las de la izquierda contenían objetos dispersos de cerámica maya, tal vez debido a que el calor procedente de la chimenea estaba justo detrás de esta pared.

Al sentir el calor de otro cuerpo humano detrás de ella, Vicki se dio la vuelta. Joe también había venido para observar.

No obstante, cualquier preocupación resultó infundada, ya que el registro de la casa de este amigo del comandante de la base casi no fue ni una búsqueda, sino más bien algo rápido y superficial. El Coronel Alpiro salió, pidiendo disculpas.

—Taylor, te pido disculpas por el inconveniente —dijo Michael, quedándose un rato más que Alpiro—. Confío en que entenderás.

—Por supuesto. Si hay algo que podamos hacer para ayudar a encontrar al asesino de Holly, sólo tienen que decírnoslo.

—Bueno, no estoy seguro qué más podemos hacer aquí. Por lo menos hemos eliminado algunas posibilidades. Lo que haremos será aumentar el patrullaje en la biosfera. Lo mínimo que podemos hacer es asegurarnos que no hayan más incidentes como el de ayer.

Joe se sentó con su usual actitud casual en una de las sillas de cuero. No le haría daño aceptar la sonrisa de disculpas de Michael, pero Joe sólo arqueó una ceja.

Vicki compensó la rudeza de él con una sonrisa más cálida de lo que ella había planeado.

—¿Puedo llevarte de regreso al centro, Vicki? —Fue la respuesta que obtuvo como premio por parte de Michael, acompañada de su mirada llena de aprecio.

—No, eso no será necesario —contestó Vicki, sacudiendo la cabeza—. Puedo irme caminando; el centro está muy cerca de aquí. Además entiendo que el Coronel Alpiro tiene prisa por regresar a la base.

—Entonces te veré después. Tengo que ir de regreso a la ciudad esta misma tarde. Tom Casey, a quien tú viste en el aeropuerto, está otra vez en la ciudad y tengo que entregarle un informe. Regresaré acá en un par de días. Para ese entonces ya podré avisarte de cómo fueron las entrevistas y búsquedas que estamos llevando a cabo en la ciudad. A menos que tú también estés de regreso en la ciudad, en cuyo caso tal vez podríamos ir a cenar juntos.

Vicki dejó que sus largas pestañas cerraran los párpados de sus ojos de color ámbar; sus mejillas le quemaban debido a la calurosa sonrisa de Michael y a la súbita mueca despectiva de la boca de Joe. Michael era definitivamente la clase de hombre a la que las asistentes consulares y las voluntarias extranjeras podían sentirse atraídas. No se trataba sólo de su atractivo físico y de su cuerpo muscular y atlético, sino también de su calculada confianza, disciplina y autocontrol. Él era un líder nato, que sabía lo que quería y estaba comprometido con influenciar a la sociedad. A Vicki le gustaba todo eso.

Pero de momento ella tenía cosas más importantes que hacer.

—No estaré de vuelta en la ciudad —Vicki dijo quedamente—, pero te agradecería que me mantengas al tanto de la investigación cuando regreses acá.

El silencio reinó por unos breves instantes después de que Michael cerrara la puerta detrás de él.

—Tom Casey. Ese es nuestro nuevo jefe antidrogas estadounidense —Joe repitió irónicamente—. Y el joven Michael tiene que correr para hacer su reporte. ¿Quién dijiste que era este tal Camden?

—Él es un agregado de la embajada —respondió Vicki, aunque la pregunta estuvo dirigida a Bill—. Trabaja en la oficina de la OAD.

—Si, claro. Eso es lo que todos ellos dicen —replicó Joe con un resoplido.

—¿A qué te refieres? —Vicki miró al uno y al otro.

Joe sólo se encogió de hombros.

Vicki no estaba de humor para soportar más mensajes codificados por parte de Joe. Ella miró a Bill, pero este estaba mirando a su empleado con sus blancas cejas arqueadas.

—A ver, Joe —lo retó Vicki—. ¿A qué te refieres? Sé que detrás de tu comentario hay un alegato desagradable. ¿Qué tienes contra Michael?

—Más vale que se lo digas, Ericsson —dijo Bill con resignación—. Ella no va a dejarte escapar.

—No estoy calumniando a tu amigo —replicó Joe, mirando más allá de Vicki—. Pero al crecer en torno a todas esa gente de la embajada aprendí algunas cosas. Agregados extra, especialmente aquellos tan exclusivos como para pavonearse con las autoridades locales y para reunirse con las personalidades más importantes, por lo general son de la CIA.

—¿Qué estás diciendo?

—Ignóralo y todas sus teorías acerca de una posible conspiración —le aconsejó Bill—. El lamentable trasfondo de Ericsson no lo hace un experto en el asunto. En mi opinión, Camden parece ser un joven decente y trabajador. Tiene un trabajo estable y seguro. Podrías tener un pretendiente peor. Por aquí no hay muchos tipos entre los que puedas elegir. Además, Camden parece estar esmerándose por hacerte sentir bien. Si yo estuviera en tu lugar, le aceptaría su invitación para ir a cenar juntos, antes de que una secretaria de la embajada me lo quite.

—Ah, en serio. Si esa es otra indirecta para que yo abandone esta investigación, no va a dar resultado. —Vicki contrarrestó la mirada sardónica de Joe con una cáustica suya antes de continuar dulcemente—: ¿Y qué en cuanto a Joe? ¿Acaso no es él también un joven decente, trabajador, con un trabajo estable y seguro?

Bill la miró fijamente. —Ericsson no es un tipo seguro para nadie. Si yo tuviera una hija, le daría el mismo consejo que el que te estoy dando en este momento. Tal como debí habérselo dado a Holly. Mantente tan alejada de este tipo como puedas.

Joe se puso de pie tan abruptamente que dio al traste con su posición relajada. Un instante después, estaba cerrando la puerta posterior de un golpe.

—Bill, no puedo creer que dijiste eso —dijoVicki—. Creo que heriste sus sentimientos. Él piensa que hablabas en serio.

—Yo siempre hablo en serio.

Se podía responder muy poco a eso. Vicki comenzó a dirigirse hacia la puerta. —Bill, hay otra cosa que no entiendo. Tú le dijiste al Coronel Alpiro que Holly no te había mencionado nada sobre aquello que la había hecho sentir molesta. Pero Holly te estimaba mucho. Trabajaste con ella. Si ella habló con alguien, yo hubiera pensado que fue contigo.

Bill se hundió como si ella lo hubiera golpeado, y de repente tuvo el aspecto que reflejaba su verdadera edad.

—Sí, yo también lo creí así. El hecho que no lo hizo me ha inquietado más que ninguna otra cosa.

Vicki regresó al centro. Era algo increíble, pero cuando ella salió de los campos de café para entrar en el recinto del centro, la escena fue tan pacífica como si la invasión de la mañana jamás hubiera ocurrido. Los voluntarios se reunieron para almorzar en la choza comunitaria. El mono araña domesticado se colgó de los hombros de Johanna. Se escuchaban un gorjeo y un parloteo que provenían de las jaulas. Aun las dos niñas estaban comiendo afanosamente su pasta en la mesa más alejada.

Lo cual no significaba que la participación de Vicki en los eventos de la mañana había sido perdonada. Cuando ella entró en la choza, se escuchó un murmullo de desaprobación. *¿Cómo voy a trabajar con ellos toda una semana?* Vicki hizo lo único que se le pudo ocurrir, —se abandonó a la merced de ellos. Ya para cuando terminó de dar explicaciones, los comentarios de desaprobación se habían tornado en simpatía.

"¿La joven que vino a encontrarnos en el aeropuerto era tu hermana?"

"Sí, escuchamos que había sido asesinada."

"¡Pero seguramente estás tratando de averiguar qué ocurrió!"

Perpleja, Vicki los observó a medida que todos regresaban a sus tareas. *¿Por qué no se los conté desde el principio? Porque siempre debo enfrentar todo yo sola. Y porque no aguanto que me tengan compasión.*

Ya para la noche los voluntarios alemanes persuadieron a Vicki para que se uniera a ellos en el Pozo Azul; ella era parte del equipo. Aunque eso resultó ser el único beneficio de la investigación de la UPN.

Michael pasó por ahí dos días después.

—El helicóptero de la UPN me trajo directamente después de despedirme de Tom Casey. —Miró a su alrededor—. ¡Caramba! Pero qué bello que es esto. Un poco más tranquilo que la vez pasada.

—Pues claro que tiene que ser diferente cuando no está plagado de soldados. ¿Quieres hacer un recorrido? —Vicki se disculpó con César y el estudiante de veterinaria alemán para quien ella había estado traduciendo. César no alzó la vista del tablero mientras asintió con la cabeza. Vicki suspiró. El veterinario guatemalteco se había vuelto más huraño desde la invasión de la UPN. De nada había valido tratar de ganar su colaboración.

—¿Qué tal te fue con el informe? —preguntó Vicki mientras se dirigía con Michael hacia el área de los animales.

—Bastante bien. Casey aparenta estar impresionado con nuestro programa. Mientras él estuvo aquí, la UPN pudo detectar y destruir dos plantaciones de opio dentro de zonas protegidas. De hecho, él participó en la última redada. Ahora a ver si se ha impresionado tanto como para convencer al Congreso de que desembolse más dinero. —La cara de Michael adquirió un aspecto rígido—. Espera, ¿no es ese . . . ?

La mano de Vicki se alzó hasta tocar el objeto que había llamado la atención a Michael. Desde que llegó al centro, ella había comenzado a llevar puesto el collar de Holly, aunque tan sólo fuera porque era muy valioso como para dejarlo a la vista en cualquier lugar. Pero normalmente lo llevaba metido debajo de la camisa. Posiblemente el mono araña que había estado acariciando antes se lo había jalado.

—Efectivamente. Nunca te mencioné que lo encontraron.

Después de escuchar sus explicaciones, Michael movió la cabeza de un lado al otro.

—Pero qué coincidencia tan grande. A menos que se desprendiera mientras la cargaban para sacarla del basurero. —Él levantó el pendiente en forma de jaguar para examinarlo más detenidamente—. ¿Hay algo más que no me hayas dicho? Es importantísimo que yo esté bien informado, aunque tú creas que sólo se trate de un detalle insignificante. Si surge algo parecido otra vez, comunícate conmigo inmediatamente. Ahora, en cuanto a la búsqueda en la ciudad de Guatemala . . .

Michael actualizó a Vicki mientras caminaban. "Buscaron por todas partes. Entrevistaron a todas las personas que habían hablado con Holly. Fue un buen ejercicio de entrenamiento para la unidad y esta es la razón por la que Alpiro estuvo dispuesto a llegar a tanto. Pero nos encontramos exactamente donde estábamos antes de que comenzara a participar la UPN. Quién sabe qué le pasó al APD de Holly, si se lo robaron, se destruyó o se cayó como el collar y tal vez hasta se quemó en el basurero. Creo que por lo menos estamos de acuerdo conque ya no va a aparecer."

Su mirada se movía de un lado a otro, absorbiendo cada detalle.

Cuando pararon debajo de la torre de agua, Vicki comenzó a reír.

—Oye, ¿pero es que estamos paseando o llevando a cabo otra búsqueda policial?

Michael sonrió avergonzadamente. —Lo siento, es que nada más tenía la esperanza de ver algo que se nos hubiera pasado por alto. —Se pasó la mano por el cabello y suspiró—. Ojalá no tuviera que admitir que no tengo ni idea sobre qué hacer ahora. Aun bajo las normas estadounidenses ya hemos agotado toda probabilidad. A menos que encontremos otra posibilidad, no le puedo pedir más a Alpiro.

—Por lo menos has hecho el esfuerzo —suspiró Vicki de igual manera—. Jamás pedí más.

Por más desilusionada que estuviera, para Vicki era difícil permanecer deprimida al salir cada mañana al bosque nuboso que emitía una fragancia dulce y húmeda, con una sinfonía matutina de graznidos y chirridos y la resonancia del agua, un conjunto cautivador de helechos, hojas y enredaderas acentuado con los colores de las orquídeas y de los árboles en flor. Sea que ella ya había estado en estas montañas cuando era niña o no, su entorno ya se había convertido rápidamente en algo familiar y placentero, y definitivamente pacífico.

Con el bosque nuboso extendiendo las copas de los árboles en dirección al cielo, el centro podría haber sido una burbuja o un universo alterno alejado del mundo de los problemas que Vicki había dejado fuera. También los animales estaban adquiriendo un grado de individualismo. Ahora Vicki podía discernir y diferenciar a los monos, ya no sólo por su tamaño. El tapir joven la seguía de un lugar a otro como si se tratara de un cachorro. El pequeño coatí se movía alrededor del centro sobre el hombro de Vicki, con su cola prensil envolviéndole el brazo.

No era que Vicki se hubiera olvidado de la razón por la que se encontraba aquí, pero ella había hecho todo lo posible por el momento. Los animales eran simpáticos y necesitaban atención, pero no le desgarraban el corazón a uno como los hacían los niños de los basureros. A medida que transcurrieron los días sin tener que tomar decisiones aparte de la distribución de tareas, Vicki comenzó a sentirse relajada y empezó a apreciar el momento presente: bañándose en el Pozo Azul, jugando con los animales, riéndose con uno de sus nuevos amigos.

Tal vez simplemente me quedaré aquí para siempre.

Aunque con el correr del tiempo la reclusión pacífica resultaba limitadora. Especialmente con el mapa en el tablón de anuncios del salón mostrando como el centro era sólo un punto en el borde de la extensión empinada y majestuosa de la reserva de la biosfera Sierra de las Minas.

Quiero ver el terreno que Joe y yo sobrevolamos, por lo menos parte de él.

Vicki no se había olvidado de la caja debajo de su cama. Ella había pensado que sería sencillo trazar en la tierra parte de la vida silvestre sobre la que había volado. No había sabido de la dificultad de trasladarse, ni de las restricciones para explorar la reserva.

Se presentó una oportunidad cuando los alemanes completaron su período como voluntarios. Ya habían completado el corral para felinos, un cercado largo de malla que permitía que los pumas, ocelotes y demás felinos trotaran a voluntad. Para celebrar, se organizó una excursión para seguir el único sendero natural de la reserva, el cual se desviaba del camino principal cerca de la última garita militar en las afueras del pueblo, serpenteándose hacia la cordillera que se alzaba detrás del altiplano. Este era uno de los caminos principales en la época en que los pueblos aún estaban dispersos por toda el área de la reserva, pero ahora la vegetación había crecido desmesuradamente, pasando por el bosque nuboso como un túnel frío y verde. No obstante, ofrecía panoramas espectaculares en los lugares donde emergía para ofrecer una vista de los valles montañosos.

Hubiera sido una experiencia placentera si dos Jeeps de tropas de la UPN no los hubieran acompañado, uno al frente y otro detrás de la camioneta que transportaba al grupo. El líder de la patrulla les había dicho que esto se debía sólo a unas medidas de protección. Los alemanes aparentaban estar bastante complacidos.

Pero de regreso en el centro, mientras que los voluntarios empacaban antes de viajar en un autobús para dirigirse a la ciudad de Guatemala, Vicki se quejó con César: —¿Es que no hay manera de ir solos a la reserva? Tengo entendido que la UPN debe patrullar el lugar para protegerlo de los cazadores ilegales y de las construcciones, pero nosotros aquí somos el Ministerio del Medio Ambiente. Tal vez yo no, de manera oficial, pero tú sí. ¿No se permite que los miembros del centro entren en la reserva para estudiar la biosfera?

Una sonrisa inusual iluminó la cara de César a medida que él deslizaba un tazón con fruta y lechuga en una jaula.

—Habla como su hermana. Ella siempre quería ir sola a las montañas. Para ver a los animales en sus propios hábitats y para caminar en lugares donde nadie había estado antes.

—¿Ella hablaba así? —Las manos de Vicki se movieron tan repentinamente que derribaron el siguiente tazón de la bandeja de César. Mientras recogía trozos de naranja y banana, ella le preguntó ansiosamente—: ¿Sabes por dónde caminaba? ¿Me puedes llevar hasta allá? Por favor, es que tengo mis razones.

La expresión de César se cerró. —No se lo recomiendo porque no es seguro.

—Pero si Holly podía hacerlo . . .

—Sí, pero la señorita Holly está muerta.

Pero ella no murió aquí. De nada servía. No se podía discutir con alguien que sencillamente se alejaba mentalmente y rehusaba hablar. En cualquier caso, durante los días siguientes, había poco tiempo adicional entre la alimentación de los animales y la limpieza de las jaulas. Vicki dedujo amargamente que estas tareas supondrían rebajarse a los dos administradores del campamento.

Sin embargo, César y Vicki recibían ayuda para compartir el trabajo. Bill los visitaba casi todos los días y Joe se quedaba durante períodos más prolongados. Vicki admitía que su cuerpo musculoso no era el resultado de quedarse sentado sin hacer nada. Él trabajaba de manera ardua y constante, construyendo una nueva cerca donde el tapir había tumbado una, excavando la tubería de agua y reemplazándola con una nueva y reparando el generador cada vez que este rehusaba arrancar.

Bill paraba siempre para conversar con Vicki después de reportarse a la oficina del centro, pero Joe no se acercaba a ella.

Un día en particular, habiendo terminado de leer las escasas obras en inglés que había en la biblioteca del centro, Vicki se aventuró a atravesar el bosque para llegar a la propiedad de Bill. El guardia con cabello rizado estaba en el portón y había otro caminando a lo largo de la cerca. Ella no se molestó en alertarlos sobre su presencia, sino que se alejó caminando entre dos filas de matas de café. Al llegar a la terraza, ella tocó a la puerta de la cocina. Al no escuchar respuesta alguna, abrió la puerta.

En Estados Unidos ella se hubiera retirado, pero la hospitalidad entre los emigrados sigue reglas diferentes y ella ya había recibido una invitación abierta. Pensaba entrar, tomar algunos libros para llevárselos prestados y dejar una nota para Bill.

"¡Hola!" dijo al entrar.

Silencio.

Sin titubear más, Vicki entró en la sala. Los restos de un fuego pequeño ardían en la chimenea. Ella caminó hacia el anaquel más cercano y se detuvo a examinar una colección mohosa de libros condensados cuando escuchó un ruido. Al principio pensó que era el chisporroteo de la madera en la chimenea, pero luego escuchó un suave sonido de raspar que provenía de la oficina.

De modo que la casa no estaba vacía.

Con dos tomos en la mano, Vicki se dirigió rápidamente hacia la puerta de la oficina, diciendo: "Hola, Bill. Estoy en la sala buscando entre tus libros. Lo siento, pero no escuché a nadie cuando toqué a la puerta." Vicki se detuvo cuando la puerta se abrió con sólo tocarla.

No era Bill quien no había respondido al tocar la puerta. Joe había estado haciendo algunas reparaciones, porque el anaquel con las cerámicas a su izquierda estaba un poco desprendido de la pared. Vicki escuchó nuevamente el sonido de raspar cuando Joe volvió el anaquel a su lugar. Él se frotó las manos con un trapo a medida que se volteó, con el ceño tan fruncido que le daba un aspecto amenazador. Vicki no pudo evitar dar un paso atrás.

—¿Qué estás haciendo aquí? —le preguntó él.

—Lo siento. Toqué a la puerta —dijo Vicki, a la defensiva—. ¿No me escuchaste?

—Estaba tan ocupado que no presté atención. —Un paso adelante hizo que Joe se acercara a ella hasta el punto de hacerla sentirse incómoda—. No quise asustarte, pero me pregunto cómo pudiste evadir a los guardias. Supuestamente deberían estar haciendo su trabajo.

—Me . . . me acerqué a la casa caminando por el cafetal. —Vicki retrocedió hasta regresar a la sala—. Lo siento, ya me voy. ¿Dónde . . . dónde está Bill?

Joe se relajó y la mirada amenazadora se tornó en una expresión divertida. Siguiéndola hacia la sala, le dijo: —No hay ninguna prisa. Bill se fue al pueblo, pero va a regresar pronto. —Luego dirigió la mirada hacia los tomos en las manos de Vicki—. Por favor llévate esos libros. Bill se decepcionaría si no te llevas lo que quieres.

Cuando Vicki se quedó inmóvil mientras apretaba los libros contra su cuerpo como si le sirvieran de escudo, él agregó lacónicamente: —No te voy a morder, te lo prometo. Es sólo que evadiste a los guardias tan fácilmente que ahora pienso que cualquiera podría hacerlo. Y quizás la próxima vez no se trate de gente tan *inofensiva* como tú.

Juzgando por la mueca repentina en su boca, Vicki sabía que él estaba pensando en la advertencia de Bill. Su tensión se disolvió en simpatía. —Estoy segura de que Bill no habló en serio el otro día. Seguramente sólo bromeaba, como yo.

Joe negó con su cabeza greñuda. —Bill Taylor jamás bromea. —Sus ojos se detuvieron en los ojos de Vicki. Luego él dio un paso hacia atrás—. Y tiene toda la razón. Debes alejarte de mí. Con tu permiso. —La puerta de la oficina se cerró detrás de él.

Vicki ni siquiera vio los títulos de los tomos que tenía en sus manos, sólo tomó dos más del anaquel y se fue corriendo por la puerta posterior.

Cuando devolvió los libros pocos días después, un ladino con rifle estaba vigilando la terraza. Sin embargo se le habían dado órdenes específicas, porque aunque ninguno de los dos estadounidenses estaba presente, él permitió que Vicki entrara a la casa para llevarse más libros.

Vicki no volvió a hablar con Joe sino hasta algunos días después. Como se sentía inquieta, ella aprovechó la hora de la siesta después del almuerzo para explorar la ladera de la montaña arriba de la cascada. Había ido por más tiempo y más alto de lo que pensó inicialmente, siguiendo el sendero de los animales a través de la maleza que se iba aclarando, hasta llegar a la cima de la cresta. Joe se le atravesó directamente en el camino.

Al principio, Vicki no lo reconoció. De hecho, ella pensó que se trataba de uno de los soldados, pero luego se dio cuenta de que la ropa de camuflaje y la gorra eran del tipo que usan los cazadores civiles, y vio que el rifle en su mano era de tipo deportivo. También notó que portaba un par de binoculares alrededor del cuello.

—No sigas caminando —dijo Joe—. Sin un guía, es fácil perderse aquí.

—¿Y tú? —Vicki le preguntó indignada.

—Sé por dónde ir. —Él no se retiró del sendero sino que esperó que ella diera la vuelta.

Aunque ya había pensado en regresar al centro, Vicki comenzó a bajar furiosa por el sendero. Joe la siguió tan de cerca que ella podía sentir su calidez por detrás. Cuando Vicki llegó a la superficie rocosa sobre la cascada él la dejó, dando pasos enérgicos a través de la arboleda.

Ahora, bajo la vigilancia monótona de los guardias, los trabajadores estaban muy afanados en sus tareas, encorvándose y cortando con mil gestos repetidos a medida que avanzaban. El líder había abandonado su silla regular de lona para caminar bajo la luz desvanecida del crepúsculo. Tanta planificación, tanto sudor —aunque no el suyo. Tanto dinero invertido.

Y ahora la recompensa. Una riqueza más allá de cualquiera de sus cálculos originales.

Él se volteó para hacerle señas al visitante, todavía de pie y oculto bajo la red de camuflaje y las copas de los árboles. Tal vez este era una persona irritante, especialmente debido a sus advertencias y precauciones constantes, pero también era útil.

"¿No te dije que todo esto iba a valer la pena? ¡Ven! ¿De qué tienes miedo? ¿Qué, no te has asegurado ya de que no haya ojos curioseando?"

Su brazo se extendió y le mostró el paisaje, los trabajadores y los guardias. —Te preocupas demasiado. Dentro de una o dos semanas todo esto habrá terminado y ya no importará cuántas preguntas haga la gente.

—Hasta la siguiente vez —dijo el visitante.

—La próxima vez no vamos a cometer errores.

—La próxima vez no voy a dar la cara por ustedes.

Ninguno creía lo que el otro estaba diciendo. Inclinándose el sombrero hacia adelante para cubrirse la cara, el visitante se fue caminando para inspeccionar la escena con satisfacción. Para él, este lugar no representaba riqueza.

Representaba poder.

Su mirada atenta recorrió el entorno bajo la luz del ocaso. Ellos estaban allí. De eso el hombre ya estaba seguro. Hasta tenía idea de dónde. Pero aunque había buscado con todos los instrumentos a su disposición, la evidencia que necesitaban lo seguía evadiendo.

¿Debería hacer la llamada ahora?

Pero eso sólo serviría momentáneamente y sólo para este lugar. Se debía encontrar una manera de dar fin a esto para siempre. Solamente entonces se podrían expiar los pecados del padre.

De manera que determinó esperar y observar pacientemente, como las experiencias difíciles que había tenido le habían enseñado a hacer.

Si tan sólo no tuviera la fuerte sensación de que se estaba agotando el tiempo.

—¿Por qué está Joe explorando la biosfera? —preguntó Vicki—. Y si él puede ir hasta allá, ¿por qué yo no puedo hacerlo?

César le dio a Vicki la muestra de sangre que acababa de extraer de un pecarí. —Él ha estado trabajando en nuestro suministro de agua y tal vez estaba siguiendo el arroyo. Además, él es hombre, no una mujer. No es tan peligroso para él viajar solo.

Había respuestas infinitas a esto, pero ninguna podría prevalecer en esta cultura machista. —¿Y el rifle? Tal vez está cazando ilegalmente.

César la miró sorprendido al oír la acusación. —Llevar armas en esta región es aconsejable. Son para los bandidos, o tal vez para las fieras. Y, si estaba cazando, ¿vio que llevara cargando animales muertos?

—No.

—En cualquier caso, el señor Taylor sabría si su empleado estuviera haciendo cosas de ese tipo. Le aseguro que él sencillamente estaba realizando alguna tarea para el señor Taylor.

Vicki hablaba con Michael con mayor frecuencia. Sus responsabilidades abarcaban todo el territorio guatemalteco y hasta incluían a Washington DC, pero con cierta frecuencia las hélices de helicópteros que volaban bajo sobre las copas de los árboles indicaban algún ejercicio del ejército y de la UPN. Dentro de las siguientes horas, Vicki podía escuchar el fragor de un Jeep militar y los pasos rápidos de Michael sobre la grava.

Para su tercera visita, Vicki ni siquiera podía fingir más que él había venido únicamente debido a la investigación, porque ya no había nuevas para comunicar. Mientras estaban sentados tomando café en el refugio o caminaban por el Pozo Azul, Michael escuchaba de Vicki los pacíficos eventos del centro y él le narraba a cambio sus emocionantes actividades.

"Gracias al éxito de la UPN, el Congreso ha duplicado la asignación de dinero para combatir el tráfico de narcóticos en Guatemala. La DEA, el Departamento de Estado y el gobierno local están sonriendo a lo grande estos días. Es suficiente que la UPN se haya apoderado de una segunda base militar en Petén para patrullar las reservas de selvas tropicales y las ruinas mayas."

El Petén era el equivalente tropical de Sierra de las Minas en la región norte de Guatemala y constituía el hogar de algunos de los descubrimientos arqueológicos más espectaculares sobre los mayas.

—Esta base está mucho más cerca de la ciudad de Guatemala, de manera que Alpiro la mantendrá como base de operaciones primaria. Él ha estado yendo y viniendo de aquí durante meses, pero a partir de esta semana está asumiendo el mando total de esta base para la UPN.

—¿Y los soldados?

—El contingente militar permanecerá aquí. En su mayoría son reclutas de la zona que prestan su servicio militar obligatorio y la UPN no cuenta con una reserva de efectivos grande. Pero estarán bajo el mando de la UPN, aquí y en el Petén. Es un paso más para que los militares estén nuevamente bajo el control civil.

Si se pudiera llamar a la UPN una institución civil. Pero Vicki no dijo eso en voz alta.

Michael prosiguió. "Mientras tanto, Guatemala es lo suficientemente pequeña como para que con la persona a cargo en Petén, bajo las órdenes de Alpiro, se puedan patrullar todas las reservas naturales del país sólo con el apoyo de los helicópteros."

Michael era un tipo encantador y su sonrisa era tan atractiva como para hacer que los oídos de Vicki estuvieran pendientes de las hélices de un helicóptero o del motor de un Jeep; él era atento y halagador.

Entonces, ¿cómo era posible que después de más de dos semanas Vicki sintiera que no podía leer nada más en sus ojos de lo que encontró cuando Holly se lo presentó en el aeropuerto?

Él dice lo que hace pero no lo que piensa. Sé más de las opiniones de Joe, aún de su pasado, que lo que sé de Michael.

Además, Michael nunca podía quedarse por mucho tiempo ni dar una idea de cuándo regresaría. Vicki debió sentirse sola, puesto que Vicente y Beatriz comenzaron a ignorarla cuando sus servicios de traducción dejaron de ser necesarios y César permanecía tan silencioso como siempre. Sin embargo, ella encontraba la soledad refrescante después de las multitudes y el ritmo frenético de los últimos años. Los animales eran toda la compañía que necesitaba. Y luego de que se fueron los alemanes, cualquier inquietud restante encontró su propio desahogo.

—¿Y dónde las tenían escondidas? —preguntó Vicki cuando vio a César llevando una bicicleta de montaña desde una de las cabañas cerradas bajo llave.

—Una fundación neozelandesa las donó con fines de proporcionar transporte que no fuera dañino para el medio ambiente —dijo bruscamente Beatriz, saliendo de su oficina para tomar el inventario de las cabañas donde se almacenaban los suministros—. Las guardamos bajo llave cuando los equipos de voluntarios están aquí porque no hay suficientes para todos y además no queremos perder el tiempo buscando a los gringos cuando se extravían en el bosque. César, si vas a ir al mercado para hacer las compras para María, yo también te tengo unos encargos.

Vicki notó la mochila vacía que llevaba César. —¿Puedo ir yo también? También quisiera ir al mercado para buscar algunas cosas.

—Yo no puedo decir ni si ni no. Las bicicletas son propiedad del centro y las puede usar cualquier persona que trabaje aquí. —César se montó en su bicicleta pero permaneció inmóvil.

Eligiendo interpretar su inmovilidad como una invitación, Vicki tomó una de las tres bicicletas que aún quedaban en la cabaña. Ella había montado únicamente en bicicletas comunes en la granja de los Andrews, pero descubrió rápidamente la versatilidad y el placer de manejar las bicicletas de montaña con sus atributos sólidos y livianos. Realmente facilitaban el trayecto áspero para llegar a Verapaz.

En los días subsiguientes, la bicicleta le proporcionó a Vicki una nueva libertad que ella disfrutó al máximo.

Al principio iba al poblado, pero la pobreza y los soldados eran un recordatorio desagradable de aquello que ella había dejado atrás. En vez de ir para allá, Vicki comenzó a trasladarse a lo largo de senderos creados por el paso de animales y pies humanos atravesando la meseta y las laderas bajas de las montañas detrás del centro. Vicki aprovechaba la hora de la siesta mientras que los empleados guatemaltecos desaparecían en sus aposentos. Como ella siempre cumplía con su responsabilidad de regresar a tiempo para alimentar a los animales en la tarde, nadie cuestionaba sus actividades.

Vicki intentó seguir el sendero natural de la reserva, pero apenas había comenzado a recorrerlo cuando uno de los Jeep militares que los había acompañado en la excursión anterior se acercó en dirección contraria a lo largo del sendero. De manera cortés pero firme, los soldados insistieron en llevar a Vicki y a la bicicleta en el Jeep nuevamente hacia la meseta.

Lo que debería hacer es encontrar senderos que pasan por la cordillera hasta llegar a la reserva. Pero dicho recorrido tomaría más tiempo que sus horas libres y Vicki también tomaba en cuenta los peligros de deambular sola en estas montañas empinadas. *Lo único que faltaría es que Beatriz llame para organizar mi búsqueda.*

Vicki tampoco se había dado por vencida en cuanto a deshacer la muralla de reserva de César. Sin nadie más que lo ayudara, el carácter del veterinario guatemalteco se endulzó con su presencia a medida que pasaron los días de vez en cuando hasta hablando más de la cuenta.

Una mañana en que Vicki había terminado de alimentar y dar de beber a los animales, vio a César montado en la bicicleta.

—¿Vas al mercado? —le preguntó al acercarse—. ¿Te importa si te acompaño?

—Al mercado no. Voy a la iglesia.

Los días aquí eran todos casi idénticos, Vicki había perdido cuenta del calendario. Sí, este sería su segundo domingo desde que se fueron los alemanes, entonces era el tercero en total aquí en las montañas. Habían pasado cinco días desde que vio a Michael por última vez y por lo menos dos desde que vio a Bill y a Joe aun a la distancia. Sintiéndose ansiosa de experimentar el contacto con la gente, Vicki preguntó, otra vez, impulsivamente: —¿Te importa si te acompaño? O sea, si esta ropa que llevo está bien. —Ella señaló sus jeans y la sudadera que llevaba esa mañana lluviosa—. Es que no traje mucha ropa.

Después de las rondas de la mañana, César se había cambiado y llevaba el mismo par de pantalones de algodón barato y la camisa que siempre usaba, pero estaban limpios. —Puedes venir si quieres; a nadie le importará lo que lleves puesto. —En sus rasgos delgados se asomó una sonrisa—. Ahí no esperan que los gringos se vistan como ellos. Pero tal vez sea diferente de las iglesias en las que has estado. No todo va a ser en español.

—Mucho mejor, entonces. Me gustaría ver cómo son las iglesias de estas regiones montañosas. —De repente, Vicki ansiaba escaparse del centro. No había ido a la iglesia desde que había acompañado a otros voluntarios de Casa de Esperanza a la iglesia de los extranjeros un día domingo en la ciudad de Guatemala. Y quizás sería esta la oportunidad de derribar de una vez por todas la reserva de César.

Vicki esperaba que se dirigieran hacia la plaza central, pero César volteó con su bicicleta para dirigirse a una de las chozas en las afueras del poblado. En el terreno polvoriento había árboles frutales y bananeros, una olla grande balanceada sobre un fogón al aire libre y una hamaca colgada debajo de un naranjo. Vio dos pares de ojos negros solemnes que los miraban desde la hamaca.

"Este es el hogar de María. Dejemos las bicicletas aquí. Van a estar más seguras donde nadie las vea." Al abrir una puerta de bambú, César levantó la bicicleta de Vicki y también la suya para ponerlas adentro. Luego de colocar un saco de cáñamo sobre ellas volvió a cerrar la puerta y se apresuró para acercarse a la hamaca.

"Alicia, Gabriela, ¿por qué no están en la iglesia?"

El murmullo lloroso y las respuestas persuasivas de César eran en el dialecto maya local.

—¿Qué pasa? —Vicki preguntó.

—No quieren irse de la casa. — César suspiró—. Tienen miedo de ver a los soldados. Dicen que quieren regresar a su casa en su propio pueblo.

—¿Están seguras aquí solitas?

En Estados Unidos, las dos eran tan pequeñas como para requerir una niñera, pero César encogió los hombros. —María sabe que están aquí y la iglesia queda cerca.

Vicki aprovechó la oportunidad para exponer su propio interés. —Dijiste que María era tu prima. Entonces, ¿naciste aquí? ¿En este pueblo? No, supongo que no, porque el ejército construyó esta aldea después de . . . —Vicki se detuvo.

César concluyó la frase en términos sencillos. —Sí, me trajeron aquí después de que destruyeron mi pueblo. También destruyeron el de mi prima María. Ella me abrió las puertas hace muchos años, como ahora se las ha abierto a Alicia y a Gabriela. Aquí no, porque este lugar aún no había sido construido, sino que en el campo de refugiados donde conocí a la tía María y donde vivimos mientras construíamos este lugar. —César extendió en brazo en dirección de la base militar.

—¿Y tu propia familia? ¿También está aquí?

Su expresión se ensombreció instantáneamente. —Yo fui el único sobreviviente de mi pueblo.

—Ya veo. —Vicki había esperado facilitar la conversación de algún modo para enfocarse en Holly. Ella sabía que este joven montañés tenía más que decir de lo que aparentaba. Él debía conocer información útil porque, de no ser así, Vicki ya no tenía a dónde más recurrir para proseguir con su investigación. Pero esta última afirmación fue dicha con tan increíble objetividad en esta calle tranquila y polvorienta del pueblo, con la olla de cocina emitiendo un aroma delicioso en el aire, el guacamayo ofreciendo un despliegue brillante de colores y el murmullo estridente de la rama de un naranjo arriba de ellos, que Vicki se quedó mirando a César—. ¿Quieres decir que tu pueblo, el de María y el de las niñas . . . fueron todos destruidos? ¿Por quién? ¿El ejército? ¿Y por qué?

Los hombros de César se encorvaron. —No sé sobre los otros, pero en mi pueblo sí fue el ejército. Ellos destrozaron muchos pueblos en estas montañas. Se justificaban diciendo que estábamos ayudando a la guerrilla y que todos éramos comunistas.

—¿Y era eso cierto? ¿Era eso cierto de tu pueblo? Seguramente eras muy pequeño en aquella época. ¿Sería posible que haya habido una provocación? Tal vez no para todo lo que pasó. Pero, si el ejército pensó que debía ir a pelear ahí . . . Si de veras había una guerra . . .

—Yo no era tan pequeño —César la interrumpió—. No sé qué edad tenía. En los pueblos no tienen certificados de nacimiento. Pero en el campo militar decidieron que tenía siete u ocho años cuando comencé a ir a la escuela. Lo suficientemente mayor como para recordar claramente lo que vi. ¿Era mi pueblo o mi familia comunista? Claro que el ejército los denominó como tales, pero yo no sé mucho de política. ¿Acaso el desear la libertad de nuestro pueblo implica ser comunista? ¿El derecho de trabajar para nosotros mismos, para alimentar a nuestras familias, sin tener que esclavizarnos y morirnos de hambre en las plantaciones de los ricos, para que ellos puedan vivir una vida de lujo a costa de nuestro sudor, trabajo y sangre? ¿Querer una educación es ser comunista? ¿Organizar las cooperativas, para que juntos podamos negociar mejor equipo y precios de lo que podríamos lograr individualmente? ¿Vender juntos nuestros productos en el mercado? Dígame, ¿su propia clase trabajadora jamás peleó por esos derechos? ¿O es que los terratenientes y los jefes de las fábricas les dieron todas las concesiones voluntariamente?

—Por supuesto que no.

—Sí, es cierto que los guerrilleros venían al pueblo. No les pedíamos que vinieran ni los queríamos porque sabíamos que nos iban a causar problemas. Pero también ellos portaban armas y ¿qué podíamos hacer? No nos lastimaban. ¿Por qué lo iban a hacer? Muchos tenían parientes en el pueblo. Ellos estaban peleando por nuestra gente y por nuestro futuro. Luego el ejército vino y nos dijo que como habíamos permitido que entraran los guerrilleros éramos simpatizantes de ellos. Y es por eso que destruyeron nuestro pueblo.

—Parece tan increíble. Yo entiendo la guerra y la he visto en otros países. Pero que las fuerzas del gobierno ataquen a los civiles, mujeres y niños, aquí en el continente americano bajo los ojos de los medios informativos internacionales y jamás se responsabilicen por ello . . .

—Sí, eso es lo que todos los gringos dicen —dijo César rotundamente—. O no creen que esto pueda ser tan grave, o que la gente exagera, o que tirándonos dinero para reconstruir casas y escuelas van a borrar lo que ha ocurrido.

Vicki se sentía consternada. Su intención no era provocar una erupción emocional de tal calibre. Y después de todo su esfuerzo, ella lo estaba perdiendo emocionalmente, con sus rasgos oscuros resguardándose en la típica reserva estoica de los mayas.

—¿Y Holly? —preguntó ella con cierto enojo—. ¿De qué categoría era ella?

Inesperadamente, fue obvio que esta fue la pregunta correcta esta vez. César se relajó visiblemente; hasta sonrió por un breve instante. —Ella no hacía preguntas de ese tipo, sino que sólo hablaba de los animales, los árboles y el agua. Las personas que vienen al centro son así. Sólo se interesan en la tierra y no en la gente. En el futuro y no en el pasado. Es por eso que quise venir a trabajar aquí, porque es posible olvidarse.

Vicki notó el horror que reflejaba la mirada fija de César y sintió que se desvanecía la paz tenue que había encontrado en este lugar.

—Yo . . . yo creo que no debí haber venido. No debería estar importunando a tu gente y a tu iglesia. Mejor me regreso sola.

—¡No, no! —César parecía sentirse consternado—. No, por favor, no se vaya. Siento haberla hecho sentir así. Creerá que es triste, pero no lo es. Si es cierto que el pasado no se olvida tan fácilmente, tampoco el futuro. La reunión en nuestra iglesia es un momento de regocijo, no de tristeza. Ya lo verá. ¡Venga, venga! —Él sonrió—. A su hermana le encantaba venir a nuestros cultos de alabanza.

Eso fue suficiente. César no era tan pasivo como había tratado de serlo enfrente de sus colegas ladinos y extranjeros. Sumisamente, Vicki lo siguió a pie a lo largo de un callejón. Cuando ella escuchó música, voltearon en una esquina. Se trataba de un canto atonal menor, con un ritmo complejo tan marcado como para que Vicki lo sintiera en sus huesos. Al acercase al lugar de donde provenía la música, ella se puso a mirar las chozas a su alrededor.

—Lo que me parece realmente increíble es que viniste de estos lugares para convertirte en veterinario. ¿Pero cómo lograste ingresar a una universidad? Eso me ha dejado verdaderamente impresionada.

Él se mostró complacido aun mientras hacía gestos de modestia con la mano. —Es cierto que no siempre ha habido oportunidades para estudiar. Pero había maestros en el campamento militar donde me llevaron y ellos se interesaron en mí. Pudieron obtener una beca para que yo pudiera ir a estudiar a la ciudad. Luego, cuando trabajé arduamente, la beca fue suficiente para la universidad.

—¿Una beca del ejército? Para compensar la destrucción de tu pueblo?

—No fue del ejército. Nunca podía haber sido del ejército. —La emoción brillaba en sus ojos—. Compensarme hubiera sido como admitir que habían hecho algo malo. No, ciertamente no sé de dónde provino la beca. Yo era muy joven y han habido muchos programas de los extranjeros y de los misioneros para beneficiar a la gente pobre de Guatemala, pero yo siempre pensé que me la dio el gringo.

—¿El gringo? —En este momento Vicki ya hasta estaba aguantando la respiración, deseando con todas sus fuerzas que su compañero siguiera hablando. Pero en ese mismo instante atravesaron un callejón hasta llegar a una esquina, a un gran lote baldío en el que el césped había sido allanado hasta desaparecer. De repente, el canto adquirió mayor sonoridad.

Vicki había pensado que se dirigían hacia la catedral del pueblo, pero esto era una estructura mucho más sencilla, semejante al albergue comunal del centro. Varios troncos de árboles sostenían un techo inclinado de paja hecho de ramas de palma secas, que colgaban lo suficientemente bajo como para proteger el interior de cualquier clima que no fuera severo. Detrás de una plataforma en el extremo más lejano se habían erigido ladrillos de adobe hasta una altura de aproximadamente tres metros para aumentar el grado de protección. También la plataforma estaba hecha con ladrillos de adobe.

El piso era de tierra; los únicos bancos eran angostos, hechos de madera y sin respaldo. Su único distintivo como iglesia era un estandarte adherido al adobe detrás de la plataforma anunciando el nombre *Iglesia de Paz*.

—¿Pero qué tipo de iglesia es esta? —preguntó Vicki a medida que se agachaban para entrar por la parte posterior de la estructura.

César se mostró perplejo. —Es aquí donde cantamos y alabamos a Dios. También leemos la Biblia, que es la Palabra de Dios. Y oramos a nuestro Padre celestial y a su Hijo Jesucristo quien murió por nuestros pecados.

—No, quise decir de qué denominación. En mi país hay muchos grupos religiosos. Nada más me preguntaba a cuál pertenecen ustedes.

La cara de César se iluminó al entender la pregunta. —Ah, claro. Somos cristianos, por supuesto.

Bien, en realidad no importaba. De cualquier manera, se trataba de una iglesia muy diferente de la iglesia sobria a la que Vicki iba con los Andrews, y aun a la iglesia de clase media que había visitado en la ciudad de México.

César y Vicki no eran los únicos que estaban llegando atrasados, pero los bancos ya estaban todos ocupados, si no con todos los habitantes del pueblo, por lo menos con muchos de ellos. Quienes llegaban tarde permanecían de pie en los costados y en la parte posterior. Los niños estaban de cuclillas sobre el piso de tierra o se movían entre los bancos.

La congregación estaba de pie y su canto estremecía las vigas del techo con tanta fuerza como para esparcir polvo y pequeñas ramas sobre Vicki a medida que ella seguía a César hasta llegar a un espacio abierto cerca de uno de los pilares de apoyo. El ritmo complejo provenía no sólo de una variedad de tambores cubiertos de piel, sino también de las manos de la gente que aplaudía. Había una guitarra y flautas hechas de caña. La música en sí no parecía ser alegre para los oídos estadounidenses de Vicki; la melodía era en una clave menor y quejumbrosa y la letra era en un dialecto maya que ella no podía entender. Pero juzgando por el entusiasmo de los cantantes que la rodeaban, para ellos era todo lo contrario.

Luego la letra de la canción cambió al español, acompañada por una melodía conocida, que de manera increíble había atravesado continentes y culturas hasta llegar a este pueblo guatemalteco en las montañas.

"He decidido seguir a Cristo."

Muchas cabezas se volvieron para verlos mientras César y Vicki se acomodaban debajo de las vigas, pero el canto jamás perdió el ritmo.

"¡César, aquí arriba!" alguien gritó desde la plataforma.

Ante la mirada de disculpa de él, Vicki le hizo un gesto indicando que podía seguir adelante. Unos instantes después, César se colocó detrás de una marimba. Vicki escuchó con deleite una cascada de acordes que provenía de los martillos. ¡Su colega del CRFF era un músico excelente!

Nuevamente, la melodía y la letra eran desconocidas y en maya, pero Vicki sintió el impulso de marcar el ritmo con el pie y aplaudió hasta que le comenzaron a doler las manos.

A medida que llegaban más feligreses atrasados, Vicki se apoyó contra un pilar para evitar que la empujaran contra el techo de paja. La luz que se filtraba a través del techo y de la multitud de cuerpos era tenue, de modo que no fue sino hasta que se callaron los instrumentos y las personas en las bancas se sentaron, que Vicki pudo ver bien el interior . . . hasta dar con un par de ojos verdes.

¿Cómo es que no había notado la presencia de Joe? Él también había retrocedido hasta apoyarse contra uno de los pilares, recostándose contra este en su habitual postura de descanso. Las hojas secas del techo se mezclaban con su cabello aclarado por el sol, que ahora tenía bien peinado. Hasta vestía chaqueta y pantalones, tal como Vicki lo había visto vestido en la embajada.

Aunque Vicki no había notado su presencia, Joe sí la había visto a ella. En el momento en que sus miradas se encontraron, él la saludó con un movimiento de la cabeza. Cuando él se irguió y se alejó del pilar, Vicki supuso que se había ido.

Pero unos instantes después ella escuchó el susurro de la paja detrás de sí. —Mejor cierra la boca antes de que se te meta una mosca en la garganta —murmuró Joe un instante después—. Pareces estar sorprendida de verme en la iglesia. Tal vez debería sentirme ofendido.

Vicki volvió a cerrar la boca. —No me sorprende verte en la iglesia —arguyó ella sin energía—. Es sólo que no esperaba verte *aquí*.

—Pues yo podría decir lo mismo.

Y tú no estarías aquí si hubieras sabido, fue lo que Vicki interpretó al ver su expresión sardónica.

Joe aparentaba querer dar explicaciones porque, cuando se apoyó contra el pilar donde estaba Vicki, dijo: "Tal vez yo no tenga muchas oportunidades de ir a la iglesia cuando viajo. Pero cuando puedo, vengo. Aunque tan sólo sea para recordar que hay seres humanos decentes, honestos y bondadosos en algún lugar de la tierra. Esta iglesia me gusta mucho."

Joe estaba tan cerca de ella que mientras giraba la cabeza para recorrer con la mirada el interior de la iglesia, la manga de su chaqueta rozó el hombro de Vicki.

Vicki miró a su alrededor. Las mujeres vestían los huipiles indígenas y las faldas cruzadas y los hombres vestían camisas y pantalones baratos como los de César. Los niños más pequeños no llevaban puesta ninguna ropa. El canto paró, pero aun así no hubo silencio, de modo que la conversación en voz baja y en inglés entre Joe y Vicki no fue ninguna distracción para nadie. Un joven predicador ladino gritaba con entusiasmo por encima del lloriqueo de los bebés, el murmullo de niños inquietos y sus mamás que los callaban, el cloqueo de los pollos y hasta del resoplido de un cerdo tumbado debajo de los aleros de paja.

Esta congregación estaba conformada por la gente más pobre del planeta, cuyos cuerpos delgados y enjutos —como resultado de una dieta insuficiente— emanaban un olor muy fuerte y húmedo debido a la falta de higiene, tanto así que Vicki se sintió agradecida de estar en una estructura abierta. Era por esta gente que ella se había comprometido a luchar, protestando contra la injusticia en sus vidas, agitando los puños aun contra el cielo en su búsqueda de respuestas a sus penas. Lo más increíble de todo era que César, María y las pequeñas Alicia y Gabriela y todos los de este grupo tenían un pasado aún más trágico de todo lo que Vicki había podido experimentar en su vida.

Entonces, ¿cómo era que ellos podían estar aquí sentados escuchando todo lo que leía el pastor ladino de una Biblia enorme, en su propio dialecto, con la satisfacción que Vicki podía ver en las caras de todos los que la rodeaban?

No, no se trataba de satisfacción, sino de aceptación, esperanza, aun de regocijo.

Tal vez la respuesta estaba en la última canción que hizo que la congregación se pusiera de pie nuevamente, otra de esas melodías desconocidas con un sabor triste y alegre a la vez. Esta vez la letra era en español, de modo que Vicki pudo traducir la esencia de las palabras:

Así por el mundo yo voy caminando
De pruebas rodeado y de tentación.
Pero a mi lado me viene consolando
Mi bendito Cristo en la turbación.

El coro triunfal se elevaba hacia el techo. "Más allá del sol, yo tengo un hogar, hogar, bello hogar, más allá del sol."

Vicki se sintió muy conmovida. Al mirar furtivamente a Joe, notó que él estaba escuchando atentamente y que sus rasgos ásperos se habían relajado más que nunca.

Lo mismo habrá pensado Joe, puesto que asintió con la cabeza en dirección a los cantantes. —Supongo que es como dijiste el otro día en la avioneta. Estas personas realmente *saben* aquello que a nosotros que poseemos tanto nos cuesta creer: que hay algo más allá de la inmundicia, la pobreza y los problemas que hace que valga la pena vivir. Y que Dios que lo creó todo realmente sabe qué está haciendo con el mundo.

Vicki negó con la cabeza, perpleja. —Yo no dije eso en la avioneta, fuiste tú quien lo dijo.

Joe sonrió levemente, pero no dijo nada más mientras que el pastor, ya terminada la formalidad del culto de alabanza, comenzó a dar anuncios. La luz tenue permitió que Vicki estudiara discretamente el perfil de Joe. Él debía ser la persona más contradictoria que había conocido en toda su vida. Era como si él hubiera optado por ser un vagabundo poco confiable, tal como se lo había advertido Bill. Pero de vez en cuando, aun en contra de su voluntad, emergía un ser humano muy decente a través de la fachada que él mismo quería mostrarle al mundo.

—¿Por qué me miras así? —le preguntó Joe.

Esta vez Vicki no bajó la vista al responder con igual calma. —Porque me empiezas a gustar, también tu manera de pensar, pero tal vez no debería permitirlo.

Vicki pensó en él meditativamente. Luego se le ocurrió algo que con la luz tenue cobró sentido repentinamente. —Joe, ¿trabajas para alguien además de Bill? ¿Tal vez para una agencia gubernamental?

—¿Es que estás tratando de rehabilitarme? Me siento halagado, pero la respuesta es no. Trabajo para Bill Taylor y para nadie más.

Vicki se sintió muy decepcionada al escucharlo. —Pero tampoco eres la persona que aparentas ser, ¿verdad?

Joe no contestó inmediatamente. Vicki se arrepintió de haber hecho semejante pregunta, porque la serenidad relajada que lo había transformado ya se había desvanecido y su boca había vuelto a cobrar un gesto de molestia. Admitió en voz baja, como si se le hubiera escapado el pensamiento: —No, no soy esa persona. Y realmente no debería estar aquí. Ya tengo que irme.

Joe se confundió entre la paja y la multitud de cuerpos. Vicki no volvió a verlo después de que concluyó el culto de alabanza.

Cesar presentó a Vicki al pastor y a su esposa. Luego Vicki alcanzó a ver a la cocinera del centro mientras esta se acercaba a ellos.

Maria los invitó a quedarse para saborear el delicioso caldo que había estado hirviendo a fuego lento. En eso, Alicia y Gabriela emergieron de la hamaca. Ya para cuando tuvo que irse, Vicki había logrado que las dos niñas sonrieran.

Vicki se sentía contenta de haber ido, pero la salida había arruinado la tranquilidad frágil que se había forjado entre los animales y las flores y la exuberante vegetación de este santuario en las montañas. De repente su bello entorno ya no era suficiente.

Vicki no volvió a visitar la casa de Bill. Cuando terminó de leer todas las revistas y los libros que tenía, comenzó a hojear la Biblia que encontró después de la visita de Evelina, esa noche en su habitación en Casa de Esperanza. Vicki volvió a leer la historia que la misionera le había mencionado acerca de Abraham y Sara y luego pasó a otras que recordaba de sus días en la escuela dominical.

Leyó acerca de José, quien fue vendido por sus hermanos para ser esclavo en Egipto.

Leyó acerca de Moisés deambulando por cuarenta años como pastor antes de ser llamado para cuidar un rebaño aún más terco.

Leyó acerca de Daniel y sus tres amigos separados de sus familias para vivir el resto de sus vidas exiliados en Babilonia.

Al siguiente domingo Vicki regresó a la iglesia del pueblo, donde ahora era reconocida y bienvenida. Esta vez Joe no estaba ahí. Habían pasado días desde que él había ido al centro.

Durante la siguiente semana Vicki leyó sobre profetas errantes y apóstoles misioneros, sobre Jesús, el verdadero Hijo de Dios, caminando a lo largo de las calles polvorientas de pueblos que se asemejaban a los de las zonas rurales de Guatemala, tocando compasivamente a gente justa como aquella con la que trabajaba Vicki. Ninguno de los profetas y misioneros parecía tener una vida fácil. Al parecer, a algunas de las personas a quienes ellos llegaban a ayudar no les importaba tal cosa y no siempre cooperaban. Vicki leyó sobre persecuciones, personajes apedreados y la muerte. Sin embargo, estos personajes estaban convencidos de que lo que hacían valía la pena. Tal como la congregación en el pueblo —y Joe— estos habían visto algo que les deparaba el futuro, algo que hacía que sus problemas y este mundo imperfecto en el que vivían adquiriera un significado eminente. .

¿Y Vicki?

Sentada con las piernas cruzadas en un banco rocoso mirando hacia el Pozo Azul y el lago Izabal, el cual se había convertido en su refugio preferido para ponerse a cavilar, Vicki cerró la Biblia. Era una de esas tardes claras poco frecuentes. Respiró profundamente, disfrutando de la fragancia, del rocío de la cascada en su cara, de las ondulaciones plateadas del agua por debajo.

¡Esto es tan bello! Pero aunque fuera bello, ya había llegado la hora de irse. No sólo debido a los correos electrónicos de su jefe, quien le preguntaba cuándo iba a regresar. Es que, simplemente, no había ninguna razón para quedarse.

Vicki sospechaba firmemente que Vicente y Beatriz estaban traficando animales exóticos y que alguien en la base militar proporcionaba el transporte. Los dos administradores se encargaban de los archivos e informes, los que no concordaban con el conteo extraoficial que hacía Vicki de los loros, los guacamayos y los monos. Aunque se lo contaría a Alison, Vicki no podía acusarlos formalmente de ninguna ofensa seria. Tampoco creía que Vicente y Beatriz pudieran matar a alguien como resultado de sus actividades, sin importar lo insistente que Holly hubiera sido con respecto a dicho asunto. Dicho tráfico era una parte muy pequeña de la vida aquí y, además, ellos habían estado en el centro cuando murió Holly.

Lo mismo se podía decir sobre la base militar. Si ellos hubieran sabido que Holly había estado deambulando sola en la reserva, esto difícilmente podría considerarse como ofensa capital. De cualquier manera, si ni Vicki ni Michael, con la ayuda de Alpiro, pudieron obtener pistas en casi un mes, ella tenía que aceptar que era poco probable que eso sucediera.

Tal vez me equivoqué todo este tiempo. Tal vez Holly realmente fue víctima de las pandillas, o de un asalto al azar. Tal vez en realidad perdí su collar cuando la movimos.

Al día siguiente llegaría un equipo australiano y había entre ellos quienes hablaban español. Vicki ya no sería necesaria. ¿Qué debía hacer a continuación? ¿Tal vez debería embarcarse en un proyecto a largo plazo? ¿Tal vez debería dejar de viajar tanto y echar raíces?

Regresó caminando por el sendero. *Tendré que decírselo a Michael.* ¿Se decepcionaría él de verla partir? ¿O tal vez se sentiría aliviado por el hecho de que la embajada tendría un problema menos que resolver?

Vicki había visto a Michael por última vez hacía más o menos una semana. Pero ella vio helicópteros de la UPN que llegaron esa misma mañana; tal vez él visitaría el centro esa tarde. *¿Tratará de convencerme de que no me vaya? ¿O es que sólo trata de ser . . . cortés?*

El sendero llevó a Vicki cerca de la cocina al aire libre. Escuchó murmullos antes de identificar a las personas que conversaban. Eran César y María; tenían sus cabezas muy cerca la una de la otra y gesticulaban frenéticamente con las manos.

—¿Está todo bien?

Ambos se volvieron para mirarla. Vicki vio una expresión de urgencia en sus caras antes de que la pasividad, como una máscara muy usada, les volviera a los rostros.

—Sí, todo está bien. Es sólo una pequeña dificultad que surgió.

Como ya todo está listo para mañana, le he asegurado a María que nadie se opondrá si ella se marcha antes de la hora de la cena.

Puesto que al día siguiente llegaría un equipo de voluntarios, María había pasado la mañana organizando los víveres del mercado que le habían traído en una carreta arrastrada por una mula, mientras Vicki y Beatriz habían estado preparando las barracas para los visitantes. Joe hasta había traído en la avioneta un cargamento de alimentos enlatados y otros comestibles de conserva. Vicki había escuchado el aterrizaje de la DHC-2 arriba de la cima de la colina poco tiempo después de la llegada de los helicópteros de la UPN. El ruido de la grava que escuchó al ir de camino al Pozo Azul no era más que el producido por la camioneta de Bill que había llegado a entregar los suministros.

—¿Le puedes decir a Beatriz que nos necesitan a María y a mí? Nos necesitan en otro lado y, si no es mucha molestia, ¿puedes calentar la comida para ti y los demás? —le preguntó César.

—No es ninguna molestia, pero ¿cuál es el problema? —Vicki miró a María, mientras esta permanecía inmóvil mirando hacia el suelo y retorcía fuertemente sus manos, desgastadas por el trabajo, sobre su delantal—. César, es obvio que algo anda mal. ¿Hay algo que yo pueda hacer para ayudar?

—No es nada. Es algo insignificante, que no debería inquietarte. Es sólo que . . . Alicia y Gabriela . . . no las podemos encontrar.

—¡Insignificante, que no debería inquietarme! ¿Crees que se escaparon para jugar o que algo les ocurrió? ¿Hace cuánto tiempo desaparecieron?

—No hemos podido localizarlas desde ayer.

Vicki logró hacer que César confesara que las niñas habían comido sus tortillas con frijoles la mañana anterior, pero que desaparecieron cuando María había venido al centro. Ella había pensado que se habían ido a la escuela del pueblo. Como los niños de su edad recorrían libremente estas montañas —muchos aun trabajaban para vivir— María no se había preocupado sino hasta que no vio a las dos niñas al regresar del trabajo. El hijo de un vecino le había dicho que las niñas nunca llegaron a la escuela. Las habían buscado en las calles, gritando sus nombres y tocando a las puertas de las casas, pero las niñas no habían aparecido antes del anochecer, cuando la oscuridad impidió que la búsqueda prosiguiera.

—María cree que es posible que las niñas se hayan ido a jugar muy lejos como para regresar antes del anochecer y que encontraron algún lugar para dormir hasta el día siguiente. O tal vez querían asustar a mi prima escondiéndose. Tal vez como venganza por un regaño. Cuando María regresó a trabajar esta mañana, sus familiares acordaron buscarlas en los campos y en los bosques. Nos iban a llamar si las encontraban, pero ya pasó el mediodía y María está preocupada porque las ellas ya llevan tanto tiempo sin comer. Son tan pequeñitas —concluyó César.

—Pero claro que deben ir a averiguar qué ha ocurrido —dijo Vicki exasperada—. No puedo creer que María vino a trabajar hoy. Quiero ayudar en la búsqueda. ¿Cómo van a llegar al pueblo?

—Pensé ir en bicicleta, pero María no puede montar en bicicleta.

No, sin importar las condiciones del clima, María caminaba —casi una hora de ida y otra de regreso— seis días a semana. Y sin duda ella consideraba su empleo en este centro como algo muy fácil y cómodo.

—Eso va a tomar mucho tiempo. —Vicki miró hacia el cielo. Justamente ahora que ella hubiera estado agradecida por la intrusión de los helicópteros, este estaba vacío con excepción del gris de las nubes que comenzaban a emanar lluvia desde las alturas de la montaña. Si sólo Michael hubiera venido a visitarlos, ella le hubiera podido pedir ayuda. La mirada de Vicki recayó en la camioneta verde estacionada en la rotonda.

"Tal vez Bill nos pueda llevar al pueblo en su camioneta."

Vicki nunca estaba segura qué tanto María entendía su español, pero César extendió las manos para asentir.

Vicki corrió hacia la camioneta. Si Bill tuviera tiempo, tal vez hasta pudieran recorrer la meseta en busca de las niñas.

Pero no era Bill quien iba saliendo del edificio principal, leyendo unas notas con el ceño fruncido, la mirada abstracta y con un radio portátil en la boca.

Vicki se detuvo. Ella no había hablado con Joe desde el último encuentro tenso en la iglesia del pueblo. Después apuró el paso. Buscar a Alicia y Gabriela era demasiado urgente como para dejar que la incomodidad lo impida.

—Joe, ¿está Bill aquí? Necesito un favor.

El radio portátil cayó a su lado.

—No, está ocupado en otro lado. ¿Qué ocurre?

—Yo . . . pues, esperaba que alguien me pudiera llevar al pueblo en la camioneta. —Vicki explicó la situación—. Y si las niñas siguen perdidas, tal vez Bill o . . . o tú puedan tener tiempo de llevarnos en la camioneta para buscarlas.

Vicki notó la mirada furtiva de Joe consultando su reloj aun antes de que ella concluyera. —Claro que si es mucha molestia . . .

Joe no hizo caso del mensaje implícito. —Dos niñas extraviadas jamás son una molestia. Pero acabo de regresar de la ciudad de Guatemala con estos suministros. Taylor espera que me reporte pronto, y este es su vehículo. Veré qué dice él.

Retirándose unos pasos, Joe levantó el radio. "Sí, los tengo. . . . Están en el vehículo. . . . Sé que hay poco tiempo. . . . No hasta el anochecer. Mientras tanto, surgió una situación. . . . Las niñas de María. . . . Sí, conozco nuestras prioridades."

Sujetando el radio en su cinturón, Joe se acercó nuevamente a Vicki. "Taylor dice que la camioneta es toda tuya. Como yo."

¿Se trataba de un doble sentido? ¿Cómo podía él sonreír tan cortésmente mientras ayudaba a María a entrar en el vehículo, mientras que a Vicki la trataba como si tuviera una enfermedad contagiosa? No importaba. Por lo menos tenían la camioneta. Ahora sin cargamento, Joe tomó el sendero antiguo tan rápido que Vicki tuvo que sujetarse del asiento para evitar salir volando.

Ella esperaba llegar a la choza de María y encontrar seguras a las dos niñas, o por lo menos alguna evidencia de una búsqueda bien organizada. Pero no vio ninguna de las dos cosas, aunque sí había una multitud de gente recorriendo el patio. Vicki reconoció al pastor ladino entre ellos.

—¿Por qué no salen a buscar a las niñas? —Vicki le preguntó a César—. Se está haciendo tarde y ya va a empezar a llover. Se va a poner muy frío cuando anochezca.

Él sacudió la cabeza. —No es fácil. Ya han recorrido la meseta, que no es un área grande, pero no encontraron a las niñas.

—¿Será posible que hayan caminado hasta la reserva? —Con razón los del pueblo aún estaban aquí. ¿Cómo podían comenzar una búsqueda en esa región tan vasta y salvaje—? ¿Han tratado de comunicarse con la base militar? Si Michael está ahí, estoy segura de que ordenaría una búsqueda. Y aunque no esté, tal vez le podemos pedir que hable con sus amigos en la base. O tal vez hasta podamos hablar con el Coronel Alpiro nosotros mismos. Si volaran los helicópteros en las montañas, tal vez den con las niñas.

Nuevamente, César negó con la cabeza.

Vicki estudió su expresión con una comprensión repentina. —Sabes dónde podrían estar las niñas, ¿no es así? Por lo menos tienes una idea de hacia dónde se dirigen.

Con una mirada hacia la multitud de personas que recorrían el terreno, César habló en voz baja. —Se teme que las niñas hayan regresado a casa en su propio pueblo que fue destruido. Han insistido mucho en regresar. Es que Alicia y Gabriela han rehusado creer que su pueblo ya no existe.

—Pero ¿no es eso algo positivo? Si sabes hacia dónde se dirigen las niñas, sería suficiente seguir el camino y buscarlas. Mira, si el problema es la distancia, entonces podemos ir en la camioneta. Tiene tracción en las cuatro ruedas, ¿verdad? —Vicki le lanzó una mirada desafiante a Joe, quien estaba de pie a un paso de distancia, observando, escuchando, pero sin decir nada—. O podríamos comunicarnos con la base. Si no puede pasar un vehículo, tal vez uno de sus helicópteros pueda encontrarlas.

—No es posible. Donde estaba el pueblo, donde tal vez hayan ido . . . —César señaló la cordillera, cubierta ahora de nubes de lluvia, que se alzaba detrás de la meseta—. Eso queda en la zona donde se le prohíbe la entrada a todo el mundo. Si se descubre que Alicia y Gabriela han regresado a su pueblo, los militares van a estar muy enojados. —Luego titubeó antes de decir cuidadosamente—: Tal vez lo mejor sea esperar. Posiblemente las niñas regresen voluntariamente. Cuando tengan suficiente hambre decidirán regresar.

Vicki se dio cuenta, con incredulidad, de que él hablaba en serio. Vio el miedo en los rostros que los rodeaban y las señales de asentimiento de los que escuchaban la conversación. El significado de esto era enorme porque reflejaba el miedo que esta gente aún sentía ante las autoridades. Pero esto no era el pasado.

—¿Y si se extravían o se lastiman? ¿O si se caen de la montaña? ¿O si encuentran su pueblo y se dan cuenta de lo que pasó? —Vicki respiró profundamente a medida que trataba de retener la paciencia al hablar—. Todas estas reglamentaciones medioambientales sirven para proteger la reserva contra la erosión y la cacería ilegal, no para evitar que la gente busque a dos niñas extraviadas. ¿Realmente piensas que la UPN o el ejército van a arrestarnos por algo semejante? César, tú trabajas para el Ministerio del Medio Ambiente y yo también. Aun Joe, aunque no de manera oficial. Tenemos el mismo derecho de estar ahí que esos soldados de la UPN. Pero ¡qué ridículo! ¿Qué nos van a hacer? ¿Nos van a disparar por ir hasta allá para buscar a las niñas?

Había hablado en español y su mirada desafiante iba dirigida ahora a todo el grupo de habitantes del pueblo, quienes se habían quedado callados a su alrededor. Nadie contradijo sus palabras, pero tampoco se generó una respuesta en el desconcierto testarudo reflejado en sus rostros.

—Te probaré que te preocupas por nada. César, ¿hay un camino para subir hasta allá?

—Hay un camino que los camiones del mercado y el ejército usaban antes. Este se conecta con el sendero natural —admitió César—. Hay hombres que podrían mostrarnos cómo llegar, si es que en realidad crees que los militares nos lo permitirán.

—No les vamos a preguntar. Como dice un refrán de mi país, *mejor pedir perdón y no permiso*. Si crees que no nos van a ayudar los de la base militar, entonces Joe puede llevarnos hasta allá en la camioneta y por lo menos podemos echar una mirada.

La expresión de Joe era tan neutra como la de la demás gente, pero él habló en inglés cuando contestó.

—Vicki, tienes buenas intenciones y quieres ayudar. Pero a mí me parece que esta gente tiene razón. Al ejército no le gusta que sus órdenes sean desobedecidas, sin importar cuál sea la razón. Mejor hagamos lo que sugeriste antes. Si esta gente tiene miedo de que se meta el ejército en todo esto, y seguramente tienen buenas razones para sentirse así, entonces comunícate tú con la base militar. Tal vez puedas hacer que Alpiro movilice algunos recursos. O si puedes comunicarte con Camden, haz que él insista. Si quieres yo te llevo a la base.

—¿Y cuánto tiempo va a tomar? —gritó Vicki—. ¿Hasta la noche? Sabes que aquí todo se mueve lentamente. ¿Por qué mejor no llegamos a un acuerdo? ¿César?

Vicki volvió a hablar en español. Indudablemente ella se estaba comportando como la proverbial estadounidense arrogante, pero sentía cada vez más urgencia y exasperación. ¿Por cuánto tiempo habían estado las niñas sin comer, o tal vez hasta sin beber agua? Vicki hasta podía sentir el hambre que les devoraba las entrañas. Eso sin mencionar el frío o la ropa húmeda, el miedo y la sensación de estar perdidas. ¿Cómo era posible que esta gente tomara un asunto tan serio con tanta calma? Especialmente considerando que las nubes negras y sombrías que venían de las montañas ya habían bajado a la meseta, trayendo con ellas la llovizna húmeda del *chipi-chipi*. La sensación pesada y fría de la brisa anunciaba la neblina que se acercaba. Una vez que se posara el manto de niebla, aunque aún fuera de día, la búsqueda sería imposible.

"Si cuentas con alguien que nos guíe, sugiero que vayamos a la garita donde comienza el sendero natural. Podemos explicar la situación a los guardias de la UPN para que se comuniquen con su base y avisen que vamos a subir a la montaña para buscar a las niñas. Si piden ayuda, pues mucho mejor. De cualquier manera, no estaríamos perdiendo más tiempo y todos quedarían contentos." Vicki le lanzó una mirada áspera a Joe. "¿Bill sí dijo que podíamos usar la camioneta hasta el anochecer?"

Un rayo de esperanza en las caras oscuras y el encogimiento de hombros de Joe le hizo suponer a Vicki que los había convencido.

La ejecución del plan fue rápida y sin percances. Cuatro hombres, parientes de las niñas, fueron seleccionados para acompañar a César y a los estadounidenses. Apresurándose hacia el interior, María regresó con tortillas envueltas en una hoja de banano y varias mantas.

"Para las niñas," dijo ella. Esta fue la primera vez que Vicki la había escuchado hablar español.

El pastor ladino se aproximó mientras que los guatemaltecos se subían a la camioneta. —Oremos para el éxito de la búsqueda.

—Mejor oren mientras nos vamos. —Joe ya había arrancado el motor—. Vicki, no quiero apresurar a nadie, pero si vamos a hacer esto, no nos queda mucho tiempo.

—Sí, por favor oren por nosotros. —Diciendo adiós con la mano,

Vicki entró en la camioneta rápidamente y se sentó junto a Joe. El vehículo ya estaba de camino cuando ella cerró la puerta.

La satisfacción de Vicki duró hasta que llegaron a la garita. —¿Cómo que no nos van a dejar pasar? Trabajamos en el centro. Tenemos autorización. Estuvimos aquí hace dos semanas con varios voluntarios, ¿se acuerdan? Nada más llamen a la base. Permitan que hable con su comandante.

Los guardias de la garita eran menos numerosos que el grupo que iba en la camioneta, sólo tres hombres con el uniforme de la UPN, pero todos ellos portaban rifles automáticos M16 y Vicki vio que sus rostros obstinados no cedieron.

—Eso no es necesario —contestó bruscamente el guardia que se había apoyado junto a la ventanilla de Vicki—. Nuestras órdenes son claras. Nadie puede entrar en la reserva sin una autorización y una escolta.

—Entonces venga con nosotros. Por favor, entienda que allá hay dos niñas extraviadas. Sólo pedimos permiso para seguir el sendero. Pueden vigilarnos para asegurarse de que no toquemos a los animales o las flores.

Vicki miró consternada más allá de Joe y vio el cañón gris metálico de un rifle a través de su ventanilla. El tercer guardia estaba de pie frente al poste para impedir el paso. Ellos no iban a ceder. También estaba lloviendo a cántaros y César y sus acompañantes en la parte posterior de la camioneta se estaban protegiendo del agua envueltos en ponchos de lana y las mantas de María.

Vicki se dirigió a Joe. "Supongo que después de todo hay que ir a la base. Pero para cuando hablemos con alguien y empecemos la búsqueda ya va a estar muy oscuro como para enviar los helicópteros y encontrarlas."

Joe miró su reloj. Ella se sintió muy indignada y desesperada. —¿Todavía te preocupas por tu horario cuando hay dos niñas congelándose a la intemperie? ¿Es que no entiendes lo grave que es esto? ¡Si pasan la noche a la intemperie se pueden morir! ¿O es que no te importa? —le dijo ella mientras retorcía sus dedos helados entre sus manos—. Si tan sólo Michael estuviera aquí, o Bill. Debe haber algo que podamos hacer.

Joe volteó la cabeza y Vicki se sorprendió del enojo en su voz. —No tienes ni idea de lo que dices, pero qué importa. Quieres que se haga algo. Probemos.

Ignorando el cañón del rifle que le apuntaba a la cara, Joe sacó la cabeza por la ventanilla y dijo en español muy cortésmente: "Mire, señor sargento" —una exageración puesto que el guardia no era más que un cabo—, "no queremos dejar de cooperar. Si se comunica con el Coronel Alpiro o con el encargado del centro de rescate del Ministerio del Medio Ambiente, el señor William Taylor, a quien conoce, ellos le van a confirmar que estamos autorizados para entrar en la reserva. Por favor notifique a sus superiores nuestra misión presente y que con mucho gusto vamos a aceptar una escolta. Ahora, si por favor, se puede retirar un poco para mover mi vehículo."

Como si yo no hubiera intentado eso mismo. Vicki se abstuvo de decirlo en voz alta.

Cuando los guardias se retiraron de la camioneta, Joe retrocedió. Los neumáticos se deslizaban en el lodo mientras él se alejaba de la garita. Los guardias bajaron sus rifles y se dirigieron al interior.

La camioneta ya había retrocedido varios metros cuando Joe frenó bruscamente. Pero en vez de seguir retrocediendo hasta llegar al camino principal, cambió la palanca y presionó el acelerador para avanzar a toda velocidad.

CAPÍTULO VEINTICUATRO

Los guardias permanecieron inmóviles en el sendero, mirando la masa de metal y caucho que se aproximaba a ellos. Vicki dio un grito mientras se sujetaba para prepararse para el impacto. Pero los guardias no estaban dispuestos a suicidarse. Así que se hicieron a un lado y fue el poste lo que impactó la parte frontal de la camioneta. Con un rechinido de aluminio desgarrado, el poste terminó en uno de los lados del camino.

"Bill me va a matar," murmuró Joe entre dientes.

Los guardias ya se habían vuelto a poner de pie y apuntaban los M16. El vehículo estaba en la modalidad de tracción de cuatro ruedas y, con el estado lodoso y áspero del camino, no iban tan rápido como para evadir las balas.

Pero no hubo ningún disparo. A través de la ventanilla posterior, Vicki vio que los guardias bajaban sus rifles y comenzaban a comunicarse por radio. Luego la camioneta giró en otra dirección e hizo que los perdieran de vista.

Las manos de Vicki estaban temblando sobre su regazo. No se podía imaginar cómo debían estar temblando los hombres en la parte posterior de la camioneta.

—Eso no fue lo que te pedí. Por poco y nos matas a todos. ¡Pudiste haberlo hecho!

—No era probable —dijo Joe mientras conducía sobre una curva lodosa.

Vicki miró nuevamente hacia atrás. Sus acompañantes mayas aún estaban ahí, aunque se habían pegado al suelo de la camioneta.

—Si supieras algo sobre armas de fuego, te hubieras dado cuenta que los M16 no estaban cargados, y si conocieras cómo opera la policía de este país, sabrías que normalmente no confían en los guardias de bajo rango como para darles municiones. Un rifle descargado es lo bastante eficaz, porque los habitantes de la zona son tan ignorantes como tú. Ahora harán precisamente lo que tú querías: llamar a la base para pedir refuerzos, los mismos que veremos tarde o temprano. Por eso sugiero encontrar a las niñas antes de que eso suceda. Cuento contigo para que te disculpes con Alpiro y Camden, porque yo no quisiera meterme en problemas con las autoridades locales.

—No te preocupes. Me responsabilizaré por completo —dijo Vicki fríamente, luego agregó: —Y gracias. Si encontramos a las niñas, estoy segura de que podremos entendernos con los de la base más tarde.

—Muy bien. Pídele a uno de estos hombres que me diga hacia adónde debo dirigirme. —Joe giró rápidamente en varias curvas antes de detenerse.

Vicki caminó hacia la sección posterior de la camioneta.

César consultó con sus compañeros y luego le dijo a Vicki: "Es lejos caminando, pero en este vehículo, tal vez tome sólo una hora. Aunque quizás no sea posible llegar hasta allá. El pueblo no está sobre este camino sino más abajo en la montaña."

Eso ya lo suponía Vicki puesto que no había visto ningún pueblo aquella vez que había recorrido la reserva. Ella sintió la brisa suave y constante mientras miraba a su alrededor y hacia arriba. A excepción de la superficie café del camino, sólo había una maraña de árboles, hojas y ramas por todas partes, una vegetación tan espesa que aún buscando con helicópteros no permitía mucha visibilidad a través de las copas de los árboles.

—¿Estás seguro de que las niñas tomaron este camino? —preguntó Vicki—. Todo se ve igual. Aun si se dirigieran a su pueblo, tal vez se extraviaron y podrían estar en cualquier otro lugar.

César negó con la cabeza. —Han pasado por aquí muchas veces y ya tienen edad como para reconocer el camino.

César le pidió a uno de los cuatro acompañantes mayas que sirviera de guía a Joe dentro de la cabina de la camioneta. Los demás permanecieron en la parte posterior para tratar de ver desde ahí a las dos niñas. Vicki insistió en ir atrás y colocó una de las mantas de María sobre sus hombros. Sus ojos parpadeaban para expulsar el agua mientras que ponía atención para tratar de detectar dos huipiles con colores brillantes, o por lo menos la escolta de la UPN que seguramente los alcanzaría.

Vicki no anticipaba con agrado la inevitable explicación que tendría que darle al Coronel Alpiro. Seguramente se mostraría razonable tomando en cuenta las circunstancias. Después de todo, ya lo había demostrado en la pista de aterrizaje después de que Michael le había dado explicaciones. Aun así, el éxito de la búsqueda facilitaría las cosas.

Pero sin importar lo que estaban haciendo esos guardias furiosos en la meseta, no se veía nada sino el túnel de árboles a lo largo del camino, ni se escuchaba ningún sonido, con excepción del ronquido del motor. Aun los pájaros y los monos estaban callados debido al clima. Este era el mismo sendero que Vicki había recorrido con el equipo alemán, y hubiera sido un viaje agradable de no ser por las circunstancias, viendo de vez en cuando la ladera de la montaña, los picos de la cordillera y hasta una que otra cascada.

Desde una elevación empinada, Vicki notó un patrón circular mucho más abajo que parecía ser uno de los claros sobre los que Joe había volado a su llegada. Aunque ya no se veían las flores blancas, púrpuras y rojas, dejando ver sólo una sección de hierbas en medio del bosque nuboso. Viendo que algo se movía abajo en el valle, Vicki se inclinó hacia adelante. ¿Acaso una manada de ciervos montañeses, que se confundían con los colores de la vegetación, estaban alimentándose en el claro?

Pero un nuevo trecho de vegetación le obstruyó la vista a medida que la camioneta proseguía su marcha y Vicki ya no pudo ver ninguna invasión humana. Ni tampoco a las dos pequeñas.

La camioneta se detuvo luego de casi una hora de camino, tal como César había dicho. Vicki no pudo notar la diferencia entre este tramo ni el que seguía, ni aquel que habían dejado atrás. Pero los hombres ya habían comenzado a bajar del vehículo. Cuando ella se les acercó a un lado del camino, Vicki notó que de hecho había un camino angosto invadido por la vegetación que serpenteaba hacia abajo en dirección del sendero natural. Los hombres se habían agrupado alrededor de unas huellas en el lodo. Hasta los ojos inexpertos de Vicki podían distinguir que se trataba de huellas de sandalias pequeñas.

Joe se inclinó para tocar una. "Las niñas pasaron por aquí hace poco tiempo, puesto que la lluvia aún no ha borrado su rastro. Es posible que aún no hayan llegado a su pueblo, dependiendo de la distancia. Pero espero que no quede lejos, porque este vehículo no puede bajar por este sendero."

No estaba lejos, le aseguraron los montañeses mayas al unísono.

"Bien, si pueden regresar en una hora, podremos bajar de la montaña justo cuando anochezca," dijo Joe mientras observaba el tono gris entre las hojas y ramas que se hacinaban por encima del camino.

Después de intercambiar opiniones se decidió que los cuatro mayas que conocían el área seguirían las huellas de las sandalias, mientras que el personal del centro esperaría en la camioneta. Cuando los montañeses mayas se dieron cuenta que los soldados no los estaban persiguiendo lucieron visiblemente aliviados. Tomaron las mantas y las tortillas y desaparecieron, a zancadas, siguiendo el camino lleno de maleza. Esta vez, Vicki no insistió en acompañarlos, porque no le sería posible mantener el paso y el nivel de energía con la que estos montañeses maniobraban en su propio territorio.

Vicki se subió a la camioneta y se envolvió en una manta para combatir el frío que sentía. Joe se quedó acompañando a César afuera. Vicki podía verlos a través de la ventanilla trasera, vertiendo combustible de un contenedor en el tanque del vehículo. El tejido grueso de la manta contuvo la calidez de su cuerpo, de modo que su ropa húmeda había comenzado a despedir vapor. Vicki se sintió casi abrigada. Con razón los lugareños preferían sus propios textiles hechos a mano en vez de la tela sintética disponible comercialmente.

Por lo menos con esta lluvia a las niñas no les iba a faltar el agua. Y las huellas de las sandalias evidenciaban que esta expedición no había sido tan descabellada después de todo. Seguramente, hasta el Coronel Alpiro con su mirada fría y sus reglamentos inquebrantables admitiría que habían hecho lo correcto al buscar a las dos niñas que se habían perdido antes de que estas se vieran atrapadas por la lluvia, el frío y la oscuridad durante una noche más. *Con gusto pagaría por otro poste y los golpes en el vehículo de Bill. Por favor, Dios mío, que encuentren a Alicia y a Gabriela vivas y en buen estado.*

Vicki debió haberse quedado dormida, porque se sintió confundida, perdida y asustada y todo a su alrededor emanaba el ruido de motores rugientes y gritos enojados. Se despertó sobresaltada y vio que no se trataba de un sueño. Había un pandemonio de hélices de helicóptero directamente arriba y el rugido de vehículo no provenía de la camioneta. Colocando la manta a un lado, Vicki dio un salto para salir de la cabina y acercarse a la confusión con la que había creído haber estado soñando.

Los soldados corrieron hacia ella apuntando sus rifles automáticos. Otros estaban recorriendo los espacios de vegetación debajo de las copas de los árboles. Mientras escuchaba que las botas golpeaban el suelo, Vicki notó la panza de un tono gris metálico de uno de los helicópteros. Más soldados estaban saliendo del segundo helicóptero detrás de ella. Luego, el vehículo que había escuchado apareció finalmente. No desde atrás, sino desde la siguiente curva del camino. Se trataba de un Jeep del ejército, tan salpicado de lodo que los uniformes de camuflaje de sus ocupantes eran lo único que lo identificaba como tal. Si el Coronel Alpiro lo había enviado desde la meseta, ciertamente no había llegado ahí siguiendo el sendero que la camioneta había seguido.

Vicki miró a su alrededor frenéticamente, tratando de localizar a sus acompañantes. Joe estaba de pie en medio del camino, con las manos al aire a medida que se movía lentamente para que lo vieran bien los soldados que se aproximaban. "Estamos desarmados. Estamos desarmados," gritaba.

Vicki sabía muy bien que en este caso a las armas de fuego no les faltaban municiones.

Luego la culata de un rifle golpeó a Joe e hizo que retrocediera contra la camioneta. A Vicki la empujaron y la registraron buscando armas. Luego ella vio a César acostado boca abajo en el suelo, con una bota en medio de su espalda. *¡Otra vez no!*

Evitando el impulso de alejar las manos que la sostenían, Vicki dijo en voz alta: "¡Somos amigos del Coronel Alpiro" —una pequeña exageración— "y de Michael Camden! Trabajamos para el Ministerio del Medio Ambiente. Estamos autorizados para estar aquí."

Los nombres tuvieron un impacto inmediato. Había sido eso, o el hecho de que los soldados habían constatado que no portaban armas. Las manos bajaron, aunque las armas no. Joe se irguió. De reojo, Vicki vio que la bota se retiró de la espalda de César mientras este se esforzaba por ponerse de pie.

"Trabajamos para el Ministerio del Medio Ambiente y estamos tratando de rescatar dos niñas que andan extraviadas. Estamos autorizados para estar aquí," repitió Vicki, dirigiéndose al oficial que había bajado del Jeep militar, sus decididas zancadas marcándolo como el líder. Al principio, ella lo confundió con el Coronel Alpiro, comandante de la UPN. Pero a medida que se acercaba, Vicki se dio cuenta de que era sólo la barba como la de Castro la que creó esa ilusión. Este oficial era de edad más avanzada y no tan delgado. Tenía la barba y el cabello canosos y su barriga ponía bajo tensión los botones de su chaqueta militar.

"Qué bueno que nos encontraron. Esperábamos que el Coronel Alpiro haya recibido el mensaje de auxilio que le comunicamos. Esta es una situación de emergencia y fue difícil comunicarnos con su base. Pero el Coronel Alpiro y el señor Camden de la embajada estadounidense pueden confirmar quiénes somos y que estamos autorizados para estar aquí." Si tan sólo Vicki pudiera continuar repitiendo esos dos nombres alta y claramente, tal vez todo se resolvería.

Los uniformes de camuflaje de los pasajeros del Jeep no ofrecían ninguna identificación, pero los soldados que salieron de los helicópteros llevaban los uniformes de la UPN, y Vicki creyó haber reconocido a algunos de ellos.

Joe estaba junto a ella sin decir nada y con una expresión rígida en el rostro. De cualquier manera, él ya había dicho que cualquier confrontación iba a ser responsabilidad de Vicki.

—Hay dos niñas que han estado extraviadas aquí durante por lo menos veinticuatro horas. Nuestra intención es rescatarlas antes del anochecer . . . —balbuceó Vicki a medida que se le acercaba el oficial que se parecía a Fidel Castro.

Su expresión fría ni siquiera reaccionaba ante su explicación, y ¿era ron ese aroma en su aliento, que se mezclaba con otros olores desagradables que emitía de la boca y de su uniforme?

—¿Quiénes son esas niñas? Y ¿dónde están los demás del grupo?

¿Cómo sabía que había otras personas en el grupo? Pues claro, los guardias que les habían detenido en la garita.

Vicki miró involuntariamente en dirección del sendero silvestre por donde habían desaparecido sus cuatro acompañantes. ¿Qué les había pasado? Ya había transcurrido la hora que les asignó Joe y el cielo gris se oscurecía rápidamente. Detrás del oficial, las sombras en el terreno estaban tan oscuras que de repente se encendieron los faros del Jeep, con luces tan brillantes en esa penumbra que hubieran cegado lo ojos de Vicki si su mirada no hubiera estado dirigida a otra parte.

Luego ella vio figuras humanas que se apresuraban para subir por la cuesta y distinguió del otro lado de los arbustos los colores brillantes del tejido maya. De hecho, habían usado una de las mantas de María para envolver algo del tamaño de un niño que llevaban cargando. Entonces por lo menos habían encontrado a una de las niñas. No, ¡las habían encontrado a las dos!

—¡Alicia! ¡Gabriela! —Vicki las miró con alegría. Vio que las dos niñas estaban conscientes, que tenían sus ojos negros bien abiertos y que tenían los brazos alrededor de los cuellos de quienes las habían rescatado.

Estaban tan alertas como para reconocer un rostro que les era familiar. —¡Vicki!

Vicki estaba aproximándose a ellas cuando el rugido de otro vehículo ya no le permitió escuchar lo que las niñas decían. Esta vez el ruido provenía de detrás de los montañeses que se apresuraban para unirse al grupo. Vicki vio con ojos incrédulos cómo una caja oscura se aproximó al lado del camino. Luego, sus faros se iluminaron, bañando en su luz a los aldeanos. Se trataba de un camión de transporte militar. Nuevamente Vicki se preguntó de dónde había venido. Luego surgieron de los lados unas sombras oscuras. Los faros permitieron distinguir sus uniformes de color café y verde a medida que derribaron a los aldeanos al suelo mientras se escuchaba el ruido de botas y culatas aun por encima del rugido de los motores y los gritos frenéticos.

Vicki tomó a las niñas mientras estas comenzaban a gemir emitiendo un sonido horrible, estridente y angustioso. Ellas se apresuraron a colocar sus brazos alrededor del cuello de Vicki, casi sofocándola. Un golpe en los hombros hizo que Vicki cayera sobre sus rodillas. Ella escuchó la orden que la dejó arrodillada sobre el lodo con las dos niñas sujetándola tan firmemente que podía sentir el latido temeroso y frenético de sus corazones y su respiración abrupta y nerviosa.

Vicki no se dio cuenta de que parte de ese llanto terrible provenía de su propia garganta hasta que unos brazos fuertes las envolvieron a ella y a las dos niñas. Una voz sorprendentemente calmada y amable le murmuró repetidamente cerca de la oreja:

—Todo está bien, no les pasará nada. Están seguras.

—¡Jamás estaremos seguras! —dijo Vicki involuntariamente.

Pero los gritos habían cesado, y las dos niñas empezaron a gemir calladamente junto al cuello de Vicki como si se tratara de unos animalitos lastimados. Por un instante apaciguador, Vicki se permitió a sí misma reposar en el calor de un latir constante bajo de su cabeza y la seguridad inusitada de un abrazo fuerte.

Volviendo a su independencia acostumbrada, Vicki alzó la cabeza para murmurar un agradecimiento cortés. Luego los faros de los vehículos le permitieron ver los rasgos ásperos cerca de ella. La furia gélida que percibió Vicki en ese instante hizo que su gratitud se le congelara en la lengua. Joe permitió que ella se retirara sin protestar. Levantándose con un ágil movimiento, él alcanzó a la niña mayor para cargarla en sus brazos. Alicia fue con él voluntariamente, permitiendo que Vicki se encargara de Gabriela.

Los cuatro aldeanos ya se habían puesto de pie. Vicki ardía con una furia incontrolable ante la postura sumisa que adoptaron y ante la suciedad que podía ser tanto sangre como lodo. César no había corrido hacia sus primitas debido a que dos rifles automáticos le estaban apuntando directamente a las costillas. Las niñas hasta habían dejado de gemir. A Vicki no le agradó la mirada vacía y congelada que tenían.

Luego, mientras Vicki y Joe las cargaban hacia el vehículo, ellas vieron a su primo y se reanimaron nuevamente. "¡Tío César! ¡Tío César!"

Vicki dejó que Gabriela fuera corriendo a abrazar a César. Cuando Joe bajó a Alicia al suelo, Vicki se volteó para mirar al oficial que se encontraba inspeccionando la escena con total indiferencia, apoyado sobre sus piernas para equilibrar su barriga protuberante.

"¿Ya ve? Sólo estábamos aquí para buscar a estas niñas. Ahora que las encontramos, nos retiramos inmediatamente. Por favor, espero que perdone el malentendido."

El oficial se alejó para hablar brevemente con los soldados de la UPN. Sin decir nada más, regresó a su vehículo, llamando a los subordinados que lo acompañaban con un chasquido de los dedos.

Mientras el Jeep retrocedía, desapareciendo detrás de una curva, el oficial de la UPN extendió una mano hacia Joe. "Deme las llaves de su vehículo."

Sacándolas de su bolsillo, Joe las colocó en la palma de la mano del oficial, quien a su vez se las dio a uno de los soldados que había llegado en helicóptero. Este subió a la camioneta y arrancó el motor. El cañón de un rifle los encaminó nuevamente hacia la camioneta.

Mientras Joe y César levantaban nuevamente a las niñas, Vicki vio con consternación que el camión de transporte también estaba retrocediendo sobre el sendero natural, llevándose a los cuatro aldeanos. "¡Esperen un momento!"

Joe la retuvo poniéndole un brazo sobre el hombro, aparentemente para ayudarla a subirse a la camioneta, pero la fuerza con que la sujetaba era tanto una advertencia como una orden.

Algunos de los soldados restantes de la UPN que habían llegado en helicóptero subieron a la cabina de la camioneta antes que los menos afortunados se tuvieran que subir a la parte posterior junto con los prisioneros. Dando media vuelta al vehículo, el nuevo conductor comenzó a manejar sobre el sendero natural hacia la meseta. No se dio ninguna explicación y Vicki supuso que los iban a llevar hacia la meseta, lo cual era una idea poco grata puesto que aún llovía y la temperatura descendía considerablemente a medida que se acercaba la noche. Gabriela, enroscada en el regazo de Vicki, y Alicia, abrazando fuertemente a César, aún llevaban las mantas con las que habían envuelto sus cuerpos, pero ahora los demás ya estaban empapados hasta los huesos. Cuando Joe extendió su brazo para colocarlo sobre Vicki y Gabriela, Vicki no se resistió, sino que prefirió descansar bajo la sensación cálida de su cuerpo.

Permanecieron en la camioneta hasta que el sendero los llevó a una brecha en la que un derrumbe había destruido la vegetación a un lado del camino. Por encima de la pendiente de roca y piedra volaba uno de los helicópteros de la UPN, a unos cuantos metros por encima del terreno. Más allá, a una altura mayor sobre el valle, estaba volando el segundo helicóptero.

El líder de la UPN salió de la cabina de la camioneta. Dos de sus subordinados tenían apuntados los rifles para acompañar a los pasajeros civiles mientras bajaban la cuesta. Ya había oscurecido completamente, pero los faros de la camioneta y las luces de vuelo del helicóptero hacían que fuera posible que Joe y César, quienes cargaban a las niñas, pudieran ver por dónde caminaban. Al llegar al helicóptero, fueron empujados hacia el interior, e inmediatamente se cerró la puerta lateral.

La temperatura era más cálida adentro pero era un lugar muy oscuro y tremendamente ruidoso. Las niñas habían vuelto a gemir suavemente. Junto a ella, Vicki podía escuchar la voz de Joe que tranquilizaba a la pequeña que él estaba sosteniendo. Hubo algo en esa dulzura que hizo que a Vicki se le hiciera un nudo en la garganta. Se requería de esta desolación y de esta fatiga para hacer que Vicki casi hasta envidiara a una niña pequeña extraviada. *¿Por qué pierdo el tiempo pensando en él? Quizás sea amable con los niños, pero está furioso conmigo.*

No es que Vicki pudiera culparlo. Ella prácticamente le había prometido que no habría represalias una vez que él ofreciera sus servicios. *Él es quien derribó el poste. Sí, porque yo lo incité a hacerlo.* ¿Temía él perder su empleo? ¿O que Alpiro lo expulsara de la meseta? *Lo voy a recompensar con una temporada de hacer surf aunque tenga que agotar mi cuenta de ahorros.* No obstante, Joe, calmando pacíficamente a una niñita que gemía, no parecía ser alguien a quien le importara perder su empleo. *Él es un laberinto de contradicciones.*

El remolino desagradable de pensamientos en la mente de Vicki parecía durar una eternidad, pero para cuando aterrizaron había transcurrido solamente un cuarto de hora. Al abrirse la puerta, vieron que no se trataba de una pista de aterrizaje, sino que el helicóptero había bajado en medio de la base militar. Una bandera guatemalteca azul y blanca estaba izada sobre el edificio más cercano, que aparentaba ser el cuartel de la base. Sólo el líder de la UPN los escoltó desde el helicóptero, una señal esperanzadora de que no habían sido arrestados oficialmente.

El salón donde los introdujeron era una réplica exacta de todas las oficinas administrativas en las que Vicki había estado en este país. El escritorio de caoba, las pinturas en marcos dorados, la tapicería de cuero y las alfombras suntuosas.

El personaje importante detrás del escritorio era el oficial original que se parecía a Fidel Castro y a quien Vicki había visto al llegar a la meseta. Se trataba ni más ni menos que del Coronel Ramón Alpiro, comandante de la UPN. Él estaba comunicándose por un radioteléfono que tal vez era el mismo que conectaba al centro con el mundo externo.

Vicki apenas había puesto la mirada en el coronel cuando vio a alguien que no se esperaba.

"¡Michael!"

Michael atravesó rápidamente la oficina. Tomándola de los brazos, escudriñó su rostro y luego la abrazó fuertemente. —Vicki, ¿estás bien? Estaba muy preocupado por ti.

—Sí, estoy bien. Todos estamos bien . . . bueno, más o menos. Michael, estoy tan contenta de verte. Pensé que estabas aquí cuando escuché los helicópteros por la mañana. ¡Tuvimos una aventura horrible!

Vicki vio su propio reflejo en un espejo adornado en la pared. Con razón Michael había manifestado su inquietud al verla. Su cabello estaba aplastado contra su cabeza y su cara y sus labios estaban morados debido al frío. Detrás de su reflejo, Vicki notó la mirada sin expresión de Joe sobre ella. Junto a la de Joe, la cara de César estaba rígida por el frío o el temor. Vicki le sonrió para darle ánimo pero aun así se miraba tembloroso. Habían vivido una experiencia desagradable, pero ya había pasado. Ahora podían tranquilizarse. *Que ahora se encarguen los profesionales.* Esto es precisamente lo mismo que Michael le había dicho una vez, y ahora Vicki estaba más que deseosa de que así fuera.

Retrocediendo del abrazo de Michael, ella se disculpó con una risa nerviosa. —Te dejé todo empapado. Lo siento. Simplemente no puedo ni describirte lo que nos pasó.

A Vicki le gustó el hecho de que él ni siquiera echó un vistazo a las manchas de agua que ella dejó en su camisa caqui, y su franca sonrisa hizo que su ansiedad desapareciera totalmente.

—Pues eso es precisamente lo que necesitas contarme. Esta base ha estado alborotada durante la última hora. Lo único de lo que me había enterado es que un grupo grande de intrusos, incluyendo extranjeros, había atacado una garita de seguridad de la UPN e invadido el territorio restringido, posiblemente hasta involucrando un vehículo robado. —Michael dirigió su mirada a Joe y luego a César—. Pero Taylor ha estado insistiendo en que eso es imposible.

Sólo después de haber escuchado estas palabras Vicki se dio cuenta de que Bill estaba de pie en la entrada. Ella le dirigió una frágil sonrisa antes de notar la expresión frígida y pétrea en aquellos ojos azules. Se le hundió el corazón. Había esperado que de algún modo Bill hubiera entendido las cosas.

Luego notó que Bill miraba a Joe. Era con Joe que se sentía furioso. Vicki tendría que aclarar que todo fue su propia culpa. Se dirigió a Michael. "No fue así." Rápidamente le explicó los acontecimientos.

El Coronel Alpiro seguía hablando por el radioteléfono, echando de vez en cuando una mirada fría a sus visitantes, pero por lo demás los ignoraba. Ni siquiera los había invitado a tomar asiento.

Vicki agregó unas palabras más cuando Alpiro colgó el auricular. —Michael, sé que estas personas están trabajando para ti, pero ni siquiera te imaginas cómo se han portado con nosotros. Nos han tratado como criminales. Se han llevado, quién sabe adónde, a cuatro personas que nos estaban ayudando. Y fíjate en estas pobres niñas. Además de todo lo que les ocurrió, ni me imagino cuán traumatizadas estarán debido a la intervención de los soldados.

Vicki trató de examinar el rostro de Michael para saber si lo había convencido, pero él mantenía su mirada grave. —Ojalá fuera tan sencillo, pero veré lo que puedo hacer.

El Coronel Alpiro giró su silla a medida que Michael se le acercaba para murmurarle algo al oído. Después de unos instantes, Michael indicó a Bill Taylor que se aproximara.

Mientras hablaban, Vicki se acercó a las niñas para ver cómo estaban; se habían quedado dormidas. Al ver a sus dos acompañantes notó que la mirada de Joe estaba concentrada en la conversación que se llevaba a cabo detrás del escritorio. En cambio, al hacer contacto visual con César este relajó un poco su postura tensa.

Vicki comenzó a desviar la mirada cuando notó un grupo de marcos en la pared. Otra réplica de la típica oficina burocrática: los diplomas, los galardones militares, las fotos de personalidades importantes. Ella se puso rígida. ¡No! ¡No podía ser! Aquí no. Esto era más que una coincidencia.

Sintió un movimiento junto a ella y notó que Joe la miraba inquisitivamente. Luego él dirigió la mirada hacia la fotografía y ella percibió en él una sensación de . . . ¿reconocimiento? Joe cambió de posición para acomodar mejor a la niña que sostenía en sus brazos. Este movimiento hizo que su cuerpo cubriera la fotografía en cuestión.

"¿Vicki?" El llamado calmado de Michael hizo que Vicki se aproximara a él. Los tres hombres ya se habían volteado en dirección al resto del grupo. El Coronel Alpiro estaba sentado sobre su silla inclinándose hacia adelante y los otros dos estaban de pie, uno a cada lado del militar, como si se tratara de un tribunal.

Las preguntas que salieron de la boca de Vicki no eran aquellas que ella había formulado anticipadamente.

—Esta oficina ¿es la del comandante militar? ¿Sería posible hablar con él?

Vicki pensó un poco histéricamente que todos los presentes en el salón la miraron como si se hubiera vuelto loca.

El Coronel Alpiro contestó con indiferencia: —El comandante Pinzón ya no está en esta base. Él y su familia están visitando Estados Unidos por un tiempo indefinido. Me parece que está en Orlando, según creo, en Disney World. La base ya ha sido cedida al comando de la UPN, o sea que está ahora bajo mi mando. Cualquier cosa que desee saber, me la puede preguntar a mí.

Michael le había dicho a Vicki que la UPN estaba asumiendo el comando en la región. Entonces la fotografía era de Alpiro.

Sin darle a Vicki la oportunidad de aceptar su ofrecimiento, el Coronel Alpiro continuó con fría autoridad. "Hemos decidido que, a pesar de su grave ofensa" —sus ojos se posaron en Joe—, "debido a las circunstancias mitigantes del peligro para las niñas, a la valiosa labor que su instalación realiza para nuestro país y de hecho para la misma misión de la Unidad de Protección de la Naturaleza, todos los cargos serán retirados. Están en libertad de irse."

Michael se aclaró suavemente la garganta.

Alpiro levantó una mano. "Además, para que estas circunstancias desafortunadas no se vuelvan a dar, esta instalación organizará un grupo de acción para hacerse cargo de situaciones similares. Después de todo, de vez en cuando, los niños hacen travesuras. En el futuro, deberán comunicarse con nosotros tan pronto como ocurra algo parecido. No será necesario que traten de resolver el asunto ustedes solos. La próxima vez, tampoco seremos tan benevolentes hacia aquellos que así lo hagan."

Tal vez la sonrisa radiante que lanzaba hacia las dos niñas dormidas pretendía ser paternal, pero a Vicki le pareció arrogante y engreída. A ella tampoco se le había olvidado ni había perdonado lo que había ocurrido en esa montaña fría y oscura.

El hecho de que Alpiro se reclinara nuevamente en su silla era una señal clara de que se podían marchar, pero Vicki dio un paso hacia adelante. —¿Y los cuatro hombres del pueblo que encontraron a las niñas? ¿Dónde están? ¿Ya los dejaron ir también?

La sonrisa petulante se congeló. —¿Se refiere a los delincuentes que arrestaron esta noche en la zona restringida? Vamos a tomar en cuenta que ustedes no sabían que trataban con contrabandistas y cazadores ilegales. Pero mi teniente me informó que ya han sido identificados. Tal vez es la razón por la que pudieron ayudarlos tan fácilmente en esta búsqueda. Ellos han sido detenidos para ser interrogados. Su futuro dependerá del resultado de la interrogación.

—¡Pero qué cosa más absurda! No son más que aldeanos que nos ayudaban en la búsqueda. Ustedes no pueden . . . no podemos irnos de aquí sin ellos. Nosotros somos los responsables de todo esto; ellos nada más nos acompañaron para ayudarnos. ¡Por favor, Michael! ¡Explícale eso!

Vicki se había dirigido a él con absoluta confianza. ¿No había resuelto otras dificultades en un dos por tres? Fue con incredulidad que ella lo vio negar con la cabeza, mientras sentía que él la pellizcaba con los dedos sobre el codo. Ella miró a Bill buscando su apoyo, pero su rostro ni siquiera mostraba expresión.

"Vicki, el Coronel Alpiro sabe cómo hacer su trabajo. Él se encargará de esto," dijo Michael calmadamente. "Vamos, hay que llevar a estas niñas a su casa."

Mientras Michael la conducía fuera de la oficina, Vicki ni siquiera volvió a mirar a Alpiro. Ella esperó hasta que sus pies tocaron la grava fuera del edificio para explotar; su frustración aumentaba al tener que esforzarse para mantener la voz baja.

—Michael, ¡no puedo creer lo que acaba de pasar allí! Esos hombres no son contrabandistas ni cazadores. Son simplemente habitantes del pueblo, parientes de Alicia y Gabriela que nos estaban ayudando a buscarlas. Y tú lo sabes. No puedes permitir que los arresten. Ya pasó la época en que el ejército podía arrestar a la gente sin ninguna justificación.

—Eso ni yo ni tú lo sabemos. Como tú misma lo admitiste, no sabes nada con respecto a esos hombres. —Michael se pasó la mano sobre el cabello—. Nadie niega que ellos entraron con ustedes, pero tampoco tenemos razón alguna para dudar la afirmación de Alpiro en cuanto a que esos hombres son contrabandistas que la UPN ha estado buscando por algún tiempo. Si ha habido un error, eso saldrá a la luz durante la interrogación e, indudablemente, los soltarán. Nos contaste lo bien que ellos conocían el terreno; eso es un tanto sospechoso.

Un Jeep militar se había estacionado cerca de un reflector. Michael alzó una mano para llamar la atención del conductor. El motor arrancó.

—Claro que sabían por dónde iban. Ellos vivían ahí antes de que se estableciera la reserva. César te lo puede decir. Michael, no puedo creer que aceptes la palabra de Alpiro. Ya veo cómo se han reformado el ejército y la policía. El Coronel Alpiro te escuchará si le hablas. Dile que vas a retirar la financiación si no sueltan a los aldeanos, o . . . ¡dile algo por el estilo!

—La verdad, me siento bastante aliviado de que no te hayan arrestado a ti. ¿Sabes que, legalmente, él estaba autorizado para hacerlo? ¡Derribar una garita! ¿Pero en qué estabas pensando, Vicki? No, Ericsson, esta fue tu brillante idea, ¿no es así?

—Estábamos pensando en salvar las vidas de Alicia y Gabriela.

Michael ignoró completamente la protesta de Vicki. —Que quede bien entendido: La única razón por la que no estás arrestada en una celda con tus amigos del pueblo es porque yo pude usar mi influencia y porque le pude asegurar a Alpiro que ustedes tres jamás se alejaron del sendero, donde sí se permite el acceso del personal del Ministerio del Medio Ambiente, aunque no de la manera en que ustedes llegaron. Agradece que saliste libre y deja que Alpiro se encargue de sus propios asuntos. Él conoce esta área y a la gente que vive aquí mucho mejor que nosotros.

—Ahora hablas como Marion de la embajada. Agradece que no te arrestaron por algo que jamás hiciste. Aprovecha y escápate. Mientras tanto, olvídate de los demás que salen perjudicados y de lo que es correcto y justo.

—Este no es el lugar para ponerse a discutir —dijo Michael con un tono de voz más fuerte que de costumbre.

El Jeep ya se había estacionado al lado de ellos. Michael habló brevemente con el conductor y luego se dirigió a los demás mientras bajaba el oficial de la UPN. "Señor Taylor, me han informado que su vehículo ya viene en camino. Si quiere lo llevo para recogerlo y para llevar a estas niñas a su casa. Luego podemos ir al centro, donde tal vez podamos terminar esta charla con un poco más de privacidad."

Michael abrió la puerta para que Vicki se sentara en el asiento de adelante. Titubeando, ella subió y extendió los brazos para que Joe le pasara a Gabriela. Los demás se sentaron atrás.

Vicki había supuesto que ahora estaban completamente en libertad, pero luego de que Michael subiera al Jeep y comenzara a conducir, otro Jeep comenzó a seguirlos. Junto al conductor se encontraba el oficial de la UPN que los había acompañado desde la reserva. *Asegurándose de que no nos "extraviáramos" nuevamente.*

El recorrido hacia el pueblo transcurrió en silencio aparte del gemido de Gabriela, quien se había despertado debido al movimiento del Jeep al pasar por el camino lleno de baches. Si Vicki ya comenzaba a sentir el hambre, la sed y la fatiga de las últimas horas, ¿cuánto más las niñas, a pesar de unas cuantas tortillas? Por lo menos ellas aparentaban estar agradecidas por haber sido rescatadas, ya que se sentaron con murmullos de alivio cuando vieron las primeras luces del pueblo.

Al llegar, César se inclinó hacia adelante para dar instrucciones a Michael, pero no para llegar a la choza de María. Cuando se estacionó en el patio de tierra, la iglesia estaba alumbrada con linternas de querosene. Las oraciones de vigilia cesaron al escucharse el rugido de motores.

Gabriela trepó por el costado del Jeep, hacia los brazos de María, antes de que Vicki la pudiera levantar. César salió con Alicia. Las dos niñas ni siquiera miraron hacia atrás para ver a los que las habían rescatado mientras las cargaban en medio de una algarabía de exclamaciones de alegría, abrazos y alboroto. Con suerte y con las atenciones que recibían, la pesadilla de las últimas veinticuatro horas se desvanecería rápidamente y ellas dejarían de sentir la necesidad de ir a buscar su antiguo hogar. Por lo menos eso era lo que esperaba Vicki, porque aquí no existían los psicólogos asesores para niños que había en Estados Unidos.

El pastor hizo la pregunta que los demás también ya empezaban a murmurar: "¿Dónde están Ramón, Santiago y los demás?"

Michael arrancó el motor. "Ya vámonos, Vicki. Tu amigo el veterinario puede darles las explicaciones. Parece que aquí lo conocen bien. Señor Taylor, su vehículo ya debe haber llegado."

De hecho, César ya había desaparecido entre un grupo de personas que incluía al pastor y a otros aldeanos. A Vicki no le importó que Michael se retirara porque era probable que César iba a pasar la noche con sus primitas y prefería reservarse la energía para hablar sobre asuntos más importantes.

Vicki notó la camioneta verde aun antes de llegar a la garita, e hizo una mueca al ver que la reja del radiador estaba visiblemente dañada. Pero el poste metálico, sin verse peor por lo sucedido, ya había sido colocado nuevamente a través del camino.

Al bajar del Jeep, el conductor de la UPN salió de la camioneta y le devolvió las llaves a Joe, quien las aceptó al ver que Bill asentía con la cabeza.

Los soldados que habían bajado de la montaña ya estaban amontonándose en el segundo Jeep, hacinándose en la parte trasera y en los costados para que todos cupieran. El oficial intercambió algunas palabras con Michael y luego se retiró, dejando atrás sólo a los cuatro estadounidenses y a los dos vehículos.

Joe se sentó detrás del timón de la camioneta y Bill se apoyó en la ventanilla abierta del conductor mientras Joe encendía el motor. Bill le habló en voz muy queda como para que Vicki pudiera entender, pero a juzgar por la expresión gélida de Joe, lo que Bill estaba diciendo no parecía ser muy agradable.

"Puedo llevar a alguien conmigo," dijo Michael, mirando a Vicki mientras se dirigía al asiento del conductor del Jeep.

Vicki ni siquiera lo miró. Acercándose a la camioneta, ella oyó que Bill decía: —¡ . . . esta faena! Alpiro ya está hablando de revocarnos todos los privilegios. Después de ser tan cuidadoso por tanto tiempo . . . No puedo permitir esto, ¡ni tú tampoco! Si lo has arruinado . . .

—¿Crees que yo lo planeé así? —dijo Joe, también en voz muy baja—. Y en cuanto a Alpiro . . .

Los dos hombres callaron cuando Vicki se apoyó contra la ventanilla del pasajero. Ella ya estaba demasiado colmada de pensamientos furiosos como para dar importancia a lo que decían. "¿Puedo ir con ustedes?"

Joe abrió desde adentro la puerta del pasajero. Bill se retiró de la ventanilla del lado del conductor y, luego de que Vicki se subió a la camioneta, dijo en voz alta, dirigiéndose a Michael: "Te acepto el ofrecimiento, Michael. Por mucho tiempo he tenido curiosidad por saber más sobre tus operaciones aquí y con el nuevo destacamento de la UPN. ¿Cuál dijiste que era tu capacidad total?"

CAPÍTULO VEINTISÉIS

Vicki se sentó rígidamente junto a Joe mientras él hacía que la camioneta retrocediera hasta el camino de tierra. Vicki ni siquiera vio por el parabrisas a su escolta —que pasaron por enfrente a toda velocidad— por temor a ponerse histérica otra vez. El viento penetraba a través de su ropa mojada, pero no le pidió a Joe que cerrara la ventanilla.

Ya habían dejado atrás los últimos fulgores amarillos de las luces del pueblo cuando Joe habló y dijo: —Mejor empiezas a respirar de nuevo, por lo menos, porque no estoy preparado para atender una apoplejía. El rostro de Joe, que estaba vuelto en dirección a Vicki, era tan sólo una silueta indistinta, pero su tono de voz era tan suave que era posible que ella sólo se hubiera imaginado el enojo anterior.

Su aliento se le escapó en un instante: —No lo puedo creer. Siento que hemos retrocedido veinte años y penetrado en una pesadilla en la que el ejército está arrasando con todas las personas que se le cruzan, sin importar que sean culpables o inocentes.

—No es el ejército. Es la UPN. Una autoridad civil debidamente formada, como diría Camden.

—Y ¿cuál es la diferencia? ¿Crees que les importa a los habitantes del pueblo qué uniforme llevan los que los maltratan? Y con respecto a Michael, no puedo ni creer . . . es decir, después de todo lo que pasó,

¿cómo es que nuestra propia gente, nuestra propia embajada, acepte la palabra de estos esbirros para determinar si alguien es culpable o inocente? ¡Y sin comprobar si están diciendo la verdad, aún cuando están abusando de las vidas y de la libertad de la gente! —Vicki se tragó las lágrimas de desilusión y tristeza, esperando que Joe no lo notara.

Luego cambió el tema: —Esa foto, ¿verdad que la reconociste?

—Sí, ya la había visto, aunque no hubiera reconocido a Alpiro entre los que aparecían en ella, si no me lo señalaba alguien.

—¿Era Holly quien tenía la fotografía?

Joe permaneció callado por un minuto. —Sí, por eso la había visto. Holly tenía una copia.

—Pues esta fue la tercera vez que la he visto, sin contar los archivos donde Holly obtuvo su copia —explicó Vicki rápidamente—. ¿Se supone que tengo que creer que se trata de una coincidencia el hecho de que el jefe de la policía, el Ministro del Medio Ambiente, el administrador del zoológico y el que es ahora director de esta nueva unidad policial del Medio Ambiente hayan sido parte del mismo grupo que fue entrenado por los estadounidenses en aquella época? ¿O el hecho de que todos terminaron en puestos relacionados? Debe haber una conexión y una razón por la que Holly estaba tan interesada en ellos. Esto del movimiento medio ambiental es un denominador común muy marcado.

Nuevamente, Joe no contestó de inmediato, esperando hasta que la barrera alta de la vegetación del centro apareciera por el frente. Con la tenaz variabilidad del clima de las montañas, el *chipi-chipi* había parado. Aunque la bruma se estaba asentando sobre los cafetales como si fuera nieve, el cielo ya se había aclarado y Vicki podía notar el horizonte negro desigual conformado por la parte superior de las copas de los árboles del bosque.

—Vicki, sé a lo que te refieres y no estoy seguro de que quiero que sigas esta pista. Seguramente tienes razón en cuanto a que Holly tenía esa fotografía porque ella también la había visto en las paredes de las oficinas de esos tipos. Pero la conexión no significa que haya una conspiración. Guatemala es un país pequeño, y el liderazgo militar siempre ha sido una comunidad muy unida. Un grupo que es entrenado a ese nivel forja un vínculo para toda la vida. Una hermandad. Supongamos que tú y Holly tengan razón. Esta gente forma una red grande e interconectada.

Después de los acuerdos de paz, todos se ayudaron entre sí para obtener puestos bien remunerados. En estos días, es difícil encontrar puestos con salarios altos para los ex militares. Tal vez sea una forma de nepotismo pero no una conspiración. Ya has estado en lugares semejantes lo suficiente como para darte cuenta de ello.

Nuevamente él tiene toda la razón, admitió Vicki, desilusionada. Exceptuando un hecho pertinente: Holly estaba muerta. Y si esta era otra pieza más, tal vez podrían armar el rompecabezas.

—Entonces tú dices que no hay conexión entre la muerte de Holly y esos dos . . . no, tres . . . no, cuatro tipos de esa fotografía.

—En absoluto. No tengo información concreta. Sólo estoy diciendo que no tienes suficientes pruebas como para sacar conclusiones. Tal vez desees hablar con Camden para ver qué sabe él al respecto. Aparentemente él conoce bien al grupo.

Vicki no respondió enseguida. Joe era la persona menos indicada con la que Vicki hubiera querido hablar acerca de Michael, puesto que era obvio que Joe tenía sus propias ideas preconcebidas sobre él.

No pudo evitar soltar las palabras. —Pues eso es lo que no comprendo. A mí qué me importa si todo el ejército guatemalteco se hace favores entre sí. Lo que importa es que Alpiro arrestó a cuatro inocentes. Los aldeanos están que se mueren del miedo. Hasta yo me muero del miedo. Supuestamente Guatemala es ahora un país pacífico, pero veo que se siguen empleando las mismas tácticas que se usaban hace veinte años, y sabemos bien lo que pasó en ese entonces bajo nuestras propias narices. Doscientos mil muertos a manos de un ejército que nosotros entrenamos y ayudamos. Así que, ¿por qué . . . ? —Vicki no podía ni pronunciar el nombre de Michael—. ¿Por qué nuestra embajada ha vuelto a entrenarlos y ayudarlos? ¿Y por qué cree todo lo que ellos dicen en cuanto a quiénes son los enemigos y quiénes son culpables, sin siquiera comprobar los hechos ni insistir en que usen tácticas diferentes?

—Estás bromeando, ¿no? —Joe dio un resoplido burlón—. ¿Dónde crees que Alpiro y sus colegas aprendieron las tácticas que usan? La razón por la que nos invitaron a venir acá se debió a que el ejército y la aristocracia guatemalteca no tenían la fuerza para aplastar una revuelta popular. Nosotros les dimos esa fuerza y también las tácticas directamente aplicadas de nuestro manual de Fuerzas Especiales. Campañas para quemar tierras de modo que los pobladores dependan del ejército o se mueran de hambre. Aldeas estratégicas o "pueblos modelo," si suena más bonito, para que el ejército pueda controlar a la población civil. Haciendo que un pueblo sea responsable por la actividad del enemigo en la zona y eliminando hombres, mujeres y niños para que el pueblo vecino decida colaborar. Organizando patrullas civiles y pagando a espías para que dividan a la población civil. Y la eliminación planificada, o mejor dicho el asesinato, de los líderes de la oposición.

»Y todo se lo enseñaron a estos matones los "asesores" como los Boinas Verdes en esa fotografía, que aprendieron esas lecciones muy bien en Vietnam. Y por supuesto no fue sólo el ejército guatemalteco quien se benefició de nuestra experiencia en ese lugar. Olvídate de los pequeños detalles como la justicia y los derechos humanos si podemos aumentar la eficiencia de estos militares tercermundistas. Transferimos estos conocimientos a la SAVAK, la policía secreta del sah de Irán, a los contras nicaragüenses, a los paramilitares colombianos y hasta a Saddam Hussein mismo, cuando él era aún nuestro aliado. Es decir, hicimos esto por dondequiera que creímos que nuestros intereses nacionales o ganancias en los negocios se veían amenazados. Sólo que jamás hubo un enemigo externo que recibiera el peso de tal fuerza, sólo los campesinos locales y una oposición democrática.

Vicki se quedó observando el perfil de Joe. —¿Cómo sabes todo esto? Sigues diciendo "nosotros" como si tú mismo hubieras participado en tales actos. Pensé que dijiste que jamás habías estado en el ejército.

—Cuando digo "nosotros," me refiero a nuestra política gubernamental en Estados Unidos. Pero yo jamás dije que nunca había estado en el ejército.

Mirándolo fijamente, Vicki notó algo que jamás había notado, algo que ni siquiera la noche podía ocultar completamente. La tensión relajada de ese cuerpo musculoso que ella misma había visto en acción, la vigilancia de sus ojos verdes entrecerrados, que al voltear la cabeza hacia los faros, se tornaban en un destello. Ese andar felino tan semejante al de Michael que Vicki debió haber notado hace mucho tiempo.

—Bueno, ¿qué eras? ¿Un miembro de las Fuerzas Especiales?

—Lo fui por un tiempo. —Las estrellas desaparecieron a medida que la camioneta se adentraba en la vegetación exuberante del centro—.

Como dije, no me importaba eso de llevar un uniforme ni me preocupaba por los reglamentos. Como ves, no encajo precisamente en ningún molde. Pero eso es precisamente lo que requiere el ejército: autómatas pulcros que obedezcan al pie de la letra y que puedan ser desplegados a todo el mundo. No me malinterpretes, que nada tengo en contra de aquellos que lo hacen. Respeto mucho a nuestro ejército, que mayormente está haciendo una buena labor para mantener la seguridad de Estados Unidos, obedeciendo órdenes y todo lo demás.

La mirada de Joe vio más allá de donde estaba Vicki. —¿No es cierto, Camden?

No habían encedido el generador del centro, de modo que fue sólo cuando Joe detuvo la camioneta que Vicki se dio cuenta de que las luces posteriores en frente de ellos se habían apagado y escuchó el ruido de pisadas sobre la grava junto a su ventanilla.

Michael abrió abruptamente la puerta de Vicki. —Y ¿qué sabes tú sobre cómo obedecer órdenes, Ericsson? Vamos, Vicki. Ahora que ya no nos puede oír la mitad del país, hay algo que quisiera decirles a todos ustedes.

Su sujeción no era suave mientras ayudaba a Vicki a salir de la camioneta, pero su mirada enojada fue dirigida a Joe. —Vicki, no me corresponde a mí criticar a las personas con las que decides asociarte. Bueno, estoy tratando de usar el lenguaje apropiado para una dama, así que sólo diré que hoy no actuaste tan sabiamente que digamos. Alpiro tenía el derecho legal de arrestarlos a todos ustedes y de retenerlos indefinidamente. Si Ericsson quería divertirse en una zona restringida, por lo menos podría haber tenido la gentileza de no permitir que te involucraras.

La única respuesta de Joe fue apagar el motor.

—Pero Joe no fue . . .

—No es que no entienda cuál fue tu motivo—la interrumpió Michael—. Sé que estabas ahí nada más para ayudar, como siempre, pero pudiste hacerlo de otra forma. Si te hubieras comunicado con Alpiro, en vez de hacer las cosas a tu manera, nada de esto hubiera sucedido, incluyendo los arrestos que te molestaron tanto. Eso sin mencionar que pudiste haber contado con el apoyo y los recursos de Alpiro, en vez de tenerlos en tu contra.

—Pero . . . —Vicki se calló. Lo peor era que ella sí había sugerido lo mismo que decía Michael. A juzgar por la rápida reacción por parte de Alpiro y de sus hombres que todo esto había generado, tal vez realmente sí hubiera habido tiempo para obtener la ayuda oficial antes del anochecer. Pero, en verdad, ¿hubieran ellos podido contar con todo ese apoyo? ¿Cómo podía ella explicar el temor, la desconfianza y la desesperación que habían hecho que ella y los aldeanos actuaran de la manera que lo hicieron? El asunto era que hicieron lo que era apropiado y en el momento correcto. ¿Acaso eso no contaba para nada?

—No te estoy culpando, Vicki, porque no era posible que supieras lo que ibas a desatar. —El tono de Michael se tornó ácido a medida que una sombra se erguía frente a ellos—. Pero si no has estado aquí el tiempo suficiente como para entender la situación local, Ericsson ciertamente la conoce.

La oscuridad era tan absoluta que Vicki no estaba segura de dónde estaban localizados los edificios a su alrededor, sino hasta que una llama azul y blanca se encendió. Su brillo reflejó la madera y la paja y luego reveló los rasgos curtidos y las manos nudosas de Bill Taylor a medida que este alzaba una linterna Coleman para colocarla en un gancho en los escalones del albergue comunitario.

Obviamente, esta era la señal que Michael esperaba, porque de inmediato condujo a Vicki en esa dirección. —No sé qué te ha estado metiendo Ericsson en la cabeza.

—Pues en realidad —el sonido de las botas de Joe se escuchó junto a Vicki y, por el tono de su voz, no parecía importarle en lo más mínimo el interrumpir las palabras hostiles de Michael—, nada más le explicaba a Vicki dónde aprendieron tus amigos a emplear las tácticas que vimos en acción esta noche. ¿Todavía usan el manual de la guerra de Vietnam? Ciertamente parecía que sí.

—Entonces estás tratando del tema de siempre —dijo Michael—. Tal vez no tengas ningún respeto por la ley y la autoridad, a juzgar por la aventurita de hoy, pero no culpes a otra gente por cumplir con lo que fue entrenada a hacer y por obedecer órdenes.

—Ni siquiera se me había ocurrido tal cosa —asintió Joe—. Como dijiste, ellos simplemente obedecían órdenes. Estoy seguro de que no tenían ningún control sobre lo que se hizo con el excelente entrenamiento que recibieron. Me perdonarás si soy un poco menos generoso con quienes formularon las políticas sobre quién recibe nuestra asistencia militar. O con aquellos en puestos tan altos como para saber bien cómo se la está utilizando. Me refiero a tus predecesores en el Departamento de Estado y en la embajada, no a ti personalmente, por supuesto.

Ya habían llegado al albergue comunitario y el brillo de una linterna hacía que sus sombras cobraran forma humana. Vicki no necesitaba luz para sentir la furia que vibraba en la mano de Michael ya que se la estaba transmitiendo a su propio codo a medida que subían las gradas.

El albergue, con sus mesas esparcidas, estaba vacío y oscuro, a excepción de la iluminación proveniente de la única fuente de luz amarillenta. No se veía a Bill por ninguna parte, aunque una linterna de mano reflejaba su luz desde el lado más alejado del albergue. La tranquilidad somnolienta de las jaulas de los animales indicaba que Vicente y Beatriz se habían rebajado para efectuar las rutinarias rondas nocturnas. Si se había preparado una comida, esta ya había sido retirada hacía mucho tiempo. Vicki miró en dirección de la cocina oscura. *Ya no puedo aguantar más discusiones con el estómago vacío.*

Cuando Vicki se soltó de la férrea mano de Michael, Bill se aproximó. La bandeja que sostenía incluía queso blanco de la región, panes, mantequilla, pasta de guayaba y trozos de piña y papaya. La colocó sobre una mesa directamente debajo de la linterna; sus rasgos mostraban más resignación que enojo.

—Bill, quería decirte que esto ha sido mi culpa y no de Joe —dijo Vicki mientras comía el queso—. Yo lo persuadí para que buscáramos a las niñas. Él . . .

—Nadie puede persuadir a Ericsson de nada. Él toma sus propias decisiones. Pero lo hecho, hecho está. Las niñas fueron encontradas y ese es el final del cuento.

Vicki no estaba satisfecha, pero la expresión hosca de Bill y el gesto que hizo con la mano indicaron que no escucharía más. Cuando Vicki mordió el queso la textura salada en su boca eliminó cualquier otro pensamiento. Sentándose a la mesa, saboreó la dulzura de la piña y un pan untado con mantequilla. La sensación placentera de la comida en su estómago cobraba más importancia que la discusión continua a su alrededor.

—Aparentemente te estás olvidando de lo más importante. —Michael seguía argumentando—. Había una guerra e hicimos lo que fue necesario.

—¿Necesario para quién? —Joe se dejó caer sobre una silla al otro lado de la mesa y colocó los pies en otra silla. Cruzando sus botas por los tobillos, se sirvió una rebanada de piña—. Ciertamente no fue necesario para mí. Y dudo que los aldeanos mayas que fueron eliminados por tus aliados locales estuvieran de acuerdo de que era necesario. Lo mismo puedo decir en cuanto a los líderes sindicales, los periodistas y los activistas de los derechos humanos.

—Nadie niega que en ocasiones hubo excesos, pero muchas de las actividades que mencionas eran sospechosas aún dentro del contexto apropiado.

Michael ni siquiera se había sentado o servido algo de comida. La autoridad marcada de su voz dominaba la escena.

Joe, por el contrario, tenía un aspecto tan desaliñado como el de Vicki, con el cabello mojado y sucio y la ropa tan cubierta de lodo que se le adhería al cuerpo. Su voz tranquila ofrecía un contraste con respecto a la voz enérgica de Michael. ¿Es que en realidad le importaba lo que se estaba discutiendo, o nada más quería hacer que el representante de la embajada se consumiera de rabia?

—¿Te refieres a eso de organizase en sindicatos para recibir salarios decentes? ¿Marchar en pro de la libertad de trabajar y asociarse con quien les dé la gana y decir lo que se les antoje? Sí, claro, ¡qué sospechoso! Ya es hora de rechazar el mito de que los campesinos mayas estaban luchando a favor del dominio mundial de la Unión Soviética y que reconozcamos que estaban luchando por muchas de las cosas que los estadounidenses tuvieron que conquistar con las armas. Debemos reconocer que eso de dar armamentos a los dictadores alrededor del mundo para que mantengan reprimidos a sus propios pueblos no es una estrategia eficaz para establecer la paz y la democracia.

—Y tú ¿qué sabes acerca de cómo ganar una guerra? La prueba es que ¡sí la ganamos! El comunismo ha muerto gracias a que lo resistimos. Y si eso requiere que se formen alianzas con personajes dudosos, pues qué importa. Las guerras no se ganan rehusando entrar al campo de batalla, esperando hasta que todos los aliados hayan comprobado que respetan los derechos humanos. Más bien, uno se enfoca primero en ganar la batalla y luego puede usar la influencia de la victoria para ejercer presión e introducir todas las reformas que uno quiera.

Ahora el tono de voz de Michael había cobrado un matiz desdeñoso. —Lo entenderías si hubieras dejado de hacer surf el tiempo suficiente para prestar tu servicio militar.

Vicki se preparó para la réplica de Joe, pero él simplemente se sirvió otro pan. —Y tú ¿no crees que es posible que si hubiéramos defendido la justicia, la Unión Soviética se hubiera desmoronado de todos modos? Hasta con mayor rapidez, si pueblos como los mayas nos hubieran visto apoyar y respetar los derechos humanos, la democracia y a sus propios líderes en vez de estar ayudando a sus opresores?

—Pero qué optimista eres. Así no funcionan las cosas.

—Supongo que nunca sabremos si tengo razón.

Vicki estaba cansada de escucharlos. —¿Pero cuál es la diferencia? —gritó, tirando a un lado el pan que sostenía en la mano—. Todo eso pertenece al pasado. ¿Por qué están desperdiciando el tiempo discutiendo sobre eso? Lo que importa es el presente y los cuatro hombres que no están con sus familias esta noche. Y eso no se debe a la gente que nuestro gobierno armó y entrenó en el pasado, sino a la gente que nuestra propia embajada está armando y entrenando ahora mismo. Michael, ahora que no estás en la presencia de Alpiro, no puedes decirme que creíste el cuento de que esos pobres aldeanos sean criminales y contrabandistas. Como tú dijiste, ya terminó la guerra y se firmó el acuerdo de paz. Ahora puedes ejercer la presión que mencionabas. ¿Qué vas a hacer para garantizar que esas personas retengan sus derechos civiles y sean escuchados? Esto no es una teoría, es el presente.

Para Vicki fue como un golpe ver cómo se cerró la expresión de Michael. Joe no movió un solo músculo, pero enfocó su mirada en Michael.

—No es así de sencillo —dijo Michael—. Ya terminó la Guerra Fría, pero el ejército guatemalteco sigue siendo nuestro aliado estratégico más vital en esta región. Guatemala se ha convertido en una zona de tráfico de drogas y seres humanos que van en dirección a nuestra propia frontera. Además, sabemos que hay terroristas radicados aquí. Necesitamos la cooperación del ejército. Eso sin mencionar su apoyo continuo contra una nueva ola de regímenes izquierdistas como los de Venezuela, Bolivia y Brasil.

—En otras palabras, no le dirás nada a Alpiro. —Ahora Vicki se había puesto de pie y se dirigía hacia Michael—. Simplemente vas a dejarlo pasar por alto.

—Sólo estoy diciendo que nuestra embajada debe considerar cuidadosamente dónde y cómo usar su influencia, velando por el interés de su propia seguridad nacional. Haré lo que pueda, pero interferir en un arresto local probablemente no será de alta prioridad.

—¿Ves, Vicki? Ese es tu problema —dijo Joe—. Siempre habrá otra guerra. Si no es la Guerra Fría, serán los antinarcóticos o la guerra contra el terrorismo. Y si podemos poner a un lado los asuntos insignificantes como los derechos humanos o la libertad de religión de los habitantes de esos países, ¿qué importa siempre y cuando se atiendan bien a nuestros propios intereses nacionales o personales?

—¡Ya deja de decir "nosotros"! —Bill se había sentado, pero de repente se puso de pie, negando vigorosamente con la cabeza—. En vez de decir "nosotros" la gente se debería responsabilizar individualmente. Ese es el problema. Al decir "nosotros" la gente implica que los países y los pueblos toman estas decisiones en conjunto. Es mucho más fácil culpar a Estados Unidos, a los guatemaltecos, al ejército o a la CIA. Provee un objeto de odio y evita que los verdaderos responsables tengan que dar cuentas. Siempre es un individuo quien da la orden. ¡O muchos individuos! Individuos que hacen, o dejan que otros hagan, cosas que jamás se aprobarían ordinariamente, por interés propio, o por temor o aun teniendo buenas intenciones. De cualquier manera, todos obramos individualmente. Si se responsabiliza a un grupo, nadie tiene que tomar decisiones propias en el momento y en el lugar justos, aunque fuera lo correcto. Al hablar de ese modo, permitimos que cada persona tenga la opción de no hacer lo correcto y de culpar a un grupo abstracto de personas, o a alguien en una posición más alta o a todos los demás.

Al concluir, Bill estaba respirando agitadamente. Vicki se preguntó en qué estaba pensando él en realidad cuando traía plasmada esa mirada lejana. Nuevamente, esto le recordó lo poco que sabía ella de William Taylor.

—"Hacer el bien, sin temer ninguna amenaza." —Vicki no se dio cuenta de que había hablado en voz alta hasta que los tres hombres se quedaron mirándola.

—¿Qué dijiste? —dijo Bill bruscamente.

Vicki lo miró directamente. — Es algo que suele decir Evelina McKie, la misionera a cargo de Casa de Esperanza.

Bajo la mirada de tres pares de ojos impasibles, Vicki sintió la necesidad de explicarse mejor. —Es una cita bíblica que aparece en los capítulos sobre Abraham y Sara; lo que Evelina llama ser la "hija de Sara." ¿Qué hace uno al encarar un desastre y tener que tomar una decisión difícil? "De la cual vosotras habéis venido a ser hijas, si hacéis el bien, sin temer ninguna amenaza." En todo caso, me parece que es un buen consejo . . . —Vicki perdió el hilo de su discurso, algo turbada y con ganas de soltar una repentina risilla histérica ante las expresiones vacías de los tres hombres que habían estado discutiendo tan furiosamente.

—"Hacer el bien, sin temer ninguna amenaza" —repitió Bill lentamente—. Una filosofía muy buena, pero ¿qué se debe hacer cuando es demasiado tarde? —Bill se abrió paso entre Vicki y Michael, tropezándose con una silla al alejarse del círculo luminoso de la lámpara. Mientras bajaba los escalones se escuchaban los golpes lentos, como viejo, de los pasos de sus botas—. Joe, ¿vas a pasar la noche aquí, o se te olvida que aún te queda trabajo por hacer? —le gritó Bill.

Michael miró a Vicki. La rigidez de su boca se había tornado en una expresión divertida. "Entonces ¿es por eso que viniste aquí? ¿Por la cita de una misionera que se debió haber jubilado hace décadas? ¿Todas las estupideces de esta noche fueron para probar que eres la 'hija de Sara'? Bien, pues ya lo has comprobado. Agradezco y respeto tu intención, incluyendo las travesuras de hoy. Dejémoslo ahí. De todos modos no vine aquí para hablar de eso."

Con su mirada áspera señaló el tramo desde donde estaba Joe hasta donde Bill había desaparecido, y luego prosiguió. "Por favor créeme, nosotros . . . yo, mejor dicho, también hago lo que creo que es correcto. Ejerzo el derecho de proteger a mi país y de ganar esta guerra. Espero que estés de acuerdo en que el mundo es un mejor lugar con la fortaleza de Estados Unidos que sin ella. Y también tengo el derecho de protegerte a ti, Vicki. Ya hemos desperdiciado demasiado tiempo, así que permíteme que diga lo que vine a decir: Quiero que te vayas de aquí. Esto no tiene que ver con lo que acaba de pasar. Eso sólo precipitó las cosas por un día o dos. Ya se cerró la investigación sobre tu hermana, así que espero que estés de acuerdo en que ya era hora de hacerlo. Hemos dedicado mucho tiempo y esfuerzo al asunto y no hemos resuelto nada. Sin importar las inquietudes válidas de Holly, no hay evidencia que indique que su muerte haya sido otra cosa aparte de un desafortunado evento al azar.

"Tomaré un vuelo mañana por la tarde y no planeo regresar por largo tiempo. Quisiera que vinieras conmigo." Michael extendió la mano a Vicki. "Ni tú ni nadie puede hacer nada más aquí."

Vicki había llegado a la misma conclusión justamente esa mañana.

Michael permaneció de pie mostrándose relajado y confiado; la curvatura de su sonrisa demostraba que estaba seguro de la respuesta de Vicki.

Mirando sus dedos largos y fuertes, súbitamente Vicki quiso poner sus manos entre las de él. Quiso poder huir al alivio y a la expectativa con la que ella lo había saludado en la oficina de Alpiro en las primeras horas de esa misma noche. Entonces, ¿por qué titubeaba? —Y los aldeanos, ¿los vas a dejar libres?

—¿Los aldeanos? —dijo Michael con un poco de impaciencia—. ¿Te refieres a los que arrestaron esta noche? ¿Te das cuenta de que esas personas por las que tanto te preocupas probablemente son parte del grupo de contrabandistas que tu hermana trató de investigar? Claro que voy a dar seguimiento al asunto con Alpiro, pero debes entender que no depende de mí. Entonces, ¿vienes conmigo?

Vicki se sorprendió a sí misma dando un paso hacia atrás. —No. Lo siento, Michael, pero no puedo abandonar a esa gente. Dijiste que la embajada puede usar su influencia si decides que se trata de una prioridad. Si quieres que vaya contigo, entonces te pido que la uses. Tal vez no se trata de la seguridad nacional, pero la vida de esos hombres está en juego. Está claro que para sus familias eso es importante. Después de que me entere que están libres y, de hecho, quiero ver personalmente que regresen a sus familias porque no confío en Alpiro, entonces me iré contigo. También dejaré de investigar la muerte de Holly y ya no le pediré nada más a la embajada. Caso contrario, tendré que ver qué puedo hacer yo sola por ellos. Cuando esté lista para irme, yo haré mis propios preparativos.

Michael bajó la mano. —Vicki, no puedo aceptar eso. Por tu propia protección te pido ... mejor dicho, *insisto* en que confíes en mí para tomar la decisión correcta.

—La señorita dijo que no.

Michael y Vicki se voltearon.

Michael fijó la mirada en Joe. —Tú no te metas. ¿No has cometido ya suficientes torpezas para una noche? Si estuvieras bajo mis órdenes ...

—Pues afortunadamente soy un civil, y no tu subordinado, y tampoco lo es Vicki, de modo que no depende de ti. Deja que ella tome sus propias decisiones.

Las manos de Michael se relajaron. "Bien, Vicki, ya tomaste tu decisión. Pero si cambias de opinión, la invitación sigue abierta." Girando sobre sus talones como lo haría en un desfile, Michael salió del albergue.

Lo menos que Vicki podía hacer era admirar el autocontrol que mostraba ese hombre. Dirigiéndose a Joe, le dijo: —¿Era eso necesario? Yo puedo pelear mis propias batallas.

—Ya lo sé, pero decir eso me hizo sentir bien. Las personas engreídas, inflexibles y legalistas como Michael fueron la razón por la que me salí del ejército. —Cuando miró a Vicki, sus ojos destellaron un brillante color esmeralda—. "Hacer el bien, sin temer ninguna amenaza." Me gusta esa filosofía. Sí, ya te imagino a ti como una de las "hijas de Sara." No permitas que Camden te haga desanimar. Prefiero ver a alguien que hace lo que cree que es correcto, aunque se meta en líos, antes que a un cobarde que vela por su propia seguridad e intereses.

—Gracias por el consejo. —Vicki titubeó al mirar a Joe. Al estar tan cerca ella podía ver trozos de ramas y hojas entre su melena desordenada. El calor de su cuerpo estaba secando su camisa hawaiana, dejándola arrugada, pero aún estaba bastante húmeda y se le adhería como si fuera una segunda piel a sus poderosos músculos del pecho y de los hombros. Repentinamente, Vicki podía sentir nuevamente el calor de ese pecho amplio debajo de su cabeza. El latir calmado y constante de su corazón. La dulzura de su toque y de su voz al tranquilizarla a ella, a Gabriela y a Alicia. La sensación de seguridad que ella había sentido aun en medio del terror de la penumbra cuando los brazos de él las envolvieron.

—Joe, aún no te he dado las gracias por lo que hiciste esta noche. Lamento muchísimo los problemas que te he causado, pero ni siquiera me imaginé que algo así iba a suceder. Mucho menos iba a imaginarme que te echarían a ti la culpa de todo lo sucedido. Yo pagaré por los daños de la camioneta de Bill. Pero, tengo que decirte . . . gracias por todo lo que hiciste.

Detrás de Vicki, unos faros relucieron en la oscuridad. Un motor rugió mientras que el Jeep militar se alejaba a toda velocidad de la rotonda. El sonido de una bocina fue seguido por la orden impaciente de Bill: "¡Ericsson, muévete!"

Bajando súbitamente sus botas al piso, Joe se puso de pie. —No me des las gracias. Bill y Michael tienen razón. Fue la cosa más tonta que he hecho en mucho tiempo.

Vicki sintió como si él le hubiera dado una bofetada. —¿Cómo puedes decir eso? ¿Quieres decir que hubieras dejado abandonadas a Alicia y a Gabriela? ¿Que no las hubieras rescatado si . . . si hubieras sabido que todo esto ocurriría?

—¡No dije eso! Pero eso es precisamente lo que me hace tan tonto —replicó Joe mientras le daba la espalda y comenzaba a salir. Dando un par de pasos alargados, Joe desapareció en medio de la noche.

CAPÍTULO VEINTISIETE

Finalmente Vicki se quedó sola.

Una soledad que iba más allá de este aislamiento físico dentro del albergue, con la linterna Coleman alejando las sombras y los pensamientos.

Antes de comenzar a limpiar la mesa después de esa cena improvisada, Vicki esperó hasta que el sonido de los dos vehículos se desvaneciera. Luego, bajó la linterna para inspeccionar a los animales antes de subir las escaleras posteriores para dirigirse a su habitación. Vicente y Beatriz ya estaban durmiendo, pues Vicki podía distinguir ronquidos quedos al otro lado de la pared.

Sabía que debería seguir el ejemplo de ellos e irse también a dormir.

No obstante, Vicki no apagó la linterna cuando se fue a la cama, sino que más bien se quedó mirando las imágenes impresas en la litera de arriba. Los uniformes de camuflaje, los rostros duros y satisfechos. Las pequeñas banderas estadounidenses en las solapas.

Había algo en la expresión relajada —hasta aburrida— de uno de los asesores estadounidenses que le recordaba mucho a Michael Camden. Abruptamente, Vicki volvió la mirada hacia las imágenes más alegres de animales y paisajes; el brillo acuoso de la llama de la lámpara hacía que los colores y las figuras se ondularan y variaran como si estuvieran vivas. Había dedicado tanto tiempo a observar el retrato del grupo que ni siquiera se había fijado en las fotografías de los paisajes; no habían sido tomadas tan al azar como ella había supuesto.

Vio la imagen del Lago Izabal, fotografiado desde el Pozo Azul.

Observó otra fotografía tomada desde el afloramiento de roca encima de la cascada donde Vicki había sido interceptada por Joe.

Vicki no hubiera reconocido el siguiente paisaje si no lo hubiera visto esa misma tarde. Se trataba del valle con los claros, casi cubiertos nuevamente de vegetación, situado más allá de la cresta divisoria desde la meseta. Esta fotografía había sido tomada desde el mismo punto donde Vicki había estado hoy, pero no había maleza alta ni figuras difusas de animales que se alimentaban. La fotografía de Holly mostraba la alfombra espesa y exuberante formada por las flores blancas, rosadas, lilas y rojas sobre la que Joe había dado la vuelta el primer día.

Este lugar era el mismo desde el que le habían disparado a la DHC-2 hasta casi derribarla.

Vicki observó las fotografías hasta que le ardieron los ojos. Era más fácil —más seguro—que cerrarlos y dejarse llevar por sus propios pensamientos. A ella no le importaba su soledad física. Estas paredes enclaustradas eran un santuario grato. Era la soledad interna la que sentía como un tumor caliente y duro en el pecho, que hasta le aguijoneaba los ojos. Vicki se dio cuenta de que si abandonaba la soledad de esta pequeña habitación, no habría ninguna persona en estas montañas a la que pudiera recurrir con confianza. Ni siquiera pensaría en Michael. Ni tampoco se dirigiría tan fácilmente ahora a Joe o a Bill.

Ni siquiera lo haría para obtener un medio de transporte.

Sí, Vicki había decidido irse. Tanto ahora, como en esa misma mañana, no había más razones para que se quedara. En ese sentido, Michael tenía razón. Vicki ya no podía hacer nada aquí, ni siquiera para defender a los cuatro aldeanos. En la ciudad de Guatemala, por lo menos podría levantar una queja en la embajada y con el jefe de la policía.

Con respecto a la burbuja de encanto que la había retenido aquí, esta se había reventado irreparablemente ante los gritos enojados, disparos, rostros aterrados y niñas que lloraban. Estas bellas montañas habían dejado de ser un santuario que la separaba de la crueldad, la codicia y el dolor humano. En cambio, ahora albergaban los mismos sentimientos que los basureros malolientes de la capital.

Por esto Vicki había decidido irse.

Como se lo había dicho a Michael, ella haría sus propios preparativos. Si no había acceso a un vuelo, siempre podía irse en uno de los "autobuses de gallinas" que eran más bien autobuses escolares modificados —impregnados del olor a combustible y cigarrillos y atestados de lugareños que llevaban artículos para vender en la ciudad, a veces hasta ganado. Aunque viajara incómoda durante la noche, Vicki llegaría a la capital en la mañana. Eso si es que el autobús no se volcaba y caía en uno de esos barrancos marcados con cruces blancas que se veían por todo el camino, o si una de las maras no se fijaba en Vicki y en su bolsa de equipaje como en un blanco fácil.

"Hacer el bien, sin temer ninguna amenaza."

Vicki había lanzado ese desafío a Bill, Joe y Michael. Había seguido el significado de estas palabras al pie de la letra y llena de esperanza hasta este lugar. Pero si estas palabras —o Vicki misma— habían causado algún impacto, no había manera de saberlo. A excepción de la bolsa de equipaje, ella se iba de estas montañas con las manos vacías y sin ninguna idea sobre quién había asesinado a su hermana o —aún más importante— por qué.

Sin embargo, ¿se iba realmente con las manos tan vacías y tan completamente sola?

La brisa que estremecía el mosquitero sobre la puerta trajo el aroma del bosque nuboso nocturno hasta el interior de la habitación. Verde, silvestre y húmedo con el sabor de las flores, y con el olor metálico y frío de la neblina. Una sensación de tranquilidad, hasta de paz, la embargó en medio de esta dulzura familiar y límpida.

Vine a estas montañas para descubrir a un asesino. En vez de ello me guiaste a un santuario. Llegué para entender la muerte de Holly, pero me voy entendiendo su vida y . . . y su fe.

"El mundo entero es del Padre . . ."

Pero también era del Padre el mundo más allá del centro, donde la gente dolía, peleaba y sufría. Y amaba el mundo con toda su belleza —y con todo su dolor. A diferencia de Holly, Vicki sentía el llamado para trabajar en ese mundo de allá afuera.

Dios Padre, aún no entiendo por qué permitiste que el mundo se convirtiera en un lugar tan atroz. Por qué no puedes convertirlo ahora en un mundo mejor. Pero si yo no puedo ver qué me depara el destino, si no tengo idea de lo que tú has planeado para mí, por lo menos puedo creer que tú ves el futuro y que sí vale la pena. Puedo creer que tu presencia en el mundo al que regresaré es tan real como tu presencia aquí en este bosque nuboso. Siempre pensé que el mundo debía ser perfecto, que yo debía hacerlo perfecto, para que tú estuvieras conmigo. Pero si estos aldeanos que han perdido sus hogares y sus familias y que han sido lastimados mucho más que yo pueden cantarte con tanta paz y fe en ti y en el futuro que les has reservado, seguramente también yo puedo contar con tu presencia.

Si Vicki no se llevara nada más de Holly de este lugar que esto, sería suficiente.

Lo que implicaba que le quedaba tan sólo una tarea por hacer antes de abordar el autobús nocturno al día siguiente. Volteándose hasta quedar boca abajo, Vicki sacó la pequeña caja de cartón que había permanecido escondida debajo de esta litera durante las últimas semanas.

Holly, mañana estaremos sólo tú y yo.

Vicki sabía exactamente dónde iba a dar el último adiós a su hermana. El sendero de memorias, que seguramente había sido uno de los lugares preferidos de Holly, a juzgar por la manera en que casi había dejado a Vicki un mapa de él. Vicki acercó la caja y la linterna a la litera. Las fotografías de Holly eran vívidas y nítidas, otra herencia de un padre que jamás había conocido. Eran hermosas imágenes del punto panorámico en el Pozo Azul, de la línea delgada que formaba un sendero paralelo a la cascada en la cima, de la alfombra de flores silvestres, tan clara ante la luz más brillante, que Vicki podía distinguir cada flor.

En eso se sentó tan deprisa que se golpeó la cabeza contra la viga de madera. Alzando la linterna en alto con una mano, se inclinó para ver mejor.

Se dio cuenta que había aún otra tarea más que debía realizar antes de irse de estas montañas.

Cuando Vicki apagó la lámpara, dejando la habitación a oscuras, una nueva llama de entusiasmo e incertidumbre comenzó a quemar lo que le quedaba de su resignación.

Esta noche los habitantes del pueblo no estaban cantando.

En primer lugar se habían escuchado gritos y gente corriendo y llanto de niños asustados —quienes por ser tan pequeños se olvidaban rápido de todo. Los adultos, en cambio, sabían muy bien por qué estaban siendo sacados de sus hamacas y camastros. Cuando antorchas ardientes comenzaron a llover sobre el techo de paja, algunos hombres valientes habían tomado sus rifles automáticos equipados con bayonetas para salir a defenderse. Varias mujeres salieron a perseguir a sus hijos que habían salido corriendo.

Los niños que corrían eran atrapados y devueltos nuevamente a la multitud. Las lesiones y los cuerpos gimientes en la tierra mostraba cómo se habían encargado de los demás. Ahora estaban de pie pasivamente, notó él con satisfacción, amontonados en una sola masa, con las mujeres abrazando estrechamente a los niños y los hombres protegiendo a sus familias.

De pie detrás de la sombra de los vehículos, el hombre se protegió de la luz reveladora de las llamas bajando el ala de su sombrero. Una pañoleta cubría su nariz y su boca para disminuir el impacto de la gasolina y el humo. El único sonido era el chispear del fuego, el lloriqueo de algún niño demasiado pequeño como para entender las amenazas de que se callara, órdenes dadas a gritos y el chiste grosero que dijo uno de los que estaban a su lado. Sólo cuando se desplomó el techo salió gritando de entre la multitud un ladino joven.

El hombre hizo una mueca mientras el jóven cayó al piso al recibir el impacto del fuerte golpe de un bastón. Pero no intervino. Después de todo, estaban vivos.

Y por eso todos podrían agradecerle a él.

Sus manos apretaban los binoculares de visión nocturna con tanta fuerza que los hubiera roto si no hubieran sido hechos exclusivamente para uso militar. Cuando las llamas lanzaban un fulgor blanco en los lentes, retiró los binoculares de sus ojos. Las figuras que corrían, los contenedores metálicos de que brotaban un líquido que definitivamente no era agua, los vehículos y la forma bien definida de las armas se podían identificar muy bien en este infierno desenfrenado, si no las caras individuales.

La ira le quemaba ácidamente el estómago. Su mandíbula pintada de verde y negro se quedó rígida e inmóvil. Pero él tampoco intervino. Después de todo, un solo hombre no podía hacer nada en esta situación.

¿Y cuántas veces ha usado gente como yo la misma excusa? se preguntaba con amargura mientras bajaba lenta y silenciosamente desde la copa del árbol. *¿Y aun en estas mismas montañas?*

Demasiadas veces.

Y demasiados habían muerto por eso.

Pues esta vez sí se iba a hacer algo. Finalmente los tenía en sus manos. Esta vez no se saldrían con la suya. Él mismo se aseguraría de que así fuera.

Sólo necesitaba veinticuatro horas.

Era una promesa.

CAPÍTULO VEINTIOCHO

Al día siguiente, Vicki se levantó antes del amanecer. Sólo se demoró unos minutos en reunir todos sus artículos personales y ponerlos en su bolso de lona. Cuidadosamente colocó unos binoculares pequeños y la cajita de cartón en una mochila que había encontrado al limpiar la barraca de las mujeres. Antes de ponerse a sacudir y barrer la habitación, quitó las sábanas de la litera y recogió las fotografías de Holly. Ahora la habitación estaba lista para la siguiente persona que viniera a trabajar para el CRFF, la que seguramente traería a los miembros del equipo a tiempo para la cena y para las rondas nocturnas de los animales, cosas que Vicki ya no llevaría a cabo.

Colocando su bolsa sobre la litera, Vicki salió llevándose la mochila. César aún no había regresado cuando ella comenzó a preparar el desayuno para los animales, así que fue Vicente quien la acompañó en las rondas matutinas, y Beatriz preparó el desayuno en el albergue de la cocina. Su expresión al aventar una taza frente a Vicki expresaba el gran desdén que sentía por esta tarea.

Seguramente no era placentero tener un desfile interminable de extranjeros en casa propia. Aunque Vicente y Beatriz no habían sido muy amigables y posiblemente hasta eran deshonestos, Vicki esperaba que pronto pudieran mudarse a la capital —por su propio bien y por el del centro.

Al limpiar la mesa después del desayuno, Vicki agregó una cantimplora, panes, naranjas y bananos pequeños de cáscara dura a su mochila. Al sacar la bicicleta de la cabaña, el alboroto repentino de los animales hizo que volteara la cabeza. César se dirigía hacia ella caminando a través de las jaulas. Mientras él se le acercaba, Vicki percibió un aroma a madera quemada. ¿El fogón de María? Era poco probable que César hubiera pasado la mañana tomando café y comiendo tortillas cuando tenía tantas tareas que cumplir, pero se entendía que anoche las cosas habían sido diferentes.

—¿Ya vino María? ¿Cómo están Alicia y . . . ? —Vicki le preguntó, buscándolas con la mirada.

—¿Adónde va? —la interrumpió César—. ¿Todavía piensa irse hoy?

Vicki suspiró. Hubiera preferido salir sin que nadie supiera que iba a tomar esta excursión. Por otra parte, podría ser prudente informar a alguien sobre el lugar al que se dirigía. *Es lo que le hubiera insistido a Holly que hiciera.* Vicki sacó las fotografías de Holly de la mochila. —Me voy hoy mismo, pero primero voy a recorrer el sendero en el que Holly tomó estas fotografías.

César sacudió la cabeza.

¿Qué iba a hacer ella para que él entendiera? ¿O por lo menos para que no se lo impidiera? Abriendo nuevamente la mochila, Vicki sacó la caja de cartón con el logotipo de la morgue. —Mi hermana amaba estas montañas. Estas fotografías indican claramente que este era uno de sus senderos favoritos. Es por eso que voy a recorrerlo en homenaje a Holly, para despedirme de ella y . . . para darle sepultura.

»Los animales ya comieron y las habitaciones están listas para los miembros del equipo. No veo ninguna razón para no irme por unas horas. Sé exactamente hacia dónde me dirijo y con la bicicleta no está lejos. Voy a regresar con mucho tiempo de anticipación para irme hoy por la noche tal como te lo dije.

—No se vaya; es peligroso. No puede ir sola a las montañas. —César se colocó enfrente de la bicicleta—. Ni siquiera Holly recorría sola el sendero.

—¿Por qué va a ser peligroso? Ayer pasamos por ahí y el animal más grande que vi fue un mono. Si te preocupas por los soldados, recuerda que no pueden entrar a la reserva a menos que sea para realizar sus maniobras, que de hecho sé muy bien ya han concluido. —Mientras hablaba, Vicki iba colocando las fotografías nuevamente en su mochila—. Además, esta vez no tengo la intención de anunciarme ni de ser vista. Y si me encuentro con una patrulla que aún se ha quedado para vigilar, ¿qué importa? Me volverán a echar fuera. De todos modos me voy de estas montañas hoy por la noche y, para entonces, ya habré terminado aquello que vine a hacer. —*Todo lo que vine a hacer, espero.*

Lo que él acababa de decir le entró en la consciencia.

"Un momento, ¿dijiste que mi hermana no fue sola? Dijiste que Holly no había andado sola por el sendero." Vicki dejó caer la mochila y la bicicleta al suelo. "Así que ella sí fue hasta allá. ¿Con quién? ¿Contigo? ¿Me puedes mostrar exactamente adónde fue? Si no quieres que vaya sola, ven conmigo."

El hedor del humo y de madera quemada se hacía más fuerte a medida que Vicki se acercaba a César. Sólo cuando ella alzó la barbilla en señal de desafío se dio cuenta de que no se trataba del fogón de María. Notando una mancha de hollín en la piel de bronce del veterinario maya y otras en su camisa y en los pantalones, se dio cuenta que eran manchas de cenizas y rescoldo. —¿Qué pasó, César? ¿Acaso sucedió algo malo?

César miró hacia abajo y se limpió la ceniza con la mano, pero la mancha se hizo aún más grande. Él se encogió de hombros. —No es nada que le concierna. La iglesia se quemó durante la noche.

—¿Qué ocurrió? —Vicki dijo con la voz ahogada—. ¿Fue un accidente?

La expresión del joven veterinario se cerró y Vicki se dio cuenta con consternación de que la tenue conexión que había trabajado tan arduamente para desarrollar entre los dos se había desvanecido. Otra vez, César se había ocultado detrás de un muro defensivo de impasibilidad y silencio, el mismo que ella había visto desde que llegó.

Poniendo la mano sobre una de las mangas, Vicki lo miró suplicante. —Por favor, César, eras amigo de Holly, y yo pensé que también eras mi amigo. ¿Me puedes decir por lo menos si Alicia, Gabriela y María están bien?

Los ojos de César parpadearon al escuchar los nombres de las niñas.

Él volteó la mirada hacia el horizonte y se quedó pensativo, sopesando —supuso Vicki— su condición de extranjera semejante a la de los conquistadores europeos y la ayuda que ella había proporcionado la noche anterior. No insistió, resistiendo su propia impaciencia hasta el punto en que apenas podía respirar. Por fin, él la miró y dijo: —María y las niñas no están lastimadas. Ellas vendrán pronto a trabajar. Y no, no fue un accidente. Más bien fue una advertencia; un castigo.

—¿Una advertencia? ¿Debido a lo de ayer? ¿Fueron los soldados? ¿La UPN?

—Es imposible decir con certeza quién fue. Llevaban uniformes de camuflaje pero sin nada que los identificara. No dijeron nada al llegar en medio de la noche. Pensamos que nos iban a matar como a los del otro pueblo, pero sólo entraron a nuestras casas con rifles y palos. Nos llevaron a la iglesia y nos obligaron a mirarla mientras ardía. No fue necesario que nos dijeran que si venían nuevamente, iban a quemar nuestras casas y que entonces sí nos matarían.

—¡Pero esto es monstruoso! ¿Se lo reportaste al Coronel Alpiro? No, mejor que no lo hayas hecho, ya que tal vez algunos de sus mismos soldados estuvieron ahí. Pero si pudieras comunicarte con alguien en la ciudad de Guatemala para hacer que la policía o alguien de ahí venga a investigar.

—¿Investigar? ¿Tal como investigaron la muerte de su hermana? —César dejó caer sus puños a sus costados—. ¿Y qué vamos a decir? Se quemó la iglesia, pero no nos creerán cómo y aun si creen nuestro testimonio, el ejército dirá que fueron los guerrilleros o algunos bandidos comunes quienes no quieren gente de afuera en su territorio. ¿Y quién podrá decir que no fue así? Ya que nadie murió y que no quemaron nuestras casas, la gente del pueblo se sentirá agradecida por eso y se quedará callada. Además, ya no desobedecerán tan fácilmente la orden de no entrar en la zona prohibida. Así que todo va a estar bien.

—Pero destruyeron tu iglesia. Seguramente no pensarás que se les debe permitir que queden impunes.

La cara de César se iluminó con una leve sonrisa. —No, se equivoca, ellos no destruyeron nuestra iglesia. La iglesia es la gente, no la paja y la madera del lugar donde nos reunimos. Nadie puede destruir una iglesia quemando edificios. Reconstruiremos el lugar donde nos reunimos.

Tal vez con ladrillo o metal para que no se vuelva a quemar, pero también seremos bastante cuidadosos como para no crear más dificultades. Ahora ya ve por qué es mejor que no se vaya a la sierra y por qué es mejor que parta hoy mismo, tal como lo planeó.

¿Por qué todos creían saber qué era lo mejor para ella? *Ojalá yo lo supiera con tanta claridad*. Con toda la convicción posible en el tono de su voz, Vicki dijo: —Sí, ya veo por qué no puedes venir conmigo. Lamento mucho lo que le ocurrió a tu iglesia, pero esto es algo que debo hacer. Si hay algún problema, te prometo que me aseguraré que esta vez me culpen a mí y a nadie más.

César no se movió y siguió bloqueándole el camino.

—No, no se lo puedo permitir.

—¡Por favor, César! —Vicki se agachó para recoger la bicicleta y su mochila—. No te pido que entiendas mis razones, ni tampoco que me ayudes. Pero si eras amigo de Holly, te pido que no interfieras y que no le digas a nadie adónde voy, a menos que me ocurra algo y no regrese.

—No, lo que quise decir fue que si realmente tiene que ir no puedo dejar que vaya sola. —Volvió a mirar hacia la montaña y dijo—: Tiene razón, Holly era amiga mía. Ella me exhortaba para que soñara, para que creyera que yo podía hacer algo bueno por mi pueblo, que el futuro no tiene que ser necesariamente como el pasado. Y tiene razón de que fui yo quien la llevó a la sierra. Al igual que usted, ella también creía que tenía el derecho de entrar en la reserva cuando se le antojara, así como el deber de asegurarse de que todo ahí anduviera bien. Muchas veces explorábamos los senderos sin ningún problema hasta que . . .

—¿Hasta que . . . qué? —preguntó Vicki cuando César dejó de hablar.

César indicó la mochila. —La última vez que fuimos, ella tomó las fotografías que usted acaba de mostrarme. Era un sendero que ya habíamos seguido una vez, pero en esa ocasión fuimos más lejos que antes. Yo no quise ir tan lejos, pero ella insistió. Tenía una cámara con lente telescópico.

Los fragmentos de la cámara digital de Holly habían estado entre los objetos personales que el sargento Torres y sus cómplices habían destrozado en Casa de Esperanza.

—Sí, ella pasaba mucho tiempo mirando a través del lente. No sé qué habrá visto, ya que no me mostraba las fotografías. Pero yo me di cuenta de que estaba inquieta por algo. Al día siguiente ella se marchó para la capital y nunca volvió a hablar de eso.

—¿Hace cuánto tiempo ocurrió esto?

—No me acuerdo de la fecha exacta, pero quizás usted sí, porque cuando regresó me dijo que su hermana había llegado a Guatemala.

Entonces esas fotografías habían sido tomadas justo antes de las confidencias agitadas de Holly en el aeropuerto. ¿Había una conexión entre las fotografías y esa desesperada solicitud de auxilio que Holly le había hecho, o eran estas imágenes sólo panoramas espectaculares?

—¿Tienes idea qué pudo haber visto que la dejó tan preocupada? ¿Tal vez algo que no aparece en las fotografías? ¿Es posible que haya visto cazadores ilegales? ¿Tal vez a alguien que conocía?

—Todo es posible, pero aunque yo era su amigo, ella no me hablaba de eso. Por esa razón no creo que se tratara de los animales, que nos importan a los dos. Más bien creo que estaba preocupada por algo más allá de la sierra.

Tal vez Holly estaba preocupada por alguien, pero no quería inquietar a César. ¿Era posible que Michael y el Coronel Alpiro tuvieran razón en cuanto a los familiares de César —aquellos que la otra noche, de inmediato, se habían ofrecido como voluntarios para acompañarlos en la búsqueda?

—Hay algo más. Creo que ella había regresado una vez más sin mí. Después de irse para la ciudad, ella se trajo unos mapas; la vi estudiándolos. Se trataba del tipo de mapas que son impresos por computadora para mostrar vistas aéreas de las montañas.

—¿Te refieres a mapas de satélite, esos que tienen latitudes y longitudes?

—Así es. Un día, ella se fue antes de las tareas de la mañana. Pensé que se había ido a la ciudad con el señor Taylor, pero cuando él llegó esa tarde, me dijo que la avioneta no había despegado ese día. Holly regresó antes del anochecer, de manera que no fue necesario avisar que había desaparecido, pero no dijo dónde había estado. Al día siguiente se fue para la ciudad . . . y nunca más volvió.

Mientras César miraba la pequeña caja que ahora era visible a través de la lona de su mochila, Vicki sintió un nudo en la garganta.

—Entonces si no crees que ella vio a unos cazadores ilegales, ¿a quién vio? Seguramente tienes alguna idea, ¿verdad?

—No. No sé nada más de lo que ya le he dicho. Sólo sé que esa es una zona maligna y oscura de las sierras. Antes, yo no quería ir hasta allá, y ahora tampoco deseo regresar. Pero la acompañaré, porque no quiero que se extravíe o que se lastime. Además, usted es hermana de Holly. Así que sé que al igual que ella, usted se irá sin importar que yo diga sí o no. Pero debe jurarme que se irá hoy mismo tal como dijo.

Al parecer, César estaba tan triste que Vicki hubiera desistido si no hubiera sentido la urgencia de cumplir con su misión.

—Te lo prometo —replicó ella seriamente.

Vicki se esforzaba por contener su impaciencia mientras César sacaba su bicicleta y colocaba una botella de agua y comida dentro de una bolsa tejida a mano que colgaba de su pecho. Cuando finalmente ambos comenzaron a seguir el sendero que emergía de la cascada y recorría a lo largo del arroyo que suministraba el agua del centro, el sol apenas se había despegado de la costa lejana del Lago Izabal. Al principio el camino era empinado y lleno de vegetación exuberante que les impedía el paso, de modo que tuvieron que caminar y empujar sus bicicletas.

Mientras subían, la vegetación se hacía menos espesa. Vicki se detuvo para mirar hacia atrás y nuevamente se sorprendió al ver la rapidez con la que las copas de los árboles habían hecho que los edificios del centro desaparecieran. Cuando la pendiente por fin se convirtió en un camino plano al llegar a la primera cima, los músculos de las pantorrillas habían comenzado a dolerle. En ese punto, el sendero comenzaba a zigzaguear, pero por lo menos ya no se trataba de una cuesta empinada. Cuando Vicki vio que César montó su bicicleta, ella también subió a la suya y sintió gran alivio al cambiar el uso de sus músculos.

Hasta ahora habían seguido el camino junto al arroyo, pero al llegar a la cima el sendero se desviaba abruptamente hacia la izquierda y atravesaba toda la cumbre. Aquí, la maleza era menos densa y el sendero estaba bastante despejado como para montar en bicicleta. Pero el manto verde del bosque aún estaba sobre la cabeza de Vicki, encerrándola por ambos lados, de modo que tuvo tiempo de recuperar el aliento antes de llegar a una curva del camino, donde un claro le permitió ver por primera vez aquello que había más allá de la cima.

Perdió el aliento. Hacia adelante, el lado de la montaña descendía cientos de metros hasta confundirse con un valle largo. A ambos lados se erguían cumbres esmeraldas que se extendían hasta perderse en el infinito azul grisáceo —que podría haber sido los picos más elevados de las montañas, bancos de nubes, o el horizonte distante del cielo.

Esta era la zona silvestre sobre la que Vicki había volado con Joe, pero este lugar —con el murmullo y el gorjeo de los animales, con la acritud del aroma de las hojas, el musgo y de la tierra, con el sabor del sudor que cubría su cara y con la frescura de la brisa que le secaba las mejillas— era mucho más íntimo que la cabina de una avioneta.

El corte profundo en esa cortina verde había sido causado por un rayo que había caído en un tipo de árbol que Vicki no reconoció. Luego de colocar su bicicleta sobre las raíces expuestas del árbol derribado, Vicki subió al tronco cubierto de musgo. Desde ahí podía ver un listón café de agua que serpenteaba a través del valle. De un árbol en flor emanaban botones amarillos desde una cuesta empinada a unos cuantos metros de distancia. En la distancia se vislumbraba el hilo plateado de una cascada sobre una superficie rocosa.

No obstante, desde este ángulo no se veían los claros con maleza que aparecían en las fotografías de Holly. Cuando Vicki escuchó el silbido impaciente de César, volvió a montar en su bicicleta y subió la cuesta del sendero.

Desde ese momento el sendero dejó de ser muy empinado y fue más fácil manejar las bicicletas, aunque ambos tenían que levantarlas de vez en cuando para atravesar árboles derrumbados o arroyos. La vegetación envolvía a Vicki y ella podía ver intermitentemente el cielo, las montañas y el valle, por lo que concluyó que ya habían dejado atrás la primera cima y que ahora estaban siguiendo la ladera izquierda del valle en medio de las montañas. En algún lugar de esta ladera se encontraba el camino que llevaba a la reserva de la biosfera, aunque Vicki no la veía a pesar de distinguir otros senderos que se atravesaban en el camino. De repente, se dio cuenta de que estaría irremediablemente perdida sin el destello metálico de la bicicleta de César como punto de referencia.

La mayoría de los senderos eran apenas bastante anchos como para permitir el paso de las ruedas de las bicicletas. Era posible que hubieran sido creados por el paso de seres humanos y de animales —al fin y al cabo las dos especies tendían a usar los mismos senderos, ya que eran los más fáciles de transitar. Sin embargo, dos de los senderos que atravesaron eran lo suficientemente amplios como para que ciertos vehículos hubieran dejado surcos que aún se podían distinguir entre la maleza, lo cual era un recordatorio de que estas montañas habían estado habitadas por seres humanos.

Tal como Vicki le había asegurado a César, no vieron ningún rastro de vida humana, ni patrullas armadas ni montañeses mayas quienes habían vivido dispersos en estas cimas y valles. Por otra parte, había evidencia sustancial sobre la fauna viviente que habitaba esta zona. Sin el ruido de motores o demasiadas personas que los asustaran, los pobladores del bosque no hacían ningún esfuerzo para evadir a estos dos invasores inusuales pero pacíficos. Hasta tuvieron que asustar a una manada de ciervos que les obstruía el camino. Un pecarí se atravesó tan espontáneamente frente a Vicki que casi perdió el control de su bicicleta. Un grupo de monos aulladores decidió seguir a las bicicletas; sus siluetas ágiles y chirridos entusiasmados mantenían el paso en las ramas de arriba.

Cuando al otro lado del sendero se vio un fulgor de colores que pudo haber sido un guacamayo o hasta un quetzal, Vicki emitió un suspiro de placer. Esta misma noche ella se iría de estas montañas y estas próximas horas prometían una cantidad ilimitada de percances, pero por el momento estaba recibiendo el regalo que había esperado desde su llegada: ver estas montañas, el hábitat del bosque nuboso, tal como el mundo había sido creado antes de que lo tocara la mano del hombre.

Adelante, César no titubeaba en cuanto al rumbo que debían seguir, así que durante este breve interludio Vicki se olvidó momentáneamente del propósito de su visita al bosque y cedió ante el deleite de lo que veía, escuchaba y olía, sintiendo un aumento repentino de adrenalina de tal forma que recorría las curvas y los baches del camino con tanta rapidez que no hubiera podido pensar en nada más aunque se lo hubiera propuesto.

Fue casi una conmoción cuando Vicki tuvo que frenar para evitar estrellarse contra la rueda trasera de César. Él se detuvo ante un derrumbe masivo de rocas que había arrasado con la vegetación, permitiendo ver hacia abajo en dirección al valle. Tal vez eran las mismas rocas que habían trepado para entrar al helicóptero la noche anterior. Tan pronto como se acercó a César al borde de la caída rocosa, ella reconoció el panorama de la fotografía de Holly —de hecho era el mismo que había visto el día anterior desde el camino, poco antes de que la camioneta se detuviera.

Se podía distinguir el fondo del valle con el río serpenteante. Más allá, la cordillera de Sierra de las Minas se alzaba como ondas verdes sobresalientes. Ahora, el moño plateado de la cascada estaba aún más cerca y brillaba bajo el sol de la mañana. Abajo en el valle, y esparcidos a lo largo de la ladera más cercana, había claros con vegetación, que en la fotografía de Holly aparecían en colores blanco, rosa, lila y rojo.

Vicki miró su reloj. Había pasado poco menos de una hora, así que el recorrido no había tomado tanto tiempo como ella había anticipado. Era probable que al ir en bicicletas de montaña habían conducido a la misma velocidad que la de la camioneta, debido a las condiciones ásperas del camino. Junto a ella, César estudiaba el valle con la misma concentración de Vicki.

No habían intercambiado una sola palabra desde que salieron del centro, y la voz de Vicki resonó con mayor fuerza de lo que pensó cuando le preguntó: "¿Qué tan lejos estamos de la vía de servicio?"

Si el sonido de su propia voz sorprendió a Vicki, César brincó como si se lo hubiera aguijoneado. Él estaba temblando y era obvio que su respiración forzada no se debía al recorrido en bicicleta.

—No te preocupes —susurró Vicki—, por aquí no hay nadie. No nos han visto y no nos van a descubrir.

—Este no es un buen lugar y no deberíamos permanecer aquí —dijo César, dejando de temblar, pero negando con la cabeza.

Maravillada, ella observó todo a su alrededor. Con excepción del panorama que permitía ver el derrumbe, Vicki no vio nada que se diferenciara de cualquier otro tramo del sendero que acababan de recorrer. El temor en los ojos de César no era más racional que el pánico que había atacado a Vicki de manera tan vívida y dolorosa durante los primeros minutos que había transcurrido en la meseta.

Quizás el terror que él sentía ahora era también tan real como el que Vicki había sentido. Por tal razón, este buen gesto que él había tenido hacia ella al traerla hasta acá, sin protestar ni mirar hacia atrás, y llegando exactamente al lugar al que ella le había pedido, era aún más digno de apreciarse.

"Te prometo que no nos quedaremos aquí mucho tiempo," le aseguró Vicki suavemente. "Sólo unos minutos, ¿te parece bien?"

Vicki se quitó la mochila de la espalda, pero no sacó los binoculares que también había traído. Todavía no. Si lo que esperaba encontrar en realidad estaba allí, entonces sabría —pensaba que sabría— por qué habían matado a Holly, si no quién lo había hecho. No obstante, por unos momentos ella disfrutaría de la sensación placentera de este peregrinaje. El tiempo suficiente como para despedirse.

Se tomó el tiempo para beber un sorbo de agua y luego sacó la cajita de cartón. En eso, César apartó las bicicletas del camino y las escondió bajo los helechos y unas hojas verdes anchas. Ciertamente, en este lugar, esta era una precaución innecesaria, pero tal vez le haría sentirse más seguro.

Vicki se enfocó por completo en la pequeña caja que tenía en sus manos. Dando pasos sobre las rocas resquebrajadas hasta llegar a una piedra saliente que había sobrevivido el derrumbe, se sentó cruzando las piernas de tal modo que obstruía los claros con maleza. Colocó la cajita en su regazo y la abrió, pero sin sacar lo que contenía.

Cerca de su bota, un helecho se ondulaba hacia arriba desde un arco plumoso a través del cual Vicki podía ver el amplio panorama de la Sierra de las Minas. Sobre su cabeza se enredaban ramas y hojas hasta el punto de proporcionarle un albergue privado. El ruido de agua que corría no provenía de la cascada al otro lado del valle, sino de una cascada más cercana que no podía ver. Un mono dio chirridos desde una de las ramas sobre su cabeza. El olor del suelo donde sus botas habían aplastado el musgo le penetraba por las fosas nasales.

Hacía tan sólo unas semanas, estas visiones, sonidos y aromas le habrían provocado tanto pánico como el que acababa de mostrar César. Ahora este era un ambiente familiar y muy reconfortante. Tan familiar que cuando Vicki cerró los ojos, casi podía imaginarse a sí misma como la niñita que en algún lado de sus recuerdos elusivos, ya había estado en estas montañas.

Sí, cavábamos en la tierra. Estábamos construyendo una casa. Holly estaba tarareando. Había un mono y también un niño maya.

La tranquilidad de sus recuerdos debía haber alcanzado a César, puesto que Vicki sintió un tremor de musgo debajo de sus botas mientras él se le acercó. Con un suspiro calmado que ya no contenía miedo, él se sentó debajo del toldo verde que la albergaba.

Vicki ni siquiera abrió los ojos. ¿Eran tan sólo las fotografías y anécdotas de Evelina lo que hacía que estas imágenes le vinieran a la mente? ¿O es que Vicki de veras recordaba a un gigante rubio con ojos que sonreían y brazos fuertes que la alzaban en alto? ¿O al cabello oscuro y largo que recaía sobre una cara amable y una voz suave y dulce que cantaba canciones de cuna? ¿O al amor que repentinamente fue algo tan cálido y real alrededor de ella como si se hubiera arropado con una frazada?

¡Me amaban mucho! Este pensamiento asombró a Vicki a su intensidad.

Toda mi vida me he sentido sola y abandonada, luchando por mantenerme a flote en un mundo tan lleno de injusticia, crueldad y penas. Sin embargo, alguien me amaba muchísimo. No sólo me amaban una pareja de padres sino dos, porque Mamá y Papá Andrews también me amaban. Y Holly. Y Evelina, aunque nunca lo supe.

Y tú, Dios Padre, que me trajiste al mundo y creaste todo esto aun cuando no te podía ver y no quería creer que aún estabas ahí, tú me amabas. Enviaste gente para que me amara. ¿Cómo pude haber sido tan ciega?

Sí, Vicki había sido, durante toda su vida, más afortunada de lo que había querido admitir.

Joe fue el primero que le había mencionado eso. Y cuán grande había sido el enojo de ella cuando él se lo había dicho. También fue Joe quien la había ayudado a entender la fe inquebrantable de Holly y el hecho de que realmente había un propósito en el diseño y en la mano amorosa que estaba detrás del caos que el hombre había hecho del mundo.

Apenas en ese momento Vicki se daba cuenta de las numerosas veces que Joe se había hecho presente durante las últimas semanas, a pesar de que aparentaba querer evitarla. Él la había protegido de los ojos y de las palabras inoportunas durante el funeral de Holly. También la había cuidado ante la furia gélida de Alpiro en la pista de aterrizaje. Había cantando junto a ella en esa pequeña iglesia con techo de paja y había derribado la barra que les bloqueaba el camino para emprender la búsqueda de las dos pequeñas. Joe también había calmado a una niña histérica y había apoyado a Vicki con calma pero con firmeza contra las frías exigencias de Michael.

De hecho, Joe había respondido, de manera renuente y cáustica, pero inexorablemente a fin de cuentas, cada vez que Vicki se lo había pedido y aun cuando ese no había sido el caso. ¿Pero por qué había ella recurrido tan automáticamente a Michael cuando necesitó ayuda?

Posiblemente porque Michael se la había ofrecido. Porque él tenía confianza en sí mismo, era bien parecido y tenía autoridad. *Y porque juzgué precipitadamente a Joe debido a su apariencia y al tipo de trabajo que desempeña.*

No, no había sido así de sencillo. *Lo hice porque Joe mismo me ha mantenido a distancia deliberadamente —tal como lo hace con todo mundo. Hay algo que Joe esconde. Es una verdadera lástima porque si se lo hubiera propuesto, él me hubiera caído muy bien.* Esta era la misma conclusión involuntaria a la que Vicki había llegado mientras los dos habían estado volando en la avioneta.

No. En realidad, sí me cae muy bien.

De hecho, ella nunca se había dado cuenta de sus sentimientos hacia él. Sin importar qué era Joe realmente —o la razón por la que él prefería no hablar de su pasado— ella había terminado confiando en *quién* era él. Había llegado a confiar en la bondad, la fortaleza y hasta en la fe que de él emanaban en momentos de crisis, aunque él mismo tratara de ocultarse detrás de esa máscara hosca y remota que insistía en presentarle al mundo.

Tal vez más tarde tendría la oportunidad de darle las gracias nuevamente, por ser un amigo. Y por abrirle los ojos para que viera todo lo que tenía en vez de concentrarse en lo que había perdido.

"El mundo entero es del Padre . . ."

No estoy sola.

Alguien me ama.

Vicki abrió la cajita. Su contenido era tan suave y arenoso como el talco. Echando un puñado al aire, miró las partículas grises mientras volaban hacia el valle de abajo. Esta primavera habría una orquídea o un árbol que florecería un poco más vigorosamente. Luego arrojó otro puñado. *Hasta que nos volvamos a ver, Holly. Ah, y saluda a nuestros padres de mi parte. A todos ellos. Diles que los amo —y que los recuerdo.*

Vicki se volvió para mirar a César mientras este, junto a ella, observaba silenciosamente los alrededores. Parte de la serenidad de Vicki se reflejó en los rasgos de César cuando le devolvió la mirada. Él era amigo de Holly. Tranquilamente, ella le ofreció la caja, y César tiró al aire otro puñado de cenizas, igual de tranquilo. Cuando la caja quedó vacía, Vicki la agitó para que la brisa se llevara las cenizas restantes.

Enseguida, debido a que el momento no sería completo sin ello, y puesto que las montañas y el valle estaban en un silencio absoluto, y le pareció a Vicki que el guardar silencio era una precaución innecesaria, comenzó a cantar con voz suave, susurrando palabras que no había mencionado en voz alta en veinte años: "El mundo entero es del Padre celestial; Su alabanza en la creación escucho resonar. ¡De Dios el mundo es! ¡Qué grato es recordar que en el autor de tanto bien podemos descansar!"

Cerró los ojos firmemente. Era veinte años atrás, y su mundo aún estaba íntegro. Una brisa suave y fría agitaba las ramas sobre su cabeza y llevaba hasta el interior de sus fosas nasales una fragancia dulce. *¡Ya recuerdo!* Una pequeña niña rubia estaba colocando puñados de lodo en las manos de su amiguito maya, su tarareo feliz uniéndose al canto de Vicki. "El mundo entero es del Padre celestial; el pájaro, la luz, la flor proclaman Su bondad. ¡De Dios el mundo es! El fruto de Su acción se muestra con esplendidez en toda la expansión."

Al escuchar que un silbido desafinado se le sumó en el coro del himno, Vicki pensó que también se trataba de un recuerdo. Dejó de cantar y, con un brinco en el corazón, se dio cuenta de que el silbido seguía sonando.

"¡Eras tú!" Vicki se levantó hasta quedar de rodillas. Aunque los rasgos de bronce y los ojos negros que la veían con una expresión de sorpresa habían envejecido toda una vida, repentinamente se volvieron tan conocidos que ella no podía creer que no se hubiera dado cuenta antes.

"¡Tú eras el niño!"

"Tú eras el niño maya que jugaba con Holly y conmigo," dijo Vicki. "Cada vez que nosotras cantábamos ese himno, solías silbar como acabas de hacerlo ahora mismo. Lo recuerdas, ¿verdad que sí?"

De repente, las precauciones que habían hecho que Vicki hablara quedamente y permaneciera agachada bajo los helechos ahora parecían mucho menos importantes que lo que había en la mirada atónita de César.

Sólo el estallido de los saltos y chirridos de los monos en los árboles pudo hacer que Vicki bajara la voz nuevamente.

"Estábamos jugando en un bosque igual a este y tú nos mostraste por dónde ir para no perdernos." Ahora recordaba todo con claridad. "Estábamos construyendo una casa de bambú con hojas de palma. Holly y yo cantábamos y tú silbabas. Luego comenzó a hacerse tarde y Holly se quejaba de que tenía hambre y cuando nadie vino a buscarnos decidimos regresar por nuestra propia cuenta a la aldea."

Vicki ya casi había atravesado la cortina que ocultaba su pasado. En el pequeño espacio donde se encontraban, ella se aferró al brazo de César.

—Dime que tú también lo recuerdas y que no estoy loca.

La expresión de César se tornó de una de sorpresa atónita en una de júbilo e incredulidad. —Sí, claro que lo recuerdo. Tú eras . . . —la frase que dijo no fue inteligible—. Y Holly, a ella la llamábamos . . . —nuevamente César dijo otra frase que Vicki no entendió—. ¡No lo puedo creer! Todos estos años yo me preguntaba qué les había sucedido a ustedes dos.

—¿Entonces tú *sí* eras el niño maya que jugaba con nosotras? Puesto que los nombres que acabas de mencionar no eran los nuestros.

—Son en dialecto quiché, el dialecto de mi pueblo. En aquel entonces yo no hablaba español, ni tampoco la gente que vivía en mi pueblo, con excepción de algunos ancianos. El nombre de tu hermana, en español, significa "Rayo de luna" porque sus cabellos eran del color de la luna. Y tu nombre significa . . . "Pequeño mono."

—"¡Pequeño mono!" —La manera indignada en que Vicki repitió este nombre fue suficiente como para hacer que los verdaderos monos que estaban en las ramas se asustaran y comenzaran a chirriar. Una mirada aprensiva le mostró un panorama tan sereno y vacío como lo había sido en el pasado, pero ella se movió nuevamente para sentarse sobre los helechos, jalándole la manga a César para hacerlo que se acercara a ella. —¿Por qué me pusieron ese nombre? "Rayo de luna" es mucho más bonito.

—Es que tu cabello tenía el color delicado de los monos bebés y andabas muy contenta por el pueblo riéndote y parloteando como los monitos cuando juegan.

Contenta. Sí, las fotografías de Evelina mostraban a una Vicki pequeña muy feliz. —Ojalá pudiera recordar mejor.

—Yo quiero saber por qué Holly jamás me dijo que ya había vivido aquí. Me dijo que no sabía nada de Guatemala o de la sierra. Esa canción que cantaste también la cantaba ella y, aunque no conozco la letra en inglés, yo siempre silbaba cada vez que ella la tarareaba, tal como lo hacía cuando éramos niños. Pero aún así, ella no decía nada. Y su nombre, Holly Andrews, no me parecía conocido, porque ni siquiera recuerdo si alguna vez llegué a saber cuál era el nombre gringo de tu papá.

—Estoy segura de que Holly no recordaba nuestro pasado; ella era muy pequeña cuando nos sacaron de aquí. Yo misma tampoco lo recordaba, hasta que tú comenzaste a silbar. —Vicki ni siquiera se esforzó por explicar el velo oscuro que ocultaba su pasado, los hogares temporales, o sus padres adoptivos—. Por favor, dime de qué te acuerdas. ¿Mi familia vivía en tu aldea?

—Recuerdo todo —dijo César simplemente—. Me acuerdo del día en ustedes llegaron al pueblo. Ahora muchos extranjeros vienen al centro para sus proyectos de asistencia, pero en aquella época jamás habíamos visto cabellos que no fueran negros, ni ojos que se asemejaban al cielo después de que desaparece la neblina. Ni piel tan pálida como los rayos de la luna. Mi mamá les dio sus nombres en quiché. Ella trabajaba para tu mamá y yo estaba a cargo de cuidarlas a ustedes dos y de evitar que se perdieran en la sierra.

—¿Quieres decir que tú eras nuestro niñero? Pero tú eras casi de nuestra misma edad. Recuerdo que . . . —Vicki dejó de hablar. El niño que ella recordaba había tenido la misma estatura que Vicki tenía a los cinco años de edad, pero desde entonces ella había conocido a niños mal alimentados que aparentaban ser menores que los niños estadounidenses de la misma edad. Aún ahora mismo César no era más alto que Vicki, ni tampoco pesaba mucho más que ella.

—Yo tenía suficiente edad como para que tu mamá me estuviera enseñando a hablar y leer en español. En el campo de refugiados calcularon que yo tenía ocho años.

—¿Y sabes qué estaban haciendo mis padres en tu pueblo? ¿Por qué habían venido a vivir aquí? ¿Estaba la gente contenta de que estuvieran aquí? —¿*O los asesinó alguien porque pensaba que eran intrusos en tu mundo?*

—Todos sabían por qué habían venido. Para contarle al resto del mundo qué estaba pasando en nuestras sierras: el mal, la injusticia. En quiché, a tu papá le llamábamos "Hablador de verdades."

—¿Y a mi mamá?

Una leve sonrisa apareció en los labios de César. —A tu mamá la llamábamos sólo "Mujer del hablador de verdades." Eran otros tiempos y no hablábamos su idioma ni ella el nuestro. Sí, la gente estaba contenta porque tus padres habían llegado. Primero porque había sido una temporada mala para los cultivos y tu papá ofreció dinero para la construcción de su casa, por las fotografías que tomaba y por las historias que la gente contaba y que él grababa. El marido de mi mamá había muerto de fiebre en el campo y ella estuvo agradecida de poder traer maíz y hasta carne a nuestra mesa.

»Luego la gente estaba contenta porque el "Hablador de verdades" y su mujer eran amables y nos trataban con dignidad, en vez de tratarnos como animales, como lo hacían los ladinos y los hacendados. Cuando los niños se enfermaban, tu mamá los atendía para que no se murieran. Su papá hablaba en nombre de nuestra gente cuando venían los soldados y hasta cuando llegaba la guerrilla. Entonces yo no sabía lo que era una cámara, pero él me dejó ayudarlo a revelar sus fotografías. —En ese momento, César hizo una pausa—. Vicki, ¿por qué estás llorando?

Vicki ni se había dado cuenta de que sus lágrimas le resbalaban por el rostro hasta que César le pasó suavemente el dedo por la cara húmeda. Con un suspiro tembloroso, ella se secó los ojos y la cara con el dorso de la mano. —Es que . . . nunca conocí a mis padres . . . quiénes eran ni cómo eran. Siento como si tú me los hubieras devuelto. Hasta me parece que . . . los recuerdo, por los menos un poco. Pero si tu gente los quería tanto, ¿cómo fue que murieron? ¿Quién los mató?

De súbito, la dulzura de los recuerdos desapareció del rostro de César. —Murieron igual que los habitantes del pueblo. Igual que mi madre. ¿No te acuerdas? También estuviste ahí.

—¿*Dónde?* ¿Dónde estaba yo? ¿Y tu pueblo? Me dijiste que lo había destruido el ejército . . . —La voz de Vicki se desvaneció cuando reconoció con horror lo que acababa de decir—. Un momento, ¿estaban mis padres en el pueblo cuando lo destruyeron? ¿Holly y yo estábamos allí? ¡Pero la embajada declaró que se trató de un robo!

Las tinieblas amenazaron a Vicki otra vez. En ellas había el sonido de botas y gritos ininteligibles y el olor del humo. El corazón de Vicki latía con tanta rapidez que le impidió respirar hasta que, con un gran esfuerzo, hizo de lado la oscuridad. "¿Y dónde estaba ese pueblo?" preguntó Vicki con la voz tenue que sus rígidos labios lograron emitir.

Con un gesto César señaló un lugar por detrás del hombro de Vicki.

Instintivamente, Vicki volteó la cabeza, pero no vio nada más que la vegetación. —¿Quieres decir que estaba por aquí? ¿Cerca?

—Te dije que este era un lugar maligno.

Vicki apenas lo escuchó. Antes de que su determinación se desvaneciera, se puso de pie, haciendo a un lado las frondas y las hojas que le tocaban la cara. —Entonces yo tenía razón . . . sí había estado antes en estas montañas. ¿Me puedes llevar hasta el lugar exacto? —Vicki dio un paso y su pie se enredó en una maraña de lianas, por lo que tuvo que sostenerse de unas ramas—. Quiero decir . . . si aún lo puedes encontrar.

—¿Acaso piensas que no conozco el lugar donde nací? No he regresado a ese lugar desde aquel entonces, aunque otras personas sí lo han hecho. Pero conozco estas montañas tan bien como conozco a los animales que atiendo.

Vicki se desconcertó por su aspereza. Soltando el pie de las lianas, dio media vuelta. César también se había puesto de pie, así que retrocedió para no tropezarse con él. —No quise ofenderte. Es sólo que toda mi vida he sentido que mi pasado es en un vacío y siempre me he hecho preguntas acerca de mis verdaderos padres y cómo fue que Holly y yo terminamos quedándonos solas. Pero ahora que siento que comienzo a recordar, quiero llegar al meollo del asunto para saber qué pasó realmente.

Nuevamente, Vicki vio el horror y el miedo en los ojos de César y notó también su respiración acelerada. Se dio cuenta de lo mucho que le estaba pidiendo. A diferencia de Vicki, César recordaba demasiado bien el pasado.

—¡Ay, César, lo siento! Con razón no querías venir hasta acá. No pensaba en lo difícil que esto iba a ser para ti. No debí haberte pedido que me acompañaras. Si me dices cómo llegar, iré sola.

Cerrando los ojos, César respiró profundamente y negó con la cabeza. —No, ya te dije que no voy a dejarte ir sola. Hace mucho tiempo le pregunté a tu papá por qué tomaba las fotografías y él me contestó que era porque la verdad libera a la gente. En aquel entonces yo no entendía a qué se refería; pensaba que era porque él no hablaba bien nuestro idioma. Pero cuando aprendí el español, encontré lo que me dijo en la Palabra de Dios.

—"Conoceréis la verdad y la verdad os hará libres." —Vicki murmuró en inglés la frase que había aprendido hacía mucho tiempo durante una lección en la escuela dominical. Con un gesto, ella le indicó que prosiguiera.

—Pronto llegué a entender lo que quería decir. Cuando la Comisión de la Verdad de las Naciones Unidas reveló al mundo lo que había pasado en nuestras montañas, comenzamos a sentir la libertad. Entendimos que no se podía borrar el pasado y que nuestro sufrimiento y dolor ya no permanecerían ocultos. Entendimos que ya no éramos invisibles y que podíamos alzar la cabeza con dignidad. Eres la hija del Hablador de verdades y tienes derecho a conocer la verdad. Quizás hasta para mí mismo ya sea hora de regresar.

Enderezándose como para armarse de coraje, César apartó las ramas frondosas que tenía enfrente para salir al campo abierto. Ya había dejado de temblar y sus rasgos reflejaban su determinación. Ahora era Vicki quien titubeaba mientras él sostenía las ramas a un lado.

"No tengas miedo," dijo César; no estaba claro si se lo decía a Vicki o a sí mismo. "Dios nos acompaña. Y el lugar no queda lejos."

Regresaron a sus bicicletas y César volteó para entrar en otro sendero cuya maleza era aún más espesa que la del que habían tomado hasta el momento, pero por lo menos su superficie era uniforme. Después de un tiempo, aunque el sendero no había cambiado, César bajó de su bicicleta y Vicki hizo lo mismo. Ella observó como él inspeccionaba el bosque a su alrededor, al frente y por detrás. Su recelo era contagioso y Vicki se puso alerta para ver cualquier sombra o escuchar el menor ruido.

Pero el bosque estaba en el más absoluto silencio, un silencio más allá de lo normal, puesto que los monos que los habían seguido ya se habían ido. Vicki daba pasos automáticamente mientras empujaba su bicicleta; los recuerdos se hacían aún más fuertes. Ciertamente ya había caminado antes por este sendero, y recolectado las orquídeas que ahora caían en rizos hasta rozarle la cara.

Entonces César llevó su bicicleta alrededor de una pequeña cascada que burbujeaba sobre piedras cubiertas de musgo hasta formar un charco pequeño. El charco estaba colmado de vegetación, pero Vicki vio una lata corroída con capacidad para cinco galones abandonada entre la maleza y se dio cuenta de dónde estaban. Los aldeanos solían recorrer este sendero para recolectar el agua pura y cristalina del manantial para beber. Ella también había trepado hasta llegar acá.

La mano alzada de César hizo que se detuviera, pero ni siquiera el graznar de una cotorra indicaba que había razón para alarmarse, de modo que continuaron. La próxima vez que César se detuvo, Vicki vio los rayos del sol que bailaban a través de las hojas, ramas y troncos de los árboles en un claro enfrente de ellos. Como sonámbula, ella arrimó su bicicleta contra un tronco. De repente se dio cuenta de que la mano sudorosa de César le estaba apretando la suya. Cuando los dos atravesaron los arbustos, Vicki sintió que tenía nuevamente cinco años de edad y que regresaba a su casa, agarrada de la mano de su guía y compañero maya. Una niñita rubia pudo haberle tomado la otra mano cuando salieron al claro.

Todo era tal como se lo había imaginado. O recordado.

Aún procediendo con toda cautela, César y Vicki se detuvieron poco antes de llegar hasta donde brillaba el sol. Una arboleda de naranjos extendía sus ramas; la fruta podrida en el suelo indicaba que la cosecha de esta temporada no había sido recolectada. Las ramas bajas no tapaban lo que había más allá. La aldea haya tenido de veinte a treinta casas construidas de manera sencilla: cuatro paredes de bambú y un techo de paja. Estas habían estado agrupadas alrededor de un área abierta, que anteriormente no había tenido césped por ser pisado tanto, pero que ahora estaba cubierta de maleza y ramas. Se trataba del área comunitaria, del sitio de reunión y del campo de fútbol de la aldea.

Alrededor de cada choza, los maizales y los árboles bananeros estaban ahogados por la mala hierba. A la izquierda del otro lado del claro estaba la única construcción sólida de la aldea: un rectángulo hecho de bloques de cemento ligero, con un techo metálico corrugado. Hacia el otro lado del área comunitaria, Vicki podía ver los surcos por los que habían pasado los vehículos que llegaban a la aldea.

Como un Jeep rojo abollado.

¡Ya recuerdo! Recuerdo cómo Papá manejaba.

Por dondequiera que miraba la escena le era familiar. ¿Cómo era posible que se hubiera olvidado de lo que una vez fue su mundo completo?

Sólo que en la memoria de Vicki no había un silencio de vacío, sino que había mujeres que revolvían ollas con comida en las chozas donde cocinaban, niños pateando un balón y hombres meciéndose en hamacas debajo de los árboles frutales. Y más allá del sendero de tierra, en una ancha terraza enmarcada por macetas con flores, una mujer de cabello oscuro con la cara de Vicki colocaba un vendaje en la pierna de un niño.

Un gigante rubio levantaba un cámara de 35 milímetros. Una niñita con cabello como la luna durante la noche miraba hacia afuera desde una puerta entreabierta.

Vicki volteó la mirada. La casa de madera y ladrillo con varias habitaciones que su papá había construido para la familia había sido una novedad para los aldeanos. Pero en el lugar donde debió haber estado, entre dos chozas de paja, no quedaba más que un montículo irregular, cubierto de maleza y posiblemente desechos incinerados. Ver esto fue como una cuchillada que revivió veinte años de recuerdos rechazados.

¡No! ¡No!

La luz que se filtraba a través de la rama ya no era de los rayos del sol sino llamas que relucían en la noche oscura. Frente a las llamas, hombres uniformados discutían objetos que ella reconoció. Alguien alzó una cámara y se rió. Luego, unas figuras altas se separaron de las demás, gritando con voces enojadas que daban miedo. *"Ningún testigo. . . . Esas niñas no son de aquí. . . . ¡Aléjense de esas cámaras!"*

Ahora Vicki trataba desenfrenadamente de volver a colocar el velo sobre su memoria para no recordar . . . pero ya no podía seguir suprimiendo esos recuerdos. Recordó los cuerpos apilados descuidadamente, sangrantes e inmóviles con los ojos muertos que miraban al vacío. Vio los rostros de los niños con quienes había jugado y los de los adultos que le habían sonreído y la habían acariciado.

¡Papá! ¡Mamá!

Hasta que César la agitó con fuerza, Vicki no se dio cuenta que el sonido de arcadas que oía provenía de ella misma.

"¡Señorita Vicki! ¡Señorita Vicki!"

Ella regresó al presente: a la luz moteada, al olor de las naranjas podridas aplastadas bajo rodillas y manos, al rostro demacrado de César cerca del de ella. Sólo el hecho de que traía el estómago vacío evitó que ella se hiciera aún más el ridículo.

César arrancó una naranja de una rama, la cortó con una navaja y se la ofreció a Vicki. "Cómetela; te sentirás mejor."

Agradecida, Vicki masticó la fruta. La acidez dulce de la naranja le calmó el estómago lo suficiente como para ponerse de pie.

—¡Ya has visto suficiente! Mejor vayámonos ahora mismo. —Con temor, César miró a su alrededor. ¿Qué tan ruidosa había sido ella?

Pero Vicki negó insistentemente con la cabeza. —No, ahora estoy bien. ¡Es que me estoy acordando de todo! Sólo quisiera saber . . . ¿por qué destruyeron esta aldea? ¿Por qué mataron a mis padres? Estoy segura de que aún en aquel entonces matar a ciudadanos estadounidenses era poco común. ¿Y por qué lo reportaron como un robo? ¿Cómo pudieron encubrir todos estos años lo que ocurrió?

A pesar de su cautela, Vicki comenzó a alzar la voz. —Tú sabías la verdad de lo que ocurrió aquí. ¿Por qué no se lo dijiste al mundo entero durante todos estos años?

—¡La verdad! —César hablaba ya sin controlar su propia voz—. Aún no conozco toda la verdad de lo que pasó. ¿Por qué nuestra aldea? ¿Pues por qué no? En aquella época el ejército destruyó muchas aldeas. Pensé que fue por los guerrilleros que vinieron el día antes de que llegaran los soldados. Los guerrilleros nos pidieron comida y nos hicieron entrar en la escuela.

César señaló el edificio rectangular. "No nos lastimaron; sólo querían hablarnos sobre nuestro derecho a tener una vida mejor. Nuestros ancianos no podían decirles que no, porque los guerrilleros estaban armados. Pero temíamos que el ejército se enterara de que ellos habían venido. Luego vino tu papá y les pidió a los guerrilleros que se fueran. Como sabían que él era un buen hombre que ayudaba a nuestra gente, se fueron llevándose nada más unos sacos de maíz para alimentarse. Pero debió haber un soplón, porque al día siguiente vino el ejército."

Estos "soplones" eran personas que informaban al ejército o a la policía por temor, por codicia o por venganza.

—El ejército exigía que les entregáramos a los guerrilleros. Nuevamente tu papá habló en nombre de la aldea, pero esta vez se enojó. Les dijo que aquí no había guerrilleros, que él era un periodista y que si no se iban de inmediato, le iba a contar al resto del mundo todo acerca de sus abusos. En efecto se fueron, pero regresaron esa misma noche. Primero pensé que se debió al soplón que nos había traicionado diciéndole al ejército que nuestra aldea albergaba guerrilleros. Pero ahora . . .

César titubeó y Vicki, impacientemente, lo incitó a continuar. —Sí, pero ahora ¿qué?

César alejó la mirada de Vicki mientras proseguía narrando su historia.

—Cuando comencé mis estudios y aprendí más sobre la situación política y todo lo que ocurrió además de la destrucción de nuestra aldea, empecé a preguntarme si tal vez se debió a las fotografías.

—¿Cuáles fotografías?

—Las fotografías que tomó tu papá. A los militares no les gusta que se cuestionen sus actos y que se publiquen sus acciones violentas. Y tu papá fotografió a soldados haciendo redadas de civiles, golpeando a mujeres y niños. Lo que es más, los soldados llevaban consigo tres cadáveres de supuestos guerrilleros y exigían saber sus nombres. Todos sabíamos quiénes eran: habitantes de la aldea vecina. Pero nadie habló por temor a que los militares tomaran represalias contra sus familias. Tu papá tomó fotografías de los cadáveres y de los soldados que los cargaban. Yo mismo las vi cuando las reveló. Hizo que los soldados se fueran sin completar su misión. Seguramente el comandante se habría enfadado mucho por el riesgo de que esas fotografías llegaran a publicarse. Especialmente cuando las autoridades habían mentido a los estadounidenses diciendo que los militares habían cambiado de tácticas, para que la ayuda estadounidense les volviera a llenar los bolsillos.

Vicki volvió a sentir un malestar en el estómago. ¿Era posible que la presencia de su familia en la aldea hubiera causado la muerte de personas inocentes, en vez de lo contrario?

—Jamás conté nada a nadie sobre lo que pasó ese día porque nunca me preguntaron. De todos modos, en aquel entonces yo sólo hablaba unas cuantas palabras en español que me enseñó tu mamá. Después de ese día no supe qué les pasó a ustedes ni lo que había reportado el gobierno. Sólo supe que ya se habían ido y que yo me había quedado solo en el campo de refugiados, con gente que no hablaba mi idioma y que odiaba a mi gente. Después, cuando comencé a ir a la escuela y me encontró la tía María . . . Bueno, no eres la única que prefirió olvidar el pasado. Además, sólo los tontos protestan contra el ejército. Yo me quedé callado, acepté lo que me ofrecían y fui el primero de mi aldea en ir a la universidad. ¿Crees que eso fue una traición?

La aspereza de su pregunta fue un recordatorio enfático de que Vicki no había sido la única víctima. ¿Quién era ella para ponerse a juzgar? Por lo menos a ella la ayudó el sistema de cuidados de adopción de su país y la familia Andrews. ¿Le hubiera ido a ella tan bien si hubiera estado en el lugar de César?

—No. Claro que no fue una traición. Es sólo que la embajada lo reportó como un robo. Ni siquiera dijeron que fue por causas desconocidas. Eso es lo que dice el informe de defunción. Seguramente sabían que no era cierto y que en una masacre perpetrada por militares habían asesinado a ciudadanos estadounidenses.

—Tal vez no lo sabían. Posiblemente reportaron sólo lo que les dijeron los militares: que los estadounidenses habían sido víctimas de un robo en la sierra y que los asesinaron.

—¡No! —Ahora era el tono de Vicki el que reflejaba aspereza. Si bien era cierto que hace veinte años César no hablaba español, Vicki tampoco lo hacía. Palabras en inglés le vinieron a la mente: *"No llores, querida. . . . Todo va a estar bien. Ahora ya estás a salvo."*

"No, la embajada sí se enteró de todo. Por lo menos alguien sí lo sabía, puesto que esa noche había estadounidenses con los soldados. Esos estadounidenses sabían muy bien por qué y cómo mis padres fueron asesinados."

"Pero claro que fue el gringo quien nos llevó esa noche," dijo César, sin comprender la insistencia de Vicki. "Yo no conocía el idioma lo suficiente como para saber que ellos eran estadounidenses, pero sí sabía que eran extranjeros. Pero ¿quién además de los estadounidenses iba a estar en las montañas colaborando con los militares?"

Sí, ¿quién?

—¿Por qué crees que hayan querido lastimar a tus padres? ¿No fue el gringo quien nos llevó y les dijo a los soldados que no nos hicieran daño? Me acuerdo bien de eso. Aunque nunca lo volví a ver, siempre pensé que fue el gringo quien había dejado las instrucciones en el campamento para que yo fuera a la escuela. A los militares ni se les ocurriría una acción tan generosa. ¿No crees que es posible que cuando los gringos llegaron ya encontraron muertos a tus padres? Siempre he escuchado que los estadounidenses no matan sin razón, a diferencia de los militares.

—Ese no es el asunto. No conoces a nuestro gobierno. Si los estadounidenses que trabajaban aquí con los militares nacionales se hubieran enterado de que estos últimos habían asesinado a ciudadanos norteamericanos, si incluso hubieran participado en el encubrimiento . . .

Vicki negó con la cabeza. Lo que acababa de decir le había recordado algo, pero el pensamiento se le desvaneció por lo que intentó recobrarlo.

Además, ahora que se estaba recuperando del primer trauma de sus recuerdos, estaba absorbiendo otras incongruencias. Habían transcurrido veinte años desde que había estado debajo de estos mismísimos árboles, mirando el resultado de una horrible pesadilla.

Sí, aquí sucedió algo terrible, pero ya pasó mucho tiempo. Ya no soy una niña de cinco años. Ahora soy una mujer de veinticinco años, con un doctorado, que se las ha arreglado todos estos años para salir adelante sin sucumbir a una crisis nerviosa. Entonces, ¡domínate!

Pero si de hecho ya habían pasado veinte años, ¿por qué este lugar tenía un aspecto tan familiar? ¿Por qué la lechada apenas comenzaba a desteñirse en las paredes de bambú? Además, en el patio junto a ella, ¿por qué seguía tendida una hamaca que colgaba entre dos árboles cítricos y por qué tampoco se había podrido un azadón de madera?

De hecho, ¿por qué no se habían destruido las chozas con toda la humedad y el moho de veinte temporadas lluviosas? Y, si el área común de la aldea estaba cubierta de maleza, ciertamente no era tan espesa como para haberse acumulado durante dos décadas.

—¿Adónde vas? —preguntó César entre dientes cuando Vicki dio unos pasos hacia adelante—. Dijiste que ya nos podíamos ir.

Vicki eludió la mano que trató de sujetarla.

—Tengo que verlo.

Vicki avanzó hacia el área iluminada por la luz del sol. El sol estaba casi en su cenit y su calor se sentía bien después del frío húmedo del bosque nuboso. Vicki se acercó a una olla de aluminio colocada sobre su costado en la choza de cocina más cerca a la hamaca. La pateó y la hizo rodar. Su interior estaba lleno de hormigas y aún había restos de comida en su superficie. Todavía había leña carbonizada a su alrededor.

Vicki empujó una puerta de bambú y entró en la choza. El interior había sido saqueado y los muebles que quedaban estaban destrozados, quedando sólo trozos de madera en el piso de tierra. En una esquina quedaba un trozo de tela harapienta. Miró hacia abajo para ver algo que había tocado con el pie; se trataba de una muñeca rosada que alguna madre maya había comprado para su hija, un tesoro del mundo exterior. Las extremidades retorcidas y los ojos fijos de la muñeca conmocionaron el corazón de Vicki y salió rápidamente de la choza.

Caminando deprisa a través del área común hasta llegar a las ruinas de su hogar de la infancia, se preparó para el asalto de sus emociones. Pero por lo menos aquí no había nada familiar y nada más sintió una absorción sombría al mirar la silueta de ladrillos que se desmenuzaban y de cimientos de concreto que aún se podían ver debajo de una capa de maleza y musgo. Sólo tenía cuatro habitaciones, pero era toda una mansión para los aldeanos mayas. La vivienda contaba con una sala, comedor y dos dormitorios con una configuración cuadrada.

Nuestro dormitorio estaba de este lado con vista a la choza de cocina. También había una cama de madera que compartíamos Holly y yo, y un armario para nuestra ropa. La cocinera maya, seguramente la mamá de César, nos dejaba pelar el maíz y aplastarlo con un mazo en el mortero de madera.

La choza de la cocina era tan sólo un conjunto de arbustos, en condiciones que ella esperaría ver en otras chozas, pero detrás del segundo dormitorio estaban las ruinas de una cuarta habitación. Vicki recordó vagamente un cuarto sin ventanas lleno de objetos raros que las dos niñas no podían tocar. Se trataba del cuarto oscuro de Jeff Craig.

Pero sólo el contorno tenía un aspecto familiar, entonces Vicki caminó hacia el lugar donde el único camino de la aldea se curvaba y se alejaba de la plaza para desaparecer en el bosque nuboso. Aquí también había algo que no encajaba, ya que los surcos impresos en el lodo aún no se habían desvanecido con el continuo *chipi-chipi*. Aún se podían ver las huellas dejadas no sólo por carretas tiradas por mulas, sino también las de neumáticos de vehículos.

Un nuevo temor crecía en el estómago de Vicki. Ella casi hasta podía percibir el hedor de la muerte. Oprimiendo contra su nariz la cáscara de naranja que aún tenía en la mano, respiró profundamente para evitar las arcadas nuevamente. Ni se dio cuenta de lo tensa que estaba hasta que un estampido de sonido hizo que diera media vuelta. Estaba acercándose a una arboleda de bananeros cuando volvió a escuchar el sonido, pero ya no con tanta violencia. Esta vez Vicki vio de dónde provenía y se tranquilizó; se trataba de una ráfaga de viento que empujaba la puerta de la escuela, haciéndola que se estrellara contra el marco.

El siguiente golpe de la puerta hizo que Vicki se sobresaltara, así que corrió hacia la escuela. César se levantó de donde se había aplastado al suelo debajo de un naranjo. Al llegar a la estructura de concreto, Vicki subió las escaleras. Sólo deseaba cerrar la puerta, pero al entrar se quedó conmocionada.

También este lugar le traía recuerdos claros. En una época ella también había estado sentada en estas bancas de madera junto a otros chiquillos inquietos, escuchando voces agudas que recitaban lecciones que no entendía y viendo letras dibujadas con tiza en la pizarra. Holly era muy pequeña, pero Vicki a sus cinco años había insistido en ir a la escuela junto con los demás niños de la aldea.

Pero Vicki vio manchas que no recordaba por todas partes. Estaban en el piso de concreto y salpicadas en las paredes. Se trataba de manchas de un color café corroído que ella ya había visto con mucha frecuencia y en demasiados lugares como para no reconocerlas. Manchas que deberían haberse desvanecido hacía muchísimo tiempo.

Vicki se quedó petrificada mientras su mente combinaba datos e imágenes desagradables para formar una ecuación que ya debería haber resuelto. La tragedia que había ocurrido aquí no había sucedido en un pasado distante; más bien se trataba de un evento más reciente. Este hedor de muerte no era fruto de su imaginación. En algún sitio cercano había una fosa común reciente.

César persuadió a Vicki para que saliera de la escuela y bajara las escaleras. Empujó la puerta bruscamente para cerrarla, colocando una rama rota a través de la cerradura para que no se abriera. Vicki no puso resistencia mientras él la guiaba a través de la plaza hacia los naranjos.

Vicki inhaló profundamente la acidez purificadora de las naranjas antes de dirigirse a César. —Esto no ocurrió hace veinte años. La masacre de hace dos meses en la que mataron a la familia de Alicia y Gabriela ocurrió aquí. Ha pasado de nuevo. —Vicki se pasó la mano temblorosa por la cara. Con razón aquí todo estaba tranquilo. Los animales podían oler la muerte.

—No sabía qué íbamos a encontrar aquí, pero temía que fuera esto —admitió César—. Escuché rumores de que quienes habían sido masacrados recientemente habían sido las personas que querían irse de Verapaz y regresar a la sierra. Gente cuyos familiares habían vivido en estas montañas, que sabían que había buena tierra y que estaban cansados de vivir bajo el yugo de los militares. Poco significaba que fuera una zona prohibida. ¿No es cierto que los españoles siempre han robado nuestra tierra para dársela a otros?

»Pero en ese tiempo, yo aún estaba en la universidad, completando mis estudios. Cuando vine al centro, la tía María me dijo confidencialmente que mi primo, el papá de Alicia y Gabriela, había decidido ir a la sierra con los demás. Yo me pregunté si habían regresado a la antigua aldea. En la selva es más fácil limpiar claros existentes que derribar más árboles. Por lo menos la escuela seguiría en pie. No me gustó la idea de que se hubieran ido. No sólo porque esto podría causar más dolor a nuestra gente, sino porque yo había aprendido a reconocer lo importante que esta reserva es para nuestro país. Pero yo no soy un soplón y se trataba de sólo una aldea.

»Luego escuchamos de la masacre. ¿Qué se podría decir cuando simplemente admitir su presencia en un territorio prohibido puede meterlo a uno en problemas con los militares? Así que nuevamente nadie dijo nada y lloramos la muerte de nuestros familiares en silencio. No fue sino hasta que vi el camino que Alicia y Gabriela habían tomado ayer que me di cuenta que se trataba de nuestra antigua aldea. Ese camino —dijo él, indicando el sendero de tierra que desaparecía del otro lado de la aldea— se une a otro que, a su vez, llega al sendero de la reserva. Cuando éramos niños, era el único camino para llegar al cuartel militar y a los mercados al pie de la montaña.

—Entonces las niñas estaban tratando de regresar hasta acá. Los cuatro hombres debieron haberlas encontrado antes de que llegaran, ya que no vi huellas recientes de sandalias cerca de la aldea. Tampoco vi huellas frescas de neumáticos, así que me pregunto por dónde vino el camión militar que vimos anoche.

César se encogió de hombros. —En estas montañas hay muchos senderos.

Sí, Vicki había visto varios el día anterior y también en el camino que habían tomado, como recordatorios de otras aldeas que habían albergado estas montañas.

—¿Pero quién pudo haber cometido un acto tan atroz? Alpiro podría ser los suficientemente duro como para arrestar a los cuatro aldeanos por haber estado en el lugar equivocado buscando a las niñas, pero no me lo imagino ordenando una masacre a gran escala sólo porque esos aldeanos entraron en esta zona. Especialmente cuando sería tan fácil demoler el lugar con excavadoras y echarlos de la reserva. Por otro lado, los bandidos siempre atacan a los turistas con dinero y cámaras. Aquí no hay nada que esa gente hubiera querido llevarse. Esto no tiene ningún sentido.

Este había sido precisamente el lamento de Vicki en las últimas semanas —desde la muerte de Holly. ¿Se había equivocado, después de todo, en la visión que había tenido la noche anterior? ¿Era la masacre lo que había preocupado a Holly en el aeropuerto? ¿Era esto lo que Holly había estado investigando en sus últimos días?

No, eso no era posible, ya que Holly ni siquiera se había enterado de esta masacre hasta que Lynn la había mencionado ese día en el aeropuerto. Además, esto tampoco la hubiera inquietado tanto. Para el ecologismo de Holly, la desaparición de la yaguarundi era mucho más preocupante. A menos que . . .

El hilo de una idea atravesaba por la mente de Vicki. A menos que todo estuviera conectado. El pasado. El presente. La masacre. Las fotografías. Las últimas palabras de Holly. Su muerte.

Vicki no se había dado cuenta de que la masacre había ocurrido tan cerca de la meseta. No había pensado en ella, más allá de sentir una indignación distante, hasta que conoció a Alicia y Gabriela. Ahora recordó algo que Joe le había mencionado. Los claros que habían recorrido en el valle, que aparecían tan coloridos en las fotografías de Holly, habían sido abandonados por los aldeanos masacrados. La sorpresa de los disparos a la avioneta había hecho que Vicki se olvidara de ese comentario hasta ahora.

La mochila de Vicki había permanecido colgada de su hombro durante su recorrido por la aldea. Colocándola a un lado, sacó las fotografías, tal como había pensado hacerlo en la cresta antes de reconocer a César y recordar parte de su pasado. Le mostró a su compañero la imagen en la que aparecían los claros cubiertos de flores. —¿Sabes qué tipo de flores son estas?

—No, no parecen ser de la sierra. —La voz de César revelaba inquietud—. Pero soy veterinario y no botánico.

No, por supuesto que él no las reconocería. Estas flores no eran oriundas de Guatemala ni de las sierras.

—¿Hay un lugar por aquí desde donde pudiéramos ver estos campos tan claramente como los veríamos desde el lado de la montaña?

César lucía sorprendido. —Sí, desde el otro extremo de la aldea.

Para construir sus viviendas, los aldeanos habían despejado una planicie en la falda de la montaña. Desde el huerto de naranjos donde César y Vicki habían dejado sus bicicletas, la montaña se alzaba empinadamente hacia el manantial hasta llegar a la cima por donde habían venido.

César y Vicki atravesaron la plaza de la aldea hasta llegar al camino de tierra. Él volteó casi inmediatamente y tomó otro sendero que iba cerca a las ruinas de lo que había sido la casa de Vicki. Al igual que el sendero que conducía al manantial, la firmeza de este indicaba que era un camino recorrido frecuentemente, aunque la maleza revelaba que nadie había pasado por ahí desde hacía meses. Vicki siguió a César durante tan sólo unos minutos antes de que el costado de la montaña se abrió para mostrar un panorama del valle. Ahora, la cascada estaba directamente enfrente de ellos y el valle quedaba sólo a unos trescientos metros debajo de ellos.

El sendero continuaba hacia abajo, pero Vicki ya había encontrado lo que deseaba: un afloramiento de roca a unos cuantos metros del sendero. Tocando a César en el brazo, ella penetró en la maleza. La superficie rocosa era bastante plana como para que Vicki pudiera recostarse boca abajo para llegar a un lugar desde donde podía ver todo el valle con sus claros abandonados. Eran más numerosos de lo que le había parecido antes, más numerosos de los que Joe había tenido tiempo de explorar desde la avioneta antes del estruendo de las armas de fuego. Había claros no sólo en el fondo del valle, sino también en la cuesta debajo de ellos. ¿Cuántas hectáreas en total? Por lo menos docenas.

César se sentó junto a Vicki mientras ella sacó los binoculares de su mochila. Aunque eran lo suficientemente pequeños como para caber en la palma de la mano, el aumento era excelente, con la capacidad de acercamiento de una buena cámara; de todos modos la distancia no era tanta. Esto era lo que Vicki se había preparado para encontrar. Sin los pétalos multicolores, los tallos de las flores en el claro más cercano eran bastante uniformes como para revelar que habían sido cultivados. Eran tallos de por lo menos un metro de altura y cada uno terminaba en varios bulbos que parecían granadas. Vicki aumentó el enfoque al máximo. Aunque el enfoque era un tanto borroso, podía ver unos trozos rebanados a los lados de los bulbos, unas rayas que podrían ser una resina marrón.

Vicki soltó un suspiro casi inaudible. Esta tenía que ser la razón por la que Holly había muerto, lo que había encontrado en sus recorridos no autorizados de la biosfera. A diferencia de César, Holly sí sabía qué era lo que había visto y al final había hecho demasiadas preguntas. La amplitud de esos campos de amapolas representaba más heroína de la que Vicki hubiera podido imaginarse. De seguro las amapolas habrían sido sembradas hacía meses, camufladas apropiadamente entre plantas de maíz silvestre y hierbas, radiando su belleza hasta que los bulbos estuvieran maduros y los pétalos que caían indicaran que había llegado el momento de la cosecha.

¿Fue por eso por lo que se había condenado nuevamente a la aldea? ¿Se habrían mudado sus nuevos habitantes, construido casas nuevas sobre los restos deteriorados de las anteriores y luego plantado sus cultivos, sin ponerse a pensar en esas flores extrañas que habían invadido los claros abandonados? Todo eso debió haber sido una sorpresa desagradable para las personas a cargo de vigilar su futura fortuna.

¿Pero quién era responsable de todo esto? Seguramente Alpiro estaba muy involucrado. ¿Quién más podría garantizar que los cultivadores de opio no fueran importunados? ¿O que ciertas partes de la reserva no fueran incluidas en las "operaciones de entrenamiento"?

Y ¿quién más? ¿Ese Ministro del Medio Ambiente, tan servil pero reacio a ayudar, que tenía bajo su jurisdicción la reserva de la biosfera?

"Tenías razón," había murmurado Holly poco antes de morir. ¿Y acerca de qué, precisamente, le había advertido Vicki a su hermana? Únicamente acerca de la posible corrupción de los colegas locales de Holly que disfrutaban de un alto nivel de vida.

No, ahora todo tenía sentido. Los pensamientos tumultuosos de Vicki se concentraron en el jefe de la agencia antidrogas de Estados Unidos, a quien vio cenando en el aeropuerto el día de su llegada. ¿Cómo era posible que una actividad de tal magnitud fuera mantenida en secreto sin que se enteraran los asesores y técnicos estadounidenses que trabajaban con Alpiro? Ella pensó en el orgullo con el que Michael había contado sus victorias contra el narcotráfico. Sin importar lo mucho que la enojara el apoyo que él le brindaba a Alpiro, Vicki no podía equivocarse en cuanto a la sinceridad con la que este representante de la embajada había hablado sobre su deber y su compromiso con su país y su misión. Y hasta había sido condecorado por eliminar innumerables operaciones de narcotráfico como esta. ¿De modo que cómo se le habría pasado por alto esta plantación?

Pues debieron haberla escondido del mismo modo en que lo habían hecho durante décadas. Mintiendo, engañando y garantizando que los extranjeros como Michael tuvieran suficientes "victorias" pequeñas que reportar a la capital estadounidense para que las operaciones ilícitas en otras áreas pasaran completamente desapercibidas. *Por lo menos tal vez ahora Michael escuchará lo que tengo que decirle acerca de Alpiro.*

Gracias a que en Myanmar Vicki había aprendido acerca de la gran cantidad de mano de obra que el tráfico de opio requería —proporcionaba trabajo para un inmenso número de campesinos de la región— estaba segura de que en todo esto tenía que haber otras personas involucradas. Una vez que se caían los pétalos, cada bulbo debía ser rebanado al anochecer, la resina del opio que emanaba sacada al amanecer, no una sola vez sino varias veces, entonces la resina seca adquiría forma de bloques de opio crudo de color café. Si las amapolas habían terminado de florecer cuando Vicki llegó al centro, *entonces alguien ha estado cosechando el opio durante las últimas dos semanas.*

Con razón Alpiro había prohibido el vuelo de los aviones sobre la reserva. Y ella hasta apostaría que quienes le dispararon a la DHC-2 eran los encargados de la cosecha. Vicki pensó que, puesto que allá abajo no se veía señales de vida humana, la cosecha debía ya haber terminado. ¿Qué había sido exactamente lo que Holly había encontrado en este lugar? ¿Y quién había sido el responsable de su muerte?

En realidad, eso ya no importaba. Si Vicki pudiera reportar esto a las autoridades que realmente sí podían hacer algo al respecto, ella estaría defendiendo a la reserva y al mismo tiempo atacaría al imperio ilícito de drogas que Holly debió haber estado investigando. De ese modo, aunque Vicki no encontrara a la persona que oprimió el gatillo del arma que mató a su hermana, estas últimas semanas no serían una pérdida de tiempo.

"Hacer el bien, sin temer ninguna amenaza."

¿Es esta la razón por la que me encuentro aquí, Dios Padre?

Cuando sintió un toque en el brazo, Vicki se volteó y vio la mirada ansiosa de César. "Nos iremos dentro de un minuto," murmuró ella.

Vicki se puso de pie y, mientras se equilibraba sobre el borde de una roca, se colgó los binoculares alrededor del cuello. Una vez que estuvo de pie pudo ver mucho más lejos. Alcanzó a divisar unos cuantos claros más en todo el valle, los mismos que ya habían comenzado a sucumbir ante la creciente maleza. Vicki inspeccionó y recorrió con su mirada la zona hasta el extremo izquierdo del valle. Ya había comenzado a retirar los binoculares de sus ojos cuando captó un movimiento. Aunque ella había entendido la aseveración de Michael en cuanto a que los soldados de Alpiro habían dejado de operar en la reserva, era con precaución y muy sigilosamente que Vicki y César habían emprendido esta expedición. Pero debido a que las horas pasaban sin ninguna señal de vida humana, y debido al silencio y quietud del paisaje por debajo, Vicki había comenzado a suponer que toda precaución era innecesaria.

Fue con un aumento de adrenalina que Vicki se colocó los binoculares nuevamente en los ojos y adaptó el aumento. Era demasiado optimista de su parte esperar que estuviera equivocada en cuanto a haber detectado cierto movimiento. Las siluetas en el campo tampoco eran de una manada de ciervos alimentándose, sino de seres humanos. Vicki contó cuatro hombres vestidos con uniformes camuflados, portando rifles automáticos. El resto de las personas llevaba la ropa barata de los obreros campesinos. Con hoces en las manos, estos cortaban los tallos de las amapolas como si fueran césped. Vicki pensó inmediatamente en la "manada de ciervos" que había visto el día anterior. ¿Sería esta otra cuadrilla de limpieza?

Debía ser eso. La cosecha ya habría terminado y ahora tenían que eliminar la evidencia. Esos campesinos que trabajaban bajo la amenaza de los rifles eran la mano de obra que había esperado ver Vicki.

Sujetando una liana cercana para balancear su cuerpo, se paró de puntillas para enfocar los binoculares en los uniformes. No eran de la UPN. Eran los mismos uniformes que llevaba la patrulla de la noche anterior. ¿Se habría equivocado nuevamente? ¿Habría aún otro grupo que operaba en este bosque nuboso? ¿Se trataba de alguna unidad militar rebelde, o tal vez de un grupo guerrillero que se había asentado en la reserva?

De cualquier manera, seguramente Alpiro sí sabía lo que estaba pasando aquí. Eso era obvio, debido a la manera en que su gente había aparecido anoche.

Justo en ese momento uno de los campesinos, con la hoz en la mano, se interpuso entre Vicki y el uniformado. Después de haber pasado juntos una hora en la camioneta, Vicki reconoció instantáneamente esos oscuros rasgos mayas. Así que los voluntarios que fueron arrestados anoche habían sido traídos hasta acá.

Cuando Vicki apuntó en otra dirección, sus binoculares captaron a otro hombre uniformado que salía del claro. Ella sintió pánico al ver que él comenzó a subir la cuesta en dirección a ella. Sin embargo, al dejar caer los binoculares, Vicki se dio cuenta de que el hombre estaba tan lejos que si ella no hubiera sabido que estaba allí, ni siquiera hubiera notado ese uniforme verde y oliva. Sin binoculares, no era posible que él pudiera ver la camisa y los pantalones beige que Vicki llevaba puestos.

Enfocándolo nuevamente con los binoculares, Vicki se volteó cautelosamente sobre las puntas de los pies para ver hacia dónde se dirigía. Dos veces tuvo que adaptar el enfoque y hasta estaba pensando en ocultarse prudentemente cuando el hombre uniformado desapareció. Vicki se dio la vuelta aún más para examinar la falda de la montaña a su izquierda. ¿Hacia dónde había ido ese hombre?

Una vez más, Vicki adaptó el enfoque para ver mejor; casi hasta se soltó de la liana. Hasta ese momento no había notado el campamento porque no estaba en el valle sino en la falda un poco abajo de ella, a no más de cincuenta metros a su izquierda. Las redes camufladas explicaban por qué Joe no las había visto cuando había sobrevolado el área. ¿Por qué preferían no acampar en la aldea destruida? Vicki recordó el olor incesante de la muerte. Además, desde aquí podían cuidar el tesoro sin tener que moverse de un lado al otro.

Las tiendas de campaña emergían de entre los árboles. Vicki tenía una vista clara del interior de la más grande. Dentro de esta podía ver una mesa y un equipo de radio. Sintió un escalofrío cuando los binoculares captaron una silla playera de lona, con la persona que estaba sentada sobre esta, sosteniendo una botella de líquido dorado como si estuviera disfrutando de un día en la playa. Se trataba precisamente del líder de la patrulla que había aparecido la noche anterior, el oficial que se parecía a Fidel Castro.

Soltando la liana, Vicki usó esa mano para sacar la fotografía del grupo que traía en la mochila aquella imagen que la había seguido por toda Guatemala. Sí, ese oficial había cambiado poco con el pasar de los años. Estaba retratado junto a Alpiro, sin las canas que le salpicaban la cabeza, pero con los rizos y la barba igual de frondosos. *Se parece tanto a Alpiro que seguramente son parientes.*

Eso explicaría la participación de un oficial policial como Alpiro y cómo se podían frenar los rumores sobre algo así de grande. Alpiro no necesitaría más mano de obra que lo que proveían el doble de Castro y su banda de bandidos con sus campesinos reclutados. Es más, los soldados de la UPN bajo el mando de Alpiro sólo debían conocer su misión legítima, consistente en proteger la biosfera. Hasta era posible que a estos se les hubiera dicho que allí se estaba llevando a cabo algún tipo de misión de entrenamiento. Esto explicaría la colaboración que Vicki había presenciado anoche.

Los planes de Vicki de partir de inmediato se evaporaron instantáneamente. Por el contrario, comenzó a concentrarse en estudiar el campamento. En el perímetro más cercano, cubierto con una malla, notó el Jeep que el doble de Castro había manejado la noche anterior; junto al Jeep también vio al camión militar de transporte. Un poco más lejos había un camino con surcos. Seguramente fue por ahí que salieron para interceptar a la camioneta. El equipo de radio dentro de la tienda de campaña debió haber sido el medio que les permitió saber que Vicki y los demás se estaban aproximando.

En el campo había varios hombres con uniformes camuflados sin ninguna identificación. Dos de ellos deambulaban por los alrededores portando rifles. Si se hubieran fijado en la cuesta, es posible que hubieran visto a Vicki, pero aparentemente se interesaban más en otras actividades que en sus tareas como centinelas. Bajo un pabellón cuadrado de lona, con uno de los costados enrollado hacia arriba, otros dos hombres uniformados raspaban una sustancia chiclosa de un recipiente metálico para formar bolas del tamaño de un puño. Se trataba de la resina de opio solidificada que habían extraído de los bulbos de las amapolas.

Dos hombres más estaban trabajando con una prensa que formaba bloques tan grandes como ladrillos. Otro envolvía estos ladrillos en papel marrón.

Vicki sintió los brazos adoloridos por el esfuerzo de sostener los binoculares y la liana. A fin de acomodarse mejor dejó caer los binoculares hasta que estos quedaron colgando otra vez de su cuello.

Entonces César los tomó para ver en la dirección en la que Vicki había estado observando. Los dejó caer casi de inmediato con un silbido furioso. —Señorita Vicki, ese hombre, el que está sentado en la silla, es el que anoche dio las órdenes de que quemaran nuestra iglesia. ¿Quién es esta gente y qué está haciendo?

¿Por qué no me sorprende? Por lo menos eso exoneraba a los soldados de la UPN de Michael, aunque su comandante sin duda estaba involucrado.

—¡Son narcotraficantes! —contestó Vicki mientras volvía a tomar los binoculares. Esa era la única explicación que se necesitaba. Si bien la heroína era una nueva industria para Guatemala, el narcotráfico era un problema que había durado ya una eternidad.

Vicki escuchó que César dio un grito ahogado. Luego él le jaló el brazo, comunicándole que debían partir con toda urgencia.

Vicki asintió con la cabeza. César tenía razón. Ya era hora de irse —y sin ser vistos.

Con esas hoces trabajando, parecía que el oficial y sus subordinados estaban finalizando la operación. ¿Había terminado realmente la cosecha, o era que la intromisión de anoche en su territorio los había asustado? De todos modos, les sería muy fácil trasladarse a otra parte y comenzar todo esto nuevamente. La biosfera era inmensa y había otras aldeas abandonadas, aunque estas no fueran tan accesibles. Si se marchaban antes de que Vicki pudiera traer a las autoridades . . . No, ella no podía permitir que eso ocurriera, no después de todo esto.

Si tan sólo tuviera la cámara digital de Holly para tomar fotografías de esto y llevarlas como prueba. Las autoridades tendrán que confiar en mi palabra. Espero que eso sea suficiente. Debo ir a la ciudad de Guatemala para hablar con la gente que corresponda en la embajada y hacer que me crean.

El tiempo apremiaba. Michael le había ofrecido transporte, pero ahora Vicki debía recurrir a Alpiro para comunicarse con él. La mejor opción era la DHC-2. Joe ya había visto las plantaciones anteriores y podría respaldarla. Hasta era posible que él tuviera una cámara, si es que no le importaba arriesgarse y volar otra vez sobre los claros para fotografiarlos.

Ahora Vicki estaba tan ansiosa como César para irse, pero aún no se movía. Un nuevo centinela, con un M16 colgado de un hombro, salió desde detrás de la tienda de mando y comenzó a hacer la ronda del campamento. Se quedó de cara a Vicki; se veía que era más atento que los otros guardias. Con la cabeza en alto bajo el ala ancha de su sombrero, iba inspeccionando visualmente los alrededores. Vicki se quedó paralizada para que ningún movimiento hiciera que el hombre mirara hacia la cuesta.

El centinela despareció entre el Jeep y el camión militar, quedándose fuera de vista el tiempo suficiente como para que Vicki comenzara a moverse; en eso vio por los binoculares que él volvía a aparecer por el lado más cercano. Vicki quedó consternada al ver que el hombre comenzaba a dirigirse hacia la cuesta. Ella siguió sus movimientos con los binoculares pero los hizo girar demasiado. Frenéticamente, trató de volver a enfocar al guardia. Ya comenzó a sentir pánico nuevamente cuando un pequeño movimiento cerca de los arbustos hizo que reconociera un patrón familiar de colores olivo y verde. ¿Se estaría acercando el guardia?

El hombre se apoyó contra un árbol y sus facciones quedaron bajo la sombra, de modo que Vicki ya no podía verle el rostro, porque miraba hacia el otro lado.

Ella se relajó, pero sólo hasta enfocarse en aquel hombre inmóvil. Después de todo, este no era el mismo centinela. Este hombre no llevaba un M16 sobre el hombro y las sombras que oscurecían su rostro eran un par de binoculares aún más potentes de los que tenía Vicki. Él había estado mirando en dirección del campamento, pero ahora comenzaba a inspeccionar el entorno. Los movimientos relajados de su cuerpo demostraban que era más cuidadoso que los demás guardias.

La primera idea descabellada que Vicki tuvo fue que sus pensamientos habían hecho aparecer la semejanza. Ciertamente habría otros hombres con cuerpos tan altos, hombros tan anchos y con la agilidad muscular de estos movimientos. En eso, algo llamó la atención de este centinela y bajó sus binoculares. Vicki logró captar un perfil familiar que reconocería en cualquier lugar, aún bajo el verde y negro de la pintura de camuflaje.

Joe Ericsson.

Debe haber un error. Tal vez . . . tal vez yo tenía razón y él es un agente secreto que está observando el campamento, tal como yo lo estoy haciendo ahora.

Vicki vio lo que le había llamado la atención a Joe. Vio en sus binoculares a otro hombre uniformado que estaba caminando hacia Joe: se trataba del centinela que anteriormente había salido del campamento. Obviamente Joe lo estaba esperando puesto que de inmediato se le acercó para hablar con él. Fue una conversación muy breve. Luego, el otro centinela se alejó, pero no se fue hacia el campamento, sino que comenzó a subir la cuesta. La decepción y la traición fueron sensaciones tan agrias como el dolor físico. *¡No, no puede ser cierto!*

Pero ahora el mismo pensamiento que había estado inquietando a Vicki todo el día le volvió a la mente. Las últimas palabras de Holly. Todas ellas. *"Tenías razón. . . . No, yo tenía razón."* Vicki se había concentrado tanto en la primera parte, tan segura de que uno de los colegas guatemaltecos de Holly estaba involucrado, tal como Vicki lo había sugerido sardónicamente. ¿Pero cuál había sido la respuesta de Holly? *¿Por qué no uno de los voluntarios extranjeros? Roger, o Joe, o aún yo misma."*

Joe.

Entonces esto era lo que Vicki había sentido que el técnico ocultaba, aunque se había sentido atraída hacia él. ¿Qué otro motivo podía él haber tenido para haber estado en la montaña, vestido de cazador y con un arma, cuando ella lo había encontrado ese día? Su hermana admiraba a este hombre y también confiaba en él. Tal vez Holly se había enamorado de Joe, por lo que, no queriendo pensar nada malo de él, no lo habría reportado a las autoridades.

El recuerdo de Holly fue suficiente como para que Vicki hiciera de lado el sentimiento de traición y el escepticismo que la habían embargado. Ahora sintió más bien un torrente de ira. Vicki adaptó aún más los binoculares. *De esto no te escaparás. No si encuentro la manera de salir de aquí para yo misma traer a las autoridades para que te arresten.*

Pero el movimiento de Vicki también había hecho que apretara la liana que sostenía para equilibrar su cuerpo. En ese silencio absoluto, el sonido que emitió al romperse sonó como un látigo agitado al aire. Inmovilizada por el terror, con los binoculares aún en sus ojos, Vicki vio cuando Joe se dio media vuelta, también con sus binoculares en los ojos. Por un instante, los dos binoculares se enfocaron mutuamente.

Enseguida Joe soltó los suyos y, a juzgar por la feroz y fría expresión en su rostro, Vicki supo que él la había visto.

Joe no fue el único que la había descubierto. El ruido de la liana fue seguido inmediatamente por gritos que provenían del campamento.

Vicki se tumbó al piso para esconderse entre los arbustos. "¡Ya vámonos de aquí!" le dijo a César y lo siguió hacia abajo.

¿La habían visto los demás? *Eso ya no importa,* se contestó a sí misma amargamente. Con toda seguridad, Joe se los diría.

Al tratar de seguir el sendero, tuvieron que pasar por un claro; esta vez un coro de gritos ya no dejó duda de que los habían visto. Los guardias uniformados avanzaron subiendo la cuesta a su izquierda. Vicki y César habían perdido la ventaja de estar ocultos; ahora no les quedaba otra que la de la velocidad. Los dos llegaron al sendero cubierto de maleza, empujando las ramas con las manos a medida que corrían. Una rama le golpeó a Vicki en la cara mientras trataba de seguir a César. Por lo menos ambos ya estaban en el sendero mientras que sus perseguidores aún estaban luchando contra los matorrales en la cuesta.

Luego Vicki escuchó un motor al ser puesto en marcha. "De seguro saben que vinimos hasta acá desde la aldea," dijo César, sin dejar de mirar al frente mientras seguía corriendo.

No fue necesario que diera más explicaciones. Debían llegar a sus bicicletas antes de que los interceptara ese vehículo motorizado que iba a toda marcha. ¿Por cuánta distancia tendrían que desviarse sus perseguidores? No la suficiente, a juzgar por la rapidez con la que anoche el camión militar había subido la cuesta para capturar a los aldeanos. La adrenalina le hizo a Vicki redoblar el paso.

El vehículo seguía siendo un murmullo distante cuando alcanzó a César por el sendero en el borde de la aldea. Más adelante se veía el campo abierto del área común. Los naranjos en el otro extremo eran su salvación. Si pudieran perderse con las bicicletas dentro de ese laberinto de senderos . . .

Las oscilaciones de la mochila y la maleza que le llegaba hasta las rodillas eran una molestia que distraía a Vicki mientras corría. Resistió el impulso de mirar hacia atrás.

Cuando los naranjos estaban a menos de diez metros, escuchó el rugido del motor en el campo abierto. Los gritos que Vicki escuchó le indicaron que su recorrido a través del campo había sido detectado. Se arriesgó y miró hacia atrás. En el Jeep iban por lo menos seis guardias. Tomó el tiempo de averiguar con amargura que Joe no estaba entre ellos. El Jeep aceleró en dirección al campo; la tracción a cuatro ruedas del vehículo le permitía sortear los obstáculos sin dificultad alguna. No obstante, al parecer los uniformados no iban a poder darles alcance. Dos pasos más y César y Vicki llegarían a los naranjos y a sus bicicletas.

Vicki acababa de agacharse para pasar por debajo de una rama baja cuando un sonido surcó por el aire; se escuchó una bala que rebotó en el tronco más cercano. Sus perseguidores no estaban esperando para alcanzarlos. El disparo aislado se tornó enseguida en una ráfaga. El tambaleo errático del Jeep salvó a los dos fugitivos, ya que hacía que el fuego sobre sus cabezas se desviara, causando que las balas que silbaban en el aire y desgarraban hojas fueran a terminar en los árboles. César jaló a Vicki más allá de la primera fila de árboles. El motor del Jeep paró mientras levantaban sus bicicletas. En vez de balas comenzaron a escuchar pasos de botas y gritos. Mientras montaban en las bicicletas, César empujó a Vicki hacia el sendero para que ella fuera delante de él. Cuando escuchó una nueva ráfaga de balas, Vicki se dio cuenta de lo noble que había sido este gesto.

Al voltear de inmediato en una curva pudieron evadir los proyectiles, que pegaron contra los robles y los cipreses. Pedaleando frenéticamente, ella miró hacia atrás y vio que César iba detrás y que no había sido herido. En ese momento escucharon gritos en la maleza que habían dejado atrás, pero ya no se oían disparos.

Cuando Vicki llegó al manantial, el ruido de sus perseguidores había quedado bastante lejos como para que se atreviera a andar más lentamente para descansar sus músculos y pulmones agotados. Estaban a salvo . . . por lo menos por el momento.

Vicki no esperó a que César se le adelantara al llegar al primer sendero que se les atravesó, sino que volteó a la derecha sin vacilar. La vegetación rota y las huellas de neumáticos eran tan claras como letreros en una carretera. Estas misma señales también guiarían a sus perseguidores, pero no se detuvo a pensar en esto. Los guardias ya sabían que Vicki y César iban en bicicleta, pero debían perseguirlos a pie. Sin embargo, aun cuando habían dejado de escuchar el último grito de los guardias, Vicki no disminuyó la velocidad. Al contrario, manejando la bicicleta con mayor rapidez de lo que lo había hecho en toda su vida, y siguiendo infaliblemente el mismo camino por el que habían venido, sólo bajaba la velocidad muy de vez en cuando, para asegurarse de que César aún la seguía. La ira ardiente en su pecho le daba fuerza, aun después de que la fuerza inicial de la adrenalina se había desvanecido.

En cierto momento Vicki escuchó que un helicóptero volaba muy bajo por encima de ellos, pero no bajó la velocidad. Bajo las copas espesas de los árboles, eran invisibles desde el aire. Vicki se cayó dos veces al ir demasiado rápido sin ver los obstáculos. Al llegar a la cuesta zigzagueante donde habían montado las bicicletas por primera vez, Vicki estaba bañada de sudor y cubierta de polvo. Le dolían la cara y los brazos debido a los azotes de las ramas.

Aquí en la cima de la colina estaban al descubierto. Cuando Vicki escuchó el rugido del helicóptero que regresaba, se bajó de la bicicleta, la recostó ocultándola en la maleza y se tiró al suelo junto a ella, abrazándose las rodillas mientras trataba de pensar. Durante la fuga había tratado de elaborar un plan, pero en el momento sólo se podía concentrar en la siguiente curva que debía tomar. Al mirar hacia la sierra, se dio cuenta que ya era hora de planear lo que debía hacer a continuación.

Plan A —el autobús nocturno que bajaba de la montaña— quedaba excluido. La estación de autobús de Verapaz, en la plaza del pueblo, sería un blanco automático para una orden de cateo.

Plan B —La DHC-2— también quedaba excluido. Otra cosa que no tenía sentido. Las balas disparadas a la pequeña avioneta cuando Vicki había llegado habían sido reales. La tristeza comenzó a disipársele un poco hasta que Vicki se acordó de lo que Joe le había dicho a gritos a los soldados. *La gente a cargo nunca se enteró de la nueva avioneta y del nuevo plan de vuelo. Con razón estaba tan enojado. En el momento en que nos dispararon, debió haber estado volando en círculos para calcular la cosecha.*

No, Vicki no quiso siquiera pensar en Joe. La posibilidad de que Michael hubiera participado en todo esto hubiera sido sólo un pensamiento desagradable, mientras la traición de Joe la seguía invadiendo como si se tratara de un dolor físico. La distinción era otra cosa que Vicki no se permitía sondear.

La posibilidad de regresar al centro también estaba descartada. Vicente y Beatriz no eran sus amigos.

¿Y Michael? El enojo que le causó a Vicki el arresto de los aldeanos había dejado de ser una prioridad, y él le había dado plazo hasta esta misma tarde en caso de que deseara cambiar sus planes. Pero el medio de transporte sería uno de los helicópteros de la UPN y, cualquiera fuera la participación de Alpiro en esta operación de narcotráfico en la reserva, ella estaba segura de que sus propios soldados ya estaban en estado de alerta. Ella iba a tener que tomar este inmenso riesgo si quería comunicarse con Michael.

Vicki ya estaba comenzando a desesperarse cuando vio un techo con tejas rojas que se erguía sobre una loma en medio de los cafetales. Por ahí cerca en el camino había una camioneta verde, al verla Vicki se levantó, casi llorando de alivio.

¡Por supuesto! Bill le había dicho que recurriera a él si alguna vez necesitaba algo. Seguramente esto no era lo que tenía en mente cuando le había hecho tal ofrecimiento, pero si ella podía confiarle la identidad de sus padres, seguramente también podría confiarle su situación actual. No había que olvidar que Bill tenía contactos en la embajada y su propio equipo de radio. Ciertamente, él sabría qué hacer.

Además, Vicki recordó, sintiendo otra vez el puñal de la traición, que tenía la obligación de decirle a Bill lo que estaba haciendo el empleado a quien él había tratado tan generosamente. ¿Tenía Bill idea del tipo de persona que Joe era en realidad? ¿Fue por eso que le había advertido a Vicki que más le valía apartarse de él?

Vicki reprimió su tristeza tan pronto como escuchó la respiración agitada de César. Él desmontó de su bicicleta y se agachó junto a ella.

Vicki alzó la cabeza para verlo directamente. César estaba en su derecho de culparla por este lío. Él no había querido venir y desde el principio la había advertido del peligro. Ahora, quién sabía el tipo de problemas en que ella lo había metido. Sin embargo, no notó indicio alguno de desaprobación en los ojos del joven veterinario, sólo urgencia.

—¡Ven! Tenemos que llegar al pueblo antes que los militares.

Vicki se lo quedó viendo con la mirada perpleja. —En el pueblo no nos pueden ayudar. Tenemos que ver a Bill. Él tiene un radio y contactos con la embajada.

—Pero no hay tiempo para eso —contestó César—. ¿No te das cuenta de que los narcotraficantes no saben quiénes somos? ¿No entiendes que ellos sólo saben que invadimos su territorio? De seguro piensan que somos del pueblo y que fuimos a espiarlos.

Por lo menos Joe sí sabía quiénes habían estado observando la cosecha, pero César no lo había visto y Vicki no desperdició tiempo dando explicaciones. —Entonces no debemos ir al pueblo porque irán a buscarnos precisamente allá.

—No les va a importar quién fue, sino sólo el hecho de que sus órdenes fueron desobedecidas —dijo César ásperamente, mientras negaba con la cabeza—. Es seguro que los narcotraficantes van a regresar a cumplir con su amenaza. Hay que advertir a los aldeanos para que se escapen a las montañas. Y ni pienses que las autoridades los detendrán. ¿No viste a los militares junto con los narcotraficantes cuando encontramos a Alicia y Gabriela? ¿Acaso crees que todo esto puede estar sucediendo en la reserva sin que ellos se enteren?

Vicki se dio cuenta de su propia arrogancia al reconocer que César tenía razón. ¿Cómo se le había ocurrido pensar que él no era capaz de entender las cosas del modo que ella lo hacía? ¿Por qué había pensado que ella era la líder? De hecho, durante toda su vida, César había encarado más situaciones difíciles que ella.

"Entonces ve tú," dijo Vicki. "Haz lo que tienes que hacer y no regreses al centro hasta que sea un lugar seguro. Yo hablaré con el señor Taylor. Tal vez él pueda ayudarnos. Yo voy a estar bien. Tu familia y tu gente te necesitan."

Al parecer César dudó que Vicki estuviera convencida de su propia aseveración. No obstante, él se alejó por la cuesta de la montaña cargando su bicicleta sobre la espalda.

Vicki permaneció donde estaba. Sus binoculares habían permanecido colgados alrededor de su cuello durante el tumultuoso recorrido que hicieron de regreso. Se los llevó a los ojos para estudiar la pendiente que la separaba de los cafetales de Bill. No podía seguir el sendero que César había seguido ya que terminaba en el centro. Ella no conocía los desvíos que él iba a tomar. Pero por aquí la maleza no era tan espesa, así que si ella pudiera determinar qué camino tomar, entonces podría bajar y llegar directamente a la parte posterior de la casa.

Evadir a los guardias y a los empleados era más complicado. Dentro de un radio de cincuenta metros alrededor de la loma no había matas de café, sólo césped podado. Los empleados más cercanos que Vicki vio con sus binoculares estaban al otro lado del camino. El centinela habitual estaba en la caseta de seguridad, junto al portón frontal; también divisó con los binoculares un hombre con sombrero en la terraza de Bill. ¿Acaso se trataba del mismo guardia a quien Joe había regañado la última vez que ella se había escabullido para entrar a la casa? Además, cualquiera de los empleados podría ser uno de los soplones de Alpiro.

Sin ningún sendero que seguir, ya de nada le servía la bicicleta, por lo que Vicki la dejó entre los arbustos. Le tomó más tiempo del que pensaba para llegar a la hacienda. No obstante, siguió recorriendo la montaña hasta que quedó justo detrás de la casa. Para cuando llegó a la terraza posterior de la casa, deslizándose a través de los arbustos hasta que esta quedó enfrente de ella, Vicki se había rasgado la ropa.

Con desilusión, vio que el guardia ya se había trasladado a la parte posterior, donde ahora fumaba un cigarrillo. Agachándose entre los arbustos, ella ni siquiera se atrevía a acercarse la cantimplora a la boca por temor de que sus movimientos fueran detectados. Estaba pensando en arriesgarse a hablar con el guardia para pedirle que la dejara hablar con su jefe cuando el hombre tiró el cigarrillo al suelo, lo pisó con la bota y se alejó.

Vicki atravesó el jardín en menos de diez segundos. Al llegar a la terraza, el miedo la paralizó cuando con su pie derribó una botella de cerveza abierta. Obviamente se trataba del refrigerio vespertino del guardia, a juzgar por el líquido que aún se derramaba sobre el piso.

No obstante, el ruido casi ni se había escuchado y Vicki ya estaba junto a la puerta posterior. Silenciosamente deslizó el pestillo. La puerta no se movió; a Vicki la invadió el pánico al escuchar pasos al lado de la terraza. Luego empujó el pestillo hacia arriba. La puerta se abrió. Mientras el ruido de pasos se escuchaba más de cerca en la terraza, el cerrojo se cerró detrás de ella.

Vicki ya había entrado.

Después del sol de las primeras horas de la tarde, la luz en el interior era leve. Vicki hizo una pausa para orientarse; estaba en la cocina. La luz tenue se debía en parte a una persiana blanca que cubría la ventana. Obviamente a Bill Taylor no le interesaba ser blanco de los curiosos.

Vicki se adentró aún más en la cocina. Una puerta de la alacena estaba abierta. "¿Bill?"

No obtuvo respuesta alguna.

Fue a la sala. Estaba vacía. Las puertas de los dos dormitorios estaban entreabiertas, por lo que Vicki no tuvo que entrar para darse cuenta que también estaban desocupados. "¿Bill?" dijo otra vez quedamente, metiendo la cabeza en la oficina.

También estaba vacía, pero sobre el escritorio había una taza con café recién hecho, a juzgar por el vapor que aún emanaba de ella.

Vicki regresó a la sala y fisgoneó detrás de otra persiana. Ya que la camioneta verde aún estaba aquí, Bill no podía haber ido muy lejos. Tal vez había ido afuera para tratar algún negocio relacionado con la plantación. Ella sólo tendría que sentarse y esperar que regresara pronto.

Mientras tanto, Vicki fue al baño ubicado entre las dos habitaciones. Se quitó el polvo y el sudor del rostro y de los brazos. Soltándose el cabello, quitó pedazos de hojas y de ramas y se lo volvió a atar. Al pelar una banana y calmar su sed tomando un sorbo de su cantimplora, otra vez se sintió casi como un ser humano, pero cada vez más ansiosa. ¿Dónde estaba Bill? La sensación urgente de que se les estaba acabando el tiempo la estaba abrumando. ¿Habría llegado ya César al pueblo? ¿Qué iba a pasar aun si él lograba llevar a los campesinos hasta las montañas? Ellos no podían permanecer ahí indefinidamente.

Tengo que conseguir ayuda para poner fin a todo esto. Si podemos hacer que esta situación sea de dominio público; las autoridades tendrán que hacer algo o serán expuestas ante el mundo entero. Esa es la única manera en la que César y los campesinos podrán retomar su ritmo normal de vida.

¿Acaso su verdadero padre también había pensado del mismo modo? ¿Era eso la razón por la que habría sentido tanta pasión para tomar sus fotografías? "Hablador de verdades," lo habían llamado los mayas. *Jeff Craig... no, ¡Papá! Tal vez realmente no puedo distinguir entre lo que recuerdo y lo que imagino, pero estoy orgullosa de ser tu hija. Y la de Mamá. Ayúdame a ser como tú. Ayúdame a hacer que el mundo sepa la verdad, tal como tú —y Holly— estaban tratando de hacer.*

Agitada, Vicki regresó a la oficina. Tal vez ahí encontraría algo que la ayudaría a saber a dónde se había ido Bill y cuánto tiempo tardaría en regresar. Pero sobre el escritorio sólo había un nítido registro de incidencias y un montón de revistas y, al parecer, propagandas enviadas por correo. La pantalla de la computadora estaba en blanco. Vicki miró con ansias al equipo de radio. Este parecía ser muy moderno, muy diferente al radio UHF del centro, pero no sabía cómo hacerlo funcionar. Aunque supiera cómo hacerlo, ¿a quién iba a llamar?

Estaba a punto de salir cuando notó que el anaquel con las cerámicas estaba retirado un tanto de la pared, tal como lo había estado cuando había visto a Joe trabajando aquí. Si no hubiera sentido una brisa repentina, se hubiera ido. Durante un momento se quedó mirando el mueble. Luego tomó una de las figuritas de cerámica. Mejor dicho, trató de tomarla, puesto que al tirar de ella se dio cuenta de que estaba pegada en su lugar. Luego jaló la repisa. Silenciosamente, como si estuviera sobre rueditas lubricadas, el anaquel entero se deslizó otros dos tercios de metro hacia el centro de la habitación y quedó aún más lejos de la pared. Vicki observó lo que había detrás.

La chimenea disimulaba un cuarto entero. Aunque no se trataba de una habitación grande; sólo era del ancho de la chimenea y de la mitad del largo de la oficina.

La brisa procedía de una rejilla de ventilación en lo alto de la parte posterior de la chimenea. Esta había sido colocada muy astutamente para permitir que el aire circulara aun cuando la pared con el anaquel de las figuras de cerámica estuviera cerrada, manteniendo la habitación oculta abrigada y seca. Al tocar la parte posterior de la chimenea, Vicki se dio cuenta que estaba a una temperatura agradablemente cálida. Un deshumedecedor natural. El cuarto también tenía mucha luz, considerando que no tenía ventanas. Echó la cabeza hacia atrás y vio que no había cielo raso, sino sólo el techo de tejas rojas. Junto a la cumbrera, una superficie de un metro cuadrado de estas tejas había sido reemplazada por lo que parecía ser un panel solar. A través del tragaluz Vicki pudo ver la antena satélite que disimulaba el panel solar desde afuera. La altura de la cumbrera y el escaso tamaño de la habitación daban la sensación de estar al fondo de un pozo.

Una habitación secreta. Una sabia precaución para un extranjero solitario viviendo en esta región sin ley. ¿Sabría Bill que Joe la había descubierto? Vicki estaba segura que eso era lo que Joe había estado haciendo el día que lo encontró aquí.

A primera vista, el contenido de esta habitación secreta no parecían ser tan valioso como para merecer este tipo de protección. Había una pequeña mesa con papeles y carpetas de archivo desordenadas, un par de binoculares para visión nocturna tirado sobre los documentos. También había una sola silla y unos cuantos archivadores. Vicki trató de abrir el más cercano —estaba bajo llave. Una computadora portátil parecía estar por demás, ya que en la otra habitación había una computadora de escritorio, hasta que vio un módem y los alambres y cables que trepaban por la pared. Así que la antena satélite que estaba directamente sobre su cabeza no era sólo para el cable de televisión. Además, a juzgar por el anillo aún húmedo dejado por una taza de café, Bill había estado aquí cuando fue interrumpido.

En ese momento, Vicki vio un teléfono satélite, negro y delgado, colocado sobre su gran base —era el tipo de aparato con el que Holly había soñado para el centro. Vicki pudo entender por qué Bill lo mantenía bajo llave; su valor sería equivalente al salario que un trabajador de la plantación ganaría en una década entera.

Al dirigirse a la mesita, Vicki no se detuvo a considerar que estaba cometiendo un abuso de confianza. Los papeles dispersos parecían ser algún tipo de mapa aéreo. Las marcas de tinta y ciertos diagramas hechos en los márgenes parecían más bien las notas hechas por un entrenador de fútbol planeando una nueva jugada.

Vicki hizo a un lado los papeles para poder tomar el teléfono. *Podría llamar a alguien. No, no tengo ningún número telefónico, ni siquiera el de Evelina. Pero el cero es para hablar con la operadora, aun en este lugar. Si pudiera comunicarme con la embajada y hablar con Marion Whitfield . . .* No obstante, no levantó el auricular de su base. La mano le tembló ligeramente cuando tomó el APD que quedó a la vista cuando retiró los papeles. Si este no era el de Holly, entonces era uno idéntico al de ella. Vicki no estuvo segura si deseó profundamente estar en lo correcto o estar equivocada. Cualquier duda se desvaneció cuando la pantalla cristalina se encendió.

La fotografía de la pantalla era una de las de Holly: el claro lleno de flores. Mientras hacía que el aparato le mostrara sus más recientes datos, los dedos de Vicki estaban tan fríos como la piedra que parecía tener en el pecho. Si Holly había elegido a propósito una fotografía tan obvia para la pantalla, entonces casi de seguro habría también dejado algún mensaje para su hermana. Pero Vicki no encontró datos de ninguna comunicación personal; sólo había un archivo tras otro, que Holly debió haber obtenido en Internet.

Estos sí mostraban que Holly había estado investigando las mismas cosas que Vicki. Había varios documentos relacionados con el aumento del tráfico de heroína en Centro y Sudamérica. Una docena de tales documentos tenía que ver con la larga guerra del régimen guatemalteco. Vicki pronto se dio cuenta cuál era el denominador común entre todos estos archivos. Los que Holly había elegido para grabar en su APD no tenían tanto que ver con los abusos cometidos por el ejército, sino más bien con la influencia directa de Estados Unidos en Guatemala durante el medio siglo pasado. Vicki revisó rápidamente cada archivo hasta que la fotografía que Holly había elegido para contemplar mientras se preparaba para ir a dormir apareció en la pantalla. El documento era un testimonio de más de dos años de un grupo que velaba por los derechos humanos. Varias fotografías más estaban dispersas en el texto. Vicki sólo estaba interesada en la fotografía del grupo. El pie de foto era el mismo que constaba en el periódico guatemalteco, del cual debió haber sido tomada, pero aquí los signos de interrogación habían sido irónicamente añadidos: *¿Estados Unidos y Guatemala: Aliados contra el Comunismo?*

El reporte mencionaba la extraña coincidencia de que varios informantes de la CIA en la región se habían graduado de programas especiales de entrenamiento en sofocar las revueltas. Aunque no se hacía una conexión explícita entre el texto y la fotografía, la implicación era muy clara.

Vicki observó la pequeña cabeza del estadounidense con ropa de civil y con el sombrero de ala ancha. *Creo que eras de la CIA. ¿Estabas reclutando informantes mientras los otros los estaban adiestrando?*

Este era el último archivo de texto. Material que podía resultar interesante si se contaba con el tiempo necesario para revisarlo, ¿pero cuán relevante era? Entonces estos hombres habían sido entrenados por Estados Unidos, tal vez hasta habían sido reclutados por la CIA como miembros de inteligencia. Vicki no tenía nada realmente en contra de las prácticas de reclutamiento del servicio de inteligencia de su país. A veces se tiene que hacer tratos con gente indeseable para obtener información. Ella misma lo había tenido que hacer. Una vez más, esto ya no parecía ser tan crucial. *¿Holly, qué estás tratando de decirme?*

Esto tampoco era relevante para la cuestión más urgente. ¿Qué estaba haciendo el APD de Holly en la habitación secreta de Bill? *Después de todo, Joe debió haberlo tendido una mentira más.* Pero ¿por qué, simplemente, no se lo había devuelto a Vicki? La información contenida en esta serie de archivos no era nada comprometedora. *Lo único comprometedor hubiera sido tener que explicar de dónde y cómo lo había obtenido.* ¿Acaso lo habría encontrado Bill mismo? ¿Sería que Joe lo había dejado aquí accidentalmente al merodear por este lugar?

Cuando Vicki revisó el álbum de fotografías que su hermana había guardado en el APD, sintió nuevamente un dolor le quemaba el pecho. La mayor parte de estas eran variaciones de las que Holly había colocado en su aposento. Varias de ellas mostraban diferentes ángulos de los campos de amapola, aunque ninguna mostraba los bulbos maduros. Claro que no, ya que Holly ya había estado muerta para cuando los pétalos habían caído.

Casi impacientemente, Vicki pasó una versión ampliada de la imagen del último texto. Aunque podía leer a gran velocidad, ya tenían que haber pasado cerca de quince minutos desde que se había escabullido dentro de la casa y más de una hora desde que ella y César habían escapado del campamento. Joe y sus corruptos aliados militares no iban a permanecer quietos. *¡Por favor, Bill, apresúrate!*

Tal súplica mental dio paso a un frío temor cuando salió el próximo archivo fotográfico en la pantalla. Este había sido tomado de la fotografía anterior de ese grupo y había sido recortado y ampliado.

"Por qué no podía ser uno de los voluntarios extranjeros —Roger, Joe . . ."

Quizás hasta William Taylor, el voluntario más antiguo y más generoso del Centro de Rescate de la Flora y Fauna.

Si la fotografía no hubiera sido ampliada, Vicki nunca hubiera reconocido aquel perfil escondido debajo del ala ancha de ese sombrero. Pero ella no había trabajado tan de cerca, ni había admirado tanto al benefactor anciano del centro como Holly lo había hecho. Aun en la época cuando esta fotografía había sido tomada, él ya no había sido tan joven. Entonces había tenido el cabello un poco más largo que su actual corte a rape y el perfil aguileño colgaba sólo un poco más veinte años después. Cuando Vicki volvió a mirar el archivo fotográfico anterior, la figura con la espalda erguida y la postura intemporal que aún presentaba la retó a reconocerla.

Vicki apagó el ordenador digital y levantó su mochila, la misma que estaba sobre la mesita. Se fijó en el teléfono de satélite que estaba colocado sobre su base. *Tengo que llamar a alguien para pedir ayuda. Es mi única esperanza.*

El teléfono era inalámbrico. Tendría que esperar poder hacer llamadas fuera de la casa. Pero en su apuro por levantar el auricular, se olvidó que se había puesto su mochila al hombro. Cuando se dio media vuelta, esta chocó contra el teléfono y contra los archivos, mandándolos a todos por el suelo. Tirándose de rodillas, Vicki alcanzó a agarrar la gran base del teléfono antes de que esta se hiciera pedazos al caer contra el piso de baldosa. Pero el auricular había caído en medio de un montón de carpetas de archivos y sobre lo que parecía ser unas docenas de fotografías. No copias impresas, como las de Holly, sino fotografías profesionales a todo color.

Colocando la base de regreso sobre la mesita, Vicki tomó el auricular. Instintivamente trató de apilar las fotografías mientras trataba de cerciorarse de que había tono para marcar. El teléfono todavía estaba funcionando. Al darse cuenta de lo ridículo de su frenético esfuerzo, dejó caer las fotografías que tenía en su mano, pero permaneció de rodillas. La brillante luz del tragaluz rectangular que estaba sobre ella alumbraba directamente a las fotografías dispersas por todo lado. A pesar de su prisa, su primera reacción fue de fascinación. Las fotografías eran tan hermosas, un verdadero trabajo de amor y visión, que la dejaron confundida.

En una de ellas vio a un joven padre maya, balanceándose en una hamaca, tocando su guitarra para dos pequeños desnudos. En otra vio a una mujer mayor amasando tortillas para hornearlas en un horno caliente de piedra. Vio otra de unos trabajadores, encorvados y envejecidos más de lo debido, levantando inmensos sacos de café y llevándolos sobre sus espaldas dobladas. Una pareja joven bailando. Niños sentados sobre angostas bancas de madera, usando blancos y nítidos delantales sobre sus ropas andrajosas. *¡Si Bill tomó estas fotografías . . . !*

Fue la última fotografía que hizo que Vicki se quedara paralizada de rodillas. *Conozco este lugar. Esta es la escuela de la aldea.* En ese momento vio la inscripción en la esquina inferior derecha: *Jeff Craig Productions.* Estas fotografías no habían sido tomadas por Bill Taylor. Estas sólo podían ser el resultado del trabajo de investigación acerca de una aldea maya que su padre había estado llevando a cabo cuando murió.

Mejor dicho, cuando fue asesinado.

Vicki esparció las fotografías para verlas mejor. Sí, estas eran las fotografías que César había mencionado. Camiones del ejército levantando nubes de polvo en la plaza de la aldea. Soldados saltando con armas desenvainadas. Un oficial encima del techo de un camión con un megáfono. Mujeres y niños corriendo y gritando. Un bastón militar golpeando brutalmente a una anciana maya. La bota de un soldado quebrando las costillas de un cuerpo boca abajo. Un niño gritando de terror ante el cañón de un rifle. Tres cadáveres en el polvo. Todas llevaban el sello de *Jeff Craig Productions*. Su padre debió haberlas tomado antes de que los soldados se dieran cuenta de la presencia de un observador extranjero en la aldea. Con razón ellos no habían querido que estas imágenes llegaran a manos de los medios internacionales de comunicación.

También había varias fotografías de los guerrilleros. Una fila de estos, andrajosos y malnutridos, con el líder el único que llevaba uniforme, de modo que sólo sus armas los distinguían de un montón de campesinos que escuchaban pasivamente mientras el líder los exhortaba, sacudiendo los brazos.Vicki sacudió la última carpeta. Las fotografías de este eran las únicas que no llevaban el sello de su padre. Eran imágenes opacas, borrosas; obviamente no habían sido tomadas por un profesional. Eran las imágenes que ella veía en sus pesadillas. Llamas levantándose en lo alto en un atardecer de la montaña. Cadáveres amontonados. Casi podía distinguir un destello pálido entre ese laberinto de extremidades y cabellos, y con la náusea subiendo por la garganta, Vicki hizo la fotografía a un lado. Soldados riéndose y levantando su botín. Un oficial con una boina de comando, hablando a través de un radio manual. Vicki ya no se sorprendió cuando reconoció al oficial de comando: el doble de Castro.

Su pesadilla se tornó en recuerdo cuando Vicki vio las dos últimas fotografías. Tres hombres altos alejándose de la cámara y detrás de estos, saliendo de entre los árboles y al borde del marco, tres pequeños fantasmales.

La última fotografía había captado a los tres hombres altos dando la vuelta. A pesar de la tenue luz del atardecer, estos todavía podían ser identificados. Dos de ellos llevaban gorras militares y lucían molestos y furiosos. El tercero, quien llevaba un sombrero de ala ancha, lucía como un impasible observador. Obviamente estos tres hombres eran extranjeros.

La cabeza de Vicki daba vueltas mientras en su mente volvían a resonar las palabras: "Que no queden testigos ¡Dejen esas cámaras! Que no quede evidencia. ¿Tengo que repetírselos una y otra vez?" *¡Tengo que salir de aquí!* Sus manos le estaban temblando incontrolablemente, razón por la que estaba perdiendo segundos valiosos mientras guardaba las fotografías en una bolsa y las ponía en una sola carpeta. Se llevaría consigo el legado de su padre. Guardándolas en su mochila, Vicki levantó el auricular del teléfono de satélite y, a tientas, trató de encontrar el APD de Holly. *Por favor, haz que el guardia esté lejos de la terraza posterior.*

El ruido de unos pasos y del roce del anaquel hizo que Vicki se diera la vuelta. En ese momento una mano, nudosa pero firme, le sujetó la muñeca con una fuerza de acero.

"Dame eso, si no tienes inconveniente."

Las facciones curtidas por encima de Vicki ya no eran las de un afable hombre mayor. Ahora se habían tornado taciturnas y severas; los ojos azules eran ahora como trozos de hielo.

A pesar de esto, no fue el terror lo que hizo que Vicki lanzara sus primeras palabras acusatorias, sino más bien el sufrimiento y el dolor de la niña pequeña que había sido. —¿Eres de la CIA, verdad? Tú eres uno de los estadounidenses en la fotografía que está en la oficina de Alpiro. Y estuviste en la aldea la noche en la que mis padres fueron asesinados. Tú fuiste quien nos dijo que no tengamos miedo. ¿Tuviste . . . tuviste que asesinarlos?

—No, no estuvimos presentes cuando tus padres fueron asesinados —dijo Bill, dejando de sujetar la muñeca de Vicki. Mientras se alejaba de ella, dio un suspiro de cansancio—. Caso contrario las cosas hubieran sido muy diferentes. Nosotros de ningún modo hubiéramos asesinado a ciudadanos estadounidenses, aunque se tratara de un periodista curioso y entrometido como Jeff Craig. Lamentablemente, llegamos demasiado tarde.

—Pero tú encubriste los hechos. Tú le mentiste al pueblo estadounidense, no sólo a nosotras. El Departamento de Estado y la embajada le dijeron al mundo entero que fue un robo, pero todo el tiempo sabían que tus camaradas de guerra, o aliados, o como quiera que los llames, habían asesinado a ciudadanos estadounidenses.

—La embajada sólo supo lo que nosotros les dijimos —contestó Bill—. Para tu información, nosotros no tomamos los casos de asesinatos de nuestros ciudadanos tan a la ligera. Desgraciadamente, en este caso no nos quedó otra alternativa. Acabábamos de entrenar a un grupo que no sólo estaba conformado por los mejores elementos del ejército guatemalteco, sino que también eran los mejores hombres para conseguir inteligencia en el futuro, ya que provenían de la mitad de las familias políticas más importantes del país y, gracias a mucha endogamia entre la clase aristocrática, estaban también emparentados entre sí. Tenían interés en las vidas de los otros y, por ende, nosotros nos aseguramos que tendrían interés en nosotros.

—Quieres decir que eran informantes de la CIA —dijo Vicki.

—Más bien colaboradores de inteligencia —corrigió Bill —. Por esa razón, no pudimos divulgar que uno de nuestros tan costosos protegidos tenía una errónea noción de censura en el campo de batalla, al punto de haber llegado a asesinar a un par de estadounidenses en vez de destruir unos rollos de película. Hubiera sido un desastre para la inteligencia y para nuestras relaciones públicas. ¿Crees que aprobamos lo que sucedió? ¿Crees que no hicimos todo lo que pudimos para controlar a estos tipos? Pero una vez que todo estaba hecho, no tenía sentido que diéramos al traste con toda nuestro esfuerzo político en esta región sólo para divulgar un desafortunado incidente a través de todos los noticieros. Además, no piensas que esas fotografías que estás a punto de devolverme son las únicas copias que se hicieron aquel día, ¿o sí?

Vicki no trató de poner resistencia cuando Bill tomó su mochila y sacó la carpeta. Dando la vuelta al candado de combinación de uno de los archivadores, él abrió el cajón superior y tiró la carpeta en su interior.

"Nos enviaron estas fotografías sólo como recordatorio de la evidencia que tenían contra nosotros. Imágenes claras e inconfundibles de personal estadounidense de alto rango en medio de una masacre de civiles. ¿Quién iba a creer que nosotros llegamos después de que todo había acabado? Todos los medios de comunicación y cada enemigo del presidente hubieran dado todo lo que tuvieran a su alcance a cambio de poder exhibir estas fotografías ante el pueblo estadounidense y ante el mundo entero. Semejante escándalo hubiera arruinado nuestra estrategia contra el comunismo global. No olvidemos que poco después de todo esto, cayó la Muralla de Berlín y con ella todo el imperio soviético. ¿Cuántas vidas de ciudadanos estadounidenses crees que se salvaron con eso?"

¿Y cuántas más, tal vez no de ciudadanos estadounidenses, pero de seres humanos de todas maneras, con el mismo derecho a la vida ya la dignidad, habían muerto debido a que los "protegidos" de los consejeros de la CIA nunca habían sido llamados a rendir cuentas? ¿Y cuántas fosas comunes habían sido cavadas desde entonces, incluyendo la más reciente, en la cual habían sido enterrados los familiares de Alicia y Gabriela?

—Siento muchísimo que hayas tenido que enterarte de este modo —Bill lucía más cansando que enojado mientras sacudía la cabeza—. Mejor dicho, siento mucho que te hayas enterado en absoluto. Mi propósito en ese entonces, y también ahora, fue el de protegerla. Me aseguré que tú, tu hermana y el niño maya estuvieran bien. Ustedes dos no tenían familiares. Tu madre había crecido en hogares de adopción temporal y los padres de tu padre habían fallecido. Tú estabas tan traumatizada que ni siquiera podías hablar. Lo mejor para todos ustedes era olvidar lo sucedido y comenzar una nueva vida. Una vez que ustedes dos entraron en el sistema legal de nuestro país, quedaron fuera de nuestras manos. Pero me dijeron que habían sido adoptadas por una buena familia. Créeme que el choque fue tan grande para mí como debió haberlo sido para ti enterarme de que tú y Holly eran las hijas de Jeff Craig.

»¿No crees que yo daría cualquier cosa por poder dar marcha atrás en el tiempo a aquel día? Si hubiera dependido de mí, quizás hasta hubiera tomado una decisión diferente. Durante meses yo había estado insistiendo que ya había pasado el momento de disciplinar a nuestros aliados más, digamos, entusiastas. Pero no dependía de mí, ni de mis colegas con quienes estábamos entrenando a esa unidad en particular. Mis superiores tomaron la decisión que les pareció más conveniente al momento.

—Conveniente, más no correcta. ¿Cómo puedes decir tal cosa? Tú mismo dijiste que toda decisión es personal. Eso implica un "yo," no un "nosotros." Tú y esos otros dos estadounidenses pudieron haber tomado la decisión correcta. Pero estaban tratando de protegerse a sí mismos, ¿verdad? Hablas de luchar contra el comunismo, pero lo que estaba en peligro si esas fotografías se publicaban eran las carreras de ustedes. Así que dejaste que te extorsionaran y no hiciste nada al respecto. ¿Y ahora qué? ¿Todavía te están extorsionando con esas fotografías? ¿O acaso tu pensión de la CIA no alcanza a cubrir todo esto? —Con un ademán, Vicki señaló desde el teléfono de satélite hasta la antena satélite. ¿Es por eso que todavía estás colaborando con ellos?

—¿Colaborando?

—Sí, vi lo que estás haciendo allá en la biosfera. Se trata del mismo hombre de las fotografías, tu protegido. Tú mismo acabas de decir que fue él quien ordenó la masacre de la aldea y el asesinato de mis padres. Sé que también masacró a esa otra aldea y que anoche quemó la iglesia. ¿Valió eso la pena todo el dinero que ganaste? ¿O valió la pena por causa de tu inteligencia de la CIA?

—¿Viste a Hernández en la biosfera? —La insistencia del hombre mayor fue severa.

—Sí, y también vi a Joe. Él trabaja para ti, ¿verdad?

Por un instante, Bill pareció confundido, entonces se dio cuenta de que Vicki no estaba refiriéndose al centro. —Sí.

La manera calmada y deliberada en la que él le contestaba estaba haciendo que el terror de Vicki comenzara a disiparse un tanto. Bill era más alto y pesaba más que Vicki; aun así, él ya pasaba de los setenta años de edad y estaba desarmado. Ella comenzó a acercarse lentamente a la mesa. Bill había entrado a la habitación secreta y los dos estaban casi a la misma distancia de la salida. Si ella lograra empujarlo, pasar junto a él y salir corriendo antes de que él pudiera llamar al guardia . . .

—No importa. —Vicki le dio una mirada desafiante mientras daba otro paso hacia la puerta—. Sólo quiero irme a casa. No puedes detenerme aquí. Soy una ciudadana estadounidense y las cosas ya nos son como lo eran veinte años atrás. Hay gente que vendrá a buscarme. ¡Ya . . . déjame ir!

—¿Ir a ver a Michael? Me temo que no podemos permitir eso.

Vicki se dio media vuelta y se encontró con un tipo alto y ancho, cubriendo la entrada.

Joe la sujetó, ayudándola a no perder el equilibrio.

Vicki se soltó de él y con desesperación se adentró más en la habitación secreta. —¿Cómo llegaste hasta aquí? —Miró detrás de él, casi esperando encontrar a Hernández o a Alpiro con una unidad de soldados. Pero la oficina adyacente estaba vacía.

—Tú no eres la única que tiene una bicicleta de montaña. Pedaleaste más rápido de lo que pensé, pero estaba seguro de que te encontraría aquí. —Cuando Joe entró a la habitación secreta, la pared con el anaquel se cerró detrás de él con un clic.

Aunque Vicki no había escuchado ningún ruido procedente del resto de la casa, él de algún modo había tenido tiempo de cambiarse de ropa y de lavarse la cara para quitarse la pintura. Tal vez lo había hecho en el camino. Ciertamente el uniforme de faena hubiera atraído la atención innecesaria de los trabajadores y de los guardias de afuera. Pero aun con su camiseta caqui y con sus pantalones de cazador civil, lucía igual de alto, ancho y peligroso. Aunque su tono era calmado, hasta conversacional, sus facciones firmes estaban cargadas de furia.

—La pregunta más bien es ¿qué estabas *tú* haciendo allá? No, no me lo digas; creo que puedo adivinarlo. Otra vez curioseando. Una vez te dije que estabas metiéndote en algo muy peligroso.

—Ella dice que reconoció a Hernández —Bill interrumpió—. ¿Pero ya está todo hecho? ¿Ya estamos listos para irnos?

—Sí, misión cumplida; o por lo menos lo estuvo hasta que ella se apareció y removió los avisperos. Toda el área es un hervidero ahora. —Mientras se le acercaba aún más, Joe seguía manteniendo sus ojos fijos en el rostro de Vicki. Ella podía sentir la furia que emanaba de su cuerpo musculoso y también pudo ver un pulso rápido en la base de su cuello—. ¿Así que dónde está tu cómplice? ¿Quién fue . . . Camden? No, no me lo imagino en bicicleta. ¿Fue ese veterinario con quien trabajas en el centro? ¿Tienes siquiera la más mínima idea del lío en el que acababas de meterte?

Vicki reaccionó con ira para mantener lejos su terror. —Lo sé todo. Sé que Bill es de la CIA. Sé que estás trabajando para él. Sé acerca de tus narcotraficantes. Sólo dime una cosa más: ¿Por qué Holly? ¿Qué pasó? ¿Ella te vio allá? ¿Te quedaste en la ciudad ese día después de que pasara la hora en que debiste haber regresado con la avioneta, y la seguiste cuando iba a visitarme? ¿O fueron ustedes dos?

Vicki estaba dirigiéndose a los dos hombres, pero estaba mirando a Joe. Tenía sus manos apretadas para no golpear el pecho de él con sus puños. —No fue necesario que la mataras. Pudiste haberte inventando cualquier mentira. Ella te hubiera creído, te lo aseguro. Ella te admiraba muchísimo. Ella confiaba en ti. *Yo* confiaba en ti.

—¿Estás acusándome de haber matado a Holly? —Si no hubiera sido porque Joe era un mentiroso consumado, un narcotraficante y ciertamente también un asesino, Vicki casi hubiera pensado que él lucía muy sorprendido, hasta herido, por tal acusación, antes de que su mirada se tornara dura como de piedra.

—Encontré esto. —Vicki tomó bruscamente el APD de Holly de la mesa—. Tú lo tenías, ¿verdad? —Cualquier duda, o esperanza, acerca de su inocencia se disipó ante el silencio y el abrupto cambio de expresión de Joe. Todo el dolor y la tristeza que habían estado acumulándose desde que Vicki lo había descubierto conversando con un centinela traficante de drogas en la montaña, estallaron en semejante torrente de ira, que ella se olvidó de tener miedo—. ¡Me *mentiste*! Me mentiste en cuanto al APD, en cuanto a que eras amigo de Holly y que protegías el medio ambiente y . . . en cuanto a *tu fe*. Eres tan buen mentiroso que creí cada una de tus palabras.

Si ella hubiera esperado provocarle para que le diera una respuesta, no lo logró. Joe simplemente dio un paso atrás, arrimándose sobre la pared del anaquel. Su rostro no dejaba ver ninguna expresión; tenía los brazos cruzados sobre su pecho.

—¿Quién . . . o mejor dicho, *qué* crees que soy?

—Al igual que Holly, yo también fui tan tonta como para creer que eras una persona muy especial, sin importar de qué modo vivieras tu vida. Creí . . . que eras algo más que un vagabundo de las playas o más que un encargado de mantenimiento. Ahora sé que sólo eres un ex militar que ha encontrado una manera más efectiva de solventarse la vida en la playa que haciendo trabajos de reparación para una organización no gubernamental. ¿Así que tú también estás en la plantilla del equipo de la CIA de Bill? ¿O sólo te interesa una gran tajada de tu negocio con las drogas para solventar cada temporada de hacer surf por el resto de tu vida? Bueno, no te tengo miedo. —El temblor en la voz de Vicki hizo que su reto pareciera más bien una mentira—. Espero que te ahogues antes de que vayas en una sola ola más del mar con ese dinero mal ganado.

—¡Vicki! —Bill dio un paso adelante.

Joe levantó su mano tan rápidamente que Vicki entrecerró sus ojos antes de que se diera cuenta que la estaba levantando para interrumpir a Bill.

—No, déjala que se desahogue.

Pero Vicki ya había terminado. Desafiantemente levantó la quijada y apretó la mandíbula.

—Taylor, no tenemos tiempo para esto. —Joe se enderezó, retirándose de la pared—. Tenemos que asumir que nos han descubierto. Tendremos que adelantar el horario. Si no despegamos ahora en esa avioneta, quizás ya no tengamos otra oportunidad de hacerlo.

La avioneta, en la cual Vicki hacía una hora había tenido la esperanza de escapar. ¿La estarían llenando, ahora mismo, de opio? ¿Habría sido por eso, y no debido a las necesidades del centro, que Bill había comprado una avioneta más grande?

—¿Y qué hacemos con la joven?

Con tanta rapidez ella había dejado de ser la persona a la que ellos habían conocido; se había convertido en un objeto desconocido, en un obstáculo. Por la manera en que ellos la ignoraban, pudiera haber sido invisible.

—No podemos traerla con nosotros. Atraería mucha atención. Tampoco podemos dejarla ir. Iría corriendo directamente a buscar a Camden.

—¿Entonces la dejamos aquí con García?

—No, a él lo vamos a necesitar. —Joe echó un vistazo a su alrededor—. Este será un buen lugar para dejarla, a menos que sea una mona. —Joe sacó y dispersó el contenido de la mochila de Vicki, sacudió la cantimplora medio vacía y miró la comida que ella había traído—. Tiene suficientes provisiones para sustentarse hasta que tengamos tiempo de encargarnos de ella. ¿Necesitas usar el baño?

Vicki no se dio cuenta que le estaba hablando a ella hasta que vio la ceja arqueada de él. Ella negó con la cabeza.

"Será mejor que nos llevemos la computadora y el teléfono de satélite. Te apuesto que se las ingeniaría para usarlos." Joe desconectó los cables y tomó la computadora portátil y el teléfono de satélite; hasta retiró el módem de la pared, dejando sólo los alambres colgados. Presionó algo en la pared del anaquel y luego la abrió de un empujón. "Trae los mapas. Necesitamos darnos prisa, ya hemos perdido mucho tiempo." Joe salió sin siquiera dar una breve mirada atrás.

Bill tomó los mapas de las vistas aéreas y se detuvo brevemente en la entrada. Cuando el hombre mayor se volvió para mirarla, Vicki vio algo que le pareció arrepentimiento, hasta compasión, en sus ojos. "Siento mucho que esto esté ocurriendo. Hubiera deseado que no te involucraras en esto, pero todo va a salir bien. Te lo prom—"

"¡Taylor! ¡Se nos está acabando el tiempo!"

La pared del anaquel se cerró con un clic detrás de Bill.

Vicki se quedó sola.

A pesar de la seguridad de Joe, Vicki pasó sus primeros minutos esforzándose por encontrar la manera de salir. Inmediatamente encontró el botón que Joe había usado para abrir la pared del anaquel de cerámicas. Sus propios golpes continuos no produjeron ningún resultado. Eso hubiera sido demasiado sencillo.

Vicki estaba segura de que en el otro lado tenía que haber un seguro que mantenía cerrada la pared, o los dos hombres nunca la hubieran dejado aquí. La pared misma lucía como cualquiera otra de las paredes de la oficina, con ordinarias repisas atornilladas a una pared de yeso. Pero al tocarla, Vicki pudo sentir el metal sólido bajo la pintura. Cuando sus dedos palparon el borde, notó que esta calzaba muy bien dentro de un marco de acero. Se rompió una uña antes de darse por vencida y dedicarse a investigar el resto de la habitación secreta.

Las otras tres paredes se alzaban directamente hasta la cumbrera; fácilmente eran tres veces más altas que ella. El concreto cubierto de yeso no ofrecía nada de donde sujetarse. Vicki se subió a la mesita y esta se tambaleó bajo su peso. Aun así, ni siquiera logró llegar a la mitad de la altura. A continuación escudriñó los archivadores. Todos estaban bajo llave y eran demasiado pesados para siquiera empujarlos. Se rompió otra uña tratando de abrir el candado del cajón donde Bill había tirado las fotografías de su padre, antes de darse por vencida. Sin teléfono, ni computadora, ni mapas, sólo quedaban en la habitación sus provisiones de comida y agua, las carpetas vacías aún esparcidas por el suelo, unos pocos cables colgando de las vigas del techo y los binoculares de visión nocturna sobre la mesa. Tal vez un audaz héroe de cine o televisión como MacGyver pudiera ingeniárselas para usar tales cosas para escapar, pero Vicki no era tal genio.

Todo lo que quedaba por hacer era lo que cualquier heroína en cautiverio hubiera hecho a continuación.

Comenzó a gritar.

"¡Socorro! ¡Ayúdenme! ¡Auxilio!" Cuando por fin se dio por vencida, la garganta le ardía y el cuerpo le temblaba. El grosor de la pared de concreto y ladrillo era a prueba de sonido, así que no escuchó cuando la camioneta partió. Al momento, los dos hombres ya debían estar muy lejos. Le vino a la mente la imagen muy clara de los campos vacíos que había visto desde la cadena montañosa que rodeaba a la hacienda. Aunque Joe se hubiera llevado consigo al guardia de la terraza, aún quedaban el guardia del portón y los trabajadores, quienes tenían estrictas órdenes de no acercarse a la casa de Bill. Ciertamente Joe habría tomado todo esto en cuenta.

Dejándose caer sobre la solitaria silla, Vicki puso la cara entre las manos. Pero sólo por un instante. Haciendo de lado su debilidad con un respiro profundo, se enderezó y tomó la cantimplora. Estaba destapándola cuando se fijó en otro objeto que estaba sobre la mesita, en medio de bananas, naranjas y panes.

El APD de Holly.

Ahora no le servía de nada, excepto para distraerla y mantenerla ocupada. No obstante, Vicki lo encendió y comenzó a estudiar otra vez su contenido. En esta ocasión leyó línea por línea el informe de Human Rights Watch y también los otros documentos. Con la información proporcionada por las fotografías de su padre y por las propias admisiones de Bill, los párrafos resaltaban con una nueva relevancia.

Lo más notorio era cuán extensa había sido la participación de la CIA en Guatemala. Por lo menos, de acuerdo a lo que decían las notas al pie de las páginas de muchos documentos desclasificados, incluyendo algunos que Holly había logrado grabar en su totalidad. Lynn había tenido razón ese día en el hostal del CRFF. Con la libertad que una aristocracia agradecida le había proporcionado, la CIA había hecho de este istmo centroamericano su laboratorio de experimentos durante décadas. No sólo en el pasado lejano, sino también en tiempos más recientes —aun durante las décadas en las que los descarados abusos de los derechos humanos en este país habían provocado una moratoria por parte del Congreso para cualquier asistencia gubernamental o militar de Estados Unidos.

Lo peor era que, si estos documentos extra oficiales eran correctos, muchos de los informantes de la CIA no sólo habían sido entrenados por los programas de apoyo del ejército de Estados Unidos sino también estaban entre los violadores de los derechos humanos mejor documentados de todo el mundo.

La conexión de estos informes con los documentos que Holly había seleccionado en cuanto al tráfico de drogas se hizo aparente cuando leyó que un denunciante de la DEA se había quejado de que la CIA estaba saboteando sus operaciones antinarcóticos a fin de proteger a colaboradores de inteligencia, conocidos como traficantes. El escándalo Irán-Contra era mencionado como ejemplo principal de tal situación.

Vicki prestó particular atención a la sentencia pronunciada por parte de un juez de Estados Unidos contra un coronel guatemalteco, informante de la CIA, por el asesinato de un ciudadano estadounidense en el extranjero, un tal Michael Devine, dueño de un hostal en un lugar turístico remoto, quien supuestamente se había tropezado con una de las operaciones de drogas del coronel. ¿Habría el doble de Castro asesinado también a ese hombre?

Pero Bill había mencionado el nombre del doble de Castro: Hernández.

De haber tenido la copia del artículo del periódico que ahora estaba en su bolso de lona, Vicki hubiera podido buscar el nombre completo de Hernández entre los graduados del programa de entrenamiento. Pero definitivamente no era el mismo hombre de quien se hablaba en este documento. A pesar de la sentencia pronunciada, el asesino del dueño del hostal no había sido juzgado. De hecho, el reporte concluía con la denuncia de que ningún militar guatemalteco o miembro de tal gobierno había sido juzgado por las atrocidades cometidas durante los últimos cincuenta años. El gobierno de Estados Unidos tampoco había dejado de alabar a dicho país por ser su aliado más fiel en la región.

Es cierto. ¿Acaso no intentaban nominar a Guatemala para que formara parte del Consejo de Seguridad últimamente? Las cosas aún no han cambiado.

La recomendación final: un cese inmediato a todo tipo de apoyo militar y estrictas medidas de control en cuanto a cualquier participación futura del Departamento de Estado en Guatemala. Ya que este reporte tenía dos años de antiguedad, obviamente había sido ignorado.

En el APD de Holly, aparte de una toma de cerca de un Bill Taylor más joven, Vicki encontró más archivos fotográficos. Holly también había copiado y ampliado las fotografías de los otros dos consejeros estadounidenses. Vicki no reconoció a ninguno de ellos, pero los dos tenían la misma determinación mostrada en sus firmes mandíbulas y la misma mirada observadora que Vicki había visto en Michael y Joe. Tenían el semblante de militares de élite.

Las imágenes de cada uno de los graduados también habían sido ampliadas. Vicki observó a aquellos que había llegado a conocer. Hernández. El Comandante de la UPN, Ramón Alpiro. El Jefe de la Policía, Gualberto Álvarez. El Ministro del Medio Ambiente, Francisco Soliz. Y uno debía ser el administrador del zoológico, Samuel Justiniano, aunque Vicki no sabía cuál era. Por lo menos todos estos individuos habían ascendido y obtenido posiciones influyentes, tal como Bill lo había predicho veinte años atrás cuando la CIA los había elegido y reclutado.

La pila del APD se agotó cuando apenas había mirado la mitad del archivo fotográfico, así que Vicki puso el aparato de vuelta sobre la mesa. Lo que más le impresionó fue lo mucho que Holly había logrado deducir sin siquiera saber lo que Vicki sabía acerca de sus verdaderos padres.

Ahora, sin nada que mantuviera sus manos o su mente ocupadas, los pensamientos que Vicki había estado tratando de sacar de su mente comenzaron a invadirla otra vez. ¿Habría logrado César alertar a los habitantes de la aldea? ¿Qué les sucedería si Vicki no conseguía ayuda oficial? ¿Estarían desmontando los campos de amapola, desmantelando las mallas de camuflaje y las tiendas de campaña, cargando la DHC-2 con la carga de opio, de tal modo que, aunque alguien viniera a buscarlos, no quedaría indicio alguno de que la Biosfera de Sierra de las Minas había sido la sede de una considerable operación de narcotráfico? ¿Cuánto tiempo le quedaba hasta que Bill y Joe volvieran?

¿Qué iba a pasar entonces?

Vicki sabía que no podían dejarla ir debido a todo lo que ella sabía ahora. A pesar de la rabia que Joe había encubierto con indiferencia, ella no había olvidado la mirada de arrepentimiento, hasta de compasión, que Bill le había dado cuando él salió de esta celda. Tampoco se había olvidado de las numerosas ocasiones en las que él había sido tan amable con ella en el transcurso de las pasadas semanas. Hasta recordaba su buen gesto cuando, hacía tantos años, él había rescatado a dos niñas pequeñas y a un niño maya de la aldea que había sido masacrada y por lo menos había hecho un esfuerzo personal por darles una nueva vida. Sin importar lo que el ex agente de la CIA hubiera sido o hubiera hecho durante todas esas décadas en las que había volado dentro y fuera de Guatemala, claramente él tenía su propio código ético y la matanza indiscriminada de civiles no era parte de este.

Así que Vicki volvió a preguntarse lo mismo que les había preguntado a los dos hombres. *¿Por qué Holly?*

Si la habilidad de toda una vida de mentir y engañar no había sido suficiente para desviar a Holly de su testaruda misión, ¿por qué no sólo la habían secuestrado? Una vez que la biosfera hubiera estado libre de toda evidencia, la hubieran podido soltar. Vicki no había encontrado nada entre las pertenencias de Holly que hubiera sido convincente ante una corte de justicia. Además, tanto la CIA como las autoridades guatemaltecas tenían vasta experiencia en alegar su inocencia, aun cuando habían sido acusados de cargos muchísimos más graves de los que Holly hubiera podido presentar.

En cuanto a las fotografías que Bill tenía, Holly no sabía nada acerca de ellas y, a pesar de las acusaciones que Vicki había hecho contra el hombre, ella misma no veía qué peso tendrían contra él después de que habían pasado dos décadas. Esos eran pecados del pasado, no del presente. Los estadounidenses involucrados y sus superiores ya se habían jubilado hace mucho tiempo y los hechos mismos ya no eran secretos de estado; más bien ya habían sido documentados cientos de veces por la Comisión de la Verdad de las Naciones Unidas. Y, tal como el reporte que había acabado de leer había dejado en claro, ninguno de los culpables había sido sentenciado. A más de los sobrevivientes como Vicki, ¿a quién en realidad le hubiera importado? Nada de esto valía el que Holly perdiera la vida.

¿Acaso los estadounidenses simplemente habían llegado demasiado tarde otra vez?

Vicki cruzó los brazos y dejó caer el rostro sobre ellos. *Todavía no logro entender todo esto. Lo único que sé es que he complicado todo en gran manera.*

"Hacer el bien, sin temer ninguna amenaza." Realmente pensé que eso era lo que estaba haciendo cuando vine para acá. Pensé que podía hacer algo bueno, ¿pero qué he hecho? Si no hubiera acudido a Bill, todavía hubiera habido una oportunidad. Si no hubiera venido acá, por lo menos los aldeanos estarían seguros. Ahora los narcotraficantes se van a salir con la suya y yo estoy atrapada aquí, como Sara en ese harén.

En cuanto a Bill y Joe, no sé como pude estar tan equivocada. Todo lo que ellos dijeron, todo lo que Joe dijo . . . Él hasta llegó a gustarme. Quizás hasta llegué a interesarme por él, a pesar de que yo sabía que me estaba ocultando algo, ya que lo que decía era tan hermoso y verdadero. Todo lo que dijo acerca de ti. Él me ayudó a verte a ti otra vez. Me ayudó a ver la belleza y no sólo el dolor en el mundo que tú creaste.

Lo que él dijo es verdad. No le permitiré que dé al traste con todo eso sólo porque él resultó ser un farsante. Creo que este es tu mundo y, sin importar lo que suceda, tú aún estás en control. Creo que tú puedes rescatarme como rescataste a Sara. Tú puedes enviarme a alguien, o hasta tú mismo puedes intervenir directamente como lo hiciste por ella ante el faraón. No fue Abraham quien la sacó de ahí, fuiste tú.

Aunque tú no lo hagas, aunque me pase lo mismo que le sucedió a Holly, sé que estás conmigo y sé que estuviste con Holly cuando ella debió haber estado tan asustada como yo lo estoy ahora. Y . . . prefiero creer lo que Joe dijo, que tú tienes un plan más allá de todas las guerras y de la gente malvada que se sale con la suya; que tu plan hace que valga la pena pasar por todo esto. Creo que tienes preparado algo tan hermoso que ni siquiera lo puedo imaginar.

Luego, debido a que no iba a permitirse a sí misma estallar en lágrimas y a que si no se levantaba pronto de su posición encorvada, iba a estar tan agarrotada que no podría moverse en absoluto, Vicki se esforzó por ponerse de pie y otra vez comenzó a gritar: "¡Socorro!"

La única respuesta que obtuvo fue un leve eco de su propia voz que rebotó contra el techo de tejas. Luego de unos pocos minutos, su voz se le apagó otra vez. Tomó los binaculares de visión nocturna y los lanzó contra la pared de las repisas con las figuras de cerámica. El choque de los binoculares contra el metal pintado hizo un ruido gratificante, así que lo volvió a hacer una y otra vez. *Lo seguiré haciendo hasta que Bill y Joe regresen, o hasta que alguien venga para ayudarme a salir de aquí.*

No fue su fuerza la que se acabó, sino los binoculares. Primero la cubierta se resquebrajó. Luego se cayeron a pedazos en sus manos hasta que, llena de frustración, lanzó los restos en una esquina y levantó la voz. Comenzó a alternar gritos con golpes de sus puños y con patadas de sus botas contra el acero.

Al principio creyó que era sólo el eco de su propia voz. Pero se quedó callada, bajó sus puños amoratados y los puso en sus costados. No, allí estaba. Un leve soplido del viento que había parecido casi una voz humana a través del orificio de ventilación que estaba encima de ella.

Vicki había levantado ya su bota para comenzar a dar patadas otra vez cuando volvió a escuchar algo. Aunque aún era leve, esta vez oyó tan claramente como si alguien estuviera hablando a través de un interfono.

"¿Señorita Vicki?"

—¡César! —Vicki se lanzó a través de la habitación secreta, golpeando con los puños la parte trasera de la chimenea, pero el dolor de sus moretones le obligó a dejar de hacerlo.

—Señorita Vicki, ¿estás dentro de la chimenea? —La voz de César se escuchó otra vez, cautelosa pero un poco más fuerte.

Vicki casi sonrió al imaginarse lo que él había acabado de decir y entendió cómo había podido escucharlo: él había estado muy cerca de la chimenea, así que su voz había resonado a través de esta y a través de la ventolera. En este momento él debía estar arrodillado sobre la base misma de la chimenea.

—No, no estoy en la chimenea. Estoy en una habitación secreta que está detrás de la chimenea —Vicki dijo a través de la ventolera—. Estoy encerrada. Vete a la oficina adyacente. La puerta, mejor dicho la pared, está detrás de unas repisas con figuras de cerámica. A este lado hay un botón que se presiona para abrirla, así que busca otro botón o un seguro en las repisas con las figuras de cerámica.

Vicki se dio cuenta cuán efectivas eran estas paredes a prueba de sonido ya que aunque sabía que César debía haberse ido a la oficina, no pudo escuchar ningún sonido hasta que oyó un golpe seco contra la pared con las repisas. Ella dio otro golpe en respuesta, pero la voz de César sonaba muy ahogada y no se lo podía entender. Luego hubo un silencio. Vicki esperó impacientemente, retorciendo sus manos lastimadas.

"Encontré el mecanismo que mencionaste." La voz de César se volvió a escuchar a través de la ventolera. "Pero no funciona. Hay teclas con números, como en una calculadora, así que creo que se necesita alguna clave."

Agobiada, Vicki se arrimó sobre el borde de la mesita. Si ella hubiera visto antes tal mecanismo, entonces se hubiera dado cuenta que Joe no hubiera podido estar aquí sin el consentimiento de Bill. ¿Y ahora qué?

—¡Espérame, ya regreso!

—¡No, César, no me dejes aquí! —Vicki exclamó, poniéndose de pie de un salto. Se mordió el labio al darse cuenta cuán infantil había sido su súplica. Él no respondió; ya se había ido.

Vicki se dejó caer sobre la silla. Por lo menos César estaba seguro. Además, él sí debió haber tenido éxito en su misión. Tal vez él también tendría éxito en lo que Vicki había fallado y podría dar a conocer su grave situación —y la de la aldea— al mundo entero. Un instante más tarde, la voz de César resonó otra vez a través de la ventolera.

"Aléjate de la pared. La voy a derribar."

Vicki escuchó ruidos de la demolición que estaba llevándose a cabo desde el lado de la oficina. César tenía que estar rompiendo cada una de las piezas de cerámica que estaban sobre las repisas. Enseguida, la pared comenzó a temblar.

¡Ay, por favor, por favor! Vicki oró con los ojos fijos en el seguro de la pared. Ciertamente, ni siquiera un hacha podría atravesar el sólido metal.

No era necesario tener un hacha. Pedazos de yeso y pintura llovieron encima de Vicki cuando la pared cedió hacia fuera. César pasó alrededor de los escombros; llevaba consigo una palanqueta.

"¡César, no puedo creer que estés aquí!" dijo Vicki trémulamente. Derramar lágrimas de alivio hubiera sido mucha distracción en este momento, así que se esforzó para no llorar. "¡Dios realmente envió a alguien!"

Ante la mirada confundida de él, Vicki se echó impulsivamente hacia delante y le dio un beso en la mejilla. —No importa. Te lo explicaré después. Mejor salgamos de aquí.

Un beso en la mejilla era un saludo común entre la gente de la alta sociedad, pero no entre los mayas, incluyendo a César, quienes demostraban una reticencia indígena en cuanto al contacto físico casual entre miembros del sexo opuesto. Esto había sido algo que Vicki, quien también era reticente en cuanto a su propio espacio personal, había apreciado y había respetado con mucho cuidado. No obstante, su gesto le provocó una sonrisa rara.

—Sí, creo que tienes razón de que fue Dios quien me envió. ¡Vamos!

Vicki tiró dentro de su mochila su cantimplora, sus provisiones y el APD de su hermana y salió con César de la habitación secreta. La oficina era un desastre, tal como ella se lo había imaginado, y pudo ver detrás de los trozos de cerámica un panel de control con teclas enumeradas y un botón; estaba destrozado.

"No puedes salir vestida así," dijo César, deteniéndose antes de salir de la sala. "Llamarás mucho la atención. Espera un momento." Añadió a su labor de demolición comenzando a arrancar de las paredes y del sofá algunas de las prendas de la colección de vestimentas típicas que Bill tenía.

Entendiendo lo que él intentaba hacer, Vicki se puso un huipil bordado; era amplio y le quedó holgado aún por encima de su propia blusa. César le añadió una larga tela roja tejida alrededor de la cintura. Esta era demasiado corta para ser una falda, puesto que no alcanzaba a cubrir los pantalones de Vicki desde las pantorrillas hasta los talones. Sin embargo, de este modo ella podría caminar con más ligereza, y César le ató la tela roja a la cintura con unas cuantas vueltas de una larga faja.

Sobre la repisa de una de las paredes había un halo de tejido con borlas que las mujeres mayas usan sobre la cabeza, pero Vicki sabía que no iba a poder balancear semejante cosa sobre la suya, así que ató una tela roja más pequeña sobre su cabello a modo de una pañoleta. Mientras tanto, César ató la mochila dentro de una tela rayada y la colocó sobre uno de los hombros de Vicki y por debajo de la axila opuesta. Luego ella la anudó en la parte delantera, de la manera que una campesina cargaría un bulto o a un bebé.

Toda esta labor les había tomado sólo un minuto. Ahora, por lo menos a la distancia, los dos aparentarían ser una humilde pareja de campesinos. Viki no se sintió mal en lo más mínimo al desbaratar la colección de Bill. Por lo que ella sentía ahora, si no hubiera sido porque el ladrillo y la teja demoraban en quemarse, hubiera buscado una caja de fósforos y hubiera prendido fuego al lugar, tal como alguien lo había hecho anoche con la iglesia.

—¿Cómo pudiste encontrarme aquí? ¿Qué pasó con la aldea?

—¡Espera! —dijo César, haciendo que Vicki guardara silencio mientras él abría lentamente la puerta trasera. Si aún había un guardia en la casa, no iban a poder avanzar los cincuenta metros hasta las matas de café, ya que una pareja maya saliendo de la casa del patrón levantaría tantas sospechas como lo hubiera hecho una extranjera fugitiva. Pero tal como Joe le había dicho a Bill, el guardia de la terraza ya no estaba ahí.

Vicki esperó hasta que estuvieron camuflados por las hileras de matas de café antes de volver a insistir.

—Dime, ¿por qué regresaste? ¿Pudiste llegar a la aldea? ¿Qué le está sucediendo a tu gente?

—Pude llegar a la aldea —contestó César sin dejar de caminar con rapidez—, pero está llena de soldados. Están buscándote, mejor dicho, buscándonos. Mi tía María ya se había ido a trabajar, pero el pastor y los ancianos de la iglesia estaban retirando la madera quemada del edificio. Ellos van a esperar hasta que la búsqueda termine para llevar a la gente afuera. Gracias al autobús que viene del mercado todos los días, no creo que los narcotraficantes vengan antes del oscurecer. Ellos no querrán tener testigos de afuera. Al menos eso espero.

»Luego estaba dirigiéndome hacia el centro para buscar a tía María. Entonces vi pasar al vehículo del señor Taylor con su ayudante gringo y con otros hombres. No estabas con ellos, así que pensé que tal vez habías regresado al centro. Pero allá sólo encontré a tía María con Alicia y Gabriela. Vicente y Beatriz ya habían salido para ir a recibir al autobús con los nuevos voluntarios. Tía María me dijo que no te había visto, así que le dije que llevara a las niñas hasta la sierra.

»Después vine para acá porque me preocupé de que algo malo pudiera haberte sucedido. Debido al guardia, vine por la parte posterior, cruzando la finca cafetalera. El guardia no estaba ahí y, aunque la puerta trasera estaba bajo llave, no tuve dificultad en romperla.

¡Demostrando cuán sabio había sido Bill al construir esa habitación secreta!

—Al parecer la casa estaba vacía, pero cuando escuché tus golpes supe que estabas aquí, aunque no te podía ver. Ahora, quizás puedas decirme por qué el señor Taylor te dejó encerrada en ese lugar.

—Porque él está involucrado con los narcotraficantes —contestó Vicki con rabia.

César se detuvo tan repentinamente que Vicki le pisó los talones. Él se dio media vuelta en medio de las matas de café, con tanta incredulidad y desilusión en su rostro como los que Vicki había sentido.

—Pero el señor Taylor ha sido un hombre tan bueno y un patrón tan generoso en Verapaz durante muchos años.

—Sí, pero él fue el gringo que nos sacó de la aldea cuando mis padres y tu madre fueron asesinados.

César negó con la cabeza mientras Vicki le dio una sinopsis de lo que Bill había admitido.

—¿Qué debemos hacer ahora? ¿Ir a buscar a tu amigo, el otro estadounidense? Pero él es un colega del Coronel Alpiro.

—Ya lo sé. No podemos acercarnos a la base. He estado pensando. Dejé mi bicicleta en la montaña, pero si pudiera regresar al centro para tomar otra, y si pudiera ir a ver a Alison sin que nadie me vea, le explicaría lo que ha sucedido y tal vez ella pueda comunicarse con la embajada. Después yo bajaría de la montaña en el autobús. Si pudiéramos conseguir ayuda hoy mismo, antes de que se deshagan de todas las evidencias, y si lográramos que las embajadas y los medios de comunicación se enteren, entonces los habitantes de la aldea no tendrían que irse a las montañas. Tiene que haber algún ejército y algunos policías honestos a quienes podamos recurrir.

La pesada tela maya golpeó con aleteos contra los pantalones bombachos de Vicki cuando ella reanudó su caminata. —Pero será mejor que nos demos prisa antes de que a los soldados se les ocurra ir a registrar el centro también.

—Ya es demasiado tarde para eso. Cuando yo salí, uno de los camiones del ejército estaba dirigiéndose hacia allá. Por eso le dije a tía María que se fuera con las niñas.

—¡Ay, no! —Vicki se detuvo—. Tomaría demasiado tiempo llegar a pie hasta el autobús, especialmente sin dejar que nos vean. Nunca llegaremos hasta allá antes de que el equipo, o ese autobús contratado, salgan.

—Ya pensé en eso. —César comenzó a caminar, indicándole a Vicki que lo siguiera.

Unos minutos más tarde llegaron al borde del centro, con sus árboles altos y vegetación espesa. Más allá, Vicki podía oír un motor de diesel y voces fuertes.

Antes de que su ansiedad pudiera aumentar, César levantó una bicicleta de montaña que estaba arrimada al tronco de un roble.

"Vas a tener que montar en bicicleta conmigo. Hay una senda que nos llevará hasta el pueblo sin ser vistos."

La bicicleta de montaña no estaba diseñada para llevar dos pasajeros, pero Vicki había visto a los guatemaltecos más pobres balancear a una familia entera sobre una bicicleta, y ni ella ni César eran adultos de gran tamaño. Enrollando su falda para poder sentarse en el asiento detrás de César, puso sus brazos alrededor de la cintura de él.

César pedaleó por el sendero con suficiente cautela hasta que hizo intersección con el largo y sinuoso camino que conectaba la plantación de Bill con el centro. Mientras César pedaleaba a través del camino, Vicki no alcanzó a ver a ninguno de los edificios, ni a los soldados, aunque todavía podía escuchar a estos últimos. Enseguida estuvieron de vuelta entre la vegetación y César pedaleó con más rapidez. Vicki apoyó su cabeza en la espalda de él, dándose cuenta con pesar de cuán rápido pudiera haber ido sin ella esa mañana.

Al principio el camino era razonablemente plano. Después, un zigzag inconfundiblemente cuesta abajo la obligó a abrir los ojos. Toda la superficie del Lago Izabal se extendía ante ella, mientras que a su lado izquierdo la pronunciada cuesta se convertía en una quebrada de unos cuantos cientos de metros de profundidad. Al menos César había disminuido la velocidad para descender con más cuidado por la peligrosa pendiente. Apretándolo con más fuerza, Vicki le habló al oído.

—¿Adónde vamos? Verapaz está al otro lado.

—Por ahí hay mucha gente y demasiado campo abierto. Este lado es mejor —replicó César.

Vicki cerró los ojos y comenzó a orar. En cualquier momento, una maniobra rápida o una piedra en el camino podían hacer que salieran disparados hacia la terrible quebrada.

Unos momentos más tarde, Vicki pudo sentir la fuerza de la gravedad al tratar de ascender por una cuesta en zigzag. Cuando sintió que otra vez estaban sobre terreno plano, levantó la cabeza, abrió los ojos y pudo ver árboles frutales, palmeras bananeras y plantaciones de maíz.

"Las fincas cafetaleras de los militares están detrás de todo eso." César echó un vistazo hacia atrás y luego giró rápidamente la cabeza hacia la izquierda. "Verapaz está más adelante, muy cerca. Dejaremos la bicicleta antes de llegar a la garita de seguridad y la rodearemos a pie. La estación del autobús está muy cerca de ese sitio."

Unos momentos después, tal como lo había dicho, César se detuvo bajo las frondas de una planta de banano. Se bajaron silenciosa y cautelosamente de la bicicleta y avanzaron a hurtadillas a través de los atados de banano.

El recorrido tortuoso y sinuoso que César había hecho obviamente los había llevado a través de la parte sin explotar del bosque nuboso que el centro ocupaba al final del altiplano. Habían logrado rodear las áreas pobladas, regresando a la hilera de plantaciones y árboles frutales, ya que enfrente de ellos estaba el camino de tierra que dividía al altiplano. A sólo diez metros de ellos estaba la garita militar que marcaba las afueras de Verapaz y desde donde el sendero natural trepaba por la montaña y conducía hasta la biosfera. Cuando un Jeep militar se acercó a la garita, Vicki volvió a agacharse detrás de las plantas bananeras, deseando que su vestuario maya no fuera tan colorido.

Pero en el Jeep sólo estaba el conductor, y cuando los dos guardias salieron de la caseta de seguridad, no les pidió que levantaran la barrera, sino que se bajó del vehículo. Ahora Vicki pudo ver que el hombre no llevaba uniforme, como había creído en un principio, sino que sólo había sido ropa de color caqui.

Cuando el conductor se quitó un sombrero de ala ancha para pasarse una mano entre sus cabellos, Vicki apretó el brazo de César y se olvidó de todas sus intenciones de llegar hasta la estación del autobús.

"Es Michael," ella le susurró al oído. "Es el señor Camden."

Era una oportunidad que Vicki no se hubiera atrevido a imaginar. —Si pudiera hablar con él y decirle todo lo que ha sucedido en la biosfera, él llamaría a la fuerza antinarcóticos y hasta a la DEA estadounidense. ¡Ay, César, esta es la respuesta a todas mis oraciones!

César no parecía estar tan entusiasmado como ella. —¿Estás segura que se puede confiar en él?

—Claro que sí —susurró Vicki con indignación—. Él ha sido condecorado por el departamento de antinarcóticos de Estados Unidos. Él es colega del jefe antidrogas de mi país.

—El Coronel Alpiro también lo es.

—Tengo que hablar con él a solas —dijo Vicki, ignorando el último comentario de César—. Si sólo pudiera llamar su atención, o si hubiera alguna manera de distraer a los guardias . . .

—Eso sí lo puedo hacer. —César comenzó a moverse.

—Espera, pueden dispararte —dijo Vicki, sujetándolo—. Después de lo de ayer, es seguro que ahora tienen municiones.

—Ese es un riesgo que debemos tomar.

Este era otro recordatorio de que Vicki no era la única que estaba arriesgándolo todo. En un impulso afectuoso y de gratitud hacia este hombre quien una vez había sido su compañero infantil de juegos y que ahora se había mostrado como un amigo más fiel de lo que ella se merecía, le dio un apretón de manos.

—Gracias, amigo mío. Que Dios te acompañe.

Una sonrisa brilló en los ojos de César. Luego él saltó por encima de las palmas de banano que estaban a lo largo del camino. Los dos guardias estaban hablando con Michael y sólo Vicki vio a César cruzando el camino, usando el Jeep para cubrirse. No obstante, ella no fue la única que escuchó el fuerte ruido que provino de la maleza que estaba detrás de la caseta de guardia. Entonces César se escabulló por el camino natural, a unos doce metros más allá de la barrera metálica.

"¡Alto!" Los dos guardias inmediatamente abrieron fuego y comenzaron la persecución.

César se lanzó entre los arbustos que estaban en el lado opuesto del camino.

Por favor, Dios, no dejes que lo hieran, Vicki oró mientras salía y se dirigía hacia el camino. Michael se había dado la vuelta para mirar la persecución. Vicki tomó una piedrecita y la lanzó de tal modo que se estrelló contra la pierna del pantalón de él. Michael miró a Vicki, quien estaba corriendo a toda velocidad hacia la garita de seguridad. Luego, cuando Vicki llegó hasta la altura del Jeep, él se quedó paralizado, con los ojos bien abiertos, sin poder creer lo que veía. La reacción de Michael fue instantánea. Dando sólo dos pasos, logró tomar a Vicki del brazo y la llevó al interior de la caseta de guardia para esconderla.

"Por favor no dejes que los guardias me vean," susurró Vicki nerviosamente mientras él cerraba la puerta.

Michael tomó de un tirón el radio de mano que tenía en su cinturón. "¿Han encontrado al fugitivo?" gritó.

Vicki no pudo entender todo el diálogo debido al ruido de la interferencia, pero Michael continuó severamente: "Continúen la persecución. Yo me quedaré en la garita hasta que ustedes regresen."

Eso significaba que César había logrado escapar. Vicki exhaló con gran alivio.

Michael colocó el radio de vuelta en su cinturón y dio un paso hacia atrás para poder ver mejor la vestimenta de Vicki. —Ahora, ¿qué estás haciendo aquí y por qué estás vestida de este modo? Tenía la esperanza de que hubieras cambiado de parecer desde anoche. ¿Sabes que Alpiro tiene a la guarnición entera buscándote?

—¿Con qué motivo? —preguntó Vicki sin negar su suposición.

—Bueno, la historia oficial es que la gringa del centro está perdida en la sierra y quizás hasta está herida. Ya que anoche los del cuartel se dieron a conocer como buenos vecinos, Alpiro está encabezando la búsqueda para que los lugareños no tengan de qué preocuparse y para que tampoco se entrometan en lo que no les concierne. Pero estoy seguro que tú tienes una versión diferente de los hechos, ¿verdad?

La última pregunta de Michael fue lacónica pero tranquila. Vicki se dio cuenta que estaba temblando debido al alivio que sentía al verlo. La postura segura y el tono calmado de Michael representaban ley, orden, paz y la tremenda influencia y respaldo que el gobierno de su país representaba.

—No vas a creer la verdadera historia —contestó ella con voz temblorosa—. Bueno, espero que sí me creas puesto que estoy contando contigo para que traigas la ayuda necesaria. Durante todo el tiempo que Alpiro había estado fingiendo colaborar con el programa de entrenamiento de la UPN, él y un tipo llamado Hernández han estado encabezando una operación de tráfico de opio en la biosfera. Este tal Hernández tiene a toda una pandilla allá en las montañas.

—¿Raúl Hernández? —La expresión de Michael ya no era tan tranquila.

—No sé su nombre completo. ¿Tú lo conoces?

—Alpiro tiene un primo llamado Raúl Hernández, quien era uno de los comandantes del ejército en esta región durante la guerra. Pero no me había enterado de que estuviera involucrado en algo ilegal. ¿Cómo llegaste a saber esto?

—Hoy lo vi con mis propios ojos en la biosfera. Vi los campos de amapola, el campamento que ellos tienen y el opio que ya estaba listo para ser embarcado. También vi a este Hernández. Él es un antiguo amigo militar de Alpiro, hasta se le parece físicamente, así que es posible que sí sea su primo. Además, estoy segurísima que fue él quien masacró a esa aldea hace un par de meses y el que quemó la iglesia anoche. Definitivamente él es quién asesinó a mis padres y mató a todos los habitantes de la aldea en la que ellos vivían. De hecho, se trata de la misma aldea que fue masacrada en la biosfera. Vi fotografías de la masacre en las que estaba Hernández. Lo peor de todo es que hubo unos estadounidenses involucrados en esa masacre. Todo este tiempo la embajada había estado diciendo que la muerte de mis padres se debió a un robo, pero ellos habían sido asesinados deliberadamente, ¡tal como lo fue Holly!

—¿Quieres decir que eres hija de Jeff y Victoria Craig? —Michael preguntó con severidad. Esta vez sus atractivas facciones habían perdido la calma; los ojos grises estaban llenos de sorpresa—. ¿Por qué llevas el apellido Andrews?

—Ese fue el apellido de nuestros padres adoptivos. ¿Así que sí has oído acerca de mis padres?

—Trabajo con la embajada. Es mi trabajo saber acerca de los estadounidenses que mueren aquí, especialmente de los casos de asesinato que no han sido resueltos. A pesar de lo que tú creas, no hay muchos de ellos. —Michael la seguía mirando fijamente—. ¿Así que por qué no me lo dijiste? Pensé que estábamos trabajando juntos en esto.

Con todo lo que había sucedido, Vicki se había olvidado que Michael era el único que aún no se había enterado de este hecho extraordinario.

—Yo misma no lo supe hasta que vine a Guatemala. Y cuando me enteré . . . bueno, no me pareció que fuera relevante en la investigación del asesinato de Holly.

—¿Relevante? Eso no era algo que tú tenías que decidir en una investigación como esta. Ahora dímelo todo, y pronto, antes que seamos interrumpidos. En primer lugar, ¿dónde estuviste? Ya han pasado un par de horas desde que Alpiro mandó a las tropas. —Las manos de Michael estaban ahora sujetando con firmeza los brazos de Vicki; sus ojos quemaban con impaciencia, como si estuviera tratando de controlarse para no sacudirla.

"¡Ay, me estás lastimando!" protestó Vicki, y él aflojó un poco las manos, pero no la soltó.

—Bill Taylor y Joe Ericsson también están involucrados en esto. Bill estuvo en esa aldea con Hernández hace veinte años. Él fue uno de los estadounidenses. Él fue miembro de la CIA y Hernández fue uno de sus informantes. Bill aún debe estar trabajando con Hernández en el tráfico de drogas. Y Joe . . . tuviste razón al sospechar de él. Él ha estado trabajando para Bill, no sólo en el centro sino también en lo que quiera que estén haciendo en la reserva. Creo que están planeando usar la avioneta de Bill para sacar el cargamento de opio, puesto que vi gente cosechando y limpiando los campos de amapolas y empacando el opio. Aún . . . aún no puedo creerlo. Pensé que Bill y Joe eran mis amigos. Bill parecía ser un viejito muy amable. —Vicki estuvo horrorizada al darse cuenta que las lágrimas le corrían por las mejillas.

Ni siquiera se las pudo secar debido a la fuerza con la que Michael la estaba sujetando; otra vez la sujetaba con fuerza hasta causarle dolor. —¿Por qué estás llorando? ¿Te lastimaron? —Él la soltó y sacó un pañuelo.

—No, no me lastimaron —dijo Vicki tomando, muy agradecida, el pañuelo—. Ellos sólo me dejaron encerrada en la casa de Bill; ahí es donde vi las fotografías. Sólo logré escapar porque César, el veterinario del centro, me encontró y me ayudó a salir. Él fue quien distrajo a los guardias hace un instante para que yo pudiera hablar contigo. Espero que esos disparos alocados no lo hayan alcanzado.

—Estoy seguro que no lo hirieron, de lo contrario ya lo hubiéramos sabido. ¿Joe o Bill mencionaron mi nombre en todo esto? —Cuando Vicki lo miró con confusión, él añadió secamente—: Ellos saben cuál es mi trabajo. ¿No estaban preocupados de que yo los pudiera detener?

—¡Sí! Por eso me encerraron. Dijeron que no podían dejarme hablar contigo antes de que terminaran de hacer lo que estaban haciendo. Me imagino que se referían al último cargamento de opio. Si logran sacarlo, supongo que no habrá ninguna prueba de lo que han hecho.

—Ya veremos si logran salirse con la suya. —Al detectar el tono de Michael, Vicki lo miró. Por un instante, su expresión había sido tan fría, dura y peligrosa como había sido la de Joe en la mañana.

"Vicki, ¿cómo te la ingenias para obtener inteligencia que ni siquiera un equipo entero de investigación logra conseguir?" Él le sonrió brevemente, levantando la mano para acomodarle un mechón que se había soltado de la pañoleta. "¿Ya te sientes mejor?"

Cuando Vicki asintió, Michael se quitó el sombrero y se pasó una mano por el cabello. Luego se irguió. "Está bien. El plan es el siguiente: tengo un helicóptero esperándome en la base. No," —él levantó una mano cuando Vicki abrió la boca para protestar— "no son los hombres de Alpiro. Estos están directamente bajo mi mando y confío en ellos con mi vida. Pueden estar en el aire en diez minutos. El camino en esa parte es lo suficientemente ancho para que puedan aterrizar."

Michael tomó el radio de su cinturón mientras seguía hablando. Él había acabado de dar órdenes cuando Vicki, todavía vigilando a través de la ventana, vio a los guardias que ya estaban de regreso. Al ver su sobresalto nervioso, Michael le puso la mano sobre el hombro para calmarla. "Todo está bien."

"¿Atraparon al fugitivo?" les preguntó Michael luego de abrir la puerta. "No importa, ya he dado aviso a las patrullas de la biosfera para que estén alertas y lo busquen."

Al notar las miradas de los guardias, añadió: "Como pueden ver, he encontrado ilesa a la señorita del centro. Pueden volver a sus labores cotidianas. Ya he ordenado que se dé por terminada la búsqueda y he pedido que me envíen un helicóptero. Cuando la nave llegue, la llevaré a la capital para que le hagan un chequeo médico. Mandaré a alguien para que lleve el Jeep de regreso al cuartel."

Había tomado muchísimo menos de diez minutos para que el helicóptero estuviera en el aire, ya que él apenas había terminado de hablar cuando Vicki escuchó el *trop-trop* de las hélices de la aeronave que venía desde la base. En unos instantes, el helicóptero estaba suspendido sobre el área más amplia disponible —la intersección del camino del altiplano y la senda que iba a la biosfera. El viento que su descenso provocó levantó una polvareda que sacudió a la garita de seguridad e hizo que los guardias buscaran algún sitio para refugiarse.

El helicóptero lucía tan similar al que había atacado a la DHC-2 que Vicki se estremeció, especialmente cuando el panel del costado se abrió y ella pudo ver a un uniformado de verde olivo de cuclillas junto a la silueta gris y amenazante de una ametralladora atornillada al suelo.

Michael le sonrió alentadoramente a Vicki y la tomó de la mano. Agachándose para avanzar contra la continua ráfaga del viento de las hélices, los dos corrieron juntos hacia el helicóptero. Ella alcanzó a ver a un tipo cuyo rostro estaba cubierto por un casco observándolos a través del parabrisas. Enseguida unas manos colaboradoras la ayudaron a subir a bordo. El helicóptero ya estaba elevándose cuando el panel del costado se cerró herméticamente.

Por primera vez en todo el día, Vicki sintió que su tensión iba disminuyendo. Michael la llevó hacia un asiento plegable ubicado detrás de la cabina. Se quitó el disfraz de campesina antes de dejar que él le asegurara los hombros con el arnés de seguridad. Cerró los ojos brevemente, dio un suspiro de alivio y los volvió a abrir para mirar a su alrededor.

Sólo había un asiento más, otro plegable junto a ella; el piloto y el copiloto estaban sentados en la cabina. Los dos soldados que los habían ayudado a subir estaban de cuclillas sobre el piso, sosteniendo sobre las rodillas sus rifles automáticos. Michael se dirigió hacia ellos.

Fueron los sacos de arpillera los que inicialmente hicieron que Vicki volviera a sentirse inquieta. Llenaban cada centímetro cuadrado de la cabina. Había montones de ellos, cuidadosamente atados bajo una malla de lona para evitar que se cayeran en caso de que el helicóptero descendiera súbitamente. Su contenido no era granulado como el azúcar o los granos, sino que lucía apretado contra el material de los sacos. Según las formas rectangulares que se podían ver, más bien parecían pequeños paquetes o ladrillos.

Vicki comenzó a sentir inmenso terror. Poniéndose de pie, abrió la boca para llamar a Michael.

En ese momento, mientras Michael se dirigía hacia la cabina, el copiloto se volvió para decirle algo. Alzó su voz contra el ruido de los rotores. "Este es el último cargamento, pero tendremos que darnos prisa porque mis fuentes me informan que los de antinarcóticos ya han sido alertados."

Con el panel del costado cerrado, la cabina del Huey había quedado casi a oscuras. No obstante, un rayo solar del atardecer penetraba a través del parabrisas, de tal modo que las coloradas facciones del copiloto, su espesa barba y sus desarreglados rizos estaban alumbrados en vívidos colores.

Era Hernández.

Tenía que haber algún error.

"Michael, ese es el hombre que vi en la selva," dijo Vicki ásperamente en inglés. "¡Ese el hombre que mató a mis padres . . . el que está traficando drogas!"

Michael le dio la mirada indiferente de un desconocido y luego le habló en español al copiloto. —Sí, ya sé, fue esta gringa quien los alertó.

—¡La gringa! Te dije que ella nos causaría tantos problemas como lo hizo su hermana. Pero tú insististe en tener misericordia. ¿No te he dicho ya que ustedes los gringos son demasiado sentimentales, demasiado tiernos? Ustedes no entienden las decisiones difíciles.

—Sí, Raúl, lamentablemente tenías razón. Pero ahora estamos a salvo y pronto veremos cuánto daño ella nos ha causado.

Así que este tipo era Raúl Hernández, el primo de Alpiro. El hombre guatemalteco estaba mirando a Vicki del mismo modo en que debió haber mirado a Jeff y Victoria Craig hace veinte años. Y también a Holly. No era una mirada de rabia, sino de una brutalidad indiferente, con la que debía mirar a un insecto molestoso al que estaba a punto de aplastar.

¿Pero Michael? La preocupación de Vicki ya no le hacía que se preguntara qué estaba él haciendo; eso ya era obvio. Ahora más bien se preguntaba por qué lo hacía. Vicki desabrochó su arnés de seguridad y se puso de pie. No había pensado todavía en qué pretendía lograr a cientos de metros de altura, dentro de un helicóptero lleno de hombres hostiles. Esta vez gritó en español: "¿Michael, qué estás diciendo? Este no es un juego de guerra. Este . . . este *animal* mató a mis padres! ¡Y a todos los habitantes de esa aldea!"

El soldado que estaba enfrente de ella ni siquiera cambió de expresión cuando la golpeó en el estómago con la culata de su rifle. Una bota la mandó de un empujón de vuelta a su asiento. Luego escuchó, procedente del frente de la cabina, el claro clic de una pistola siendo amartillada y vio la longitud del cañón de metal, apuntándole por encima del espaldar del asiento del copiloto.

"Así que la gringa habla español." La brutalidad dibujada en el rostro de Raúl Hernández ya no era indiferente; de hecho estaba meneando el cañón de la pistola con ansiedad.

"¿Estás loco?" dijo Michael, bajando de un golpe el cañón. "¿Quieres agujerear el fuselaje de esta nave?" Sacó un arma mucho más pequeña de su región lumbar. De un codazo hizo a un lado al soldado que había golpeado a Vicki y se arrodilló enfrente de ella. Los ojos de él se mostraban afables, con una sonrisa que a ella ya le era muy familiar. En ese preciso instante, Vicki se dio cuenta que nunca había sabido qué se escondía detrás de tal mirada. No puso resistencia cuando Michael le abrochó otra vez el arnés de seguridad.

"No nos causes más problemas, ¿entendido?" dijo él en español y en voz alta. "Esta Glock no causará tantos daños en la cabina como una calibre .38."

"¡Ya dispárale! Mátala de una vez, ¿entiendes, hombre?" exigió Hernández.

—Realmente siento mucho que esto te suceda, Vicki —dijo Michael en inglés, con una mirada hasta de arrepentimiento, y sacudiendo la cabeza—. Me caes bien. De muchas maneras traté de mantenerte al margen de esto, de salvarte la vida, aunque en este momento no aprecies esas intenciones.

—Dijiste que era una calibre .38 —dijo Vicki, volviéndose hacia el copiloto luego de dar una mirada a la pistola que Michael tenía en la mano—. ¿No fue esa el arma con que mataron a Holly, un revólver .38 de la policía?

Cuando él se quedó inmóvil, le preguntó: "¿Por qué precisamente tú estás ayudando a un grupo de narcotraficantes y asesinos? Todo lo que eres, todo lo que haces en la embajada . . . ¿por qué lo arriesgas sólo por esto? No puede ser sólo por el dinero. Dijiste que crees en tu país, que crees en servir a tu patria. Seas lo que seas, pienso que en eso sí eres sincero."

Súbitamente se dio cuenta. —Joe tenía razón. Tú eres de la CIA, ¿verdad? Tu posición en la OAD es sólo para encubrirte. Raúl Hernández . . . es tu informante, más no el de Bill. Tú eres su contacto.

—"Agregado consular" es un título de encubrimiento demasiado trillado —Michael aceptó con tono conversacional—. No obstante, es más práctico y útil que el de "ejecutivo extranjero" para comunicarme con la clase de fuentes que tengo.

—Tal como lo es Bill Taylor. Entonces . . . entonces, ¿quién es él? — exigió Vicki —. Pensé que él estaba trabajando con este tal Raúl Hernández y con Alpiro. Creí que él era de la CIA. Mejor dicho, sé que él era de la CIA; él mismo lo admitió. Y Joe, ¿quién es él?

—De hecho, esperaba que tú me lo dijeras. —El asiento plegable era tan bajo que a pesar de estar de cuclillas, Michael aún era más alto que Vicki, con sus antebrazos descansando sobre sus muslos y con la Glock balanceándose libremente en su mano derecha. Sólo porque él estaba bastante cerca, Vicki pudo captar sus palabras a pesar del ruido en la cabina; ella estaba, más bien, leyéndole los labios—. Tal vez son de la DEA. Ellos siempre están entrometiéndose en nuestras operaciones. Aun así, yo me hubiera enterado si algún oficial de la DEA estaba inmiscuyéndose en mi territorio. Además, tengo a los de antinarcóticos, tanto de Estados Unidos como de este país, muy bien entrelazados con una de mis unidades de la UPN, contraatacando a unos competidores de Raúl en el bosque tropical del Petén. No, yo mismo revisé los archivos acerca de Ericsson. Él sólo es un trotamundos, con una ficha de algunos delitos menores. Taylor debe haberlo contratado como tipo musculoso. En cuanto a Taylor, él ha estado en esta región durante muchísimo tiempo; le interesa mucho esa reserva natural. Si él ha elegido entrometerse en eso . . . —El tono de Michael se endureció súbitamente—. Así que, ¿qué fue exactamente lo que Taylor y Ericsson te dijeron?

Entonces sus instintos habían sido correctos en cuanto a Joe y acerca de que había algo extraño escondido detrás de la sonrisa encantadora y el rostro atractivo de Michael. *Debí haber confiado en mi corazón, no en mis ojos.* Con la muerte mirándola de frente a través de un cañón metálico brillante, Vicki tenía que haber estado aterrada, pero su mente y su corazón ahora sólo le permitían sentir júbilo. *Sea lo que sea Joe en realidad, él no es un traficante de drogas. Ni un asesino.*

Entonces, ¿por qué él ni siquiera había intentado hacerla callar cuando ella estaba acusándolo y gritándole histéricamente? *Porque yo no quise escucharlo. Porque le dije cosas tan terribles.* Joe simplemente la había ignorado y se había ido a hacer lo que estuviera a su alcance para poner un alto a esta situación. Ahora Vicki ya no tenía la menor duda, aunque aún no tenía sentido, que esa era la razón por la cual Joe había estado en el bosque. Él la había dejado encerrada en un lugar seguro, donde ella no podía ser herida, ni podía interferir. No obstante, una vez más, Vicki había complicado todo en gran manera. *Si sólo pudiera pedirle disculpas.*

Mientras tanto, ¿cuánto daño habría causado su interferencia? Ciertamente Michael no parecía estar preocupado. Por otro lado, aún restaban esas fotografías y la confesión del mismo Bill.

Michael la estaba mirando fijamente, por lo que Vicki se dio cuenta que él aún estaba esperando oír su respuesta. Bueno, ya no quedaba nada más que ella pudiera decir, puesto que lo había divulgado todo.

—Ya te lo dije. Ellos me encerraron y dijeron que no podían dejarme que fuera a alertarte. También dijeron algo en cuanto a ir a la avioneta antes de que fueran interceptados. —Vicki echó un vistazo a los montones de sacos de arpillera a su alrededor—. Asumí que se referían a sacar el opio de la reserva.

Michael lanzó una serie de frases desagradables que Vicki nunca había esperado oír de sus labios. —Si Taylor mandó a Ericsson a espiar en los alrededores, tenemos que asumir que me ha descubierto y también a Alpiro. Posiblemente tienen una producción de video entera de nuestro campamento. Si logran hacer los contactos correctos en nuestro país, ese lugar va a estar inundado con agentes de policía. ¡Detesto tener que deshacerme de toda la evidencia! Eso siempre significa que alguien cometió una tremenda equivocación.

"Raúl, ¿estás seguro de que limpiaste bien la sierra?" preguntó Michael dirigiéndose a la cabina del helicóptero.

Vicki no pudo oír la respuesta debido al ruido de los rotores.

—¿Están bajando los camiones ahora? . . . No, los campesinos ya no tienen importancia. Pero no podrás llevar esta carga a la ciudad de Guatemala para que sea procesada. Ellos tal vez hayan alertado a los de antinarcóticos en el aeropuerto. Mejor dirígete hacia la costa. Tienes barcos que te esperan. Ve quién puede esperarnos en el Golfo.

—Como gustes. —Esta vez, la cabeza volteada de Raúl le permitió a Vicki entender sus palabras—. Y no te preocupes por los de antinarcóticos. Mi primo es el segundo en comando en ese grupo. Él se encargará de retrasar cualquier movilización hasta que sea demasiado tarde.

Más hermandad, sanguínea o de otra clase.

—Por lo menos obtuviste tu deseo de salvar a tus campesinos —dijo Michael, mirando a Vicki—. Nosotros sí que somos unos gringos sentimentales.

Semejante dicotomía no tenía sentido. —No te entiendo —dijo Vicki súbitamente en voz alta—. ¿Cómo puedes trabajar con un asesino como Raúl Hernández, y después tomarte la molestia de interceder a favor de unos campesinos?

—Porque nosotros los gringos no matamos civiles —respondió Michael bruscamente—. Al menos no cuando lo podemos evitar.

—No, solamente trabajas con sicópatas que sí lo hacen —dijo Vicki—. Sólo dime por qué lo haces. Ese degenerado de Hernández no puede estar chantajeándote con esas fotografías, tal como lo hizo con Bill Taylor y con los otros dos estadounidenses. Además, esa es otra cosa. Bill Taylor prácticamente admitió que él era de la CIA y que había tenido que ver en el reclutamiento de Raúl y de los demás en su unidad. Así que, ¿por qué no supiste quién era? ¿Y por qué Alpiro no lo reconoció?

—Esa es una buena pregunta. —Michael parecía estar dispuesto a seguir hablando, tal vez porque era el modo más fácil de mantener tranquila a la prisionera.

Vicki prefería seguir haciéndolo antes de dejar que su propio terror la abrumara. *Si muero, por lo menos déjame entender todo esto.* Tal pen-

samiento —el estereotípico "último deseo" de un serio periodista investigador— casi la hizo sonreír.

—Por un lado, se ve que Taylor tiene un rango mucho más alto del
que yo hubiera esperado. Sin lugar a dudas, en algún lado hay un archivo
sellado al cual, por el momento, no tengo acceso. Pero sé quién es exactamente Taylor, o mejor dicho fue, si él es uno de los estadounidenses en
el archivo de chantajeados de Raúl. En ese entonces Taylor no usaba ese
nombre. Ves, estás equivocada en cuanto a una cosa. Taylor no fue quién
reclutó a Raúl y a Alpiro. Hubo otros dos agentes quienes encabezaron el
entrenamiento de esa unidad en particular. Uno de ellos fue un agente
de conexión y entrenamiento de las Fuerzas Especiales, un tipo de los
Boinas Verdes con experiencia en Vietnam. El otro fue . . . bueno, sólo
digamos que fue un agregado de la embajada con responsabilidades
adicionales.

—Quieres decir que era agente de la CIA.

—Está bien . . . de la CIA. —Si no hubiera sido por el rugido de las
hélices y por las tres armas de fuego que apuntaban hacia ella, hubiera
parecido que Michael simplemente le estaba contando historias acerca
de su trabajo, tal como lo había hecho tan a menudo en el centro.

—La misión de este agente era la de establecer una relación estrecha
con los participantes en el entrenamiento y, si podía, hasta reclutarlos
a fin de establecer en este país una red de inteligencia para el futuro.
Taylor era su entrenador. Para ser exactos, él era su supervisor desde
Langley, y estaba en Guatemala para la graduación y para evaluar a los
nuevos miembros del servicio de inteligencia. Taylor debió haber estado
furioso cuando el generalísimo a cargo de las ceremonias lo hizo posar
para la fotografía. Como cualquier agente bien entrenado, por lo menos
se las ingenió para no dejar que su rostro se viera con claridad en los
periódicos. Alpiro solamente lo habría visto una vez más, en un campo
de batalla. Dudo que Alpiro hubiera recordado sus facciones.

—Te refieres a que Alpiro habría visto a Bill después de la masacre
—dijo Vicki en tono acusativo.

—Como gustes —replicó Michael, encogiéndose de hombros—.
De cualquier modo, veinte años más tarde una unidad de la UPN apareció en la puerta de la residencia del ahora jubilado Taylor. No había
razón alguna para que Alpiro notara la diferencia. Asumo que Taylor sí

reconoció a Alpiro, ya que Raúl Hernández, el comandante del área en ese día en cuestión, se aseguró que Taylor y los otros dos estadounidenses obtuvieran un juego completo de las fotografías que sus oficiales habían logrado tomar antes de que los consejeros gringos pudieran detenerlos.

—Las tomaron con las cámaras de mi padre —dijo Vicki—. ¿Pero cómo es posible que sepas todo esto? En ese entonces tú sólo eras un niño. ¿O acaso toda esta información está en tus archivos, a pesar de que tu gente sigue diciéndole al público estadounidense que estas cosas nunca sucedieron?

—Ah, no. Los mentirosos caen fácilmente. Para eso, los periodistas entrometidos son tan buenos como los interrogadores de la CIA. Puedes estar segura de que la gran mayoría de los zánganos de la agencia es tan inocente, pura e idealista como el pueblo estadounidense quiere creerlo . . . y que tampoco ha tenido que experimentar la dura realidad en el campo mismo de los hechos. En cuanto a cómo sé . . .

Michael cambió de posición sobre sus talones.

—Ahora ya no tiene importancia y, tomando en cuenta quién resultaste ser, la vas a considerar una parte interesante de la historia familiar. Como verás, yo he seguido la tradición familiar. Originalmente, mi padre reclutó a Raúl y al resto de integrantes de esa red.

—¿Tu padre? —exclamó Vicki—. ¿Entonces cómo fue posible que Bill no te reconociera, o que por lo menos no reconociera tu apellido?

—Llevo el apellido de mi madre. Mis padres se divorciaron cuando yo era pequeño, y ya que mi padre nunca mezcló su vida personal con su trabajo, en realidad nunca llevé su apellido. Durante toda esa época yo apenas había terminado la escuela primaria y estaba viviendo en Estados Unidos, así que no sabía nada de lo ocurrido y tampoco sabía acerca de esas fotografías. No hasta que poco antes de la muerte de mi padre, cuando me dio el archivo junto con el resto de mi herencia.

»Para ese entonces yo también había comenzado a trabajar en la agencia y ya había obtenido mi primera misión en Centroamérica. Así que me contó toda la historia. Él quería que yo entendiera lo que había hecho y por qué lo había hecho. A diferencia de él, lo primero que yo hice fue quemar todas esas fotografías. Pero él nunca se arrepintió de la decisión que había tomado el día de la masacre en la aldea. La Guerra

Fría estaba en un punto crucial y mi padre vio a Raúl y a los otros reclutas como el futuro de la HUMINT, agentes de inteligencia humana, de Estados Unidos en esta región.

»Él ni siquiera se lamentó por la muerte de Jeff Craig, aunque él mismo no había movido un dedo para ocasionarla y menos la de su esposa. Mi padre odiaba a los periodistas de izquierda. Él fue un viejo severo, dispuesto a hacer cualquier cosa para proteger a su país y el estilo de vida estadounidense. Ahora, según dice Raúl, mi generación es un poco más sentimental en cuanto a los daños colaterales y también es un poco más tolerante de los diversos puntos de vista.

—¿Entonces por qué estás apoyando todavía a Raúl? —preguntó Vicki—. Entiendo los motivos de Bill Taylor y de tu padre. No creo ni por un segundo que ellos hayan estado pensando en su país antes de sus propias carreras, pero también puedo entender lo que hubiera significado en ese entonces tener a todas esas fotografías apareciendo en todos lo noticieros. Pero esos son pecados del pasado. No pueden haber estado chantajeándote con lo mismo. ¿No hubiera sido algo más grandioso para ti el entregar a Raúl Hernández cuando te enteraste de que estaba traficando drogas, especialmente en un hábitat amenazado? ¿No hubiera sido mejor para ti demostrar al mundo que tomabas muy en serio tu misión de erradicar la corrupción en este país . . . aunque eso no hubiera sido cierto? A menos que . . .

De repente, por fin, ella lo comprendió todo.

—A menos que no sean pecados del pasado. Raúl todavía es un informante de la CIA, ¿verdad? Él aún está haciendo tu trabajo sucio, el cual es demasiado denigrante para ser hecho por los estadounidenses. Por eso es que tienes que permitirle que tenga su operación de tráfico de drogas y tienes que mantener alejada a la DEA, tal como decían las acusaciones hechas por Human Rights Watch en su reporte. Por eso tuviste que deshacerte de Holly. Ella te iba a delatar; iba a anunciar que tú todavía estabas colaborando con los narcotraficantes y con los criminales de guerra en lugar de arrestarlos y entregarlos a la justicia. El pueblo estadounidense nunca toleraría que se use esa clase de métodos para proteger sus libertades.

—No te engañes a ti misma —dijo Michael burlonamente—. Lo que el pueblo estadounidense quiere ver son resultados. Ellos saben que no deben pedir los detalles y nosotros sabemos que no debemos dárselos. Durante los últimos veinte años, Raúl Hernández ha sido uno de nuestros agentes de inteligencia más valiosos en esta región. Cuando Guatemala se puso difícil para él (ni siquiera sus propios colegas militares pudieron soportar el entusiasmo con el que llevó a cabo sus misiones durante la guerra) Raúl se convirtió en uno de nuestros comandantes más capaces en la guerra de los contras en Nicaragua y Honduras.

»Lamentablemente, él es muy astuto. Hace veinte años fue la primera vez que él se protegió usando evidencias visuales, aunque hubiera sido de manera accidental. Además, mis predecesores no fueron tan cuidadosos como lo he sido yo. Basta con decir que Hernández ha dejado muy en claro que si él cae, caerán muchos más con él y que divulgará todo lo que ha hecho para la CIA. Así que Hernández puede mantener su pequeña operación de tráfico de drogas para financiar sus placeres personales, teniendo a su primo Alpiro a cargo de la interferencia en el ámbito local.

—Apuesto que te aseguraste de que Alpiro terminara quedando como comandante de la UPN.

—Mientras tanto —continuó Michael, ignorando la interrupción—, la DEA se encarga de destruir a los competidores, cortesía de la excelente, aunque poco ortodoxa, red de inteligencia de Hernández. Cabe añadir que con dicha red, él nos ayuda a destruir más operaciones de tráfico de drogas de las que pudiéramos hacerlo nosotros solos. Y el pueblo estadounidense continúa beneficiándose de la mejor red de inteligencia en la región. Así todos salen ganando.

—Excepto Holly.

La expresión de Michael se endureció. —Holly fue una joven muy imprudente que creyó que no tenía que obedecer ciertas reglas. Esa es la ironía. Si ella simplemente se hubiera ocupado de sus propios asuntos y se hubiera mantenido alejada de la biosfera, aún estaría viva y su tan preciado bosque nuboso pronto hubiera vuelto a la normalidad, sin un grupo de campesinos invasores.

—Entonces tú eras el estadounidense a quien ella había descubierto, no era Bill ni Joe.

—Es posible. En algún lado, mientras ella estaba haciendo uno de sus recorridos prohibidos, encontró las plantaciones de amapola y decidió investigar más. Coincidió el hecho de que en ese momento yo estuve allí revisando las plantas junto a Raúl y Alpiro. Nunca me hubiera enterado de que ella nos había visto si no hubiera sido porque vino disparada a verme a la base, justo en el momento en que estaba abordando el helicóptero para regresar a la capital. Cuando me dijo que quería hablarme de un asunto relacionado con la embajada y la biosfera, supe que tenía que habernos visto. No le hice caso; le dije que me contactara en la ciudad. Al día siguiente cuando me encontré con ella en el aeropuerto . . .

—Ese fue el día que ella nos presentó. Por eso fue que cuando habló contigo estaba tan rara. Pensé que . . .

—¿Pensaste que ella estaba enamorada de mí? —Michael arqueó las cejas—. Creo que así fue, menos mal. Holly no estaba segura si yo estaba involucrado en algo más aparte de encabezar una operación antinarcóticos en el área, así que no quiso acudir a las autoridades sin antes darme una oportunidad para que le explicara lo que yo estaba haciendo. El problema fue que cuando no logró hablar conmigo de inmediato, ella siguió investigando. Ese fue mi error. Lo lamentable para mí, y para ella, fue que decidió regresar a la plantación justo cuando los hombres de Raúl estaban armando el campamento para la cosecha y cuando sus obreros campesinos estaban segando las plantas de amapola.

»Holly tomó unas fotografías interesantes, las cuales, una vez más, pudieron haber arruinado todo, excepto que fue lo suficientemente considerada como para llamarme para asegurarse de que no estaba a punto de arruinar una de mis operaciones antinarcóticos. Ella les dijo a sus amigos que iba a visitarte, pero cuando revisé mis mensajes (ah sí, yo regresé esa misma noche) fui a verla de inmediato. Holly estaba esperando afuera en la acera; su taxi estaba retrasado. Estuvo muy agradecida de conseguir un aventón y contarme todo. Pero la llevé a la planta de procesamiento de Hernández en la Zona 4. Si por un instante yo hubiera pensado que ella me hubiera creído si le decía que se trataba de un asunto de seguridad nacional y de inteligencia secreta, me hubiera inventado algo semejante. Pero, a pesar de estar enamorada de mí . . .

—¡Sabías que Holly no haría de la vista gorda! Especialmente después de haber estado dispuesta a armar un gran escándalo por unos cuantos animales que habían desaparecido. Tú sabías que ella iría directamente a los medios de comunicación. Con esas fotografías le hubieran creído todo acerca de ti también. Así que la llevaste en uno de tus helicópteros, tal vez en este mismo, y volaste por encima del basurero, le disparaste y la tiraste al aire. El problema fue que ella cayó en un sitio muy alejado para tratarse de un simple asalto. Nunca pensaste que iba a sobrevivir tanto tiempo como para poder hablar conmigo; también te olvidaste de quitarle esto. —Las manos de Vicki estaban temblando de rabia mientras sacaba de su blusa caqui el pendiente en forma de jaguar.

—Sí, se me olvidó eso. Pero logré corregir ese pequeño error mientras mis hombres de la unidad de homicidios estaban rastreando el área del basurero. Lo lancé en un sitio donde supuse nadie lo encontraría otra vez. Te juro, si fuera supersticioso, estaría a punto de creer que algo o alguien ha estado trabajando en mi contra desde el principio de esta misión.

—Insistes en llamar a esto tu "misión" como si estuvieras salvando al mundo. No trates de engañarte a ti mismo, o de engañarme a mí, al tratar de convencerte de que esto es por la seguridad nacional, del mismo modo que no lo fue con tu padre. Esto sucedió porque tus propios intereses y tu propia carrera estaban en peligro y tú lo sabes. —Vicki quería agredirlo, si no físicamente, por lo menos verbalmente, para provocarlo.

Michael solamente negó con la cabeza. —Sólo estoy cumpliendo con mi trabajo, como cualquier soldado, o como mi padre, lo haría. ¿Crees que yo quise que suceda esto? Traté de mantenerte alejada; traté de hacerte salir del país; cuando insististe en quedarte, traté de disuadir a Raúl para que no pensara que tú representabas una amenaza. Mis hombres destruyeron la cámara y la computadora de Holly que estaban en tu habitación. También buscaron su APD, en caso ella hubiera grabado esas últimas fotografías ahí. Lo hice no sólo por mi propio bien, sino también por el tuyo. Lo hice para asegurarme que esta misión no cobrara más víctimas inocentes. Pero al igual que tu hermana, no pudiste dejar de indagar, y ahora ya no me has dejado ninguna alternativa. Si tuviera otra opción, la tomaría.

Debido a la seca convicción en el tono de Michael, Vicki de hecho le creyó.

—No tienes idea cuán tenue es la situación mundial en el momento. La guerra contra el terrorismo está en un punto crucial, tal como la

Guerra Fría una vez lo estuvo. El apoyo está disminuyendo. El pueblo estadounidense es demasiado endeble para soportar una lucha prolongada, aun por su propia libertad. Nosotros, la gente como yo, los que sí entendemos, somos quienes tenemos que seguir firmes hasta que comprendan la realidad de que nuestra misma existencia pudiera estar en peligro. No sólo los soldados en las líneas de combate son los que tienen que sacrificarse, aun al extremo de perder sus vidas. ¿Acaso no es mejor que se pierdan sólo dos vidas, o las de unos cuantos cientos de campesinos, en vez de que nuestra civilización entera se extinga?

—Lo irónico es que eso mismo es lo que dicen los terroristas —dijo Vicki con desprecio—. El punto es que, después de todos estos años, tú y tus cómplices todavía insisten en que están defendiendo la democracia, la justicia y los derechos humanos, a pesar de que al mismo tiempo están usando a esta gente y a muchos otros como ellos para que hagan un trabajo que es demasiado sucio para tus manos. Porque, tal como Joe dijo, siempre hay una guerra más, una excusa más para que tú pretendas ser Dios. Esta vez es la guerra contra el terrorismo, pero el propósito siempre es el mismo. Si los métodos que empleas aquí fueran divulgados, se harían algunas comparaciones terribles. Así que tú, o tus jefes, decidieron que tratar de acallar la situación es más importante que la vida de una ciudadana estadounidense.

Vicki miró fijamente a Michael, con la misma convicción que él tenía. —Pero nunca te saldrás con la tuya, no importa lo que suceda hoy aquí. "Hacer el bien, sin temer ninguna amenaza." Eso no sólo se aplica a personas individuales, sino también a países enteros. Cada vez que ustedes se olvidan de eso, siempre les sale algo mal. Al final, es el pueblo estadounidense, a quien dices que estás protegiendo, el que sufre el dolor más grande.

La expresión de Michael era tan furiosa que Vicki se preparó para que la golpeara. Pero ella no iba a dejar que la ira de él, que la mirada hostil de los dos soldados en cuclillas, que la risa burlona de autosatisfacción de Raúl en el asiento del copiloto, la intimidaran. Levantando la quijada sin ningún temor, ella dijo con tono desafiante:

—¿Y ahora qué? Supongo que también vas a matarme.

Michael guardó su Glock. —De ninguna manera, así como tampoco maté a tu hermana. Recuerda que nosotros los estadounidenses no nos ensuciamos las manos. Una vez que nuestro cargamento haya sido descargado, sólo voy a tomar un vuelo de regreso a la embajada y llegaré justo a tiempo para nuestra celebración del éxito más reciente de la operación antinarcóticos, llevada a cabo por nuestro equipo de personal estadounidense y guatemalteco. Tendré una firme coartada para cuando una turista deprimida se haya suicidado en el sitio en el que su hermana fue asesinada.

Michael alzó el pendiente en forma de jaguar, de tal modo que sus ojos de esmeralda brillaron con el destello de la luz en la cabina. —Esto apretado en tu mano será un bonito detalle. Puedes estar segura de que iré a tu funeral y de que estaré genuinamente triste.

Michael se inclinó hacia delante para mirar a través del parabrisas. A gritos hizo una pregunta en español: —¿Tienes suficiente combustible para llegar a Belice?

—Sí, pero no será necesario que vayamos tan lejos —respondió Raúl Hernández, volteando la cabeza—. Cuando estemos cerca, tiraremos la carga para mi primo. Por una comisión, él la cuidará hasta que podamos recobrarla discretamente. De ese modo podremos volar de regreso a la capital, sin ninguna preocupación, para que registren esta nave.

—Déjame en Río Dulce. Quiero estar en compañía de muchas personas durante las próximas veinticuatro horas. Regresaré a la capital en la mañana.

—¿Y la joven?

—Está en tus manos. Ya sabes qué hacer.

Vicki no puso mucha atención a la conversación a gritos. Tenía cierta paz al haberse resignado por completo a su destino. Cuando Michael se le acercó, se volteó para el otro lado.

"¿Qué—?"

El ruido de un motor ahogó los insultos proferidos por Michael y sacudió al Huey como si este estuviera envuelto en un torbellino. El helicóptero descendió con tanta fuerza que Vicki fue lanzada de costado con todo el cinturón de seguridad de su asiento. Pero aun así, logró ver brevemente a la avioneta que había estado dirigiéndose directamente hacia ellos como si estuviera tratando de estrellarse de frente, al estilo kamikaze, contra el parabrisas del helicóptero.

Era la DHC-2.

CAPÍTULO TREINTA Y NUEVE

El Huey comenzó a descender en un ángulo lateral; el azul del Lago Izabal iba acercándoseles a toda velocidad. En eso, el helicóptero se enderezó y se elevó un tanto.

Levantándose del piso, Michael y los dos soldados hicieron a un lado los montones de arpillera que se les habían venido encima. Insultos y acusaciones en inglés y en español eran lanzados de un lado a otro de la cabina.

Vicki se quedó completamente inmóvil, sin dejar que su rostro mostrará sus emociones. ¿Cómo la habían encontrado Bill y Joe? ¿Qué estaban planeando hacer en una pequeña avioneta civil contra un helicóptero militar armado? Ella no se lo podía ni imaginar. Eso no tenía importancia. Lo único que tenía que hacer era estar lista para lo que sucediera. Se dio cuenta que estaba al borde de su asiento, luchando con su arnés de seguridad.

Se escuchó un grito del piloto. En el asiento del copiloto, Raúl Hernández hacía ademanes frenéticos hacia Michael y señaló más allá de la ventana izquierda de la carlinga.

Desde su asiento plegable, Vicki no podía ver mucho de lo que sucedía afuera de las ventanas de las puertas laterales, pero a su izquierda pudo ver una hélice y la punta de un ala. En ese instante el helicóptero disminuyó abruptamente la velocidad, tanto así que hizo que ella se estrellara contra su cinturón e hizo que la pequeña y más veloz avioneta de un solo motor les rebasara a toda velocidad.

De inmediato, Vicki se dio cuenta por qué el helicóptero había disminuido la velocidad, ya que cuando este estaba yendo tan lentamente que casi estaba inmóvil en el aire, uno de los soldados abrió con dificultad la puerta del costado. Cuando la ráfaga de viento entró e inundó de repente la cabina, estuvo agradecida por haber tenido puestos su arnés de seguridad. Parpadeando contra la corriente ventosa, Vicki buscó en el cielo a la avioneta; no la pudo encontrar.

Unos instantes después, la vio volando rápidamente encima de ellos desde la derecha, tan de cerca que cuando la DHC-2 se alejó del lado izquierdo, Vicki no pudo creer que las llantas de su tren de aterrizaje no habían tocado la hélice del Huey. Una vez más, el helicóptero se ladeó y descendió. A través de la puerta abierta al costado, ahora ella podía ver las crestas de las olas del lago chocando perezosamente a unos treinta metros por debajo de ellos.

Michael se agarró de una correa que estaba por encima de su cabeza para evitar resbalarse a través de la cabina. "No hagas caso de la avioneta," le gritó al piloto. "¿No puedes ver que están tratando de obligarnos a descender? Una vez que lleguemos a aguas internacionales no podrán perseguirte más."

Eso debía ser lo que Bill y Joe estaban tratando de hacer. Si lograban forzar al helicóptero a mantenerse volando bajo, de modo que no pudiera volar sobre la alta cubierta de la selva y sobre los edificios de Río Dulce más adelante, no podría escapar del lago. ¿Pero por cuánto tiempo más podría la pequeña avioneta seguir llevando a cabo este plan? El Huey ya se había enderezado y estaba avanzando hacia la distante orilla verde al este del Lago Izabal.

—¿Qué hago con mi cargamento? —Raúl le preguntó a gritos a Michael, tratando de ahogar el ruido—. Mi primo está esperando.

—¿Estás loco? Olvídate de tu cargamento. Si tienes que perder las drogas, ¡entonces hazlo!

La expresión en el rostro rojizo del comandante dejó en claro que esa sería su última opción.

La DHC-2 había regresado y estaba volando a la par del helicóptero, a sólo unas dos alas de distancia. La puerta de carga, que estaba directamente debajo del ala, estaba abierta. Solamente cuando Vicki vio a Joe en esa puerta se dio cuenta que el sombrero de ala ancha que ella había visto en el asiento del piloto tenía que ser de Bill. Así que él también era piloto. Una pequeña sorpresa después de todas las revelaciones que este día había traído.

Joe estaba de cuclillas en la puerta abierta y, aunque su rostro estaba oscurecido por la sombra del ala que estaba encima de él, Vicki supo el instante en que la mirada de él se fijó en su rostro. Lo vio fijándose en la posición en la que ella estaba y en el arnés de seguridad de su asiento plegable. ¿Sabía él que ella no estaba allí por voluntad propia, sino que más bien era una prisionera? ¿Podía perdonarla por las horribles cosas que le había dicho?

Joe se inclinó hacia fuera para agarrar una de las barras de soporte del ala, y algo en la determinación de su expresión le dio a Vicki un escalofrío de miedo en el corazón. Ciertamente él no intentaría hacer nada peligroso. Echando un vistazo hacia las olas bailarinas por debajo, ella pudo ver un yate de turismo avanzando hacia ellos. ¿Sería el primo de Raúl esperando recibir el cargamento? Según la perspectiva que el bote le ofrecía, vio que las olas eran más grandes y más fuertes de lo antes habían aparentado ser, pero si ella pudiera saltar sobre ellas . . .

Antes de acobardarse, Vicki abrió su arnés de seguridad. Unos pocos pasos y ella estaría afuera de la puerta. Pero apenas cuando ella estaba poniendo tensos sus músculos para moverse, un destello de sorpresa y hasta miedo en el rostro de Joe le dijo a Vicki que él había adivinado sus intenciones y no estaba de acuerdo. En ese mismo instante, el segundo soldado giró el cañón de la ametralladora atornillada al suelo.

La mirada de Joe fue rápidamente desde el rostro de Vicki hasta la ametralladora; su grito de alerta fue ahogado por el rápido *rat-tat-tat* de los disparos.

La DHC-2 descendió justo a tiempo, de tal modo que la lluvia de balas no alcanzó a pegar a la nariz de la nave.

Michael cruzó la cabina antes de que los disparos de la ametralladora cesaran. Con la parte posterior de su mano, Michael la abofeteó y luego la levantó y la puso de vuelta en su asiento plegable. Con un rápido y hábil movimiento le colocó el arnés de seguridad; sacó un par de esposas de plástico y las ató alrededor de las muñecas de ella. "¿Estás tratando de suicidarte y de ahorrarnos el trabajo de tener que matarte? Si te mueves otra vez, yo mismo te dispararé."

Cuando el piloto se volvió para mirarlos, Michael gritó: "¡Vuela más alto y más rápido, tonto! No dejes que te distraigan. No se van acercar mucho porque no van a querer destruir su propia avioneta."

Vicki se encogió con desesperación. Todo lo que el Huey tenía que hacer era continuar volando hasta llegar al océano. Una vez que ellos llegaran a aguas internacionales, el helicóptero sería inmune, especialmente si Raúl Hernández tenía contactos para el cargamento. Ellos hasta podían darse el lujo de destrozar el Huey. Así por lo menos Raúl y Michael no podrían arreglar el "suicidio" de Vicki.

No, solamente pueden arrojarme al océano junto al opio. Si yo desaparezco, ellos dirán docenas de mentiras ante cualquier cosa que Bill y Joe pudieran decir.

Vicki vio que la DHC-2 descendía otra vez desde arriba, los bordes cuadrados de sus alas estremeciendo en el viento de las hélices, pero maniobrando con rapidez y a una gran altitud, de modo que el soldado con la ametralladora no pudo apuntarle. Vicki alzó sus manos atadas para que la figura de cuclillas en la puerta de la avioneta las viera. Cuando ella hizo esto, Michael la abofeteó otra vez. A través de sus lágrimas, Vicki alcanzó a mirar una expresión tan peligrosa en el rostro de Joe como la que temprano ese mismo día la había hecho correr con pánico a través del bosque.

En ese momento el soldado apuntó la ametralladora hacia la avioneta y, mientras el *rat-tat-tat* de sus disparos invadió la cabina, la DHC-2 desapareció de su vista. No volvió a aparecer cuando el helicóptero retomó su vuelo. La orilla oriental del Lago Izabal se aproximaba rápidamente. Más adelante estaba Río Dulce y más allá, sólo un lago pequeño y un río separaban al Huey de aguas internacionales.

No serían más de unos cincuenta kilómetros de distancia. A la velocidad a la que iban, les tomaría menos de quince minutos.

Un nuevo estruendo de motores y hélices estalló detrás del Huey. Esta vez Michael no protestó cuando el helicóptero descendió hacia el lago. Cuando se dio la vuelta, su rostro reflejaba incredulidad y sorpresa.

"¡Antinarcóticos! ¿Cómo pueden estar aquí?" Raúl Hernández gritó desde la carlinga. "¡Dijiste que ellos estaban lejos, en el Petén!"

Por fin habían llegado los refuerzos necesarios. Dos helicópteros: uno de ellos voló rápidamente y se ubicó enfrente del Huey; el otro voló de costado hasta tomar posición al lado izquierdo de este, donde la DHC-2 había estado. Estos helicópteros no eran Hueys de la era de Vietnam. A pesar de su falta de conocimiento en la materia, Vicki conocía las hélices dobles y el fuselaje liso y gris verdoso de un helicóptero UH-60 Black Hawk, por lo menos del tamaño de un Huey y medio.

A diferencia de la vieja avioneta de Bill, estos sí llevaban armas. El soldado con la ametralladora del Huey bajó las manos cuando vio el poderoso cañón de la ametralladora apuntándole a través de la puerta lateral abierta del Black Hawk. Había el doble de soldados en este que del Huey y todos estaban muy bien armados.

Entonces, más arriba y más allá del Black Hawk, Vicki vio a la DHC-2. Así que ese había sido el plan. Bill y Joe habían estado tratando de evitar el escape del Huey hasta que llegaran los refuerzos.

Desde la puerta del Black Hawk, un hombre uniformado hizo señas con las manos mientras el helicóptero más largo se adelantó hasta donde el piloto lo podía ver. El Huey descendió aún más hasta quedar inmóvil sobre el agua; las manos del soldado a cargo de la ametralladora estaban extendidas al máximo en el aire. Por encima del ruido de los múltiples motores y hélices, Vicki escuchó furiosos insultos y gritos soeces.

¿Acaso el otro soldado había entendido mal y había pensado que su M16 podía hacer mella contra esa enorme nave volando junto a ellos? ¿O había tomado la desesperada decisión de marcharse de forma apoteósica antes que sufrir una humillación? Vicki sólo vio un rifle automático alistándose y luego una lluvia de balas contra el fuselaje del Black Hawk; escuchó un grito de alguien dentro de ese helicóptero que había sido herido. Michael seguía profiriendo insultos furiosos junto a ella. Enseguida el Black Hawk reaccionó; el *brrrrrrrr* de su ametralladora era ensordecedor.

Se escuchó un furioso grito a través de la radio. "¡No disparen! ¡Pueden herir a la rehén!"

Era demasiado tarde.

El estruendo sonó directamente detrás de Vicki. La cola del Huey había desaparecido; se podía ver la luz del día a través del agujero. Pero sólo por un momento. Arriba, la turbina de la hélice dejó de funcionar. La cola rota quedó apuntando hacia arriba, la nariz de la nave hacia abajo y el Huey cayó como una piedra.

Gritos de angustia resonaron en los oídos de Vicki, pero ella estaba demasiado ocupada como para añadir los suyos. Las esposas de plástico le cortaban la piel de sus muñecas mientras luchaba por abrir su arnés de seguridad. Ella todavía estaba jalándolo cuando se estrellaron contra el agua. Si hubiera estado a una mayor altitud, el Huey se hubiera desintegrado. Ahora, el parabrisas se hizo pedazos con el impacto, haciendo que una corriente de agua inundara la cabina.

El agua estaba fría, impactando a Vicki con un choque que le sacó el aire de los pulmones. El agua también penetró rápidamente a través de la puerta abierta; el peso del cargamento amontonado detrás de la ametralladora hizo que el helicóptero virara sobre su costado derecho mientras se inundaba. Vicki por fin logró abrir su arnés de seguridad y, con sus manos aún atadas, lo hizo a un lado.

La cabina estaba llena de agua; la puerta abierta del Huey estaba ahora sobre la cabeza de Vicki. Comenzó a patear y mover desesperadamente sus piernas, tratando de impulsarse hacia arriba mientras el helicóptero a su alrededor se hundía. Algo —¿una mano, una cuerda o un arnés—? le sujetó el talón y ella pateó con pánico hasta que se sintió libre. Sus manos estaban en el borde de la puerta, luego sus pies.

Logró salir.

Vicki logró tomar una bocanada de aire antes de que la succión hacia abajo de la nave que se hundía la arrastrara bajo las olas. Siguió pateando, volviéndose de espaldas, de modo que sus manos atadas fueran de menos impedimento. Sus fosas nasales estaban llenas de agua; su boca se abrió para inhalar cuando salió a la superficie. Estaba libre.

No obstante, su situación no era menos desesperada. Uno de los Black Hawks descendió hasta quedar planeado sobre las aguas. La DHC-2 volaba de costado a baja altitud. Pero alrededor de Vicki las olas eran altas y producían crestas gigantescas. Otra ola encorvada, verde y gris, avanzaba perezosamente por encima de su cabeza, hasta que finalmente se estrelló, produciendo una espuma blanca y azotando el rostro de Vicki mientras ella seguía pateando y trataba de permanecer sobre su espalda para estar a flote. Atragantándose, se hundió bajo el agua. Sólo sus frenéticas patadas la hacían salir otra vez a la superficie.

El frío del agua la impactaba, de modo que ya no sentía el dolor penetrante de las esposas de plástico alrededor de sus muñecas, ni el movimiento cada vez más lento de sus extremidades. Se hundió bajo el agua tan profundamente que las olas ya no podían alcanzarla. Los rayos de sol del atardecer hacían que un reflejo ópalo de luz bailara a través de la espuma y del caos, pero ella ya no tenía la fuerza, ni la voluntad, para avanzar hacia esa luz.

Me estoy ahogando. Seguramente tal pensamiento tendría que evocar algún tipo de emoción, pero Vicki ya no sentía emociones, sino sólo un frío penetrante y cortante. Cuando comenzó a perder la conciencia, hasta sintió algo de calor. *En tus manos encomiendo mi espíritu.* ¿De cuál lejana lección de escuela dominical había provenido eso? *¿Holly? ¿Mamá? ¿Papá?*

Cuando un fuerte dolor en las raíces de sus cabellos le hizo recuperar la conciencia, casi hasta sintió resentimiento. Un fortísimo tirón le jaló de la ropa; un brazo de acero la sujetó de la cintura. Vagamente, Vicki sintió que unas extremidades largas la llevaban hacia arriba. En ese instante, una fuerza poderosa le empujó la cabeza y los hombros fuera del agua, y ella se cayó sobre una firme tela mojada que le ofrecía apoyo. Un calor le cubrió los labios y exhaló vida en sus pulmones.

Tosiendo y escupiendo agua del lago, Vicki abrió los ojos.

—¡Joe! —Vicki no sabía si sus ojos estaban llenos del agua del lago o de lágrimas—. ¡Oh, Joe!

—Todo está bien. Ya te tengo.

Volviendo la cabeza sobre el hombro de él, Vicki vio a la DHC-2 volando en círculos encima de ellos, con su puerta de carga abierta bajo el ala, desde donde él había saltado al agua. Un salvavidas cayó cerca de ellos, salpicando agua. Más allá, un Black Hawk quedó inmóvil a sólo unos escasos metros sobre el agua.

Joe asió el salvavidas y balanceó la cabeza y los hombros de Vicki sobre este mientras sacaba un cuchillo con la otra mano. Una vez que él cortó las esposas de plástico, la circulación volvió a sus muñecas y con ella un gran dolor. Cuando sus manos estuvieron libres Vicki estiró sus brazos alrededor del cuello de Joe con fuerte alivio, tanto que ambos se hundieron bajo el agua; los fuertes movimientos de las piernas de él los impulsaron nuevamente hasta la superficie.

Avergonzada, Vicki se soltó de él, pero Joe siguió sujetándola fuertemente. Dos miembros de la tripulación del Black Hawk estaban ahora en el agua, tirando la cuerda del salvavidas. Sujetándolo con mayor firmeza, Joe dejó que el equipo de rescate los arrastrara mientras mantenía su brazo alrededor de Vicki

"Está bien, cariño. Todo va a estar bien. Ahora estás segura." Los latidos del corazón de Joe, acelerados debido a la actividad física, resonaban con fuerza en el oído de ella y su acento sureño era tan tierno como si estuviera hablándole a una niña lastimada.

Esta vez, Vicki le creyó.

CAPÍTULO CUARENTA

Ya habían pasado cinco días desde que Joe había rescatado a Vicki de las aguas del Lago Izabal trasladándola en el Black Hawk. Habían sido cinco días de caos, conferencias, luces de las cámaras y más atención por parte de los medios de comunicación de la que Vicki esperó tener otra vez por el resto de su vida.

El Huey había sido recuperado con Raúl Hernández y el piloto en su interior con sus cinturones de seguridad aún abrochados. Uno de los soldados había logrado salir del helicóptero cuando estaba hundiéndose; el otro se había ahogado. El opio, amarrado en su red de carga, había sido recuperado y usado como evidencia.

No habían encontrado a Michael. El Lago Izabal era vasto y profundo con corrientes fuertes, así que también lo habían dado por ahogado.

Mientras tanto las tropas de antinarcóticos habían invadido la biosfera. Vicki aún no lograba entender del todo cómo Bill y Joe habían logrado hacer que los refuerzos armados llegaran justo a tiempo, aunque al parecer sólo su rescate había sido algo imprevisto. Los Black Hawks habían estado dirigiéndose hacia el campamento para un asalto sorpresivo cuando la llamada frenética de emergencia por parte de Bill y Joe había hecho que dos de estos helicópteros se desviaran.

Los demás, otro Black Hawk y tres Hueys, habían llegado al altiplano justo a tiempo para capturar al camión de transporte de Hernández y al Jeep que habían estado bajando por el sendero natural. El contenido de estos había sido sospechoso con el equipo del campamento y con los objetos necesarios para la cosecha de las amapolas, pero tal como Raúl le había asegurado a Michael, nada de eso constituía evidencia comprometedora sin el opio que estaba siendo trasladado en el helicóptero. Vicki aún no comprendía esos detalles, ya que desde el instante en el que todos habían aterrizado en la ciudad de Guatemala, Bill y Joe habían desaparecido en medio de una locura de reuniones de la brigada nacional antidrogas, así como también de la DEA estadounidense, todo lo cual había venido acompañado de un acecho total por parte de los medios de comunicación. Lamentablemente, la exhibición aérea sobre el Lago Izabal no había pasado desapercibida.

Nuevamente, Vicki había hecho múltiples declaraciones en inglés y en español. Tan pronto como todo esto había comenzado, Evelina se había presentado trayéndole una muda de ropa. La mochila de Vicki y el APD de Holly estaban ahora en algún lugar en el fondo del Lago Izabal. Excepto por las comparecencias ocasionales para presentarse en la embajada o en la estación de policía, Vicki había permanecido en Casa de Esperanza hasta el día anterior, cuando un equipo de recolección de datos de la DEA que se dirigía a la biosfera le permitió ir con ellos en su Black Hawk para que fuera a recoger sus pertenencias.

Vicki había encontrado el centro bastante ruidoso debido a los voluntarios australianos. La llegada de estos se había sumado al caos porque los anfitriones del lugar estaban histéricos con la llegada repentina de los Hueys y Black Hawks y a la súbita desaparición de la cocinera. María había regresado esa misma tarde, pero a los dos días, Vicente y Beatriz habían desaparecido.

Alpiro, quien astutamente se había confinado a sí mismo en su oficina durante la redada realizada por el equipo de antinarcóticos, sólo había recibido una simple amonestación y una democión; había jurado que sólo le había hecho a un pariente el pequeño favor de ignorar su presencia en la biosfera. No obstante, la confiscación de sus posesiones en su casa y de sus cuentas bancarias había confirmado las sospechas de Vicki en cuanto a que también había estado usando su posición en la

UPN para traficar ilegalmente animales salvajes de la biosfera a través de Vicente y Beatriz.

Vicki estaba casi segura que el mismo jefe de la pareja, el Ministro del Medio Ambiente, así como también el administrador del zoológico, habían sido quienes recibían a los animales en la ciudad de Guatemala. Sin embargo, esos dos, quienes habían sido más cautelosos en sus movimientos, habían logrado escapar con un mínimo de culpa, mientras que los medios de comunicación habían quedado satisfechos con la persecución de los otros implicados. Por lo menos, de ahora en adelante, habría un escrutinio más riguroso en cuanto a las actividades de estos dos hombres de gobierno.

De mayor interés para Vicki fue la noticia en cuanto a que César estaría reemplazando a Vicente y Beatriz. El refugio por fin tendría un director a quien le interesaba más el futuro del centro que las comodidades de la ciudad. Vicki había llegado a tiempo para escuchar el anuncio hecho por Alison anoche durante la cena, y había sido la primera en felicitar al veterinario maya con un abrazo y un beso.

Vicki conocía demasiado bien a César como para ofrecerle ayuda económica, no obstante, le había puesto en la mano un fajo grueso de quetzales que ella había cambiado en la ciudad de Guatemala.

—Para reconstruir la iglesia, mi amigo. Después de todo, fue por mis acciones que la quemaron.

—No, más bien fue por tus acciones que Alicia y Gabriela se salvaron. Fueron los malvados quienes la quemaron. —Pero César aceptó el regalo monetario—. Para Dios y la gente de Verapaz. Que Dios te bendiga. ¿Vendrás otra vez a visitarnos?

—Claro que sí —prometió Vicki.

Después de la cena, Alison le dio a Vicki el mensaje de que la DHC-2 la podría llevar de regreso a la ciudad de Guatemala a la mañana siguiente. Vicki ya había comprado su pasaje para regresar a Washington DC en la tarde.

Vicki había preparado su alarma para que sonara antes del amanecer. No deseaba que una multitud estuviera presente cuando estuviera despidiéndose del centro y del altiplano de las Sierras de las Minas. Cuando Vicki pasó por las jaulas de los animales, los espirales de neblina caían sobre el sendero de grava; el cielo sobre las ramas de los robles palidecía y comenzaba a tornarse gris. Las gotitas le mojaban el rostro con un velo fresco; un helecho le depositaba gemas de rocío sobre un brazo.

Cuando Vicki salió y se paró sobre la saliente rocosa sobre el Pozo Azul, las últimas estrellas habían comenzado a desvanecerse en el cielo claro sobre el Lago Izabal. Una veta de verde jade pálido y rosa sobre la cubierta de la selva a través del lago prometía una salida de sol perfecta para su despedida.

Desde aquí, a la distancia, las aguas del lago lucían lisas y calmadas; su color grisáceo había ya comenzado a teñirse de azul. La orquesta nocturna de ranas y cigarras estaba dando paso a la sinfonía de los cánticos de los pájaros y a los graznidos de los guacamayos y a los chirridos de los monos, quienes habían empezado a despertarse, todo esto con el acompañamiento glorioso del bajo de las cataratas. Sentándose sobre la roca húmeda de modo que pudo poner sus brazos alrededor de sus rodillas, Vicki observó como el cielo se aclaraba sobre el lago y, con un deleite absorto, escuchó la canción matutina a su alrededor. Por debajo de ella, la neblina, blanca y espesa, se concentraba sobre el manantial de aguas calientes y el agua que salpicaba de la cascada cuando caía en medio de la neblina captaba la luz del amanecer para crear el brillo casi imperceptible de un arco iris.

Parecía que las montañas y el bosque nuboso, con cada uno de sus animales silvestres, se habían reunido para darle a Vicki una magnífica despedida. Esta gozosa serenidad le penetró la mente y el corazón y le infundió paz a través de los músculos de su cuerpo. Ni siquiera se volvió para mirar cuando escuchó unos pasos firmes sobre la roca detrás de ella. Estos eran parte de esta mañana perfecta y los reconoció de inmediato.

Vicki esperó mientras Joe se acomodó, estirando las piernas, junto a ella. Aunque Bill o Joe habían estado con ella en cada interrogatorio o conferencia de prensa, ella no había podido ver a ninguno de los dos en privado desde aquellos terribles momentos en la habitación secreta. Joe estaba sosteniendo en sus manos una mochila pequeña, la cual colocó cuidadosamente sobre la roca a su lado antes de echarse hacía atrás y reposar sobre sus manos. Juntos, los dos observaron el verde jade y el rosa del horizonte iluminarse hasta convertirse en tonos anaranjados y rojos.

Sólo después de un silencio reparador, Vicki se volvió para mirarlo y hacerle la pregunta que la había estado consumiendo durante varios días. —¿Quién eres en realidad? ¿Eres de la DEA estadounidense?

Aun mientras hablaba, comenzó a parpadear debido a cuán diferente lucía su acompañante. Enseguida se dio cuenta porqué. Joe se había cortado el cabello. No como Bill lo llevaba, sino más bien recortado y arreglado muy por encima de los hombros. En lugar de su despampanante estilo hawaiano, ahora llevaba puesto un delgado suéter de cuello alto y pantalones vaqueros. Con su rostro recién afeitado, él lucía casi . . . respetable.

La ironía reflejada en la expresión de Joe le comunicó a Vicki que él sabía exactamente lo que ella estaba pensando. —Bueno, en cierto modo, sí. ¿Cómo lo adivinaste?

—Con todo lo que ha sucedido me pareció lo más lógico, especialmente con eso de que la DEA llegó justo a tiempo. Entonces, ¿tú sí estabas trabajando para alguna agencia del gobierno, cuando te lo pregunte ese día? —*¿Me estabas mintiendo?* La desilusión de Vicki era casi palpable.

Joe la miró fijamente a los ojos; su ironía tornándose en intensidad. —Tal vez no te dije todo lo que hubiera querido, pero nunca te mentí. No te he mentido en cuanto a mi trabajo, a mi fe, en nada.

Aclarándose la garganta, Joe miró a lo lejos, por encima de las copas de los árboles. —He trabajado para la DEA desde que salí del ejército hace cinco años. Pero durante estos últimos meses que he estado con Taylor, no he estado trabajando para ellos. He estado en una misión privada; en una cruzada, si así quieres llamarla.

—¿Cómo fue que te involucraste en todo esto?

Joe se volvió para mirarla otra vez. —Es una larga historia.

—Tenemos tiempo hasta que salga la avioneta; eso si es que el piloto no se opone.

Joe sonrió ampliamente. —Está bien. Pero en primer lugar quiero que entiendas algo acerca de Bill. Tú sabes lo que pasó esa noche hace veinte años. Pero después de eso . . . bueno, Bill nunca pudo perdonarse a sí mismo, aunque creía firmemente en la misión que ellos estaban llevando a cabo en esta región. Se sintió peor cuando se había hecho evidente en el transcurso de los próximos años qué clase de monstruo había dejado suelto esa noche en Raúl Hernández. Cinco años después de la muerte de tus padres, Bill salió de la CIA. Antes de salir, advirtió a la agencia que Hernández estaba fuera de control y que era muy peligroso como para seguir usándolo.

»Cuando las cosas se calmaron un poco, Bill compró estas tierras e hizo lo que pudo para ayudar a la gente a crear fuentes de trabajo, y estableció el centro. Si no podía enmendar la injusticia acaecida en el pasado, por lo menos iba hacer algún bien para el futuro. Pero entonces las cosas comenzaron a ponerse difíciles otra vez. Alpiro estaba llegando y la transferencia de poder a la UPN estaba por darse pronto. Sus unidades ya se habían hecho cargo de la seguridad de la biosfera. Cuando la masacre se perpetró, Bill no sabía lo que estaba ocurriendo. Ciertamente no sabía que Raúl Hernández había regresado. Sólo sabía que todo estaba comenzando otra vez.

»Lamentablemente, la biosfera estaba bajo la jurisdicción de Alpiro, y él tenía mucha influencia. Bill no tenía pruebas en su contra y tampoco estaba en condiciones de montar una seria investigación. Así que llamó a un viejo amigo suyo.

—¿A ti? —Vicki preguntó.

—No, a mi padre.

—Entonces, ¿tu padre aún está vivo? —¿Por qué había asumido Vicki que Joe estaba tan solo como ella? ¿Tal vez por la personalidad de trotamundos que él proyectaba?

—Sí, aún está vivito y coleando, pero se retiró del ejército hace muchos años. Espero que algún día llegues a conocerlo. Te caerá bien. Él es mucho más respetable que su hijo. —Un remedo de sonrisa.

Joe guardó silencio por un instante, luego continuó lentamente: —Él era el tercer estadounidense en esas fotografías. Para él esto era diferente. Como instructor de las Fuerzas Especiales, había venido para entrenar a estos tipos y nada más. Se había quedado horrorizado al encontrarse con la masacre que su último graduado había causado. Lo irónico es que la única razón por la que mi padre y los otros estuvieron ahí fue porque Raúl Hernández, el estudiante de más alto rango que tenían, quería alardear ante sus colegas estadounidenses, y tal vez también mostrarles cuanto le debían a él.

»Si la decisión hubiera sido de mi padre, Hernández hubiera sido denunciado y hubiera sufrido las consecuencias desde el principio. Pero la CIA supera a las fuerzas armadas y ellos estaban insistiendo que eso no era lo mejor para la seguridad nacional. Nunca supe por qué nosotros salimos de Guatemala tan repentinamente. Ah sí, yo estuve aquí en ese entonces. De hecho, esa fue la primera posición de mi padre en el extranjero. Vivíamos con la familia de mi madre. Ella era guatemalteca.

Cuando la mirada atónita de Vicki recorrió el cabello aclarado por los rayos del sol y el cuerpo larguirucho de Joe, él sonrió tenuemente. —Mi madre perteneció a una de las familias alemanas cafetaleras y, además, tenía fuertes vínculos militares. Mi abuelo era un general con una posición de gran influencia; mis tíos estaban involucrados hasta el cuello en la política. Esa fue la razón por la que mi padre solicitó que lo asignaran a este país. Por lo menos una vez al año veníamos a visitar a mis familiares. Así que lo más lógico era que mi padre solicitara una posición a largo plazo aquí.

»El problema fue que mi padre no se había dado cuenta de la realidad del gobierno militar en esta nación. Después de que tus padres fueron asesinados, él inmediatamente solicitó que lo transfirieran y le pidió a mi madre que lo acompañara. Pero ella eligió quedarse con su familia antes que irse con él. O conmigo. Más o menos un año después, ella se casó con otro terrateniente cafetalero, un amigo de su niñez. Unos meses más tarde, los dos murieron cuando él estuvo embriagado y chocaron en su Ferrari.

Joe le dio a Vicki una sonrisa medio triste. —Desde luego, todo lo que yo había visto en mis primeros años fue la propiedad de mi abuelo. Estuve muy furioso cuando mi padre me sacó de aquí, tanto por la pérdida de un estilo de vida lujoso como por la pérdida de mi madre, para serte honesto. Conocía a mi niñera mejor de lo que la conocía a ella. Sin embargo, ella aún era mi madre, y cuando ella ni siquiera se tomó la molestia de llamarnos después de que pasó el primer par de meses . . . Como te dije, durante mucho tiempo me culpé a mí mismo. Pero ahora me alegro de que le hubiera permitido a mi padre que me llevara con él. De lo contrario mi vida quizás hubiera terminado siendo igual a la de Alpiro o a la de alguno de esos tipos.

»Bueno, Taylor sabía que mi padre tenía un hijo quien ahora trabajaba para la DEA. Bill tenía la idea de que yo podría poner en marcha algo, aunque él no pudiera hacerlo. Así fue como me enteré de todo esto. Desde luego que Bill y mi padre estaban equivocados en cuanto a que yo podía hacer algo o que yo podía hacer que la DEA tomara parte, por la misma razón que Taylor no podía hacerlo: no había evidencia concreta. No obstante, tomé una licencia, no totalmente aprobada por mi supervisor, y vine para acá.

Vicki escuchaba con creciente avidez como Joe le contaba queda e impasiblemente su propia versión de lo acontecido durante los últimos tres meses.

—Elegí uno de los personajes que había usado cuando estuve andando como agente secreto entre California y México: el errante surfista gringo.—Joe levantó brevemente la mano hasta donde su cabello había llegado hasta hace poco cuando aún lo tenía largo—. Ya que en realidad no puedo pasar como ladino, aunque sí puedo hablar español.

—Entonces, ¿en realidad te llamas Joe Ericsson? —Ahora ella entendía la actitud de Joe aquel día en el restaurante del aeropuerto, cuando Vicki le había dicho que su nombre más bien parecía un apodo; también ahora entendía otros cosas que habían sucedido en estas pasadas semanas.

Joe sonrió ampliamente. —Bueno, sí, en cierto modo. El nombre de mi padre es Eric Thompson, así que elegí Ericsson, "hijo de Eric." Si alguien investigaba mi pasado, hubiera encontrado a Joe Ericsson, un viajero internacional, con unas condenas menores por posesión de drogas en México y California. Eso debe ser lo que Camden encontró. Pero el CRFF necesitaba tanta ayuda que cuando Bill me contrató, nadie se preocupó por saber quién era yo.

»Una vez que obtuve la frecuencia radial de esos tipos y hube escuchado lo suficiente como para confirmar las sospechas de Bill en cuanto a que algo andaba mal, me presenté discretamente ante el AEC, o agente especial a cargo, de la DEA en la embajada, sólo para hacerle saber que yo estaba de manera extraoficial en su territorio. Este agente estaba dispuesto a montar una operación seria si yo podía presentarle algún tipo de evidencia tangible. Lo que yo estaba buscando, específicamente, eran mapas aéreos de la biosfera que detallaran los valles y las elevaciones montañosas, así como también cualquier claro y plantación recientes en la región. La DEA había acabado de realizar una operación conjunta con los nacionales identificando con los aviones de rastreo de la SOUTHCOM las áreas donde era más probable que se produjeran drogas. La Sierra de las Minas era un área obvia, pero de algún modo el área entera de la biosfera había sido pasada por alto. Ahora sé que fue una trampa de Alpiro.

»Así que hablé con el AEC y lo convencí de que tratara de darme acceso discreto a algunos mapas satélites sin revelar mi presencia secreta. Lo irónico es que ese mismo día vi a Camden en la embajada. El AEC había estado mencionándome algo en cuanto a ese nuevo grupo de la UPN. Hasta pensé en reclutar a Camden para ayudarme, pero él trabajaba muy de cerca con Alpiro, el mismo que era uno de los tipos de quien Bill Taylor más sospechaba, así que me pareció prudente asegurarme que sólo unos pocos supieran de mi misión. Eso resultó ser muy afortunado.

—Creo que te vi en la embajada —Vicki interrumpió—. Fui allá para obtener el certificado de defunción de mis padres.

—Sí, así fue. Tú estabas subiéndote a un taxi. Bueno, como te iba diciendo, sin evidencia concreta, el AEC no podía hacer mucho, especialmente si no pudieron involucrar a Alpiro. Pero si yo podía obtener evidencia visual y su posición en GPS, él haría que participaran sus tropas nacionales antinarcóticos con su equipo estadounidense. El problema era que había tantos valles y elevaciones montañosas en la región que, a menos que las amapolas estuvieran floreciendo, no se podía ver mucho en realidad. Además, cualquier serio rastreo aéreo hubiera provocado toda clase de preguntas, ya que todos los habitantes de estas montañas conocen la Cessna de Taylor. Así que no había mucho que pudiéramos hacer mientras esperábamos que nos llegaran esos mapas de satélite.

»Mientras tanto, cada vez que yo iba o venía de la ciudad, aprovechaba la oportunidad para volar sobre las montañas, cubriendo gradualmente toda el área de la biosfera. De hecho, ese valle en particular había sido uno de los primeros que revisamos, pero en el que no vimos nada más que unos cuantos claros casi cubiertos nuevamente por la maleza; las amapolas no habían crecido todavía. Pero Bill estaba seguro que todo estaba relacionado con la masacre de esa aldea, así que me pidió que sobrevolara la zona de esos claros abandonados con la Havilland. Taylor pensó que con una nueva avioneta no levantaría sospechas; ese fue nuestro error. Sólo estoy agradecido que tú y yo no morimos ese día.

»Por lo menos, cuando vi esos campos de amapolas desde el aire, supe que los habíamos descubierto. Excepto que en eso, Alpiro suspendió todo tráfico aéreo sobre la biosfera. Todavía necesitábamos pruebas visuales, lo que quería decir que tendría que regresar a ese valle a pie, algo muy difícil de lograr ya que el grupo de la operación de Camden de la UPN estaba por toda esa área. Convencí al AEC para que me prestara un par de miembros de su brigada nacional de antinarcóticos de la DEA, un par de guatemaltecos adiestrados y que hubieran pasado las pruebas del detector de mentiras y que, además, recibieran un buen sueldo, para minimizar el riesgo de corrupción.

—Tus guardias —dijo Vicki.

—Sí, era su coartada.

—Así que eso era lo que estabas haciendo en la biosfera cuando te vi ese día y anteriormente en la montaña — dijo Vicki con tristeza—. Con razón estabas tan furioso de que yo hubiera venido hasta acá a la montaña. Trunqué toda tu investigación.

—No, no digas eso —interrumpió Joe rápidamente—. Admito que me molestó en gran manera verte husmeando por los alrededores, mayormente porque me preocupé por tu seguridad. Pero, al fin y al cabo, ese pequeño desvío para perseguir a Alicia y Gabriela fue lo que nos reveló la posición de Hernández e hizo que todo lo demás quedara expuesto.

»Esa mañana, cuando estuve en la ciudad comprando provisiones, obtuve, por fin, esos mapas aéreos, así como también el GPS, los binoculares de visión nocturna y un par de bicicletas de montaña. De hecho, tú me diste la idea para estas últimas. Los mapas confirmaron las coordenadas de las plantaciones de amapolas, pero obviamente no nos permitían obtener el laboratorio del opio, ni atrapar a quienes lo estaban dirigiendo, lo cual era lo que realmente queríamos. Nuestro plan era esperar hasta el oscurecer, hasta que la operación de la UPN saliera de la biosfera, y usar las bicicletas de montaña y los binoculares de visión nocturna para encontrar las coordenadas y esperar que así lográramos obtener algo más concreto que unas plantaciones de amapolas.

»Después se suscitó la búsqueda de las dos niñas. Bill estaba furioso cuando supo que yo estaba tomando parte en el rastreo, especialmente cuando Alpiro le dijo que había acabado de arrestar a su empleado gringo. Se le pasó el enojo cuando le mencioné acerca del Jeep y del camión de transporte que aparecieron súbitamente, y cuando le dije quién había estado conduciendo el Jeep. Inmediatamente reconocí a Raúl Hernández de las fotografías de Bill. Entonces supimos quién era el responsable del opio . . . y de esa masacre.

»Después de que me despedí de ti esa noche, Ramírez, uno de nuestros guardias y agente secreto de antinarcóticos, y yo estábamos preparándonos para seguir a ese camión hasta la biosfera, cuando en eso vimos a Hernández aparecerse con sus tipos para quemar la iglesia. No intervenir fue la cosa más difícil que he hecho por mucho tiempo. Pero no podía hacer nada más que seguirlos cuando regresaron a la base. Eso nos ahorró el tiempo que hubiéramos pasado buscándolo, ya que nos llevaron directamente hasta donde se encontraba el campamento. Nos escondimos hasta la mañana para poder obtener alguna prueba visual. Mis binoculares están equipados con unas opciones especiales de alta tecnología, incluyendo video digital.

—Hice una llamada al AEC de la DEA para acordar un asalto para esa tarde, con las mismas fuerzas armadas que Michael creía que estaban en el Petén. Me quedé en el bosque para guiarlos hacia nuestro objetivo . . . hasta que tú llegaste e hiciste un caos de la operación.

»Cuando nos viste, Ramírez acababa de infiltrarse en el campamento como uno de sus propios centinelas y logró esconder un GPS en ese Jeep para que el equipo de asalto lo siguiera. Yo acababa de filmar el embarque de la droga cuando te oí y luego te vi.

Se trataba de una explicación, más no de una disculpa. Vicki no tenía que detallar lo que había hecho. Joe había estado presente cuando ella había hecho sus declaraciones en inglés y en español.

Joe no hizo una pausa, ni la miró cuando prosiguió. Ya que la biosfera había sido inundada con bandos de rastreo armados y con los hombres de Raúl tratando desesperadamente de desmantelar su campamento, Joe y Ramírez se habían visto forzados a retirarse. Al haber sido descubiertos, no les había quedado más remedio que despegar en la DHC-2 y llamar inmediatamente a los Black Hawks. A pesar de que

Joe no estaba de acuerdo con los puntos de vista políticos de Michael, aún no tenía razón para sospechar de él.

Debido a que Michael estaba trabajando demasiado de cerca con Alpiro como para ser objetivo en el asunto, Bill y Joe no podían confiar en que Michael no revelaría la operación a sus colegas nacionales —especialmente después de su ferviente apoyo a Alpiro la noche anterior y su obvia y patente antipatía hacia Joe. Por lo tanto, ellos no podían revelarle nada de lo que estaban haciendo hasta que todo hubiera terminado. Sólo cuando su estrategia fue puesta en marcha otra vez y la DHC-2 estaba en el aire Bill había podido llamar a García —el "guardia" de la terraza y el otro agente secreto de antinarcóticos— para que regresara en la camioneta y fuera a ver si Vicki estaba bien. La pequeña avioneta había estado supervisando desde una altitud prudente ese último embarque aéreo de opio desde el campamento. Joe había estado llamando impacientemente para que el equipo de antinarcóticos irrumpiera antes de que escaparan con la droga, cuando en ese preciso momento García les había avisado que Vicki había escapado. El guardia había estado dirigiéndose a Verapaz en la camioneta para buscar a Vicki cuando había visto al helicóptero de la UPN aterrizar en la garita de seguridad. Cuando había informado a Bill y a Joe que el gringo consejero de la UPN se había llevado a Vicki a bordo, los dos se habían dado cuenta qué era Michael en realidad.

Joe dio otra vez a Vicki un vistazo de costado. —Y tú ya sabes lo que sucedió a continuación.

Sí, Vicki sabía lo que había sucedido a continuación.

—Joe, todas esas cosas terribles que te dije . . .

Joe la interrumpió. —¡No sigas! Sí, recuerdo lo que dijiste: que creíste que yo era alguien especial, algo más que un vagabundo de las playas o un trotamundos. El resto . . . Bueno, yo también hubiera llegado a tus mismas conclusiones si hubiera tenido la misma información que tú tenías hasta ese momento. Además, yo pude haber hecho las cosas de un modo diferente. Por lo menos pude haber dicho algo para disipar cualquier malentendido que tuvieras, tal vez hasta pude haberte ahorrado semejante calvario. Admito que estuve muy enfadado cuando pensaste que pude haber lastimado a Holly. Creo que pensé, mejor dicho tuve la esperanza, de que supieras que yo no sería capaz de eso.

—Bueno, tú tenías el APD de Holly, algo que se suponía sólo el asesino podía tener. Por algún tiempo yo sabía que estabas escondiéndome algo, a pesar de que yo quería creerte. Y todas esas cosas que dijo Bill acerca de ti . . . Cuando te vi en ese campamento, hablando con uno de sus propios centinelas . . . Yo realmente esperaba haberme equivocado, pero cuando encontré el APD . . .

—Lo siento mucho. Cuando tú me lo preguntaste, yo no sabía dónde estaba el APD de Holly, pero en el mismo instante que no lo encontramos entre sus pertenencias en el hogar de niños, adiviné dónde podía haberlo escondido. En la Cessna, Bill tenía un pequeño compartimiento secreto para guardar objetos de valor. Cuando estuve limpiando la aeronave para entregársela a sus nuevos dueños, encontré el APD justo donde pensé que Holly lo había puesto.

»Cuando vi sus fotografías y los documentos que había grabado, supe que tú tenías razón: La muerte de Holly no fue un asalto al azar, sino que más bien estaba estrechamente vinculada a nuestra propia investigación. Holly debió haber reconocido a Alpiro y a Raúl cuando los vio en las plantaciones de amapolas. También tuvo que haber reconocido a Bill en las fotografías, lo cual explica por qué ella no acudió a Bill para pedirle ayuda, a pesar de que ni Holly, ni Bill, ni yo sabíamos en esos momentos que ustedes dos tenían algo que ver con esa masacre de hace veinte años. De cualquier modo, yo no podía explicarte lo del APD sin revelarte mi verdadera identidad. La mejor opción era convencerte de que regresaras a tu casa y que te mantuvieras en contacto con nosotros hasta que hubiéramos capturado al asesino de Holly. El problema fue que tú no eres fácil de convencer.

Cuando Vicki prudentemente se cohibió de responder, Joe terminó dándole detalles de lo acontecido durante los últimos días de la investigación. —El comentario de Michael que nos mencionaste en cuanto a la Zona 4 hizo posible que el equipo de antinarcóticos pudiera llegar directamente hasta el laboratorio de procesamiento de heroína; una bodega de propiedad de Hernández. Confiscaron la mayor parte de la droga. Pero con Hernández muerto y con Camden desaparecido, no hay ninguna prueba tangible de la participación de la CIA. Oficialmente, Camden ha sido declarado una de las "ovejas negras" de la embajada quien usó sus conexiones para traficar narcóticos. Lamentablemente, él no será el primero en hacerlo, ni el último. Sin él, tanto el gobierno guatemalteco como el estadounidense han decidido dejar que las fotografías de esa masacre de hace veinte años se publiquen, para así poder acreditarse el hecho de haber capturado y haber ajusticiado a un criminal de guerra y asesino, aunque sea después de muerto.

»Bill y mi padre han acordado hacer declaraciones acerca de lo que vieron esa noche y de las órdenes que recibieron de guardar silencio. En cuanto a la CIA, debido a esa nueva política de ser transparentes y todo eso, el hecho de haber admitido que miembros de su personal, ya jubilados hace mucho tiempo, tomaron una mala decisión más bien les ha hecho quedar bien. Por lo menos tus padres y esos campesinos por fin obtendrán justicia.

—Justicia —resopló Vicki—. Eso es algo que aún no entiendo. ¿Por qué no hicieron lo correcto desde el principio? No me refiero sólo a Michael o a Bill Taylor y a los otros, sino también al mismo comienzo, cuando decidieron que era más fácil ganar unos pocos dólares extras al aceptar la labor forzada en lugar de establecer aquí una ley de salario mínimo, por lo menos para las compañías estadounidenses, o cuando decidieron que estaba bien hacer el papel de Dios con los gobiernos y los países de otros pueblos.

Joe se encogió de hombros y dijo pensativamente: —Creo que es como tú misma dijiste esa noche en el centro en cuanto a hacer el bien, sin temer ninguna amenaza. El problema es que nosotros los humanos tenemos la tendencia a hacer lo contrario, es decir, tomamos nuestras decisiones basados en el temor, no en lo correcto. Los dueños de las plantaciones y de las grandes compañías tuvieron miedo de que si ellos hacían reformas, perderían el dominio económico y sus riquezas. Aun los ladinos ordinarios siempre temían que la mayoría maya se rebelara y subiera al poder si no era mantenida bajo opresión. Entre los mayas, siempre hubo suficiente miedo por sus propias vidas, lo que les hizo denunciar a sus propios vecinos.

—Supongo que para Michael y para otros como él, se trata del miedo de que si la gente descubre lo que están haciendo, tendrán que comenzar a rendir cuentas por sus hechos. Aunque al fin y al cabo, parece que a Michael se le cumplió su deseo: que no haya ningún escándalo contra Estados Unidos, ni la CIA. —Vicki miró hacia el otro lado del

Lago Izabal, que ahora estaba tomando el mismo tono azul grisáceo del cielo, mientras que el horizonte oriental reflejaba unos gloriosos tonos anaranjados y rojos—. ¿Piensas que él realmente está en algún lado en ese lago?

—No lo sé. Sin su cadáver, nunca lo sabremos. Aunque siendo quién él es, Camden es capaz de estar ya de vuelta en algunas operaciones encubiertas en Langley. —Joe le dio a Vicki una mirada penetrante—. ¿Qué es lo que más quisieras?

—No sé. —Vicki se encogió de hombros—. Es muy difícil desear que alguien a quien conoces esté muerto, aunque él me hubiera matado sin pensarlo dos veces y también fue responsable por la muerte de mi hermana, aunque no haya sido él mismo quien apretó el gatillo.

—¿Te preocupa la posibilidad de que él aún esté vivo? ¿De que aún pueda perseguirte?

—Realmente no. Michael es un profesional y tiene su propia ética. No creo que llegara a lastimarme excepto por un objetivo mayor. No creo que siquiera me guarde rencor. Hasta ahí es donde llegué a conocerlo. —Vicki sacudió la cabeza—. Él era tan sincero, tan seguro de lo que creía, tan comprometido en servir a su país, en cumplir su misión. Es por eso que ni siquiera se me ocurrió sospechar de él. Yo no estaba de acuerdo con todo lo que decía, pero confié en él incondicionalmente.

—Las personas que cree en lo que dicen y lo practican son las más peligrosas. Especialmente si creen que su causa les hace inmunes a la ley.

—Peligrosas. —Vicki miró a Joe pensativamente—. Esa es la otra cosa que me confundió tanto, lo que me hizo creer . . . que lo que estaba viendo era la realidad, aunque yo no quería creerlo. Bill dijo que tú no eras un buen tipo para llegar a conocer mejor . . . y tú estuviste de acuerdo. Allá arriba en las montañas y aun durante nuestra búsqueda . . . bueno, tú lucías tan enojado que realmente me asustaste.

—Estaba mucho más que enojado —contestó Joe—. Estaba furioso, eso sin mencionar el terror que sentía, puesto que había acabado de descubrir que el tipo que encabezaba estaba operación ilegal de drogas no era sólo un corrupto comandante de la UPN, sino un asesino en masa quien casi con toda seguridad también era el asesino de tu hermana. Y ahí estabas tú, una vez más husmeando por los alrededores, metiéndote en la mismísima boca del lobo, sin siquiera pensar en el gran peligro en el que te encontrabas. Cuando te vi en el bosque y luego en ese helicóptero . . .

Una vez más, Joe ni siquiera había mencionado el peligro en el que ella había puesto la propia misión de él, pero Vicki sintió que las mejillas le ardían.

—Ya lo sé. Lo siento muchísimo. Fui muy necia y pude haber arruinado todo.

—No, no fuiste necia. Lo que tenías en claro era que tú eras la única persona que estaba tomando en serio la muerte de Holly. Sólo fue una de esas cosas que pudo haber dado al traste aun con la operación mejor planeada. De cualquier modo, ya todo ha terminado y ha terminado bien.

—En cuanto al comentario de Bill acerca de que yo no era un buen tipo para llegar a conocer mejor, otra vez sí, era la verdad, pero quizás no de la manera que tú lo interpretaste. Yo tenía que mantener una identidad falsa y no era conveniente que tú comenzaras a verme de un modo diferente. Esa advertencia hecha por Bill estuvo dirigida a ti y también a mí. Él se dio cuenta que tú estabas comenzando a gustarme y que yo tal vez no estaba manteniendo la distancia impersonal necesaria para llevar a cabo la misión propuesta.

—Porque sentías lástima por mí, debido a Holly y a mis padres.

De repente, Joe se le acercó y sus ojos se tornaron más intensos. —No, porque tú eres una de las personas más extraordinarias que he conocido en . . . bueno, en mucho tiempo. He pasado gran parte de estos años como agente secreto y la mayoría de gente con la que he tratado ha sido maleantes en camino a la prisión, si es que la decisión fuera mía. Pero ahora te conocí a ti . . . fuerte, afectuosa, determinada a hacer lo correcto y a salvar al mundo, aunque creas que lo que haces no tiene importancia.

Joe se aclaró la garganta antes de continuar. —Bueno, creo que yo sólo quería hacerte entender que el mundo realmente no es una causa perdida. Quería decirte que el mundo todavía es una maravillosa creación en manos de alguien lo suficientemente grande y poderoso como para cuidarlo . . . y para cuidarnos también a nosotros.

Vicki se quedó muda ante la mirada intensa de Joe. Finalmente tragó y atinó decir: —Sí . . . yo . . . yo he aprendido eso mismo durante estas pasadas semanas.

—Me alegro. Por lo menos algo bueno ha resultado de tu regreso a este país. —La voz de Joe se tornó sombría cuando dijo—: Hace unas semanas yo no sabía que tu conexión con este lugar iba más allá de Holly. Después del comentario que Bill hizo ese día en cuanto a mí, también me dijo la otra razón por la cual no debía acercarme a ti . . . porque tú eras la hija de Jeff Craig. No tenías idea cuán estrechamente yo, mejor dicho mi padre, estaba relacionado a los hechos acaecidos durante la muerte de tus padres.

Vicki puso una mano en el brazo de Joe y lo sintió tenso bajo sus dedos. —Joe, no puedes estar insinuando que crees que yo te culpo por algo que tu padre hizo o dejó de hacer. Yo . . . yo ya ni siquiera lo culpo a él, ahora que entiendo mejor cómo sucedió todo. Además tú eres quien ayudó para que Raúl Hernández fuera capturado después de todos estos años . . . y tu padre y Bill también ayudaron a hacerlo posible. Eso es lo que prefiero recordar, no lo que sucedió hace veinte años.

Los músculos bajo su mano comenzaron a relajarse gradualmente. —Me alegro que puedas perdonar con tanta facilidad. Porque mi padre realmente es un viejo muy especial. Tal como lo fue el tuyo, según lo que he visto. Vi las fotografías que Bill tiene, las que tu padre tomó. Él realmente tenía un don extraordinario y una pasión por este país y por su gente. Al igual que sus hijas.

En cuanto él sonrió tenuemente, Vicki aceptó, con gran alivio, la oportunidad para cambiar el tema. —Sí, ahora yo tengo esas fotografías. Bill me las trajo cuando yo estaba en Casa de Esperanza. Me dijo que en realidad ellas me pertenecían a mí. Él las había rescatado esa noche antes de que Alpiro y Raúl pudieran quemarlas. Todo lo que ellos querían eran las fotografías que podían ser usadas para sus chantajes. —Bill también le había suplicado a Vicki que lo perdone. Impresionada y desconcertada al ver verdaderas lágrimas en los ojos del hombre, lo había abrazado fuertemente—. Evelina también me dio las fotografías que ella tenía de mi padre. Voy a hacer que toda la colección se imprima como un libro, tal como mi padre lo había planeado. No puedo explicarte lo mucho que significa para mí, tener al fin un legado de mis verdaderos padres.

—No es el único legado que tienes. —Sólo cuando Joe levantó la pequeña mochila que estaba a su lado, Vicki se dio cuenta que él había traído algo consigo. Él la abrió y sacó una urna, desgastada y con trozos de lodo incrustados.

—Bill quiso que tuvieras algo más. Como sabes, los restos de tus padres fueron cremados, lo cual fue pagado por la embajada. Ya que no hubo ningún familiar que pidiera sus cenizas, Bill mantuvo un nicho para ellos en la ciudad de Guatemala. —Joe no tuvo que dar más explicaciones. Vicki sabía muy bien que, aparte de las criptas familiares de los ricos, los espacios para enterrar a los muertos eran usualmente rentados. Cuando el período de renta expiraba, los restos que no eran recogidos por algún familiar o conocido eran tirados en una fosa común—. Bill me pidió que te entregue esto.

Vicki levantó la urna. Aunque era más pesada que la caja con las cenizas de su hermana, aún era demasiado liviana para representar a dos seres humanos. *Porque realmente no los representa. Lo que mis padres eran . . . lo que son . . . no está aquí*. Por un largo rato, ella acunó la urna en sus manos. *Te volveré a ver, Mamá . . . Papá. Hasta entonces . . .* Vicki miró hacia abajo, hacia el espiral de neblina y espuma y agua y con un ágil ademán vació el contenido de la urna por encima del afloramiento de roca. —¡Así ahora están con Holly! Por lo menos . . . tú sabes a lo que me refiero. Gracias. No puedo imaginarme que exista un lugar más hermoso para recordarlos.

Colocó la urna vacía de vuelta sobre la roca junto a ella y sacudiendo la cabeza, dijo: —Sabes, realmente parece una increíble coincidencia que todos termináramos reuniéndonos aquí y ahora: Holly, yo, tú, Michael, Bill, Raúl y Alpiro. Toda esta gente de hace veinte años, reunidos otra vez al mismo tiempo.

Joe metió la urna en la mochila. —No es tanta coincidencia como uno pudiera creer Bill estuvo aquí por sus conexiones pasadas. Fueron esas mismas conexiones que hicieron que Michael tomara el puesto de su padre como contacto de Raúl y de su equipo y lo que hizo que Hernández y Alpiro eligieran estas montañas. A mí solamente me llamaron porque esas conexiones del pasado habían vuelto a cometer sus horribles delitos.

»La verdadera coincidencia es el hecho de que Holly hubiera elegido este lugar para llevar a cabo su cruzada ambiental, sin siquiera saber quién era ella ni que una vez había vivido aquí. Aun tú misma elegiste un proyecto en Guatemala porque Holly estaba aquí. Aunque, después de todo, eso quizás tampoco fue una coincidencia. Holly posiblemente haya sido demasiado pequeña para recordar conscientemente estas montañas, pero debe haber tenido algunas memorias subconscientes tales como sonidos, paisajes y olores, que la atrajeron hasta acá, de entre todos los lugares del planeta.

Vicki recordó sus propias reacciones al llegar a este lugar. —Sí, sé bien a qué te refieres.

—Pero la verdad es que no creo en coincidencias. Creo que Dios tenía un plan que incluía traerte de vuelta a tu pasado. Y no sólo a ti. Todos nosotros teníamos asuntos pendientes aquí.

"No creo en coincidencias." ¿Hace cuánto tiempo le había dicho lo mismo Evelina McKie?

Vicki le dio a Joe una mirada severa. —¿Un plan? ¿Para que Holly regresara a morir aquí? ¿Para que otra aldea fuera masacrada? ¿Para que yo casi diera al traste con todo?

—No pienses así. —Ahora era Joe quien tenía su mano sobre el brazo de Vicki; sus dedos cálidos levantaron la mano fría de ella y la apretaron en la suya, su voz tierna—. Cualquier cosa que sucedió aquí, buena o mala, está aún bajo el control de Dios y dentro de su plan. Ya que Holly es hija suya, ella vivió en esta tierra hasta que terminó el plan de Dios para su vida. Luego, Holly fue a su verdadero hogar. No te olvides: esta vida no es nuestro destino verdadero, ni nuestro hogar real. De hecho, esto es sólo el comienzo. Algo así como, bueno, nuestros campamentos de entrenamiento, si quieres llamarlo de ese modo, al verlo desde una perspectiva eterna.

—Ahora ya estás hablando como un soldado. —Vicki atinó a sonreír—. No, yo sé que tienes razón. También he estado pensando en lo que los campesinos siempre estaban cantando acerca de que nuestro verdadero hogar está mucho más allá de este mundo. Aún así, después de todo lo sucedido, parece que realmente no logramos hacer mucho que se diga. No es que hayamos logrado salvar al mundo. Alpiro y los otros todavía están saliéndose con la suya en muchos aspectos. Todavía hay muchos traficantes de drogas y todos esos . . . esos fuegos de corrupción, violencia y odio que parecen estar apenas bajo la superficie, tal como los fuegos por debajo del basurero municipal. ¿Crees que la muerte de Holly, o que algo de esto, ha cambiado realmente algo?

—¿Quién sabe? Pero un asesino en masa está muerto y ya no puede lastimar a nadie más. Además, los medios de comunicación se han enfocado más en la desesperada situación del bosque nuboso, así como también en la de sus residentes mayas. Holly pensaría que sólo eso ha valido la pena. Hemos logrado detener una situación explosiva y poner fin a una red de traficantes de drogas, es decir, hemos apagado un pequeño fuego. Para mí, eso es suficiente. Después de todo, no tenemos que salvar al mundo entero; sólo tenemos que hacer lo que nos corresponde. Tú misma me dijiste que tenemos que hacer lo que una persona es capaz de hacer.

—Tenemos que hacer el bien, sin temer ninguna amenaza—repitió Vicki lentamente.

—Exactamente. Tal como Taylor dice, todo es personal, es decir, se trata de *yo*, no de *nosotros*. Las decisiones de una persona realmente pueden cambiar el curso de la historia. El error de Abraham y Sara con Hagar cambió la política mundial para siempre. Una decisión tomada hace veinte años cambió las vidas de muchas personas. Todo debido a que la gente eligió actuar de acuerdo a sus temores. Pero por otro lado, ¿qué podrá llegar a ser uno de los niños que salvas gracias al trabajo que realizas? ¿Quién sabe lo que Alicia y Gabriela serán capaces de aportar a su propia gente algún día?

Una situación.

Un niño.

Un fuego.

Vicki recordó la imagen en esa fotografía vieja y desteñida que Evelina le había mostrado de una pareja joven sosteniendo a Vicki y a Holly cuando eran pequeñas. Jeff y Victoria Craig sido apenas mayor que Vicki era ahora cuando habían sacrificado sus vidas en estas montañas. Luego, sus pensamientos se concentraron en Mamá y Papá Andrews, quienes con todo amor habían aceptado a dos pequeñas y sufridas niñas en su hogar. Pensó en Evelina McKie, con su enorme familia de corazón. En Bill Taylor, sacrificando su propio anonimato para enmendar los errores del pasado. En Joe, esperando y observando pacientemente durante meses en estas montañas.

Sólo una persona aquí. Otra allá. Pero todas sumándose a algo grande. ¡Sí, algo muy grande!

El verde laberinto del bosque nuboso estaba ahora emergiendo de entre la neblina por debajo del afloramiento de roca. Por el oriente, el cielo se aclaraba e iba de un rosa a un azul sobre el lago. En cualquier momento el sol saldría sobre la distante cubierta de la selva.

Dios, yo no puedo gobernar tu universo, ni tampoco puedo arreglarlo todo. Perdóname por haber sido tan arrogante y siquiera haberme permitido pensar que esa era mi misión. Todo lo que quieres es que haga lo que me corresponde, que sea una hija de Sara. "Hacer el bien sin temer ninguna amenaza."

"Tienes razón. Eso es todo lo que podemos hacer. Es suficiente." Vicki le echó un vistazo a Joe. Él estaba mirando fijamente hacia el lago. Ya habían terminado de hablar de todos los temas pertinentes y, de pronto, Vicki se sintió extraordinariamente consciente de la cercanía de él; sintió el tenue calor de su fragancia masculina.

—Así que, ¿qué vas a hacer a continuación?

Ambos hicieron la pregunta la unísono. Joe, con un ademán de su mano, hizo que Vicki contestara antes que él.

—Esta noche tomaré el vuelo de regreso a las oficinas principales de la Fundación Niños en Peligro. Ahora que hemos visto el éxito de Casa de Esperanza como un prospecto, planeó concentrarme en realizar más contratos con otras organizaciones cristianas y religiosas. No viajaré por un tiempo, a excepción de uno que otro viaje corto. ¿Y tú?

—Bueno, he estado pensando en retirarme de mi trabajo como agente secreto. Estoy cansado de disimular ser alguien que no soy, de pasar mi tiempo con los maleantes del mundo. Ya que los de la DEA decidieron que no me despedirán por tomarme esta licencia, seré candidato para un puesto como un AEC. Esa será una posición de supervisor, encargado de una oficina en algún país. Pero por ahora he decidido aceptar una oferta que dejé pendiente antes de venir acá, la de ser instructor de tácticas secretas en la academia de entrenamiento de la DEA en Quantico, en el estado de Virginia.

—¿En serio? —Vicki disimuló el deleite de su exclamación—. No sé si sepas que la Fundación Niños en Peligro está localizada en Washington DC, muy cerca de Quantico.

—Sí, sí lo sabía —dijo Joe casualmente, pero sus ojos tenían una inquietante sonrisa que no era nada casual; el corazón de Vicki comenzó a acelerarse.

—Quería decirte que . . .

—De paso quise mencionar . . .

Otra vez hablaron al unísono. —Tú primero —dijo Vicki, riéndose y haciendo un ademán para que él hablara antes que ella.

—Quería decirte que he estado leyendo acerca de Abraham. Recuerdo la historia de la escuela dominical, pero de algún modo no mencionaron nada en cuanto a eso harenes.

—Sí, bueno, eso era lo que yo quería mencionarte. —Vicki sintió que se sonrojaba—. Nunca te di las gracias por salvarme la vida, y quise hacerlo antes de salir de aquí. Sé que Dios fue quien me salvó cuando realmente creí que me iba a morir, pero fuiste tú a quien él envió. Así como también envió a César. A diferencia de Abraham ante esos harenes, tú elegiste arriesgar tu vida para salvarme.

—Al final, Abraham terminó siendo un gran hombre. Creo que aprendió de sus errores. Pero se me hace muy difícil entender cómo pudo haber abandonado a una mujer como Sara sin siquiera luchar para conservarla. Leí esa parte acerca de ser una hija de Sara y la descripción que da de ella. Sara no sólo fue muy hermosa, tanto como para tentar a un faraón, sino que también fue muy bella internamente. La clase de mujer con quien se puede contar cuando se está vagando por el desierto a través de tierras desconocidas. La clase de mujer que un hombre quisiera tener a su lado cuando las cosas van bien, o cuando todo va mal. La clase de mujer que tú eres, Vicki. No, no voltees tu cabeza para el otro lado.

De algún modo, ahora las dos manos de ella estaban entre las de él. Los ojos verdes de Joe estaban tan cerca que ella podía ver las vetas amarillas en ellos y su boca sonreía tiernamente. "Todas estas semanas hice lo que Bill me pidió. Me contuve y me concentré en la misión, porque para eso vine y eso era lo que se requería de mí. Pero la misión ya terminó, y no quiero dejar que desaparezcas de mi vida. ¿Sería posible que yo fuera a visitarte cuando estés en Washington?"

La luz ámbar de los ojos de ella y el caluroso deleite de su sonrisa le dieron la respuesta.

Las manos de Joe apretaron fuertemente las de Vicki y ella notó en la voz de él un tono que jamás había escuchado antes. —Tengo que decirte que no tengo mucho que ofrecerte. Al igual que Abraham, he sido un tanto trotamundos durante toda mi vida. Y Bill tiene razón, mi trabajo no es muy seguro y nunca sé adónde me llevará. . . .

Vicki le tapó suavemente la boca. —Deja de hablar y bésame —dijo.

Él lo hizo.

Sobre el Lago Izabal, el sol estaba finalmente emanando sus brillantes rayos por encima de la cubierta de la selva. Aunque los dos que estaban sentados sobre la saliente rocosa no lo habían notado, a su alrededor los cantos de los pájaros estaban elevándose como un ruidoso coro para saludar a la mañana. Por encima de ellos, la tropa de monos chirriaba, celebrando a su manera.

Por abajo en el altiplano, de pie y tomadas de las manos, dos pequeñas niñas vestidas con huipiles, con sus trenzas negras y con el brillo de una sonrisa sanadora en sus ojos negros, inclinaban sus rostros maravillados hacia la gloria del paisaje.

El mundo entero es del Padre . . .

El hombre que estaba detrás del escritorio lo miró mientras el otro entraba, pero no dejó de pasar las hojas del archivo que estaba leyendo.

—Así que ya regresaste. Te demoraste.

Él jaló una silla de espaldar con su pie. —Sí, bueno, tuve que desviarme un tanto.

Pasó otra página. —Así veo. El viejo no está tan contento que se diga con las noticias que ha estado viendo por televisión.

Se encogió de hombros mientras tomaba asiento. —A veces una operación es llevada a cabo sin ningún inconveniente, y otras veces se presentan una multitud de obstáculos. Ya sabes eso. Parece que has logrado mantener todo bajo control.

—No ha sido gracias a ti. ¿Te das cuenta que estás muerto? Nunca podrás volver a trabajar con una coartada abierta.

Se encogió de hombros otra vez. —Hice lo que tuve que hacer. Lo volvería a hacer. Lo volveré a hacer si es necesario.

El hombre pasó unas cuantas páginas más. —Sí, bueno, me dicen que necesitas un nuevo pasaporte, un nuevo nombre, una nueva misión. —Era una aseveración, no una pregunta.

Estirando sus largas piernas, él esperó.

Después de un instante se cerró el archivo. El hombre que estaba detrás del escritorio cruzó las manos sobre la carpeta.

"Así que . . . ¿Cuán bien hablas persa?"

Jeanette Windle, periodista y autora cristiana, creció en las selvas y pueblos rurales de Colombia, donde sus padres sirvieron como misioneros. Se graduó de Christiansen Academy en Venezuela y de Prairie Bible College en Canadá. Después de casarse, Jeanette y su esposo, Martín, se trasladaron a Bolivia, donde Jeanette sirvió ministrando a mujeres y niños en alto riesgo. Luego vivieron en Miami por varios años y ahora viven en Akron, Pennsylvania, con sus cuatro hijos. Una de las pasiones de Jeanette es el desarrollo de escritores cristianos alrededor del mundo; por eso ha dictado seminarios y enseñado a muchos escritores en varios países.

Jeanette es la autora de *Kathy and the Redhead [Kathy y la Pelirroja]*, una novela juvenil basada en sus propias experiencias en Sudamérica, de los seis libros de adventura de la serie Parker Twins [Los Mellizos Parker] y de una novela para adolescentes, *Jana's Journal [El Diario de Jana]*. Además ha escrito tres novelas de suspenso político: *CrossFire [Cruzada de Fuego]*, *Zona de Despeje* y *FireStorm [Tormenta de Fuego]*. Ha sido galardonada con varios premios, entre ellos el Deserted Island Choice Award de 2005, otorgado por ficción cristiana sobresaliente.

Para mayor información acerca de Jeanette Windle y sus libros, busque en www.jeanettewindle.com.

—La verdad a través del poder de la historia—

"Aquellos que no están dispuestos a derramar su sangre y a morir por lo que aman siempre serán rehenes de los que sí lo están."

La inexplicable pérdida de tres valiosas posesiones de los Estados Unidos dirige la atención mundial a la zona desmilitarizada de Colombia. ¿Serán los rebeldes colombianos los responsables? ¿O estará encubierto bajo el pabellón de la jungla de la Zona de Despeje un mortífero secreto del Medio Oriente?

Con el destino de dos países en sus manos, la reportera Julie Baker tiene que sobreponerse al terror para enfrentar lo que representa el llamado de Dios al sacrificio para su pasado y para su futuro incierto.

CP0227